恳请前辈将秀
峋嫁我为妻

御剑桃花 昆山晚

黍宁 著

上册

完结篇

长江出版社
CHANGJIANG PRESS

目录 下册

第十五章 二叔的年少轻狂 277
第十六章 北境大雪山 290
第十七章 为友六百里追敌 315
第十八章 破城 343

第四部分 最终战

第十九章 男主回来了 377
第二十章 与尊者夜谈 403
第二十一章 他没想过要当龙王 432
第二十二章 恢复记忆 449
第二十三章 这一次没有奇迹，白龙没有接住 477
第二十四章 A大峨眉派女学生 488
第二十五章 番外篇 501

目录 上册

第一部分 昆山剑

第一章 萧小少爷的往事 … 3
第二章 蜃 龙 … 13
第三章 一场算计 … 35
第四章 我其实与萧焕少主另有交易 … 57
第五章 岑夫人白珊瑚和郁行之 … 78
第六章 神识绞杀 … 83

第二部分 浩然气

第七章 人之道，损不足而益有余 … 107
第八章 大哥最帅的兄控 … 116
第九章 猎杀开始 … 131
第十章 突 围 … 170
第十一章 逍遥八纮外，游目历遐荒 … 197
第十二章 掉马之后不如归去 … 213

第三部分 战魔域

第十三章 青铜装王者 … 231
第十四章 魔宫 … 252

第一部分　昆山剑

第一章　萧小少爷的往事

而就在离萧博扬不远处，少年也停下了脚步。

少年也看到了幻境。

裴春争清楚记得，娘亲走的那日正是雪霁时分。冬日的阳光薄得像层纱，盖不住她逐渐冰冷的指尖。

魔域傍晚的天是血红色的，像苍茫荒原上的野火熊熊地烧着，一只乌鸦落在红色院墙的枯树上，映衬着夕阳，喙里像叼着一轮红日。

透过这别院，他看到一个丫鬟正捧着碗，看着床上形容枯槁的女人。

丫鬟抹着眼泪说："姑娘，求你喝了这一碗药吧。"

女人虚弱地躺在床上笑了笑："瑞珠，把碗放下吧，我精神还好，用不着喝药。他回来了吗？"

女人随即喃喃道："哦……回来了，是往南院去了吧？今天是除夕呢。"

除夕啊，正是一家人团聚的日子，多好啊。

女人垂下温柔的眉眼，定定地想。

可是，她知道在今天这个日子里，他不会来她的屋里了，不会如以前那样，坐着和她说说话，也不会抱抱春儿。

她可能快死了。

苏雪致这么一想，又咳出了点儿血，瑞珠立刻哭了出来。苏雪致摆了摆手，温柔地喝止了瑞珠，接过帕子擦了擦嘴角的血渍，问："那春儿回来了吗？"

瑞珠咬住了下唇，没吭声。

死一般的寂静气氛在屋里蔓延。

苏雪致眼神有点儿落魄。

看来春儿也不会回来了。

今年除夕，除了瑞珠，她的丈夫和儿子竟然没一个愿意陪在她身边。

沦落到这个地步，苏雪致缓缓地攥紧了帕子，胸口一阵闷痛翻涌。

这都是她的错。

她不该嫁给裴旻的。

她怎么也是出身魔域苏家大族，爹和娘待她都极好，可是她偏偏看上了裴旻。是她不顾父母意愿，不顾裴旻对她无意，一厢情愿地缠了上去。她知道，裴旻心里曾经有个青梅竹马的卫佩兰，后来卫佩兰在替魔域征战的过程中死在了梵海。

苏雪致出身好，裴旻娶了她对他助益颇多，就算裴旻对她无意，也没有拒绝这门婚事。

这些事她都知道。

在她嫁给裴旻之后，他们也过了一段相敬如宾的日子。可是她从来没想过，裴旻那青梅竹马根本没死，卫佩兰战败被俘，被修真界的人关了几十年。

那次，她替他整理好衣装，看着裴旻像往常一样出征，之后日日夜夜地守在门口等他回来。

苦候两月，她终于盼得夫婿归来——却见他横抱着个昏迷的姑娘跨入门槛。那张俊脸冷若冰霜，铠甲"锵锵"作响。

那个昏睡的姑娘就是卫佩兰。

卫家全家战死，卫佩兰被裴旻救出来之后无处可去，就住在了裴府里。又过了一段时间，裴旻顺理成章地将卫佩兰扶成了平妻，和苏雪致平起平坐。

苏雪致知道自己不如卫佩兰，自己太懦弱了，是庭院里的花，只能攀附着裴旻而活。而卫佩兰不一样，她能提枪上战场，为魔域四处征伐，身上带着为魔域戎马半生而留下的伤痕。

反观她苏雪致，娇生惯养，手不能提，肩不能扛，裴旻不喜欢这样的女人。

苏雪致知道裴旻有野心。

魔域一向强者为尊，"一字并肩王"苏不惑是内定的下任魔主，但他叛变魔域之后，这个位子就空了出来。谁要是能得到万魔令，谁就是下一任魔主。裴旻费尽心思，联络盟友，就是为了万魔令。

再后来，她怀上了春儿。就在她怀胎六个月的时候，她家里人挡了裴旻的路，裴旻和同盟算计了她的父兄，她的父兄不是裴旻的对手，在这场斗争中惨败。

得了消息，她哭着求裴旻放了她的父兄。

可能是她怀着身孕趴在地上痛哭流涕的模样太过可怜，裴旻脸色微微动容，最终答应了她，放了她的兄长，但她爹爹必须死。

任凭她如何哭求，裴旻还是坚决地杀了她那年迈的爹爹，然后将她的兄长流放。

从那之后，她就明白了，裴旻对她没有半分夫妻情意。她的父兄挡了他的路，他能坚决地处死她爹爹，那她呢？她要是挡了他和卫佩兰的路，他是不是也会坚决地杀了她？

于是，她自请搬离了主屋，在西边的别院里住了下来，一个人抚养春儿长大。

裴春争出生的那天也是腊月，庭院里的梅花正好开了。

她给他起名"春争"。

"少年意气与春争"，她相信他会长成有傲骨、有意气的少年郎。

可是，她和春儿的感情并不好。

从父兄被处死的那天起，她就一直在怨恨，在后悔，每天都神神道道的，只将春儿交给了瑞珠，忽略了春儿的感受。

她知道，从春儿懂事起，春儿就讨厌她，讨厌她这个神神道道的怨妇。

或许是她快死了，人之将死，她神思突然清明了不少。

今天是除夕，她想见见春儿，也想见见裴旻，想一家人一起吃个团圆饭。

但她已经很久没和裴旻说过话了，想到这儿，苏雪致忽然有点儿紧张起来，看向了瑞珠："瑞珠，你……你去主屋问问，看看能不能把老爷请过来。"

瑞珠微微一愣，还没来得及答话，门口的帘子被打了起来。

从外面突然走进来一个趾高气扬的丫鬟。

苏雪致一眼就认了出来，这是卫佩兰身边的丫鬟——孤鸾。

黄衣丫鬟一进来就扯着唇冷笑："老爷叫我过来传话，今天就不在这儿用饭了，请夫人自便。"

苏雪致喉咙里发出"嗝"的一声，心里那点儿忐忑情绪顿时烟消云散。她想笑，却笑不出来。

其实她早就料到了会有这个答复，只是没想到她还没去问，裴旻就主动派人过来传了话。

头又开始疼了，苏雪致扶着椅子，轻轻喘了一口气，耳畔似乎隐约传来了瑞珠和孤鸾的争辩声，紧跟着孤鸾尖叫一声，突然冲了出去。

目睹孤鸾冲出去之后，瑞珠立刻蹲下身焦急地察看苏雪致的情况："夫人，你不要紧吧？我扶你上床歇歇。"

苏雪致点了点头。

她刚被扶上床，门口突然又传来了一阵急促的脚步声。

风雪顺着帘子灌入了屋里，裴旻停在门口，身边还站着个红衣明艳的女人。两个人都换上了新衣，光彩照人，宛如一对璧人。孤鸾就站在卫佩兰身后，眼里还有泪。

"裴旻？"苏雪致扶着发昏的脑袋，费力地喘了一口气，"你来了？"

男人始终未动，久滞的沉默之后，那张与春儿分毫不差的脸上，方才缓缓浮现出一抹极淡的漠然神色。他冷冰冰地开了口："你病了。孤鸾是佩兰的丫鬟，当初如果不是孤鸾拼死护着，佩兰也活不下来。我不是和你说过，要好好对待孤鸾吗？"

苏雪致深吸了一口气："我也是你的夫人，你又是怎么对待我的父兄，对待你的岳父和妻舅的？"

裴旻脸色微变。

苏雪致咳嗽了几声，缓缓揪紧了衣襟，转眼泪水就流了出来。

爹爹……哥哥……

她记得她爹爹被处死的情形。

因为她小时候顽皮，像头小狮子，爹爹和大哥总喜欢亲昵地叫她"雪狮儿"。

爹爹那一颗年迈的头颅飞上了天，鲜血如雨，他再也不能和蔼地喊她"雪狮儿"了。

而她大哥，那总是笑着照顾她的大哥，被流放到了魔域最险恶的地狱里。

裴春争面无表情地看着幻境里的画面，好像有个声音在他耳畔笑着说："看看，这就是你爹和你娘。有谁家父母会是这个德行的？"

沦落到这个地步，确实是这个女人自作自受。

幻境里面的女人哭得有点儿喘不上气来了，一边哭一边咯血，似乎要把这么多年的怨恨和不甘情绪都发泄出来。

裴旻的脸色则越来越难看。

卫佩兰上前一步，冷艳的脸上流露了几分担忧之色："裴旻……"

"佩兰，"男人冷漠的眼神柔和了两分，"你先出去。"

卫佩兰走了之后，那男人似乎被逼急了，眼微微泛红，压抑不住的魔性冲破了理性。他冲上去掐住了女人的脖子，然后在女人惊愕的视线中，生吞了她。

吞到一半，鲜血抚平了魔性，裴旻似乎意识到了不对劲儿，茫然地松开了手，看着地上苏雪致被鲜血浸透了的半截身子。

"阿……阿雪？"他身子有点儿发颤，嗓音微哑。

苏雪致定定地看着他。她是魔身，就算还剩下半截身子一时半会儿也咽不了气。

她看着这个活吃了她的男人，忍不住开始笑，越笑越大声，眼泪顺着脸颊滑落了下来，越想她这前半生越后悔，后悔到心如刀绞。

他竟然为了卫佩兰身边的丫鬟动了怒，生吞了她。

她多想一家人一起吃一次团圆饭哪，有爹爹，有大哥，有春儿，没有裴旻。

临死前的那一刻，她突然想见见春儿，抱抱这个鲜少得到她的关爱的孩子，

· 6 ·

可是春儿厌恶她，除夕故意避她不见。

裴旻慌了神："阿……阿雪……"

"其实你想见你娘对不对？你想得到你娘的爱。"

"闭嘴。"裴春争沉声道。

少年神色无动于衷，却死死地咬紧了牙，握紧拳，死死地紧盯着这场幻境。

少年练完剑，手里攥着个镯子赶回了家，秀丽的脸蛋上微含忐忑和紧张之色。

就算娘极少关心他，但对每个孩子而言母亲就是他的天。

他跨过门槛，一眼就看见了还剩下半截身子躺在地上的女人，瞬间失魂落魄地跪在一边。

苏雪致半边脸都没了，眼睛也看不见了。女人好像是笑了一下，伸出冰凉的手摸上了他的脸。

"春儿……娘的小春儿。今天是除夕，你来陪娘了吗？"

春儿，她对不起她的小春儿。

"小春儿，"苏雪致深吸了一口气，瞪大了眼，死死盯着他，似乎要把他的模样刻在眼里，嘴唇翕动，"你凑近一点儿。"

少年跪在地上，身子僵硬发冷，听到了苏雪致的话，却不知道怎么回事，就是挪不动僵硬的身子凑过去。

女人死不瞑目地咽了气。

他起身拔剑，剑光骤然一亮，心神失落间的裴旻没有料到自己的儿子会突然出手，少年的剑快准狠地刺入了裴旻的丹田。

丹田破碎，裴旻难以置信地呕出一口血，看着他："春儿？"

少年收回了剑，面无表情地往外走去，找到了等在门口的卫佩兰，在她惊愕的目光中，将她拖了进来。

多年伤病，卫佩兰早就被这后院锦衣玉食的生活磨钝了。她维持着她那副高高在上的冷傲表情，维持着那可笑的自尊，想怒斥他，却根本不是他的对手，像只鸡鸭一样被他拖到了他母亲身边。

裴旻一见卫佩兰立刻慌了神，挣扎着上去拽卫佩兰，想将她置于自己的保护之下，怒斥少年道："春……裴春争，你在做什么？！"

这个男人一看自己心爱的女人有危险就慌了神，昔日的冷静样子荡然无存。

少年面无表情地一剑将男人的胳膊连同那女人的半边身子砍了下来，又把他的庶弟，卫佩兰的儿子拖了进来。

他庶弟号啕大哭，胖脸上还挂着鼻涕。

裴旻咬紧了牙，跪在了少年面前，虽然还在尽量维持着父亲的体面，艳丽的脸上却没了昔日的冷漠表情："阿春，杀我可以，放过你弟弟。"

裴春争觉得讽刺。

上册

这个骄傲的男人,竟然不惜为了这母子俩跪在他面前,像条狗一样摇尾乞怜。

他没有回答,一剑将他这庶弟劈成了两半,然后当着裴旻的面,看着裴旻骤然睁大的眼,生吃了裴旻最爱的女人和儿子。

这个女人是他的母亲,就算他厌恶这个女人,为人子也要替她报仇。

但,真是这样吗?

耳畔那声音似乎还在狞笑。

裴春争思绪纷乱,握紧了剑,睁大了那双桃花眼,眼里有泪水流了出来,唇瓣微动,狼狈地吐出了一个字。

"娘……"

他想抱抱她,他多想在她临死前抱抱她。

他看到,那个年少的自己做完这一切后,带着一身的鲜血,慌乱地看向了瑞珠。

苏雪致这个母亲做得不合格,从他还在襁褓中起,就是瑞珠一直在照顾他,瑞珠算是他的半个母亲。

瑞珠定定地望着他——少年衣衫上还沾着斑驳血肉,她眼中却不见惧色,只浅浅一笑:"小少爷确是长大了。"

裴春争哑声唤道:"瑞……姨。"

笑着笑着,瑞珠突然又哭了。

"我的小少爷你以后要怎么办呢?"

小少爷对不起,对不起,对不起。瑞珠怜爱地哭着看着他,一连默念了三声"对不起"之后,捡起了地上的剑,抹了脖子,躺在了自家姑娘身边。

姑娘啊,雪狮儿啊。

她的姑娘太怯弱了,当初撞见了梅相弄的那些人牲,都做噩梦惊惧了好几天,黄泉路太漫长了,没有老爷和大少爷陪着,你会害怕的。

但别怕,瑞珠服侍了你一辈子,这就来陪你了。

少年刚迈出的脚步,刚伸出去的、想要乞求一个拥抱的手,顿在了半空,他孤零零地站着,看着这一地残尸,一直站到院墙外的乌鸦飞去了,积雪落下了,而血凝结成了冰。

乔晚找了半天,才找到裴春争。

少年静静地跪倒在幻境里,挺直的脊背背对着她,僵硬得就像一座石雕。

"谁?"少年捂住眼,乌黑的发自颊侧垂落了下来,面无表情地哑声问。

乔晚踌躇地站在原地,没敢往前走。

《登仙路》原著虽然提到过裴春争有段悲惨的过往,但由于这篇文实在太长了,她熬了两夜都没看完,自然也没看到作者如何抒情地描写了"阴郁大魔王"

的惨痛童年回忆。

她没想到，裴春争的童年竟然……

乔晚犹豫了半秒，挑出了个形容词——惨烈。

某种程度上而言，她这个前女友当得挺不合格的，不过这也是因为裴春争从来没让她走进过他的心里。

乔晚一直相信，这个世界上最难的是感同身受，人和人之间，即使是再亲密不过的亲人、友人、爱人，也很难做到感同身受。所谓刀子不捅到自己身上，谁也不知道有多疼。

她不太会安慰人，也不会讲什么"都已经过去了，你要积极向上地面对人生"这类的大道理。

每个人都有发泄情绪的权利，适当接纳发泄这些看似懦弱消极的情绪完全是合理的。

乔晚走到裴春争面前，半蹲了下来，迟疑地和裴春争脸对着脸，然后将神识探入了少年的识海。

裴春争微微一动，却没阻止她这动作。

"魔很少。"裴春争垂眼道。

"因为魔压抑不住魔性。"

乔晚知道这个。

不平书院的魔书里面记载过。

魔修素来自诩为天道最完美的造物——较之妖修更聪慧敏学、骁勇善战，比之人修又得享漫长寿元。

但魔修有一个致命的弱点，就是数量少，压抑不住魔性，容易精神错乱，就算魔域想尽了办法也改变不了这与生俱来的疯狂属性。魔数量本来就少，时不时还自相残杀，魔域能用的兵除了魔兽，大部分是魑魅魍魉之类的东西。

裴春争和王如意不一样，裴春争明显能看出来这是个幻境，所以她在这个幻境上再另行改变什么已经失去了意义，只能试着探入他的识海。

在梦醒之前，让他先做梦吧，乔晚抿唇想着。

少年睁大桃花眼，略显恍惚和狼狈地突然揪紧了她的衣摆，轻轻地抱住了她。

这是个卸下了所有防备，放下了所有恩怨和爱恨的温暖的环抱。

裴春争喉口滚了一声，嗓子眼里的"多谢"两个字转了几转，临到嘴边变了："乔晚，谢谢。对不起。"

尽管他亲手终结了那个男人的性命，最终却仍活成了对方的影子——性情反复无常，骨子里透着同样的薄凉。

不过很快，裴春争就什么话都没了。

因为乔晚在他的神识里编织出了一场梦。

梦里是除夕,有他素未谋面的外祖和舅舅,舅舅正坐在廊下擦枪,外祖在喝茶,瑞珠侍立在一边,在笑。

舅舅的孩子正蹲在院子里放人间的爆竹。

他刚练完剑,回到院子里,眼前突然多出了一只白皙修长的手。苏雪致笑着看着他,那张寂寞得如同空庭春雪的脸上露出了和蔼的笑意,她牵着他的手,给了他一个温暖的拥抱。

一个母亲给儿子的拥抱。

乔晚站起身,看着沉默地跪在幻境里的裴春争,连接着维持这梦境的一缕神识,继续往下走去。

开场大号、小号分开走,如此一来,倒比较方便她同时操纵两个号,同步去探查其他人的幻境。

每个体面的人,在光鲜靓丽背后或多或少有些不愿意说出口的东西。

萧博扬狠狈地扭过头,眼神闪烁,不敢再去看瘫坐在笼子里的老翁,牙缝里狠狠地挤出了几个字:"滚,老东西,给我滚。"

老翁打他出生起就一直跟着他,服侍着他,就算死了这么多年,骨头都化成灰了也不肯放过他。偏偏这笼子里的老翁,还拖着下面空荡荡、血淋淋的大腿根,笑着说从来就没怪过他。

萧博扬攥紧了手里这把豌豆种子,看向了门口那排摇摇晃晃的青绿色僵尸。

萧博玉和他爹干的事,远远不止贩卖人牲这么简单。

修真界的修士可以说是千奇百怪的,"人参精"这种东西,经常被作为人牲养在家里,养一段时间,就砍下他们的四肢用来入药,然后继续养着,割一茬养一茬,割一茬养一茬。

如此反反复复,"人参精"永远也挣脱不出这个牢笼和地狱。

至于笼子里坐着的这个老翁,就是个老"人参精",也是自小跟在萧博扬身边服侍他、照料他起居的老奴。老奴依附在萧家府上,免了被关在笼子里养着的噩梦般的命运。

小少爷一天一天长大之后,就开始厌烦这总是跟在他屁股后面,跟他爹打小报告的老东西。不管他怎么发脾气,怎么戏弄老"人参精",冬天里故意在走廊上泼水害得这老"人参精"摔跤,这老"人参精"也总是笑眯眯地捋着长长的胡须看着他,丝毫没有怪他的意思。

"小少爷本性不坏,就是太顽皮了。"

后来小少爷偷溜出去玩,故意骗走了这老"人参精",没想到,这一玩玩出了岔子。

和不少富家子弟一样,萧小少爷虽然特地换去了萧家的行头,但由于行事太

· 10 ·

过高调,出手阔绰,就宛如一张金光闪闪地穿梭在人群中的饭票,脑门上顶着几个字:有钱,快来绑架我。

第一次离开萧家保护的萧博扬,立刻就尝到了人间疾苦,被绑架了。

好在最后没闹出什么大事,萧博玉得到了消息,领着萧家的护卫赶来。

绑匪胆丧魂飞地看着萧博玉袖子上的萧家家纹,做梦也没想到被套了麻袋丢在角落里的纨绔子弟竟然出身萧家。

回过神来之后,绑匪赶紧拜倒痛哭流涕:"少爷饶命!我们……我们再也不敢了!"

萧博玉看了一眼角落里的蠢弟弟,面无表情地下令:"动手。"

身后护卫一拥而上,砍瓜切菜般把面前这些绑匪剁了个干干净净。至于萧博扬,正躲在麻袋里,尿包地吓得尿了裤子。

被带回家之后,在床上一连躺了三天才恢复了一点儿精气神的萧博扬,突然意识到,他好像很久没看到过那个老"人参精"了。

"那老东西呢?"

萧博玉正在忙,没好气地瞪了他一眼,无所谓道:"赶出去了。你不是烦他吗?正好,你被绑了这事也是他失职,干脆就将他赶出了府。"

"我看你年纪也不小了。"萧博玉笑道,"赶走了一个老东西,大哥再给你找两个漂亮丫鬟姐姐怎么样?"

年幼的萧博扬涨红了脸,羞得无地自容,没出息地撒丫子跑了。

在那之后很长一段时间,萧博扬一直觉得这老"人参精"是真的被赶走了,反正他萧家有钱,就算将人赶走了,肯定也给足了老"人参精"养老本。

这老"人参精",没本事,没儿女,爱喝酒,只有一身血肉遭人垂涎,要不是依附着萧家,早被割了百八十次了。萧博扬也担心过离开了萧家这老东西要怎么办,不过这点儿担心情绪在随后的日子里日渐被没心没肺地消磨成了渣。

然后突然有一天,萧博玉和他爹在家里关着的人牲跑了出来,趴在墙头,冲他痛苦地喊救命。

墙上那东西,脸是女人脸,身子却是条蛇。

"这是什么?"他质问。

"人牲。"萧博玉皱眉回答,"不关你的事,回去睡觉去。"

"这些东西怎么在我家?"

"暂住而已,回头要送到北边儿去。"

北边儿……那不是魔域吗?

萧博扬虽然年纪小,但脑子一转,立刻就察觉出不对劲儿。

墙头上那个女人……上半身和下本身简直就像是用针线硬生生地缝起来的,一半是人,一半是魔,被生拉硬凑地拼在了一起。

"你要把这些东西送到魔域去？！"

萧博玉立刻恼了："这话能随便说吗？草包就老老实实地当个草包，怎么？现在你想逗英雄了？"

萧博扬气不过，偷偷溜进了关押人牲的地牢里，一看，瞬间就僵在了原地。

这简直就是血淋淋的地狱，在这地狱深处，他看见了那两条腿都被割完了的老"人参精"。那长长的胡子都被血染红了的老"人参精"闭着眼躺在笼子里，像死了一样。

萧博扬找到萧博玉对质，萧博玉笑话他天真，是草包一个："这人口贩卖本来就是暴利的。而且你不是不在乎这老东西吗？他没看好你，还想着能全身而退？"

萧博玉虽然混账了点儿，总骂萧博扬草包，但萧博扬丝毫不怀疑他爹和萧博玉对他的疼爱，但就是这副理所应当、无所谓的态度，才更让他无法接受。

萧博玉被他逼烦了："这样吧，我给你个机会，只要你敢把他从地牢里带出来，我就放过他。"

这地牢里关着的几乎全是人不人鬼不鬼的怪物，有的在哭叫，有的在漫骂，他要穿越这地牢深处，把那老"人参精"背出来？

他做不到。

他做不到……直面老"人参精"。

这都是他的错，他不敢面对老"人参精"。

他也就犹豫了两天，隔天这老"人参精"就死了。

老"人参精"临死前，萧博玉或许是动了点儿恻隐之心，让萧博扬去见了一面。

笼子里的老"人参精"虚弱地睁开了眼，颌下那一堆胡子脏兮兮的。

看出了他的愧疚和胆怯，老"人参精"说："小少爷，你又来看老奴了？"

老"人参精"一直都知道，这两天时间里，萧博扬经常躲在门口偷看他。

看出了面前的小男孩害怕，老"人参精"笑眯眯道："小少爷别怕，老奴虽然变成了这样子，还是小少爷的老东西。"

最后，他轻轻地叹了一口气："小少爷，老奴没怪过你，你走吧，别看了。"

然后在萧博扬走后，老"人参精"就咽了气。

老"人参精"没儿女，是把萧博扬当成孙子养的。

但他干了什么？他牵连了老"人参精"，畏惧变成这副样子的老"人参精"。

他不是个人。

第二章　蜃　龙

修犬有点儿紧张地看着突然就停下了脚步的伽婴。

这是个幻境，他都看出来了，陛下不至于看不出来啊。

他修为没陛下高，在幻境里打了几个滚，啃了两根骨头，才猛然意识到不对劲儿，赶紧抽出来一看，就看见自家陛下垂手站在原地不走了。

这幻境对伽婴来说算不上什么，不过他之所以没动，是因为他在这幻境里看到了一个故人。

一只蜜獾，虽说不怕死了点儿，但没狮子、老虎天生的力量，万妖共主这个位子完全是蹚着血和火一路爬上去的。

王道者寡，对伽婴来说也是如此。

他在幻境里看到了一个青年。

"崔跖。"伽婴沉下嗓子，唇间缓缓地吐出了个"故友"的名字。

已经多久没看到过崔跖了，伽婴记不清了，也正因为如此，他才驻足了片刻，借此机会看清故友的容颜。

几百年前，他和崔跖还是两个初出茅庐的小妖，抱着一腔热血，携手一起来到了瀚海大漠，在这小酒馆里歇脚。

看着这边际层叠的雪山以及孤烟大漠，还有来自妖域的舞娘在篝火下伴着悠悠驼铃声裙摆飞扬如花，崔跖扭头看向自己这除了打架，脑子里还是只有打架的好友，伸手一指，铿锵有力地说了一句："伽婴，你看到了吗？这就是妖界。"

他指的方向是瀚海大漠的落仙关，这是人、妖、魔三方势力最繁华的商道枢

纽，而在大漠灯火深处，就是妖域的边隘。

在这瀚海大漠中，两个人定下了个誓言，公平角逐妖皇的位子。

妖历二十五年，伽婴孤身上妖域的伯高山破了伯高山大阵，一战成名。

妖历二十八年，伽婴再上如幻海。如幻海一战，水掀三千里，从此之后伽婴名声大噪。

渐渐地，他身后也聚集了不少跟随他的人，从那之后，他一路南征北战，在血和火里蹚了整整百年。

妖历三十五年，这异域来的蜜獾，仅仅用了十年时间就打败了上任妖皇，成功夺得了妖皇的位子。

至于崔跖，在夺权过程中，曾经年少意气风发，互相扶持来到妖域的故友，最后在权势中被迷花了眼，与伽婴兵戎相见。

看着面前这幻境，伽婴目光凉薄，眼含讥讽之色。

他从来就没想过要这妖皇的位子，但就算没这场王权之争，他和崔跖也在百年时光变迁中分道扬镳了。作为故友，崔跖最了解伽婴的性格，知道他重视下属，设计杀了他得力的随从，坑杀了他的三万士兵，在瀚海大漠布下了天罗地网等他来。

在重重沙丘之下，他等到了伽婴。

青年孤身前往，手里提着那把弯刀，亲手剖出了好友的妖丹。

似乎察觉到了自己没法影响面前这男人，幻境渐渐消散。

"出来。"伽婴头也不回地沉声喝道。

乔晚，或者说陆辞仙，沉默地走了出来，抿了抿唇："桓……桓道友。"

男人瞥了乔晚一眼。

他记得陆辞仙，这人似乎是乔晚的道侣。乔晚答应替他做事，她的道侣闯入这幻境，撞破了他的隐私，妖族一向体贴下属的老板脸上没露出任何不悦之色。

伽婴转身，淡淡地又扫了乔晚一眼。

乔晚被看得顿时心虚，在这目光之下感觉真的压力山大好吗？！她总不会就这么掉马了吧？

好在看了这一眼后，男人就收回了视线。

"往南。"

乔晚愣了愣，浑然不知是因为自己的大号伽婴才给了面子。

面前的伽婴已经叫上了修犬抽身离去。

往南？

愣了一瞬之后，乔晚旋即了悟，沉下心来。

南边或许就是那五阶妖兽所在的位置。

乔晚不再多想，救人要紧。回过神来之后，乔晚立刻马不停蹄地往南边赶去。

往南这一路上，她竟然还撞见了齐非道、方凌青和其他几个崇德以及昆山弟子，个个脸上都蒙了块破布。

虽说这是五阶妖兽，但这幻境范围广，人越多幻术也就越薄弱，心志坚定、修为高深、没太多凄惨童年经历的人，被困个一时半会儿一般都能挣脱出来。

"小陆道友？"急急忙忙带队往南赶的齐非道刹住脚步，一脸惊讶的表情。

乔晚没多解释："先杀怪。"

齐非道顿时了然，不再耽搁，通知后面崇德和昆山的弟子跟上。

后面的昆山弟子走了两步，停了下来，犹豫道："陆道友，乔师姐呢？"

少年言简意赅："救人。"

身后的昆山弟子惊疑不定，似乎没想到陆辞仙和乔晚竟然这么快就能从幻境里挣脱出来。要知道这带队的金丹中期的董师兄他们都中招了啊，他们这队人多亏运气好，在雾气蔓延之前及时撤到了个山洞里，又赶紧拽了块布蒙住口鼻，防止吸入这雾气，产生幻觉。

但乔晚和陆辞仙，他俩竟然……竟然就这么大大咧咧地直接穿梭在雾气里，一个去杀怪，一个去救人，一点儿防护措施都没做，还眼神清明，完全没中招的迹象？

等终于赶到停云山南麓后，乔晚一行人一看到这五阶妖兽的真面目，纷纷风中凌乱了。

这让大家伙儿全都中招的五阶妖兽，是个超级无敌大的大蛤蜊，有数丈长宽，躺在地上，嘴巴一张一合地往外吐着雾气。

齐非道看了一眼，心里就明白了，这是蜃。

方凌青瞬间蒙了："这……这不是蛤蜊吗？"

身后其他昆山弟子略感头痛。他们这些要参加同修会的精英，竟然被一个蛤蜊放倒了，这说出去也太丢人了吧！

不过齐非道没这么乐观，面色凝重地打量了一眼面前这超级无敌的大蛤蜊，还没琢磨个门道出来，面前这大蛤蜊突然张开了嘴，又吹出一大股雾气。

齐非道暗叫一声不好，只觉得头脑昏昏沉沉的，眼前一片光怪陆离的画面交织着。他忙捂住口鼻，厉声冷喝："大家捂住口鼻，快往后退！"

可惜慢了一步，雾气所过之处，崇德和昆山弟子晕乎乎地倒下了一大片。

齐非道："……"

他扭头一看，陆辞仙还在看这大蛤蜊，一点儿都没受影响的样子。

方凌青皱眉问："看出什么了？"

乔晚嘴角一抽，收回视线，意味不明地感叹道："鲲之大，一锅炖不下。"

方凌青眼皮跳了跳：合着刚刚你表情这么严肃，是在琢磨着怎么吃了它吗？！

就在"陆辞仙"和齐非道等人研究着怎么解决这头怪的时候，乔晚一个一个跳进了大家伙的识海里，被叫醒的昆山弟子无不是一脸茫然的表情。

"乔师姐？"

"乔道友？"

"师妹？"带队的董师兄惊讶地看着面前的少女，似乎震惊于她不受影响。

乔晚没多停留："师兄清醒了没？清醒了帮我一块儿叫人。"

董师兄蓦然回神，眼神复杂地看着少女利落的背影。

看来，那有龙气的男弟子在大课上放出的狠话竟然是真的。

乔晚好像真的在不知不觉间反超了他们一大头。

这厢，"陆辞仙"和齐非道、方凌青两个总算初步拟定了一个方案。

这大蛤蜊经过数部大师兄齐非道的评估，太硬了砸不碎，只能趁着对方吐息的工夫滑进去。

齐非道脚蹬着草鞋，翘着嘴角，桃花眼眼角堆着点儿风流调侃之意："我们只能想办法打开紧闭的缝隙，滑入这软肉里，直捣黄龙。"

清纯小芳浑然不觉地点头："好，那我们什么时候开始？"

不知道是不是她的错觉，面前的大蛤蜊好像哆嗦了一下。

可惜这个地方弄不到淡盐水，不然她可以试着让面前这大蛤蜊吐个沙什么的。

大蛤蜊哆嗦得更厉害了。

气是不能不换的，虽说它是个元婴蛤蜊，换气间隔时间比较长，但到了现在也必须换气了。大蛤蜊只能委委屈屈、小心翼翼地张开了嘴，"哈"地吐出了一大口雾气。

眼见这大蛤蜊张开了嘴，乔晚一马当先，厉喝道："上！"她率先一个翻身，就地滚了进去！

方凌青立刻提剑跟上，却没想到这大蛤蜊更快一步，"啪"地合上了嘴，将青年拒之"嘴"外。

这……

看着合拢的大蛤蜊，方凌青心里郁闷不止。

乔晚一滑进对方的软肉里，就觉得不对劲儿。

扑面而来的腥味儿刺得她眼前发花，尚未回神，脸上已覆满游动的冰凉——无数鳞片正以诡异的韵律摩挲她的皮肤。

紧接着，乔晚看见了一个龙头。

硕大的龙头几乎占据了这大蛤蜊内全部的空间。

龙头金色漂亮的竖瞳凝成了一线，牢牢地锁定了她的动作，脖子到背上遍生着红色的鬃毛，身上是暗红色的狰狞鳞片，从腰后开始全是逆鳞，足以看出面前这东西是头暴躁而不好惹的龙。

· 16 ·

如果她没记错的话……传说中蜃这种妖怪有两种形态，一种是个大蛤蜊，一种就是蜃龙。

她完了。乔晚心情沉重地看着面前这蜃龙，对方遒劲的鳞爪仿佛下一秒就能给她做个开胸手术。

乔晚无暇去细思这停云山上为什么会出现一头龙，现在最重要的是她这金丹期的修为如何打得过一个元婴期的上古蜃龙？

她现在去找她还没入职的老板伽婴可以吗？

就在乔晚面色肃然的下一秒，面前这龙头突然呜咽了一声，开开心心地往她手底下一钻，欢欢喜喜地蹭了蹭她的掌心。

乔晚：是不是有哪里不对劲儿？！

蜃龙是条狗，还是村里养的那种叫来福的大黑狗，长相酷似异世界的网红黑柴，只不过耳朵是耷拉着的，略土，住在靠近魔域的凡人聚集的村落里。

作为一条普普通通的狗，它每天最幸福的事，就是开开心心、端庄地蹲坐着守在村口，冲着来人"汪汪"叫。

修真界夺舍重生穿越之类的事本来就不算少见，没想到的是这种事竟然降临到了它这条狗身上。

对，来福穿越了，穿越成了一头蜃龙。

巨型大蛤蜊内，乔晚和龙头大眼瞪小眼。

作为一条狗，穿越成上古神怪蜃龙之后，来福智商虽然也有所提升，但这提升相当于从哈士奇升到了边牧。

这依然不妨碍它本质上还是一条狗，变成了龙之后，来福寂寞地"呜呜"了几声，在惊慌失措几天之后，终于接受了这个悲痛的现实。

它变丑了，没有它最喜欢的人类陪它玩了。

寂寞的来福每天只能像当初还在村口那样，趴在地面上，尽量把四只小短腿收起来，脑袋埋进臂弯下面。

察觉到面前这可爱的人类身体僵硬，蜃龙扭动着身子，用力拍了拍龙尾，硕大的龙头费力地又往乔晚的掌心里挤啊挤。

这头蜃龙的表现，让乔晚忍不住想到了她之前养过的狗。

现在这情况再坏，似乎也坏不到哪里去了。

乔晚迟疑了片刻，试探性地在这头蜃龙的脑袋上捋了一把。

这金色危险的竖瞳瞬间瞪圆了不少，蜃龙"嗷呜呜"地伸出舌头，努力"哼哧哼哧"地舔了舔她。

乔晚略一沉思，缓缓地放出了神识。冲这头蜃龙放出神识属于一件比较作死的事，对方是个精通神识幻术的上古神怪，如果她惹怒了这头蜃龙，神识很有可

上册

能被反噬。

不过这头蜃龙的识海显然有点儿出乎乔晚的意料。

蜃龙的识海很大,是她见过的最大的识海,在这识海中央坐着一条大黑狗。

乔晚整个人都不好了!

这真是条狗啊!

大黑狗兴奋地一路飞奔过来,耳朵向后飞扬,舌头甩到了嘴边,四条小短腿在冲到她面前时及时踩住了刹车,热情地就要往她身上跳。

没有哪个女孩子能拒绝毛茸茸的东西,尤其是眼看着面前这人类似乎没有打算摸它的样子,大黑狗失落地呜咽了几声。

乔晚礼貌地挣扎了半秒钟,果断地抱起了面前这条大黑狗,搓了搓它光滑柔顺的狗头。说是大黑狗,但它看上去好像也只有几个月大小,只是长得比较壮实,那眼睛看人的时候,带着点儿炯炯有神的严肃感。

蜃龙的识海里出现一条狗本来就是件比较诡异的事,乔晚抄着狗,四下走了一圈儿,还是没什么发现。

似乎……这条狗本来就是这识海的主人。

没办法,乔晚只能把怀里的狗放了下来,大黑狗不满地扭动着身子,"呜呜"地咬她的衣袖。

乔晚拍了拍它的脑袋:"坐。"

大黑狗乖巧地一屁股坐了下来,摇了摇尾巴。

乔晚惊讶,竟然真的可以和它交流?

"你……"犹豫了半秒,乔晚问,"会说话吗?"

这不是她异想天开,一般这种修为的上古神怪,按理来说应该开了灵智,有了跨种族交谈的本领。

大黑狗欢快地叫出声:"汪!"

乔晚心里冒出了点儿不祥的预感,看这模样,它该不会还不会说人话吧?

她之前选修过御兽这门课,御兽,就是启发灵兽的灵智,逐步实现和灵兽们沟通这么个过程。

乔晚将手里的剑放下,盘坐下来,耐着性子开始和面前的大黑狗沟通。

乔晚费了九牛二虎之力,总算搞明白了。

一条狗穿越成了蜃龙,跌跌撞撞地遇到了一个人类青年,被人类青年抓住了,把它放到了这儿。

"这人类青年长什么样?有什么好记的特征没有?"

大黑狗伸出胖爪子,努力地在地上画了个抽象版的莲花纹。

乔晚心里"咯噔"了一声。

那人类青年是萧家人。

18

合着这次大家集体被幻境放倒，不是中招，是人为的？

不过这究竟是谁干的？是萧焕还是萧绥？

萧焕不大可能，虽然只见过两面，但乔晚能看出对方行事谨慎。

心念电转间，乔晚心里已经有了个人选。

就在这时，大蛤蜊外突然传来了点儿叫喊声。

"陆辞仙？！"方凌青屈指使劲儿敲了敲大蛤蜊，脸色有点儿担忧，"你没事吧？！能听得到吗？！"

乔晚看向面前蹲坐在地、脸色严肃的大黑狗。

虽说蜃龙本质上还是条狗，但修真界一向有个不成文的规定，只要开了灵智的生物，大家就得称呼为道友。

"来……来道友，我同伴找我了，我先出去一趟。"

她站起身，打开了壳，从大蛤蜊内蹦了出来。

"小方，有事吗？"

没想到话音刚落，乔晚就从大蛤蜊内蹿了出来，方凌青倒退了两步，脸色有点儿震惊："你……你没事？"

这人一副神清气爽的表情，身上连点儿伤都没看见。

方凌青惊疑不定地往后探了探头，耳畔却忽然传来了一声悠长嘹亮的龙吟。

这声音是……龙吟！

那面前这大蛤蜊是……是蜃龙！

齐非道脑筋转得快，一眨眼的工夫就想明白了其中的干系。

"这是蜃龙！"青年瞬间脸色大变，拉着方凌青往后一甩，朝身后的昆山和崇德弟子厉喝："退！"

话还没说完，只见一条暗红色的巨龙吞云吐雾，盘旋在缭绕的雾气间，缓缓地俯下了身子。

一头栽倒在湿漉漉的泥地上，吃了一嘴土的方凌青吐出一口草屑，正想口吐芬芳，一瞥眼的工夫，瞥见了一只拳头大小的金色竖瞳，瞬间麻了半边身子，心跳如擂鼓地握紧了剑，口干舌燥地盯紧了面前这条巨龙。

崇德弟子都是有见识的，一眼认出了这是上古神怪蜃龙，纷纷如临大敌，全神戒备。

问题在于停云山这个地方，怎么会冒出条上古蜃龙？

完了。

他们完了。

一个崇德弟子脸色煞白，被笼罩在这蜃龙锐利危险的捕食者目光之下，吓得紧紧闭上了眼，看也不敢看面前这蜃龙。

据传，蜃龙腰后全是逆鳞，刚刚他匆忙瞥了一眼，这巨龙腰后果然全是逆鳞啊！

惊惧之下，有个崇德弟子没忍住，悄悄地放出了飞剑。

这没逃过乔晚的目光，她厉声制住了这弟子的动作："别动！"

但兴许是这吼声太冷了点儿，那崇德弟子打了一个哆嗦，飞剑脱手，"嗖"的一下擦着这蜃龙的龙头飞了过去。

看着这乍亮的剑光，所有人内心纷纷飘过了几个大字——吾！命！休！矣！

他们若是惹怒了这蜃龙，还有活路吗？！

面前这蜃龙果然怒了，打了个鼻息，发出了声震林木的咆哮声，震得地面晃动不止。

齐非道扶住了树，桃花眼里的光冷了下来，开始盘算他们这几个人对上这蜃龙能有几分胜算。

蜃龙龇牙咧嘴，嘴里不断发出恶龙咆哮。

"汪呜——汪呜——汪呜！"

这声音……

齐非道猛地一顿，意识到了不对劲儿。

这声音怎么……这么像狗？

面前这蜃龙龇牙咧嘴，一边怒吼，一边战略性撤退，隐约间似乎有点儿尿狗的影子。

就在这时，齐非道的耳畔突然传来了少年冷静的嗓音。

"来道友，过来。"

还在龇牙咧嘴地恶龙咆哮的蜃龙突然兴奋地"嗷呜"了一声，挥舞着短胖的龙爪，"刺溜"一声迅速滑到了少年身前。

"汪汪汪！"

齐非道、方凌青和其他昆山、崇德弟子，看着绕着"陆辞仙"打转转的恶龙，表情瞬间龟裂。

"原来这就是上古蜃龙吗？"某个昆山弟子意味不明地感叹，"竟是这般模样。"

毕竟上古神怪这玩意儿，他们在课本上看得多，现实里基本都没见过的。

"原来上古蜃龙的习性竟和狗如此相似。"

蜃龙的风评被害。

但是……这上古蜃龙怎么对陆辞仙这么亲近？

方凌青大着胆子，站起身往前走了几步，略感困惑。

结果没想到他刚靠近这头蜃龙，对方立刻又龇牙咧嘴，对他怒目而视。

狗的世界是很单纯的：我想和你们玩，你们竟然欺负我，我再也不和你们玩了。

"介绍一下，"无视了其他人震惊的表情，乔晚淡定道，"这是来福，来道友。"

看样子这蜃龙明显是被陆辞仙给收服了。

"陆辞仙，你是怎么收服的这只……龙……"目光落在这头蜃龙身上，方凌青噎了噎，无论如何也没办法把这货和龙联系在一起，顿了顿，憋出了一个字，"狗？"

乔晚一本正经地说："来福，来，握手。"

蜃龙："汪！"

其他人的表情已经不是震惊，而是难以置信了。

目光扫了一圈神情各异的一干人等，乔晚心里微沉。

现在最主要的倒不是来福，而是她要先弄清楚萧绥究竟想干什么。

她握住蜃龙的龙爪的刹那，还没断开的神识联系突然再次蹿进了脑海。

她眼前隐隐闪过了萧绥的脸，他像是在对属下嘱咐什么，这是来福的识海里残存的只言片语。

"穆笑笑……神识……留意……嫁祸……"

"乔晚……"

糟糕！

乔晚心里一惊，灵台瞬间清明。

她好像弄明白萧绥想干什么了！

她的大号！

她的大号从刚才起就一直忙着叫醒其他弟子，这里面当然也包括了穆笑笑。

穆笑笑似乎做了个很长的梦，梦见了很多人，有师父、裴师弟、小凤凰……

她梦见他们突然都离她而去了，就连昆山的其他师兄师姐们也用嫌恶的目光看着她。

少女仓皇地往前走了几步，想要解释，突然间，脑门上一阵剧痛袭来。

"穆师姐！"身边的昆山弟子看着突然软绵绵地倒下来的穆笑笑，大惊失色，"穆师姐？你怎么样了？！"

就在昆山弟子慌忙扶起穆笑笑的下一秒，一只手突然伸出挡住了他。

"让我来。"乔晚抬头看向那弟子。

来不及了，她至少得在萧绥赶到之前先做点儿补救措施再说。

昆山弟子愣愣地松开了手，不过相处短短几刻钟，他们这些人对乔晚的认知更深了一步，也有所改观。这么多人里面，只有乔晚和陆辞仙是完全没受这幻境影响的。

就在刚刚，乔晚甚至用神识连接了大家的神识，织成了一张"网"，彼此支撑互援，大家才不至于在这浓烈的雾气中再度失了神志。

用自己的神识连接大家的神识，这话说出来简单，做起来很难。

　　首先，作为这沟通连接所有神识的"枢纽"，这个人的神识必须无比坚韧，坚韧到能承接其他人的神识，同时还得足够强大，能将神识覆盖到所有人身上，除此之外，还必须足够冷静，不受外物和幻境影响。

　　就在神识连接起来的那一瞬，原本还等着看乔晚究竟能猎到几个灵兽的昆山弟子全都默了。

　　光这一手，就足够证明那有龙气的人说得没错。

　　他们之中，或许只有乔晚堪堪能与他一战。

　　就这一手，他们练个百八十年也未必能做到乔晚这样。

　　不知不觉之间，这几十个昆山弟子已经全都以乔晚为主心骨了。

　　或许只有乔晚才能带着他们平安走出停云山。

　　就在乔晚把穆笑笑放平，几个人围着穆笑笑急得团团转的时候，天际突然亮起了流星般的剑光，重重云雾间出现了几个脚踩飞剑的昆山弟子。

　　"是昆山！"目睹这飞剑，其他人精神大振，指着天空，惊喜道，"昆山来援了！"

　　看来不用乔晚带他们走出停云山了，昆山想必是得了玉简上的消息，来救援他们了！

　　乔晚动作一顿，抬头顺着其他人的视线看去，就见天空上出现一艘刻着萧家莲花纹的浮空飞舟，忍不住叹了一口气，心情却一点儿都不如其他人那样激动庆幸。

　　要参加同修会的昆山弟子们竟然被一只大蛤蜊给放倒了，坐在临时搭建的帐篷里的马怀真脸色不大好看。

　　周衍正和萧绥守着被安置在软榻上的穆笑笑。

　　乔晚和其他弟子守在帐篷外面等着。

　　帐篷里，少女似乎陷入了极大的惊惧之中，面色惨白，冷汗涔涔。周衍低垂着眼，眼神微冷。

　　"怎么样？"马怀真偏头看向身旁的医修。

　　那弟子收回手，面带犹豫之色："穆师姐的神识似乎受了不小的损伤。"

　　话音刚落，周衍脸色顿变，蹙眉不语。

　　之前在泥岩秘境里穆笑笑撞到了脑袋，受了重创还没好彻底，这回神识又受到了重创？

　　马怀真问："除了这个呢，还有什么发现没有？"

　　"其他的弟子都已经检查过了，只是神识受了点儿震荡，并没有受损的迹象，更何况……"

　　"更何况，"马怀真打断道，"这蜃龙只是吐出了点儿雾气，将人拉进了幻境里，并没有伤人之意是吗?"

医修弟子点头。

萧绥收回替穆笑笑擦汗的手,脸色有点儿差:"意思是这事只针对穆姐姐一个人了?"

"除了这个呢?"少年神色骤然一厉,看向那医修弟子,"除了这蜃龙,还有什么疑点没有?"

"据说,"来禀报的医修弟子忍不住多看了一眼上方的玉清真人的脸色,"据说,众人陷入幻境之后,是乔师姐将大家叫醒的。"

如果中间有什么差错,应该也是乔晚那儿出了什么差错。

毕竟乔晚和穆笑笑不和的事,整个昆山尽人皆知,之前乔晚就干出过在泥岩秘境里意图戕害同门的事,要是在这过程中弄出了点儿小手段也算人之常情。

不过在马堂主森冷的目光之下,他没敢开口说这话。

帐篷里一时间陷入了沉默之中,过了好一会儿,众人才听到玉清真人那清冷的嗓音响起。

"去把乔晚叫进来。"

乔晚啊,乔晚……马怀真换了个姿势,心情也有点儿复杂。

这都公堂会审几回了,他怎么就没见过这么能拉仇恨的人呢?

守在帐篷外的一众昆山弟子,这个时候还有点儿丈二和尚摸不着头脑,虽然不清楚发生了什么事,但隐约能察觉出透过那帐篷传来的低气压。

"穆师姐到底怎么样了?"

"好端端地怎么会就晕倒了呢?我们也没见着有事啊。"

帘子被打起,从帐篷里走出一个暗部弟子,目光在乔晚身上扫了一圈,暗部弟子冷冷道:"乔晚,堂主叫你。"

一回生,二回熟,乔晚熟门熟路地进了帐篷,找了个地方挺直腰背站好了,认命地开始接受来自四面八方的审视眼神。

"解释吧。"马怀真瞥了一眼软榻上还昏睡不醒的穆笑笑,淡淡道。

"弟子一进来,堂主就要弟子解释,"乔晚彬彬有礼地回答,"弟子不知道解释什么。"

萧绥冷笑:"解释你师姐现在这状态是不是和你有关。"

乔晚面无表情地看了一眼面前这眼含讥讽之色,明显胜券在握的青年。

萧绥:"……"

闹出这事之后,流程还是得走一遍的,乔晚思索了一会儿,整理好了语言:"弟子和其他人……"

"慢着。"萧绥冷声打断她的话,"大家都是结伴而行,为何你孤身一人?其他人呢,没和你在一起吗?这你要怎么解释?"

乔晚眉心一跳。

她总不能说她是因为暗恋昆山上那位尊者而少女心纷乱，独自一人走走散散心吧。

"出发之前，董师兄没说过必须结伴而行，在山下的时候，"乔晚面不改色地说道，"我已经习惯了一个人独行。"

听到这话，周衍微微一顿，不过还是没说什么。

马怀真："继续。"

"我走了一段路之后，察觉到玉简上的声音突然消失了，就意识到了不对劲儿，紧接着就在不远处看见了萧师兄，看样子他像是中了幻术。"

"萧博扬呢？"马怀真扭头嘱咐身边人，"把他带进来。"

没隔一会儿，萧博扬就被带进来了，就是不知道为什么神情有些晦涩，眼眶红通通的，肉眼可见地萎靡不振。一瞥见站在帐篷里明显在被审问的乔晚，萧博扬显而易见地浑身一震，脸上瞬间流露出一种难以言喻的复杂之色。

那表情似乎在说：怎么老是你？！

就连他在幻境里见到老"人参精"生出的羞愧和悲伤情绪都被冲淡了几分。

其实这事主要是走个流程，萧博扬的回答和乔晚的回答没什么出入，接下来陆陆续续地被喊进来的几个昆山弟子的回答，也都没什么问题。

马怀真瞥了一眼萧博扬的神色，立刻就看出这崽子在幻境里面似乎重温了什么悲惨的回忆，于是十分人性化地没让萧博扬多站着，给他搬了张凳子让他坐着旁听，又吩咐暗部弟子也去给乔晚搬张椅子让她坐着。

萧绥脸色有点儿发黑："事情还没搞清楚之前，对一个三番五次意图戕害同门的疑犯，堂主不会觉得太过礼遇了吗？"

马怀真那半只眼里流转着盈盈笑意："正如萧小道友说的，事情还没弄清楚之前，一切都得谨慎。乔晚如今还算不上是犯人，是不是又像前几次那样被冤枉了也未可知。我想，搬把凳子倒算不上什么过分的事。"

姜毕竟还是老的辣，坐镇问世堂多年，男人虽然只剩下了"半个"，但这残破不堪的身子和这被毁的半张脸，非但不会让人觉得好欺负，更带了点儿阴沉森冷的气质。

萧绥虽然有些不满，但也明白至少不能得罪马怀真。

上次萧绥在乔晚手上已经吃了次暗亏，昆山已经有不少传言说，是他萧家在暗中捣鬼，这次怎么着也得把场子给找回来。

他算是想明白了，这些事都不能动摇乔晚的根基，乔晚能回到昆山，能不受人非议，主要还是玉清真人和陆辟寒顶着。玉清真人最重视穆姐姐，只要他从穆笑笑这儿着手，没了玉清真人和陆辟寒庇护，萧绥等着看乔晚还能逍遥到几时。

压下心头的一口气，萧绥尽量心平气和地问："那堂主现在打算怎么办？"

"等着。"马怀真换了个舒服点儿的姿势，懒懒地丢下了两个字，然后继续说，"不是说陆辞仙他们已经降服了那蜃龙吗？现在就等陆辞仙带着蜃龙赶回来，或者等穆笑笑醒过来了。"

萧绥倒不是特别担心陆辞仙带着蜃龙赶回来。

蜃龙这种怪，腰后全是逆鳞，性格桀骜不驯，甫一见面差点儿咬了他一口，被带回来又能怎么样，还能让它做证不成？

不过还没等陆辞仙带着蜃龙赶回来，榻上的少女倒是先醒了。

周衍皱眉："笑笑，你怎么样？"

少女捂住了脑袋，嗓音飘忽："疼……师父，疼。"

周衍的眉头皱得更紧，他扶住穆笑笑靠着软榻坐了起来。

少女明显还有点儿不在状态，听完马怀真的话之后，蒙蒙的，眨了眨眼，目光懵懂地落在了乔晚身上。

乔晚……在她的识海里动了手脚？

不可能。

几乎是下一秒，穆笑笑就否定了这个想法，咬紧了唇。

当时是乔晚把她拉出幻境的。

她虽然对乔晚……感觉上有点儿复杂，穆笑笑不安地想，但她相信，无论如何都不会是乔晚在她的识海里动了手脚。

看现在这情形，大家似乎是在会审乔晚？

她要怎么说？

虽然明知不可能是乔晚动的手脚，但在这一瞬间，穆笑笑有点儿迟疑了。

人的感情是很复杂的，她说不上来她对乔晚是什么感受。

她心里厌恶这个偷窃了她的东西的小偷，忌妒对方因为和她长得像，就得到了师父、裴春争他们的目光。她忌妒乔晚能拥有她不可能拥有的勇气和坚韧心性，忌妒乔晚修为一路攀升。

这些阴暗的小心思，隐在少女纯美的表面下，如同蔓草一样在心里疯狂生长。这就是人性，不论穆笑笑怎么压抑也压抑不住。

但是她好像也很喜欢乔晚，厌恶乔晚的同时又忍不住被其吸引。

穆笑笑垂下了眼。

她喜欢乔晚对同伴的真诚，就像光一样。因为这酷似的容貌，乔晚好像活成了世界上的另一个她，一个她想都不敢想的样子。

她要怎么选？

一时间，穆笑笑口干舌燥，心跳如擂鼓，脸也忍不住红了，紧紧揪紧了衣摆。过了好一会儿之后，她才嗓音轻而软地开口。

"师妹……师妹……"少女似乎不敢抬起眼去看乔晚的脸，嗓音因为紧张忍不

25

住打着战,"你为什么要这么对我?"

这……

周衍和萧博扬猛地愣住。

乔晚霍然睁大了眼。

不论是帐篷里还是在帐篷外偷听的昆山弟子们浑身一震!

穆笑笑的意思是……乔晚真对自己的师姐下手了?!

话出口的刹那,穆笑笑就后悔了,但开弓没有回头箭。

萧绥也愣了一下,但随后立刻打蛇随棍上:"堂主,穆姐姐都这么说了,您怎么看?"

马怀真脸上的笑意突然淡了下来,他淡淡地扫了一眼深埋着头的少女:"穆笑笑,你确定乔晚真的在你的识海里动了手脚?"

这嗓音冷淡如冰,在这视线的压迫之下,少女犹如畏缩的兔子一般抖了起来。

"是……"有眼泪顺着眼眶"啪嗒啪嗒"地落在了被角上,"师妹的确对我的识海动了手脚,笑笑本来也不想说的,但师妹三番五次……"

周衍蹙眉俯身看着瑟缩不止的小姑娘:"笑笑。"

"那正好了,"马怀真面无表情地靠到轮椅上,完好的那只手在轮椅上轻轻拍了一下,嘴角扯出个笑容,"正好我已经通知了素霓仙子,等素霓仙子一来,抽出你的神识,就能将乔晚定罪。"

素霓仙子!

穆笑笑顿时脸色发白,难以置信地瞪大了眼看着面前不近人情的男人,一颗心瞬间提到了嗓子眼里。

素霓仙子一来,抽出神识,就意味着她做伪证的事会公之于众!

穆笑笑的幻境是什么?

少女眼神怔怔,在那里看到了一个妇人,妇人穿着一件还算整齐的粗布裙,袖口上打了补丁,正坐在桌前笑眯眯地看着还在扒饭的小男孩。

"来,来,来,大宝多吃点儿。"

满满的一碗粳米饭上面堆了厚厚的肉油渣子。

那个被称作"爹"的男人也在笑:"等回头开春了,就托个关系,把他送到张先生那儿念书去,也不用去考试,念几个字就行了,到时候好在镇子里找个活儿干。"

而坐在这两个人之间的小男孩吃得嘴冒油光,笑弯了眉眼。

三个人看上去是多其乐融融的一家人。

突然间,那妇人眼神一瞥,似乎是留意到了站在一边的她,立刻就变了脸色,不耐烦地粗声粗气厉喝道:"傻站在这儿干什么,衣服洗了吗?!"

她……她也想吃弟弟碗里的肉油渣子。

"穆笑笑"怔怔地咽了一口唾沫，绞紧了手指。

妇人似乎更不耐烦了，骂骂咧咧地说着什么。

那原本在笑的男人火气突然上来了，他怒气冲冲地一把将筷子拍在了桌上，变了脸色冲了上来，一巴掌就扇了过来。

后来呢？

后来怎么样，她记不清了。

她只记得她在寒风里打着森冷刺骨的井水洗衣服的时候，听见屋里爹娘在商量着要把她嫁给附近村里三十多岁的鳏夫，给弟弟换娶媳妇的钱。

弟弟从小就会讨爹娘喜欢，近乎贪婪地牢牢保护着他的东西：仅剩的一碗粳米饭，仅剩的一颗鸡蛋，哪怕是一口汤……

那是她还没入昆山，没有被众星拱月之前，最不愿也是最耻辱的回忆。

不行！

穆笑笑立刻慌了神，揪紧了身上盖着的软被，一个趔趄差点儿从榻上栽下来："堂……堂主……"

马怀真目光冷冷地扫向她："怎么，可是头又痛了？"

男人阴森的脸上露出了一种堪称和蔼的表情，他笑吟吟道："既然头又痛了，那就躺回去休息吧，素霓仙子一会儿就到，到时候抽出你的神识，不消片刻就能还你公道。"

周衍："笑笑？"

听到周衍的嗓音，穆笑笑心跳漏了一拍。

师……师父……

她回头看见周衍两条长眉紧蹙，更是忐忑不安。

乔晚看了一眼面如死灰的穆笑笑，心里一沉，抿紧了唇。

而在帐篷外面，不少昆山弟子还在暗暗关注着里面的动静。

"怎么样了？"有人好奇地问。

离帐篷最近的昆山弟子收回身子，眼神复杂地低声道："马堂主说素霓仙子一会儿就到。"

乔晚和穆笑笑各执一词，这两个人中势必有一个人在说谎。

"那看来就只能等素霓仙子到了。"

"等等，"某昆山弟子抬手示意，身子又往帐篷前凑了凑，"这里面又有动静了。"

不大的帐篷里面传来了萧绥的声音。

"将神识从识海里抽出，对方的神识势必会有所损耗，穆姐姐神识受创在前，如今又要被抽出神识，岂不是伤上加伤？"

"萧小公子放心。"马怀真沙哑磁性的嗓音响起,"我昆山有最好的医修弟子准备着,我知道萧家小公子担忧自己这未过门的嫂嫂,但切莫轻视了我们昆山的医修才是。"

萧绥脸色难看,心里却跟明镜一样十分清楚。

绝不能让素霓仙子抽出穆姐姐的神识,否则这么一来,他今天所做的一切都将会功亏一篑。不过这马怀真软硬不吃,油盐不进,就这么老神在在地坐在轮椅上,实在让他有点儿无从下手。

"过不了多久,穆姐姐就要嫁进我们萧家。"眼看好言不成,萧绥冷声道,"这中间出了什么差错,堂主也一力担之吗?"

没想到男人面色不改,嘴角噙着笑,定定道:"这中间出了什么差错,我当然一力担之。"

就在这时,一直看着手上的玉简没开口的周衍,突然开了口:"今天这事麻烦堂主了,但这场闹剧就到此为止吧。"

话一出口,帐篷内外顿时安静了下来。

马怀真斜眼看了过去。

"这事算是我管教不严,"迎着马怀真的目光,周衍不为所动,但眼里显而易见地露出了点儿疲倦之色,"在众位同修面前闹了笑话,我这两个徒弟惹出来的事已经够多了,今天这事就到此为止吧,稍后我会将她二人带回玉清峰好好管教,也麻烦马堂主刚刚替我这两个徒弟裁决此事了。"

穆笑笑惊讶地张大了嘴,星眸潋滟,软软地低声叫唤了一声:"师父。"

乔晚身子一僵,面无表情地看向了坐在不远处的周衍。

这话听上去虽然没什么可指摘的,话里的立场却很明显。

光靠剑术,缺心眼的人毕竟也坐不上玉清真人这位子,事到如今,这里面有多少弯弯绕绕,周衍都看得明明白白。

乔晚之前不愿意杀穆笑笑,这次当然也不会在穆笑笑的识海里动手脚,而萧绥一言一行中隐约透出了点儿胜券在握、咄咄逼人甚至赶尽杀绝的戾气。

穆笑笑说的是假话,周衍心里当然也清楚。

这孩子从前不会撒谎,话刚说出口就怕得忍不住掉眼泪,脸也红了大半。

但这毕竟是他一手养大的徒弟。

素霓仙子一来,将这事公之于众,笑笑承担不起众人的非议。

他倒也不是全为了穆笑笑,还为了代表着萧家的萧绥。

想到这儿,周衍又看向了乔晚。

她神情还算沉静,一动不动地看着他。

所以,他就要牺牲她?

帐篷不大,两个人之间的距离也不算远,但这短短几步的距离,中间好像隔着几道难以跨越的鸿沟。

这事若不清不楚地到此为止，在别人看来，只会是周衍顾及她的名声，这才有意让事情在这儿画上休止符。

但她呢？

一时间乔晚感觉嘴里发苦，鼻子一酸，一股莫名其妙的委屈情绪浮上心头。

她这段时间以来，辛辛苦苦为的就是能堂堂正正地站在其他人面前。

她……她好像有点儿想前辈了。乔晚木木地想。

萧绥心里也有点儿挣扎。

要说这事到此为止，好不容易做到这一步，他不甘心，可要是任由素霓仙子过来，这事就难收场了。思索再三，萧绥往周衍身边站去，呈保护之姿，和周衍并肩将穆笑笑纳在了自己的保护范围之内，算是同意了周衍的说法。

"不如这样，先让穆姐姐回去休息。"萧绥看向马怀真，"等穆姐姐神识无大碍之后，再请素霓仙子抽出神识做证，堂主你看如何？"

马怀真一时间没吭声。

乔晚抬眼看向周衍。

这位昆山的玉清真人垂袖站着，四目相对之间，男人神情依旧淡漠高贵，宽袍大袖将穆笑笑挡在了身后，目光相撞的刹那，他脸上露出了点儿显而易见的抱歉之色。

少女如同离巢的雏鸟，紧紧揪住了周衍的衣摆。

两个徒弟，在他心里孰轻孰重，一目了然。

虽然他对乔晚感到歉疚，想要补偿，但这仅仅是愧疚，并无多少师徒情谊在里面。

相比之下，穆笑笑才是他珍之、重之、爱之、护之的小徒弟，也是曾经和大师兄同甘共苦的小师妹。

迎上周衍眼里的怜悯和歉疚之色，乔晚沉默不语地握住了剑。

"我方才已经通知了素霓仙子回宗门，"周衍收回视线，沉声道，"也吩咐了辟寒来接笑笑先回山休养。"

"怎么样？里面情况怎么样了？"

帐篷外面的昆山弟子皱眉催促着问最前面的弟子。

最前面的弟子神情犹豫地转过脸来："玉清真人说话了，说是这事算他的错，是他管教不严，希望事情到此为止，别查下去了。"

别查下去了？

昆山连同崇德的弟子都愣了愣。

难道说，乔晚真的在自家师姐的识海里动了手脚，否则玉清真人周衍怎么会

出手阻拦呢?

没一会儿,云外突然落下了一道剑光,伴随着剑光一并落下的是个病恹恹的年轻男人。

男人脸色青白,瘦骨嶙峋,仿佛下一秒就会断气,唯独一双眼透着坚韧和执着的光,使人不敢多看。

刚刚御剑而来,受了不少寒气,陆辟寒咳嗽了两声,苍白宽大的手撩起了帘子。

一踏入帐篷里面,他一眼就将众人各异的神情收入了眼底。

那冷冰冰的目光平静地从乔晚身上掠过,他没再多看她一眼,垂下眼,病恹恹地上前行礼。

男人的视线像火一样刺痛了乔晚的肌肤。

"师尊,我来带笑笑回去。"

陆辟寒的目光随之落在了周衍身后的穆笑笑身上。

盯着这道寒冰般的视线,穆笑笑突然有点儿慌乱,怔怔地上前一步,讪讪道:"师……师兄……"

看着少女红通通的眼眶,陆辟寒眼神幽深。

周衍:"晚儿,那是你的师姐。"

他话里的意思已经不言而喻。

那她呢?

她没上山之前,没恢复记忆之前,也经历过猥亵,经历过所谓的"宗族"打着为她好的名义要将她卖给别人做妾。这都不是一个人做错事的理由。

虽然她不记得前世爸妈长什么样了,但还记得她妈跟她说过的话。

人成年了,就要对自己的一言一行负责了。

就在陆辟寒带着穆笑笑即将走出帐篷的那一刹那,乔晚开口了:"慢着。"

陆辟寒停下了脚步。

"除了素霓仙子,我还有一个办法可以做证。"迎着马怀真看来的视线,乔晚沉声道,"蜃龙,那条蜃龙能做证。"

萧绥闻言心里"咯噔"了一声,暗叫了声不好,立刻上前一步。

马怀真面无表情地抬手,拦住了他的动作:"说下去。"

萧绥脸色难看:"马堂主。"

马怀真似笑非笑地看了过去:"怎么?叫蜃龙做证难不成还能伤了穆笑笑?"

自己挖的坑,还得自己去跳。

马怀真态度强硬,以一己之力压制了所有反对意见,萧绥的脸色一时间阴晴不定。

"萧小公子，我是问世堂的堂主，如今戒律堂不在，这事合该由我来裁决。"马怀真笑吟吟道，"刚刚是给了萧家的面子，小公子难不成还要插手我宗门里的事务？"

就在这当口，帐篷外突然响起了一声悠远高昂的龙鸣。

马怀真皱眉，立刻驱动轮椅出了帐篷，远远就看见了盘踞在半空中那条暗红色的蜃龙。

他的目光随即又落在蜃龙下的少年身上。

陆辞仙垂手站着，顶着其他人各异的目光，平静道："堂主，我把蜃龙给带过来了。"

周围响起了窸窸窣窣的议论声。

"这就是那蜃龙？"

"陆辞仙怎么做到的？"

就连马怀真也有点儿惊讶，没想到陆辞仙他们几个竟然还真能把这条蜃龙给带过来。而且，他看着蜃龙腰后的逆鳞……

这的确是个不好惹的上古神怪。

马怀真不动声色地收敛思绪，目光重新落在这条蜃龙身上，直接上手放出了一道神识，身形乍动，快得叫人来不及反应。

抽神识这事，马怀真也是赌了一把。虽说陆辞仙把这蜃龙带过来了，但保不齐这蜃龙还有攻击力，不过事急从权，他赌的就是，如果这蜃龙动手他的修为至少能挡住这一击。

不过让马怀真略感讶异的是，面前这条龙完全没抵抗的意思，乖乖地就把这几天的神识记忆给交到了他的手里，当然这也阻挡了他继续往前探查的心思。

看来是陆辞仙来的路上和这蜃龙达成了什么协议。

无暇多想，抽出神识之后，马怀真将留影像往地上狠狠甩去。

这个时候其他昆山弟子惊讶地发现，被陆辟寒和周衍护在身后的穆笑笑突然面色惨白，倒退了几步，身体抖如筛糠。

其他人还没回过神来，看到留影像里的内容，纷纷愣了。

这是萧绥。

虽然人影很模糊，但众人明显能看出来这就是萧绥。

"穆笑笑……神识……留意……嫁祸……"

"乔晚……"

真相大白。

马怀真将目光从留影像上收回，转动轮椅，拨开周衍和陆辟寒，走到了穆笑笑面前。

面前的少女埋下了头，脸色惨白。

男人阴森的目光落在少女身上，他笑吟吟道："原来你师妹就是这么陷害你的？"

话音刚落，一片哗然声响起。

刚刚帐篷外面那些偷听的细微动静，就没瞒过马怀真的耳朵。

既然他们听得见帐篷里面的动静，自然也能听见少女捂着脸问师妹为什么要这么对她。

现在看来，穆笑笑说这话简直是其心可诛。

目睹了这一切，萧博扬眼神有点儿复杂，沉默地看着面如金纸，在马怀真的逼问之下步步后退的穆笑笑。

马怀真终究是北域战场杀出的煞神，周身气势如山，岂是师长羽翼下娇养的小姑娘所能抵挡。

穆笑笑脑袋里一片"嗡嗡"直响。

众人都在看她，对她议论纷纷。

"穆师姐不是说乔晚故意在她的识海里动了手脚吗？"

"这不是睁眼说瞎话吗？"

马怀真笑吟吟地转动轮椅，挡住了穆笑笑的去路。

那些曾经笑着喊她穆师姐或者穆师妹的昆山弟子，此时眼里满含复杂、惊讶和厌恶之色。

修士大多数是不服就干的生物，比起戕害同门，这种私下里玩的让人防不胜防的阴谋诡计，明显更让人厌恶。

尤其是穆笑笑刚刚还哭得那么柔弱可怜，竟然让人一下子就信了。

"这明显就不是第一次了吧？"

"那真人呢？"昆山师姐皱眉，"玉清真人不至于看不出来吧。"

怪不得刚才玉清真人急着拦住素霓仙子查探神识，原来是为了替他这徒弟遮掩。

"我……我没有……我不知道。"穆笑笑六神无主地摇头哭道，"我当时记不清了……"

萧博扬看着自己的心上人沉默了一会儿，才嗓音干涩地开口："就算记不清了，那你也不能顺水推舟地就嫁祸乔晚。"

"意图戕害同门，带回戒律堂再作询问。"马怀真嗓音陡然转厉，阴恻恻地甩出了两道灵丝，一道将穆笑笑五花大绑，直接丢到了周衍面前，另一道则直接把萧绥给捆了个结实，一并丢到了穆笑笑身边。

萧绥面色大变："马怀真！你当我是谁？！"

他还没说完，男人淡淡地屈指，在虚空中轻轻一抓，这灵丝就宛如加了千斤之重，把萧绥给砸进了土里。

男人嗓音淡淡道:"萧家小公子,我是昆山问世堂的堂主,你插手我宗门事务,如今又企图戕害我宗门弟子,就算老家主在场,你说我当不当绑你?"

一听马怀真搬出老家主,毕竟年轻还没经验,萧绥立刻就慌了。

这灵丝薄如蝉翼,还泛着点儿冷光,却如同泰山压顶,生生地把穆笑笑压趴在地,不能动弹。

少女仓皇地抬起头,没了之前半分的娇软可人样子,只看向周衍,慌乱地哭叫道:"师……师父!师父救我!"

周衍面色遽变,脚步微动。

一道森冷的目光拦住了他:"事到如今,真人还要护着你那小徒弟吗?"

眼看周衍僵在原地,穆笑笑又泪流满面地去看一直没开口的病弱青年:"大……大师兄!"

但她触及男人寒冰般幽深的目光之后,还没说出口的话卡在了嗓子眼里。

师父在看她,大师兄在看她,萧博扬也在看她,所有人都在看她……

那些昆山弟子的目光就像在看一个垃圾。

甚至萧博扬看她的目光,也像是之前从没认识过她一样。

目光一瞥,她突然瞥见了静静站在远处的少年。少年容貌明艳,垂着眼看着这一场闹剧。

穆笑笑愣住了。

裴……裴师弟……

她幻境里的噩梦,成真了……

她一步行错,满盘皆输。

"堂主。"就在四周议论纷纷的时候,周衍忽然出声,目光扫过被压趴在地上的穆笑笑,神情疲惫,"笑笑的神识毕竟确实被人动了手脚,她又受这幻境影响,神思不清,一时误解了晚儿也算人之常情。

"念在她年少懵懂,被有心人利用的情况下,请堂主允许我将笑笑带回山上好生询问管教,等她养好了伤,再行将她遣送到戒律堂查明真相也不迟。"

话音一落,其他昆山弟子都变了脸色。

玉清真人这是真的下定决心要保穆笑笑了。

他先替穆笑笑遮掩不说,如今真相大白了还要保住穆笑笑,就算之前有点儿看不上乔晚的人,这个时候也忍不住替乔晚骂了一句。

这做师父的,真是偏心到海里去了。

马怀真冷笑:"年少懵懂,神思不清?我看她陷害自己的同门师妹的时候,脑子倒清楚得很!"

这话如同惊雷当头劈下,其他昆山弟子看着趴在地上哭得梨花带雨的穆笑笑,眼里更添一丝厌恶之色。

"我是问世堂堂主，既然坐上了这位子，就不敢徇私。还请真人不要插手我们问世堂和戒律堂的事。"马怀真挥手，沉声吩咐周围的暗部弟子："带走。"

　　问世堂负责抓人，戒律堂负责审判，这是昆山众所皆知的事。

　　马怀真看样子是完全没再打算顾及周衍的面子。

　　眼看着穆笑笑和萧绥被人带走，这一切发生得太快，剩下来的一干人等还有点儿如坠梦里，回过神来之后才猛地意识到，乔晚呢？刚刚怎么没见乔晚出来？

　　帐篷里，乔晚沉默地坐在地上，正靠着帐篷休息。

　　因为她和陆辞仙神识共通，刚刚来福一眼就认出了她，不过她这个时候明显没办法和来福相认。

　　就在这时，门帘突然又被人从里面掀起。

　　马怀真转动轮椅，停在了她面前："你师姐被带走你不高兴？"

　　"前辈，没什么可高兴的。"乔晚闭着眼睛低声道。

　　这事没什么值得她高兴的。

　　马怀真静静地看了她一眼，体贴地没再打扰她，掉转轮椅离开了。

　　正如刚刚她对马怀真说的，把心眼用在这上面没什么值得高兴的。

　　或许是之前为了叫人的神识损耗太大，没一会儿工夫，乔晚就睡着了。

　　不过梦里很不安稳，她神思恍恍惚惚，时梦时醒，一会儿梦到了当初周衍带她上山的情形，一会儿梦到了当初的行刑台，一会儿又梦见了大师兄。

　　或许在她心里，她其实很羡慕穆笑笑。

　　模模糊糊间，她面前好像出现了一道高大挺拔的身影，那人青衣落拓，乌发拢个松松垮垮的低马尾，垂在了脑后。男人蹲下身，宽大温厚的手掌轻轻落在了她的发顶，目光透过单片眼镜端详着她，眼镜上的白金链子温顺地垂落在肩头。

　　男人好像叹了一口气，嗓音中透着些无奈和宠溺之意，薄唇一张一合，好像在说着些什么。

　　"晚儿……乖……"

　　好温暖……

　　大掌有耐心地反复抚摩着她的发顶。

　　好温暖……

　　在这安抚之下，乔晚终于疲倦地沉沉睡去。

第三章　一场算计

等再次醒来的时候，乔晚一睁眼就看见了萧博扬神色复杂地蹲在自己面前。

"你醒了？"

他的目光宛如见了鬼一般落在了自己……自己的肩头？

乔晚茫然地伸手摸去，这光滑的触感……这恍若有流水从指间淌过的美好触感……

乔晚瞪大了眼，惊恐地问："我的头发？"

萧博扬掏出面镜子递到了她面前："我一见你的时候就成这样了。"

镜子里的少女顶着一头乌黑亮丽的秀发，甚至比她之前的头发发质还更好一点儿，发尾不分叉，不打结，纵享飘柔和丝滑。

盯着镜子里的自己，乔晚有点儿恍惚。

她睡觉之前好像确实听到了什么声音来着，现在却记不起了，识海里面也是空荡荡的一片，没留下任何神识记忆。

这是哪个好心的神仙爷爷的魔法吗？！

萧博扬目光复杂地拽了拽乔晚脑袋上的头发。他只听说过一夜白头的，就没听说一夜长出长头发来的，不过修真界嘛，什么怪力乱神的事情都有可能发生。

"不说这个，穆……"青年的嗓音突然沉了下来，"穆道友被戒律堂放出来了，你知道吗？"

乔晚闻言愣了愣，抬头四下扫了一番。

这是她的洞府。

"我睡了多久？"

"三天。"

这三天时间发生的事，她几乎一点儿印象都没有，甚至陆辞仙那边也没有一点儿记忆。

好在没等她问，萧博扬的下一句话就打消了她的疑虑："陆辞仙跟你一样，睡了三天，这个时候不知道醒还是没醒。"

两个人同时昏睡，其他人只当他们是神识耗损太大，也没怎么惊疑。

萧博扬心情说不上多愉快，平常飞扬跋扈的萧家小少爷，好像一夜间突然就长大了。

他前脚才看到自己不愿意面对的老"人参精"，后脚又看到了自己……自己的心上人陷害自己的同门。

萧博扬觉得自己算不上什么好人，但他和萧博玉不一样，决计做不出陷害旁人这种阴损事，偏偏他又目睹了这一幕。

时至今日，他才明白自己一颗真心错付，这感觉说不上有多好受。

"是吗？"乔晚心平气和地回答，躺到榻上，沉默地看着头顶。

"是萧焕亲自去戒律堂作保，将穆道友捞出来的，倒也不是全无惩罚，"萧博扬皱眉补充了一句，"戒律堂罚了她三十鞭，不过……"

"不过，是缓期执行？"乔晚扭头。

萧博扬沉默了。

乔晚闭上眼，耳畔又传来了萧博扬的嗓音。

"真人和陆辞寒师兄替穆道友代受了十五鞭，她自己挨了五鞭，剩下的那十鞭，只说是她生辰将近，希望戒律堂开恩，等她过了这生辰再执行。"

乔晚抿紧了唇。

这个判决不出乎她的意料，甚至就连大师兄替穆笑笑代为受罚也不出乎她的意料。

"我想一个人休息一会儿，"乔晚面无表情地拉上了被子，"萧师兄，你能先出去吗？"

刚刚那话说出来，萧博扬自己都觉得有点儿对不起乔晚，一瞥眼就看见被子里鼓囊囊的一团。从来只有别人体贴他，没体贴过别人的萧家小少爷听到这声平静的"师兄"，心里突然有点儿不是滋味。

既然被称作了一声"师兄"，现在没人愿意照顾乔晚，他怎么也得发挥点儿师兄的光热。

犹豫了一下，萧博扬别扭地拍了拍那一大团被子："你……好好休息，这回穆道友也不是丝毫没受影响。"

至少，在昆山，穆笑笑的名声可算是毁了大半。

当时萧博扬也看见了，戒律堂行刑从来就不藏着掖着，将人拎到行刑台上昭告天下，目的也是警示其他昆山弟子。穆笑笑被戒律堂行刑的时候，里里外外来了不少人。

戒律堂这灵鞭是实打实的，鞭身带了倒刺，一鞭子下去，倒刺勾着血肉，再生生地将其撕扯下来。

从小就被周衍护在掌心里宠着的少女哪里吃过这种苦，跪在行刑台上，被这五鞭子抽得忍不住凄凄哀哀的惨叫，眼泪流了一地。

至于台下看着的弟子，同情的少，惊讶的多。

毕竟修士吃过的苦多了去了，虽说戒律堂的灵鞭的确恐怖了点儿，但第一鞭大家咬咬牙还是能挺过去的，像这第一鞭就叫得凄楚的情况，实属少见。

被子里一大团的"不明生物"僵了一下，"嗯"了一声。

她不能消沉太久，于是切了陆辞仙的号，安慰了如意和其他人等，又安顿好了来福，多谢齐非道和马怀真帮她照顾来福。

按理说来福是要被带去戒律堂的，但据齐非道说，是马怀真给拦了下来。

乔晚再切回大号，安抚了甘南、君采薇和济慈一干人等。

至于妙法尊者却没来，只让济慈带了一封信。

乔晚展开济慈带来的妙法尊者的书信，看了之后有点儿愣怔。

这上面就写了一个字，和她当初在大光明殿尊者禅房里看到过的字一模一样。

笔力遒劲的一个大字，一笔一画锋锐逼人。

断。

这点说起来容易做起来难，但这一个遒劲的"断"字无疑给了她不少安慰。

乔晚刚准备将这信郑重地收进抽屉里，就在这时，她的房间里的留影球突然响了，球上映出了男人清俊的容貌。

乔晚愣了愣："前辈？"

李判端坐在那间"棋室"里面，沉着地问，"昆山之行怎么样了？"

乔晚略感羞愧，沉默了一会儿，开口道："多谢前辈关心，但……"

李判敏锐地抓住了重点，淡淡道："看来是不合你意了。"

这几乎也在李判的预料之内。

李判静静地凝视了面前正襟危坐、恭敬有礼的少女一会儿。

是他逼她上的昆山，这里面存了他的私心，不过可惜，乔晚的表现让他说不上失望，但也谈不上有多满意。

至少，他当初定下的将昆山一干人等，将这师门情意彻底从她心中抹杀的目的，也算是勉勉强强达成，从此之后，不平书院才会是她唯一的退路。

不平书院不需要一个心向其他宗门的山长，他们需要的是一个当断则断，雷厉风行，见人说人话，见鬼说鬼话，在多方势力中从容斡旋的山长。

只有长不大的少年才会斤斤计较，争取他人的承认和夸赞。活到了李判这个年纪的人，早就不在意这些说起来有点儿可笑的玩意儿了。

不过，正因为这份热血，这份韧劲，这份在人眼里称得上可笑的赤子之心，少年才会被称作少年。

对不平书院而言，有这么一位至死热血的"少年山长"，或许也算不上有多大坏处。

向来信奉实用主义的李判，看着留影球里的乔晚，难得微感愧疚，脸上露出了点儿可以称得上柔和的神情："也罢，你已经做得很好了，好好休息。"

目光一瞥，他不经意间瞥见了桌上那封信："这是什么？"

她认识妙法尊者这事，李判也知道，没必要瞒着，乔晚便把这封信放在了留影球面前。

"这是前辈……送来的信。"

"你看出了什么？"

乔晚斟酌了一会儿，如实回答："放下执着，前辈是要我放下执着。"

李判瞳孔骤然一缩："对，也不对。"

不对？

乔晚愕然。

"妙法尊者是什么人物？"李判不动声色地打量了乔晚一眼，淡淡道，"他会只寄给你这虚无缥缈、居高临下的一个字吗？"

这做事指的不是碰上别人欺负到门上来，还念着什么"解脱放下"。

古往今来，凡是那些发展到已成气候的教派，那些在狂澜中尽量挽救自己宗门让其屹立不倒的得道之人，无不在争取属于自己这一方的利益。

人不入世何谈度世，不发展自家势力，何谈度遍世人？

妙法尊者自然也不可能就居高临下地寄去个虚无缥缈的"断"字，叫她放下执着。

听完李判这分析，乔晚又愣了："那前辈的意思是……"

李判："字面意思。"

断。

她应和昆山，和那缠身的烦恼做个了断。

雷厉风行，这倒很符合这位尊者的性子。

至于为什么由他寄出这个字，照这位尊者护犊子的性子——

"他这是要告诉你，"李判的嗓音低沉有力，他一字一顿地将这背后的意思尽述其中，"有他在背后为你撑腰。"

直到关了留影球之后，乔晚还处于神思恍惚的状态。

撑……撑腰？

乔晚对着桌上那一纸书信看了半天，还是有点儿愣怔。

乔晚神色复杂地收起了书信，抬头看向了洞府外湛蓝的天。

总而言之，她还是擦干这一脸血继续努力吧。

她在洞府里整整调养了三天，在这三天时间里，企图在识海里面搜寻当初那温柔模糊的声音，却依然一无所获。

不过这三天的时间里，她倒是听说了不少消息，比如说同修会马上就要开始了。萧博扬告诉她，萧家家主正在往这儿赶，照脚程计算，十天后或许就能到昆山。

到第四天的时候，萧焕突然请她去见一面。

乔晚猜这可能和萧绥有关，也没有拒绝，穿好衣服，佩好剑，在那位萧三郎的引导下去了萧焕暂时落脚的客房。

一进门她就看见了青年正坐在桌前点茶，听到门口的动静，青年抬起眼，星眸含笑。

"乔道友，你来了。"

乔晚按剑行礼："萧道友。"

萧焕笑吟吟地说："请进吧，小姑娘我们谈一谈怎么样？"

萧焕请她来，谈的自然是萧绥和穆笑笑那事。

"这事是阿绥做得不对。"萧焕脸上露出了深深的歉意，"也是我这做兄长的管教不力，还望乔道友你能原谅阿绥这一次。"

"笑笑是我未过门的妻子，她的事也是我的事，她的错，也是我的错。"

乔晚平静地问："萧道友叫我来，是想替穆道友和萧绥道友担责任吗？"

萧焕脸上的愧疚之意更深了，他捧着茶杯，半响才叹了一口气："乔道友抱歉，是我将阿绥宠得无法无天了点儿。乔道友可愿意听我说几句话？"

"请说。"

"阿绥与我并非同出一母。"萧焕笑了一下，"我娘死后，父亲又抬了阿绥的母亲进门，我小时候与阿绥关系不甚和睦，但在后来日积月累相处之中，渐渐地关系日渐亲密，甚至比那些一母所生的兄弟还要亲密几分。"

"但由于这上一辈的事，阿绥对我一直心存愧疚，又总是想尽办法补偿我，讨我开心。见你与笑笑关系不好，他便想着为了我，要替他日后的大嫂出气。归根究底这事毕竟是因我而起。"

说完，萧焕搁下了茶杯。

乌发金环，雍容华贵的青年正色地朝她垂眉俯首行了一礼。

"还望乔道友能看在阿绥这赤诚之心上，原谅他这次莽撞冲动。"

乔晚垂下眼："萧道友动之以情，晓之以理，我有拒绝的余地吗？"

萧焕脸上露出个苦涩的笑容："小姑娘，你该知道我不是这个意思。"

"我相信，萧道友既然能说出这动之以情，晓之以理的话，必定也是通情达理之辈。"乔晚抬眼，"关于萧道友说的这事我想再考虑考虑，萧道友不介意吧？"

萧焕脸上的苦笑更深了："怎么会？"

"那……"乔晚略一思索，给出了日期，"十天之后，我们在定九街上的八方酒楼里见面，到时候我一定会给萧道友一个满意的答复。"

告别了萧焕之后，乔晚在萧三郎的陪同下走出了客房。

就在洞府门口，乔晚停下脚步，看向面前这白衣护卫："劳驾道友就送到这儿吧。"

萧三郎不疑有他，寒暄两句正准备转身离开，脚步却突然一顿，神情也有点儿恍惚，眼里只映出少女皎洁如玉的脸，和那如秋水般凛然清澈的乌黑瞳仁。

这恍惚只维持了一瞬，等萧三郎再定睛一看的时候，乔晚早就已经走进了洞府。

他这是最近没休息好出现幻觉了吗？

萧三郎揉了揉脑袋，有点儿蒙。

等等……刚刚发生了什么来着？

他送乔晚到了洞府……然后……然后……

就连刚刚那一瞬的恍惚都没了印象，萧三郎困惑地在洞府门口站了一会儿，恍然大悟。

然后他就得回去禀报自家少主了啊！

一回去萧三郎就看见萧焕正坐在桌前，嘴角还泛着点儿苦笑，顿时有点儿惊奇。"少主这是什么表情？"

"我是在想，"萧焕瞥了一眼萧三郎笑道，"这小姑娘真是油盐不进呢，怕是还有别的算盘。"

萧三郎迟疑了一下，问："那少主想找的东西找到了吗？"

作为萧焕的贴身侍卫，萧三郎知道这回萧焕上昆山，不单单是冲着同修会和穆笑笑去的，还为了一件修真界所有人都梦寐以求的东西，一本剑谱。

几百年前那场大战，玉清真人周衍一剑干翻了魔域四百八十人，在北域战场顿悟了诛邪剑法，写成了一本诛邪剑谱。

据说这剑法能分劈山岳，吞吐沧海。

萧焕和穆笑笑结成这婚约，也有冲着这剑谱去的意思。

不过，令人比较惊讶的是，诛邪剑谱写成之后，就没人看见过周衍再用一次，这剑谱究竟被周衍收在哪儿还是个谜。

一走进洞府，乔晚猛地愣住。

她的洞府里坐着个人。

男人白发如瀑，面容俊美，单单坐在那儿，就将她这个简陋的洞府照耀得蓬荜生辉。

乔晚站在原地，没有再往前更进一步："真人。"

男人，或者说周衍，沉默地站起身，过了好一会儿，才吐出两个字："晚儿。"

之前在停云山牺牲她来维护笑笑，周衍也觉得自己对不起他这个徒弟，他欠乔晚的东西实在太多了。

乔晚只是愣了一瞬之后，就神情自若地走到了柜子前，打开柜子拿出了一小罐茶叶和茶具："真人怎么会来我这儿？"

乔晚平静道："真人请坐。"

周衍深深地看了她一眼，微微皱起了眉。

身处剑道巅峰，在昆山也可称得上一人之下万人之上的玉清真人，心里竟然有点儿迟疑不定。

他再看向乔晚的时候，她已经把茶具都摆好了。少女垂着眼耐心地点茶，坐姿端正，举手投足间都透着一股儒派的正中平和之意，浩然之气萦绕周身，光看着就让人赏心悦目。

儒派讲究个"礼"字，跟着李判这个法家的前辈，在不平书院里，乔晚也学到了不少儒派礼节。

看来他这个徒弟下山之后，碰到的东西比他想象中的还有多出不少。

周衍知道，乔晚嘴上虽然不说，但从前一直尊敬依赖自己，只是不知道从什么时候开始，师徒之间的气氛竟然尴尬得好比陌生人。

不，或许他们之间的关系比陌生人还冷淡点儿。

在这气氛下，周衍微微阖眼，尽量压下心头那点儿坐立不安的感觉。

"晚儿，"沉默了良久，他这才僵硬地吐出两个字，"抱歉。"

"笑笑她和你不一样。"周衍睁开眼，皱眉道，"是我将你师姐宠坏了，她性子骄纵惯了，承受不住这事暴露在人前的打击……"

那她呢？

乔晚平静地想。

她就承受得了吗？

不过这都过去了，现在她明白了一件事，乔晚面无表情地想。

女配角就是女配角来着，就算她改变了自己的命运轨迹，这个世界还是绕着女主角转的。生活就是这样，她想要好好活下去，还得擦干一脸的血继续努力拼搏。

几句话下来，周衍终于问出了最重要的问题。

"晚儿，你可愿意原谅你师姐一时鬼迷心窍？"

乔晚将面前的茶杯推到了周衍面前，温顺地垂下眼："好。我知道穆道友并非有意，再说穆道友已经受到了教训，我也不愿意再揪着不放。"

周衍猛地愣了愣，一瞬间表情好像更愧疚了。

犹豫再三，他才伸出手，轻轻摸了摸面前这徒弟的发顶。

看着这徒弟落落大方的模样、镇定从容的气度，周衍突然意识到，他的确太对不起乔晚了。

如今再一看她如此不计前嫌，他心里竟然有点儿不是滋味。

自从乔晚出了洞府开始走动之后，昆山有不少弟子在留意她的动向，想看看她会有什么反应。

想到乔晚，就连之前不太看得上她的昆山弟子，都不由得报以深深的同情。

毕竟同是徒弟，玉清真人这也太偏心了。

但出乎意料的是，作为众人关注的焦点，乔晚的一举一动十分平静，她甚至在第二天就上了玉清峰，给周衍带了罐茶叶。

周衍昨天说这茶叶好喝，希望能讨一点儿来，讨茶是假，借机缓和师徒之间的关系是真。

走进玉清殿内，乔晚顺手将茶叶摆在了桌上，看向偏殿深处，平静有礼道："真人，你要的茶叶我给你带来了。"

半响之后，玉清殿里走出了一道伟岸清冷的身影。周衍身穿一件单衣，轻轻颔首，目光一转，落在了她的脸上："麻烦你多跑一趟，坐下喝杯茶吧。"

乔晚没反对，喝了一杯茶，疏淡有礼地寒暄了几句之后，转身离开了。

她是在出玉清峰的时候碰上陆辟寒的。

替穆笑笑挡了几鞭子之后，陆辟寒身形好像更加瘦弱了，眼下一片青黑，瘦得仿佛脱了相。

乔晚微微一顿，主动问好："大师兄。"

脚步依然不停。

陆辟寒的脸上看不出是什么表情，他只淡淡地垂下眼，应了一声。

然后两个人擦肩而过。

在别人看来，就是经过这件事之后，乔晚突然想通了，也不折腾了。或许之前她折腾本来就有点儿想引起师长注意的意思在里面，但经过这件事之后，认清了自己的地位，竟然乖乖地在昆山待了下来。

接下来这几天时间，乔晚往玉清峰跑得十分勤快。

师徒之间的关系，慢慢地好像也回到了之前那般缓和而疏离的状态。

但也正因为乔晚的顺从表现，周衍心里也愈加不是滋味，想补偿却又不知道该从何补偿而起。

等到乔晚再次踏进玉清殿偏殿的时候，周衍才刚刚起床。他一夜没睡，长发披散，正临窗对镜坐着，有点儿愣神。

门口突然响起了少女冷静的嗓音。

乔晚上前见礼："真人。"

周衍看到她，紧蹙的眉头舒展了不少："坐吧。"

然后两个人就是长久沉默。

四周安静得只听见玉清峰上寒风的呼啸声音。

最后还是周衍先打破了僵局："晚儿，你拜入我门下有多久了？"

乔晚略一思索给出了个答案："三十四年零六个月又三天。"

周衍蓦地愣住了，清冷的目光落在了她的脸上，眼里涌动着复杂的情绪，半响，才叹了一口气。

"难为你竟还记得这般清楚。我还记得当初你刚上山的时候，经常帮我打理我这一头白发。"周衍顿了顿，垂下眼，"如今，你愿不愿再帮师父梳一次头？"

梳头而已。

周衍这头发光滑柔顺，乔晚平静地从桌子上拿了梳篦，站到了男人背后。

冰冷的梳齿一触碰到头皮，周衍浑身都忍不住微微一僵，片刻后又缓缓地放松下来，闭上眼尽量感受梳齿按摩头皮时细微的痒感。

仿佛有把象牙梳正在心尖上徘徊，梳齿每掠过一次，就掀起一阵细微的战栗。

乔晚刚拜入他门下的时候，也是这样，那时候她个子还不高，喜欢搬个凳子，站在凳子上帮他梳头。

殿外大雪苍茫，室内烧了炭，温暖如春。

其实乔晚觉得，修士能保持体温，烧炭是件特别铺张浪费的事。

她收起这些乱七八糟的想法，定了定心神，继续帮周衍梳头，看着白发从梳齿间流泻而出，气氛竟然像是当初那般温馨和亲密。

然后，这温馨和亲密气氛就被另一道拔高的嗓音给打破了。

穆笑笑脸色苍白地突然站在了门口："师……师父？！"

她难以置信地望着乔晚，眼神却狼狈地闪躲着："师妹……你们……"

穆笑笑看起来像是刚从床上爬起来的。这几天以来，乔晚都没看到过穆笑笑的身影。此时的穆笑笑左脸肿起，鞭痕狰狞，脚步虚浮得像踩在棉花上。苍白的面容透着一股死气，与从前判若两人。

当初戒律堂行刑的时候，她躲了一下，这一鞭子正正好好就落在了脸上。

戒律堂的灵鞭，就算用栖霞峰上最好的伤药一时半会儿也消不了肿，究其原因，主要还是起个以儆效尤的作用。

这表情有点儿像捉奸在床，乔晚嘴角一抽，下意识地放下了手里的梳篦。

没想到还没等她开口，周衍却皱紧眉先开了口："笑笑，你怎么来了？"

"我……我……"看着周衍，穆笑笑一时语塞。

乔晚不知道周衍和穆笑笑之间的事，但穆笑笑自己心里很清楚。

师父对她……失望了。

在将她从戒律堂带回后，师父就下了禁足令，让小松好生看着她，没他允许，她不能擅自离开洞府半步。可是她刚刚听小松无意中提到，这几天乔晚一直往玉清峰上跑。

她担心……

如今看到乔晚手里握着梳篦，想到刚刚在门口看到的那幅亲密画面，穆笑笑不由得流出了眼泪，嗫嚅道："我……我只是想师父了……"

然而男人素日冷淡的脸上，没像之前那样露出点儿不易察觉的温柔之色。

周衍阖上了眼，不去看她，嗓音冷硬道："回去。"

穆笑笑愣了愣，还没流下来的眼泪狼狈地卡在了眼眶里，收不回去，掉不下来。

"师父……"

周衍："回去。"

"师父？"

穆笑笑刚往前走几步，一道凛然剑气突然挡住了她的去路。

周衍放下了手，依然没睁眼："出去！"

穆笑笑身体僵了僵，看了一眼乔晚，眼泪顿时流了出来："师父……你这是为了师妹……"

结果这话还没说完，又一道凛然剑气贴着她高高肿起的侧脸掠过。

"出去！连我的话你也不听了吗？！"

穆笑笑眼眶通红，手脚冰冷地站在原地，只觉得高高肿起的脸一阵火辣辣地疼。

眼看她依然没动作，周衍这回不再留情，一道剑气将少女轰然推出了屋，少女眼前只留下了一扇紧闭着的门。

望着面前这扇紧闭着的门，穆笑笑只觉得好像被人狠狠地扇了一巴掌，又被人兜头浇了一盆冷水，僵在了原地。

殿门重重合上后，周衍这才疲倦地睁开了眼。

是他之前太娇惯笑笑，才让她养成了这个性子，禁足是他有意磨磨她的性子，没想到……穆笑笑的表现，让他如此失望。

想到这儿，周衍忍不住多看了面前的乔晚一眼。

少女镇静地站着，眼神清朗，知趣守礼，坚韧聪慧。

两相比较，乔晚的品行才显得如此难得。

沉默了一瞬，周衍疲倦道："罢了，就到这儿吧。"

这几天他常常会想，乔晚当真不在乎了吗？

但这个时候，他反倒什么都不愿意想了。

这样就好了。

他和乔晚能维持如今这般生疏和客气的关系就已经足够了。

"你师姐我会好好管教她。"周衍犹豫片刻，补充了一句，"你莫要记挂在心。"

"是。"乔晚平静地行礼,"晚辈谨记。"

这就是她想做的事了。

乔晚面无表情地想,这段时间她终于想明白了要怎么接近周衍。

锦上添花不如雪中送炭。撒娇卖萌有穆笑笑足矣。

但她能做的却是穆笑笑力所不及之事——为周衍排忧解难,陪伴安慰这个身心俱疲的男人。撒娇卖萌固然令人愉悦,但若长此以往地收拾残局,纵是神仙也难免倦怠。

比起这个,一般人看重的还是实实在在的利益,一个能陪在自己身边为自己分担责任和忧患的人更有优势。

在这过程中,她会想办法拿到前辈嘱咐她的诛邪剑谱。

穆笑笑走后,周衍静默了许久,这才说出了正事:"明天是笑笑的生辰……"

看出周衍的迟疑和动摇之心,乔晚礼貌地接话道:"我会去。"

周衍惊讶地看了她一眼:"晚儿……"

乔晚不闪不避,平静地和面前的男人对视。

周衍其实还在乎穆笑笑,这点几乎是不容置疑的。

但她这话一出口,这位玉清真人眼里常年不化的冷淡之色渐渐退去,化为了一阵复杂、愧疚甚至……怜惜的情绪。

这时候,他们之间竟也生出了一点儿师徒之间的脉脉温情。

下了山之后,想到穆笑笑,乔晚忍不住皱起了眉。

穆笑笑虽然娇软了点儿,但身体还很健康,但就算如此,还留下了高肿的鞭痕,那大师兄……

没想到自己会和大师兄走到这一步,这几天时间里,乔晚认真地思考过了,大师兄不只是她的大师兄,还是穆笑笑的大师兄,他这么做,不偏不倚,公正得很,至少当初他对她的照拂和关心都是实打实的。

犹豫再三,回到洞府之后,乔晚还是翻出了自己之前跑任务时攒的伤药,偷偷拜托一个昆山弟子匿名送到了陆辟寒的门前。

送完伤药之后,乔晚转身跑了趟定九街的珍宝阁,问伙计取了前几天预订好的白玉海棠簪。

就算周衍不说,穆笑笑这场庆生宴乔晚也会过去,至于目的……

"承惠,四十三块上品灵石。"面前的伙计笑嘻嘻道,"多谢客官惠顾。"

乔晚猛然回神,翻出储物袋,一手交钱一手交货:"多谢。"

第二天一早,她随便换了件衣服,带着白玉海棠簪就往玉清峰去了。

鉴于才被戒律堂罚了十多鞭,穆笑笑这个生日可以称得上这五十年来最低调的一次,来的人都不多。

虽说穆笑笑也请了萧博扬，但萧家小少爷这个时候正处于说失恋称不上失恋的微妙情绪里，破天荒地礼貌婉拒了穆笑笑的邀请。

至于裴春争……自从回到昆山之后，她就再也没见到过他了，或许，他还需要时间去整理被那场回忆所影响的情绪。

因此，这场生日宴会，到场的也就只有平常和穆笑笑关系还算不错的昆山弟子以及萧绥、萧焕两兄弟。

乔晚刚一进门，目光就和萧焕撞了个正着。

青年笑吟吟地说道："小姑娘，我们又见面了。"

他却只字没提两天之后在定九街上的约见。

"萧道友。"乔晚整身行礼，目光不自觉地落在了萧绥身上。

萧绥是萧家小公子，虽说在昆山犯下了事，但戒律堂还管不到萧绥身上，只是让萧绥禁足，通知了老家主，意思就是：你家孩子在我家闯祸了，如今已经被我们扣下了，你们看着办哪。

这也是萧家老家主这么着急赶来的原因之一，但说担心，是没多担心的。

萧家和昆山本来就是同盟关系，犯不着为了她这个弟子打破两家之间的和谐局面，实在是因为当时目睹这一幕的昆山弟子比较多，让萧绥禁足，不过是做给自己门下的弟子看的，免得损害了戒律堂这"公正严明"的形象。

就算这样，也是被马怀真特地摆了一道的缘故。

毕竟这是马怀真有意没拦着那些旁听的昆山弟子，又在第一时间出了帐篷，硬是将这场审讯高度透明化、公开化地进行了下去，否则这事难保不会继续轻拿轻放。

萧绥的面色很不好，估计是因为有萧焕在旁边镇着，虽然萧绥看着她的眼神冷飕飕的，却他硬是憋住了没出言讥讽。

乔晚则恍若没看见一样，淡定地打了个招呼上前一步："见过萧绥道友。"同时传音入密，"玉清殿后花园，我等你。"

然后她不出意外地看到了萧绥睁大了眼。

乔晚则往后退了一步，平静地把礼物交给了小松，该干吗干吗去了。

乔晚走后，萧绥的脸色变了又变。

"玉清殿后花园，我等你。"

这句话用了传音入密，她是特地避开萧焕说的。

乔晚这货是什么意思？难不成她还想报仇？或者说她是特地来羞辱他的？萧绥惊疑不定，又羞又恼。

"阿绥？"耳畔传来萧焕温和的问询声。

萧绥猛然收回了思绪，眼神复杂地摇了摇头："大哥，我没事。"

还好萧焕只当他是见到了乔晚心神不宁，略安慰了几句，就没再多管他。

不过接下来萧绥有点儿坐不住了，满脑子都是那句："玉清殿后花园，我等你。"

想了又想，他终于一咬牙站了起来："大哥，我……我想去看看穆姐姐。"

萧绥快步穿越人群，脚步一转，往后花园的方向行去。

他倒想看看，乔晚究竟想干点儿什么？

乔晚正坐在后花园的凉亭里等着萧绥。

月色很好，四处都蒙着一层薄薄的新雪，明亮的月光流泻一地。

乔晚记得原著《登仙路》里也是有这么一场生日宴会的，不过不同于今天这么低调，原著中的那场生日会华丽盛大，宾客如云。在这场生日会上，女主角穆笑笑就在后花园的湖边向师尊周衍告了白。

从她的方向她能清楚地看见湖边的场景。

"自从当初师尊带着笑笑拜入玉清峰之后，笑笑……笑笑就喜欢上了师父。四十多载春秋寒暑，笑笑心中唯倾慕师尊一人而已。"

在穆笑笑倾情告白之后，周衍虽略有动容，但理智还是打破了感情，推开了自己这徒弟。

不过说到男主角……乔晚想了想，裴春争倒也算不上正儿八经的唯一男主角。

至少到了大结局，原著中的女主角穆笑笑身边还围绕着不少男人，裴春争不过是"领了证"的那一个。

乔晚收回思绪，斟酌了一会儿，虽说剧情有了出入，但……她今天赌的就是这场告白戏还没被"和谐"掉。

至少照穆笑笑的性格，在自己这几天有意往玉清峰跑得这么勤的情况下，穆笑笑十有八九会找个合适的机会来改善她和周衍之间的关系。

就在乔晚默默思索剧情什么时候开始的时候，耳畔突然传来了冷飕飕的低沉男声。

"乔晚，说吧，你刚刚故意避开大哥，传音入密喊我到这儿来，葫芦里卖的究竟是什么药？！"

她没等到穆笑笑，倒是等到了一个一肚子气的暴躁老哥。

乔晚平静地指了指凉亭上多出来的座位："坐。"

可惜萧绥并不买她的账，脸色黑得宛如一张能煎鸡蛋的平底锅："少说废话，我可没有和你寒暄的心情。"

"说来话长。"乔晚道，"既然来了，萧道友还打算如此剑拔弩张地站着和我说话吗？"

或许是觉得一个坐着，一个站着，的确把自己衬托得有点儿傻，萧绥冷哼一声，一屁股坐了下来。

乔晚这才开门见山说正事。

"我不懂。"少女脸上看不出任何愤怒或是怨怼之色，她只静静地看着湖岸，"我与二公子无冤无仇，二公子为何要揪着我不放？"

自己为何要揪着她不放？

这倒是把萧绥给问愣住了。

当然是因为穆笑笑……或者说是因为"大哥未过门的妻子"穆笑笑，未来嫂嫂受了欺辱，他当然要帮着找回场子，这样大哥说不定因为高兴多看他一眼。

虽说和大哥关系好，但萧绥总觉得萧焕不像表现出来的那么开心。旁人眼里的萧焕养尊处优，雍容华贵，但萧绥知道，大哥一直很不开心，大哥……很孤独，就连他这个做弟弟的，也好像走不进大哥的心底。

可是大哥又是实打实地对他好，自始至终，他不过是想讨大哥欢心而已。只是弄巧成拙，在乔晚身上连环翻车，最后从简简单单地替大哥找场子，彻底歪成了替自己找场子。

但乔晚这么一问，萧绥猛然怔住。

在锦衣玉食、只手遮天的萧家小公子看来，他动动手指头，就能把看不顺眼的人弄得家破人亡，而这些人合该受着，从来没人能站在他面前质问他。

当然是因为她惹他不快了，但这又算是什么理由？

归根究底，是他根本没把别人当人看待啊。人在捏死一只蚂蚁的时候，会有蚂蚁问人"我好端端的，你为什么要捏死我"吗？

就在萧绥愣怔的时候，夜风中突然隐隐传来了含着泪意的嗓音。

"四十多载春秋寒暑，笑笑心中唯倾慕师尊一人而已……"

这个声音是……穆笑笑。

如当头一棒敲下，萧绥的大脑"轰"的一声炸了。

他一眼就看见少女哭着投入了不远处的男人的怀里。

"师父……师父……笑笑错了，求求师父原谅笑笑好不好？！"

萧绥只知道，穆笑笑是大哥未过门的妻子，是他未来的嫂嫂……而一日为师终身为父……玉清真人更是他大哥日后的岳父……

那现在……

少年顿时面容扭曲，还没回过神来，就完全凭借着一股冲动拔出了剑。

剑光骤亮，萧绥朝着湖岸边的两个人刺去。

"这厮，受死！"

或许是前脚刚被自己的徒弟表白，后脚又被这突如其来的变故给镇住了，也可能是因为心中有愧，周衍手指微动，刚想带着穆笑笑躲过这雷霆一击，却慢了一步。

穆笑笑只觉得眼前一花，半截明晃晃的利刃已经没入了自己的胸口，抬眼是青年通红的眼，青年的眼里翻涌着血一般的愤怒和痛恨之色。

"贱……"

下一秒，穆笑笑残留着鞭痕的左脸被一股大力打得往一边歪了过去。

穆笑笑捂着脸，立刻就慌了。

阿绥……阿绥怎么会在这儿？！他都听见了？

面前这少年没了昔日的温柔体贴样子，如今那一双眼看着她，仿佛恨不得生啖她的肉。

"阿……阿绥……我……你误会了……你听我解……"

她还没说完这句话，右脸又迎上了一个耳光。

虽说修为高不成低不就的，但这一巴掌萧绥用了十足的力气，打得少女嘴角鲜血横流，一眨眼的工夫，萧绥就被面前这猩红的血给喷了一脸。

"解释？"萧绥抹了一把脸上的血，怒极反笑，"解释你……大半夜与这伪君子如何互诉衷肠吗？"

萧绥盯紧了穆笑笑的脸，一时间有些出神。

枉他萧家这么多年待她不薄，当初她违反禁令，私闯泥岩秘境，害死那么多昆山弟子，要不是大哥特地传信给彼时负责这事的萧宗源打点，她也不能这么轻轻松松就逃了惩罚。

从她和大哥订婚到现在，大哥哪里待她不好了？

而她竟然……竟然和她这师父混在一起？！

萧绥想到这儿，目光落在了周衍的身上。

男人身形伟岸，气质清冷，一头白发，在月色的映衬下，显得何等仙姿玉骨。就在这时，男人面色遽变，眼中惊痛之色起起伏伏，在触及他的目光之时微微移开了视线，倒像是因为愧疚不敢和他对视。

"还有你，"萧绥冷笑着拔出了剑，"玉清真人……不，你这道貌岸然、禽兽不如的东西，担不起'真人'二字。

"今天，我不把你们这罔顾师徒人伦的奸夫淫妇立斩剑下，我就不姓萧！"

他还没说完话，再出一剑！

这一剑，直直地朝着周衍的左臂砍了过去！

只听"扑哧"一声，紧跟着闷响声响起，剑锋不偏不倚地深深切进了周衍的肩头，一只白皙修长的左手应声落地！

或许是自觉有愧，这一剑，周衍未曾躲避。

周衍眉头紧皱，疼得冷汗涔涔，捂着左臂哑声唤道："萧公子……"

穆笑笑尖叫一声扑了上来："师父！"

结果她又被萧绥朝着小腹一脚踹翻在地。

穆笑笑又被踹得喷出一口血，这回连哭也不敢哭了，愣愣地抬头看着萧绥：

"啊……"

"别叫我。"少年眼神厌恶得像在看垃圾，他提着还在往下滴血的剑，朝着周衍当头劈了下去——

就在这千钧一发之际，乔晚立刻脚下运转妙微步法冲了上去，挡在了周衍面前。

瞥见这猝不及防地多出来的人影，萧绥攻势偏离，硬生生扭了个方向，剑尖深深地刺入了乔晚的肩头。

与此同时四周突然响起几声惊呼声。

"萧道友！"

"手下留情！"

"不可！"

转眼之间，"当当当"几柄飞剑立刻杀到，稳稳地架住了少年手中那柄还在滴血的剑。

听到动静赶过来的一众昆山弟子，看到瘫倒在地上的穆笑笑和断了一臂的周衍，还有捂着肩膀挡在周衍面前的乔晚，纷纷傻了，你看看我，我看看你，都没敢贸然开口，最后只好看向了这风暴的中心，悄悄联系了暗部弟子过来处理此事。

乔晚捂着鲜血淋漓的肩头，扭头看了一眼神情震惊的周衍。

男人似乎做梦也没想到，她会挡在他面前。

后背顶着仿佛能洞穿自己的灼热视线，乔晚连眉毛都没跳一下，半跪在地，眼神冷淡地看向萧绥："萧道友，手下留情。"

萧绥也没想到乔晚会在这个时候突然出现挡在周衍面前，脸色阴晴不定："让开。"

乔晚身形稳稳的，这回连眼睛都没眨一下，沉声又说了一遍："请萧道友手下留情。"

"手下留情？"萧绥冷笑道："你要替这对奸夫淫妇求情？！"

这话一说出口，他完全没想到会带给其他人多大震撼感。

萧绥盯了乔晚一会儿，恨声道："他们这么对你，你也要替他们求情？！"

"我不是替他们求情。"乔晚平静地说道，"只是萧道友你在这儿下手，可考虑过后果？"

后果？

这话就像一盆冷水，突然把萧绥内心的怒火和恨意给浇没了大半。

虽然行事冲动了点儿，但萧绥也不是呆子。

他在这儿杀了周衍和穆笑笑固然容易，但这事一旦传出去，他大哥和萧家肯定会沦为其他人眼中的笑柄，到时候大哥和萧家又该置于何地？

他也就迟疑了这一瞬，想再动手已经动不了了。

闻讯而来的暗部弟子,将湖岸给围住了。

听到玉筒上传来的动静,这回暗部弟子几乎是倾巢出动。

人群中,袁六扛着大刀,目光沉沉地在萧绥带血的脸上扫了一番:"小公子,住手吧,接下来的事就交给我们暗部来处置。"

瞥见这阵仗,萧绥也知道这个时候再下手能得手的希望微乎其微。他笑了三声,然后笑声戛然而止:"今天留你们这两条狗命,是为了日后让你们这对师徒生不如死。"

阴狠的眼神盯紧了瘫倒在地的穆笑笑和面色苍白的周衍,萧绥面无表情地松开了手里还在滴血的剑。

就在这时,一个心平气和的好嗓音在人群中响起:"阿绥。"

萧绥忍不住僵了一下,抬头顺着这嗓音传来的方向看去:"大……大哥……"

萧焕拨开人群走了过来,脸上的笑意收敛了不少,但依然不减风姿,更流露出了点儿准萧家家主泰山崩于前而面色不改的从容和镇定气势:"阿绥,到大哥这儿来。"

穆笑笑一身是血,六神无主地瘫倒在地,目光瞥见萧焕,眼睛微微一亮,如同看见了救星,仓皇地扑了上去:"萧……萧焕哥哥……"

青年温和地轻笑,看着扒着自己的裤腿的少女,温柔地俯身,在众人的一片哗然声中,怜爱地捧起了少女的小脸,指腹替她擦了擦她脸上的血迹。

看着萧焕的脸,感受到刺痛的脸颊上落下的轻柔触感,穆笑笑不由得怔住了。

青年眼神怜爱缱绻。

"萧焕哥哥……"萧焕哥哥一定会听她解释的,"萧焕哥哥,我……"

她却没想到青年突然冷下脸,面无表情地反手甩出一个耳光:"慎言。蠢妇又在这儿卖弄什么风情?"

做完这一切,青年又恢复了之前那副从容有礼的模样,仿佛说脏话的人根本不是他萧焕,彬彬有礼地站起身朝袁六微微颔首,带着萧绥转身离去,连半个眼神也没施舍给跌坐在地的穆笑笑。

倒是经过乔晚身边的时候萧焕多看了她一眼,笑道:"小姑娘,你真会替我找麻烦,倒叫我辗转反侧,寤寐思服了。"

一瞬间,所有人的目光又齐刷刷地落在了乔晚的脸上。

被算计了……乔晚沉了脸。

就这简简单单却又暧昧不明的一句话,立刻把她架上了火堆,在这劣势之下反将了她一军,萧焕真是好机智,好算计。

不过,接下来的事情,就平顺许多了。

袁六走到乔晚面前,看了她一眼,伸出了手:"没事吧?"

乔晚摇了摇头。

四周死一般寂静，所有人的目光都落在了穆笑笑和周衍身上，但一时半会儿谁都不敢开口多问。

萧绥为什么暴起伤人，奸夫淫妇又指的是什么意思？

乔晚将手搭在袁六的手上，袁六稳稳地一把把她拽起："先去包扎。"然后又吩咐暗部弟子去清场封锁消息。

就在乔晚转身准备离开的那一刹那，周衍的嗓音突然响起，男人缓缓站起，清冷的视线落在了她的身上。

这个时候，周衍基本上已经适应了左臂上的剧痛，毕竟之前在北域战场上的时候，他受过比现在更严重的伤，只不过从来没有像今天这样难堪过。高高在上的玉清真人终于跌落凡尘。

那眼神紧紧攥住了乔晚的脸，只为刚刚愿意挡在自己面前，却一直被自己忽视的徒弟而动容。

但乔晚只是平静地转过身，和之前一样客气有礼："请真人先养伤，余下的事你我慢慢再谈。"

"这回你可是捅了大娄子了。"

留影球上的君采薇意味深长地盯紧了乔晚。

看着面前的留影像，乔晚脸不红心不跳，淡定地裹着肩膀上的纱布："是吗？"

"如今萧绥被扣下了，穆笑笑和玉清真人的名声一落千丈，而真人对你的感情更进了一步。"君采薇顿时发出一声轻笑。

行哪，一箭三雕。

不过他看乔晚这平静的脸色，或许她还在谋划什么，不只一箭三雕。

自认为对修士们没啥好心眼的君采薇看见昆山打成了一团，说实话，心里其实还是挺痛快的。

不过有的人这时候恐怕心里就不痛快了。

虽说暗部弟子来得及时，封锁消息也及时，但架不住修真界消息传得快，转眼之间，小道消息就已经传遍了整个昆山。

而当晚，由于陆辟寒例行去栖霞峰复诊，不过来迟一步，玉清峰就已经变了天。

玉清真人竟然和自己门下弟子，萧家的准儿媳穆笑笑有私情！

还有比这更劲爆的消息吗？！

而在栖霞峰上的某间客房里，穆笑笑面色灰败。

来来往往的栖霞峰医修弟子嘴上虽然不说，但眼里的神情明显表明对她是看不上的。

她明明已经与人订了婚约，竟然还和自己的师父勾搭在一起，听说那天晚上还是她自己投怀送抱。虽说修士们相较于普通人比较开放，但人伦纲常不可乱，这无异于挑战到了不少修士心中的道德准则。

玉简上再一次炸开了锅。

"穆道友和玉清真人之间难道真的……"

"如果这的确是真的，那难怪当初在泥岩秘境中乔道友被判了如此重刑。"

"不只如此，我还听说过前几天停云山围猎，穆笑笑陷害同门，反倒被玉清真人给一力保了下来。"

周衍甚至不惜牺牲乔晚这个徒弟。

如果穆笑笑和周衍这事当真坐实了，那就有的让人浮想联翩了。

众人又忍不住抓心挠肺地猜测，当初在泥岩秘境里到底发生了什么事。

"在下觉得不可能吧，毕竟真人好歹也是当今正道巅峰的存在，不该对自己一手养大的徒弟动情才是。"

"那是道友你没看见昨天晚上萧焕那表情，他蹲下来就给了穆笑笑一巴掌。"

照萧焕这反应，难不成这师徒的事是真的了？！

很快，又有昆山弟子发现了不对劲儿之处。

"穆道友是萧焕萧道友未过门的妻子，前脚和裴师弟纠缠不清，后脚和那凤凰有私情，如今又和真人……"

穆笑笑攥紧了手里的玉简，泪眼蒙眬地呜咽了一声。

她不懂，事情为什么会发展到这地步？

她……必须改变眼下的局势。

少女咬紧下唇，瞪着红通通的眼，赤脚跑下了床。

不过在这一片舆论之中，不只有向着乔晚的，也很快就有其他人质疑。至于质疑内容正是昨天晚上在湖边的那一段留影像，只截取了乔晚和萧焕那两句交流的话。

青年偏头看着半跪在地上的少女，笑道："小姑娘，你真会替我找麻烦，倒叫我辗转反侧，寤寐思服了。"

寤寐思服，这四个字本是用来形容男女之间的相思之情的，萧焕为什么会对乔晚用这么暧昧的词？

再说穆笑笑和周衍的事，未免有点儿惊世骇俗，大多数昆山弟子心里其实不大信这事，如今再一看这段留影像，就忍不住开始发散思维地阴谋论了。

道友们，你们看！乔晚为什么赶来得这么及时？！听说事发之前她是和萧绥待在一块儿的。

凡是见过穆笑笑的人，就没几个不夸穆笑笑性格纯良的，少女总是眉眼弯弯地对人笑脸相迎，看上去根本就不像那和师傅有染、戕害同门之人。再说了，萧家势大，除非穆笑笑是被猪油蒙了心，否则给她十个胆子她也不敢给萧焕头上

"戴绿帽"啊。更何况，玉清真人的品行一向为人称道，没准儿这是被乔晚算计的呢？

之前乔晚不是还对裴春争下过手吗？

如果说是由于停云山围猎那事，新仇旧恨加一起，乔晚怀恨在心，算计自家师父和师姐，又故意勾搭了师姐的未婚夫萧焕，这倒说得清了，否则萧焕何必留下这么语焉不详的一句话？

转眼之间，玉简上的舆论立时反转。

两方人马各执己见，杀了个你死我活，头破血流。

在这凶残的言论战之中，当事人穆笑笑突然垂下眼，在玉简上写了一行墨字。

"真相终究有大白于天下那日。"

也就这一句话，几乎立刻就坐实了"乔晚算计同门"这猜测，看着玉简的昆山弟子纷纷呆了。

这说明什么？

穆笑笑自己都站出来了，这说明昨天那场闹剧十有八九是乔晚设计的。

穆笑笑本来人缘就不错，这句话一说出来，不少昆山弟子立刻就有点儿心疼她了。

"看来这的确是乔晚设计的，在下就知道以真人和穆道友的为人，他们定不会做出这种事的。"

"乔晚三番五次地对她下手，穆道友必定伤透了心。"

"穆道友当真心性纯善，只可惜碰上了这等歹毒师妹。"

"依在下看，这乔晚本来也不是什么贞洁之辈，前脚与那青阳书院的龙族拉拉扯扯，后脚又和陆辞仙暧昧不清，如今又插足自家师姐与萧道友的感情。"

片刻之后，玉简又"叮咚"一声响了。

穆笑笑："湘妃竹下，终是镜花水月。"

看到这句话，还有点儿犹疑的昆山弟子们纷纷不淡定了。

湘妃竹下，娥皇女英，姐妹同侍一夫……终是镜花水月……这是暗指乔晚竹篮打水一场空，还是说穆笑笑被乔晚伤透了心？

这语焉不详、透着几分怯弱之意的话，再度掀起了昆山弟子们的讨论热情。

"乔晚这是想姐妹同侍一夫，被发现之后恼羞成怒？"

"萧家势大，乔晚定是眼红师姐能嫁入萧家，这才使出这等下三烂的计谋。"

"那也难怪萧焕会对乔晚说出那么暧昧不明的话了。"

毕竟萧焕日后可是准家主呢，乔晚要是动了心，那也是人之常情的。

刚和君采薇挂了"电话"，就去食堂打饭的乔晚，敏锐地察觉到了气氛有些不对劲儿。

昆山饭堂里来来往往的弟子，看她的神情算不上有多友善。

问打饭的伙计要了两根昆山特色小鸡腿，乔晚沉默地端着餐盘落座。

　　她刚落座，面前却多出了一条人影，萧博扬神色复杂地看着她，一脸的恨铁不成钢的样子。

　　"这都什么时候了，你还在这儿啃鸡腿呢？！"

　　往嘴里塞了一口饭，看出来了萧博扬脸上这复杂之情，乔晚搁下筷子，礼貌地问："怎么了？"

　　一卷玉简直接被甩到了她面前。

　　"你自己看。"

　　萧博扬脸上神色阴晴不定。

　　萧家小少爷自认为还是有点儿骨气和原则的，一看到这玉简上的内容，第一反应就是来找乔晚。

　　活这么大，萧博扬头一次觉得自己看上穆笑笑真是……瞎了眼。

　　"湘妃竹下，终是镜花水月。"

　　看到这句话，乔晚睁大了眼，嘴角抽了抽。

　　萧博扬皱眉："你现在打算怎么解决这事？这玉简上面可全在说你勾搭了萧焕。"

　　其实事已至此，她早已经不在乎这上面别人对她的看法了，但必须澄清。

　　知道这事的确非同小可，乔晚谨慎地斟酌了片刻，皱眉道："我想想。"

　　结果还没等她主动澄清这事，面前的玉简又"叮叮叮"地响了起来。

　　乔晚展开一看，微微一怔。

　　这是条由"官方"发出来的帖子。

　　由于昆山玉简承担着"昆山论坛"的作用，自然也有官方账号，用来发布点儿消息。

　　而这是妖族发出来的信息。

　　妖族就在刚刚昭告天下，就是这个热衷于打架的妖皇，猝不及防地定亲了！

　　而妖族准王妃，这上面明晃晃地写了两个大字。

　　"乔晚。"

　　察觉到身边的乔晚突然没了动静，萧博扬愣了愣："乔晚？吓傻了？！"

　　这玉简上又出什么幺蛾子了？

　　萧家小少爷烦躁地捞过玉简一看，顿时也吓傻了。

　　乔晚，王妃……

　　这四个字分开他都认得，但合在一起他怎么就看不懂了呢？

　　回过神来之后，乔晚迅速又捞回玉简，"啪啪啪"地就给还披着马甲藏在昆山里的某妖皇陛下发出了一条信息。

　　"陛下……那个……"

这是假消息吧？乔晚抿唇，盯着玉简，忐忑不安地想。

萧焕就算要搞她，也不至于弄个这么大的阵仗出来。

对方回复得很快。

"嗯。"

乔晚犹豫了一瞬，开门见山地直接问。

"陛下看到了今日妖族的婚约吗？晚辈怀疑这是有心人……"

对面的人顿了半秒，平静地回道："我发的。"

乔晚诚恳地打出了几个字："我觉得陛下对我并无男女之情。"

伽婴的回复也十分干脆："我对你的确并无男女之情。"

他对乔晚的确就没往男女之情那边想过。

要是放在以前，就算他再欣赏乔晚，也不会管这烂摊子，甚至不会多分出眼神出来给乔晚。

但乔晚既然答应替他做事，便相当于入他麾下，做了他的下属。

而妖皇蜜獾陛下，正是个体贴下属、福利好、工资待遇高的好老板。

既然乔晚替他打工，那帮属下解决这烂摊子就成了他的责任。

至于他为什么选这个解决方式，主要在于方法简单粗暴、方便直接。

就算萧家在权势上如日中天，萧焕身为萧家准家主，也比不上万妖共主。乔晚何必舍弃万妖共主的荣耀，去勾搭一个还没定数的"准"家主？

更何况，身边人这位子由谁来坐伽婴都不在意，就算坐上去的是条正儿八经的没开灵智的狗，他也不会多说什么。

看到对面的人发来的耐心详细的解释，乔晚沉默了半晌。

这可能就是妖族独一份的单身钻石王老五的底气吧！

偏偏这还没完。

就在这"湘妃竹下，终是镜花水月"下面，萧绥出声了。

"就算姐妹同侍一夫，我大哥也看不上你这种货色。"

一石激起千层浪。

玉简里里外外终于炸窝了。

第四章　我其实与萧焕少主另有交易

　　伽婴是什么人物？那是万妖共主，是整个修真界的实力天花板，竟然替乔晚站街？！

　　本来大家还以为乔晚和妖皇伽婴交好只是谣传，没想到，竟……竟然是真的？！

　　顿时，妖族内外梦想着终有一天靠自己的清新脱俗不做作特质可以吸引到妖皇陛下注意的一众女妖精哭倒一大片。

　　而乔晚正僵硬地打出几个字，僵硬得甚至用上了敬语。

　　"陛下，我与甘南的婚约尚未解除，又与陆辞仙是道侣……如今又多出个和您的婚约。"

　　"妖族一妻多夫本为常事，我不在意。"

　　您蜜獾不在意，但人在意啊！

　　乔晚盯着面前的玉简，吐槽欲熊熊燃烧，吐槽欲一并熊熊燃烧的还有某条勤勤恳恳的大黄狗。

　　目睹着自家陛下雷厉风行地下达了这一串"御令"，修犬几欲吐血。

　　虽说修犬知道自家老板的德行，但妖修和人修那能一样吗？！陛下啊，您这根本不是解围，是直接把人家姑娘推进了火葬场，还加了两把柴火。

　　伽婴微微蹙眉，沉默了半响。

　　别看万妖共主一副冷傲的模样，但心里确实不大懂这些人修的弯弯绕绕。

　　妖族女妖能有不止一个情人，男性也可以娶不止一个妻子。为何人族的男人能一夫多妻，女人却只能唯一个男人是天？

天道之下，没有阴就没有阳，同理，男女之间，也该一视同仁，平等相待。

妖界一向强者为尊，人修的这些弯弯绕绕让妖皇陛下颇为不适应。

偏偏就在这个时候，门口突然有人来求见。

求见？

修犬惊讶地睁大了狗眼，微微一愣，鼻子动了动。

门口这味道不是乔晚的。他和伽婴是特地披了马甲上山的，难道说有人看出了他俩的身份？

伽婴却一点儿没有马甲暴露的惊疑样子，淡淡地说道："让她进来。"

他用上了一个"她"字，表明了已经知道外面站着的是谁。

门一开，就算提前闻出了点儿异样，一看这门口站着的人，修犬还是有点儿惊讶。

"穆……道友？"

门口站着的人正是失魂落魄、脸色苍白的穆笑笑。

少女扯出个苍白的笑容，朝他微微颔首，目光却一直往屋里看。

她这是来找陛下的。修犬自觉地往后退了半步。

穆笑笑紧张得攥紧了汗湿的手心，看向了屋里坐着的那个冷傲漠然的男人。

虽说伽婴披了个壳子，但身上依然有一股不怒自威的狂傲气质。

少女抖着两条腿，弯身行礼，涩声说道："陛下，晚辈穆笑笑，有事想和陛下谈谈，能不能请陛下……"

伽婴平静地瞥了一眼修犬："退下。"

等修犬走了，伽婴这才看向了面前站着的少女："说吧。"

眼前一花，穆笑笑面前的男人已经变了个模样。

一半黑一半白的长发柔软地垂落，齐齐整整的小辫子搭在肩头，玄色银纹长袍曳地，眼神冷淡而凉薄。

在那节大课的时候，瞥见那条龙影，穆笑笑心里就有了点儿疑惑。虽说王族都有龙气，但这种龙气，她只在……那位和乔晚交好的妖皇身上看到过，如今再一看到玉简上的信息，当初的猜测就已经被印证了八九分。

毕竟她是被这龙气给打了一顿的，切身体会了一番这龙气有多凶猛和霸道。

如今看来她的确猜对了。

而穆笑笑这回是来负荆请罪的。

穆笑笑虽然害怕，却还是抖着身子，鼓起勇气地抬起了头。

"望陛下大人不记小人过，原谅笑笑一时冲动。"

知道自己捅了天大的篓子，现下她知道主动认错了。

只不过……目光落在了穆笑笑身上，伽婴容色淡然。

面前这人修亲身前来，恐怕还是精心打扮过的。

"就算陛下不愿原谅笑笑的莽撞和糊涂行为，"穆笑笑轻声说道，"只是，陛下此举，可为乔晚师妹考虑过？陛下有所不知，师妹与……玄扈水龙族甘南有婚约在身……又与不平书院的陆辞仙有些不清不楚……"

"这就是你此行的目的？"伽婴薄唇微牵，扯出个冷淡的笑容，"在这儿给你那师妹上眼药？"

隐秘的小心思被对方容色淡然间三言两语地直接戳破，穆笑笑脸色煞白。

"她就算真有这几个情人，我也不在乎。"

反倒是穆笑笑蒙了，圆圆的杏眼里流露出几分茫然和疑惑之色："乔晚师妹与其他人有私情，陛下当真不在乎？"

男人的目光冷而沉："你们人修，男人能一夫多妻，女人不行，这是你们人族男弟子对女人的打压。你们族内的男性，没自信拥有绝对实力巩固自己的地位，反倒用这种伎俩去驯服女人、打压、贬低女人，而自己身居高位，占据资源。"

穆笑笑彻底愣在了原地。

"你见过被人豢养的老虎吗？"伽婴的目光淡淡地从穆笑笑身上掠过，"和人一同卖艺表演，动辄被人打骂。这些老虎也有利爪，却在这经年累月的驯养模式之下，反倒主动臣服于驯兽师脚下。"

想到这儿，伽婴微微皱起了眉："就如同你们人修中的女人，被打骂侮辱，被贬低自身的价值，却认同了男人那一套理论，主动臣服在男人虚假的实力之下，坚信自己的确不如男人，全然忘记了自己本也有利爪。看来你师父对你这驯养倒颇为成功。"

没有足够的实力，反倒采用这些阴私的伎俩来打压同族能为之繁衍生息的女人，维护自己的优势，人修男人之虚伪懦弱，妖皇陛下看不上。

他既然有后宫，他的妻子作为能与他携手的伙伴理当也有后宫。倘若他日后的妻子有诸多情人，那也是她的自由，犯不着由他来置喙。

这是她第一次听到这种言论，穆笑笑如遭雷击，呆呆地愣在了原地。

"你在胡说……"这回她甚至连敬语也忘记用了，"师父他……他……"

师父他……他明明是爱她的。

但话到了嗓子眼里，被男人淡淡的眼神堵了回去。

"爱是尊重、鼓励和扶持。"

爱也是占有和自私。

但显然，不论哪一种，周衍那样都算不上爱。

"正如同你们人搞出来的'君权神授'。没有足够的实力，总要想个办法稳固自己的统治地位，于是你们人修划分出了高低贵贱的等级，用了千百年时间，让

人真心接受了人有高低贵贱这套理论。"

"除此之外，要稳固自己这统治地位，总要丢出点儿无伤大雅的甜头，让下面的人抢个头破血流。"

女人之间的钩心斗角，男人当真不清楚吗？

至少妖皇陛下是看出来了。

而那些男弟子，无异于揣着明白装糊涂，看着女人为那点儿蝇头小利争得头破血流而已。

老虎着眼于驯兽师丢进来的肉，自然不会想到倘若挣脱眼前这牢笼，牢笼之外，天地之大，飞鸟走兽无一不丰厚。

但驯兽师不会让老虎挣脱牢笼，就像男弟子不会让女人挣脱牢笼一样。

挣脱了牢笼的女人，正如同能卖艺挣钱的老虎，不仅无法带给他们利益，还会与他们竞争，会挤占他们的资源。

"倘若被驯服的老虎知道了自己有能力与人相争，甚至比驯兽师更强大，"伽婴继续说道，"你说，驯兽师会不会日夜不得安眠？"

"你们人修，"伽婴微微一顿，眼神平静冷淡，甚至看不出一丝一毫轻蔑之意，就是在平静地陈述一个事实，"最擅长完成对自我驯服。"

人类整个群体都是如此。

一时间，穆笑笑心乱如麻，但这几天的感受，无一不印证着伽婴的说法。

她……她只是……萧焕他们眼中的玩物啊，能任意把玩丢弃的玩物啊……

穆笑笑精神恍惚。

她突然想起来，她……她好像也有着不输于乔晚的天资，也有着深厚的修为……

伽婴收回了视线。

他虽看不上面前这人修，却也不至于因为穆笑笑对他这冒犯言语而动怒。

因为在伽婴眼里，面前这看似秀美体面的少女，等同于被人豢养的家畜，他不至于对家畜动什么脾气。

乔晚算是他见过的唯一例外的女弟子，所以，他也愿意尊重乔晚。

尊重自己的人，才配得到他的尊重。

而在另一边，看着玉简对面没了动静，乔晚面无表情地合上了玉简。

最后她还是要靠自己来收拾这一堆烂摊子。

古人云，妖修呆萌，果然诚不我欺。

不过她"风流"了点儿，这是私德有亏，她眼下倒不急着处理这件事，现在最重要的还是萧绥的事。

事到如今，正如李判所期望的那样，她已经不甚在意别人眼里的认同了。

乔晚怔怔地摸了摸玉简。

萧绥不傻，昨天晚上是被愤怒冲昏了头脑，等反应过来后，立刻就会察觉出不对劲儿。比如说，她主动邀请他去能将湖岸边的情景一览无余的凉亭里谈正事。

被她利用戏弄，在其他人面前颜面尽失，萧绥绝不会善罢甘休。

而她要等的就是萧绥对她进行报复，这才是她这几天来一直谋划的事。

而正如乔晚猜的那样，回过神来之后的萧绥，丢了玉简，眼里一片猩红的杀意。

"穆笑笑那女人，和乔晚……"

乔晚竟然敢利用他。

"小爷我一个都不会放过！"

"去。"萧绥抬脚踹了一脚身边的护卫，轻慢地笑了一声，"去找乔晚，就说我要谢谢她帮我认清了穆笑笑的真面目，请她前来一会。"

妖皇又怎么样？萧家看不上妖族，就算在这儿杀了乔晚，妖皇伽婴敢为了个乔晚打破这么多年来人、妖两家的平衡局面吗？

没多久乔晚就等到了萧绥的邀约，萧绥请她今晚在定九街上见一面，感谢她帮忙，让他看清了穆笑笑的真面目。

感谢是假，他要趁机报复她嫁祸栽赃给穆笑笑是真。

几乎不用多费心思，乔晚立刻猜出了萧绥想干什么。

萧家稳居如今修真界第一大族的位置，能养出萧绥这种蠢货还真是件诡异而奇妙的事。

乔晚没着急回复玉简上的信息，先去了趟暗部，回来之后才平静地回复了过去。

小乔要努力变强："多谢萧道友的好意，但我今日诸事缠身，不知道能不能把时间改为明日亥时三刻，定九街的鸣鹤巷内？"

另一边的萧绥挑眉："她来定时间和地点？"

虽然蠢了点儿，但萧绥毕竟也不是个二百五，一眼就看出了这里面有古怪，不过也无所谓了。就算乔晚敢带着人过来，还能翻过他的手掌心不成？大不了到时候他再见机行事。

现在最重要的是，他得把当初从乔晚和穆笑笑那儿丢的场子都给一一捡回来。

大哥最帅："行，到时候不见不散了。"

看着这玉简上的"大哥最帅"几个字，乔晚默然无语了半天。

萧绥果然是个兄控吗？！

不过出乎萧绥意料的是，第二天晚上乔晚一个人都没带，自己孤身就去了定九街的鸣鹤巷子里。

是夜，天上挂着一轮朗月，定九街鸣鹤巷里安安静静的，萧绥特地支了张案几，面前摆了两壶酒，等着乔晚过来。没一会儿，巷口就出现了一道粉色身影。

乔晚从夜色中缓缓走出来行礼："萧道友。"

萧绥静静地看了一眼乔晚，脸上露出了一个自认为从来没有过的好脾气的笑容："乔道友，坐吧。"

他抬手就招呼身边的侍卫倒酒。

"当初是个误会，我这回请乔道友过来，是特地向道友赔礼道歉的。倘若不是道友前几天请我去凉亭一会，恐怕到现在我还被穆笑笑蒙在鼓里。"

说完青年将一杯酒推到了乔晚面前，不动声色地留意着乔晚的反应。

只要乔晚神情哪怕有一丝不对，他都能坐实那天晚上乔晚就是故意的。

而少女脸上果然露出了点儿细微的表情变化。

果然。

萧绥面色一沉，又迅速收敛了神情，游刃有余地看着面前的少女饮下了那一杯酒。

刚喝完酒，少女就察觉出不对劲儿了。

"这酒里有东西。"乔晚抬眼，定定地看着萧绥。

萧绥丝毫没慌。

这酒里面的确有东西，他花大价钱买的药，无色无味，元婴都能中招，更别提她这个金丹修为的人了。

乔晚垂着眼沉声说道："萧道友今日请我过来，当真是为了道谢的吗？"

"自然是为了道谢的。"萧绥轻笑，"要不是为了道谢，乔道友你喝下的就不是这玄霜散这么简单了。

"听过玄霜散没？专门对付元婴修为的修士的，喝下这药的人，四肢绵软无力，用不上灵力，一两个时辰后，就会想不起来这段时间发生了什么事。"

这实在是修真界杀人越货居家旅行必备之物。

"不过，这不是最妙的。最妙的是……"萧绥伸手指了指面前这两杯酒盏，牵着唇慵懒地笑了笑，"我面前这两杯酒，一杯是玉楼春，一杯是寒江雪。这玄霜散和寒江雪同饮毒性能被缓冲大半，后果就是喝下的人回去睡上几天。但若玄霜散和玉楼春同饮，毒性则会翻倍。"

这酒壶下面有机关，存了寒江雪和玉楼春两种酒。

所以刚刚他有意试探了乔晚那么一下，如果乔晚当真不知情，他就给她一杯寒江雪，大家喝完回家睡觉。

如果乔晚的确真正利用了他，那他就给她一杯玉楼春，回头再将事情栽赃给穆笑笑，乔晚和穆笑笑没一个能有好果子吃的。

现在看起来，倒是他猜对了。

不过让萧绥微感惊讶的是，虽然中了毒，但乔晚脸上没露出任何慌乱或是惊恐的表情。

"正如萧道友所说的，"乔晚平静地说道，"这一切都是个误会。"

"误会？"这两个字反倒惹怒了萧绥，萧绥蓦然冷笑出声，"怎么个误会法？"

乔晚不慌不忙，看着萧绥的眼神清亮镇定，然后说出了一句话，这句话差点儿让萧绥摔了酒杯。

她说："少主明鉴，我其实与萧焕少主另有交易。"

萧绥手一抖，难以置信地睁大了眼，酒杯里的玉楼春洒了一大腿，青年立刻气急败坏地站起了身："行哪，乔晚！都这个份上了你还骗我？！"

但偏偏乔晚的神情十分淡定正直。

不知道为什么，可能是因为从一开始就没见着她慌乱，萧绥心里突然就有点儿慌了。

他既慌乱，又觉得有点儿气得想笑。

"合着你把小爷当成什么人了？说谎也不打个腹稿的？"

成了。

情况就跟她猜的那样相差无几。

乔晚真诚地摇了摇头："我知道这事说出来少爷你不信，但请少爷听我解释。"

萧绥深深地看了她一眼。

中了玄霜散，他不信乔晚现在还有反抗的力气，现在她说这些话不过是在拖延时间，或许在等着帮手过来。不过他心里有个声音在说，听一听乔晚能说出什么个东西来。

"你说。"

"当初我因为杀了萧宗源，被贵族追杀，而主导追杀这事的就是萧焕少主。也是因为这桩恩怨，我和萧焕少主相结识。"

"后来，萧焕少主答应饶我一命，前提是要我替他做一件事。"

萧绥一脸看笑话的表情："萧宗源替大哥做事，你杀了萧宗源，我大哥怎么会轻饶你？"

乔晚八风不动："那萧道友当真觉得我能在萧家的追杀之下逃出来吗？"

乔晚一下就把萧绥给问住了。他若说能，那就代表承认他们萧家没用，连个修为尽废的丫头都抓不住；说不能，那没法解释乔晚为什么会好端端地站在这儿，这就相当于承认了萧焕和她之间的确有点儿交易。

萧绥的脸黑了点儿："继续。"

"其余不提，萧焕少爷其实早就知道穆姑娘与别人纠缠不清，萧道友，你说是吗？"

萧绥一言不发。

这的确是他一直以来就有所怀疑的地方，但萧焕不提，他也权当误会。

"这是第一个疑点。萧道友你上昆山之后，就没察觉出不对劲儿吗？"乔晚

冷静地指出，"你我之间的矛盾来得太过古怪和突然。你这段时间针对我的一系列动作，恐怕是有萧焕少主在背后指点吧？但萧焕少主聪慧，倘若他真打算对付我，自己出手岂不是来得更快？这就是第二个疑点。"

萧绥的脸色更差，和乔晚撕了这么久他也没撕出个所以然，这些事他未尝不是有点儿疑惑，但依然在死鸭子嘴硬。

"大哥这是想磨炼我，你懂什么？"

乔晚面无表情："哦，磨炼哪，磨炼如何跟女人揪扯吗？"

青年英俊秀气的俏脸瞬间变得雪白雪白的。

确实没哪家的磨炼是让人学着如何跟人在玉简上对骂，他的名声本来就不好听，如今更是一落千丈。

这也是一直以来最困扰她的地方，乔晚默不作声地沉下心思。

这萧家兄弟之间的关系绝对没有外人认为的那么好。

"阿绥与我并非同出一母。"萧焕笑了一下，"我娘死后，父亲又抬了阿绥的母亲进门。我小时候与阿绥关系不甚和睦，但在后来日积月累的相处之中，渐渐地关系日渐亲密，甚至比那些一母所生的兄弟还要亲密几分。"

照萧焕话里的意思和外界传言来看，是萧焕不计较萧绥的针对行为，长年累月下来终于感化了萧绥。

但她觉得这事没那么简单。

"萧道友，你没发现吗？从始至终，你大哥就藏在幕后，"乔晚平静地说道，"像个傀儡师一样坐山观虎斗，指点着你和我争，和昆山争。他若真在乎你，就不会把你推到别人的枪口之下。"

"昆山是萧家最重要的同盟，而你也是萧家家主继任者之一，是你大哥日后的竞争对手。"乔晚抬眼，眼神清亮，"你和昆山起了争执，你说萧家是会选你，还是会选萧焕少主？"

话音刚落，萧绥勃然大怒，一气之下踹翻了面前的案几："你？！你以为凭你这三言两语，就能离间我和大哥之间的兄弟之情？更何况你凭什么要帮大哥？"

乔晚依然不为所动："你以为我为什么要回昆山？我帮你大哥，第一，解决了追杀的事；第二，此事若成，报复了周衍和穆笑笑。这难道还不够让我动心吗？"

"说了这些，证据呢？"萧绥冷笑道，"证据呢？没有证据我听你在这里信口雌——"

下一秒"黄"字被硬生生地咽回了嗓子眼里。

乔晚摊开掌心，掌心上躺着块冰凉的玉牌，玉牌上面写了个"焕"字。

萧绥瞪大了眼，一把抢过了乔晚手上的玉牌，翻来覆去地看了几眼，这……这的确是……大哥手下的信物没错。

萧绥立刻有点儿慌乱,但下一秒,又攥紧了玉牌,冷笑道:"令牌算什么?指不定是你从哪儿偷出来的。你敢不敢让大哥出来和我当面对质?"

萧绥本来都做好了乔晚脸色微变的准备,没想到乔晚依然坦然平静。

"敢。小少爷,你信不信,你要杀我,萧焕少爷绝对会来救我。"

同一时间,定九街酒楼,靠窗的位子上半倚着一个雍容华贵的青年。青年嘴角含笑,漫不经心地看着长街上这一片灯火夜色。

随行的萧三郎急急忙忙地走了进来,瞥见萧焕,脸色微沉。

"少爷。"

萧焕平静地扭头:"怎么样?乔晚来了吗?"

萧三郎上前一步,犹豫道:"听说阿绥少爷半道儿把人截住了,乔晚只好派人递来了一张字条。"

字条?

萧焕秀眉微挑,将字条接了过来,展开一看,倏地变了脸色。

这上面只有一句话。

"诛邪剑谱在我手上!"

鸣鹤巷内。

"你还不明白吗?"乔晚看着俊脸煞白的萧绥,语气淡淡地说道,"不论从小到大不计较,还是你大哥'磨炼'你和我在玉简上撕扯,你大哥就是故意把你养废的。"

萧绥目光闪烁,脸色灰暗,攥紧的手掌青筋暴起。

虽然理智告诉他,这是乔晚故意在离间他们俩兄弟的关系,但过往种种,无一不在印证乔晚的话。

这让萧绥忍不住想到了一件往事。

大哥的生母并非"病"死的,是被萧景洲也就是萧家老家主,往饭菜、茶水、衣服、首饰,家具等东西里面加了慢性毒药,一天一天耗死的。

这事本来也不该让他知道的,只是十三岁那年,他小心在自家老爹的书房外面听到了一耳朵,父亲这么做当然是为了抬他娘进门,倒不是全为了爱,也是看中了他娘背后的宗族势力。

但从此之后,他便觉得无颜面对萧焕,千方百计地想要讨大哥欢心。

萧绥目光微怔,大哥这么聪明,不可能不知道这事吧。

之前那飞扬跋扈的青年,如今整个人肉眼可见地蔫了下来,失魂落魄般盯着这一地狼藉景象看了很久,这才抬眼看向乔晚,眼里没了敌意和杀气。

"乔晚,你说,我要杀你,大哥一定会来救你?"

乔晚用尽最后仅剩的那点儿力气,抽出了萧绥的佩剑丢给对方:"萧道友不妨

一试。"

萧绥看着手里的剑，半天都没吭声，半晌才冷笑了一声："好……好……好，那我就试试。"

长剑入手，如电光般霍然落下，瞬间照亮漆黑的巷口。

"挑拨我们兄弟的关系，你做好受死的准——"

就在一剑刺向乔晚的喉口的刹那，巷口突然响起了萧焕冷厉的嗓音。

乔晚心口蓦地一跳：来了！

她算准了！

"阿绥！不可！"

竟然是真的？！大哥真的来了？！

剑光映出了萧绥狼狈瞪大的眼，手腕被人反手一扭，手上长剑"当啷"一声落在了乔晚的脚边。

"大……大哥……"

萧绥愣愣地看着挡在乔晚面前的萧焕，喏嚅了半秒。

萧焕何等黑心肝儿，一看萧绥这眼神闪躲的样子，再看上前行礼的乔晚，心念百转间，顿时什么都明白了，嘴角不由得牵出了一丝笑容。

"乔道友。"

乔晚脸不红心不跳地上前行礼："见过萧焕少主。"

面前的姑娘眼神清明，动作彬彬有礼，脑后绑着个高高的马尾，出落得亭亭玉立。粉色的蝴蝶玉扣衬得人还有点儿娇美，蝶翼映着月光，流光溢彩，边缘泛着点儿微冷的寒光，就像是能十步之内取人性命的薄刃。

萧焕这是第一次心情有些复杂。

他没想到还是低估了面前这姑娘，这也是他第一次正眼打量起乔晚来。

那双含笑的眼眸里微不可察地浮动着点儿冷光，下一秒，他又温润地笑开了。

"小姑娘，"青年发自内心地苦笑，"这是你第几次给我添麻烦了？"

"不麻烦，"乔晚眉毛都没跳一下，"更麻烦的事还在后面。"

更麻烦的事……还在后面？

同一时间萧绥的耳畔突然响起了熟悉的，令萧绥略感不妙的苍老男声。

"阿焕、阿绥。"

萧绥睁大了眼，难以置信地看了过去："爹……爹！"

不知何时间，巷口已经多出了一队武士，簇拥着为首的那个老人。

乔晚平静地转身看向巷口突然多出来的这一队人马，突然直挺挺地跪了下来。

"暗部弟子乔晚，受问世堂堂主马怀真之命前来迎接萧家家主。"

这老人就是当今萧家家主萧景洲！

瞬间，短短的一条鸣鹤巷，奇妙地安静了下来。

萧焕脸色微变。

这时的萧景洲看上去就像个再普通不过的精神矍铄的老头，只不过眼神暗沉，身后的萧家武士和萧家弟子们沉默地伫立在暗沉沉的夜里。

萧景洲没看自己这两个儿子，视线平静地落在了乔晚身上。

似乎是觉得巷口前面那几个破箩筐挡路，老人袖摆内气劲儿暴涨，一拂袖，立刻震碎了面前这竹编的箩筐，竹片如箭雨般朝着乔晚爆射而出。

乔晚往后急退，却还是慢了一步，其中一片竹片贴着肌肤擦过，留下了一丝淡淡的红痕，并未流血。

这不是萧景洲手下留情，而是乔晚炼皮锻骨之后的收获。

身后随行的萧家弟子不由得纷纷多看了乔晚一眼。

萧景洲这一击能轻而易举地洞穿一寸厚的铁板，这叫……乔晚的人，竟然有这本领？

算算年龄，萧家家主萧景洲已经八百多岁了，修为被困于元婴后期而止步不前，如果再不往上精进一层，恐怕也就剩二十多年的寿元了。

就因为这，早在几年之前，萧景洲就开始着手安排将来他的继任者。

和乔晚见过的所有人都不大一样，萧景洲是真正浸淫在权势里的老狐狸。

毕竟之前的确一剑捅了萧家的族人，乔晚这个时候对上萧景洲还是有点儿紧张地汗湿了手心。

在接到萧绥请她赴约的消息之后，她没急着回复而是去了趟暗部，就为了这件事。

早在几天前，得知萧景洲会在今天赶到之后，乔晚与萧焕订下了约定，之后又利用萧绥撞破穆笑笑对周衍表白的场景，在萧绥发出邀约之后，紧跟着去了暗部，确定了萧景洲到达昆山的具体时间，推测出时辰和经过地点，最后与萧绥达成了约定。

而在暗部，乔晚找到了马怀真，以被萧绥在停云山算计的受害者身份，向马怀真提出了要求。

"只要萧家取消对我的追杀，那萧绥在停云山对我的陷害，我既往不咎。"

男人似笑非笑道："你就这么笃定萧家会答应你的这桩交易？"

乔晚不假思索地说："权衡利弊，萧家会。"

马怀真答应了她，同时让她去鸣鹤巷迎接萧景洲。

让她这个尴尬的角色去接萧景洲，这算是昆山对萧家的警告，而萧景洲刚刚这举动，想来也是对昆山的回礼。

不过这一来一往之下，萧家与昆山确实达成了某种程度上的协议。

乔晚推测，萧家和昆山或许还有什么秘密，促使这两家结成了牢不可破的同盟关系。就算事态发展到这个地步，两家也是默契地关上门来，将这事大事化小

小事化了。

"爹！"

萧绥一看见萧景洲，眼睛瞬间一亮，下意识地往前走了一步。

萧景洲来了，这也就意味着不论乔晚还是穆笑笑，早晚都……

警告和"回礼"的表面功夫都做全了，萧景洲看着乔晚，突然露出个姑且还算和蔼亲切的微笑："你就是乔晚？"

乔晚躬身行礼："晚辈乔晚见过萧家家主。"

这和谐的气氛让萧绥瞬间僵住，他看着乔晚的眼神仿佛在说：你不是来赴约的吗？怎么跑来接我爹了？！

萧焕这个时候，完全是一副见了鬼的表情。

乔晚以眼神示意：谁说不能同时赴两个，或者三个约了？

"好。"萧景洲哈哈一笑，目光在乔晚身上顿了顿，笑道，"刚刚这一招……果真是英雄出少年哪。"

"萧宗源败在你手下，"老人语气淡淡，意味不明地感叹了一声，"果真不算亏。"

但就这一句话，一阵寒意顺着脊椎迅速蹿上了乔晚的天灵盖。

不知道这几天昆山与萧家下面的暗流涌动，其余萧家弟子面色各异。

早在出发之前，他们也想过老家主会怎么对付这个让萧家丢了面子的金丹修为修者，却没想到竟然是现在这幅光景。

萧景洲和颜悦色，乔晚不卑不亢。

一老一小两个人，像是完全没察觉到同行的萧家子弟脸上的诧异之情。

知道自家老爹平常有多难搞的萧绥彻底蒙了。

这……这怎么可能？！他爹怎么可能对乔晚这么和善？！是他睁眼的方式不对吗？！

萧景洲在萧家积威甚深，不论萧景洲如今多像个和蔼的老人，但这都是个能狠心手刃自己兄弟、毒杀自己发妻，坐稳了萧家家主这位子几百年的狠角色。

萧绥虽然茫然，眼睫微微一颤，却垂下了视线，根本不敢和萧景洲对视，更别提像乔晚这样竟然敢镇定自若、不卑不亢地和萧景洲交谈。

萧焕微微侧目，目光落在乔晚身上，多了几分讶异之意，不过旋即因为萧景洲落在了他脸上的目光，心神又微微一凛。

这目光算不上一个父亲对儿子的目光，萧焕轻笑。

到现在，他总算明白了这小姑娘的另一层用意了。

她可不只是为了离间他们兄弟二人，这是没打算放过他呢。

照萧景洲这谨慎多疑的性子，他爹想什么，不用猜萧焕心里也跟明镜似的——

之前能管住你弟，你却不管，用意是破坏阿绥和昆山的关系，坐山观虎斗，为自己上位增添筹码。现在在我来的时候救你弟弟，这不是摆明做给我看吗？

萧景洲不喜欢萧焕，那是知道自己这儿子一肚子黑心黑肺，偏偏还做出一副宽厚从容的虚伪模样。

说来也奇怪，明明自己就是这性子，萧景洲偏偏不喜欢自己的儿子像他。

归根究底萧景洲还是忌惮。他还剩二十多年的寿元，只要自己不主动下位，就算是自己的儿子也不能打家主的主意。

看不上穆笑笑，也说不上有多看得起乔晚的萧焕，这个时候是真有点儿想苦笑了。

但他好歹不是最惨的那个。

萧焕微微垂眼。

穆笑笑前脚正好算计过自己的师妹，萧家和昆山都想揭过这件事，正好对外能解释说萧绥是受了穆笑笑蛊惑。至于穆笑笑，当初主动表白的是她，有意勾搭自己的授业恩师，更坐实了萧绥是为她所骗的事。

到时候，昆山和穆笑笑原本的靠山萧家，势必都会将矛头对准她，推她出来顶锅。

萧景洲不会轻饶阿绥，更不会轻饶了他。

没想到这场闹剧，闹到最后受益的竟然是乔晚。

乔晚在打量萧景洲的同时，萧景洲也在打量乔晚。

萧宗源对整个萧家来说算不上什么重要人物，但既然名字前冠了个"萧"字就代表着受萧家庇护。

修真界本来就是弱者依附强者，强者因为这依附越来越强的同时，也要替这些弱者提供庇佑。如果萧家连一个萧宗源都庇护不了，那之后赶来投奔萧家的修士都得掂量掂量值不值得，天下人也会掂量掂量萧家日后在修真界处事的分量。

萧宗源死在某个秘境里倒还好，但他死在大庭广众之下，这事就有点儿难办了。

乔晚无疑丢给了萧家一个难题。

不过这不代表萧家解决不了这个难题，只要萧家不想放过乔晚，总有无数种收拾办法。

萧景洲收回视线，神情姑且还算温和："代我向马堂主道谢，至于这里，我与我这两个儿子还有些话要说。"

心知他这是打算赶人了，乔晚也不多留："晚辈这就去问世堂复命。"

她干脆利落地行了一礼，便告辞离去。

等乔晚一走，四周顿时又安静了下来。

萧绥心里一阵突突直跳，他透过眼睫缝隙瞥见了面前那朴素的青布袍，哆哆

嗦嗦的几乎不敢抬头看过去。

萧景洲："抬头。"

萧绥又哆嗦了一下："爹……"

虽说他在外面飞扬跋扈了点儿，但在家里还是个识时务的。

萧绥咬牙一掀衣摆跪了下来，刚抬起头，脸上就落了一巴掌。

这一巴掌打得萧绥嘴角顿时渗出了血。

萧焕脸色微变："阿绥！"立马也在萧绥身边一块儿跪了下来。

萧景洲淡淡地看了眼萧焕，伸出脚，抬起他的下巴，又将他"支"了起来。

萧焕本来就苍白的面色更白了点儿，脸上露出了点儿羞愧之情，主动伏下身子认错："爹，昆山一行都是我……"

话还没说完，他就被萧景洲当胸一踹，踹出去两丈远。

萧焕沉默地吐出一口血，又就着这一地污水立刻趴了下来，金环跌落，乌发垂地，一身雍容华贵的打扮被巷口的污水浸透了一半。

家主教训自己的儿子，后面几个萧家弟子都没敢出声。

萧焕垂下眼，嘴角泛出点儿苦笑。

他想要这位子？

那萧景洲就在众人面前落他的面子，就算日后他能爬上萧家家主这位子，现在也不过是趴在萧景洲脚下的一条狗。

然而余光一瞥，瞥见巷口不知何时多出的那道白色身影之后，像狗一样趴在地上的萧焕却蓦地僵住了。

女人静静地伫立在巷口，眉眼柔美冷漠，面容如皎月生辉，冷漠的目光在他的脸上停了半秒之后，又移开了。

至于乔晚，走出巷口之后才发现自己的后背已经被冷汗给浸透了。

她不大舒服地皱了皱眉，没多耽搁，立刻回了趟问世堂，却在半道被一帮暗部弟子和迎客弟子给截住了。

袁六正带着身后一批暗部弟子守在昆山山门前，见到乔晚，一脸惊讶的表情："乔晚？你怎么在这儿？"

还没等乔晚开口，他又立刻警惕地朝乔晚招了招手："来，到这儿来。"

虽然有点儿疑惑，但乔晚还是顺从地走了上去："老六。"

袁六挂着刀，斜眼看着她："你还没听说消息呢？萧家那老家主要来了，你还敢在外面走动？"

"对啊。"身后某暗部弟子好心提醒，"今晚就要过来了，乔道友，为了你这生命安危着想，你还是别到处走动了。"

万一她碰上萧家家主，一不小心被对方给捏死了怎么办？

这玉简上的消息他们也听说过了，暗部弟子嘛，都是一群悲愤的单身大老爷们儿，平常的乐趣就是刷刷玉简抠抠脚，看看能不能勾搭几个玉简上的妹子。

"天冷了，"另一个巡夜弟子倒了杯酒，塞到了乔晚的手里："来，喝喝酒暖暖身子。"

乔晚捧着酒，沉默了半秒，还是没打算告诉他们自己已经见过萧景洲了。

"你们这都是来接萧景洲的？"

"是。"袁老六暴躁地仰头喝了一口酒。

就因为萧景洲要来了，累得他们这些暗部弟子大半夜还在这儿吹冷风，他们被吹得眼泪、鼻涕糊了一脸，一个个都快被冻成一尊尊闪亮的冰雕了。

左右也不急着回问世堂回复，乔晚干脆就坐下来和这些暗部弟子一边喝酒一边聊天，面无表情地说着荤段子。

之前和乔晚一块儿出过任务的昆山弟子知道乔晚这面无表情说荤段子的本领，其他没和乔晚一起跑过任务的暗部弟子，本来是想看乔晚含羞带怯的模样的，这会儿都有点儿震惊。

这姑娘看起来文文静静的，怎么一口一个荤段子，信手拈来得比他们这帮大老爷们儿还猛呢？

男人的尊严不可玷污！

怀揣着不能输的信念，闲着无聊的十几个暗部弟子和乔晚展开了一场关于荤段子的世纪对决。

段子越来越荤，最后袁六这个大老爷们儿都有点儿害臊了。

而乔晚依旧面色不改，看得一众围观的暗部弟子脸红心跳的同时，纷纷叹为观止。

"据说，很久之前，有个云烟仙府的弟子和一个大光明殿的弟子一起出去跑任务。"乔晚脸不红心不跳地喝了一口酒，讲了个曾经看到的荤段子，"两个人躲在一个草垛里打探情报，云烟仙府的弟子疑惑地对大光明殿的弟子说：'欸，你先把你的金刚伏魔杵收起来，敌人还没来呢。'那大光明殿的弟子更疑惑了，说：'弟子的伏魔杵一直背在背上啊。'"

话音刚落，四周微妙地安静了半秒。

半响之后，袁六的声音才突然响起。

"乔晚，我有没有告诉你，这山门附近还有大光明殿的弟子？"

乔晚愣了半秒之后，默默地放下了手里的酒碗，果断站起身鞠了一躬："对不起，打扰了！"

袁六抽了抽嘴角，无语地吐槽："你现在道歉也晚了吧！"

就在这时，他们身后突然响起了此起彼伏的恭敬问好声。

一干暗部弟子心惊胆战地收了酒碗，看着朝着他们走来的尊者，立刻起身行礼。

"尊者。"

"晚辈拜见尊者。"

他们都知道大光明殿弟子就在这山门附近，只不过都没想到乔晚竟然讲了个和大光明殿有关的荤段子。

如今看到走过来的尊者，众人有点儿头疼。

尊者容貌凌厉美艳，经过时空气中浮动着若有若无的檀香味儿。

虽然如此，美色当前，谁也不敢造次。

听说妙法尊者前几天刚到昆山，但这几天一直被"供"在昆山上，没人看到他走动，众人不由得猜测，这尊者特地来到山门处是为了什么。

他是为了萧景洲？

萧家与大光明殿互不干涉，再说，萧家虽然势大，但萧景洲的地位远不如这位巨擘。

至于他为什么纡尊降贵地到这儿来，还是个未解之谜。

不过这位尊者长得那可是真美啊，美得雌雄莫辨。

其他女弟子倒也觊觎过这位巨擘，可惜无一例外都没法想象出这位谈恋爱的样子。有些人就适合被人供着，与风花雪月什么的毫无关系！

回过神来，其他暗部弟子和昆山弟子随即纷纷向乔晚报以同情的目光。

这妙法尊者刚出来走动一次，就让乔晚给撞了个正着，她这是还没被萧景洲削一顿，就要被妙法尊者给削一顿？

据说这位尊者脾气十分暴躁，众人就见这位妙法尊者神情晦涩不明地朝着乔晚走了过来，一开口："乔晚。"

不只山门处这些暗部弟子愣住了，其他人也愣住了。

乔晚也愣了，随即呆了半秒。

"前……前……前辈！"

他们这是……认识？

众人你看看我，我看看你，实在有点儿琢磨不透乔晚是怎么和大光明殿这位高高在上的尊者认识的。

为……为什么每次她都会在这么尴尬的情况下被抓到啊！

乔晚瞬间泪流满面。

这太坑了好吗？

还好尊者没有主动提起，或者说有意忽视了刚刚的黄色笑话，秀眉微蹙，眼神很不客气，语气也算不上多好："乔晚你怎会在此地？"

"晚辈……"乔晚一时噎住。

就在这时，山门前突然多出了点点灯光，一队萧家弟子走进了山门。这些都是萧家的精英弟子，男的俊俏女的美，修为高深，个头挺拔，袖角的萧家暗纹如同莲花在灯光的映照下熠熠生辉。

完了。

萧家人来了。

袁六一看这架势，也来不及关注乔晚是怎么勾搭上妙法尊者的了，心里一沉，迅速叫上几个暗部弟子将乔晚给围了起来，就连平常专门站在山门前负责接待的迎客弟子们也都打了一个哆嗦，摆出了架势。

他们这算是对乔晚的保护，萧家人一旦看到乔晚，势必不会轻易放过她。

但他们也只能做到这地步了。

袁六忧心忡忡地看向了山门。

但愿……萧家能看在昆山的面子上，不会在这儿跟他们起冲突。

乔晚顿了半秒，冷静地按剑往前迈出一步，讲了个冷笑话："前辈，你说要给我撑腰，我能在这儿宰了萧家人吗？"

她刚迈出一步，突然被人给抓了回来。妙法皱眉厉喝："放肆，给我回来！"

在妙法的拦阻之下，乔晚当然不会和萧家人起冲突，倒是萧家那几个青年男女，老远就瞥见了尊者的身影，纷纷上前见礼。

"妙法尊者。"

"尊者。"

"晚辈见过尊者。"

"尊者身体可无恙否？"

素来有点儿眼高于顶的萧家子弟，这时候都纷纷收敛了那高傲冷淡之色，乖巧行礼。

乔晚看着面前的尊者妖冶的侧脸，有点儿出神。

前辈……在修真界的地位还真是很高啊。

妙法蹙眉颔首："听说萧家家主亲临昆山，替我向贵家主问好。"

"这是一定的。"

为首的那个青年似乎是这帮萧家子弟中的主事人，连忙彬彬有礼地应声，目光一瞥，落在乔晚身上，竟然破天荒地也打了个招呼。

"乔道友。"

乔晚垂眉敛衽："萧道友。"

既然家主刚言谈间透露出的信息都表示不计较萧宗源那件事了，萧家子弟个个都是会见风使舵的人精，望向乔晚的眼神也收敛了那高傲和冷淡之意，多了几分温和之色。

这和谐的氛围，让围观的其他暗部弟子和迎客弟子都有点儿惊悚。

不是说萧家肯定不会放过乔晚吗？现在这和谐友爱的气氛是怎么回事？！

乔晚这一夜之间是把自己这魅力点都给刷满了还是怎么的？

和乔晚一块儿跑过任务的暗部弟子更觉得惊悚，有种当初那个灰扑扑的姑娘，下山之后突然摇身一变，转眼竟然就和这些修真界赫赫有名，他们平常见也见不着一面的大佬谈笑风生了。

　　按捺下困惑心情，迎客弟子上前一步，请萧家这批青年男女先去客房里歇息。

　　萧家弟子对乔晚如此和颜悦色，迎客弟子心里"咯噔"了一声。

　　这岂不是意味着穆道友之前说的都是些胡话吗？

　　这几天玉简上早就闹翻天了，如果穆笑笑真是在说胡话，那她暗害自己师妹当真是其心可诛。

　　萧家这批青年男女走后，妙法尊者也难得地多看了乔晚一眼，脸上看不出多少喜怒之色。

　　他这回上昆山，倒不是为了乔晚。

　　鬼市有古怪，或许和萧家，甚至昆山都脱不了干系，上昆山的这几天，他多方查探，亲自去游仙镇查了几趟，这回到山门前也是为了见萧景洲，至于乔晚，则是顺带的，顺带着处理她与萧家那些恩怨旧事。

　　不过令妙法尊者微感错愕的是，无须他出手，乔晚自己似乎已经缓和了与萧家之间的恩怨。

　　尊者不动声色，内心微感欣慰。

　　这个后辈比他想象中的还要聪慧不少。

　　既然乔晚已然有能力自行解决，那这事无须他再费心劳力。

　　目睹着萧家一行人远去，妙法尊者目光一瞥，厉声说道："人都走了，还看什么看？"

　　嗯，严肃什么的，已经成了刻在他的骨子里的习惯，毕竟他要训诫大光明殿的这些弟子，威严是必不可缺的。

　　但人人都知道，妙法尊者实际上是个刀子嘴豆腐心的人，尤其对自己颇为欣赏的后辈而言。

　　乔晚握紧了剑，没出息地微微红了脸。

　　太近了。

　　她离前辈太近了。

　　尊者身形看上去修长到甚至有点儿瘦削，尤其一张脸更加秀气，秀眉斜飞入鬓，凤眼水光潋滟，薄唇艳丽，那眼妩媚妖冶极了。

　　虽然知道时机不对，乔晚还是忍不住有些出神。

　　不论是这回亲自上昆山，还是那一个"断"字……乔晚默默地攥紧了手中的剑柄。她……她都很感激前辈……这几天由于莫名其妙的胆怯心情也没敢去道谢。

少女这出神的样子瞒不了身旁敏锐的尊者。

往日的沉稳和冷静样子仿佛一扫而空,虽然眼神依然清明,但微红的脸暴露了乔晚难得的不自在和不好意思。

这明显是小姑娘面对心上人的忐忑和紧张表现。

妙法尊者怔了怔,忍不住缓缓地又皱紧了眉。

人之七情六欲,他看得比这世上绝大部分人多,之前没曾留意,如今一瞥,几乎立刻就看出了这后辈对自己的那点儿倾慕之情。

自己色相蛊惑人,妙法也是知道的,甚至有过不少被他开导的姑娘转头就爱上他这种阴错阳差的事。

但面对乔晚,他没想到他这回上昆山倒有这意料之外的发现。

他对她不假辞色,内心却暗暗欣赏,因此对她的态度比对其他人还要严格不少。

这后辈聪慧坚韧,守礼知趣,有资质,倘若能坚持下去,将来或许可登大道。

得多了,妙法倒也不觉得大惊失色或是困扰,只是心中微微叹息。

色相惑人,若爱生时,便生愁戚、啼哭、忧苦、烦惋、懊恼。

他只愿她不过是一时迷失在这色相之中,拘泥于爱恨痴缠之内,她之将来合该是坦坦荡荡的大道。

略一思索,妙法尊者淡淡地说道:"乔晚,你和我来一趟。"

乔晚惊讶:"前辈?"

虽然不明所以,她还是乖乖地跟了上去。

这一路走过了山门,两个人来到了昆山一处僻静的殿前。

尊者这态度似乎有点儿不对。

乔晚心里略感不安。

和之前的严厉别扭样子不一样,之前尊者的正经是能被大光明殿弟子调戏到炸毛的正经,而现在这沉静的面色,是完全让人不敢调戏的平静威严。

不管怎么样,她还是先……道个谢吧?乔晚有点儿不确定地想,酝酿了一下,开了口:"太极仙宫那事,多谢前辈替我解围,还有那个字……也多谢前辈提点。"

尊者却没睬她,目光在她的脸上停留了半秒。

这眼睛极为好看,目光落在人脸上时,却像是细细密密的针,刺得乔晚喉口干涩,脊背也忍不住开始发烫了。

尊者这态度,让她有点儿摸不准是不是哪里出了问题。

难道说……

乔晚的心猛地漏跳了一拍。

那个"断"字真的没其他含义,纯属她和李判脑补过多吗?

就在她胡思乱想的时候，妙法终于开口了："我此番上山另有要事，帮你，不过是举手之劳。"

"乔晚，我与你梦中相识已有十多年。"

"是，"乔晚迅速回神，"这些年来晚辈一直很感激前辈对晚辈的谆谆教诲。"

"我与你并无师徒之实，却有师徒之情。"

这话说得乔晚愣了愣，心里无端地一沉，她忍不住往前走了一步："前辈。"

妙法尊者垂眼，那双妩媚的凤眼依然似开还闭，流泻出淡淡的庄严气息。

"在我心中，我不只将你视作弟子，更视作好友。这世上，贪爱生苦，由爱生忧怖。"

不知道妙法为什么会说这个，乔晚更加紧张了。

尊者看向她："就算是夫妻、兄弟、父子之间，也会因爱而生烦恼，我记得你曾修习过儒派经典？"

乔晚心里"咯噔"一声，喉口微微干涩："是。"

"儒派有言，这世上或许唯有淡如水的知交之情可长久。

"乔晚，你可愿不计较我的年岁，与我平辈相交，真正做我这修炼路上的好友？

"我长你数百岁，我知道，这对你而言不算公平，若你不愿，我也不会勉强你。"

这份仰慕之情，或许是出于色相，或许是出于年岁造成的不平等。

他长乔晚数百岁，经历的事比她更多，懂的东西也比她更多。而乔晚年纪还小，看上去似乎是比同辈的经历多，其实还是个嫩生生的晚辈。

他的修为在她眼中之所以高深，佛法之所以精妙，他不过是占尽了年龄的优势。既为长辈，他就不该利用这年龄造就的不对等关系和这不对等关系造就的仰慕之情。

从妙法尊者开口开始，一直到现在，宛如一盆冷水兜头浇下，乔晚终于明白了。

前辈看出她的感情了。

正因为看出来了，他才委婉地拒绝了她。

乔晚抿紧了唇，沉默地行了一礼："晚辈知道了。"

这还有什么愿意不愿意的？

就这寥寥几句话突然点醒了她。

虽说她知道自己这份悸动感情，无疑是对对方这份修为和大爱不尊重，也更显得青涩狭隘，但心动从来不由人控制，她还是忍不住陷入了这微妙的甜蜜而酸涩的梦境。

乔晚苦笑，毕竟她……也是大龄少女嘛，对这么个优秀、耐心、不计回报地指导自己的异性心动也很正常。

　　妙法尊者可以说拒绝得很委婉也很照顾她的心情了,就是这份委婉和温柔,才更让她觉得脸上火辣辣的。

　　乔晚的这第三次暗恋,看来也以失败告终了。

　　在妙法尊者的目光之下,乔晚僵硬着身子,将眼里微不可察的湿意轻轻压了下去,缓缓点头:"能与前辈成为好友,是晚辈的荣幸。"

第五章　岑夫人白珊瑚和郁行之

　　第一次被人这么明晃晃地拒绝，说不难受是假的，接下来是怎么平静地拜别妙法尊者的，乔晚已经记不得了。等回过神来之后，她已经坐在了洞府里。
　　也不知道前辈是不是看见自己这眼泪了，真是的，她都快奔五了，怎么还这么感性呢？
　　她明明知道她这场暗恋注定会失败，现在正好，在泥足深陷之前及时悬崖勒马罢了。
　　乔晚吸了吸鼻子，擦了把眼泪，沉默了一会儿，果断地拎起剑气势汹汹地去了暗部。
　　"师姐！"
　　暗部师姐吓蒙了："乔晚？你怎么来了？"
　　乔晚这面色不好啊？
　　暗部师姐仔细地留意了一眼乔晚这神情，心里"咯噔"了一声："难道说玉简上面的……欸，乔晚，穆笑笑她？"
　　"不是这个。"乔晚直接打断了暗部师姐的话，"我是来问赤火金胎的消息的。"
　　"上回师姐不是让我等消息吗？现在呢？师姐，现在有消息了吗？"少女乌黑的眼透亮，"赤火金胎的消息什么时候下来，能不能快点儿？"
　　暗部师姐愣了愣："你问这个啊。这个……暗部最近忙的事可多了，你等等，我帮你问问。"
　　这话倒没骗乔晚，暗部最近事情堆积如山，相比之下，不怎么重要的赤火金胎的事就往后推迟了。

乔晚彬彬有礼地道谢："多谢师姐。"

暗部师姐发玉简问了好几个人之后，面色复杂地抬起了头："我刚刚问了马堂主，堂主说让你明天过来。还是比拼，你们打上220的人再打几场，谁赢了这赤火金胎就是谁的。"

正好。

乔晚正愁无处发泄她这少女悲伤情绪呢。她面无表情地想了一下，鞠躬道谢，提着剑又沉默地走了。

兴许也是知道赤火金胎这事拖得够久了，问世堂行动力十分强，第二天就将打上220的弟子召集到位，着手安排赤火金胎归属这事。

接下来这几天，乔晚两耳不闻窗外事，一心闷在了问世堂里打架，将萧家、穆笑笑都远远地抛在了脑后。不论是萧博扬还是甘南，谁的信息她都没接。

打架是能舒缓情绪、有益身心健康的一件事。

如今这些弟子都不是她的对手，凶残地厮杀了几天之后，她终于鼻青脸肿地把赤火金胎给拿到了手。

只不过这也让乔晚错过了一件事。

岑夫人和岑向南来了，两个人一块儿上了昆山。上了昆山之后没两天，岑夫人就在昆山的栖霞峰安顿了下来，和栖霞仙子高兰芝一块儿商讨医术，救治来到昆山后没多久因为打架滋事而受伤的各派弟子。

"当归酒焙干二分，白术三分，人参去芦三分……"

修长白皙的手指灵活地将芦苇纸包好，取来草绳系上，端坐桌前，提起草绳，微微一笑，将药交给了身前面色绯红的昆山小师弟。

昆山师弟眼神四处乱瞟，根本不敢与面前的美妇人对视："多……多谢夫人。"

这位岑夫人刚来昆山没几天，就以温柔的态度、精湛的医术在昆山弟子中出了名。

就比如这个提着药包的昆山小师弟，头脑发昏、脚步虚浮地走出了栖霞峰药堂的大门，结果因为心神飘忽，一头就撞上了门口的来人。

"啊……对……对不住……"

他还没说完，从前方突然飞来一股大力，昆山师弟大叫一声，跌坐在了门槛上，手里的药包"哗啦"散落了一地。

"走路不会看路吗？"

撞人者是个容貌姣好俊美的青年，就是半边脸被毁了容，大腿也缺了一截，面色阴沉，冷冰冰地问着，眼里仿佛飞了两把冷刀子。

郁行之淡淡地瞥了一眼这哆哆嗦嗦的昆山弟子，收回晦暗不明的视线，走进了药堂。

结果他刚迈出没几步，脑后又传来了一声冷哼声。

"岑夫人可在此？！"

门口不知何时站出了十多个青年男女，个个脸色不善，为首的那个人上前几步，直接拨开人群走到了岑夫人面前。

"夫人，我妹子前几天吃了你的药，如今不见好转，伤势反倒更加重了，这是怎么回事？"

这是……

岑夫人闻声抬头，温润的眼里微含诧异之色。

林家的人？

这批青年男女也不在乎让人认出自己的身份，袖口和衣摆都明晃晃地绣了林家家纹。

岑家和林家是多年世仇，虽说岑府灭门那次最后不了了之，但这几个林家子弟明摆着是故意来挑事的。

"不知道这位小友的妹子姓什么名什么？"虽说如此，岑夫人脸上仍不见任何不悦之色，嗓音依然温和有礼。

"我妹子姓林，"为首的那青年，也就是之前在酒楼里为了养命珠和乔晚打了一架的林五，沉默了一瞬，继续说道，"昨天辰时来夫人你这儿看的病，回去之后服了你开的药，这时候反倒高热不退了，你说怎么回事？"

岑夫人温声细语地问："是六姑娘吗？我知道了……"

于是她便开始详细地询问病情。

郁行之冷漠地收回了视线，偏偏就在这时，林五恼了，嗓音微寒："都说了吃药没用，恐怕岑夫人这是因为岑、林两家是世仇，不愿治吧？"

"抱歉。"女人面露歉疚之色，"我这儿还有病人亟待救治，令妹这是正常现象，等汗发出来了，这病也就好得差不多了。"

"夫人，是我们失礼了，"眼见岑夫人退让，林五讥笑道，"但今天你必须跟我们走一趟。我妹子要是有个三长两短，你就莫要怪我们林家无礼了。"

正当岑夫人准备开口的瞬间，正跽坐在她身边，给自己包扎伤口的白衣姑娘抬起了一双美目，一开口，嗓音清朗动人，却冷淡彻骨。

"林家子弟都是这么胡搅蛮缠之辈？"

为首的林五微露不悦之色，扯着嘴角冷笑了一声："这位道友是谁？又是从哪儿来的？"

女弟子缓缓地站起了身，白衣如雪，乌发如墨，发间点缀着的珍珠映照着栖霞峰的彩霞，秀美白净的脸上蒙了层微光。她眼神清冷地扫了林五一眼，淡淡地说道："拿着药，出去。"

身后的林家子弟黑了脸，非但没出去，反倒一把掀了面前这桌案。

岑夫人一时不察，差点儿被这桌子给砸个正着。
　　没想到白珊湖更快一步，脚步一转挡在了岑夫人面前，扯着岑夫人的胳膊往身后一拉，将人护在怀里，男友力十足地伸出胳膊替她挡下了这一击。
　　被这欺霜赛雪的冷淡女弟子揽在怀里，岑夫人愣了愣，一抬头，却只能瞥见女弟子那一小截如玉般洁白的下巴。
　　林家弟子丢这桌子的时候特地暗暗用了点儿灵力，白珊湖不是体修，雪白的手臂立刻就见了青。
　　但女人依然眉头都没皱一下，果断地抽出了披帛。
　　抽！
　　抽他！
　　毕竟这是修为还在孟沧浪之上的崇德古苑大师姐，行事一向雷厉风行，直接卷起林五丢出了药堂。
　　而乔晚这个时候正好走进药堂，打算拿点儿伤药。
　　林五一屁股跌坐在药堂门口，还没来得及羞恼，眼睛突然和门口那双黑黝黝的眼撞了个正着。
　　青年立刻一副见了鬼的表情。
　　"乔……乔晚？！"
　　他是见过乔晚的，就乔晚这脸，他打死都忘不了，多少林家弟子就栽在了她这猥琐的游击打法之下，更没忘这姑娘和妖皇伽婴的交情。
　　脚边突然落了个人，乔晚也愣了一秒，旋即就皱起了眉："林家的人？"
　　这是之前那个要卖养命珠的人？
　　她再往药堂里面看了一眼，瞥见跌坐在地上的女人，顿时什么都明白了。
　　夫人。
　　心跳猛地漏了一拍，乔晚面无表情地举起了剑。
　　"来得正好，医闹是吧？"
　　新拿到的赤火金胎还没用呢，她刚好试剑！
　　看着乔晚举起了剑，林五的确有点儿慌了，气急败坏地低吼道："乔晚你疯了？！"
　　结果他话音刚落，乔晚举着剑一剑就将他打飞了出去，这剑上的气劲儿震得林五"哇"地吐出了一口血。
　　这还没完，乔晚脚下踏出妙微步法，一路不停地杀进了药堂，瞥见一个林家弟子就动手用剑抽过去。
　　在林家弟子惊恐的面色下，乔晚一路从林五抽到了林六……林三十三……林三十五……林四十二……
　　岑夫人：这是那个温柔内向的小丫鬟辛夷？

最后乔晚在郁行之面前停下了脚步。

目睹着一路抽过来的乔晚，青年冷傲的神色消失得一干二净，他一言难尽地盯着乔晚看了半天："你是谁？"

郁行之？

"一看这德行，就是来医闹的吧？"乔晚面无表情地再度举起了沾血的长剑，果断抽之！

被误伤之下一剑抽飞了出去，青年气得面色青黑，立刻面色扭曲地拔剑而起，和乔晚打成了一团："我认识你吗？！你找死！你有病吧！"

这人欺负残障人士，面无表情得欠揍！这是陆辞仙变成了个妹子吧？！

第六章　神识绞杀

没残之前，郁行之好歹也是善道书院的二师兄，大师兄是之前曾经用几颗棋子就把乔晚给打废了的那个。

缺了半截大腿之后，心高气傲的善道书院二师兄在论法会上被不知名小卒给痛打了一顿，切切实实地遭到了社会的毒打。回去之后，这位心高气傲不服输的主就开始没日没夜地拼命训练，在善道书院举全书院之力的情况下，终于找到了条门路，也就是御器。

他腿脚不方便，便改用法器支撑着，也幸好善道书院撑得住御器消耗的大量财力。

善道书院虽说对外欠扁了点儿，但对内还是护自家人的。

在乔晚有意和对方打一架的情况下，这一架是打得昏天黑地，头破血流。

郁行之面目扭曲地召唤出一堆法器，不要命地"哐哐哐"直砸，怒喷道："你有病！"

乔晚面无表情地抬手化骨为盾，又不要命地直冲了上去，抡起剑再度把郁行之给打飞了。

要怪就怪他之前助纣为虐吧，逼走岑清猷这事乔晚还没来得及跟他清算呢。

战况几乎呈一边倒的趋势，刚学会御器，还不太熟练的郁行之几乎是被乔晚摁在地上打。

林家一干人等目瞪口呆。

他们怎么觉得乔晚的修为又长进了呢？！合着刚刚她打他们还没用上全力？

缓过神来后，众人不由得长舒一口气，内心一阵死道友不死贫道的庆幸感。

林二十三战战兢兢地问："五哥……这真的不用上去帮忙吗？"

林五双手环胸冷眼旁观：有人在前面替我们顶着，要去你去，反正我们林家人也不是什么好鸟。

一众林家子弟：就连五哥你也承认我们林家弟子是人渣吗？

眼看着面前的少女一抬手的工夫，脸上迅速包裹上了一层森白的骨甲，郁行之心头一跳。

这是什么邪门的功法？

震惊的不只郁行之，其他昆山弟子也都有点儿微讶。

乔晚这是用的什么功法？他们之前怎么都没见过？

化骨为盾，顶着厚厚的一层血防，乔晚再度冲了上去。

郁行之硬生生地被摁在地上，"哇"地喷出了一口血，咬着满嘴牙扭动着身子，费力地抬起手，又召出了一个法器——

没想到，乔晚却毫不费力地直接伸手一捞，就将这法剑给丢出去了！

郁行之又喷了一口血出来："……"

这绝对是陆辞仙变成了一个妹子吧？！现在锻体已经是修真界的新风尚了吗？！体修都是个什么奇行种？！

林二十三等人目瞪口呆地看着这法剑，不偏不倚正好朝药堂门口某个无辜的路人的双腿之间直钉了过去。

在场所有人眉头齐齐跳了跳。

"道友！"

林五断然大喝："道友小心！"

喊的同时他只觉得双腿间隐隐一痛。

"某无辜路人"往后急退半步，水波纹的蓝色袖摆轻轻一扬，骨节分明的五指一抓，险险避开了差点儿被当众射穿命根的惨剧。

某"无辜路人"孟沧浪："……"

饶是中正平和、稳重大方如孟沧浪，差点儿躺着中枪，额角也忍不住滑落了一滴冷汗，随即困惑地往药堂里看去。

他一眼就看见一个一身粉衣的姑娘正把一个残疾青年摁在地上"哐哐哐"一顿揍。

孟沧浪迟疑地越过了这两个还在打架的"不明生物"，快步走到了白珊湖身边。

又看了一眼那还在扭打的不明生物，孟沧浪面色犹疑："昆山不愧地处西北，民风果真彪悍。"

打到最后，被"社会的恶意"扇了好几嘴巴子的郁行之已经彻底放弃治疗了。

残了也是有好处的，至少这善道书院的二师兄从一个脾气暴躁的人，成长成了识时务者。

眼看着这位无辜的青年被揍得"噗噗噗"吐血，岑夫人终于从错愕状态中回过了神："辛夷？"

她一开口，乔晚立刻松了郁行之的衣领，转头看向了不远处的女人。

岑夫人柔柔地微笑着，算不上多姣好的面容却映着药堂门口射进来的淡淡霞光。

乔晚又看了一眼放弃治疗，成为咸鱼的郁行之，终于意识到自己刚刚做了什么，嘴角一抽，心头竟然无端涌出了点儿羞怯情绪。她看了看郁行之，又看了看岑夫人，结结巴巴地开口："夫……夫人……"

岑夫人招了招手。

乔晚立刻拨开众人走了过去。

和之前相比，女人的脸色更苍白了点儿，眼角泛着点儿细纹，但笑容依然很友善，等乔晚走近，岑夫人温和地摸了摸面前的姑娘的脑袋。

"看来恢复得不错，比之前有活力了许多。"

一边的林五嘴角抽搐：这看上去像是用"有活力"能形容的人吗？！

乔晚忐忑："夫人……"

忐忑的同时，她又不免透过那温柔的黑眼睛看到了岑清猷的影子。

"抱歉。"乔晚张了张嘴，垂下头，攥紧了拳头，"我没带回二少爷。"

岑夫人又摸了摸乔晚的脑袋："辛夷，这不怪你，我相信他有自己的决断。"

乔晚迟疑："夫人……身体还好吗？"

岑夫人笑道："好多了，辛夷你忘了吗？我毕竟是个医修，这还得多谢你帮我拿回了养命珠。"

说完她就不打算再谈这事了，牵着乔晚的手，看向白珊湖，微微颔首："多谢姑娘出手相助。"

白珊湖也淡淡地颔首示意。

然后岑夫人又把失去梦想变成咸鱼的郁行之给扶了起来。

无辜躺枪的郁行之心有不甘，面色阴沉地看了一眼乔晚。

乔晚面无表情地回望，眼里透着点儿淡定的挑衅之意。

郁行之的气焰顿灭。

就在岑夫人忙着给郁行之包扎的时候，乔晚看了一眼站在不远处的白珊湖和孟沧浪，迟疑了半秒。

虽然在这儿能看到这两个人她也很高兴，但现在明显不是相认和打招呼的时候，乔晚只能装作陌生人，礼貌地问好。

不过就在这时，她腰上挂着的玉简突然又响了，里面传出了袁六的吼声。

"乔晚！回来！快回来！你师姐跑了！"

穆笑笑……跑了？！

乔晚心里"咯噔"了一声，按住玉简，飞一般冲了出去："夫人，晚辈有急事，先走一步！"

在她忙着打架的那几天，她听说穆笑笑已经被收押在了暗部，这人又是怎么跑出去的？

一边跑，乔晚一边冷声问："穆笑笑怎么跑出去的？"

袁六明显快疯了："是那只野鸡带她跑出去的。一路上悄悄打伤了不少暗部弟兄，他们正往昆山山门那儿赶。"

"你快过来！堂主这时候不在，要是堂主知道了这事，还不得剁了这俩人。"

"还有谁知道这事？"

"暂时没往外传，"袁六的声音从玉简那边传来，"但穆笑笑知道暗部弟兄的守备情况。"

"我说，"都这个时候了，袁六忍不住吐槽，"她这是跟你学的吗？你们玉清峰上的人这是逃跑上瘾了？"

听袁六的意思是，暗部顾及穆笑笑的身份没敢下重手，凤妄言下手却有点儿不知轻重。

乔晚往前跑了几步，心念电转，突然福至心灵。

她想起来了《登仙路》里面的另一段剧情，主要讲的就是穆笑笑叛逃离山。

大抵每部师徒文都有师徒决裂的剧情。

穆笑笑对周衍的情意暴露之后，昆山接受不了师徒的这段感情，将穆笑笑收押，凤妄言连夜闯入暗部，设法带走了穆笑笑。

之后穆笑笑机缘巧合之下闯入昆山剑阁，拿到了金手指灵剑，却刚好在剑阁门前被人发现。凤妄言为了救穆笑笑，将自己全身的灵力全都灌注到了穆笑笑体内。悲愤之下，穆笑笑带着凤妄言驱动灵剑，杀伤数百名昆山弟子，在昆山山门前与周衍决裂，这才为之后她和阴郁大魔王裴春争在一起的剧情埋下了伏笔。

估计因为剧情变动才让时间线提前了，他们想要找到穆笑笑的话，就必须去一趟昆山剑阁。

乔晚掉转方向，马不停蹄地往昆山剑阁方向赶去。

可惜她慢了一步，等她赶到剑阁的时候，剑阁门大开，地上明显还有凰火灼烧过的焦黑痕迹。

乔晚再往前走了几步，突然听到了一声痛苦的呻吟声。等乔晚赶过去的时候，目光所及之处，地上横七竖八地躺着十多具尸体，有的已经被烧成了焦炭，明显是死透了，而有的还没死，还在地上痛苦地抽搐。

乔晚攥紧了剑，瞬间僵住。

"乔……乔……"地上某个昆山师弟余光瞥见了站在原地的乔晚，眼里忍不住爆发出了一阵强烈的渴望，喉咙里"嗬嗬"直响，目不转睛地盯着她手上的佩剑。

乔晚看了这名昆山师弟一眼，心里一沉。

这人已经没救了。

她搁下剑，走到了这名昆山师弟面前，哑着嗓子垂头问："想让我帮你了断？"

那昆山师弟眼里流露出了一股悲伤的歉意。

乔晚抿紧了唇，手微微一僵，果断地拔出剑，一剑捅进了那弟子的心窝。

痛苦地挣扎到现在，这名昆山师弟终于满足地咽了气。

乔晚伸手帮这名弟子阖上了眼，拿起剑站起身，紧随着这焦黑的痕迹一路往前追踪，同时没忘记和袁六汇报进度。

"往东。"

"左转。"

她越往前，这焦黑的痕迹也就越多，片刻后一抬头，眼前突然"哐当"砸下了一大团炙热的凰火！

凤妄言？

乔晚瞬间往后急退，后心却突然传来一阵气劲儿。

她一扭身，撑着剑滑了出去，定睛一看，的确是凤妄言，后面的则是穆笑笑。

仇人见面，分外眼红。

凤妄言脸色遽变，怒喝道："乔晚？！你怎么在这儿？！"

男人明显受了不轻的伤，捂着胸口，死死地盯着乔晚，俊美的脸看上去有点儿扭曲，墨发凌乱，一身火红衣袍飞溅了成片的鲜血，紧紧护着身后的穆笑笑。

穆笑笑睁大了眼睛："乔晚。"脸色变了变，随即警惕地往后退了几步，"唰"地亮出了刚刚在剑阁中夺得的本命灵剑——飞红剑。

这飞红剑在剑阁中挂了上千年，就在今天认她为主。

连跑了将近一个时辰，穆笑笑气喘吁吁，咬紧了牙，竖着飞红剑。

乔晚沉默了一瞬，没急着上前："剑阁前的人是你们杀的？"

穆笑笑眼神有些闪烁，脸上被火熏得左黑一块右黑一块的，有点儿狼狈地低下了头："他们……他们想杀小凤凰，小凤凰不得已……"

凤妄言捂着胸口，喘着粗气冷笑了几声，劈头盖脸地就打断了穆笑笑的话："少和她废话，这昆山辜负你，笑笑，我带你杀出去。"

乔晚平静地看着凤妄言的时候，凤妄言也在咬牙打量着她。

凤妄言自负出身高贵，是这天地间唯一一只凤凰，却被乔晚在众人面前用天

雷给劈成了一只乌鸡，心里肯定是咽不下这口气的。

明明……明明乔晚就是个废物！

眼中掠过一丝恨意，男人再度飞身而上，却被乔晚给一剑抽飞了出去。

"你重伤未愈，如今又添新伤，"乔晚平静地说道，"打不过我的。"

她也没想在这儿和穆笑笑还有凤妄言起争端，拿起腰间的玉简，通知袁六带人过来之后。

剑尖一划，在地砖上划下了一道深深的剑痕，剑气凛然。

"谁要是往前走近一步，我就杀了谁。"

她看书的时候，看着女主大杀四方，动辄灭门来得倒轻巧，主角发泄了怨气倒爽快，但有谁替这些无辜的性命买单？

乔晚这是认真的。

穆笑笑喉口一哽，看着面前这道剑气，心头莫名其妙地涌出了一阵恐慌感。

她揪着衣摆往前走了几步，眼泪又"扑簌簌"地掉了下来。

"乔……乔晚师妹，求求你……之前的事是我错了，求求你大人不记小人过，放过我和小凤凰好不好？"

她刚往前走了几步，突然被吐着血的凤妄言给拦了下来："笑笑，你无须向她求情，我带你杀出去。"

就在这时，袁六冷冷沉沉的嗓音蓦然传来。

"你要带谁杀出去呢？剑阁的账我们暗部还没跟你们掰扯清楚呢。"

穆笑笑惊呼出声："暗部！"

暗部的人追来了！

前几天，伽婴和她解释完之后就没了兴致，叫修犬把她丢了出去。

这些道理她何尝不明白？

穆笑笑握着剑的手打着战，但是她已经没有退路了。

整个昆山都在逼她，师父在逼她，萧家也在逼她。还好，还有小凤凰，还有小凤凰愿意站在她身边。

为了捉穆笑笑，暗部这回来了不少人。

目光一扫，饶是凤妄言这个时候心里也不免沉了沉。

本来一个乔晚就足够棘手，这个时候再加上暗部的人，他们想再冲出去就不容易了。

凤妄言不由得看了一眼身旁哆哆嗦嗦地举着剑的娇小姑娘，闭上了眼："笑笑，到我身边来。"

穆笑笑愕然："小凤凰？"

"过来。"

穆笑笑刚一过去，背上突然被人给一把摁住，随即一股暖流争先恐后地顺着脊背涌入了四肢百骸，冲向了丹田。

"小凤凰？！"

察觉到异样，穆笑笑手中的飞红剑锵然落地，她立刻费劲儿地扭动起来，泪眼蒙眬地哭叫："不要！我不要！我不要你的灵力！"

凤妄言脸色难看，这回却没再遂穆笑笑的意。

他行事张狂，只有在对待穆笑笑的时候，才乐意收敛性子。

如果不是笑笑，他会被梅康平锁在碎骨深渊里关上数千年乃至数万年。

人人都说妖修脑子一根筋，从他记事起，他就被锁在碎骨深渊下面锁了上百年，没人教他正常人立足于社会上的那些东西，他自己更不稀罕学那些所谓的人情世故。

谁要是对付笑笑，他就对付谁。

为了笑笑，他就算舍弃这一身灵力也无妨。

很快，这股充盈的灵力就汇入了丹田，穆笑笑已经哭得说不出一句话了，就连暗部弟子趁机围了上来都没察觉。

被缚住了双手，穆笑笑眼神有点儿木然。

她明明什么都没做错啊。一开始，她只是想让乔晚走远一点儿而已，这些东西明明都是属于她的。

当她还在碎骨深渊里煎熬的时候，周衍带了乔晚上山，人人都同情乔晚这个替身当得不容易，有谁考虑过她的感受？等她千辛万苦地回到昆山时，整个世界都变了，不论大师兄还是师父，心中都多了个叫乔晚的人，这人顶替了她的位子。

其中一个暗部弟子有点儿不忍心。

"穆师妹你忍忍就算了……"

少女抬起眼，泪眼蒙眬地"嗯"了一声："多谢师兄。"

"怎么样？"袁六皱着眉走了过来，"都处理好了没？"

"差不多了。"

"袁师兄，"穆笑笑忽然抬起头，哽咽道："你们能放过小凤凰吗？小凤凰是为了救我才做出了这些事。"

"笑笑！"凤妄言厉喝，"别做傻事，也别求情！"

"别动。"袁六一手扶上了穆笑笑的肩膀，"麻烦穆道友跟我们回一趟昆山。"

他扭头就吩咐其他暗部弟子过来。

就这一瞬间，穆笑笑猝然发难，手中剑刃自上而下，一剑将男人的左臂给完整地切了下来。

趁着暗部弟子惊愕的工夫，穆笑笑立刻拽着凤妄言冲了出去。

凤妄言反应倒也快，抬袖又立刻放出了一大片凰火，火焰朝着就近的几个暗

部弟子裹了上去。

顾及着同门情谊，又考虑到这毕竟是乔晚的师姐，自始至终他们都是留了点儿情面的，却没想到穆笑笑活脱脱是只白眼狼！

袁六倒吸了一口冷气，来不及多看一眼地上的断臂，捂着鲜血淋漓的左肩，青筋暴起，怒喝道："追！"

乔晚猛然回神，盯着地上的断臂看了半秒之后，神识如利箭般弹射而出，转瞬冲进了凤妄言的识海。

火红一片的识海里，凤妄言惊骇交加。

"你是怎么进来的？！"

而在现实里，穆笑笑只能眼睁睁地看着男人突然停下了脚步。

"小凤凰？！小凤凰？"

这识海似乎是仿照的碎骨深渊的地形，万丈深渊之下，白骨遍地，瘴气横生，一处狭窄的洞穴里，用拇指粗的铁链层层束缚着一个伤痕累累的青年男子。

面容短暂地扭曲了一瞬之后，凤妄言突然安静了下来，沉默了半响，开口道："乔晚，你放了笑笑。要杀要剐，我随你的心意。我知道你因为当初之事嫉恨我……"

"我不嫉恨你。"乔晚截住了男人的话，面无表情地释放出了一身的元婴威压，成功地看到了凤妄言震惊的表情。

"而且，你凭什么认为，你有和我谈条件的资本？"

神识如海浪般迅速层层推进，眨眼间就覆盖了这一片红彤彤的识海。

"我不嫉恨你，你根本不值得我嫉恨。"

乔晚是真的没因为当初的事嫉恨凤妄言，修真界本来就是强者为尊，靠实力说话。

她只是到现在还不太能接受这个世界行事的价值观。

就因为有人挡了自己的路，就因为自己"伟大"的、令人动容的爱情，他们就要让所有无辜的人陪葬吗？

但直到现在，面前的男人还以为这都是她在报复他。

活到现在，凤妄言第一次感觉到了一阵莫名其妙的惧意。

她竟然有元婴期的神识，就这废……

后面那个字，在这浩浩荡荡的神识碾压之下，他却再也说不出口了。

凤妄言突然鲜明地意识到，在这实力差距之下，他确实不值得乔晚嫉恨。

"你到底想要什么？"

"我什么都不要。"在凤妄言惊疑交加的视线之中，乔晚冷冷地举起了手。

如海般铺展开的神识，突然紧紧地收拢扭曲成了一股，将凤妄言整个都包裹在了其中。

神识越裹越紧，突然有了点儿新变化，宛如扭动着的火苗，仿照着凰火熊熊燃烧了起来。

外面的人不知道发生了什么事，只知道凤妄言突然面色苍白，大叫一声后跪倒在地，面目扭曲，冷汗如雨般"扑簌簌"地落了下来。

"如果你非要问的话，"乔晚顿了顿，问道，"烤鸡翅算吗？"

她五指一抓，一绞。

现实中，男人睁大了眼。

穆笑笑愣愣地唤道："小凤凰？"

随即她就被凤妄言口中喷出的鲜血给浇了整整一脸！

绞杀！

人临死前会想些什么？

凤妄言面目狰狞，拼尽最后一丝力气，用力握住了穆笑笑的手："跑！快跑！"

穆笑笑已然吓呆了，拽起凤妄言，飞一般地哭着跑了出去，嘴里絮絮念着："对不起小凤凰，小凤凰对不起……"

立刻就有几个暗部弟子咬着牙，爆了句粗口，围了上去。

这会儿他们也不留情面了。

她必须带小凤凰出去。穆笑笑泪眼婆娑地再度举起了手上的飞红剑，怕得浑身都在哆嗦。

她不是故意的，但她必须救小凤凰，哪怕……哪怕叫这些人给小凤凰陪葬……

这飞红剑是她在剑阁里拿到的，见到她第一眼就认了她为主，本来就是个凶器，如今凤妄言又把他全身的修为都给了她，穆笑笑完全有能力驾驭这把飞红剑。

"是你们逼我的。"穆笑笑失魂落魄地握紧了手里的剑。

手里的长剑轻轻嗡鸣，宛若应和。

"太好了。"穆笑笑苦笑，"事到如今，还有飞红你陪在我身边。"

飞红剑顾名思义，剑光落处，如落花翩翩四散开数道锐利剑气。

宛如凌迟。

眼看穆笑笑突然举起了飞红剑，乔晚心里"咯噔"一声，暗叫了一声不好，怒吼道："跑！快跑！"

她飞身上前，化骨为盾格挡，然而慢了半步，片片剑光落了下来，霎时间，暗部弟子惨叫连连，鲜血飞溅。

被温热的鲜血一浇，乔晚蒙了半秒，一言不发地抿紧了唇。

乔晚在穆笑笑惊骇交加的视线中，沉默地活动了一下腕子，手掌合拢，层层骨甲攀附而上。

而后，乔晚朝着这泼天的剑雨直冲了过去，一把攥住了剑刃！

穆笑笑彻底呆住了，险险地握住了剑柄，飞红剑才没被这巨力给拽过去。

飞红剑认她为主，灵剑护主，自然是不可能这么轻而易举就被乔晚给拽过去的。

"乔晚？！"

乔晚一言不发。

曾经她以为穆笑笑没有安全感，所以尽力做出了一个软糯尿包的人设，所以，当在水凤教里，穆笑笑对她求助，第一次站出来表示想要自由的时候，她帮了穆笑笑。

但现在她明白了，原生家庭这玩意儿造成的影响是不可轻易抹杀的，她得将人打清醒。

《登仙路》这本小说里波澜壮阔的剧情，主角之间惊心动魄、感人肺腑的感情，动辄以天下为赌注，以苍生为陪葬。读者将目光聚焦在了主角身上，自然忽略了配角，或者说龙套、炮灰等许多无辜人的感受。

从泥岩秘境再到岑府灭门，从岑府灭门，再到今天这出闹剧，弱者没有发声的权利。

乔晚深吸了一口气，牢牢地握住了手中的剑刃。

既然她不能接受这种处事方式，那就用剑去打破好了，用剑去替他们发声。

胸中大不平，非剑不能消。

就在双方僵持间，天际突然落下数百道剑光。

剑光一落，众人就听见了一个男人的厉喝声。

一来就撞见这一幕，马怀真气得鼻子差点儿都歪了。

"乔晚你疯了？！给我退下！"

跟在他身后的周衍和玄中真人神情微变，情不自禁地刚往前走了一步，立刻又被这血淋淋的一幕给逼退了。

少女浑身上下浇了满满的一身血，眼神冷得彻骨。

认主的神兵利器开了灵识，懂护主，自然拼死抵抗。

乔晚却偏偏不让它抵抗！她一把攥住飞红剑，任凭剑光交织，依然不撒手。

漫天的剑光直往胳膊、脸上、胸口乱飞，瞬间就将她削成了个血肉模糊的血人，尤其是握着飞红剑的右手，宛如削土豆皮似的，手臂上的筋肉组织被一层层地削开了。

碰上这种不怕死的人，就连飞红剑也没辙了。

穆笑笑惊叫一声，手中的剑硬生生地被乔晚给拽了过去！

长剑一入手，穆笑笑就眼睁睁地看着乔晚徒手将剑给撅了。

饶是在场活了几百上千年的长老，也是第一次看到徒手把人家的灵剑抢过来给撅了的人。

"咔！"

剑身跳动了两下，灵识尽灭。

没了。

师父没了。

小凤凰没了。

连飞红剑也没了。

穆笑笑怆然地跌坐在地上，余光瞥见躺在地上生死不明的凤妄言，又咬紧了牙。

她得带小凤凰走……

她还有小凤凰留给她的凰火。

颤抖的手指沾了血，穆笑笑努力捏出了个法诀，却没想到这法诀还没捏完，一柄断刃突然裹着巨力破空射了过来，直接洞穿了她的肩胛骨。

被这巨力一震，穆笑笑凄厉地惨叫一声，倒退了几步，直接被飞红的断刃给钉在了剑阁门口的大门上。

与此同时，另一把断刃朝着地上的凤妄言削了过去。

穆笑笑心中一跳，惨叫："不要！"

这一剑削飞了男人的脑袋。

这颗俊美的脑袋在地上"咕噜噜"地滚了几圈，沾满了血污。

四周陷入了死一般的寂静，穆笑笑颓然地睁大了眼。

这简直就是碾压。

同门师姐妹，修为和能力差距竟然到了一个天一个地的境界。

做师姐的，穆笑笑明显就没经历过社会的毒打，有灵剑和凰火灵力护体，竟然还轻而易举地就被碾压成了渣。

死寂气氛之中，穆笑笑剧痛之下突然瞥见了不远处那道白色的冷清身影。

"师……师父……"

一瞥见周衍，穆笑笑就忍不住红了眼眶，委屈地哭了出来。

"师父……笑笑好疼。师父……笑笑错了……师父救救笑笑……"

少女宛如离巢的幼鸟无助茫然地掉着眼泪，周衍脚步不自觉地往前迈出了一步，一副冷硬的心肠还是不由自主地软化了两分，喉口滚了滚，忍不住多看了马怀真和乔晚一眼。

"晚儿。"他嗓音喑哑地唤道。

知道周衍对穆笑笑的情谊本非一朝一夕就能更改的，乔晚倒不怎么意外，只是沉默了一会儿之后，伸手指了指。

她指的是那些被凰火烧成了焦炭的剑阁弟子，还有被暗部弟子。

血肉模糊的乔晚，指着身后另一批血肉模糊的人。

此情此景，叫其他人哑然。

乔晚的声音清楚地回荡在四周。

"真人在这儿替穆道友求情，有谁替他们求情？他们自始至终没做错任何事，只因为尽忠职守就活该沦为别人恩怨情仇的陪葬吗？"

"人命当真有高低贵贱吗？"刚被凰火给燎的，乔晚嗓音暗哑，"都是父母的孩子，其他人的兄弟、姊妹、徒弟、爱人。"

"自己的爱人被伤了一根汗毛，就要让其他无辜的人陪葬吗？"

这一连串质问的话，虽然嗓音不高，却振聋发聩。

马怀真听得不由得暗暗叫了一声"好"，旋即面无表情地看向了穆笑笑，那截空荡荡的袖管在冷风中四下飘荡。

北域战场冲杀出来的人，没人比他知道一条命有多重要。

"师父……我只是……"穆笑笑哽咽地哭了出来，"我只是想救小凤凰，是小凤凰在碎骨深渊下面救了我。如果没有小凤凰，笑笑也回不到昆山。"

"疼？"马怀真冷笑，眼神冷得吓人，"我这些弟子不疼吗？我那些被蜘蛛吞了的弟子还能喊声疼吗？"

还捂着肩膀的袁六没来得及顾着自己的伤势，微微一愣。

堂主鲜少动怒，但这回是真正怒了。

"你要是经得住这疼……"这句话出口，一抬手的功夫，灵力化作阵阵刀光剑影，朝着穆笑笑剐了过去。

在场没人敢出声。

这是问世堂的堂主，这次暗部弟子折损得最严重，问世堂是最大的苦主。

这还不是真刀实剑，只是灵力幻化的，就算马怀真在这儿把穆笑笑给活剐了，也没人敢拦。

活到这么大，哪里经得住这种痛苦，穆笑笑立刻哭叫出声，拼命扭动着身子想躲过这如蛛网般细细密密的灵力刀光。

奈何她被牢牢地钉死在大门上，越动，肩膀上的血流得就越快。

"师……师父！"

穆笑笑声音越来越尖，之前那娇美软糯的语调瞬间消失得无影无踪，她瞬间涕泗横流。

但之前受了这飞红剑的暗部弟子也只是惨叫了一声，之后就血肉模糊地静静站在了原地，沉默地看着眼前的场景。

以彼之道，还诸彼身，这是个很简单的道理，毕竟这世上没有感同身受，只有轮到自己头上了，人们才明白自己的行为到底给别人带来了多大的痛苦。

马怀真目睹着穆笑笑涕泗横流的样子，眼里溢出一线冷光，继续抬手，这次是灵力幻化出的凰火。

乌黑的眼里映着熊熊燃烧的烈火和烈火中扭曲的人影，男人冷淡地说出了第二句话。

"我就立马在这儿把你放下来。"

等火烧尽了，玄中真人微微叹息了一声，这才出手拔出了那把断刃。

穆笑笑从大门上滑落了下来，浑身抽搐了两下，愣愣地瘫倒在了地上。她仰头看着天，浑身上下已经被冷汗浸透了。

这还不是动用的真刀实剑。

玄中真人皱眉。

穆笑笑连这假的刀剑和凰火的伤害都熬不住，何谈真的经历带给旁人的伤害？

目睹马怀真指挥着剩下的几个暗部弟子将穆笑笑拖走后，乔晚收回视线，正准备转身离开之际，却突然听见了周衍的嗓音。

"晚儿，你愿不愿意和为师……走上一趟？"

虽然感情告诉她不是这个时候，但她看向周衍时，见周衍垂着眼，捏紧了那剩下的完好无损的右手手指，她的喉口滚了滚。

乔晚还是停下脚步，按紧了佩剑，跟着周衍沉默地走上了玉清峰。

行走在玉清峰的山道上，乔晚看着路边青松叠翠，积雪压覆，突然涌上了一种莫名其妙的预感，心里"咯噔"了一声。

周衍可能发现了。

一直到了洞府，周衍这才坐下来，眉眼如霜，脸部轮廓如冰似玉。

周衍缓缓坐下后，袍袖垂落，沉声问："你在骗我。"

活了六百多年，毕竟他也不傻。

周衍静静地看了一眼面前一身血的少女，回想着刚刚乔晚骤然冷厉的眼神，喉口滞了滞。

无论如何，那都不是看师父、朋友，甚至同宗门长老的眼神，那眼神冷厉平静得像在看一个陌生人，还是个执迷不悟的陌生人。

就那一个眼神，宛如兜头浇下一盆冷水，突然让他从这几天的师徒情谊之中清醒了过来。

"你在骗为师。"

他一字一顿地说着，原本冷淡的眼神忽地一颤，闪过一丝慌乱，随即又被某种炙热取代。

笑笑受了不少苦楚和惊吓，但总归身上没什么大碍，更何况她今天闯下了这么大的祸，受这惩处也是应该的。

到这个时候，周衍愕然且微感慌乱地发现，比起笑笑的情况，他更想知道这十几天来的师徒情谊是不是都是一场空。

这几天来,周衍确实察觉到了点儿微妙之处:比如好端端地,乔晚为什么突然像是放下了过往的事,两个人之间的气氛不再剑拔弩张;又比如,乔晚和萧绥为什么会这么机缘巧合地就撞上了他与笑笑之间的谈话。

但这些事,都被周衍给有意识地忽略了。

只要乔晚,他这徒弟愿意再回到他身边,他都可以装聋作哑。

因为他是真的后悔了。

洞府里烧着降真香。

高高在上的玉清真人闭上眼,眼睫上落了点儿雾气。

在那回停云山围猎,他舍弃了乔晚,目睹乔晚木然平静的眼神之后,就后悔了。

他一直对不起他的这个徒弟,笑笑是最重要的不是吗?笑笑才……

可是现在比起笑笑,他竟然因为那一个眼神,更怕乔晚再次离开他。

周衍睁开眼,静静地看了乔晚一眼,这才又开了口:"我还记得你当初刚拜入昆山时的场景。"

那时的她个子矮矮的,见识短浅,爱慕虚荣,贪图便宜,知道自己拜入了玉清真人门下后,恨不得全世界都给炫耀个遍。这也是当初大多数昆山弟子不喜欢她的原因,他当时其实也皱着眉,略觉得困扰。

但就算他将她丢给了陆辟寒带着,乔晚对他这个师父的尊敬和依赖之情却丝毫没磨灭半分。

听到周衍突然说这话,乔晚略感诧异,同时又觉得不是很意外。

周衍迟早会发现她居心不良,只不过她没想到会这么早。可能还是她经验不够老到。

乔晚想到这儿,身体有些僵硬。他略斟酌了一会儿,开始琢磨着,既然周衍都发现了,要不要干脆摊牌得了。

欺骗别人的感情这种事,她怎么都觉得不对劲儿。

于是,在周衍的目光之下,乔晚思索了一会儿,还是坦然承认了。

"是。抱歉,"乔晚避开他的视线,"我的确是另有所图。"

话音落地,周衍也沉默了,白发自肩头滑落,嗓音突然有些冷。

"那你为的是什么?"

乔晚抬眼,直视周衍那双冷淡的眼,不加掩饰地开口:"诛邪剑谱。我听说真人你有诛邪剑谱。"

她不出意外地看到了周衍眼里的震动之色。

"你怎么……"

"怎么知道的是吗?"乔晚摇头,"这不重要。我只是想问真人,"毕竟吃人嘴软,拿人手短,冲着别人的东西来的,乔晚顿了一下,迟疑且含蓄地问,"想问真人愿不愿意出借诛邪剑谱一观?"

只要周衍肯借剑谱，她就能用神识镌刻，在脑子里手动抄写一份。

周衍："……"

静室里倏然又变得死一般寂静。

诛邪剑谱，原来她就是为了诛邪剑谱。周衍动了动嘴唇，脸上血色尽退。

明明他都猜出来了，但当乔晚不闪不避地看着他，直说来意的时候，周衍恍惚还是有种心如刀绞的感觉。

男人抿紧了唇，额头上豆大的汗水不由自主地落了下来。

"是吗？原来你是为了诛邪剑谱而来。"

男人长身玉立，袍袖垂立，面前的桌案上还摆着张琴，端的是雅正持重，如覆了一层霜雪的眼睫垂着。

乔晚知道周衍很渣，虽然皮相生得好，但依然渣，但现在这感觉……

她不由得忐忑地想，怎么倒像是她渣了？

就在乔晚不安地擦着脸上的血时，周衍突然又开口了。

"倘若没有诛邪剑谱呢？"

"倘若没有诛邪剑谱……"这话说出来，就连周衍也觉得有点儿可笑，"乔晚，你接近为师，是否有哪怕一丝真心？"

说到这儿，周衍那完好的右手动了动，他似乎想扶住她的肩膀，问她个究竟。

这要她怎么回答？

她现在还不想和周衍撕破脸，于是握紧了剑，还是选了个比较有礼貌也比较生疏的回答。

"前辈是当世剑道巅峰，人人心向往之，虽然我与前辈之间师徒缘分已断，但在剑道一途上，晚辈依然不改对前辈的崇敬。"

这客套话周衍哪里听不出来？

"好。"

周衍只回答了这一个字。

静室外风雪大作。

"也好……倒也好。那……大光明殿那位妙法尊者呢？"

冷不防听他提到妙法，乔晚又顿了顿，缓了好一会儿才缓缓开口，算是接受了之前的说辞。

"我与尊者之间以平辈相交，虽无师徒名分，却有师徒情谊。"

"那你更看重他对吗？"周衍垂眸，"和为师相比，你看重这个半道认识的'长辈'？"

这回乔晚沉默了。

虽然她没回答，但千言万语都在不言中。

和大光明殿那位相比，他这个做师父的的确有够失职。

乔晚太冷静了。

周衍甚至不知道他什么时候竟然教出了这么个冷静的徒弟。

乔晚冷静而又理智，笑笑和她相比，甚至成了个长不大的婴儿。

他或许该愤怒的，但这时候，他这些愤怒、不甘、悲痛、幡然的悔意和忌妒情绪好像也成了无理取闹。

也就在刚刚，乔晚眼神冷冷地质问他时，他突然想起了学剑的初衷。

剑乃杀器，平定天下、澄清事世、扫荡敌寇的杀器，继而他羞愧于自己道心蒙尘。

他错过了这个徒弟，乔晚陪伴在他身边数十年，他竟然错过了这良才美玉数十年。

如玉的左手抚上了桌案上的琴，苍白的指节缓缓地勒紧了桌上的琴弦，琴弦每颤一下，就宛如心里用力地颤一下，颤得他浑身上下冒着虚汗，心里也刀绞一般骤缩成了一团。

良久之后，周衍才又开了口。

"诛邪剑谱不在我这儿。"

剑谱不在他这儿？！

乔晚睁大了眼。

"我曾发誓今生不练诛邪剑谱。"想到久远之前的那件往事和秘密，周衍用力地抿了抿唇，"早在几年前，我就将剑谱交给了你师兄。"

"如果你想要，不妨去找他，我想，辟寒一定愿意给你。"

想到她和大师兄之间紧张的关系，乔晚纠结了一瞬。

既然问都问到了，她继续在这儿待着也没意思了。乔晚行了一礼，果断告辞。

"前辈好好休息，晚辈先行告退。"

周衍脸色苍白，没拦着她。

只是在乔晚即将走出门的那一瞬间，他突然问道："你之前上山也是为了赤火金胎？"

玉清峰上常年落雪，雪珠子和着呼啸的寒风一并涌入了这方不大的静室。

明明知道这是周衍给她的最后一次机会，如果她稍微修饰一下语句，周衍或许还会当作什么事都没发生过一样，重续他们的师徒情谊，重新将她当作他的小徒弟。

但她说不出口。

拂去了肩膀上凝结的血水，乔晚微微侧目，果断地回答："是。"

然后她头也不回地迈步走出了洞府。

乔晚转身之后，周衍身形一晃，差点儿颓然跌坐在地。

"铮——"

一声清音响起，琴弦深深地勒入指腹，指腹渗出了一串血珠。

周衍眸色转深，面无表情地咳出了两口血。

他从来没发现乔晚竟然这么铁石心肠，也从来没有这么后悔过，之前为什么要强求再续这段师徒缘分？

他宁愿她上山之后还记恨他、疏离他，对他视若不见，也好过现在……

眼一瞥，他无意中和不远处的铜镜里的自己撞了个正着。铜镜映出了白发皓颜的男人。

也好过像现在，她给他编织了一场梦境，又残忍地将梦境捏碎了，这就像报复，她在报复他曾经予以她的一场镜花水月。

所谓杀人诛心，不外如是。

乔晚没急着去找陆辟寒要诛邪剑谱，主要是想了半天也不知道该用什么态度去面对他，听说穆笑笑被关入了戒律堂地牢，只等近在眼前的同修会结束之后再做审判，而陆辟寒撑着病体去看了穆笑笑几次。

比起这个，在经过这一系列事之后，同修会总算要开始了。

乔晚的手臂上的伤经过岑夫人照看，勉强恢复了两三成。

美妇人轻轻叹了一口气：

"同修会马上就开始了，你这只手怎么伤成这样？"

"麻烦夫人费心。"乔晚抓起桌上的佩剑，有点儿不自在地从椅子上一蹦而下，"没事，养养就好了。"

还有这……脸……

后半句话被岑夫人咽回了嗓子眼里，乔晚的一张脸有半张被剑气刮得没一处好肉，伤疤纵横，看着颇为狰狞，不过好在就如乔晚所说的，养养还是能养回来的。

对这半张足以称得上毁容的脸，乔晚应对的办法就是化骨为盾，抬手用半截骨面给扣上了。

很快就到了同修会开始那一天，比试不在昆山上进行，在昆山往东两百里处进行。

也就是说，有关那座突然现世的仙宫的传言都是真的。

同修会会场早被昆山派弟子拾掇过，干干净净的，还安排了不少座位。

昆山同修会的场面比三教论法会还大上不少，天空上飞行器如云。

这次比试方式也很简单，由各派分别派弟子进仙宫争夺里面的天材地宝，最后出来统一做总结，决出优胜者，事后这些被带出来的东西也都归各门派所有。

这算是个开荒性质的比试。

当天一大早，各家各派的长辈就开始拽着自家小辈，耐心地叮嘱了。

"这仙宫里面，各门派早就派人进去探查过了，没多大危险，你们尽管放手去

干。传送法阵也都分四个方向铺设好了，就算你们受伤了还有岑夫人啊，素霓仙子啊，栖霞仙子啊等医修照料着。"

礼貌地回绝了一票好奇妖皇王妃这是怎么回事的一干八卦弟子，乔晚和济慈撞了个正着。

"总之不用担心，放手一搏。"济慈笑眯眯地拍了拍乔晚的肩膀，"干就完事了。"

"还有就是……"面前的莽修好奇地问，"那妖皇王妃是怎么回事？我问了师尊，没想到尊者他老人家也不知道这件事。"

乔晚愣了愣："前辈知道了？"

一想到这事被妙法尊者知道了，乔晚就忍不住尴尬到头皮发麻，好在一回头的工夫，君采薇又歪着脑袋，笑吟吟地朝乔晚招手。

"牛兄，来，来，来，这里。"

乔晚顺从地走到了男人身边，看了一眼："甘南呢？"

"你说鳝鳝。"君采薇摇着扇子，唉声叹气，"鳝鳝怎么也是青阳书院的弟子，早就去青阳书院那儿了。"

眼神一瞥，他示意乔晚看向青阳书院方阵，在一片惹眼的绿色身影中，一众穿着青色衣袍的儒修少男少女，正笑眯眯地拽着甘南问东问西。

被一干师兄师姐密切怜爱包围着，甘南红着脸，垂着脑袋，两根拇指大小的龙角都有点儿泛红。

目光再一转，乔晚注意到崇德古苑的方阵也已经准备就绪，由白珊湖和孟沧浪领队，齐非道蹬着草鞋在和方凌青说什么，方凌青的目光却老往不平书院的方向瞟。

奈何崇德古苑和不平书院之间的差距大得可不是一星半点儿，崇德古苑能排在前面，不平书院只能挤在后面。

作为不平书院的山长，吸取了在鬼市的教训，乔晚，或者说陆辞仙，思索了半刻，嘱咐道："这回进去不用带什么天材地宝，谨慎为上。"

王如意："听你的！都听你的！"

朝天岭由谢行止带着，久未见面，青年乌发墨鬓，眉眼冷峻，站在一票弟子中间更加风姿清雅。

在这儿，乔晚还看到了之前鲜少看到的云烟仙府的人。

云烟仙府，不愧是个以女弟子为主的门派，各个云鬟雾鬓，衣袂飞扬，打扮得如同古画上面的仙女，手里还提着个花篮，笑起来时声音宛如一串银铃，所过之处，香风萦绕，鲜花飘飘，惹得一众没见过世面的糙汉纷纷红了脸。

为首的宫主公孙冰姿，微笑着上前和昆山、青阳、大悲崖的几家主事寒暄了几声，余下的弟子笑着在陆家方阵身边站好。

陆家，就是北边那个陆家，和岑家、萧家同称为三大家。至于岑二所在的岑府，勉强只能算岑家的一个分支。

陆辟寒也出身陆家，不过不是陆家本宗，陆辟寒那一支当初被碧眼邪佛所灭，全家就剩下了他一个，因此他被抱养到了本家抚养。

虽说师承昆山，但这回，陆辟寒还是站在了陆家的方阵里，正偏着头，脸色苍白地和陆家家主说着什么。

短暂寒暄之后，由昆山高层发表讲话，青阳书院和大悲崖各代表弟子发表讲话，优秀弟子代表谢行止发表讲话，裁判发表讲话。最后，高台上，马怀真转动着轮椅走了出来，脸上难得多了点儿笑容和喜气，娴熟地开始打官腔，念讲话稿。

"多谢诸位今日愿意赏脸参加这次昆山同修会……"

乔晚默默收回视线。

看来这领导讲话，果然是古今中外一脉相承的优良传统。

等到马怀真终于讲完了，一抬手，示意大家安静。

本来还"嗡嗡嗡"的会场，瞬间安静了下来。

扭头示意左右暗部弟子打开秘境之后，马怀真退到了一边。

秘境一打开，各门派弟子分别一脚踩了进去，由门口这巨大的传送阵分别传送到各个方向。

眼前一亮，又一花，乔晚刚站稳，身边突然传来了暗骂声。

"这是什么地方？"

这熟悉的嗓音……

乔晚略一迟疑，快步走了过去，拨开面前的灌木丛，一眼就看见了萧绥脸色阴沉地站在不远处。

四目相对的刹那，一眼瞥见那白骨森森的面具，萧绥瞪大了眼，一蹦三尺高，往后连退数步，那表情宛如吃了×一般难看。

"怎么是你？！你戴这玩意儿有病吗？！"

乔晚眼神淡定地掠过了他。

这个时候身后的灌木里又传来了点儿动静。

方凌青拨开灌木一脸蒙地走了出来："这里明明有声……"

瞥见乔晚和萧绥之后愣了愣。

"乔……晚？"眼神在两个人身上游移了一圈之后，诡异地沉默了，一脸怀疑人生的表情，"还有萧家的？"

乔晚怎么会和萧家的人被分配在了一块儿？

这不是陆辟仙那坑货的道侣……不对，这不是妖皇那……王妃吗？

还有萧家的这个萧绥，嚣张跋扈。

这两个队友，方凌青一个都不乐意招惹。

尤其是乔晚……

脑坑青年方凌青默默沉思，要是他和乔晚走太近了，陆辞仙误会了他要撬墙脚那怎么办？

但眼下这地方就他们仨。

三个心怀鬼胎的"好朋友"沉默了一瞬，最后还是萧绥嗤笑，拔出了身上的刀："走吧。"

"先找人，到时候再拆伙。"

一向不是人的萧家小少爷竟然难得说了句人话，看来是被自家亲爹狠狠教育了一顿之后，给教育沉稳了。

"行。"这是面无表情的乔晚。

"行。"这是方凌青。

要不是惨遭萧景洲教育了一顿，萧绥觉得自己早在这儿趁人不注意把乔晚给剁了。谁知道乔晚给他爹下了什么蛊，他爹非但不计较当初那事了，反倒把他和大哥血淋淋地教育了一顿。

萧家的教育一向不是说白话的，到现在，他身上的伤还在疼。萧绥嘴角肌肉狠狠一抽，他努力压下了情绪。

倒是萧绥的武器，让乔晚微微侧目——两把刀。

看来他用的是双刀流，没想到这萧家小少爷的本命法器竟然是双刀。

和方凌青对视了一眼之后，两个人迈着脚步跟上。

其实方凌青说不好奇是假的。

这可是那魔域帝姬，又是妖皇的王妃，就像当初被凤辇抬走的那个……那头猪！

但在熟人面前方凌青虽然脑缺了点儿、犯贱了点儿，在陌生人面前还是维持着点儿神似他表姐白珊湖的高冷样子的。

他们降落的地点，是座山。

这仙宫太大，或许是仿照秦皇陵建造的，仙宫里面，有平原、雪山、丘陵各种地貌，甚至一抬头远远看去，天际还有座活火山！而仙宫就背靠火山坐落在远方。

也因为如此，这仙宫几乎自成了一个小世界，里面奇形怪状的飞禽走兽遍地都是。

唯一和外面有点儿不同的是，天空中飘浮着不少亮晶晶的东西，有点儿像天幕倒悬，星辰屑散落在半空中，折射出璀璨的光芒。这些"星辰屑"几乎遍布整个秘境。

虽说前几个月前去探查的各门派弟子说了，这"星辰屑"对修士看起来没什么伤害，更像是灵力溢出后飘浮在半空中的灵力。

乔晚还是谨慎地用剑戳了一下，只穿过了一片虚无缥缈的空气。

她又往前走了几步，茂密的树叶间好像落了点儿太阳雨。

方凌青下意识地伸手摸了摸，顿时整个人都毛了。

他的指尖通红一片。

这哪里是太阳雨，这是血啊！

方凌青怔怔地抬头看了一眼。

这是血？上面死人了？！这么快就有人杀人夺宝了？

早在进入秘境前，各门派的人就心知肚明这秘境里面肯定会发生点儿摩擦。

但下手这么快的人……

方凌青愣愣地想：这是哪家教出来的弟子，这么凶残？

察觉到方凌青突然停下脚步，乔晚和萧绥一齐扭头看了一眼，然后一齐沉下了脸色，默契地都没说话，悄悄地包围住了那棵落血的树。

乔晚朝着方凌青打了个手势，示意备战，然后攥紧了剑，在萧绥和方凌青震惊的视线中，一下子猛蹿上了树冠！

然而，预料之中的打斗声没响起，四周安静得只能听见人钻进树叶里那窸窸窣窣的摩擦声。

上面没有打斗声，但枝丫间漏出的血雨更多了。

下一秒，乔晚披着一身血从树上跳了下来。

萧绥喉口一涩。

乔晚全身上下几乎全被血给浸透了，身上却毫发无伤。

"这是怎么回事？"萧绥拼命用眼神示意。

三个心怀鬼胎的"好朋友"这回都成了绑在一条绳子上的蚂蚱，就算不合作也得合作。

乔晚顿了顿，用神识把这两个人都拉进了自己的识海。

萧绥一个趔趄，来不及震惊于乔晚这恐怖的庞大识海。

少女清朗的嗓音瞬间回荡在萧绥和方凌青的耳畔。

"上面没人。"

萧绥："上面没人，那这血雨从哪儿来的？天上掉下来的吗？"

天空明净蔚蓝，半空中的"星辰屑"或者说溢出的灵力还熠熠生辉。

方凌青脸色微变："总不能是树自己流出来的吧。"

鬼市这种神神道道的玩意儿，来一次他就受够了。

乔晚看了方凌青一眼。

看来被鬼市逼出心理阴影的不只她一个，虽然很同情方凌青，乔晚深吸了一口气，顿了顿，还是说出了自己的发现。

"这树叶在渗血。"

确实是树自己流的血，树像人一样在流血。

"但这树也没受伤啊。"萧绥的脑回路不知道歪到了那个山沟沟里，他脸色古怪地说，"这里面的树难不成还分公母？"

不如大家族少爷有"见识"的儒修"君子"方凌青脸色瞬间就红了："萧道友你变态不变态？"

这话音刚落下一秒，面前这棵树的树干上突然"哇"地喷出了一大股鲜血，位于树下的乔晚、萧绥和方凌青躲闪不及，直接被喷了一脸血！

"看吧。"乔晚抹了一把脸上的血，面无表情地说，"这树被你贱吐血了。"

第二部分　浩然气

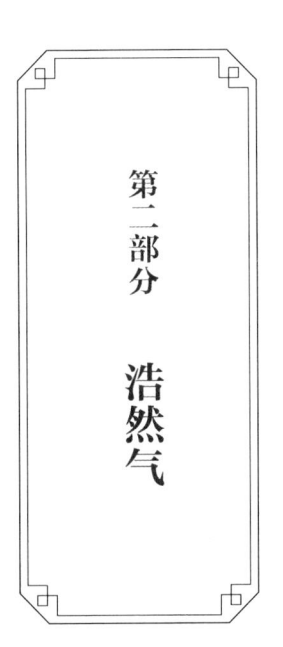

第七章　人之道，损不足而益有余

　　萧绥脸色一阵青青白白的，有点儿想张嘴咬人，但目光落在面前这一片宽阔无尽的识海上的时候，突然沉默了。

　　他竟然下意识地冒出了点儿幸亏之前没和乔晚真撕起来的庆幸感，就这识海，碾死他还不跟碾死只蚂蚁一样轻松？

　　盯着面前这树，三个心怀鬼胎的"好朋友"都有点儿发愁。

　　"那这树到底是怎么回事？"方凌青惊恐地问。

　　总不能这树真是"来亲戚"了吧？

　　乔晚："再看看。"

　　话音刚落，附近一棵树突然"砰"的一声，直接炸了。

　　木块飞得漫天都是，其中一块直接冲着萧绥的脑门儿弹了过去。萧绥一时不察，被砸得下巴往后一仰，喷出了两条鼻血。

　　脑坑青年方凌青默默迟疑了一瞬："它这是……不堪羞辱，自杀了？"

　　结果这还没完，紧跟在吐血和自爆的树后面，面前蹿过去的一只兔子，浑身上下如同被什么东西给撑开了，身体越撑越大，越撑越大，一眨眼的工夫，血肉爆开，粘连在白森森的骨头上，犹如一棵盛开的花树。

　　而就算这样，这只兔子还活着，红色的眼睛滴溜溜地转，被风一吹，身上的肉又"扑簌簌"掉了一地，四只兔腿却像是扎进了地里，再也不动。

　　看见这一幕，乔晚几个面面相觑，谁都没敢再说话。

　　"怎么回事？"这是萧绥在识海里问的。

方凌青面色凝重地摇了摇头。

如果说树能流血、会自爆还能解释，这兔子开花完全没办法解释。

乔晚握紧了剑，立刻往前一步，手腕却被萧绥给一把拽住了。

"你不要命了？"萧绥脸色难看，"你不要命就算了别连累我，先等等看。"

乔晚看了他一眼，停下了脚步，三个人眼睁睁地看着面前这兔子像棵树一样扎根在了地里。

除了草地上蜿蜒的血痕和落下的碎肉，四周好像又恢复安静了，就像个普普通通的山林。

这下，他们就算再不想继续往前走，也必须继续往前走了。

王如意心情很低落。

她没想到一进秘境就和陆辞仙他们失散了，走着走着，还稀里糊涂地碰上了善道书院的人。

她余光一瞥，之前见过的那被毁容的青年正脸色阴沉地指挥着一部分师弟去探查情况，其他人在这儿暂时留守。

很明显，郁行之也遭遇了乔晚遭遇到的奇怪景象。

至于崇德古苑那边，白珊湖和孟沧浪脸色也有点儿凝重。

不过他们看到的不是兔子开花，比兔子开花还惊悚一点儿，有个弟子开花了。

本来那弟子走得好好的，突然脚下像生了根一样，伸出了胳膊，就像棵树，不开口说话，也不呼救，静静地扎根在了地里，胳膊上的血肉爆开，粘连在臂骨上，在风中摇摇晃晃，像一棵开满了花的树。

"怎么样了？"郁行之脸色铁青，"有情况没有？"

前来汇报的那善道弟子脸色惨白，哆哆嗦嗦的，显然被吓得不轻。

郁行之沉默了一瞬，抬手按上了那弟子的肩膀。

感受到肩膀上活人的温度，那弟子才终于慢慢缓过神来，伸出手，在郁行之的手心上轻轻地写下了几个字。

"柳师弟，死了。"

毕竟不是谁都像乔晚一样有那开了挂的作弊神识，在这不知道是什么东西在作怪之前，大家保持安静无疑是个比较谨慎的做法。

郁行之阴沉着脸越过了师弟的肩头，朝后面看去。

三四个善道弟子，抬着柳师弟，如丧考妣地朝这边走了过来。

一看到尸体的惨相，饶是经历过鬼市之行的郁行之胃里也忍不住一阵翻涌，余光瞥见那丑姑娘懵懂地冲这边走了过来，果断往身后一拽一甩，在王如意的手臂上写下了几个带了灵力的字。

"后退。"

"哦。"王如意乖乖地退下。

郁行之这才走近了点儿,仔细低下头察看尸体。

……

这明显不像是被一刀划开的,更像是……

郁行之心里一沉。

这更像是被什么东西掐着腰活生生把心肝脾脏给一口气全都"挤"了出来。

郁行之无声地问:怎么回事?

禀报的善道弟子蹲下身,在地上写写画画。

过了好一会儿,郁行之总算看清楚了。

"不知道,就……突然间,成这样了。"

突然间,柳师弟的脑袋就掉了下来,内脏也跟着被挤了出来。

而在西方那边,朝天岭的一行人刚刚坐下来歇脚。

"师兄你看我网到了不少鱼。"朝天岭俊秀的小道士开心地捧着一捧还在扑腾的拇指大小的小鱼,一屁股坐了下来。

"这种鱼,你看,"朝天岭弟子拎起其中一条鱼,笑道,"只要用指甲掐鱼肚子,把头掐掉,将内脏挤出来就能吃了。"

"谢师兄你别说,这地方灵气还真是充裕。"朝天岭弟子抬手指过去,"不只这半空中都是溢出的灵力,光这种小鱼,灵气竟然有一个人那么充裕。"

"好。"谢行止不甚感兴趣地淡淡收回视线,微微颔首,"辛苦你了,我们就先在这儿歇脚,将这一路上收集到的宝物清点。"

谢行止从袖子里摸出个碧莹莹的又有点儿泛白的内丹,微微蹙眉。

那些天材地宝其实不重要,最重要的是这地方的仙兽肚子里的内丹。单单他手里这颗,就抵得上两百年的寿元。

但他们想拿出内丹,就必须剖出对方的肚子。

谢行止疲倦地垂眼。

他师父赤肚道人教过他,天道是个钱庄,你存进去多少"仁善",得到多少"仁善",或许还能生出不少利息。但要是你心生邪念,别看一时不报,总有一天有偿还的时候。

天之道,损有余而补不足;人之道,损不足而益有余。

谢行止心念一转间,眼神微寒,已经下了决断。

他一甩袖子,捻了捻指腹,手上的内丹就化作了一捧齑粉。

上天有好生之德,他用这种强抢来的寿元补益自己,算什么修士?不用这些

内丹，他也能在百年之内到元婴期修为。

除了这几个方向，剩下几个不同宗门的人也都乱成了一团。
"抓到了！"其中一个高点儿的男弟子笑意盈盈地摸出了怀里的刀，手里还拎着个酷似穿山甲的妖兽："这妖兽这一身鳞片可都是好东西。"
"这是什么好东西啊？"另一个矮个儿的男弟子挤眉弄眼地笑，"我怎么没听说过？"
"壮阳。"
矮个儿男弟子一脸惊讶的表情："师兄你不行了？"
高个儿的男弟子翻了个白眼："滚一边儿去，给你补的。"

方凌青刚用剑鞘拨开面前的灌木丛，突然一个趔趄，整个人直接扑倒在了地上！
"方道友？！"萧绥愣了愣。
乔晚眼睛眨也没眨，下意识地脱口而出："小芳？！"立刻拔足冲了过去察看情况。
然而她刚靠近方凌青，突然不敢继续往前迈出一步。
青年跪在地上，全身上下突然开始渗血，血液从肌肤下面渗了出来。他手指抠着地，咳嗽个不停。
目睹这血淋淋的一幕，萧绥半边身子好像都跟着僵了，他愣了好一会儿之后，这才如惊弓之鸟般猛地一蹦三尺高。
有敌袭？！
他打了一个激灵，腰侧两把刀同时出鞘，凌厉的气劲儿将最前面那一棵树拦腰砍断。
轰然一声巨响，树虽然倒下了，树后面却没藏着预想之中的任何一个人或者任何一只妖兽。
四周安安静静的，没任何灵力波动。
看着面前痛苦得在地上翻滚的方凌青，乔晚脸色铁青地闭上了眼，神识层层铺展开，结果没遇到任何阻碍，或者碰到任何其他神识。
也就是说，这儿没有人，甚至没有妖兽。
那方凌青这……
疼！
疼死他了！
修炼这么多年，哪里遭过这种罪，方凌青十分没风度地疼得嘶哑哀号。
这感觉就像是有人拿了一把刀，生生地把他身上的皮都一层层地给剐了下来。

青年疼得冷汗流个不停，不只身上渗血，深深陷入泥地里的指甲突然也开始剥落，十个指甲像是被人硬生生地用刀给拔了下来，露出血肉模糊的十根指头。

方凌青咬紧了下唇，这回是疼得连个气音都发不出来了。

这究竟是个什么鬼地方？！鬼市就算了，这仙宫也在玩他呢？这要是让他知道是谁干的，他非得用"落红"削死他。

郁行之抬起头，眼睛微微泛红："将柳师弟就地收埋吧。"

就近的一个善道弟子面色凝重地点了点头，还没走出两步，突然腰际一凉。

善道弟子茫然地睁大了眼。

怎么回事？怎么他的视线好像突然变矮了？

郁行之师兄他们呢？

耳畔似乎传来了郁行之声嘶力竭的怒吼声。

"敌袭！"

"有敌袭！"

善道弟子抬眼，入目是一阵纷乱的彩色刀光剑影。

还有他的……他的腿呢？！

他伸手一摸，下半身空空荡荡的。

"啊啊啊！"

触觉骤然回归，一并袭来的疼痛感让善道弟子目眦欲裂，惨叫连连！

他的腿！

他的肚子被人一刀砍成了两段！

几乎就在同一时间，白珊湖指尖微动，眼里映出被五彩刀光剑影给劈成零落几瓣的同门，脸上也被温热的瓢泼鲜血给浇了个透。

少女微微一怔，乌发狼狈地贴着莹白的肌肤，伴随着冷清怒喝声，手上披帛已如同灵蛇般卷出。

"快跑！"

这……这是怎么回事？！

崇德书院弟子茫然无措间，齐非道已经一手提着一个，将人给丢到了白珊湖和孟沧浪身后。

门板般的巨剑一横，平地上突然出现了一个旋涡，披帛紧随其后，绕着那旋涡，两者如同沧浪海波般牢牢护住了十步之内的崇德弟子。

崇德弟子面面相觑。

齐非道："还愣着干什么？"带头就坐了下来。

十多个崇德弟子这才如梦初醒，纷纷端正身板，跽坐了下来。少男少女们嗓

音清朗，诗词声琅琅。

读书人有浩然正气，不畏邪祟。

另一边，乔晚不太敢上前察看方凌青的情况，毕竟不是医修，这个时候反倒不好轻举妄动，只能先提防着四周的情况。

好在方凌青在地上翻滚了一会儿之后，惨叫声终于渐渐地弱了下去，但全身上下的皮肤几乎已经龟裂成了鳞片，鳞片边缘还在渗血，看上去尤为恐怖。乔晚立刻奔上前，一手抵着他的后背，一手运使灵力。

"我来给你止血。"

青年那一张俊秀的脸上也全是鳞片纹路，密集得有点儿狰狞吓人。

都成这个样子了，青年也还算硬气，灵力汇入体内，总算纾解了不少痛楚。方凌青深吸了一口气，憔悴地问："这是怎么回事？有发现了没？"

乔晚面色凝重地搁下手："还没。"

乔晚帮方凌青"疗伤"的时候，负责守卫的萧绥攥紧了刀柄，看了过来，脸色苍白，眼神闪烁，几乎看都不敢看方凌青一眼："先离开这儿。"

不管这究竟是怎么回事，这破地方反正他是待不下去了。

乔晚用自己完好的那只手扶起了方凌青，问："方道友，你觉得这是试炼内容吗？"

试炼内容？

想到这儿，方凌青就忍不住开喷了："这要是试炼内容，合着是为了团灭修真界新一代子弟？"

这要不是试炼内容，那就是这秘境里面肯定出了什么差错，是之前各宗门派人进去探查的时候没找出来的差错。

萧绥翻出手里的玉牌，看了一眼，面无表情地抬头："玉简没用了。"

玉简失效，这简直就是正常操作了。

没事，小场面。

方凌青这回连喷的心情都没有了。

萧绥接着说："但东南西北这四个方向，分别都设有传送法阵，只要我们找到传送法阵，就能回去报信，顺便……"看了一眼一身密集鳞片纹的方凌青，萧绥皱眉，"顺便还能给方道友疗伤。"

乔晚忍不住多看了身边表情阴沉的青年一眼。

三个心怀鬼胎的"好朋友"，在被绑上一根绳子之后，关系反倒缓和亲密了不少。

不过这个时候，她也没兴致多去探究这位少爷身上发生了什么事。

小号陆辞仙也和不平书院的人失散，一边指挥着小号往北边赶，乔晚一边祈求，但愿从这儿到北边传送阵的一路上不会再出现意外情况了。

这儿的地形似乎真是仿造了现实世界中的各种地形，三个人往前走了一截路之后，植被渐渐稀疏，竟然有了点儿沙漠化的样子。

就在这时，他们耳畔突然传来了尖厉的声音："救命！"

乔晚心里一沉，暗叫了一声不好，把方凌青往萧绥怀里一塞，几乎立刻飞奔而上！她刚迈出一步，手腕突然被人给一把拽住了。萧绥震惊地看着她："你疯了？！你不要命了？！这秘境里还不知道会发生什么事呢，你就这么上去？"

乔晚冷静地答："有人在喊救命。"

萧绥盯着她看了一会儿，看起来有点儿暴躁，那目光既震惊又像在看一个什么不可理喻的人："那和我们有什么关系？就为了不认识的人，在什么都没搞清楚的情况下，你就去救人？这要是骗局呢？就像妖兽会装成人的声音来诱捕人。"

养尊处优的萧家小少爷，确实是不能理解去救人这回事的。

对萧绥的这个回答，乔晚并不惊讶，也不生气。

虽说关系刚刚缓和了不少，但她和萧绥毕竟不是同路人，道不同，不相为谋。

乔晚平静地拿开了萧绥的手，面无表情地说："我总得去看看。不去，我会后悔。"

不去，她会良心不安，仅此而已。

这是她的道。这几十年来，她尽量保持自己不被这环境所同化。

乔晚在心里叹了一口气，说不害怕是假的，她其实很害怕总有一天自己也会变成像萧绥这种，对其他人的生死也见怪不怪的人，所以，她必须去。

乔晚拿开萧绥的手，转身直接去了。

萧绥愣在了原地，突然，手臂也被人给推了一把。

"方道友？"

方凌青虚弱地说："我也去看看。"

萧绥彻底蒙了，暴躁地盯着方凌青看了半天："乔晚送死就算了，你也去送死？"

方凌青喘了一口粗气："君子嘛，更何况，我们仨现在被绑在一块儿，你觉得乔晚要是没了，我俩还能活下去吗？"

这确实是个直击心灵的问题。

萧绥握紧了自己手上的两把刀，果断地沉默了。

他们俩确实得抱着乔晚的大腿，才能走到传送阵那边。

沉默了一瞬之后，萧绥认输："走吧。"他没好气地冷冷说道，"我扶你一起过去。"

结果他们才走了几步呢，突然远远地就看见了乔晚的背影。

她这么快就回来了？萧绥惊讶地刚想喊她，就见少女手上拖着个血人，一边

撒丫子飞奔，一边伸出一只胳膊，一直在朝他们招手。

两个人盯紧了她的口型，一张一合的，她好像在说……

下一秒，洪亮的声音冷不防地直接撞入了两个人的识海。

"跑！快跑！没听见吗？！"

"跑！"

其面目之狰狞，其嗓音之嘶哑，震得萧绥脑门一阵突突地疼，他刚缓过神来，就看见了乔晚逐渐清晰而扭曲的脸，又看见追逐在乔晚身后的东西之后，萧绥僵了，两条腿像软成了一摊烂泥。

他木然地想：完了，我可能要交代在这儿了。

这儿已经是沙漠了，沙子像雾一样，被风卷着，拍在人脸上，吹动得地上稀疏的枯草乱飞，像女人风中的长发。

风很大，草根都在往他们的方向吹，而追在乔晚身后的是一串风滚草，大风将风滚草吹得老高，风滚草"蹦蹦跳跳"地蹿上了半空。

风滚草是一种生活在沙漠、砾质戈壁上的常见植物，当干旱来临的时候，会从土里将根收起来，被风吹得四处乱滚。

但这哪里是风滚草这么简单？这在地上滚动追逐的是同风滚草一般大的人头，有男人，有女人，死不瞑目地在风中追逐着。

萧绥手也麻了，好像能听见自己牙关打战的声音。

活这么大，他还从来没看到过这么诡异而恐怖的景象。

满地的人头被风吹得在地上四处乱滚。

乔晚终于冲了上来，冷喝一声，反手一巴掌，唤回了萧绥的神志。

"还愣着干什么？！还不快跑？！"

沙漠不能去！北边……北边全是这种"风滚草"！

但他们就耽误了这么一会儿，后面那在地上滚着的一串人头就已经追了上来。

乔晚猛地回头，心念电转间，一脚把萧绥踹进了旁边的巨石后面，另一只手捞起方凌青，带着手上拖回来的那个血人，一块儿塞了过去。四个人勉勉强强地挤在了这一块石头后面。

"风滚草"在地上滚了几圈，速度突然慢了下来，这些人头在地上缓缓地滚动着，眼神似乎在扫视周围。

挤在石头后面的乔晚、萧绥和方凌青都没敢出声，四周安静得好像只能听见心脏"扑通扑通"的响声。

乔晚这才有时间去察看手里拖着的血人的情况。

还行，人还有气，看打扮，应该是云烟仙府的弟子。

方凌青惨白着一张脸："我现在在想，这次同修会是不是各宗门长老商量好的了。"

"哪个不听话、学习差的弟子，就被丢到这秘境里面来，趁机来个团灭。"

萧绥怕得手脚僵硬，一听脑坑青年这话，更是气不打一处来，恼火道："闭嘴。"

他的语气重了点儿，突然，一阵大风吹来，地上的人头被风吹得弹动了一下，从几丈远外的地方一下落在了四个人面前。

萧绥愣愣地抬起了头，就看见在那颗人头上，半空之中，全是悠悠地飘浮着的男女人头。

这些人头看上去和活人没什么差别，除了没身子，都是一个鼻子、两只眼睛。

跑已经跑不掉了，不论左右还是上下，他们四周全被这一颗颗飘浮着的人头给包围了，男男女女死不瞑目地静静看着他们。

乔晚当机立断地拔出剑，萧绥哆嗦着手，也拔出了刀。

"我说'一、二、三'，"乔晚扭头问，"我们就一起砍，能做到吗？"

萧绥咽了一口唾沫，嗓音沙哑地回答："我尽量。"

"一！"

"二！"

"三！"

乔晚和萧绥对看了一眼，剑光伴随着刀光乍亮！

乔晚厉喝："左！"

两个人反手斩下，脑浆、鲜血飞溅！

"右！"

本来还手抖的萧绥，听着乔晚的冷喝声，突然奇妙地也镇定了不少，虽然喉咙还是干得涩人，但至少手没这么抖了。他仿佛找到了主心骨，手腕翻转间，两把刀交织出绚烂的刀光，和剑互有配合，闪烁着炫目的彩光！

血肉飞溅的同时，萧绥忍不住多看了乔晚一眼。

少女半张脸扣着狰狞的白色骨甲，黑漆漆的眼里溢出一丝凛冽的寒光，马尾微扬。

眼皮上落了点儿温热的血，萧绥看着近在咫尺的乔晚，心跳猝不及防地漏了一拍。刚刚被乔晚踹了一脚的地方，酥酥麻麻地痒，原本干涩的喉咙好像……好像更渴了点儿。

第八章　大哥最帅的兄控

这念头一浮上来，萧绥就忍不住想给自己一巴掌。

他疯了吗？！他竟然觉得乔晚长得还挺合他的胃口的？

萧绥用力地晃了晃脑袋，赶紧把脑袋里的水给晃出来，聚精会神地盯紧了面前这十多颗头颅。

这些风滚脑袋实在太多了，偏偏没有身子，体态轻盈，各种缝隙都能往里面钻，乔晚和萧绥一边要护着身后的两个病号，一边要对付这些诡异的人头，在这攻势下，左支右绌。

尤其她那条胳膊现在还处于"废了"的状态。

这些风滚人头的修为竟然还和正常修士差不了多少。

乔晚虽然手起刀落，下手十分干净利落，但脸色也不由得慢慢变得凝重了。

照这么下去，他们迟早会被困死在这儿！

或许是意识到进攻效率太低，那些风滚人头突然停止前进，开始相互聚拢融合。

无数头颅如积木般堆叠交错，男女面孔扭曲交织，最终拼合成一个巨大的畸形肉瘤。层层叠叠的头颅上，千百双眼睛同时睁开，不同声线的尖啸声从密密麻麻的口中迸发，汇成令人毛骨悚然的和声。

这些头颅或许还活着，或许是进入这个秘境的其他门派的修士。

萧绥终于"哇"的一声吐了，胃酸几乎都要吐出来了。

"变身合体"之后，这些肉瘤终于再次开始进攻，嗓音各异的尖啸声震得萧绥脑门一阵撕裂般地疼。

危急关头，乔晚果断地撞了他一下，又给了他一脚！

你还踹上瘾了！

萧绥被踹得在地上滚了几圈，刚想抬起头怒吼，却眼睁睁地看见这些嘴巴突然爆发出了巨大的旋涡般的气劲儿，将乔晚整个人都吸了过去！

"乔晚？！"萧绥飞扑上前想伸手去拉她，结果目光触及这肉瘤的变化时，又不自觉地刹住了脚步。

这些肉瘤在吸收乔晚，或者说是同化乔晚。

乔晚首先感觉到一阵铺天盖地的血腥气冲进了鼻子，紧跟着左臂肌肤上传来了些微妙的触感，耳畔爆发的尖啸声几乎在刹那间就震破了她的耳膜。

温热的鲜血顺着耳朵流了下来。

远远地她只能看见萧绥焦急地在怒吼着什么，急得目眦欲裂，眼眶里都快流出血了。

她的耳朵聋了一只，左手也已经被"吞"进去了。

乔晚心里一紧，却来不及多想，身后传来了一阵强大的吸力。

这玩意儿想把自己同化成他们当中的一分子！如果不自救，她也会变成这诡异恐怖的肉瘤中的一部分。

这个念头猝不及防地滑过脑海，乔晚立刻剧烈地挣扎起来，体内的骨骼急速增长，瞬间戳破了肌肤，沿着四肢紧紧地裹了上去。

萧绥看见乔晚的左手已经被同化，和这些头颅叠加在了一起，现在，乔晚看上去就像被"吊"在了肉瘤前面，在风中飘飘荡荡。

他要不要趁这个时候走？

不管他之前是不是鬼迷心窍，有点儿恍惚，这一瞬间，萧绥的脑子里几乎下意识地浮现了一个冷酷而没人性的想法。

求生，是每个生物的本能，他完全可以把乔晚推出去拖延时间，然后趁这个时候跑掉。

萧绥也确实想这么做，但前面好歹也共患难过，这个时候他喉口干涩得吓人，想走，腿却如同有千斤重。

这不是个心软的时机。

青年愣愣地摸上了自己胸口的部位，刚刚又被乔晚踹了一脚，一阵接一阵地疼。

这货踹他的时候肯定夹了点儿私心，故意报复。不过要不是因为推了他一把，她也不至于被这玩意儿给吸收了。

不管了！他心里突然冒出了一股泼天的狠劲儿！

萧绥一咬牙，凶恶地举起了手里的两把刀，一个跃身飞扑，冲了上去！

第一刀，他抵住了肉瘤的攻击。

第二刀，他直接砍在了乔晚的左胳膊和肉瘤的黏合部位。

咻！

令人牙酸的动静响起。

宛如砍瓜切菜一般，萧绥这狠毒阴沉的坏东西，眼也没眨，一刀把乔晚从这肉瘤上给"片"了下来！

他眼中凶恶的冷光几乎和乔晚如出一辙。

由于左手已经和这肉瘤长在了一起，这感觉就像从自己身上硬生生被切下了一块肉，乔晚疼得全身上下抽搐，咬紧了泛白的唇，落在地上滚了几圈，抬眼间，看见萧绥手上举着的那把左手刀在肉瘤的挤压之下，开始寸寸崩裂！

左手刀成了一块扭曲的废铁，萧绥傻眼了，赶紧抢起右手刀。

结果一阵尖啸声响起，萧绥一个趔趄，天旋地转间，也被肉瘤给"吸"了过去。

他完了。他根本没想用自己换乔晚的。

那一瞬间，萧绥悔得肠子都青了。

倏忽间，一道青影掠过眼前。

方凌青不知道从哪儿冒了出来，反手一剑也把萧绥给"片"了下来，伸手提起后背的整张皮几乎被扯下来的萧绥，看向乔晚。

"来了！接住！"

这回换乔晚惊恐了。

等等！她接不住！

两个人一起往乔晚的方向就地滚去！

"咕噜噜。"

"砰！"

三个人立刻滚作了一团，"哐当"一声，一块儿撞上了后面那块大石头。

落地的瞬间，预想之中的疼痛感却没有袭来，萧绥感觉脸上好像贴了什么软绵绵的东西，替他做了缓冲。

萧绥眨了眨眼。

这软绵绵的触感……是胸吗？！

虽然时间、地点不大对，但萧绥还是晃神了。

这是乔晚的胸吗？！

随即他很没出息地淌出了两条鼻血。

不是说她是体修吗？明明她看上去硬邦邦的，怎么胸这么软的？

"可恶！"乔晚一脚将萧绥踹飞了出去，当机立断地爬了起来，拽着那云烟仙府的弟子，怒吼，"跑！快跑！"

这一路，乔晚也不知道跑了多久，肺快要炸开了，呼吸间，干涩的喉口好像还泛出了一点儿腥气。

方凌青的状态似乎好了不少，这回换成萧绥不行了，刚刚那一剑，方凌青虽然把他切下来了，但那是不得已之举，萧绥的创口面积比乔晚的大太多，血流不止，他们又没办法停下来给他止血，只能埋头狂奔。

"换我来！"将云烟仙府的弟子往方凌青怀里丢去，乔晚背上萧绥，沉默地一路飞奔着。

眼前逐渐模糊，萧绥费力地环着乔晚的脖子，牵动嘴角笑了一下："乔晚，我是不是要死了？"

"我不想死。"少年顿了顿，沉默了半秒，虚弱地补充了一句："我还想见大哥。"

"救我。"这一句像小少爷趾高气扬的命令，也像是哀求。

乔晚把背上的少年往上托了托，跑得更快，一咬牙，满嘴都是血腥气。

她不知道怎么评价她背上这个人。

萧绥是个冷漠自私、不把人当人，偏偏玉简上的昵称又是"大哥最帅"的兄控，但既然他刚刚没抛下她，那她也一定不会抛下她背上这个兄控。

萧绥的声音越来越虚弱了，这不是个好现象，乔晚一边跑，一边抽空问："你就这么喜欢你大哥？"

提到大哥，背上这兄控似乎笑了一下："我想见他。"

在生命即将结束的这一刻，乔晚背上背着的仿佛不是个少年，而是个寻求家人温暖怀抱的孩子。

"你愿不愿意……"乔晚舔了舔干涩的唇，沉声问，"和我说说你大哥的事？"

"大哥他很孤独。"萧绥断断续续地说，"我觉得我和我娘都对不起他。如果不是为了把我娘抬回来，他也不会这么早就没了母亲。

"我以前很不是东西，总欺负他，但他一直不计较，还总帮我顶锅，帮我写作业，带我出去吃喝玩乐，没事还总爱摸我的头，烦死了。

"你说的或许是对的，大哥是有意把我养废，但这么多年下来，大哥对我的好也做不了假。人人都有私心而已，我这几天想通了，也能理解。

"正好，我也不想当什么家主，这位子本来就属于他，在我大哥的庇护下，我当个闲散的小少爷似乎也挺好。"

不要低估一个兄控的威力，一说起萧焕，萧绥好像又提起了点儿精神，说话也利索了不少。

但说着说着，他突然察觉到乔晚好像停下了脚步，顺着乔晚的目光看去，下一秒就沉默了。

他们前面不知道围了多少妖兽。

而在这些妖兽外面，就是传送法阵了。

乔晚将萧绥放下来，握住了手里的剑："我和方道友在这儿顶着，你先去。去找萧家求援，回来救我们，能做到吗？"

知道这时候多耽搁一秒都可能会死人，萧绥摇摇晃晃地站稳，点了点头，把手里那把完好无损的右手刀塞到了方凌青的手里。

"这个给你，我爹替我打造的法器，你凑合着用。"

方凌青神情凝重地点了点头。

萧绥整理好精神，尽量将杀伐声抛在脑后，跌跌撞撞地一股脑往传送阵的方向冲去。

快点儿——

快点儿——

再快一点儿——

他脚下一个趔趄，身后却不知道从哪儿蹿来了一头妖兽，带着一股浓重的腥气咬了过来！乔晚一脚就把萧绥给踩趴到了地上。

"锵！"

剑刃几乎激荡出一串金色的火花，乔晚横剑挡在了那妖兽分嘴下："还不快跑？！"

萧绥立刻手脚并用地爬了起来，跑了一截路，突然想到了什么，短促地嗤笑了一声。

"忘了说了，乔晚，我刚刚发现，你的胸挺软的。"

说完他也来不及看乔晚是什么反应，就跳进了传送阵。

萧绥刚爬出传送阵，看见不远处的萧家家纹，热泪盈眶。他刚想继续往前跑，没想到脱困之后，力气耗尽，再也站不起来了。

不行，乔晚和方凌青还等着他，他不能这么浑蛋。

可是萧绥没想到这短短的一截路竟然这么长。

他……他想见到大哥，至少临死前总要见到大哥一面，把消息传达到。

咽下一口血沫，萧绥勉强撑起身子，手指深深地陷进泥里，拖着条血痕，硬生生一点点地爬到了萧家营地前。萧家小少爷第一次这么狼狈，十个指头在地上磨得血肉模糊。

意识逐渐远去之际，他好像听见了一阵纷乱的脚步声，紧跟着好像看到了萧焕裹着狐裘冲来的身影。

好像有温暖的手扶起了他。

"大……大哥？"萧绥费力地揪住了青年垂落的狐裘，眼里映出乌发金环、雍容华贵的青年，混混沌沌的神志立刻又清醒了大半。

"疼，大哥，疼。"萧绥皱着眉，倒吸了一口凉气，"快去……快去救乔晚他们……"

俊秀的少年面目狰狞，脊背被鲜血浸了个透，模模糊糊地抬起了眼皮，神色蓦地舒缓了下来，微不可察地松了一口气，揪着萧焕的衣摆就像看到了救星。

"阿绥乖。"

萧绥睁大了眼，脑袋上落了只温暖的手掌，雍容华贵的青年手悬在半空顿了顿，最终缓缓落下，指尖穿过发丝时带着熟悉的温度，就像二十年前那个雪夜。

"你做得很好了。"萧焕的嗓音在缱绻亲昵中透着几分玉器般的冷意，温润却疏淡。

"乖，很快就不痛了。"

下一秒，那只手突然移到了他的脖颈前，毫不犹豫地一使劲儿，"咔"地扭断了他的脖子。

少年睁大的眼里，好像还留着最后那一刻的安心眼神。

萧焕面无表情地收回了手，看也没看身后一脸复杂表情的萧三郎一眼。

"你早就想这么干了？"开口的是萧三郎，他沉默地看着面前这道颀长孤寂的身影。

雪白的狐裘上沾了不少血，就连萧焕那截手腕上也沾了不少萧绥的血。青年背对着他，乌发一直垂落到腰际，他看不见青年的脸，也看不见青年脸上的神情。

"三郎啊，你说奇怪不奇怪，"萧焕苦笑，嗓音听上去依然和之前一样悠然从容，"人就是不知足，没得到之前心心念念地想要，等终于攥到手里了，反倒又厌弃后悔。"

萧焕承认，从上昆山起，他就有意安排让萧绥和乔晚起冲突。

如今萧绥就像他计划的那样，终于死干净了，他心里反倒对这个幼弟生出了几分不舍和怜悯之情。

这么多年相处说没感情那是假的，他疼爱萧绥的感情也从来没掺过假，不过和这兄弟情谊相比，还有对他来说更重要的事。

萧焕温柔地摸了摸萧绥的眼角，舌根一阵发苦，心里也隐隐泛起了些刀绞般的疼痛感觉，轻叹了一声："阿绥睡吧，不疼了，是大哥对不起你。"

知道这是最后一眼了，萧焕垂眸看着地上的少年看了良久，这才冷下脸转身走向了身后的营地："三郎，我累了。至于阿绥，把他抬进来吧，稍后，我还得带他去向家主解释。"

萧景洲接了消息来得很快，这毕竟是他最疼爱的儿子，也是他属意的继任家主。虽说萧绥不成器了点儿，但萧景洲还有四十余年的寿元，他给阿绥四十年的时间，相信用这四十余年的寿元磨磨，早晚会把阿绥磨出个家主的样子来。

而现在他没想到的是，萧绥竟然死了！

看了一眼地上躺着的已经僵死的少年，少年头颅软绵绵地向一边垂下，明显是被人用大力给掐断了脖子。

萧景洲冷着脸，帮萧绥阖上了眼，站起身望向萧焕的眼神泛着点儿彻骨的冷意。

"谁干的？查清楚了没？"

萧景洲的眼神寒冷，眼睛一眨不眨地盯着萧焕。

萧焕倒也不慌，平静地和萧景洲对视，过了一会儿才移开视线，嗓音微哑："儿赶到之时，阿绥已经死了。"

萧景洲的目光在萧焕身上转了一圈，他知道他这个儿子心狠手辣，最像他。一接到这消息，他就没打消过这是萧焕下的手的疑虑。

但一个人当真能从小就开始藏，硬生生藏了这数十年吗？

萧景洲惊疑不定，却只平静地问："那你心中可有作案的人选？"

萧焕摇头："如今还没有清晰的人选。如果真要问，昆山的乔晚曾与阿绥发生过争执，或许有这嫌疑。但她与萧家早已一刀两断，不该，也没理由对阿绥出手。毕竟阿绥一死，届时所有人都会怀疑是她所为。"

萧景洲眯起了眼，不知道在想些什么，沉默了半响之后，又沉声问："乔晚如今在哪儿？"

萧焕不动声色地收回视线，嗓音疲倦："不知道，或许还得派人去找。"

萧景洲站起身："先带我去你们发现阿绥的地方。"

看着萧景洲离去的背影，萧焕微笑，笑容里有点儿淡淡的苍凉和失落之意。

他用了几十年时间卧薪尝胆，如今总算打消了点儿萧景洲的疑心。不过萧景洲这个当爹的还是不可能放过自己，这一切都得等萧景洲查清楚之后再做决断。

目睹这一切的萧三郎沉默不言。他不能说萧焕做错了，也不能说萧焕做得对，他跟萧焕的时间最长，也见过小时候萧绥是怎么欺辱萧焕的，萧焕又是怎么像狗一样摇着尾巴笑着讨好萧绥、讨好这府上所有人的。

后来，萧家所有人都夸萧焕性格温和，待人有礼，从不计较，就连自小欺负他，把他往泥坑里踩的萧绥也开始跟在他这个大哥的屁股后面转。

这样能忍能狠的萧焕，萧三郎责怪不了一句。

而这时，乔晚和方凌青还在和面前这些妖兽死磕呢。

兽潮越来越汹涌，而援军的影子还没一个。

"人呢？！"方凌青终于忍无可忍地怒喝，"人怎么还没来？！萧绥跑了？！"

乔晚用力抬脚一踹，把剑从眼前的妖兽心口给拔了出来，喘了一口粗气："再等等。"

隐隐地，她心里就有一种预感，萧绥不会跑。

之前就他们仨的时候，他都没跑，这会儿能带援军过来，用不着自己拼命出力，还能卖个人情，萧绥根本没跑的可能性。

除非，他在路上被妖兽给截和，成了加餐。

但这个后果，乔晚不敢去想。

陆辞仙也在往这儿赶了，眼下，能不能赶到还另说。

眼看这妖兽越来越多，包围圈也越来越小，乔晚和方凌青默契地相互抵着背，咬牙继续挺着。

越打，方凌青心里越疑惑。

这乔晚的打法怎么和陆辞仙这么像？难不成道侣在一块儿待久了，连出招也受影响了。

但他还没能深思，远处终于传来了点儿动静。

方凌青透过面前这一片血雾看去，只听见剑鸣声声，萧家弟子披着一身血雨冲入了兽潮！

是援军！

方凌青精神一振，援军可算是来了！

有萧家弟子加入战局，乔晚和方凌青压力顿减，两个人从里面突围，另外一方从外面杀入，两相夹击，没一会儿，这儿的妖兽终于被扫荡了个干干净净，剩下来的见势不妙，掉头就撤。

人群清扫出一条血红的路，萧景洲从里面走了出来。

他的修为在周衍这一辈里算是低的，再加上寿元将尽，如今惜命得很，绝不轻易动作。再说了，清扫妖兽这种事也犯不着他出手。

看见萧景洲，乔晚微微一愣，敏锐地察觉到了不对劲儿。

怎么会是萧景洲来这儿？救他俩这事犯得着萧景洲出手？

就连方凌青也察觉到了不对劲儿，呆呆地想：萧绥这是为了救他和乔晚，把自己的爹都给搬出来了？

没想到，他们刚清扫出一片空地，面前这十多个萧家守卫，神情冷肃地又将手中的刀枪剑戟一横，"唰"，整齐划一地将剑尖对准了最中央的乔晚和方凌青。

方凌青脸上得救的喜悦之情，终于在他察觉到不对劲儿之后，一点点地沉了下来。

"乔晚，"萧景洲目不斜视，一步一步地走上前来，目光在她的脸上转了一圈，"你可见过阿绥？"

他的眼里含了些审视意味。

"萧绥？"乔晚皱眉，"萧前辈你们难道不是萧道友叫来的？"

萧景洲听闻这话，眼神沉沉地锁定了她，好像要从她脸上看出个究竟，过了好一会儿，才淡淡开口："阿绥死了。"

他也不管这句话抛下会带给乔晚和方凌青多大的震撼！

乔晚蒙了，足足花了好几秒时间，才消化了萧景洲话里的意思。

萧绥……死了？！

有时候，有些生离死别往往是突然到来的，尤其对修士而言，昨天还见过面，第二天就听到对方死在哪个秘境里、哪个妖兽口中，这都是家常便饭。

听到这消息，乔晚说不上来自己心里是什么感受。她和萧绥没多深的感情，只不过刚刚共患难培养出了点儿同病相怜之谊，乍闻萧绥死了的消息，说实话，心里难免有点儿不是滋味。

但她一看这架势，心念一转也知道恐怕萧绥的死有蹊跷，萧家把萧绥之死怀疑到了她头上。

"萧前辈，"乔晚沉声问，"可是萧道友的死有蹊跷？"

萧景洲仍在看她，平静无波的目光落在她的脸上："是。"

"好。"乔晚也不啰唆，干净利落地收起剑，"我这就和前辈走一趟。"

见乔晚知趣，萧景洲颔首示意周围的护卫收起兵器："难为你了，若事情和你无关，老夫自然会向你赔礼道歉。"

萧景洲一声令下，长剑纷纷入鞘。

没想到，就在老者转身欲走间，异变突生！

大刀在半空中划开一条沉而冷的弧线。

这不知从何而来的一刀，却不是冲着乔晚和方凌青去的，这一刀，从背后正切萧景洲的肩头！

不好！

乔晚心里"咯噔"一声，几乎在同一时间，就运使妙微步法扑了上去，却也在下一秒被两把刀给"铛"一声架住了，动也不能动弹。

方凌青瞬间傻眼，呆愣愣地看着刚刚还在对他们刀剑相向，保护着萧景洲的安危的萧家武士，一大半掉转了攻击方向，将屠刀对准了自家家主和同袍。

对方的动作太快了，剑影纷乱，刀气纵横间，战局已定。

乔晚和方凌青被刀剑给架住，只要往前一步，气管就能被切出个口子。

而剩下来的那一部分萧家护卫根本没想到同袍会对自己出手。

萧家护卫仓促惊呼，惊疑不定地脱口而出："家主？！"

当攻击来自自己并肩作战的同袍时，话还没说完，另一部分萧家护卫甚至还没来得及震惊，就成了刀下亡魂，倒下了一大片。

手疾眼快地冲向萧景洲的护卫，却在距离萧景洲几步远的地方，被一刀砍下了头，头颅"咕噜噜"一直滚到了萧景洲的脚边。

至于萧景洲身上中了十多道剑气，血流不止，老者眼中却爆发出一道惊天的耀眼冷光！

"萧焕这狗崽子终于按捺不住了？"虽然被背叛，被刀剑加身，萧景洲却一点儿没慌，反倒露出了点儿早有预料的冷笑，"要对他的老子下手了？"

在场的萧家守卫没一个回答的。

"就凭这一手，你们以为就能杀了我？"萧景洲突然仰头大笑，几声咔啦咔啦的脆响声传来，他苍老的身躯如同竹节一般节节拔高。

他修为虽然低微，但活到这把年纪怎么可能不留个看家的保命手段，面对这虎视眈眈的崽子，怎么可能不多留个心眼？

只见萧景洲十根手指骨节暴涨，刹那间就宛如两把锋锐的钢刀刺破了肌肤。

但这手指和身体伸展到一半，却突然没了动静。

萧景洲脸色遽变，眼里的从容和轻蔑之色终于迅速退去。

目睹这一幕，最后还是一个萧家护卫开了口，"少主要我同家主说一声，说你老了，撑不起这个萧家了。"

萧景洲脸色狰狞地抬眼："他什么时候动的手脚？"

"就在刚刚，少主在萧绥少爷的尸身上下了毒。"

那萧家护卫面不改色地举起手中的刀，一剑砍下了萧景洲的头，居高临下地看着没来得及反应就倒下来的半截尸身，淡淡地开口。

乔晚和方凌青此刻已经彻底震惊到了语塞的地步。

那萧家护卫对着地上无头的尸体，平静地解释："少主说了，家主您老了，心也软了，竟然从当初那个弑兄杀妻的枭雄成了个被丧子之痛冲昏头脑的废物。

"如果家主您不去碰萧绥少爷，少主或许还会留您一条性命，认可您还能继续统御萧家。"

这算不算他这儿子给这偏心的老子最后一次机会，没人能说清楚。

"但现在，很可惜。"

从萧景洲帮萧绥阖上眼，毒就开始起作用了。

血脉亲情对不住萧焕，他就用这血脉亲情杀了对不住他的人。

做完这一切，这些萧家护卫突然将目光转向了乔晚和方凌青。

乔晚和方凌青都往后退了半步，对看了一眼。

方凌青沉默地扯下一块布，粗略地包了一下伤口。

乔晚面无表情地重新扣上了那半截歪了的面具。

萧绥的死肯定是萧焕的手笔，甫从上昆山起，萧焕便引导她和萧绥对立，瓦解萧绥与昆山的关系。

那刚刚这突如其来的妖兽也解释得清了。

乔晚想，她还是太傻白甜了，竟然认为光靠萧景洲就能暂时约束萧焕和萧绥。

从一开始，他们在玉清峰上初见，就不是巧合。

萧焕从一开始就挑中了她，利用穆笑笑，挑拨她和萧绥对立，为的就是能将今天萧绥的死嫁祸在她头上，引导萧景洲来见她，制造出杀萧景洲的机会。

照现在这发展，萧焕能留下他们的性命就有鬼了！

乔晚和方凌青正准备拼命冲杀出去之时，一片血兜头罩下。

谁都没想到的是，那十多个萧家护卫只看了他们一眼，就举起了手里的剑，纷纷自裁在他们面前。

与此同时，后脑勺突然传来一阵剧痛，乔晚一个趔趄，眼前一黑，失去意识前，只听见了一声熟悉的嗓音，温和从容中含了几分冷意。

"叛徒乔晚，先杀吾弟在前，畏罪潜逃，再杀吾父在后，将其缉拿，交由昆山发落。"

秘境前，一片沉默死寂气氛。

不远处是萧家的营地，已经换上了满目的白色装饰，萧家武士沉默地列队守在营地前，一个个脸色凝重。

就在刚刚，萧家家主萧景洲死了，据说是被昆山的弟子乔晚所杀。

这消息传来的时候没人相信乔晚杀得了萧景洲。虽说萧景洲修为低，但身边好歹还有那么一支亲卫队，乔晚就算杀得了萧景洲，还能从这些死士的包围中全须全尾地退出来不成？

陆辟寒脸色铁青，一步一咳，身后跟了十多个陆家弟子，大步流星地往萧家营地的方向走去。

这十多个陆家弟子脸色也没好到哪儿去。就在刚刚，萧焕给陆辟寒传了信，请陆辟寒前来一谈。

陆辟寒在萧家营地前停下脚步，果断地抬起手扬起了面前这道门帘。

"陆道友，"坐在帐子里的萧焕抬起眼，眼里还带着没退去的悲恸和伤感之色，身后坐着些萧家庶子与萧景洲残部。

"乔晚呢？"一进门，陆辟寒也不往前走，就站在门口，沉沉地问。

萧焕苦笑："我知道陆道友心里不好受，但我先痛失小弟，后又失去了父亲，我又何尝好受？"

"陆道友请坐吧。"萧焕吩咐身边人给陆辟寒上座，说道，"我邀道友前来就是为了好好谈一谈这件事。"

"乔晚不可能杀得了萧家家主。"陆辟寒面无表情，开门见山地冷冷抛出了一句话，"她不过金丹修为，如何对付得了被萧家死士守护着的萧家家主？"

"在下也不信，但……"萧焕顿了顿，吩咐左右把尸体抬上来，示意陆辟寒去看，"这些死士身上的伤确实是玉清峰剑法造成的。"

尸体上这致命一剑，的确是玉清峰的剑法，还是陆辟寒曾经教过乔晚的剑招。

尸体被直接丢在了陆辟寒面前，目光触及眼前面目狰狞的尸体，陆辟寒硬是脸色不变，神情一如既往地倨傲："萧道友不会单凭这一点就要定罪吧？"

126

"此话怎讲？"

陆辟寒淡淡地说："贵家主之死疑窦丛生，乔晚死不死，对萧家而言都不重要。"

男人眼神如寒夜火炬一般盯紧了萧焕："但若是放过了真凶，萧家家主在九泉之下当真死不瞑目。"

这目光看得饶是萧焕也忍不住心里打了个突，不禁苦笑，这位病剑还真是如传闻中一样倨傲清高。

"那依陆道友的意思是，杀吾弟和吾父的另有其人？"

陆辟寒却没回答，看了萧焕一眼，缓缓说道："萧道友就不怕对上妖界吗？"

谁都知道那婚约就是个笑话。

萧焕面不改色："父亲死得不明不白，为父报仇，是为人子的义务。要是因为畏惧妖族势力，使吾父蒙受冤屈，那我这做儿子的当真是猪狗不如的东西。"

"萧焕愿倾尽全力，萧家也不怕对上妖族。"

陆辟寒："说出你的要求。"

萧焕也不啰唆，微微一笑："听说真人将诛邪剑谱交给了道友？"

"家主生前曾对我说，若能得诛邪剑谱一观，才算不枉此生，道友若愿将诛邪剑谱给我，烧给吾父，了结他生前这一桩残愿，我便将乔晚交回昆山发落。"

此话一出，不仅陆辟寒身后的陆家弟子变了脸色，就连萧家弟子和萧景洲残部也齐齐变了脸色，脸上浮现了愤愤不平之色。

"大哥！不可！"

"大哥！决不能就这么轻易把乔晚交出！"

其中一个萧家弟子怒气腾腾，目光扫向萧焕，拔剑而起："萧焕！你当真要放过乔晚不成？！"

"父亲死得不明不白，就为了个剑谱，你就要放过陆家？！"

萧景洲生前妻妾成群，儿子何止萧焕和萧绥，只不过也就这两兄弟最拔群，剩下来的都是些萧家庶子。

面前这萧家庶子刚迈出一步，萧焕就面无表情地喝止了他。

"萧良，退下！"

言语间，萧焕已然流露出了点儿不怒自威的家主气度。

可惜他刚刚上位，似乎还不能够服众。

萧良扭头看了萧焕一眼，冷笑依旧地亮出了手中的长剑："萧焕，你不敢对上陆家，我敢！"

剑气横扫，最前面一排陆家弟子一时不察，眨眼间身上已见了血！

陆家的陆临嘉往后急退了几步，气急败坏地扬起了眉："萧焕！这就是你的诚意？！"

刹那间，本来还算缓和的气氛立时剑拔弩张！

看着还想上前的萧良，萧焕脸上笑意尽敛，紧跟着做出了一个让在场所有人都瞠目结舌的动作！

萧焕拔出了身边萧三郎的佩剑，三步并作两步走下了主位，一剑——砍下了萧良的头！

青年的神情还定格在怒气横生的那一幕上，一颗头颅却"扑通"一声落在了地上，溅起了一地的灰尘。

萧焕提着沾血的长剑，这才缓缓地露出个温和得如沐春风的微笑。

"如陆道友所见，这就是我的诚意。"

鲜血顺着指尖一滴滴滑落，仿佛手上提着的不是杀器，而是一盏酒杯、一卷字画。

萧焕反手将剑往身后一丢，长剑精准入鞘。

萧焕温和地微笑："陆家既然已经看到了我的诚意，不知能不能让我看到陆道友的诚意？"

刹那间，满座死寂。

在这一片死寂气氛中，陆辟寒霍然站起身："稍后，我就会将剑谱送到道友的桌上。"

说完，陆辟寒冷冷地一拂袖，率先走出了营帐。

目睹萧焕温声细语间亲手斩杀了自己的庶弟这一幕，陆临嘉胃里有点儿翻涌，但同时一个无比鲜明的事实随之浮上了脑海。

除了萧焕之外，没人会是萧家的下一任家主。

不过比起在这营帐里和萧焕寒暄，陆临嘉现在还有更重要的事去做。

陆临嘉忙不迭地跟上了陆辟寒的脚步，往前一步，拦住了陆辟寒。

"你当真要把诛邪剑谱交出去？"陆临嘉的脸色有点儿难看，"这事没经过本家同意，就算是……"

陆辟寒停下脚步，嗓音铿锵有力，冷冷地说道："萧焕杀了萧绥和萧景洲。"

这铿锵有力的一句话一砸下，陆临嘉浑身一震。

陆辟寒冷笑："他杀了萧绥，引出萧景洲，嫁祸乔晚，再向我放出消息。"

"整个萧家的人都知道这事蹊跷，但萧景洲已经死了，在这时候，萧家不能乱，也必须得推出个家主。"

"萧焕刚上位，立身不稳，向我放出消息，就是料定了我一定会来救乔晚。"说到这儿，陆辟寒垂头咳嗽了几声，嗓音里寒气森森，"我一动，陆家即动。我不给他剑谱，到时候陆家势必会和萧景洲残部对上。如此一来，萧焕就能借陆家的手，替自己扫除余下的威胁，鹬蚌相争，渔翁得利。毕竟除了陆家，他还能与岑家结盟。"

岑家、萧家、陆家这三家三足鼎立，牵一发而动全身。

陆临嘉愣了愣："他怎么知道你一动，陆家就会动？"

陆辟寒没说话，陆临嘉突然觉得心虚也不说话了。

虽说陆辟寒是在本家长大的，但与陆家关系一直算不上多亲近，毕竟当初陆辟寒所在的分支被碧眼邪佛灭了满门，陆家援军来得太迟。而陆家如今对陆辟寒这么好，除了愧疚，也未尝没有打诛邪剑谱的主意。奈何陆辟寒硬是把诛邪剑谱给捂得死死的，陆家愁啊，但也总不能硬抢不是？

陆辟寒这才移开视线，继续说道："如今他果断杀了自己的庶弟，一为震慑他人，二是释放出与陆家交好的善意。"

"拿到剑谱之后，他不仅会实力更上一层，想必之后还会另外誊抄一份，以剑谱为资本卖一份人情给陆家，以此得到陆家支持。他用诛邪剑谱作为交换，借陆家之势巩固自己的地位，里应外合，彻彻底底坐稳萧家家主这位子。权衡利弊，你觉得本家会怎么做？"

本家自然是会把诛邪剑谱交出去了。毕竟他们之前花了那么长时间都没撬出剑谱来，没想到萧焕玩的这一手反倒掐准了大家伙的命门。

陆临嘉一时哑然，想不到萧焕竟然藏得这么深。这一环扣一环的，他得谋算多长时间？

陆临嘉想想还是觉得有点儿不甘心将诛邪剑谱分出去。

"那你就把剑谱这么给他？就不能伪造一份假的吗？"

陆辟寒："时间不够。萧焕聪慧，你能想到的办法他也能想到。剑谱是真是假，他一看便知。如果提早三个月准备，我或许还能伪造出一份瞒过他的假剑谱，但眼下已经来不及了。"

陆临嘉："就算陆家同意这场交易，萧家也不会同意。"

陆辟寒嗓音更冷："一个已死的家主和一个心狠手辣的继任家主，你会选谁？"

陆临嘉悚然一惊。

难不成刚刚那一手萧焕竟然还是特地做给那萧家残部看的？！这不只是震慑手段，他也是要让萧景洲残部好好掂量掂量，到底是追随死了的主子，还是投奔新的主子。

但萧焕怎么会料到会有萧良之流站出来？要么是萧焕将人心揣摩至深，要么这就是萧焕安排之下和萧良共演的一场戏，而萧良甘愿为萧焕赴死。

不论是哪一种，萧焕这人恐怕比他们想象的还要棘手。

陆临嘉："可是……妙法尊者与妖皇都还没动……"

陆辟寒抬眼，目光牢牢攫住了陆临嘉的脸，果决冷厉地结束了对话："我要救乔晚。"

笑笑和乔晚都是他的师妹，任何一个，他都不可能抛下。

乔晚从一片剧痛中醒来，四肢酸疼那是打出来的，但后脑勺和神识里面这一阵一阵的疼意就不对劲儿了。

几乎瞬间，乔晚就明白了自己现在这情况。她的神识肯定在她昏迷的时候被动了手脚。

乔晚迅速从床上爬起来，立刻收敛心神，抬头察看自己如今处在一个什么环境里。

这看起来像是萧家的营帐，帐子上还有萧家的家纹。

帐帘被人从外面打起，从外面走进来一个神态娴静的萧家丫鬟。

"乔道友，你醒了？"

第九章　猎杀开始

强忍住脑袋这一抽一抽的疼痛感，乔晚立刻问："方凌青呢？"

侍女脸上露出了茫然的神色。

乔晚耐着性子描述："和我一块儿来的另一个青年，脸上有鳞片纹。"

侍女更加茫然："我并未见到有这么个青年……"

乔晚的心终于一点点地沉了下去。她二话不说，一把拿起桌上的剑，转身冲出了营地。

结果她刚冲出营地突然就被外面的萧家护卫给拦住了。

"乔道友见谅，"门口守着的萧家护卫彬彬有礼地微笑，"萧焕少主下令，叫我们看好道友。道友重伤未愈，还是别出去乱跑了。"

乔晚站定了脚步："你有没有见过一个脸上有鳞片纹的青年？"

"青年？"萧家护卫想了想，"这青年刚被带回来就死了。"

死……死了？！

乔晚睁大了眼，心里"咯噔"了一声，立刻三步并作两步，冲上前去，剑刃死死地抵住了面前这萧家护卫的脖颈。

"人呢？！人在哪儿？！"

那萧家护卫被她压在身下，刚想说话，目光触及她冷厉到近乎疯狂的神色，突然打了一个哆嗦，说话也有点儿结巴："我……我也不知道，这青年被带回来时就没气了，兴许是被丢回了秘境……"

那……那青年被带回来的时候的确已经没气了啊。就算方凌青还活着，他对少主来说毫无用处，少主更不可能留他一条性命，倒不如让他神不知鬼不觉地死在秘境里……

再三确定这护卫的确不知道什么事之后，乔晚沉默地收回了剑，牙关几乎快咬出血了。

方凌青死了？那一直被齐非道、崇德古苑的师兄师姐们调戏的脑坑青年死了？

身上的桎梏一松，那护卫立刻手脚并用地爬起来，小心翼翼地劝说，生怕激怒了面前的少女："乔道友，请你回去躺着吧，这儿都是我们萧家的弟子，就算你想出去也出不去的。"

听到这话，乔晚猛然回头，握着剑，一字一顿冷冽地说："把你知道的事都告诉我，全部。"

对面的萧家护卫动了动嘴唇。

少女脸上的血渍已经成了褐色的血块儿，黑黝黝的眼里泛着冷光。

就这一眼，这萧家护卫看得心口一滞，无可奈何地做了个"请"的动作，却被乔晚面无表情地直接打断威胁。

"就在这儿说。好好说，但凡你多瞒一个字，我就杀了你。"

他可能快死了。

方凌青睁开眼，渴得要命，全身上下就像被剃了鳞的鱼，就连一点儿微风吹过，都让他疼得抽搐。更何况如今他身上还叠着不少断臂残肢，有男人的，也有女人的。

这些尸体摞得像小山一样高，他就被塞在这尸山最下面那层，透过人体的缝隙，隐约瞥见了一座宽敞明亮的宫殿。

白玉砌的地砖上血水横流，在这血泊中清晰地倒映着在这宫殿里来来往往的人影。

说是人也不准确，他们身披铠甲，面无表情，看着更像是之前他在鬼市看到过的行尸，除此之外，还有些人兽蛇身，豹头的，象头的，各种各样奇怪的"人"。

就在这时，一阵脚步声突然响起，随之从殿门外走出了一个身着白袍的青年。

"都运来了？"

他只能听到这青年低沉的嗓音，看到白色的袍角。

方凌青咽了一口唾沫，滋润了一点儿干渴的喉咙，悄悄地推开了最前面那具尸身，想努力看个仔细。

"这批'人牲'都在这儿了。"回答的是这些奇形怪状的"人"。

"有活着的没？"青年问，不等属下回答，袖口突然伸出了一根如冰雪般熠熠生辉的灵丝，"算了，让我自己再检查一下。"

灵丝卷起了方凌青身上的其中一具"尸体"，这紧闭着眼的"尸体"微不可察地轻轻哆嗦了一下。

青年漫不经心地屈起手指，手腕上缠绕着的灵丝立时紧紧地裹住了"尸体"的脖颈。

"是活着，还是死了呢？"白袍青年的嗓音里含了一点儿笑意，他往回轻轻一收，灵丝深深地勒入了"尸体"的肌肤，切开一条鲜红的口子。

"嗯……呃……啊啊啊！"

剧痛袭来，"尸体"终于忍受不住了，爆发出凄惶的惨叫声！

青年突然冷下了脸，手上力道收紧："吵死了。"

说完他利索地切下了"尸体"的脑袋，随意地踢了踢脚下的脑袋，又转头看向了尸山的方向："还有谁活着？站出来。"

方凌青明显能感觉到身上有几具"尸体"哆嗦了一下，但没一个人敢动。就连方凌青也忍不住哆嗦了一下，下意识地往下躲了躲。

青年又卷起另一具男弟子的"尸体"，揽入怀中，摸了摸对方的脸，露出了一个轻佻的笑容："是你？"

对上青年的脸之后，男弟子忍不住惊恐地睁大了眼："是……是你！你……"

青年倏然变了脸色，腕上那一条条灵丝正中对方的胸口，在这男弟子惊恐的目光中，捏爆了他体内还在跳动的心脏。

目睹这青年一连杀了两个人，鼻间又是尸体腐败后传来的腥臭味，方凌青胃里一阵翻涌，努力憋住了，才没吐出来。

"心跳变急了。"青年面无表情地抬起眼，目光在这尸山中扫了一圈，腕上的几条灵丝又拖出了几具"尸体"丢在地上。

无一例外地，方凌青都听见了这些修士惊恐到牙齿打战的动静。

这回青年没再拖延，腕上的灵丝干净利落地解决了这地上的十多具尸体。

最后青年将目光放到了方凌青所在的方向。

"还有一个。"

没有刀，没有剑，灵力耗尽，重伤在身，比之前面对那人头风滚草时更刻骨的绝望感蹿上了心头，方凌青咬紧了牙，心里明白，他可能挺不过这一关了。

就算有法器在手，他也不一定对付得了这青年，他又不是孟沧浪。方凌青苦笑。

灵丝一卷——就在方凌青闭着眼，准备等死的时候，这灵丝竟然不是冲着他来的，而是卷走了他身上压着的另一具"尸体"。对方连挣扎都没能挣扎一下，就被割开了气管，死不瞑目地被丢到了一边。

至此，青年才将灵丝收回了腕间。

又一阵脚步声响起，青年走到了殿门口，其他"人"陆续拥了上来，沉默地

清理着地上的狼藉痕迹。

方凌青只感觉自己的一颗心疯狂而激烈地跳动了起来。

他……他还有机会！

方凌青悄悄地将身上压着的尸身再度推开了一点儿，趁着面前这些"人"的目光没看向他的那一瞬间，心脏似要跳出喉咙，一把推开面前的尸身，钻出了尸山，跌跌撞撞地朝大殿里的白玉柱子后面躲去！

他手脚僵硬，喉口干涩地一点点借着柱子遮蔽，往殿门外面挪着。

他终于半只脚也踏出了殿门，身后突然响起了一道温和的嗓音。

"竟然还忘了一个。"

与此同时，数条灵丝深深地贯入了方凌青的胸口，牢牢地锁定住了心脏的位置。

看着胸口蓦然出现的一个大洞，方凌青茫然地扭头，看向了身后的来人。

"你……"

这青年竟然是……

他话还没说完，心脏突然一阵剧痛，方凌青沉默地垂下了眼，透过那个黑黝黝的洞口，看到了青年的灵丝干脆地捏爆了他还在跳动的心脏。

青年露出一个温和有礼的微笑，沾了血的灵丝钻出了胸口，转而攀上了方凌青的脖颈，切下了方凌青的头。

将少年俊秀的头颅抄在手心里，青年饶有兴致地把玩了一阵，唇间溢出微不可察的叹息声。

"真好看。"

而在萧家营帐内，乔晚顿了顿，问道："你是说，萧焕要大师兄用诛邪剑谱交换，救我出去？"

萧家护卫愁眉苦脸地说："所以乔道友你就别乱跑了，安心等着吧，等剑谱一到，到时候这件事也就揭过去了。"

不可能。

乔晚抿紧了唇，心里十分清楚。

萧焕不可能就这么放过她，或许现在放了她，转头就直接杀了她也未可知。神识就算被篡改了，留个隐患在，萧焕这人终归不可能放心。

就在这时，门外突然又传来了点儿动静，萧焕身边的亲卫通禀道："乔道友，少主有请。"

那萧家护卫一脸"看吧，果然来了"的表情。

乔晚看了对方一眼，没有反抗，沉默地拿起剑和这几个人走了。

等到了营帐前，脚步略微顿了顿，她这才掀开了帐帘。

她一走进营帐，一眼就看到了帐子里形销骨立的男人。

陆辟寒冷冷地看了她一眼，领着她走出了帐子。

一阵沉默之后，陆辟寒终于开口，没有问萧景洲，也没有问萧焕的事："我带你先回玉清峰。"

乔晚攥紧了剑："我想回秘境。"

陆辟寒淡淡地看了她一眼，以不容置喙又冷漠傲慢的语气说道："现在和我回去。闹出这种事，你现在还想着参加同修会吗？"

乔晚站定了脚步，彬彬有礼地鞠了一躬："大师兄，多谢你救我出来。"

但方凌青下落不明，她必须回去一趟。

说完她也不再看陆辟寒的反应，转身就走。

走到一半，她却突然被萧家亲卫给拦住了路。

对方面露愧疚之色："得罪了，乔道友。"

话音刚落，杀招顿现！

一杆长枪照着她的胸口刺下！

乔晚早有准备，往后急退了几步，化骨为盾，举起手臂，硬生生扛住了这一枪，妙微步法一步踏出，夺命狂奔！

萧焕果然不可能放过她！

方凌青被丢进秘境这消息果然只是诱她回秘境的饵！

身后的萧家亲卫紧追不舍，乔晚越往前跑，不远处的传送阵越加醒目。

知道这一步踏进去之后，将会面对重重杀机，乔晚想都没想，还是直接跳进了传送阵里，再回到了仙宫秘境里！

"跑了？"追来的萧家亲卫面面相觑，刹住了脚步，而后沉默地拿出了箭："如此一来，猎杀开始。"

这个秘境从头至尾都透着股古怪的气息，乔晚跳进秘境后，目光先绕着周边扫荡了一圈，却没看到方凌青的踪影。

往好了想，方凌青或许是自己爬起来走了；往坏了想，或许他被哪只妖兽给叼了去，现在已经葬身兽腹。

乔晚找了四五圈都没找着方凌青，心知再这么找下去无疑是在做白工，于是脚步一转，当机立断地直奔天边那座轮廓隐约的仙宫。

"找到了！在这儿！"身后传来一个人声，随即一支雕翎长箭朝着她的后心袭来！

乔晚脚步一闪，就地一滚，继续马不停蹄地往前跑去。

她心里有一股直觉，想要搞清楚这秘境究竟是怎么回事，本来用作选拔修炼的秘境怎么会变得这么凶残，到底是谁在里面做了手脚，都得先去一趟天边的

仙宫。

那座仙宫是秘境的核心，那里面或许有她想要的答案。

空气中还残留着战斗刚结束的血腥味儿。

"师……"身着善道服饰的弟子哭着看着郁行之，喉咙里发出"嗬嗬"的声音，嘴角不断冒出血花。

在他身后，剑光如雨。

这善道弟子用身体替郁行之挡住了四面八方袭来的剑光。

"师兄……"发出一声哭腔之后，下一秒，这善道弟子猝然倒地。

"死……死了？"

被郁行之护在怀里，王如意喉口干涩，愣愣地看着面前这一地血红残尸。

青年猛然回神，脸色遽变，想都没想，一把推开王如意，踉踉跄跄地扑倒在了这一地尸身面前。

王如意唇瓣嗫嚅了两下，没敢上前。

就在刚刚，又爆发出了一阵刀光剑影，善道书院这几个弟子一时没反应过来，全被开了瓢，无一生还，只有郁行之反应快点儿，拉了最近的她往边上躲去。

但也正因为他拉了她一把，没来得及拉自己的师弟。

这几个善道弟子，团灭。

青年咬紧了牙，眼圈顿时就红了。

这和之前在鬼市那次一模一样！他……他又没将人救下来！不，之前在鬼市的时候，他好歹还能……这回竟然靠着自己的师弟给自己挡刀！

郁行之面无表情地跌坐在地上，眼里流出了两行血泪。

而他，甚至还不知道这个刚刚替他挡了这一击的师弟叫什么。

看着青年仿佛骤然被什么东西压弯的背影，王如意后颈一凉，惶恐感顺着脊背爬上来，双手悬在半空，竟不知该作何动作。

至死都被豢养在蜜罐里的王如意永远不会知道，这个低眉顺眼的少年，也曾目含锋芒。只是现实太利，一寸寸削尽了他的傲骨。

"郁……郁行之？"

"滚。"郁行之看都没看她，冷冷地挤出了一个字。

"我让你滚。"

之前这小干尸救过他一命，这一路过来他照拂她不少，也算是还了恩情。

"之前你救过我，如今还清了。"郁行之嗓音干得仿佛能渗出血来，"你滚吧，我没空分心带个拖油瓶。"

虽然理智告诉自己他不应该迁怒面前这小干尸，但看着……

郁行之喉口微痒，呕出了一口血。

那小干尸早死了，就算被砍个几刀想必也不会有什么大问题，如果他刚刚护住的不是她，而是……而是他的那个师弟，师弟会不会就不会死了？

他和叶锡元争夺善道书院大师兄的位子争夺了这么久，竟然记不住自己的师弟的名字，危难关头，竟然当着师弟的面去护着一个陌生人，害得他的这个师弟还要反过来护着他。

王如意活这么大哪里被人这么凶过，眼泪忍不住就掉了下来，一半是愧疚，一半是慌乱："对……对不起……"

青年冷冷地站起身，看也没看她一眼，开始就地刨坑。

王如意也跟着跪了下来，小心翼翼地帮忙一块儿挖坑。

两个人就这么沉默不语地挖了半天，总算挖出个差不多能把人给放进去的大坑。郁行之又弯下腰，一个个把自己的师弟师妹放了进去，撒上土。

对着面前高高的坟包静静地坐了一会儿，他突然站起身，一瘸一拐地继续往前走去。

王如意盯着郁行之的背影看了一会儿，不安地绞紧了手指。

她……担心他……这和永郎长得一模一样的小男弟子状态明显不大对劲儿，可是他现在又讨厌她，只要她一靠近，他就会冷漠地侧目，叫她滚。

到后来，他更是懒得搭理她，连个眼神都不乐意施舍给她了。

没办法，脑坑少女二号只好选择了一个笨办法，悄悄跟着郁行之。

她把头发就近往树上一绑，一会儿躲在树后面，一会儿躲在石头后面，在青年似有察觉的瞬间，果断地"咻"一声荡回了树上。

郁行之不自觉地面皮抽搐了一下，继续往前走着。

等青年转过头后，王如意才悄悄地从树上跳下来，看了一眼郁行之前进的方向。

这好像是……那个仙宫啊。

不过这个仙宫前面黑乎乎的东西……是什么？这东西怎么还在动？

下一秒，她就瞥见郁行之脸色大变，骂了一个字。

那些黑影越来越近，越来越近，竟然是铺天盖地的人头！

饶是鬼修王如意同学，也忍不住没出息地大叫了一声。

就这一瞬间的工夫，这些人头风滚草就已经逼到了郁行之身前。青年法器用尽，又身有残疾，左支右绌之下，立刻就被扑倒在了地上，然后被咬下了一大块肉。

王如意无暇多想，立刻甩起头发去救人！

她英勇无畏地张开双臂，压到了郁行之身前。

郁行之睁大了眼："你……"

一眨眼的工夫，身上就被那些人头风滚草撕下了好几块肉，王如意忍着痛露出了一个不好意思的笑容。

"没关系，我……我……我早就死了嘛。"

只要对方别生她的气就好了。

女人眼神黯然。她知道她做错了，只要郁行之肯原谅她就行了。

话音刚落，郁行之的脸色就变了变，胸膛上下起伏了几次，抿着唇，二话不说，他反身就把王如意给压在了身下，替她挡住了攻击。

女尸惊讶地"哎哟"了一声，仰天跌倒在了地上，瞬间捂着肚子飙出了眼泪，嗲声叫道："疼！"

是郁行之的膝盖正好撞到了她的肚子。

郁行之看了一眼大红嫁衣包裹之下的干瘪女尸，脸色阴晴不定："小干尸，你听着，你虽然死了，但我好歹是个男人，是个修士。"

背上被啃得血流不止，郁行之闷哼了一声，垂下了眼："用不着你来保护我。"

王如意愣愣地看着身上的少年，没有答话，头发却不由得越长越长，越长越长，渐渐地，将两个人包裹在了一个茧里。

于是，外面的头颅尖啸声也远去了，这茧稳稳地将两个人护在里面，两个人眼前陷入了一片绵长的黑暗里，四周只剩下了彼此温暖的呼吸声。

王如意呆呆地蜷紧了脚趾，悲愤地捂住了脸："羞……羞死人了。"

郁行之瞬间蒙了："这是什么？"

"这是我的发茧啊。"

她说完后，面前的青年突然又没声音了。

郁行之面无表情地站起，十分没风度地果断给了面前这小干尸一脚。

"滚。"

有这玩意儿她不早拿出来，他就不该被这人感动。

被一脚踢出老远的王如意又开开心心地牵着嫁衣跟了上去。

"你不生气了呀？"

青年板起了那张狰狞的脸，剩下的半张姣好容颜看上去尤为扭曲。

两个人就这样一路走着，就在接近仙宫不远处突然传来了呼救声。

郁行之和王如意对视了一眼，便马不停蹄地直奔声音所在的方向。

他们未曾料到，却来迟一步。

不远处，一个男弟子的表情还停留在生前最惊恐绝望的样子上，身子软绵绵地滑了下来，胸口处破开了一个大洞，暗红色的鲜血汩汩地流了一地。

在两个人的头顶，蛛网银丝几乎占据了整个天空。

蛛网正中间静静地"飘"着一个少年，少年脚踩虚空，面无表情，乌黑的眼失了焦距。

最吸引人的目光的是他的肌肤，少年浑身上下泛着些不正常的如白玉般细腻的光泽，乌发凌乱地斜搭在肩头，脖子上隐隐有缝合的痕迹，从少年的五指指尖伸出一根一根细长的泛着寒光的丝线，乍一看上去，犹如一尊精致的傀儡。

王如意和郁行之两个人瞬间如遭雷击。

这……这是……

萧三郎有点儿摸不准萧焕如今在想什么。

虽说如今萧焕还不是萧家家主，但在杀兄弑父这一系列雷厉风行的手段之后，萧家也基本上都落入了萧焕的囊中。

但萧焕好像并没有多大触动，照旧和之前一样恹恹地卧在榻上，静静地看着桌上的诛邪剑谱。这是修真界无数人使尽手段都想得到的绝世剑谱。

"三郎，"萧焕苦笑着喟叹了一声，"我做到了。"

但等到他终于跌跌撞撞地爬上了这个位子后，他才猛然发现，身边竟然没有一个能庆祝的人。

这几十年来他忍辱负重，苟且偷生，终于在一朝得以直上青云，权柄在握，反而生出了一点儿倦意。这个时候松懈还为时过早，接下来还有不少事等着他去排布，去收拾，但在这个时候，他竟然在想，如果阿绥还在的话。如果阿绥还在的话……

想到自己即将禀告的事，萧三郎沉默了一瞬，还是选择了开口。

"少主，之前残留在萧绥少主的眼睛上的毒素已经发作了。"

如果让别人察觉到萧绥身上有毒……

这话一开口，萧焕终于平静地站起了身，眼里流露出的那一点儿人性与情意终于被冷漠和疏离之色所取代。

"那就把阿绥的眼睛挖了吧。做得像一点儿。"

萧景洲死在同修会上，哪家哪派心里不是都在打各自的小九九，想趁着这个机会浑水摸鱼，分一杯羹？

但出乎意料的是，萧景洲死得不明不白，萧家却完全没乱的迹象。萧景洲那儿子萧焕果断上台，一剑斩杀了自己的庶弟，镇压了萧家内里无数不服从的声音，紧跟着又不知道怎么勾搭上了陆家，让陆家帮忙为他站台，稳稳地坐上了萧家家主这个位子。

至于萧景洲之死，官方的回答是，尚有疑点，还得联合昆山一块儿查证。

也不管其他人怎么想的，三家的人关起门来慢慢商量。

至于秘境，这秘境里面的古怪情况，在外面的人不会到现在都还不清楚。但萧景洲这事如今比较重要，大家只能先派点儿人马进去查查究竟是怎么回事，暂且把秘境的事往后挪一挪。

陆家人谨慎，刚拿到剑谱，就叫自家弟子先学了一段，起初倒也没大事，陆

家便让家里不少精英学了。

但谁都没想到的是，这些精英在学完剑谱之后，吐血了，内劲儿走岔，境界直落。

陆家人立即变了脸色，顾忌萧焕这人心眼比窟窿还多，便派人去萧家向萧焕讨个说法。哪里有这刚帮了你就掉头就反咬人一口的道理？

结果陆家来使刚到，萧焕也吐血了，一连掉了两三个境界。

这回陆家和萧家的人都蒙了。

难不成这剑谱是假的？

"这剑谱是假的……"萧焕喘了一口粗气，垂眸揩去了嘴角的血渍，朝陆家来人露出了一个苦笑。

陆临嘉抿了抿唇："这剑谱是辟寒族兄给的，萧家主你这意思是指陆辟寒在这里面动了手脚不成？"

萧焕微微摇首。

一连掉了两三个境界，他本来就苍白的面色这个时候更加惨白，他虚弱地拢着狐裘，笑了笑："萧某没这个想法，倒是贵宗或许有这个想法。"

这一句话犀利且切中红心。

陆临嘉沉默了。

其实陆家上下也在怀疑，这是不是陆辟寒蓄意报复，为的就是当年那桩旧事。

陆家人没及时来援，害得陆辟寒的父母兄弟姊妹被碧眼邪佛灭得一干二净，大火烧了三天三夜，最后陆家人在一地焦尸旁找到了一个差一步就魂归西天的孩子。

如果说陆辟寒为了乔晚，为了当年那件事，借着剑谱打击报复萧家和陆家也说得通。

但，这也只是说得通，动机不够。

陆辟寒是个聪明人，这种"杀敌一千，自损八百"的事，实在不像是他能干出来的。

虽然陆家有脾气暴躁的长老打算先把陆辟寒捆起来问个清楚，但更多长老还是比较谨慎。

比起萧焕这个心眼比窟窿多的人，在这个节骨眼上他们相信同为自家人的陆辟寒，还是来得比较实在的。

他们确实对不起这个孩子，而这个孩子也的的确确姓陆。

陆家人走后，萧焕这才慢慢地直起身，面无表情地丢掉了手里的绢布。

他身后的萧三郎看得不由得咋舌，发自内心地觉得自己这少主是真狠。

连掉两三个境界这种事，根本不是普通人能做出来的。

察觉到了萧三郎异样的眼神，萧焕莞尔："三郎你是觉得我狠？不狠怎么对付陆家？"

光凭一个剑谱，陆家就真会全心全意地帮助他？

这些世家大族，眼睛里只有利益，帮他也有借他捞一笔的意思在里面。

如今陆家损了元气，一时半会儿不会再动手。

他能在短短几天时间里爬到今天这位子，固然有自己潜伏多年、招兵买马、分化萧景洲的亲卫的原因在里面，但还少不得一个人的帮助。

想到那个人，萧焕半垂着眼睫，目光幽深。

那个人在昆山上就找到了他，和他做了个交易。

那个人帮他踩着萧景洲的尸体登上了萧家家主这个位子，而他要做的事情很简单，只要把眼下这浑水再搅浑一点儿就够了。

等休息够了，萧焕这才平静地下令。

"叫其他长老、弟子，还有家主之前那帮残部进来见我。"

没一会儿，萧三郎就领着一帮萧家残部进了门。

这些都是不愿意归顺萧焕的萧景洲的亲卫，一进门，也没给萧焕多少好脸色。

反倒是萧焕，支着病体往前走了两步，扯出个苍白而失落的笑容："我知道诸位叔叔怨我放跑了乔晚，但爹陨落得突然，族内里里外外都盯着，家里群龙无首，家外强敌环伺，焕不得已这才扛起了这份责任。"

为首的萧家亲卫直接打断了萧焕的话："少主有什么事就直说吧。"

萧焕苦笑："诸位叔叔看来还是信不得我。"

回应他的，只有沉默。

"也罢。"萧焕往回走了几步，扶着软榻重新坐下，平静地说道，"我本不打算放过乔晚，这么做也是无奈之举。我知道诸位叔叔敬重家主，曾许下愿为父亲出生入死之誓言。不知诸位叔叔是否愿意重回秘境，血刃乔晚，还父亲一个清净？"

在场三十多个萧家死士无一人开口，死一般的沉默气氛在营帐中蔓延。

这可真是个心狠手辣的小狐狸。

萧景洲的亲卫们心想。

他想趁着陆辟寒被陆家人缠住的时候，再让他们去杀乔晚，叫他们这些不被收服，让他不得安眠的势力，去和乔晚来个同归于尽。

踏入秘境后，不只乔晚不能活，他们就算杀了乔晚，萧焕也不会叫他们活着回来。

他们能不去吗？

萧焕特地叫来萧家长老、弟子百余人，一口一个叔叔，礼遇在前，无非是告诉他们，士为知己者死。

他这是在逼他们送死。

他们不能拒绝，也无法拒绝。

萧景洲赏识他们，栽培提拔他们。如今萧景洲已死，纵使明知前方是一条百死无生的血路，这些死士仍纷纷跪地。一个接一个，男儿的膝盖重重砸向地面，场面无声却悲壮至极。

良久，死士头领铿锵有力的嗓音才响起。

在地上深深磕头之后，死士头领一字一顿地说："士为知己者死，属下领命。"

这些死士行军极快，接了命令之后，整顿军容，立刻就进入了秘境。

他们临行前，萧焕告诉他们，乔晚势必会去仙宫，只要他们在仙宫前守着，一定会截住她。

既要躲一路来的猎杀者，又要躲这不知从何而来的妖兽和剑光，乔晚如同在林中奔躲的猎物，已经精疲力竭了。

眼看着仙宫终于近在眼前，乔晚远远望去，雕梁画栋、碧瓦朱甍被吞没在翻滚的滔滔云海中，仿若仙家福地。

她再往前一步，却被这三十多个死士给拦住了路。

这三十多个死士，个个仿佛裹着一腔不平和悲愤气息的沉默黑夜。

目光一扫，心知来者不善，乔晚耐着性子敛衽行礼："晚辈尚有要事待办，烦请诸位哥哥让个路，若是来寻仇的，"顿了一顿，她才继续说道，"等晚辈办完事，再和诸位好汉决个生死也不迟。"

"你就是乔晚？"领头的那个死士沉静地看了她一眼，终于出声。

"是，"心知面前这三十多个死士，个个都不是好招惹的，乔晚尽量有礼地说，"敢问这位大哥有什么指教？"

"没什么指教。"对方平静地拔出了背后的长剑。

他这一动，身后其余三十多个死士也都拔出了刀剑。

刀剑出鞘，气氛森寒沉重。

为首的那个死士说道："只是有不得不偿还之恩情。"

心知避不掉了，乔晚往后退了半步，心里一沉。

战斗一触即发。

眨眼之间，一左一右，已有几个死士飞身上前！

"锵！"

乔晚化骨为盾，一左一右各架住了一个死士。

头顶、胸口、下盘亦有剑锋扫过！

乔晚不敢松懈，左右手反手一扭，抢过兵器，打落头顶那个，伸手抓住胸口那把剑，从半空中翻身而起，躲过了下盘的一击！

朝她胸口出剑的那个死士惊讶地多看了她一眼。

少女白皙的手稳稳地攥紧了剑刃，整个人倒挂在半空中。

眼前一晃，死士的胸口已经中了一脚，而乔晚也趁机急退几步，转身就跑。

那死士捂着胸口从地上爬起，冷喝了一声："追！"

说实话，已经被追杀出经验的乔晚，还是第一次碰到这么难缠的追杀对象，一个个死士以不要命的姿态，也要拖慢她的脚步，偏偏个个神情都十分沉稳。

乔晚只看了一眼就知道，这些人都是心存死志，从容赴死的。

她不想死，还想活。

想活的人自然不如从容赴死的人拼。

乔晚被逼到了山崖边上，无奈之下只能大喝一声，手上雷电开始炼化。

耀眼的蓝色电光铺天盖地，顺着大地如滔滔洪水般极速蔓延。电蛇狂舞，这修士们都惧怕的闪烁雷电在前，这三十多个死士却没一个后退的。

纵使浑身上下都被劈烂了，被劈焦了，血流如注，面目模糊，他们却眼睛都没眨一下。

乔晚狠，这些人更狠。

乔晚也不好受，身上已经被刀剑砍得没一处好肉。

似乎是觉得三十多个人欺负一个小姑娘有点儿不好意思，为首的那个死士眼里露出了一点儿歉意，但下手反而更果决了。

到这个份儿上了，乔晚还是忍不住苦中作乐地吐槽，这是打算给她个痛快吗？

乔晚喘了一口粗气，体内的骨骼暴涨，刺破肌肤，根根骨刺环绕在身前，企图阻挡其他人继续往前一步。

但骨刺在前，面前这些死士依然没露出退意。

他们眼前一眨不眨地向前进攻着。

"刺——"

骨刺深深地刺入了血肉，他们继续向前。

骨刺刺入了五脏六腑，他们还是向前。

军容整肃，一往无前。

乔晚愣住了，手中招式微微一顿。

就在这一瞬，突破骨刺的其中一个死士抓住空隙，紧紧抱住了乔晚。

对方强忍着痛苦，朝同伴怒吼："快！"

刀光一亮，乔晚和那抱住她的死士，一块儿被刀尖洞穿了腰腹！

拔剑的那个死士脸上毫无犹豫之色，就这么一刀连同乔晚一块儿穿破了自己的同伴的身躯。

"滴答——"

一滴暗红色的血顺着腰腹滚了下来。

刹那间，雷电失去了威力，骨刺没了灵力支撑，寸寸瓦解。

乔晚仰面倒了下来。

她要死了。

哪怕是碰上伽婴那次，她都没这么深刻地察觉到自己死期将近。

到临死之前，她才发现自己原来这么怕死。

远远地，映在眼里的仙宫宛如天上之琼宇。

时间仿佛停滞。

刀尖被拔出，从乔晚体内喷涌而出的鲜血如雨。

残存的那些死士喘了一口气，看着乔晚。

她那双黝黑清明的眼里的神色由不甘一点点变得茫然，瞳孔逐渐涣散，顷刻间，她就没了气息。

一人一瘸一拐地上前，抱起了乔晚，剩下的十多个人对视了一眼。

他们若回去，萧家也没了他们的容身之处。

从人群中又走出了一个人，那人平静地将屠刀对准了自己的同伴，最后抱着乔晚一块儿滚下了山崖。

乔晚其实也曾想过，要是自己哪天不小心"领了盒饭"，会是什么样的死法。

人固有一死，或重于泰山，或轻于鸿毛。

活了四十多年，她还是有点儿热血之心的，希望最理想的死法就是死得其所，死得有价值点儿，为了天下大义英勇牺牲啥的。

但绝不是像现在这样，她无声无息地死在某个秘境里，无人问津，甚至没有人知道她死了。

他们可能认为她还活着，她只是失踪，或者畏罪潜逃，但绝不会想到她已经悄无声息地死了，尸身就在这无人踏足之处日渐腐烂。

这种被遗忘的感觉糟糕极了，似乎又让她想到了曾经还没下山的时光。

她不想死。

眼前是一片模糊的黑暗景象，她好像被困在了这无尽的黑暗之中，进不得，退不得。

原来这就是死吗？乔晚愣愣地想。

不是每个修士都有那缘分成为鬼修，像她这样的人，或许就是真的死了吧？

本来乔晚还以为面前这片黑暗只是暂时的，用不了多久，指不定就会有什么黑白无常出现带走她。

她从一开始不接受自己已经死亡的事实，号啕大哭，到现在已经木然，静静地等了很久，都没等到黑白无常、死神这种生物出现。

难不成黑白无常又把她给忘了？乔晚默默地想。

然后她又等了不知道几天几夜，眼前还是那片黑暗场景。

再等下去，乔晚觉得自己就快疯了，没幽闭恐惧症都得憋出这个病来。

又不知道过了多久,眼前这片黑暗终于出现了转机,不知从哪儿露出了一线光,照亮了这片黑暗空间,光线很暗淡,却很温暖,好像在牵引着迷路的亡魂。

乔晚茫然地抬脚跟上了这缕光线,一直走,一直走,渐渐地,这缕光越来越亮,洁白、温暖、柔和的光线几乎将这整个黑暗的空间都占据了,在她前方出现了一条阳光铺就的甬道。

在那甬道尽头好像传来了一个温和的男性嗓音。

他在说:"阿晚,对不住,是阿爹对不住你。"

她现在哪儿来的爹?乔晚有些蒙地想。

她爹就俩,一个被"天降正义",还有一个就是那所谓的魔域战神苏不惑了。

不过虽然人人都说她是魔域帝姬,她依然对这身份没什么实感。

但这嗓音太温柔了,她迫切地想要见到人。不论这人是谁,哪怕这人是凤妄言,她都乐意和他把臂言欢。

于是,乔晚义无反顾地跟着这个嗓音继续往前,终于在阳光尽头看到了模糊的身影。

那人穿着一身很朴素的,洗得有点儿发白的青袍,乌发很长,束成了一个低马尾垂在肩头。

这身影很高大,看着还有点儿眼熟。

似乎是察觉到了他身后的脚步声,男人停下了脚步,好像耐心地在等着她跟上。

乔晚跟了上去。

男人这才领着她继续往前走,无声,浑身却透着一股难言的温柔气息。

男人走过了长长的甬道,突然消失了。

乔晚正想请这位前辈等一等,冷不防脚下一空,瞬间"咕噜噜"滚了下去。

失重的感觉突然袭来,乔晚猛然睁开了眼!

她一睁眼,目光就撞上了一张熟悉的脸。

这是个看上去三十岁上下的中年男人,温和俊秀的眉眼,颌下生着淡青色的胡茬,戴着白金链子的单片眼镜,镜片下的眼正温和又包容地注视着她,像是阳光洒落在身上一样,暖洋洋的。

这……这是?

乔晚蒙了半秒,意识猛然回笼,心念电转间,已经失声喊了出来。

"孟……山长?!"

这不是之前她在那间棋室里看到的不平书院的孟广泽山长吗?!

难道说由于她太废,还没带着不平书院走向伟大时代就直接"领了便当",这位山长前辈来找她算账了?

但这位山长前辈看她的眼神有点儿不一样,那温和沧桑的眼里好像含着点儿其他的感情。

"不……这位前辈，你为啥要这么深情脉脉地看着我？"

男人好像沉默了很久，又好像只有一瞬，脸上终于露出了点儿包容而又无奈的微笑，轻轻喊了一声："晚儿，你醒了？身上的伤怎么样？还疼吗？"

"晚儿。"在乔晚震惊的目光之下，这位孟广泽前辈莞尔，露出个有点儿无奈，看上去柔和没脾气，又很好欺负的笑容，"你放心，我是你爹。"

"我是你爹，"男人想了想，补充了一句，"既是孟广泽，也是梅元白，还是苏不惑。"

乔晚有点儿茫然地抬起眼。

这个时候，乔晚终于意识到了，自己或许……并没有死。

四周不再是那片纯黑的空间了，她如今正躺在崖下的深潭边，飞瀑悬挂，飞珠溅玉，阳光晒在身上，很温暖。

比起自己没死这个事实，更让乔晚震惊的是这位传说中的孟广泽前辈出现在她面前，对她说：我是你爹。

回过神来后，乔晚瞬间惊悚。这是什么操作？！

她没死？

而这位孟前辈还劈头盖脸地直接来了句"我是你爹"？

"你是……我爹？"乔晚愣愣地复述了一遍，一个"爹"字在喉咙里转了一圈儿，没好意思说出口，最后还是换成了个"前辈"，"前辈……你……你没死？"

男人身躯很高大，肌肤带有温暖的血色，看上去不像是一个亡魂该有的样子，没有任何死气。

"算不上死，也算不上活着。"这位自称她爹苏不惑的不平书院山长孟广泽露出个柔和的笑容，"只是临死前一缕神识寄生在了你的识海里。"

"这几十年来，你一直觉得困惑吧？"孟广泽温和地说，"存不住灵气，修为寸步不前。阿晚，我要跟你道歉。"

"这些年来我的神魂受困于你的识海里，由于神识受损严重，不得不吸收你的灵气化为自己所用。直到今天，机缘巧合之下，我才总算能脱出识海，与你相见。"

这不就是传说中的识海里有个老爷爷吗？

那之前她存不住灵气，总是听到若有若无的声音，其实就是因为孟广泽，也就是她爹苏不惑？

"是……"乔晚惊慌失措，顿了顿，又茫然地问，"前辈你救了我？"

或许在地府门前绕了一圈儿，乔晚的思绪难得比之前清醒了不少。在这话说出口的刹那，之前那些模糊的线索，在这位本该死去的孟广泽山长出现的同时，就已经串联了起来。

为什么李判当初会救她这个陌生的后辈，为什么要悉心栽培她，让她当山长，如今好像都有了解答。

这一切都是因为她是孟广泽的后人。

面前这个男人是自己的爹？

看着面前这个修眉润目的中年男人，乔晚反倒生出了点儿紧张和不自在的情绪。

一是因为面前的男人太年轻了，除了眼角细纹能看出些年龄，他年轻得仿佛不像是已为人父。

如果他真是苏不惑，这就代表着对魔域，甚至是修真界而言的那个辉煌的传说人物站在了自己面前。

和想象中战无不胜的辉煌战神不一样，她面前的男人看上去就像一个再普通落拓不过的儒修、夫子，温厚宽容。

乔晚发自内心地觉得压力很大，无法面对，不敢直视这人。

至于第二个原因，也是最重要的原因——如果孟广泽真是她爹的话……

"多谢前辈救命之恩。"

乔晚抬眼看向面前的男人，突然做出了一个让孟广泽微感惊讶的动作。

她抬起伤重的身子，朝他跪了下来，嗓音艰涩地说："但我或许不是您的女儿。"

听到这话，男人脸上的惊讶之色反倒尽数收敛了，他依旧温和地看着她，那目光醇和得如同陈年的老酒。

乔晚顿了顿，不敢去看男人的反应，嗓音有点儿僵硬："您女儿的身体或许被我占据了。"

四十多年来，这还是她第一次对外说出这个秘密。

如果她面前的这位前辈真的是她爹，那也不是她乔晚的爹，而是原主的父亲。

她没有办法心安理得地占据对方的女儿的身体，还享受着这位父亲的关怀。

但她没想到这位前辈笑了起来，他笑起来时，眼角有很淡的细纹堆在了一起。

他看上去真的很年轻，好像只有三十岁上下，但这双眼里好像沉淀了血和硝烟，通通又归入平静和沉寂，只有眼角的皱纹才依稀透露，他已经活了很久很久，眉目被风霜柔和，被岁月雕琢。

"我知道。"孟广泽好似浑不在意地抬起了手。

温暖而宽厚的手掌落在了她的发顶上，他的嘴角浮出了点儿微笑，眼里流露出了点儿怀念之色。

"你并非我所生，只是我在多年征战中无意间遇到的漂泊的异世孤魂。"

乔晚震惊地睁大了眼。

"这孤魂不属于这个世界，于是，我救下了这孤魂，悉心培育，用自己的血肉

为她打造了一副肉身。这就是你。"

那个……漂泊的异世界的孤魂就是她？

但男人好像没打算继续说下去了，只是看着她，将四肢僵硬的乔晚纳入了怀中。

"我想，这个时候你或许需要一个拥抱。阿爹想说，没事了，这么多年委屈你了。"

置身于男人温暖的怀抱中，乔晚瞬间僵硬："多……多谢前辈。"

嗓音却不受控制地哑了。

她知道这一切来得太突然了，甚至无法接受这男人就是自己的爹。

她想象中的爹不是这样的，她真正的爹，或者说，她爸，应该就是个普通的中年男人，或许还有啤酒肚，每天晚上在小区楼下遛狗。

她没有办法将面前这个男人视作她爸，但当被人揽入怀中，依靠在男人宽阔的肩头上的时候，她还是忍不住哽咽了。

在被一剑捅穿腰腹的时候，她的确在祈求，希望能有个人来救救她。

妙法前辈、马前辈、李判前辈、伽婴、大师兄……甚至是……周衍，但在这片死寂的黑暗空间中，没有任何一个人，她终于绝望了。

"这与前辈无关，只是晚辈……没用。"

孟广泽眼睁睁地看着这个一看就格外凶残不好惹的姑娘，将脸埋了下来，脸上还没什么表情，但眼里两行热泪顿时滚了下来。

这是活着的感觉，活着的感觉实在是太好了。

少女身上还带着血痂，半张骨面不知道什么时候已经遗落，露出狰狞的面目。

到了这个份儿上她还不忘客套。

孟广泽看了她一眼，唇间忍不住溢出了怜惜又无奈的叹息声，轻轻拍了拍乔晚还僵硬的脊背。

"你不必说谢，阿晚，你是我的女儿，做父母的，并不会因为女儿聪明或是不聪明，有用或是没用，而改变自己的态度。因为你是我的孩子，我的血脉，所以我会无条件地爱你。"

"当初我救了个漂泊的魂魄，我没有家人，你是唯一能抚慰我孤寂灵魂的家人，是我的希望、我的光明。"

"晚儿，你不必害怕，不必担忧，你就是阿爹的女儿，是生命赠予我的礼物，是我独一无二的公主。"

乔晚不记得自己在孟广泽的怀里掉了多少泪，只是抬起脸的时候，男人胸前的衣襟都叫她哭湿了。她不由得有些尴尬地红了脸，唇瓣嗫嚅了两下："前……前辈，抱歉。"

至于"爹"这个称呼，她还是喊不出口。

知道乔晚并没有把他当成阿爹看待，孟广泽并未介怀。

他只是像海一样包容了她。

"前辈，"乔晚稳定了心神，张了张嘴，"您……您能再详细说说这中间发生的事吗？"

孟广泽莞尔，却不回答，只是向她招了招手，示意她把脸凑过去。

当手掌落在额头上的刹那，无数回忆如同潮水般涌入脑海，不断分崩离析，又合为一体，最终合成了"魔域战神"苏不惑的一生。

在这回忆里，有一个少年出身魔域，自小就没有家人，后来机缘巧合之下，被魔域梅氏大族收养，起了个名字叫梅元白，与梅康平一起学习，一起修炼，一起长大，终于长成了个英姿勃发的青年。

在成年后，青年终于找到了自己的本名，他叫苏不惑。

在梅家，他受到的教育都是为了魔域而战，为了魔域的荣耀哪怕牺牲自己的生命也在所不辞。青年一开始也是这么想的。他以本名苏不惑替魔域南征北战，开疆拓土，由于在战场上战无不胜的表现，魔域上下，甚至修真界的人都尊崇他为"魔域战神"。

在强者为尊的魔域里，他甚至被当时的魔域帝尊——始元帝尊钦点为继任魔尊，赐封与始元帝尊平起平坐的"一字并肩王"之称。

在那之后，梅康平辅佐内政，他在外替魔域征战，一文一武，共创太平。

但在这经年累月的杀伐中，没人察觉到，青年累了。

倘若他一开始征战是为了保卫魔域，那后来呢？那无尽的扩张、死去的同袍和手无寸铁的平民，简直就像一场为了满足个人野心的毫无意义的牺牲。

在这喧嚣的荣耀之下，他只觉得孤独。他受够了这样的生活，受够了就算修为再深，也无法拯救一个个死在自己面前的同袍的无力感。

人们都以为英雄就该属于战场，就该在战场上为魔域的荣耀而搏杀，但没有人生来就该属于这片地狱。

在乔晚看来就是这位传说中的"魔域战神"，萌生了反战的思想。

在某一次刚刚结束了对一座城池的屠戮之后，他捡到了一个来自异世界的孤魂。

这孤魂对他而言，无异于溺水者终于将头探出水面呼吸的一口气。他耐心地养着她，悉心培育她，不惜用自己的血肉为她打造了一副身躯，由衷地萌生了一股为人父的温和爱意。

但这孤魂的到来，也促使他愈加痛苦，反思这场战争的意义。

青年叛逃了。

这个魔域的骄傲存在叛逃了。

魔域上下找了他很久都没有找到他，最终宣布他在某场战役中失踪。

青年隐姓埋名，四处游历，在这过程中接触到了不少以自己的脚步丈量天下的儒修，也碰见了李判。那时候李判正在探索救亡修真界的道路，主张政治与道德分离，防止血缘世家贵族把持专政。

这些志同道合的好友，一起创办了太平书院，而苏不惑最终改名叫孟广泽，意为"泽被天下"，走上了自我救赎的道路。

他要还天下清平。

很快，在这连年兵燹之中，修真界终于找到了对付魔域的办法，决心封印始元帝尊。

想要封印始元帝尊并不容易，首先他们要将他引至阵眼。始元帝尊太强了，他们想要把他引至阵眼就需要人命来填。

为了这场最终大战，各家各派都付出了惨痛的代价，太平书院去了三千三百八十二名少男少女。

而青年知道，该是自己牺牲的时候了。在出发前，他找到了自己曾经救下的一个乔姓凡人，将女儿封印，自己埋了点儿神识在她的脑海中，将自己毕生所学也全都埋藏在了她的体内，平静地前往了魔域。

最后他牺牲了自己，让自己成了这道封印中的一部分，一同镇压了始元帝尊。

这就是孟广泽的一生。

而这位乔姓凡人甚至不是她那位便宜爹，实际上，那是乔家的祖先。几百年来，乔家的人一代又一代地照顾着这个魔域的遗孤，只为了偿还百年前的那份恩情。

直到几十年前，这个"传家宝"被传到乔大手上时，被封印的魔族遗孤终于苏醒，乔大替她起名乔晚。

乔晚被这回忆震撼，顿了好久，这才慢慢地回过神来，下意识地看了面前的男人一眼。

男人温和地朝她点了点头："可看清楚了？"

他就这样毫无遮掩地将自己的记忆通通暴露在了她面前。

"抱歉，阿晚，"孟广泽轻轻地叹了一口气，"是阿爹对不住你。"

乔晚摇了摇头，面对这么一位值得尊重的……呃……国际共产主义战士，她内心生不出一丝责怪之意，去责怪他把自己留在大宁村，浑浑噩噩地险些活成了一个糊涂的村妇。

她只有发自内心的敬重感。

"前辈……你做得已经足够了。"

孟广泽笑了，笑容无奈又愧疚，干燥温暖的掌心轻轻摩挲着她的发顶："你重伤未愈，我不该向你说这么多，理应先让你好好休息才是。"

说完，他似乎看出了她不自在，不欲多打扰她，体贴地留给了她一个人独处的时间。

乔晚顿了顿，犹豫了一下，还是轻轻地拽住了孟广泽的衣摆。

孟广泽好脾气地转过身，在男人鼓励而温和的视线中，乔晚张了张嘴，低下了头，不好意思道："晚辈……晚辈很高兴，能有前辈这么一位……父亲。"

"我也很高兴，阿晚。"孟广泽笑道，眼角的皱纹一点点地舒展开，"我很高兴，我的女儿能长成这样优秀的少年。"

男人的眼睛就像大海，深沉而包容，此刻他一笑，眼里仿佛落了漫天的星子，荡漾着并不耀眼的温和星光。

对上这双慈爱的眼，乔晚张了张嘴，脸上忍不住越烧越红。

不管对方是不是她爹，能遇到这么一位长辈，她都……好……好高兴。

昆山不远处的游仙镇上，华灯初上，行走在灯影之中，一身青色衣袍、面容冷艳锋锐的尊者脚步顿了顿，不动内心此时也猛地停跳了一拍。

妙法尊者难得神色微微一怔。

当初他留在乔晚的识海内的刻印散了。

"尊者？"眼见妙法尊者突然停下脚步，济慈微微一愣。

这回尊者亲身上昆山，为的倒不是同修会，而是调查鬼市异象。这才刚来到游仙镇上，尊者的脸色怎么会变化至此？

"回去。"妙法尊者面色遽变，轻喝一声，立刻掉转了方向，"去秘境！"

妙法尊者穿梭在灯市中，薄唇紧抿，威严的脸上神色难看，变幻不定。

他留下的这刻印，就算是妖皇伽婴付诸全力一击，也不至于将其击散，但就在方才，他与乔晚之间的联系断了。

除非还有一种可能，但这一种可能……

妙法尊者脸色一僵，骨节分明的手指攥紧了。

乔晚身死道销。

"尊者？"济慈茫然地跟上。

妙法尊者脚步不停，嗓音沉而冷："乔晚出事了。"

就这短短五个字，让济慈心里"咯噔"了一声。

他再一看尊者这神情不似作伪，当下也不敢再耽搁，赶紧快步追了上去。

本来这秘境压根不需要妙法尊者这级别的人过去，各家大佬也只在第一天露个面，捧个场，等弟子们进了秘境之后，再留下几个长老看看，自己该干吗干吗去。

萧景洲出事，那纯属意外。

但尊者一来，留守在秘境外的各家长老微微一愣，根本没想到妙法尊者会

亲临。

"尊者怎么来了？"

妙法尊者威严而凌厉，他与各家长老礼貌地打过招呼之后，这才开口："敢问诸位长老这秘境中可有危险？"

"这秘境各家弟子事先都是进去探查过的，"玄中长老微微一愣，回道，"照理说是没危险的。"

陆辟寒冷声说："但就在刚刚，众人发现联络不上秘境里的弟子，四处传送阵，三处都无故失效。尊者来这儿，难道也是为了这事？"

妙法尊者沉默了一瞬，蹙眉颔首："实不相瞒，我有一位小友在这秘境中失踪了。"

"尊者的小友是谁？"

小友？

妙法尊者这么凶残的"大杀器"竟然还有小友？是哪家小辈心这么大，竟然能和尊者称友？

尊者微垂凤眸，似在思量玄中长老说的话，唇瓣中淡淡地吐出了两个字："乔晚。"

瞬间，四座皆惊！

乔晚？！

陆辟寒愣了愣。

就算妙法尊者说出个"萧绥"，其他人都没这么震惊，乔晚还没摆脱纯魔的身份呢，什么时候和这位据说向来不假辞色的大光明殿尊者扯上了关系？！

"尊者是说乔晚出事了？"云烟仙府的掌门公孙冰姿心里"咯噔"一声，连忙追问道。

"我曾在她的识海中留下一枚刻印。就在刚刚刻印散了。"

萧焕也算守信，拿到剑谱之后，与陆家、昆山默契地守住了萧景洲是乔晚"杀"死的这个秘密。

但在座的人都不是刚迈上修为大道的毛头小子，略一思索，就明白了事情的严重性，纷纷变了脸色。

"我这就去加派人手。"公孙冰姿的脸色变了又变，低头略一思索后，她立刻向左右下了命令。

察觉到这秘境或许有他们之前未曾发觉的古怪之处，各家长老也都有点儿担忧了。

但秘境而已，在这秘境里的都是各家精英弟子，哪个不是下了成百上千次秘境，不至于连这秘境都对付不了。

不过妙法尊者的刻印都被击散了。

玄中长老迟疑地看了陆辟寒一眼。

152

就在刚刚，男人突然沉默了下来。

太迟了……玄中心中喟叹。

刻印一散，乔晚恐怕已经凶多吉少。

恐怕这位妙法尊者自己也知道，太迟了……

而就在前不久，他还委婉地拒绝过这姑娘的一片赤诚之心，给了她难堪。

妙法尊者微微阖眸，尽量不去多想。

玄中长老唇瓣略微一动。

陆辟寒静静地站在原地，衣袂未动，宛如一尊沉默的雕像。

阳光落在他身上，耀眼得让他有些晃神，但他竟然也觉得冷。多少次在病痛折磨之下，于午夜梦回之时，他都没觉得这么冷过，甚至当初跌坐在陆家废墟面前，冷雨落下之时，他都没这么冷过。

这冷，渗入骨缝，冷得陆辟寒心寒。

一个人能侥幸死里逃生几次？

乔晚能活下来的希望太渺茫了。

玄中惊讶地看见，这个素来冷傲的后辈此刻连眼睛都微微红了。

但陆辟寒终究什么也没说，也没落下一滴眼泪，只是弯下腰剧烈地咳嗽了起来，仿佛要把肺血淋淋地咳出来，画面触目惊心。

玄中长老本来还想安慰点儿什么话，临到头却又不知道说什么好，陆辟寒这个生性冷傲自持的后辈也不需要他安慰。

很快，陆辟寒就站起了身，用袖子里常年备着的手帕擦干净了嘴角的血，嗓音沉沉地向玄中请示："弟子想去秘境里探一探，望长老恩准。"

这回下秘境，按理说陆辟寒也是要去的，但他身子骨不好，众人一合计，到底没舍得让他去。如今陆辟寒死了师妹在前，主动请示要下秘境，各家长老便不好意思继续拦着了。

云烟仙府的掌门公孙冰姿神情复杂地叹了一口气："你去吧，这秘境里古怪，你多加小心。"

没想到就在陆辟寒迈步欲走的时候，北方不远处那传送阵前突然荡起了一阵灵力波动。

守在传送阵前的弟子惊叫出声："有人！有人出来了！"

妙法尊者、玄中、公孙冰姿等人俱是神情一震。

公孙冰姿立刻快步走了过去。

法阵一亮，出现在法阵中央的却是一个众人都熟悉的面孔。

白珊湖！

少女一身血，护着身后几个同样浑身血淋淋的、面色疲倦而惶恐的崇德弟子。

目光瞥见公孙冰姿，白珊湖立刻走上前来行礼，就是脸色难看到了极点。

好不容易见着眼熟的弟子出来，公孙冰姿当然不可能让她行礼，立刻上前一步，伸手把白珊湖给扶了起来。

"珊湖，其他人呢？你在这里面可曾见到过？"

玄中长老惊讶地问："这里面出了什么事？怎么就你们几个出来了？"

少女眉眼间含了点儿冷冷的戾气，她紧皱着眉，如今见到诸位长老，眉间的戾气收了点儿，也不再计较这些虚礼，面沉如水地立刻禀报这里面的情况。

原来一进入秘境，他们几个崇德弟子就被分到了一起，起初倒也没出什么岔子，但是走了一段路后，就察觉出不对劲儿来了。

之后她掩护这些同门弟子杀出了秘境，而孟沧浪和齐非道留在了秘境里，去寻找失落的崇德弟子。

妙法尊者脸色难看，微一思索，确认道："你说在这秘境里，会无缘无故地受到袭击？"

"这不对啊，"玄中纳闷，"事先就派弟子进去探查过，那时候也没出岔子。"

往好了想，是这仙宫秘境里还有什么他们未曾探查到的玄妙所在；往坏了想，所有人心头一动，脸色不约而同地都有点儿僵硬。

这是个阴谋？

在场的全是大老爷们儿，唯独公孙冰姿细心一点儿，眼见白珊湖神情略显疲倦，轻轻地拍了拍少女纤细的肩膀。

"辛苦你了，待会儿去岑夫人那儿先检查检查伤势，好好休息吧。"

或许是顾及身后这一批疲倦的同门师弟师妹，白珊湖出乎意料地没有拒绝，在昆山暗部弟子的引导之下，往营帐的方向去了。

不过到了营帐前，白珊湖没进去。

"师姐？"崇德师妹惊讶地睁大了眼问，"你不进去吗？"

白珊湖摇了摇头："我不进去了，你带着其他师弟师妹先进去吧。"

少女从披帛中抽出了一把细长的剑，剑身犹如水波潋滟，缠绕珊瑚。

少女持着剑往另一个方向走去，崇德古苑的小师妹有点儿蒙。

白珊湖师姐身上还带着血呢，这是往哪儿去啊？

白珊湖一路走到了萧家的营地，这才停下来，请萧家的护卫代为通传："我找萧焕。"

萧家护卫一眼就认出了眼前这姿容绝色的少女是萧焕青梅竹马长大的白家小姐，心里一凛，不敢松懈，立刻进了营帐。

过了一会儿，萧家护卫走了出来，看着白珊湖面露难色："白……仙子，老家主刚刚陨落，少主如今正代为处理萧家事务，分身乏术，一时走不开来见您。少主让我和您说，请您见谅，等明天必定亲自拜访。"

白珊湖静静地看着他，少女那冷淡乌黑的眼里如同映了一丝金光，衬着鬓角的乌发，显得尊贵而冷淡。

"他不肯见我是吗？"

在萧家护卫震惊的目光之下，这位照海仙子竟然直接越过了他，果断地进了营帐！

"白仙子！您等等！欸！"

晚了。

白珊湖已经进了营帐，目光也落在了端坐在主位上的萧焕身上。

萧焕微微侧目，面露讶然之色，旋即嗓音轻柔地问："珊湖？"

他又使了一个眼神示意护卫退下。

见到萧焕之后，白珊湖没再往前多迈出一步，垂袖冷冷地站在原地。

"方凌青呢？"

萧焕无言以对，没想到白珊湖长驱直入，问的就是方凌青的消息。

白珊湖看着萧焕，沾了血的披帛垂落在地上。

一进秘境之后，方凌青就跟他们失散了，就在刚刚，她才从其他人口中得知萧家家主萧景洲和萧家少主萧绥死了，昆山的那个乔晚也死了，乔晚死之前似乎就和方凌青待在一块儿。

白珊湖聪明，也了解萧焕。

她和萧焕自幼一起长大，没有人比她更了解，也更清楚萧焕的为人。

略一思忖，她立刻就明白过来，这事一定和萧焕脱不了干系。

白珊湖不闪也不避，就这么看着萧焕，看得萧焕酝酿的话，突然梗在了嗓子里，一时间上不来也下不去。

他能使尽手段卑鄙地欺瞒所有人，却无法在对上白珊湖那冷淡的眼时欺瞒她。

倒并不是因为"爱"，而是白珊湖太干净了，她是那种愿意用自己的一捧热血换人间一片无垢雪白的人。

他和白珊湖并非同路人，这个时候对上白珊湖的目光，萧焕心里忍不住苦笑。

她只会让他觉得他这个先杀弟弟后弑父的人满手血腥。

成大事者必须心狠，但他还是个人，杀了人也会有愧意，也会有负罪感，也会觉得对不起阿绥。若非萧景洲逼他至此，谁不愿意做个干干净净的好人？

对上白珊湖的目光，萧焕微微一怔，有点儿狼狈地移开了视线："珊湖……"

白珊湖平静地问："方凌青是死还是活？"

萧焕又默了片刻，嗓音干涩地说："方道友如今人在秘境里……恐怕已是凶多吉少。"

在下手之前，他早就预料过了他和白珊湖会形同陌路，这点儿少年情愫也动摇不了他的决心。

话说出口后，萧焕反倒觉得心中一空，轻松了不少，甚至又能露出虚伪的关切表情，柔声说道："珊湖你受伤了。"他抬起手，"我这就叫人……"

　　"不用了。"白珊湖直接打断了他的话。

　　萧焕静静地看着她，她就站在离他几步远的地方。

　　"萧焕，"袖中的手微不可察地攥紧了点儿，少女身形微微一晃，脸色有点儿泛白，"我明白了。"

　　虽说是崇德古苑的大师姐，前脚才护着同门弟子从秘境里杀出了一条血路，但白珊湖终归年纪不大，还是个晚辈，亲眼得证童年好友的背叛行为，当然也会失望，也会心寒。

　　其实她早就预料她会和萧焕走上如今这一步。

　　小时候，她和萧焕关系倒不错，但到后来，萧焕性格初露端倪，她自觉她和萧焕不是同路人，又察觉到萧焕心里那隐秘的感情之后，干脆有意回避了他。

　　虽然这么多年下来，白珊湖都有意识地避免了和萧焕多接触，内心却还是希望她这位童年好友能有施展自己能力的一天，但绝不是像现在这样。

　　"萧焕，"白珊湖平静地拿起了手上这把剑，"你知道这些年下来我为什么有意避着你吗？"

　　萧焕像是被人扼住了喉咙，沉默了，看着白珊湖眼睛都没眨一下，毫不犹豫，果决而狠厉地将袖袍一角割了下来。

　　"我知道，一个人若想成大事，野心与手段无一或缺。"白珊湖沉声说道，人能用手段，但不能卑鄙。

　　"你有自己的野心，这很好，但这不妨碍你对方凌青、对萧绥做的这一切，让我觉得恶心。"

　　就在白珊湖带着一部分崇德弟子冲出秘境后不久，各家派了弟子再度进入秘境探查救人。

　　所有还在秘境里，通信暂时没受到影响的弟子，都收到了玉牌上发来的消息。

　　消息很不稳定，玉牌上的字模糊不清。

　　"秘境有古怪，还在秘境中的弟子务必前往北方传送阵，速速撤出。路上有人接应。"

　　末尾三个大字"急急急"，表达出了传令者迫切的心情。

　　下一秒，这消息就断了，过了一会儿，玉牌上重新浮现了几行字。

　　　　如今已知牺牲人数：
　　　　昆山：乔晚！
　　　　崇德古苑：方凌青！

善道书院：……

若其上有失踪同门，不必再费心找寻。

速回，速回，速回。

"啊！"

一声惊叫声响起。

甘南看着手上的玉牌，浑身一震，面色苍白，难以置信地盯紧了这玉简上的字。

乔晚？

乔晚妹子死了？！

少年忍不住张大了嘴，嗓音干涩地举起玉牌，看向了正向这边走来的另一个眉目艳丽的少年。

"裴……裴道友……"

他要不要说晚儿妹子的死讯？

甘南思绪很乱，一向不缺水的小白龙，干涩的嗓子里好像渗出了一点儿腥甜味道。

对一个傻白甜的妖修而言，朋友的离去简直就像是一场梦。

就在甘南犹疑间，少年已经走了过来。不巧的是，甘南忘了，裴春争身上也有玉牌，而玉牌也跟着响了。

在目光触及手上的玉牌的刹那，裴春争立刻没绷住，姿容秀丽的脸上神色愣了愣。

甘南的嗓音听着有点儿沙哑："裴道友，玉牌上是这么说的。我……我与晚儿妹子结的契好像也没了反应。"

找不到了，不论青年多么慌乱，想要找到龙鳞之契下乔晚的反应，都是一片空白。

甘南抬起眼，却发觉裴春争僵在了原地，一动没动。

这十多天来裴春争有意避着乔晚，没见她一面，究其原因还是穆笑笑。

这十多天来裴春争也在想，他对乔晚究竟是什么感情？

他对笑笑的感情，或许并非他想象中的那样，是男女之情，或许也有些情动与依恋，但真正让他爱上的人……是乔晚。

喜怒哀乐皆系于一人，他会为了乔晚而愤怒、多疑、失魂落魄，更重要的是忌妒，对她还有着浓厚的占有欲。

这让裴春争觉得惊疑又羞怒。

于是裴春争茫然了，惊疑不定地想：他怎么可能会爱上乔晚？

停云山那一抱,他真的爱上了乔晚。

少年紧紧地攥住了手上的玉牌,心里渐渐浮现一种不可知的茫然和无措情绪。

他也曾答应穆笑笑要保护她,君子一诺,驷马难追。他承认他爱上了乔晚,却又无法从此之后对笑笑置之不理。在这两方争夺之下,第一次触碰情爱的少年第一次蒙了。

三心二意,本已算卑鄙,裴春争攥紧了拳,难堪地想,倘若自己再背信弃义,那算个什么东西?

魔虽然自私、虚伪、自大……拥有任何凡人觉得负面的东西,但魔修不卑鄙。

他是选择笑笑还是乔晚?在这两者中间,他选择了遵守自己的承诺,保护穆笑笑。

听闻穆笑笑出了那事之后,他更是有意避着乔晚一直到现在。

现在这玉牌却告诉他,乔晚死了?

不可能。

这是裴春争的第一个反应,少年皱起眉,果断地说道:"乔晚不可能死在这个秘境里。"

"但……但是。"甘南嗓音沙哑,眼圈忍不住红了,"我身上的龙鳞之契已经没了。"

有时候,世事就是如此莫测。

疾病与死亡,往往会在不经意间将人砸个晕头转向。

"裴道友,你不相信,是因为你觉得晚儿妹子坚韧不屈,不论多少次陷入困境,总有办法脱险。"青年嗓音哽咽了,身子微微颤抖着,"但裴道友你也看到了,这秘境危机四伏,退去这些旁人加上的'坚韧''不屈',晚儿妹子也只是个普通的姑娘啊。"

都是他这个兄长没用。

青年的身躯其实要比少年身形的裴春争高大一些,此时缩成了个团,柔软的白发垂落在脸侧,眼泪不争气地掉了下来。

所以他才想保护晚儿妹子的。虽然他们都嘲笑他是个废物没错,但废物也有自己想保护的人。

因为他知道,除了他,他们都没将乔晚当成个妹子看了。

少年的呼吸蓦地顿住了,秀丽的脸上惨白一片,他脸色难看地呆愣在了原地。

他遵守了承诺,决心保护笑笑。

笑笑与乔晚不一样,笑笑娇气柔弱,但乔晚也是个普通、和笑笑一样,需要人保护的姑娘吗?

玉牌刚下达信息的那一瞬,各宗门分别派出了一拨留守的弟子,在秘境前列队，准备出发。

这回领队的是马怀真。

男人脸色冷如冰霜。

太迟了，妙法尊者留下的刻印已散，他们想要救回乔晚也已经太迟了。当下，他们是要尽量把还在秘境里的各家弟子给找回来。

眼看着面前这些弟子都已经准备妥当，马怀真抬手喊了句"出发"。

突然之间——

面前这唯一一个传送阵发出"刺啦"一声响，光芒灭了，将半只脚已经跨进秘境的弟子又给挡了回来。

"怎么回事？！"

"传送阵灭了？！"

队伍立刻不安地骚动了起来。

传送阵怎么会灭？！

马怀真死死地盯紧了面前的传送阵，面沉如水，抬眼冷喝："都给老子安静！"

意识到这位煞神的确是发飙了，连脏字都飙了出来，各支援弟子纷纷噤声。

"昆山的陆辟寒之前已经带了一支队伍进入秘境。"马怀真扭头吩咐身边的袁六，"其余人就先在这儿等着，保持好和陆辟寒一行人的联系。至于法阵，这就安排法修弟子前来检修，重新布置。"

"在法阵被维修好之前，任何人不得擅自接触秘境。"男人脸色森寒地说道，"胆敢违抗命令者，暗部弟子捅就完事了，捅死算我的！"

抛下这么一句霸气侧漏的话之后，在众人畏惧的视线下，马怀真冷冷地转动轮椅，转身去和公孙冰姿等一干宗门长老商议这秘境解决办法。

"那现在怎么办哪？其他人还被困在秘境里呢。"

"这位道友，我的师弟、师妹全在里面，你以为我不急吗？"

"昆山乔晚和马堂主私交甚密，你以为马堂主心里舒服吗？"

如今之计，他们只有先等着了，等着看秘境里的弟子能不能找到突破秘境的法门。

而陆辟寒带队进入的弟子，起先只是察觉到身后突然传来了点儿动静，往回一看，却安静得十分吊诡，什么东西也没有。

这秘境已经暴露出了诡异之处，昆山这位陆师兄事先叮嘱了，任何感到不对劲儿之处都不要放过，哪怕只是说不清道不明的"感受"。

有时候，这说不清道不明的"感受"往往就是修士敏锐的"直觉"。

这么想着，昆山的弟子忍不住快步走到了陆辟寒身边："大师兄，我觉得好像不对劲儿。"

陆辟寒看了他一眼，停下了脚步："哪里不对劲儿？"

昆山弟子低声说："后面。"

他说的就是他们来的方向。

陆辟寒看着他，抬手吩咐另外几个弟子回去探查，没一会儿，那两个弟子就回来了，神情都十分惊恐。

"师兄，传送法阵不见了。"

那马堂主带着的援军……没进来吗？

"师兄，现在还往前走吗？"

陆辟寒垂眼冷声说道："后路已被断，如今我们只能继续出发，全力向前。"

没了后路，这几十个先发弟子只能在陆辟寒的带领下，一路往仙宫的方向行去。

走到半路，其中一个陆家的弟子停下了脚步，失声道："陆族兄！这……这儿有血，还有尸体。"

这里不止一个人的尸体，不知道下手的人用了什么功法，这些尸体浑身焦黑，让人早已看不出容貌和本来的衣着。

陆辟寒快步上前，一眼就从这一片焦黑的尸体中翻出了一片粉色的衣角。

这片衣角他很眼熟。

这是乔晚的衣服。

陆辟寒缓缓地攥紧了手中的衣角。

身后的弟子茫然无措地看着男人再度弯下腰，撕心裂肺地咳嗽了起来。

咳了很久很久后，陆辟寒才直起身，嗓音冷冷的，收敛了所有情绪："继续出发。"

或许杀了乔晚的人，就在前方不远处。

这……这不是方凌青吗？！

看着面前浮在半空中的少年，郁行之惊骇地瞪大了眼。

少年身上还穿着崇德古苑那身青袍，袍角攀着些桃花，乌黑的青丝用发簪整齐地束在脑后，显得有些清俊、雅正。

这不是和陆辟仙混在一块儿的那个崇德古苑的坑货吗？！

郁行之心里一沉。除却赶尸门和白骨观的驭尸术，据说魔域有种邪门的功法，能将人制成活生生的傀儡，再将人的生魂拘禁于傀儡之中。

这种傀儡虽说生魂尚存，但意识被压制了，只能沦为傀儡师手下的行尸。

而面前的方凌青，明显是已经被改造过了！他除了脑袋还是自己的，身体早就被改造成了一个活生生的杀人机器。

从前的方凌青，那就是个脑子有坑的青年，被改造过后，修为和身体素质简直有了质一般的飞跃和提升，各种雷系、火系、水系法术信手拈来，灵丝如天罗地网，简直吊打郁行之。

郁行之一边要护着王如意，一边疲于奔命，几欲吐血。

顾及着之前好歹有同舟共济的情谊，郁行之也不敢下重手，毕竟方凌青的生魂还在，万一还有救呢？他要是下重手，一不小心把对方给拆了⋯⋯

行吧，反正他也打不过对方。

郁行之拽着王如意往地上扑去，躲过一团扑面而来的火球。

郁行之正松了一口气，突然间，还在数丈之外的少年竟然如鬼魅一般缩地成寸，一步迈到了两个人面前。

郁行之心里一紧。

完了，他要交代在这儿了。

但少年冲到两个人面前后，没立即下手，从手臂上伸出的两把刀在半空中顿了一秒，没劈下去。

"快⋯⋯"

郁行之面色遽变，瞳孔骤缩。

什么？！

"快⋯⋯"刀被渐渐举起，素来脑回路不在线的脑坑青年，不说话看上去依然像雅正君子的方凌青，终于忍不住像个孩子一样狼狈地哭了出来，"快跑。"

方凌青现在也搞不清楚自己这状态究竟是死还是活。

要说他是活着的吧，没有体温，没有心跳，甚至没有身体的自主控制权；要说他死了吧，他还有意识，但意识好像被困在一个笼子里，刚一冒出头清醒一会儿，立刻又被无边无尽的痛苦给压制住。

他依稀听到有人在讲话，那人提到了梅康平，提到了魔域，也提到了萧家。他聚集精神，想要努力多探查一点儿信息，但下一秒，又被血色与黑暗吞噬了。

等下一次他再恢复神志的时候，面前只剩下了一地的尸体。

这些人全是被他杀的。

他不想这样的。少年忍不住愧疚地哭了出来。他不想杀人。

在意识获得短暂喘息之机时，那一瞬间，方凌青想到了很多人，想到了白珊湖、齐非道、陆辞仙，甚至乔晚，最后画面定格在了孟沧浪的脸上。

他一直崇敬、羡慕孟师兄，羡慕孟师兄能以一个普通人的身份，脚踏实地，一步一步长成了崇德古苑人人钦佩的师兄。

其实一开始他也忌妒过，孟沧浪明明就是个普通人哪，凭什么能做到这个地步？凭什么师长更喜爱孟沧浪？凭什么？

刚入崇德古苑的方凌青，看着雅正温和，胸口有一股正气，脑回路不在线上，

脑洞大到能补天，但内心免不了地也有点儿阴暗的心思。

当时，孟沧浪这个山村里走出来的少年面容端正，但衣着寒酸，一直不太受方凌青待见。

孟沧浪太土了，又土又呆板，一根筋，死学习。

直到某一天傍晚，下了不少雨，黄昏时分，微雨朦胧，方家小少爷没带伞，彼时还没学会避尘诀，又不愿让雨淋湿自己的衣服，难得有闲情逸致，就站在屋檐下躲雨。

路过长廊的时候，他正好瞥见了客堂里临窗正襟危坐的青年儒生。

对方一直沉默地学到了掌灯时分，昏黄的烛光柔和了青年端正的面孔，落在了书页上，就像孟沧浪他本人一样，温和而正直。

那一天，方凌青猛然发觉，孟沧浪所付诸的努力远比他的天资更值得人尊崇。

于是，他开始暗暗把孟沧浪当成自己的竞争对手，把孟沧浪当作自己一言一行的榜样。

方凌青忍不住想，如果是孟沧浪遇到这样的事，会怎么做？孟师兄一定会努力反抗……

"快……"在认出面前这两个人是郁行之和王如意之后，少年终于攥紧了拳头，像个孩子一样崩溃了，"快跑。"

意识再度被黑暗吞没，他还是向曾经的同伴举起了屠刀。

郁行之眉心猛地跳了跳，双目熠熠地紧盯着面前的少年。

方凌青还有意识！

在迟疑的这一瞬，少年身后锋锐的灵丝纷乱如雨，朝两个人爆射而来！

就在这时，耳畔突然响起了轻微的水声，下一秒，面前冷不防地多出了一道颀长的身影，青年微微侧目，断然冷喝："走！"

惊涛平地卷起。

"一点浩然气，千里快哉风！"

孟沧浪拄着一把门板巨剑突然出现，挡在了方凌青身前！

紧随着孟沧浪的身影出现的齐非道轻轻拽起王如意往边上一放，目光凝重地看向了不远处的方凌青。

郁行之惊愕："你们……你们怎么会在这儿？！"

齐非道百忙之中抽空看了他一眼，苦笑道："这秘境这么古怪，是个人都知道要往仙宫跑吧。"

收拾好心情之后，乔晚再度和孟广泽炯炯有神地对视。

孟广泽还是没什么脾气，温柔地看着她："你想好要怎么做了？"

"是。"乔晚攥紧了衣摆，低声说道，"晚辈想先用陆辞仙的身份行走。"

说起来，她的小号一开始是忙着和大号会合，但在被萧家绑走之前，她就立刻支开了小号，以防大小号同时中招。

所有人都盯着她的大号，如今，乔晚这个身份在众人眼里已经"身亡"，这个时候她切成陆辞仙行走调查，无疑是最明智的选择。

"但在这之前，我有几个问题想问前辈。"

孟广泽没有计较她"前辈"的称呼，温和地说道："你问吧。"

"李前辈为什么要我去拿诛邪剑谱？诛邪剑谱和不平书院有关吗？"

孟广泽摇头："可以说是有关系，但也可以说没关系。"

"当年，"孟广泽和蔼地看着她，"我与周衍交好，常常切磋剑招，在赶赴魔域前，于剑招上似有所悟，却又始终不得其法。当时我冥冥之中有感觉，倘若这一式剑招能创出来，说不定能惊动山河，力挽狂澜。但我的时间不多了，我是存着死志去的魔域，临行前，想到这一式尚未出世的剑招始终放心不下，干脆将心得体悟抄写了一份，交给玉清真人，希望他能替我创造出这一式剑招。"孟广泽叹了一口气，"之后我就什么都不知道了，如今看来，周衍他做到了。"

不管周衍在私德这块如何让人诟病，但他的的确确是个当之无愧的剑道天才。

乔晚愕然："诛邪剑谱很强吗？"

孟广泽不厌其烦地温和解释，像在面对一个懵懂的孩子："很强，能降诸魔，能灭万鬼，剑式一出，'喑呜则山岳崩颓，叱咤则风云变色'。"

想到这儿，乔晚心里"咯噔"一声。

这么看来，就连孟前辈也不会这一式剑招。

那萧焕学到了诛邪剑谱，岂不是代表着他现在几乎无敌手？

乔晚又默了片刻，才继续问："那……梅康平为什么找到我？"

"因为你是我的女儿，是我遗落在人间的唯一血脉。"孟广泽面露歉疚之意，"当初是我献祭自身，镇压了帝尊。"

而有人想要解封的话，就必须找一个血脉同源的人作为祭品。

苏不惑没有兄弟，只有她这个唯一遗落在人世的血脉。

岑清猷当初提醒她的事，都是真的……

"那……那个天地大阵和扶风谷？"

提到这个，孟广泽反倒沉默了，有些犹豫要不要开口，更担心乔晚能不能承受这背后的真相。

看了面前的少女一眼，孟广泽叹了一口气，最后还是选择了坦诚相对。

他的女儿，比他想象中的更加坚强，也更加独立。

"扶风谷其实不是有意舍弃而是必须舍弃的，这个天地大阵，必须以生魂为血祭，扶风谷很合适。可惜我当时去晚了一步。"

乔晚浑身一僵。

原来是这样吗？那阎老板这么多年的坚持又算什么？

乔晚喉口干涩，却发觉没办法去指责什么。

是牺牲一人，救千万人，还是牺牲十万人，救一人，这是个从古至今都没有合理答案的问题。

乔晚心里一震，旋即又垂下了眼，恢复了情绪："多……多谢前辈，我明白了。"

将乔晚的反应尽收眼底，孟广泽一时间觉得欣慰，一时间又觉得揪心，眼角的细纹也轻轻堆在了一起，缓缓地叹了一口气。

"至于这天地大阵，岑家是一处。我虽然藏身在你的识海之中，但并非时时清醒着，你当初的灵力并不足以支撑我保持神志清醒，大部分时候，我都在你的识海里沉睡。岑府被灭门的真相，我知之甚少。但我想，梅康平或许与妖族达成了什么协议。"

"你的那位妖皇朋友，这回参加同修会，想必也是奔着这个来的。"

为岑夫人来，这只能说是其中一个原因。

堂堂一个妖皇，为了自家下属的人生大事，放着妖族内乱的事不管，跑来这儿当僚机啥的，这说出去，乔晚也不相信。

岑府危机一解除，她就和伽婴分别了，自然也不知道伽婴是怎么处理妖族内乱的。

那这个秘境的情况会和梅康平有关系吗？

乔晚一时沉默。

孟广泽鼓励她："想到了什么尽管说便是。"

"这个秘境里的攻击，"乔晚迟疑地说，"更像是借由某种特殊的介质，随机'折射'的。"

被萧家追杀的这一路，乔晚特地花了点儿心思，最后猛然惊觉这些无处不在的杀机并不是毫无来由的。

这些剑招、功法，无不透露各宗门功法的影子。

她看到了白珊湖的、孟沧浪的、谢行止的剑意，甚至……还看到了她自己的剑意！

这个发现，让乔晚瞠目结舌。

秘境里的攻击，更像是某个昆山弟子甲在甲地使了剑招，这剑招再借由某种特殊的介质，随机"折射"给了位于乙地的崇德古苑弟子乙。

"前辈，魔域有这样的东西吗？"

孟广泽的神情也凝重了几分："魔域有种特殊的石头，它与能吸收灵力的驭灵壁有些相似，又有些不同。这种石头，吸纳的是'攻击'，任何一种攻击都会被它'收入囊中'，它会再适时将其'吐'出来。但由于数量太少，无法分辨敌我，无法掌控，虽然魔域曾经想将它投入战场，但一直不得其法，只能放弃。"

乔晚的思维一时很乱。

发觉这些攻击吊诡之处的不只她一个。

要是秘境中的其他弟子发现了这些攻击其实是出自某门派，会不会内讧，会不会互相残杀？

这是不是就是梅康平想要的结果？

乔晚突然心念电转，福至心灵。

一开始，昆山和萧家因为她险些撕了起来。

接着，伽婴的地盘上，细罗和伽婴撕了起来。

再到岑府和林家撕了起来，四处封印，成功地破了一角。

再然后是大光明殿，各家各派围攻大光明殿，在鬼市伤亡惨重。

这简直就像冥冥之中有一根搅屎棍在可劲儿地搅，搅得各家死磕，本来就各自为政的修真界，这下更是如同一盘散沙。反观魔域，宛如一个铁桶一般团结统一。

这么一想，乔晚悚然一惊，后背"唰"的一下冒出了一层冷汗。

如果这秘境的事真是梅康平在背后捣鬼，他一个人力量有限，如何在各宗门的眼皮子下面动手脚？

除非是……有内鬼！

乔晚情绪纷乱间，脑门上突然又落下了一只温暖的手掌，孟广泽站起身来，伸手一指："阿晚，在这之前，我想带你见一个人。"

乔晚跟着孟广泽上前走了几步，男人轻轻蹲下身，扶起了地上一个"人样"的东西。

地上的人艰难地抬起了一张血肉模糊的脸，眼睛转了转，赫然就是萧家那个死士！

乔晚惊呆了，愣了半秒之后，立刻跟上了孟广泽的脚步。

"当初你伤重濒死，我设法保住了你神识不散，又尽量修补你身上的伤口，至于这位道友……"孟广泽沉声说道，"我毕竟神识有限，就只能做到这个地步了。"

从崖上抱着乔晚一块儿滚下来后，这死士双腿和脊椎都摔断了，浑身上下好像就只有两只眼珠能动，眼睛费力地盯着乔晚，眼里露出了股悲伤和绝望情绪。

四肢尽断，瘫痪比杀了他更让他难受。

乔晚深吸了一口气，局促不安地问："前辈是带我来看他？"

面前这一向温和的男人难得露出了一点儿杀伐决断的冷漠表情："你总要为自己正名。"

是……是啊……乔晚猛然想起，面前这死士是个再合适不过的人证。

安顿好这死士之后，乔晚不再耽搁，立刻切回了陆辞仙的小号。

165

她现在最担心的是，如今生路被堵死，在这种情况下，秘境里的各宗门弟子很有可能做出啥过激的行为，比如说自相残杀。

这一路上，她"爹"一直陪在她身边，要是遇上不长眼睛的妖兽，用不着她出手，男人就从身体里抽出了一把破损的一尺宽的旧剑，直接将妖兽给解决了。

之前让乔晚吃了不少苦头的妖兽，在男人剑下几乎被任意搓圆捏扁，她根本用不着分出心思去对付。

孟广泽的剑意也很温柔，温柔到仿佛星河倾泻，剑光流转在男人温和的眼里，他手中这把旧剑像老战友，也像美人，唯独不像杀器。

乔晚被狠狠地震惊了一下。

这……这就是大佬吗？！

像是察觉到了乔晚的震惊情绪，孟广泽又笑着抬手摸了摸她的脑袋。

他好像很喜欢做这个动作。摸着少女乌黑的脑袋，男人享受得眼睛笑眯眯的，像只老狐狸。

"我精力有限，神识化成实体已经用了我八九分的力气，或许用不了多久，我又得回你的识海中休憩了。"

所以……乔晚嘴角一抽。

她"爹"对付这些妖兽只用上了一成功力都不到？

乔晚顿时觉得自己被"学霸的谦虚"给狠狠地碾压了一脸。

孟广泽："你很惊讶？"

"我还以为前辈要磨炼我，要我自己出手。"乔晚挠了挠头。

毕竟这一路上，碰到的长辈这种生物，从马前辈到李前辈，再到妙法前辈，都是秉持着"自立自强"的信念，她自己的事情就丢给她自己解决，只偶尔点拨她两句，出手帮个忙啥的。

而眼下突然有个人站在她面前，替她把什么事情都做了，乔晚有点儿如坠梦中的恍惚和无所适从感。

孟广泽温和地问："这是李判做出来的事吧？"

乔晚愣了愣："是。"

孟广泽笑得眼睛的细纹都堆在了一起，又享受地捋了一把她的脑袋："我说过你是我的女儿，为人父母的不需要儿女多有出息，只要你健康平安快乐地长大，就是阿爹最大的心愿了。但阿爹没想到的是，我家阿晚竟然长成了一个卓越的少年。"

自从见到孟广泽开始，乔晚就一直被男人全方位无死角的各种夸，偏偏孟广泽夸人的时候，眼里含着点儿对小孩子的溺宠之色，大概就是那种"又多走了几步路，阿晚真棒"的感觉。

"阿晚的蝴蝶结是从哪儿买来的？真可爱。伤口痊愈得很快，真棒。"

乔晚的脸"腾"的一下又涨红了。

她"爹"是从"夸夸群"里出来的吗？！

孟广泽看了她一眼，朗声大笑，笑得前仰后合，又没忘摸了一把她的脑袋上的蝴蝶结："阿爹的女儿真是个可爱的姑娘，像只小狗。"

谁会把自己的女儿形容成狗子啊？！

在察觉到自家女儿被自己调戏得脸红自闭之后，孟广泽终于莞尔一笑，愉快地结束了调戏举动。

"不是说要去找你那个妖皇朋友吗？还不快点儿出发？嗯？"

从各门派发出信息召集弟子撤出秘境到现在，撤出的弟子还不足三成。

盯着面前这被封死了的秘境，妙法尊者脸色铁青。

秘境四角的四个传送阵，马怀真早就派了暗部弟子夜以继日地守着，也派了精通阵法的云烟仙府弟子彻夜研究，一有消息就会立即报告。

但直到现在，也没人找出解决的办法，剩下的七成弟子就这样被困死在了秘境里，进退不得。

公孙冰姿面露疲倦之色："这阵法是魔域秘法，想要在短时间内破解，难于上青天。"

心知这几天来众人都已经精疲力竭，妙法尊者微微颔首，沉声道谢："这几日麻烦宫主费心。"

公孙冰姿摆了摆手。

秘境里面被困着的还有她云烟仙府弟子，她这个做掌门的，就算各宗门不发话，她也得想办法把自家弟子给挖出来。

说实话，现在的情况已经清楚了，这秘境是魔域搞的鬼。

虽然现在魔域没个动静，但难保下一秒不会突然发动攻势，到时候这被困在秘境里的弟子们都将成为魔域的筹码。

公孙冰姿忍不住看向了面前这长身玉立的尊者。

早在同修会开始之前，这位大光明殿的尊者就托门下弟子找到了云烟仙府，大悲崖和青阳书院，私下联络了他们这几位掌门人，请他们保留一部分战力守在宗门里。

难道说，这位尊者早就预料到了会有这么一天？

"当务之急，是不能乱。"妙法尊者微微蹙眉，"烦请宫主继续联络门下弟子，务必收束他们。"

公孙冰姿点头："我明白。"

两个人静静地站了一会儿，突然就看见不远处的营帐中，马怀真铁青着脸转动着轮椅走了出来，看样子明显是被气疯了。

公孙冰姿微微一愣，惊愕道："马堂主？"

马怀真的目光在两个人脸上扫过："尊者、宫主。"

公孙冰姿忍不住开口："堂主的脸色……看上去……"

她不提倒还好，这一提，轮椅上的男人竟然没了平日里泰山崩于前而色不变的风度，低吼出声："一群疯子！"

妙法尊者也是愣了愣。

马怀真气得咬紧了牙："这些疯子，这些疯子早知道这秘境古怪！"

这些昆山的、萧家的、陆家的、岑家的……各家各派的长老一个个都跑不掉！

他们早知道……秘境里有古怪？！

公孙冰姿瞳孔骤缩。

妙法尊者也上前一步，冷下了脸："堂主这话是什么意思？"

马怀真这个时候好像终于稳定了下来，眼神阴鸷。

就在刚刚，昆山、萧家、陆家等包括各色零散的小宗门聚在一起开会的时候，他才知道，这秘境开启不久之后，这些老不死的家伙，早就知道这秘境里有魔气涌动了。

但事先发现的各家都默契地选择了瞒下这件事，为的是什么？！

他们为的就是这秘境里的妖丹！

这些老不死的家伙，寿元将尽，就是冲着这些妖丹去的！哪怕这秘境里面的确有古怪，的确魔气涌动，他们也放不下这唾手可得的成仙机会。

马怀真气得两眼通红。

几百年前，他就是被这些身居高位、理所当地牺牲下面的人的命的疯子给坑死的。

战争中，这些借机中饱私囊的人还不少吗？！

他们这哪儿是想要内丹，这根本就是用自己门下年轻的小辈弟子的命来填自己的命！

当时马怀真气得差点儿从轮椅上一跃而起，怒起杀人。

这些老不死的家伙，也心知犯了大错，面色难看地低声辩解。

他们刚开始的确不知道这里面有魔气来着，但后面察觉到魔气涌动，才意识到不对。

这根本不是个仙宫，而是个魔宫遗迹。

但全修真界为一个魔宫死掐太丢脸，而且这里面的确有内丹能增加寿元。

反正这也只是个魔宫遗迹，里面的魔早就死了不知道几万年，进去的又都是各家精英子弟，难道还对付不了一个只有空壳子的魔宫？

利益当前，竟然没有一个人开口说明真相。

他们就这样一直瞒到了现在。等终于意识到事情闹大了，兜不住了，他们再开口的时候却已经晚了。

此话一出，妙法尊者和公孙冰姿齐齐变了脸色。

偏偏就在这时，一个暗部弟子火急燎燎地冲了过来，膝盖一磕就跪倒在了马怀真面前。

"堂主！堂主！大事不好了！其他弟兄在对面山前看到了魔修的影子！"

马怀真咬紧了牙，牙缝里狠狠地蹦出了几个脏字。

乔晚的神识虽然牛，但孟广泽的神识更牛。

神识一铺出去，瞬间覆盖了整个秘境，迅速锁定了位于秘境南边的主仆俩。

回过头来看见再次被震撼了一下的乔晚，孟广泽笑着催促："看呆了？还不快走？"

与此同时，伽婴眸色淡然地看着突然不知道从哪个旮沓里冲出来跪倒在自己面前的少年。

乔晚咬牙，硬着头皮说道："请陛下伸出援手，解如今之危。"

身边的修犬狗脸震惊。

伽婴："你说，"顿了顿，男人的视线落到了少年的脸上，"你是乔晚？"

第十章　突　围

饶是伽婴，也不由得愕然了一下。
"你说你是乔晚？"
乔晚整张脸都烧了起来。
太……太羞耻了！
尤其是修犬一副狗脸震惊的表情。
自己和自己秀恩爱一时是挺爽的，但事后自爆马甲的事也太羞耻了。偏偏现在是危急关头，她还必须请求伽婴帮忙，以一个还没入职的，下属的身份。
伽婴的确没想到，这个略得自己青睐的俊秀少年竟然还是乔晚。
没见过市面的修犬大惊失色，人修还能这么玩？！
但伽婴是什么人？愕然了半秒之后，伽婴旋即恢复了昔日的平静样子，只将目光放到了乔晚身上，像是在审视她。
乔晚披马甲和自己秀恩爱肯定是有这么做的理由在里面。
乔晚：不……还真没多大理由，其实就是一时爽而已……
如果说放在之前，伽婴还不一定会同意乔晚的请求，但现在自己和修犬也算是被关在这秘境里的一分子，略一思忖，伽婴干脆就答应了下来。
万妖共主皱起了眉："你要我帮你什么？帮你一刀劈了这秘境？"
乔晚瞬间惊悚："还能这样的吗？"
伽婴的回答十分谨慎，也十分霸气："或可一试。"
乔晚小心翼翼地问："那劈了秘境有什么后果没？比如秘境里的弟子能不能跑出来？"

· 170 ·

伽婴将眉头皱得更深了:"无法保证,但我能将你带出秘境。"

看乔晚突然没了动静,妖皇伽婴顿了顿,或许是意识到自己这话过于不近人情了,又难得退让了一步:"若你有想带出去的修士,我也能帮你一并捎上。"

乔晚顿时明白了。

她不能指望一只蜜獾体谅其他人类的死活,陛下让步已经是给足她这个打工妹面子了。

"不。"乔晚摇头,"不到万不得已的时候,无须陛下徒手劈秘境。我只希望陛下到时候能稍微帮个小忙。"

秘境外面安静得诡异。

天际黑云滚滚,风云变化,惊雷映照在绵延的群山间,像是天公降下愤怒的罪罚。

山雨欲来风满楼。

天地暗淡无光,不只是因为这盘踞了整片天空的乌云,还因为那高高站在云头上的数万魔兵。这数万魔军,军容整肃,兵气拥云。

马怀真、妙法尊者、公孙冰姿等一干人,俱面色铁青地看着阵前的男人。

在这半空之中,修真界和魔域两方人马呈对峙之势。

方圆数十里内,无数生灵闻风逃窜,生怕被这一触即发的战火所吞没。

大军在后,男人以扇半掩面,露出个微笑:"诸位道友,好久不见了。"

梅!康!平!

马怀真咬紧了牙,险些又爆一句粗口。

就在刚刚,他们最担心、最害怕的事还是发生了。

魔域突然出兵,将方圆之内的山脉团团围住了。

而从秘境里撤出的散修"君采薇",突然反手捅了身边的昆山弟子一刀,提着还在滴血的刀,一举跃上了云头,俯瞰着山头陈兵的魔修,脸上紫色的妖纹令人胆战心惊。

梅康平就从这千军万马中闲庭信步地走了出来。

谁能想到,那跟在乔晚身边的君采薇竟然就是梅康平?

而这仙宫的事果然就是梅康平和魔域的人在背后捣鬼。

他们拼死拼活地撤出这几个弟子,没想到反手被人捅了一刀。

被人背叛的感觉不好受,马怀真脸色很不好,或者说从来就没这么差过,语气森然地从牙关间挤出了几个字。

"乔晚知道吗?"

要是乔晚知道此事,依照马怀真的性格,就算他和乔晚关系再好,他再偏袒这个后辈,也会毫不留情地一刀砍了她。

但好在梅康平的回答让马怀真捏着扶手的手微松。

"你放心,"梅康平说道,"我这侄女对所谓的正道一往情深,如今还被我蒙在鼓里。"

妙法尊者语气淡淡地说道:"你当真以为我们各家各派联合在一起,还对付不了你这点儿魔兵?"

男人古怪地看了他一眼,悠悠地笑了出来:"尊者何等英勇,当然不怕这点儿魔兵,在下本来也没打算就靠这点儿魔兵围死诸位。毕竟,这儿还有尊者坐镇呢不是?尊者一怒,就连在下也不敢撄其锋。"

梅康平语焉不详,话里意有所指,公孙冰姿不禁多看了身边的妙法尊者一眼,只看到尊者面色冷而僵。

"我这回过来,"梅康平的目光从众人的脸上一一掠过,"是和诸位做个交易的,相信诸位也有了心理准备。"

公孙冰姿脸色难看地上前一步:"这秘境果真是你在这里面捣鬼!"

梅康平丝毫没动怒,大大方方地承认了下来:"是。"

"不过我这招能成,也得感谢诸位道友不是?如果不是诸位道友贪那几年寿元,我这漏洞颇多的计划也进行不下去。"

这话无异于是把各家老不死的家伙的脸丢在地上,狠狠踩了几脚。

马怀真再度捏紧了轮椅扶手,感觉就像是被人狠狠扇了一巴掌,手上青筋暴起。

魔不愿意成仙,都是魔了,谁还在乎成仙?

故而,梅康平看不上人修。目光从这些神情各异的修士脸上一一掠过,梅康平眼里微含轻蔑之色。

"成仙,就是人最大的弱点,为了成仙,诸位道友可以无所不用其极。魔修都知道尚且不能自相残杀,诸位道友倒是将各位小辈的命推出去来填自己的命,填得心安理得。"

"两军对垒,"梅康平缓缓地继续说道,"最忌惮的就是暴露自己的弱点,但诸位道友自始至终把这摆在了明面上,那在下也只能勉为其难地接过这一份大礼了。就是不知道执念如此深重,诸位道友又怎么成得了仙?怪不得,这几千年来,修真界无一人能得道飞升。"

梅康平每说一句话,得知内幕的在场众人就觉得脸上被扇了一巴掌,火辣辣地疼。

饶是公孙冰姿也忍不住羞愧地埋下了头。

就在这时,一个威严的声音冷不防地响起,嗓音悠远,一下子就把众人的心神给拉了回来。

妙法尊者紧绷着脸,面无表情地冷喝道:"说出你的要求。"

"我的要求,尊者应该很清楚。"梅康平将目光放在了不远处的秘境上,若有所思,"天地大阵,还有一处在昆山,这么多年来,我一直想着要如何毁了这处封印,但一直不得其法。"

"现在,机会来了。"梅康平眸色深沉,"诸位道友毁去昆山这处封印,我就放秘境里的这些小徒弟出来,各位意下如何?"

马怀真紧紧盯着他:"如果我们不答应呢?"

梅康平深深地叹息了一声:"那修真界的未来就只能葬送于此了。"

"所有人?"马怀真讥讽道,"包括乔晚?"

梅康平面不改色地缓缓微笑:"包括乔晚。"

还没等马怀真开口,人群中突然响起一个决绝的男声。

岑家本家长老岑子尘面色僵硬地走了出来:"不可!决不能答应他!"

四处大阵,如今只剩其二,昆山是重中之重。昆山大阵一旦被毁,到时候梅康平只要再全力进攻下一处……这后果,不言而喻!

凡是经历过几百年前那场大战的人,纷纷变了脸色。

要是那位跑出来……

岑子尘怒喝道:"难道我们还要再经历一次生灵涂炭吗?"

这里面被关着的小辈固然重要,但和这关系到修真界安危的大阵相比,牺牲几个小辈又算得了什么?!

岑子尘一开口,其他人如丧考妣。

小辈死了,能再培养一拨,但要是这大阵里面被封印着的人跑出来了,大家都得团灭!

不过这里面也不单单全是反对的人,也有犹疑不决的。

毕竟秘境里面有各家掌门长老的徒弟、子孙……全是各门各派的未来啊。

眼下能拿决策的人都在外面,而这里面,只剩下几位长老以及尊者。

于是,在这种情况下,众人不由得把目光都聚集在了妙法尊者和马怀真的脸上。

长久静默后,妙法终于开了口,脸色很冷,嗓音也冷得像冰碴子:"比起这个,我只想问你一个问题。"

梅康平彬彬有礼地回道:"尊者请说。"

"这场局,凭阁下一人之力无法完成。我想问的是,在这场局里,还有谁帮了你?"

还有谁背叛了修真界?!

梅康平并未直言,只是看着面前这些心都提起来的各派长老,很好心情地笑了笑:"帮我的,是一位很年轻也很优秀的后辈。"

这话一出,剩下来的人更加紧张了。

公孙冰姿和岑子尘都默默地捏紧了拳头,

是谁家的子孙做了这丧尽天良的缺德事？！

但偏偏梅康平又是个恶劣的性子，目光只在众人身上游移，游移了好几圈，吊足了胃口，他这才微微一笑："出来吧，萧道友。"

话音刚落，人群顿时一阵骚动。

陆临嘉愣了愣，萧道友？是萧家的人叛了？萧家的哪个？

不只他一个，所有人都面面相觑，咬牙切齿地左顾右盼，就等着这人一走出来，就让他回不到梅康平身边。

人群中响起了微不可察的叹息声，突然从中走出了一个雍容华贵的青年，脸上笑意盈盈的。

在场所有人纷纷一震。

这人，竟然是萧焕！

在这之前，他们想遍了如今无数叫得上来名号的优秀小辈，但做梦都没想到，背叛了修真界的竟然是萧家如今的新家主，萧焕！

他都已经爬到了这个位子上，有什么必要背叛修真界？一个萧家难道还不够填补他的野心吗？！

看着萧焕走到梅康平身边，如果眼神能够杀人的话，岑子尘早就把萧焕给拖下来宰千百遍了。

萧家人中也有惊愕的，似乎不相信自家家主会背叛修真界，但大多数人站到了萧焕身后。

这明显是一早就商议好的了。

"萧焕！你这个畜生不如的东西！你不要脸！"岑子尘双目赤红，暴跳如雷。

这下还用解释吗？为什么各家一开始没查探出这秘境有古怪，看样子全是萧家在给魔域兜着了！

"我只是不明白，"马怀真面无表情地问，"投奔魔域，对你们有什么好处？"

纵使被所有人唾骂，萧焕脸上依然挂着点儿笑容。

目光掠过面前这一行人，萧焕嗓音有点儿飘忽，轻声说道："马堂主，不是我投奔了魔域，而是打从一开始昆山与萧家就投奔了魔域啊。"

马怀真脸色骤变！

萧焕微笑："我说得不对吗？这是不是真的，马堂主心里应该很清楚吧。"

什么？

冷不防从萧焕口中听到个惊天动地的秘密，岑子尘和陆临嘉等人齐齐愣了愣。

萧焕这话是什么意思？

打从一开始，昆山就和萧家投奔了魔域？

将这一切尽收眼底，梅康平又上前一步，看向马怀真，笑道："当年的事，马堂主想必比在场的各位更清楚。

"当年,是哪家与哪家亲自来到了魔域,要在封印帝尊之前,与魔域合作,又承诺太平书院,要帮着太平书院一起对付魔域,最后反倒在封印完成之际,掉头攻击太平书院牵头的联盟,害得当年那批亲身进入魔域的联盟勇士死的死,伤的伤,或是一辈子都被囚禁在魔域里,永无得见天日的那一日。太平书院三千三百八十二名壮士,让我魔域也敬佩的好壮士,就在同袍反水之下,无一生还。"

"贵派与萧家两头骗,倒骗得巧妙,当年魔域相信了两家合作的诚意,未承想最后付出了惨痛的代价。"

梅康平的短短几句话,铿锵有力,掷地有声。

在场众人只觉得好像被当头一击,大脑一片空白,耳朵里一阵"嗡嗡"直响,仿佛有看不见的什么污泥缓缓地流动着,牢牢地裹住了他们的四肢。

梅康平垂袖站在云头,气定神闲,微笑着看着他们难以置信、惶恐不安以至崩溃。

陆临嘉大脑一阵发昏,几乎站都站不住了。

他虽然辈分小,但也接触过几百年前的这些秘密。

当初,曾有个太平书院组了个联盟,带领修真界的人一块儿对抗魔域。当时还没坐稳第一大派和第一宗族位置的昆山与萧家都在这联盟之中,大家一块儿商议,让昆山与萧家假装投敌,与魔域合作,以换取魔域信任。

但他没想到的是,昆山和萧家竟然真的在最后反咬了联盟一口。

似乎觉得这话还不够,梅康平又轻飘飘地砸下了一句话:"诸位现在这副表情又是什么意思?当初扶风谷里那数万将士,不就是你们决心牺牲用作这法阵血祭的吗?"

话音刚落,人群中已有人忍不住哭了出来。

扶风谷战死的那批士兵之中,有多少是抱着还天下一个安定的信念,毅然决然地上了战场,

却被人为地牺牲在了那场战役之中?在场众人中,年纪大些的泪流满面,那批士兵里面曾有他们的叔父、兄弟、姨母等亲人哪。

甚至还有某个门派的长老,就是因为自家宗门的人全牺牲在了扶风谷之战当中,导致宗门被吞并,自己也另投其他门派,历尽千辛万苦,终于在这个门派站稳了脚跟。乍一闻旧事,想到自己这尽数战死的同门,他不禁悲从中来,吐血晕了过去。

至于岑子尘,如遭重击,踉踉跄跄地往后退了几步,差点儿喷出一口血来。

扶风谷之役,没有人比岑家损失更惨重,岑家死了三十六个弟子。

一股腥甜味道漫上喉口,这里面……还有他的族弟岑云攀。

"我还要多谢诸位道友大方，自那之后，我们魔域又添了一批新兵。这些阴兵不怕死，也没有意识，虽然修为低，但如同畜生一般好用得很，每每作战总会被安排到最前线做垫刀用。有这些阴兵冲锋在前以身做掩护，我们魔域将士行军倒轻松不少。"

"哪怕肢体破损了，缝一缝，倒也能继续用，可惜那些身体损毁严重的……"听着耳畔的呜咽声，梅康平露出了一个恶意的微笑，"只能拿去喂喂魔兽了。"

俯瞰着下面神色各异的众人，梅康平只觉得一阵难言的快意涌上了心头。

他等了多少年，蛰伏了多少年，终于等到了这个机会。

人心纷乱，惶惶之时，突然，朗朗清喝声立地砸下！

"静心！"

梅康平微微一愣，从刚才起一直没开口的妙法尊者，凤眸一瞥，一步一步缓缓地步上了云头，掌心里蓦地出现了一把金光熠熠的智慧剑。

这一剑，直接拨开了天际云层，云层一破，手上的智慧剑化作点点光，恍若彩霞的五色缤纷的光雾时间如瀑般洒下。

光被于一切，譬之垂天之云。

灭邪见幢，燃正法炬。

尊者凤眸冷冷地往身后一扫，眼里似乎含了点儿淡淡的警示之色。

五彩的琉璃光落在身上，原本还悲恸难忍的岑子尘只觉得心头浓郁的哀恸情绪被人徒手拨开了，神思短暂地恢复了一线清明。

在场众人哪个不是聪慧敏捷之辈？

是了，现在不是内讧的时候，梅康平说的这话不一定是真的，就算是真的，如今昆山尚且站在他们这边，他们万万不能在这个时候中了对方的离间计。

梅康平看着妙法，脸色微微一变。

嘴角的肌肉用力地抽动了一下，马怀真迅速收敛了神情："萧焕，你以为我们真会相信你这个杀了自己的兄弟，手刃自己生父的畜生？"

自己的秘密被捅出来，萧焕看着马怀真的眼里含了点儿嘲讽之色："我这不是手刃自己生父，这是大义灭亲。"

萧焕抬头看了一眼面前的众人，莞尔，闲谈一般随口就捅破了一个秘密："从几百年前开始，萧景洲就帮着魔域运送人牲，其中一条路途经昆山脚下的游仙镇。昆山眼皮子下面发生的事，昆山自己能不清楚吗？可惜是乔晚吧？还不知道自己的宗门做了什么，误打误撞，撞破了这桩生意。她也不想想，没昆山睁一只眼闭一只眼，这生意如何能生存这么久？贵派不开口，还不是为了这里面丰厚的利润。"

"不只昆山，剩下来那岑家的，云烟仙府的，哪条路上你们没分得一杯羹？"萧焕嘲讽道，"这个时候诸位长辈缘何还摆出一副大义凛然的模样？"

"青阳书院与崇德古苑曾经用诡计吞并行知书院和四方书院，四方书院山长被逼自尽。

"岑家、陆家曾在兰涉江上围杀异己三千人，斩首一千人，血流漂杵，三日不散。

"云烟仙府前任宫主，毒杀当年的老宫主，老了又将这宫主之位传给了公孙冰姿长老，公孙长老想必清楚得很。"

淡淡的嗓音，如同惊雷一般当头劈下。

这话已经很清楚了，在场的各门各派，没一个是干净的！

就连青阳书院、崇德古苑、朝天岭、云烟仙府等，发家史也说不上有多清白！

不只各家长老变了脸色，各家的弟子也都变了脸色，面色惨白，难以置信地看向自家长老。

"长老……这……这是真的吗？"

回应他们的，只有自家长老躲闪的目光。

小辈弟子中，陆临嘉失魂落魄地捏紧了拳。

虽然他们心里都清楚，自家宗门能壮大，肯定干了许多见不得人的事，做了不少有损道义的勾当，但……被人铺开在太阳底下说，他们心里还是不能接受的。

自己这温馨的，以匡扶正义为己任的宗门，背地里竟然也有这么多阴私和污垢。

有时候这世上不仅仅是黑与白那么简单。

公孙冰姿脸上火辣辣的，狼狈地避开了目光。

曾经他们也是一腔正气、干净到不染纤尘的少年，但随着年龄增长，见识增多，甚至地位逐步增高，才知道独善其身有多么不容易。这个世界就是个染坊，你无法保证自己身上是不是全无一点儿颜色。

云上，萧焕还在用最温柔的嗓音，循循善诱。

这世上并无正邪黑白之分。

来吧，当初是修真界背叛了你们，害得你们亲友兄弟惨死，这样的天下还有什么守护的必要呢？

似乎瞥见了人群中熟悉的身影，萧焕招招手，温和地笑了笑："六郎，来。"

人群之中，才撤出秘境没多久，浑身浴血的萧博扬身子猛地僵住。

察觉到萧焕的目光所向，马怀真面无表情地怒喝："你敢！"

"你要是去了……"男人从牙缝里蹦出了几个字，"我就在这儿削死你！"

顶着萧焕和其他人的视线，萧博扬抬起眼，嘴角甚至扯出了点儿吊儿郎当的笑容。

青年眼睛很亮，轻声说道："萧焕大哥，你太看轻我了。"

在萧家人大部分叛归魔域，而萧焕又与他关系不错的情况之下，萧博扬抿着唇，擦了把脸上的血，又退回了人群里面。

他不会往前一步，这或许是老人参精教他的……原则。

被萧博扬当面拒绝，萧焕眼里慢慢地露出了一丝遗憾的神情："六郎，大哥很伤心。"

在听到萧焕嗓音里这微妙的变化之后，各家长老绷紧了脸，不约而同地上前一步，把萧博扬拽到了自己身后。

不到半秒，萧焕脸上遗憾的表情又退去。

"那还有其他道友愿意到这儿来吗？"青年直起身，客气礼貌地伸出手，风度翩翩地发出邀约。

"谁若是愿意来这儿，我就答应谁放出秘境里的任意一人。"

这个交易的诱惑力是巨大的，原本还面露警惕之色的众人，顿时有一部分微感错愕，咬紧了唇，脸上露出了动摇之色。

天际的乌云翻滚得愈加厉害，狂风大作，却没有一个人敢上前一步。

或许他们知道，他们一上前，很可能就会被前面守着的马怀真与妙法尊者联袂立斩当场。

梅康平的衣袂被风吹得翻飞，他看着沉默的众人，也没露出任何不悦之色。

"既然诸位道友都不愿意来，那就只能让大家亲眼看看各位同门好友的死讯了。"

话音未落，萧焕抬手，天际立刻浮现一块足足有五丈长宽的留影像。

公孙冰姿愣愣地看着眼前这一幕，旋即突然意识到不妙，大叫一声："不好！"

留影像中，清晰地映出了还被困在秘境中的各家弟子的画面！

这是个岑家打扮的弟子，脸上带血，仓皇地在林间奔跑着，一边跑，一边往后看，好像在警惕着什么东西。

岑家的弟子当即失声惊叫道："曹师兄！"

但留影像中的弟子听不到这秘境外的动静。

他又跑了一段路之后，追逐着他的东西终于露出了真面目，竟然是个腹部生着人脸的巨龟！

那岑家的弟子大叫了一声，本来就伤重难支，在这攻势之下竟然毫无还手之力，立刻被巨龟扑咬得惨叫连连。

巨龟举起柱子般大小的脚时，所有人都清楚地看见了青年眼里的绝望之色。

最后，映入留影像的只剩下了一大片爆开的血雾。

青年的哀号声仿佛回荡在众人的心上。

目睹这惨烈的一幕，所有人都沉默了。

岑家子弟表情木然。

岑子尘心头气血翻涌，怒骂道："梅康平！你不是人！你迟早要遭天谴的！"

梅康平镇静自若地笑道："这可不是我的错，要怪就怪你们岑家吧，毕竟你们曾经有救下他的机会不是吗?"

这句话无异于一刀砍向了岑家弟子,几个心理承受能力差的小辈忍不住哭成了一片。

"长……长老……曹师兄死了,王师姐还在里面呢,张师弟、刘师兄他们都在啊,长老,求求你救救他们吧。"

岑子尘面色僵硬,死死地抿紧了唇,无视了这些小辈弟子的哀号声。

梅康平端详着岑子尘的面色,神情淡淡地说:"这只是个开始。"

正如他所说,这只是个开始。

接下来,随着梅康平一声令下,天际又多出了一块块留影像,里面映出一个个弟子的惨烈死状。

萧焕笑道:"诸位长辈眼熟吗?秘境里这些害人的妖兽,可都是诸位长辈亲手放出来的啊。"

众人想到那腹部上熟悉的人脸,好像一道惊雷滑过了心头,有什么线索在此刻被串联了起来。

公孙冰姿惊得指尖微颤:"你……你是说?"

这些妖兽,都是由人牲改造而成的吗?!

魔修数量太少,且大家往往会陷入自相残杀的境地,故而从一开始,梅康平就着手想要打造出一支所向披靡的魔军。这些人牲往往是身怀异能而无自保能力才会沦为人牲,如果能将魔兽与人牲的特性相结合,是不是就能研制出大批能为他所用的魔兵?

于是从那一天起,魔域开始大肆搜罗人牲,只为了一个丧心病狂的实验。

而鬼市和这秘境,无疑都昭告着天下,魔域的实验成功了。

刹那间,在场各家长老面色颓然,心如刀绞,仿佛瞬间苍老了数百岁。

这些都是宗门耗费无数心力培养出来的好孩子,如果可能,这些长老宁愿替他们去死,如今却只能寄希望于援军早日赶来,好减少这秘境里的伤亡情况。

马怀真眼神阴沉。

梅康平是有备而来,魔兵陈兵在外,消息传不出去,各家的援军也进不来,再拖下去,这秘境里的弟子们个个都要死!

这一次,留影像中映出的是一个大光明殿的弟子的画面。

自知生路尽断,这位大光明殿弟子怆然跪地,似有所感地抬起眼朝着天空的方向看了一眼,目光似正好落在了妙法尊者身上。

妙法尊者沉默地目睹着这一幕。

隔着一道留影像,一长一幼的目光似乎在无声处汇聚。

下一秒,尊者垂袖席地而坐。

那位大光明殿弟子沉默地朝着西边的方向叩首。

一个一个大光明殿弟子，在生路无望的那一刻间，纷纷朝西方叩首，以身殉道。
始入此门，潜心修为，直至今日，弟子无悔。
秘境里的声音和着秘境外的，冲天而起，冲破了乌黑的云层，散落下无尽的光。
而在这光形成的光柱之下，妙法尊者身影孤寂而坚定。
在场众人纷纷被这一幕所震撼了。

　　三十年来寻剑客，几回落叶又抽枝。
　　自从一见桃花后，直至如今更不疑。

内心坦荡，内心无碍，内心无悔。
"……"
而在大光明殿弟子以身殉道之外，还有不少弟子在秘境中奔波，挣扎，求生。
善道书院的弟子扶起了大光明殿的弟子。
青阳书院的弟子扶起了崇德古苑的弟子。
秘境里的少男少女们，虽然不知道此刻秘境外面发生了什么事，但个个浑身浴血，眼神坚定。
"快了。"开口说话的是一个崇德古苑的少女，有着秀美温婉的容貌，手里的剑都快握不住了，却还在安慰身边的同伴，"师门一定不会舍弃我们的，我们一定能冲出去的。"
这是第一个，紧接着是第二个。
"谢师兄！"朝天岭的小道士提剑怒吼，"我们现在该怎么办？！"
这是被妖兽包围着的一支小队。
谢行止挂着玄铁重剑，半跪在地上，以一夫当关万夫莫开之势一剑当前！
男人眼神冷厉，怒喝道："冲出去！所有人护好伤重的人，跟着我冲出去！这秘境有古怪，所有人只能冲出去！不能下杀手！谁要是在这儿丢下同伴，哪怕不管这吊诡之处，我也要一剑砍了他！"
孤剑谢行止！
陆临嘉眼神"噌"地亮了！

另一处留影像上，映出的是被制成了傀儡的青年。
青年身着一袭青色儒生长袍，袍角绣着的桃花灼灼其华。
被坚实的臂弯一把拥入怀中，青年茫然无措地睁大了眼，急促地喘息了一声："师……师兄……"
脑袋上落了一只温暖的手掌，齐非道眉眼带笑。
一条条灵丝贯穿了青年的胸膛，鲜血染红了衣摆，孟沧浪脸色镇静，寸步不退："小芳，师兄来接你回去了。"

留影像内，对上伽婴的视线，乔晚，或者说陆辞仙言语铿锵，掷地有声，指着不远处的仙宫说道："虽然晚辈不清楚那些能吸纳攻势的石头究竟都散布在什么地方，但我想请陛下劈了这座仙宫！"

伽婴目光幽深："从这儿去往仙宫，你该清楚，已经来不及了。"

少年眼神微亮，露出个笑容来，伴随一声高昂的龙吟，突然从袖中蹿出了一缕缕白雾，白雾化作了一条鳞爪点金穿云、喷云吐雾的巨龙！

那是一条上古蜃龙！

"但晚辈有这个！御龙而行，可日行千里，请陛下助我劈了这座仙宫！"

目睹着眼前这一幕又一幕画面，马怀真僵冷的颊侧肌肉狠狠一抽，然后放声大笑。

笑了几声之后，马怀真紧紧地盯着面色不善的梅康平，脸上露出了一个讥讽的笑容。

"梅道友，你凭什么认为我们修真界的好孩子会坐以待毙？！"

谁说他们这些秘境中的弟子就是任人鱼肉的？

这些都是修真界最有潜力、最有天赋、最有希望、心性最坚韧的弟子，是修真界的未来。

就算身处黑暗之中，生自泥淖，哪怕有一线光明，他们也会向死而生，这就是对魔域最无声也是最坚定的反抗。

御龙而行，能日行千里，孟广泽的神识铺展开，能容纳方圆数百里。

在拥有这两项作弊器的情况下，乔晚宛如开了挂一样，遑论身边还坐着一个正闭目凝神休息的大杀器。

兵贵神速。

几个眨眼之间，乔晚迅速锁定了其他弟子所在的方位。

于是，原本还身处绝境、浴血奋战的各家弟子，都看到了苍穹之中突然降下一条飞龙。

飞龙震动霄汉，气吞山河。

努力一脚踹开面前的妖兽，拔出了剑，余光不经意间一瞥，瞥到云头上的龙影之后，崇德古苑弟子微微一愣，立即咬牙大喊了一声冲杀在最前面的少女。

原本已趋绝望的崇德古苑弟子睁大了眼，眼见飞龙在天，登时失声惊叫！

"又来了！"

"又来了一只！"

"师姐！"

解红丹猛然回头，立即惊了一下。

这龙又是从哪儿来的？

他们奋战至此，已灵力枯竭，精疲力竭，如今面前又多出一条几乎占据了整片天空的龙。

云霞滚滚间，天际飞龙盘旋。

在场几个弟子眼里不约而同地涌上了一阵绝望之色。

这再来一条龙，他们……真的撑不住了。

"打起精神来！"崇德古苑的解红丹柳眉倒竖，率先迈出一步，"就算死，我们也不能窝囊地死！"

想到这儿，其他弟子又咬牙握紧了剑，严阵以待地戒备着天上的飞龙。

意料之中的攻势却没袭来，飞龙于云端翱翔数圈之后，突然缓缓降下，龙尾一摆，倒挂天宇，金鳞龙影恍若泛出了万里赤霞。

解红丹微微一愣，握紧剑的手不自觉地松开了。

未料就在这时，天际突然横空劈来一掌。

"不好！快跑！"解红丹大吼一声，却晚了一步。

这掌势也快若矫健的游龙，在半空中隐隐形成一个黑色龙影，黑龙长啸一声，迅疾若电地擦过解红丹等身后弟子数十人，迅速没入地下。

只这一掌，眨眼之间，众人身后的大地竟然裂开了一条绵延数丈的大裂谷。

刚刚被这飞龙镇住的无数妖兽，追逐间刹车不住，如山岳倾倒一般纷纷跌落裂谷之中。

解红丹难以置信地转动着脖颈，看向了天宇之下，飞龙之上。

这一掌……直接改换地形。

这还是人能劈出来的掌风吗？

就在这时，一个清朗温和的嗓音乍响。

少年身披丹霞，垂袖站在龙脊之上，脚下云雾奔腾，袍袖翩翩，皱眉朗声厉喝："我乃不平书院陆辞仙！请诸位道友速速上前与吾等会合！劈开这仙宫，好与魔域拼死一战！"

陆辞仙？！

众人一阵惊愕，陆陆续续骚动起来。

这里面有听说过陆辞仙的名字的崇德古苑弟子脸上已露出大喜之色，而其他没听说过不平书院的人，则纷纷面露茫然之色。

"事不宜迟！请诸位道友速速攀上龙背，与吾等会合！"

之前在利生峰上，解红丹是见过陆辞仙一面的，知道对方是友非敌。情况紧急，解红丹当下也不再啰唆，长剑入鞘，率先登上这龙尾倒悬的"龙梯"攀越上龙背。

她一登上龙脊，乔晚立刻伸出手拉了她一把。

解红丹神情虽然疲倦，但双眼发亮，脸上有着掩饰不住的激动之色："多谢道友前来解围。"

其他人见状也纷纷登上龙梯，收了法器，端坐下来。

浩浩长风贴着耳畔擦过，死里逃生、身心俱疲的一干弟子坐上龙脊，终于短暂地喘了一口气。

不过他们还没放松下来，就不由得将好奇的目光投向了坐得远远的那两个修士。

那位一声玄衣、气势逼人的修士，就是之前劈出那一掌的人吗？

男人半阖着眼，容色淡然，好像在养神。

回想到刚刚那改换山岳的一掌，众人一阵后怕，冷汗涔涔。

这……这还是人吗？

他们怎么不知道这回同修会还多出了一个这么厉害的角色？

每行至一处，少年就站在龙脊上朗声大呼一声。

"我乃不平书院陆辞仙！请诸位道友速速上前与吾等会合！劈开这仙宫，好与魔域拼死一战！"

龙啸声在谢行止一行人头顶上乍响。

乔晚登临龙脊，蹙眉冷喝："谢道友，我乃不平书院陆辞仙！请诸位道友速速上前与吾等会合，劈开这仙宫，好与魔域拼死一战！"

陆辞仙？

饶是谢行止也不由得微微一怔。

两个人四目相对间，青年男子道冠披血，玄色长袍上的山川云霞飞溅血色，表情冷冷的，眼里还泛着杀意。

曾经的恩怨在这一瞬间消弭无踪，青年的眼里含了一点儿托付之意。

谢行止没立即上前，只是侧过头沉声道："其他人先上！容在下殿后！"

朝天岭小道士急了："师兄！你身上的伤！"

男人背后，一道横贯背肌的刀口隐隐可见森森白骨，触目惊心。

如果这刀口再深一寸，似乎就能将谢行止给劈成两半了！

谢行止神态坚决，其他弟子都快哭了。

"谢道友（师兄）！你先上吧！"

如果说之前刚接触的时候，他们还觉得这传言之中的天之骄子有股子高高在上和缺心眼的执拗劲儿，可一路走下来，兽潮来袭时护着他们的是他，身先士卒的是他，如今主动出言殿后的还是他！

虽然他们现在依然觉得这位天之骄子缺心眼，但不妨碍他们敬佩这个真真正

正身体力行、锄强扶弱的君子。

谢行止没搭理自己这小师弟，反倒看向了陆辞仙，朝陆辞仙微微颔首，沉声道："谢某愿为诸位道友殿后，劳烦道友开路！"

原本坐在龙背上凝神小憩的伽婴听到这话，不由得微微侧目，旋即也沉下了嗓音说道："用不着你殿后。"

男人的嗓音里含着淡淡的激赏之意。

有实力、不怕死的年轻人，一向是妖皇伽婴这种战斗狂魔欣赏回护的对象。

话音刚落，"啪"的一声，这从天而降的震撼霄汉的一掌，又立刻劈开了一道裂谷，隔绝了妖兽与众人，再次把朝天岭等人给狠狠镇住了。

谢行止足足怔了半秒才反应过来，立刻收了玄铁重剑道了声谢，照样攀上了龙背。

这一次其他人总算看出来了，本来就是少年心性，虽说好不容易死里逃生，但得见这力可劈山河的掌势，忍不住心生钦佩、向往、好奇之意，不禁交头接耳。这位……好像是个披着马甲，深藏不露的大佬啊，就是不知道这马甲下面的究竟是哪一位人物了？

不管怎么说，身边有个大佬镇着，总是让人觉得安心的。

众人再行至一处，地面上一小队人正在彼此掩护，企图从兽潮包围中突围。

随着陆辞仙朗喝一声，人群中走出个身形颀长、容貌恍若远山初雪的少年。

裴春争。

乍一见对方，双方都微微一愣。

少年如玉的脸上飞溅了点儿血，眼神冷峻。

虽然是魔没错，但在这危急时刻，他还是尽量护住了身后的同伴。

"陆……陆道友……"白发青年明显是刚刚哭过的，面露喜色，琉璃似的眼中浮现激动渴慕之意，不顾身上的伤，跌跌撞撞地就扑到了陆辞仙面前。

"陆道友……你……你见过晚儿妹子吗？晚儿妹子还在吗？"

裴春争不由得捏紧了手里的剑。

陆辞仙，或者说乔晚，移开了视线，喉口微微一哽。

"抱歉，甘道友，"乔晚轻声说道，"我……我也不清楚。"

虽然愧疚，但这个时候"乔晚"还不能出现。

希望破灭，青年踉跄一步，忍不住又红了眼眶。

乔晚安慰道："乔晚死里逃生这么多次，或许这一次也能逃出生天。甘道友，请你与我们同行，一起劈了这仙宫，对抗魔域。"

青年匍匐在地，终于没忍住号啕大哭起来。

哭了半响之后，青年用力擦了把眼泪，倏地化作一条白龙蹿上了天宇。

白龙神色哀哀："甘某无能，无法为诸位道友做些什么，请坐不下的道友，登上我这龙背，免得伤口挨挤，也好让某为诸位道友尽一份绵薄之力。"

乔晚抿紧了唇，移开了略显黯然的视线。

不是她不愿意和甘南相认。

甘南是她的第一个，也是最好的朋友。

她……她也很想他的！

但"乔晚"现在还有更重要的事情要做！

炉火刚熄。

看着面前这刚出炉的剑和有点儿无措的少女，孟广泽的嗓音温和有力。

"刑范正，金锡美，工冶巧，火齐得，剖刑而莫邪已。"

"不剥脱，不砥砺，则不可以断绳；剥脱之，砥砺之，则劙盘盂、刎牛马、忽然耳。"

"阿晚，做人也如同铸剑，"孟广泽又摸了一把女儿的脑袋，眼角细纹显得和蔼又宽仁，"不要怕，天将降大任于是人也。任何杀不死你的人，都将使你更为强大。"

手中的剑通体黑金，剑柄上刻着一个遒劲有力的大字——"行"！

剑身中央嵌着赤火金胎，流光溢彩，寒芒吐露。

在饱经战火洗礼、风刀霜剑之后，是等待剑啸八纮外、拔剑击大荒的"闻斯行诸"！

梅康平不可能放任他们对仙宫下手。

众人行至中途，不少魔兽陆陆续续地围了上来，但梅康平做梦都想不到的是，他们中间还有一个堪称开挂的妖皇。

有妖皇坐镇，甚至无须他们这些小辈出手，这些魔兽根本无法近身一步。

于是，龙背上的其他弟子内心更震惊了。

这究竟是哪个奇行种？！这修为也太逆天了吧？！

眨眼之间，仙宫已近在眼前！

就这样，蜃龙在仙宫前缓缓降落，原本疲累绝望的众人，此时眼里不约而同地爆发出了灼灼光芒，纷纷按剑而起。

杀出去！

就现在！杀出去！

没想到，他们刚跳下龙背，立刻就被崇德古苑的人给拦住了。

崇德古苑的人谨慎一点儿，抬手说道："先进去看看情况。"

正活动筋骨，忙着暴力拆迁的一干人等愣了愣。

说实话，前面那段经历简直宛如噩梦一般，这个时候他们竟然还要进仙宫？谁知道仙宫里面有什么东西？

一时间,有些弟子略感焦躁不安:"真……真要进去吗?万一这里面……"

甘南不知道想到了什么,眼睛里的光渐渐地亮了起来,难得结结巴巴地主动开口:"进……进去吧,万一这里面还有活人呢?"

万一乔晚没死,被关在这仙宫里面了呢?

这话一出,其他人默了片刻,在马上脱困和为了这虚无缥缈的希望或许还有可能置身险地之间,所有人都选择了进去。

"进去吧。"不知道是哪家弟子叹了一口气,"至少也得进去看看。"

众人一合计,又扭头去看陆辞仙。

自打陆辞仙驾着蜃龙来救人之后,幸存下来的众人竟然隐隐有了以陆辞仙为首的架势。

好吧,其实他们主要是去看少年身边那其貌不扬的男弟子士。

乔晚去看伽婴的反应,眼看伽婴也微微颔首,当下松了一口气:"进去吧。"

推开玉砌的厚重大门,往下是一条蜿蜒深邃的长阶,陆辞仙、甘南等人开路,谢行止、解红丹、裴春争等人殿后。

台阶很长,四周寂静无声,安静得简直就像座死城。

好在他们这一路走来,并没有遇到什么危险,很快就到了仙宫内。

墙侧的壁灯灯光很柔和,映照出面前这十扇厚重的玉门。

谢行止略一思忖,率先一步走上前,推开了门,一股血腥味道铺天盖地地蹿了上来。

"这是什么味道?!"

众人心里微讶,立刻往后退了半步,等目光触及门内的东西之后,忍不住吐了。

这里面装着的,满满都是死人,或是缺胳膊断腿的,或是眼睛被挖了的,或是丹田被剖开的……

一间又一间大殿里全是死尸,除了人修,甚至也有妖修和魔修的,而这里面不乏那些进入秘境后失踪殒命的弟子。

这些"眼睛""金丹"之类有用的东西都被分门别类地划归在了一起。

乔晚呆愣在原地,足足愣了半秒才慢慢回过神来。

面前这一切,都让她想到了四个大字——人体实验。

魔域在这里搞人体实验。

"果然如此。"她的耳畔传来了修犬微不可察的叹息声。

乔晚忍不住看了修犬一眼。

青年苦笑了一声:"我们来这儿为的也是这事。"修犬又看了一眼不远处的玄衣男子的脸色。

看伽婴并没有阻拦乔晚得知妖族秘辛的意思,修犬略微讶异。

看来陛下是真的挺赏识乔晚的？

修犬又压低了嗓音，放心大胆地开了口继续说："之前在栖泽府那次，你也知道，细罗背叛了陛下。

"我们那儿毗邻魔域，我们经常与魔域发生争斗，修真界与魔域相安无事数百年，也有陛下挡在魔域前面镇着的功劳。陛下信任他，就将边境交由他守卫。

"只是没想到，细罗竟然暗中与魔域达成了协议，梅康平帮助细罗夺权，而细罗和魔域在一次次战争之中，神不知鬼不觉地安排陛下的部属'战死'沙场，以此来削减陛下的实力。

"后来，陛下察觉到魔域那边似乎有点儿奇怪的动静，就孤身前往血雾山调查。"

听到这儿，乔晚又愣了愣。

血雾山！

她之前还在昆山那会儿，曾经听大师兄提起，妖皇前往血雾山，逼得血雾山上的众魔纷纷出逃。

想到这儿，乔晚抿紧了唇，后背冷汗又湿了一层。

当时她做梦也没想到自己将来能和妖皇扯上干系，根本就没把这事放在心上，原来这一切竟然都不是巧合吗？早在那时候起，梅康平就已经开始动作了？

修犬神情凝重："也就从那时起，细罗就反了。至于这仙宫里所谓的'仙兽'妖丹，恐怕也与细罗脱不开关系。

"梅康平从哪儿能弄来这么多已经结丹的仙兽安排在这秘境里？我与陛下怀疑，他是将当初战死的妖修开膛剖腹，挖出妖丹，再放入了这些妖兽体内，诱你们人修上钩。"

"现在看起来，"修犬将目光投向面前这一地尸身，面无表情道，"果真如此。"

四周传来了其他弟子惊怒的叫声。

"魔域……"

"魔域竟然能做出这么灭绝人性的玩意儿！"

在场的都是一腔热血的少年，看到这惨状，一个个怒不可遏，恨不得提剑马上就去和魔域拼命。

这仙宫，他们必须砸了！

众人又绕着仙宫走了一圈儿，这里早已空无一人，看来魔域的人早早就撤出了。

如此一来，陆辞仙他们几个下手也没了负担，一众小辈不约而同地将目光投到了披着马甲的妖皇身上。

在一众小辈愤怒又期待的目光之中，妖皇容色淡然，允诺了众人的期许。

于是，众人又撤出了仙宫。

没想到他们刚撤出仙宫，正好和几个熟悉的人撞了个正着。

"孟师兄！齐非道？！小芳？！"这是惊讶的解红丹。

"师兄！王姑娘！"这是幸存的善道弟子。

至于王如意，一瞥见队伍中的陆辞仙，就拎着嫁衣飞扑上去抱了个满怀，"嘤嘤嘤"地直哭。

孟沧浪捂着肚子上的血洞，微微一怔："师妹。"目光看向身后这一干人，"你们怎么会在这儿？"

乔晚一颗心猛地跳动了一下，目光愣愣地看向了被齐非道背在背上的青年："小……小芳？"

听到动静，青年狼狈地从齐非道背上探出一个头，苦笑了一声："陆辞仙，你还活着啊。"

青年脸色苍白，眼睛却一眨不眨地盯着乔晚看了好一会儿，这才好似松了一口气般，微微移开了视线："太好了，你活着就好。"

说完，他脑袋一歪，满足地昏了过去。

解红丹惊讶："这……这是怎么回事？"

齐非道把背上的青年往上托了托，收起了吊儿郎当的神情："说来话长。你们呢？你们怎么在这儿？"

谢行止上前一步，容色一如既往地沉静说："我们打算去劈了这仙宫，杀出去。"

杀出去！

短短三个字！听得众人心头激荡，热血沸腾。

对！他们要杀出去！

"这地方合该毁了！早毁早好！"

在决定劈了这仙宫之后，伽婴只用了一招。

劈仙宫之前，乔晚特地把众人召集到面前，耐心叮嘱："我想，这仙宫或许就是秘境核心，待会儿仙宫一旦被劈开，这秘境或许会崩裂，到时候请诸位道友不要犹豫，立马冲出去。"

"这不是小事，谁若慢了一步……"乔晚神情凝重，"说不定就会被埋在这秘境里，再也出不去了。"

"我想我们出去之后，魔兵肯定在外围守株待兔，但到时候各门各派接应的人也会来，请大家务必彼此配合好。"

"让我们冲出去，与魔域决一死战！"

而在秘境外面，一直留意着秘境里面的动静的马怀真也偏头吩咐了下去，让各家各派立刻派人去接应。

他抬头看向云头上的梅康平。

梅康平神情不明。

两个人四目相对,这是一场生死较量,就赌谁更快一步。

随着一声令下,伽婴腰侧的弯刀终于出鞘。

乔晚只在栖泽府那次看到过伽婴的刀出鞘,彼时也不过隔着长街远远地看了一眼,而现在,刀意如龙,咆哮而出。

六条黑龙,比之前那五条多出一条。

六龙仰天,朝着那仙宫飞去,一爪就将这嵯峨的亭台楼阁给劈成了两半。

众人远远看去,六龙绕着天宇翱翔。

随着面前的亭台楼阁尽数崩塌,秘境内这一方小世界,大地也开始震动,山岳倒伏,江川逆流,星辰倒悬。

伴随着一声巨响,乔晚愣怔的神色突变,眼里随即映出她此生看到的最震撼的一幕场景。

天际那座火山,暗红的岩浆被裹在滚滚的黑烟中喷涌而出,随之被抛向天空的是滚滚的岩浆,宛如星火般飞溅上高空,又如同流星般纷纷坠落。

如溢出水杯的水一般,熔岩流恍若熔金顺着山体奔涌而下!

火山喷发!

乔晚惊骇地睁大了眼,率先怒吼出声:"跑!"

无数弟子愣了半秒之后,也随即泪流满面,一路顺着山下埋头狂奔!

救命啊!只说了仙宫被劈开后秘境可能会崩,但没人告诉他们会出现火山喷发的情形哪!

就算再牛的修士,在大自然面前也渺小得如同蝼蚁。

更何况现在大家伙没了法器,又受了重伤,只能全靠两条腿狂奔。

火山熔岩这玩意儿,乔晚记得,速度极快,只要人被吞没立刻没救。

偏偏天上火山灰弥漫,放来福出来御龙而行也成了件十分不靠谱的事。

好在大家伙各有自家的逃跑伎俩,比如"瞬步""凌波微步"啥的,灵力被调动到极致。乔晚连开妙微步法,被身后的火山熔岩追得一路狂奔不休!

而马怀真反应也十分快,迅速用传音入密下令:"快!去接应!要是有弟子死在这儿,就别回来了!"

伴随火山熔岩而来的,是身后受这强烈震动,一寸寸崩塌的山体!

崩塌的秘境在身后犹如一条迅疾的游龙追着众人的屁股嗷嗷直咬,只要谁稍慢一步,就会被埋在这秘境下。

好在大家求生的欲望都十分强烈,虽说一个个都狼狈了点儿,但总算披着一身灰一身血地冲出了秘境!

冲出秘境的刹那间,没有人敢放松心神,众人纷纷握紧了手中的刀或剑,冷

眼看着早已守在秘境前的魔兵。

对方一声令下："一个都不准放跑！"

齐非道立刻把背上的方凌青放下，蹬着草鞋，神色肃然地冲了上去。

青年脚步如飞，那有点儿邋遢的衣摆翻飞间如一道电光，每一击都快准狠，不拖泥带水，每踏出一步脚下和手上都暗合了法术变化。

和齐非道一块儿冲出来的几个弟子惊讶地发现，这崇德古苑数部的大师兄比他们想象中的还要恐怖。

这个时候的齐非道简直成了一台计算精密的机器，只他一人，随手摘下点儿树叶、树枝或捡个石头什么的，排下的法阵就困死了面前的数百个魔兵。

"快走。"大脑在高负荷运算之下，齐非道仍然没忘回头嘱咐，"这儿有我，快带小芳走。"

那几个弟子瞠目结舌，下意识地想扶起方凌青。却没想到青年已经悠悠转醒，见到此时情形立刻摇摇头，推开了准备扶他的弟子。

方凌青犹豫了一下，身后蹿出成百上千根灵丝，将就近几个魔兵扫倒："我也来帮忙。"

虽说被制成傀儡没错，但他升级了啊。

齐非道瞥了一眼方凌青，时间紧迫也懒得说他，只让他退到自己身后来。

方凌青笑了一下，笑容有些得意："这个时候，明明是齐师兄你退到我身后吧。"

铺天盖地的灵丝爆射而出，瞬间就成了齐非道最好的掩护！迫于这泛着寒光、削铁如泥的灵丝，在场魔兵竟然一时无人敢上前。

而在另一头，孟沧浪和甘南也在战斗。

青年腹部的大血洞还在流血，孟沧浪却面不改色地拔下了身后的门板巨剑，横在身前，望向面前这如海的魔兵，神色犹豫了一下，旋即又转为了坚定："在下本来不想用这一招的。"

甘南愣了愣："孟道友？"

孟沧浪眼睫微颤，话音刚落，门板巨剑上附着的灵力渐渐化为了一层流动的水膜，随着灵力越多，刀刃上的水也随之流动、旋转，化为了一个巨大的漩涡。

这漩涡甩出的水花，宛如一片片锋利的刀刃。

甘南震惊地看着眼前的场景，凡是被这漩涡沾到一点儿的，或是不慎落入这漩涡里的魔兵，瞬间就被绞碎成了一大团血肉和血雾。

水，的确从容温和，随地势而流动，孟沧浪为人也的确温和端正，但大家都忘了，水倘若愤怒起来，浪掀数丈，吞没一城甚至也不在话下。

血雾浇在甘南的脸上，青年摸了摸脸颊，看着前方宛如一座巨型绞肉器的孟沧浪，微微愣住。

那他呢，他能做什么呢？他是小白龙呀。

他……

他废物到连晚儿妹子也保护不了，甚至还要晚儿妹子来保护他。

他……他明明是小白龙啊，天生就能驭水的敖氏啊。

目光落在不远处的魔兵身上，青年琉璃般的眼眸里突然流泻出了淡淡的冷意，白发发梢带着一点儿海藻般的绿意，在血雾中微扬。

青年的眼眶又隐隐见了红，他却闭上了眼，深吸了一口气。

他的确是个废物，但还有两项别人无法企及的天赋，就是那不要钱的灵力和天生驭水的本领！

随着青年的目光转为坚定，一抬手的工夫，他面前那无数还在拼杀的魔兵一个个身形微微一滞。

孟沧浪讶异地睁大了眼。

起先，只是"扑哧"一声轻微的、好像破冰般的细响声响起，紧跟着无数"扑哧""扑哧""扑哧"的动静不断传来。

几十根血色冰凌从魔兵的四肢，甚至脸上支凌而出，就这一眨眼的工夫，面前这几百号魔兵体内的血液飞速冻结，又在下一秒，化成冰凌戳破了肌肤。

远远看去，这几百号魔兵简直像一团一团被冰冻的刺猬。

做完这一切，青年咬牙，红着眼眶，拔出了腰间基本没出过鞘的刀，流着眼泪怒吼一声，"嗷呜嗷呜"地就冲了上去！

都是魔域的错！他……他要给晚儿妹子报仇！

刚跳出秘境，看了一眼空无一人的左右，修犬心里就"咯噔"了一声。

完了，他偏偏和陛下失散了。

不过他怎么也是妖皇的左膀右臂，微微正了正神色，手上五指微屈，青筋暴起，指甲尖而锐利，口中犬齿也一寸寸伸长，耳朵微微一动，打算先杀出去再说！

但就在这时，他看到了一个人。

那一瞬间，青年甚至无法形容自己的感情。

他看到了行走在血色战场上的一个女人。

女人容色温和，娉娉婷婷，脸上毫无惧意，穿梭在战场上，与栖霞仙子高兰芝一块儿救着人。

这就像生与死间游走的一株幽兰，寂静从容。

人类是多么柔软，多么脆弱，尤其是人类的女人，大黄狗愣愣地想。

青年周身的杀意出乎意料地敛了敛，连耷拉着的耳朵都忍不住飞扬了起来。

乔晚，或者说陆辞仙也在赶路。

在刚刚冲出秘境的那一瞬间，她突然福至心灵，试着把雷球和妙微步法相结合，将雷电灌注于脚下。

这个尝试十分成功，有了迅雷加持，她的速度不仅有了飞一般的提升，身体冲出去时，脚下淡蓝色的雷云闪烁，一路火花带闪电，效果十分酷炫。

确定了方向后，乔晚马不停蹄地直往营地的方向赶去。

终于，她瞥见了不远处那片人海，和人海中熟悉的几道人影：马怀真、萧博扬、妙法尊者……

马怀真惊讶："陆辞仙？！"

少年却胆大包天地没搭理马怀真，甚至也没看不远处微愣的妙法，只面不改色地抬手召唤出了那条蜃龙，翻身蹿上了龙角，在众人的仰视之中，一跃蹿上了云头，跳到了——萧焕面前。

少年看了萧焕一眼，扯着唇露出个笑容："没想到几日不见，萧道友就成了萧家家主，真是好大的气派。"

陆辞仙？

萧焕何其敏锐，立刻就察觉到了些不对劲儿之处，却还是压下了眉宇间的冷意，露出一个一如既往的温和笑容，轻声说道："陆道友，好久不见了。"

少年却好像没有和他寒暄的意思，转身朝向面前的修真界各家各派人士。

"萧道友的确是少年英杰，但诸位道友可知道如今这萧家家主的位子，是萧焕萧道友杀弟弑父夺来的？！"

少年一赶来，就朝着人群丢下了一颗重磅炸弹。

在场所有人，就连公孙冰姿也面露惊讶之色："你说什么？"

萧景洲死得古怪，除了萧家人，也只有昆山的人知道，萧景洲的死和乔晚脱不了干系，虽然知道萧景洲的死或许有萧焕在推波助澜，但被人当着所有人的面直接点出，还是引动了轩然大波。

也就在这一瞬间，青年立刻收敛了所有神色，看了一眼面前这仙姿玉骨、垂袖而立的少年，笑道："陆道友，你以为你挡得了我吗？"

萧焕近似冷酷地想，自己忍辱负重几十年，今天不论谁挡他的路，都必须死。

长剑出鞘，这是萧焕的佩剑，通体金色，镌刻着繁复的镂金花纹，刃如秋霜，寒光乍起，无人不心神一凛。

马怀真立刻察觉出不对劲儿来："诛邪剑谱！萧焕要运使诛邪剑谱！快拦住他！"

但慢了一步，剑光一亮，周遭云海翻涌，如沧溟生浪，陆辞仙立刻被这剑意给逼下了云头！

这就是诛邪剑谱吗？

公孙冰姿张大了嘴。

不过起手第一式，这寒冷剑芒已然能抵百万之兵的气势。

但萧焕或许是今天决意要杀了陆辞仙，又刺出一剑！剑意如龙，顺着云头咆哮而下，直追少年的心口。

萧焕眼神骤冷，正准备起手第二式，却未料胸口突然一滞，气血一阵翻涌，剑意硬生生地在少年的心口半寸前刹住。

这怎么……怎么可能？

萧焕脸色遽变，昔日的慵懒神色瞬间消失了个无影无踪。

乔晚面色镇定地看着这雍容华贵的青年冷不防地一个踉跄，从口中喷出一大口鲜血，鲜血溅湿了他身上雪白的狐裘。

这的确是诛邪剑谱没错，但如果萧焕从一开始拿到的就是假的诛邪剑谱呢？

萧焕面色苍白，惊疑不定！

他性格一向谨慎，拿到诛邪剑谱之后第一时间就确定过真伪，能弄出骗过他的假剑谱，除非陆辟寒早在几个月前就有了准备。但他这么多年来一直蛰伏得很好，陆辟寒又是从哪儿知道他会在同修会上发难，从而提早做下准备的？

但萧焕毕竟是萧焕，就算在众目睽睽之下被陆辟寒给坑得默默吐血，却依然缓缓站直了身子，揩去了嘴角的血渍，恍若无事般盯着乔晚看了半晌，莞尔一笑，嘴里溢出了一声叹息："原来如此，原来如此，枉我自上昆山起就开始筹谋，没想到还是被陆辟寒给坑了这一手。"

事态脱出掌控，萧焕仍能临危不乱，保留风度，各家各派虽没吭声，但心里都不由得微微一凛。

萧景洲的这个儿子的确是个能成大事的人。

"但，"萧焕话锋一转，笑道，"事已至此，就算陆道友指出我得位不正，又有何用呢？还是说道友你以为这样就能拉拢萧家弟子与你走？"

站在萧焕身后的萧家弟子们无一人出声，没有一人面露动摇之色。

陆辞仙语气淡淡地说："改投阵营之后回来落不得好果子吃，他们不傻。我只是替乔晚正名。"

她只是要指出萧景洲并非她所杀。

"我差点儿忘了，"端详了一眼少年的神色，萧焕拢紧了沾血的狐裘，又是莞尔一笑，"陆道友对乔晚倒是一往情深，但乔晚早为我所杀，替一个死人正名又有何必要？"

乔晚已为萧焕所杀？

不只萧博扬和陆临嘉几个小辈怔了怔，马怀真脸上的神情也终于绷不住了，他捏紧了轮椅扶手，咬着牙，一字一顿地逼问："你杀了乔晚？！"

公孙冰姿也微微一愣，下意识地将目光放在了一直没出声的梅康平身上。

男人容色平静，居高临下地站着，仿佛萧焕杀的不过是个无足轻重的小喽啰。

公孙冰姿心里叹了一口气。

血缘关系竟然淡薄至此吗？魔不愧是魔，可惜了乔晚。

公孙冰姿和乔晚倒也没多少接触，只是曾听说过这姑娘身上发生的那点儿传奇事迹，对修真界又痛失一个少年英才而微感惋惜。

那些本来和乔晚关系算不上多好的昆山弟子，乍一听到这消息，心里也纷纷涌出了一阵物伤其类的悲痛感。

而那本来与乔晚关系不错的暗部弟子，纷纷握紧了手里的刀剑，手上青筋暴起！

乔晚竟然是萧焕杀的！

而在这面色各异的众人之中，唯独大光明殿的妙法尊者微微蹙眉，神情略显古怪。

结果没想到陆辞仙接下来的一句话，又如同一道惊雷平地炸响，直将所有人给炸了个晕头转向！

少年不疾不徐，嗓音低沉有力："如果我说乔晚没死呢？"

萧焕本来是想激陆辞仙的，反倒被告知了一个惊天的消息。

萧焕愣了愣，那副雍容的表情终于再也绷不住了，目光深深地盯着陆辞仙："乔晚没死？"

少年垂袖淡淡地站在云头的百万魔兵之前，这恍若浸满了血气的肃杀气息迎面扑来，少年神色一如既往地沉静从容，恍若面前站着的不是梅康平这魔域的梅相，也不是百万魔兵。

陆辞仙看看萧焕，看看梅康平，眉眼含笑道："到了。"

电光石火间，萧焕后心骤然泛起刺骨寒意。他心头警兆大作，急旋身形回望，却只捕捉到一道凝练如冰的森然剑意！

这道剑意直冲云霄，锐意逼人，宛如一道惊雷照破了天上厚厚的黑云！

就在一剑要洞穿他的后心之时，萧焕立刻拔剑应对！

"锵！"

他虽然挡住了一剑攻势，剑身却在这威压之下一寸寸崩裂！

萧焕终于脸色骤变，失神惊叫道："乔晚？！"

少女身形纤细，眉眼冷冽，一个本该死去的人冷不防地出现在自己身后，捅了自己的后心一刀，萧焕浑身僵直。饶是他这个时候也忍不住风度全无地暗骂了一声，这算什么玩意儿？

乔晚一动，所有人立刻动了起来，萧焕身后的萧家弟子立刻出招，刹那间剑气纵横。

陆辞仙却一剑架开了这所有剑光。

这一切不过发生在瞬息之间，梅康平冷冷地注视着眼前这一切，抬手拦住了几欲发作的其他魔兵。

虽说乔晚"死而复生"这件事,梅康平自己也够震惊的,但这不是魔兵出手的时候。

众人与魔兵之间看着维持着平衡,且现在还不是打破这平衡的时机,或者说单一个萧焕还不够动摇大局。

乔晚一击没得手,看也没看下面那嘴里宛如吞了个鸡蛋的各家子弟,反手就把一个血肉模糊的"人"丢到了萧焕面前!

那"人"容貌被毁了大半,眼珠费力地转动了几下。

这是当初他派去追杀乔晚的那萧景洲的死士。

梅康平看着面前这一身粉衣、眼神如秋水般皎洁明亮、腰负一把通体黑金色长剑的少女,脸色忽而有了些变化:"你与陆辞仙合作?"

乔晚面不改色:"二叔。"

这一声称呼,喊得梅康平微微一愣,旋即他忍不住笑出声来。

在众人诡异的视线中,梅康平越笑声音越大,朗声大笑了好一会儿,这才堪堪止住了笑意,冷冷打量了面前的少女一眼:"二叔能说你不愧是苏不惑的女儿吗?"

他又扫了一眼下面那神色各异的众人,笑道:"就算你没死,你以为单凭你们这两个娃娃就能挡住我身后这百万魔兵?"

乔晚伸手指了指身后秘境的方向,平静地说道:"孟沧浪、谢行止、齐非道……大家都在,白珊湖师姐也赶了过去,我一个人或许挡不住,但我的朋友,比二叔你想象中的更为坚韧。我相信,就算豁出性命,他们也会为了抵挡魔兵在所不惜!"

就在她的手指所指之地,每个人都在战斗!

青年脚蹬草鞋,在一道道灵丝的掩映之下,运算如飞。

门板巨剑的剑气如汹涌的怒潮,冻结的血色冰凌花开满了整个战场。

谢行止足踏阴阳,手握玄铁重剑,一夫当关万夫莫开,而裴春争手持的惊雪剑宛如流风回雪,所过之处冷寂无声。

这一句话,让马怀真暗暗叫了一声"好"!

男人摩挲着刚刚差点儿被捏碎的扶手,扯动嘴角嗤笑:"梅道友,这就是我们修真界的好孩子。"

那话里的意思简直就是:你们魔域有吗?

不好意思,他忘了,魔域基本生不出来崽子,纯魔少得可怜,更别说那些年轻的后辈,魔域妥妥就是个老妖怪遍地跑的老龄化社会。

被马怀真一顿嘲讽,梅康平脸色发黑,掐紧了手里的扇子。

没想到,乔晚又伸手一指:"更何况在那儿,我还有妖皇陛下。"

梅康平蓦地动作一滞。

乔晚的手指所指之处，六龙冲天而起！妖氛滔滔如乌云蔽日，君临天下，气场霸气而毫无收敛之势，黑龙盘旋之处，隐隐传来了魔兽和魔修凄惨的嘶吼声。

梅康平的脸色终于崩不住了。

跟随萧焕的其他萧家弟子终于面露惊恐之色。

妖皇不比修真界其他人。

妖皇怎么会在这同修会上？他总不至于是特地为了乔晚赶来的吧？！

这个时候，公孙冰姿等人才恍惚记起，乔晚好像是妖族的王妃来着？

梅康平迅速定了定心神，这才咬着牙重新打量起自己这侄女，没忘讥讽道："我倒是忘了，你毕竟和妖皇攀上了关系。"

"还有一件事，我忘了同二叔你说，"乔晚面无表情，当着修真界所有人的面，又砸下了一道惊雷，直接把还没反应过来的众人硬生生地又给砸蒙了，"我就是陆辞仙。"

少女微微抬手，刹那间，在众人瞠目结舌的目光中，那原本立在云头上的少年身形渐渐融入了无形的虚空之中，重新回归了本体。

萧焕如遭雷击。

分身回归本体，刹那间修为暴涨，一连跳上金丹后元婴前期的少女脚下连开"迅雷"大招绕到了青年身后。

这一剑终于洞穿了萧焕的腰腹。

利刃没入体内，萧焕却没觉察出痛意，主要是因为有比疼痛更为震撼他的东西，就是乔晚接下来说的那句话。

青年温文尔雅的脸上血色顿失，浑身上下如坠冰窖，他难以置信地大叫了一声，好像看到了鬼一样。

就连梅康平也怔住了。

或者说，在场所有人都怔住了。马怀真与公孙冰姿都难以置信地看着这一幕，萧博扬更是差点儿惊叫着蹦起来！

乔晚抬眼，少女那张姣好的面容上隐隐多出了些少年英武之气，秀眉如山，薄唇如剑，眸如皓月。

少女，或者说少年，嗓音铿锵有力，语气从容镇定。

"陆辞仙就是我。"

陆辞仙，小辈中的佼佼者，论法会上与孟沧浪等人并肩作战，自断一指杀出鬼市的陆辞仙，与乔晚其实是一个人！

世上还有比这更荒诞的事情吗？！

第十一章　逍遥八纮外，游目历遐荒

梅康平的脸色倏地变了变。

乔晚就是陆辞仙？

少女的眼里映着云霞中流泻而下的光，肌肤犹如玉树堆雪，泛着点儿柔和的粉色颊晕，那粉色的衣摆至柔又至刚。

但就是这仙姿玉骨、真诚而英气的少女，手持"闻斯行诸"毫不犹豫地递出了第一剑！

梅康平何等敏锐，立刻察觉出不对劲儿，往后急退了半步，大叫了一声！

身后那百万魔兵也跟着动了，手中的盾与剑猝然一亮，宛如层层黑色海浪，泛出白色的浪花，掀起数百丈高的浪头。

梅康平急退之下，险险避开了面前一道差点儿割下他的脑袋的剑光。

剑光一击不得手，宛如一条游龙般速度不减，呼啸着冲入了云层之中，竟然将这厚重的乌云撕开了一个口子。

这是……

梅康平捏着扇子，面色大变，心念电转间，冷汗已经浸透了脊背。

少女神情镇静温和，甚至有点儿礼貌："这才是真正的诛邪剑谱。"

这是诛邪剑谱？！

接连受打击和震撼之下，一向十分文雅的魔域梅相差点儿也十分不文雅地爆了粗口。

谁也想不到，打从她上昆山起，陆辟寒就准备了两份诛邪剑谱，一份真，一份假，假的交给了萧焕，真的交给了她，就在将她关禁闭的那一天，连同那些功法秘籍一道送到了她的洞府里。

谁也没见过诛邪剑谱，谁也不知道诛邪剑谱是什么样的。早在冥冥之中，她就学会了诛邪剑谱中的剑招，只是困于修为，施展不出其十分之一的威力。

如果不是孟广泽前辈亲口告诉她，她永远也不会知道，这各方争夺的诛邪剑谱其实就在她的心中。

乔晚抿紧了唇。

现在不一样了，在孟广泽前辈的帮助下，她找到了一个能够将诛邪剑谱的威力十成十地施展出的办法。

那剑意顺着云层越攀越高，越攀越高，突然宛如被撕裂的弦音，陡然直降，一路冲到了这"海浪"之中。

只这一剑，力劈涛涛沧溟，海浪断流。

所有人都变了脸色，马怀真捏紧了轮椅扶手，扶手不堪这几次折腾，"嘎巴"一声碎成了几块，马怀真却无暇注意这个。

公孙冰姿与岑子尘还有各家长老都失神地看着眼前这一幕。

在这一干人中，唯独萧焕脸色最差，宛如青天白日里见到了鬼！

他看得清清楚楚，那道剑意在劈分云海以及百万魔兵之后，陡然一转，朝着他冲来！

在这生死悬于一线之间，萧焕陡然冷静了下来，思绪虽然纷乱，脑子却很清楚。

逃出去！

不逃出去，他会死！

于是一向雍容华贵沉稳的萧家少爷，不，或者说萧家家主，立刻拔剑应战！

就连梅康平活了这么多年，也是第一次感觉到死亡的气息近在咫尺，手中绮罗扇上封印着的生魂咆哮而出，在这生魂的掩护之下，梅康平步步急退！

主帅一退，身后的百万魔兵气势顿时弱了。

马怀真眼里精光乍现，虽然陆辞仙是乔晚这事让他几欲失语，但和这件事相比最重要的是抓住眼前这个稍纵即逝的良机！

他当下立刻吩咐身后众人准备出战！

甫一交手，察觉到剑下这股浑厚的修为，乔晚微微讶然，没想到工于心计的萧焕修为竟然如此高深，不输大师兄与谢行止，甚至更高一筹。

萧焕额头上冷汗如雨，紧抿着薄唇，强作镇定地抵抗着。

自他剑下竟然隐隐飞出了一只火红的凤凰，剑影纵横间，凤凰清音唳唳，振翅而飞，萧焕在奋力抗击！

如果是之前的她，一定没有能力一剑逼退梅康平，先斩数百魔兵之后，再马不停蹄地转头对付萧焕，但对现在的乔晚而言，虽然萧焕的修为很高，反抗也很激烈，可在十成十施展的诛邪剑谱招式下，依然像个软弱无力的孩子第一次拿起剑，太弱了。

萧焕何等聪明，显然也意识到了这点。

在"闻斯行诸"剑势之下，他竟然软弱无力得像个婴儿。

火红的凤凰在这浩然的剑光之下，如同垂死的笼中鸟，几个翻越之后，不甘地垂下了骄傲的头颅，再没了挣扎的力气。

剑意压倒了凤凰，萧焕干脆丢了手里的剑，扑向身后的魔兵之中，落荒而逃！

这实在算不上一个"英雄"的决定，但无疑是个"英明"的决定，这个份上众人也无暇去嘲笑萧焕，因为当他们面对这一幕时，他们表现得不一定要比他好出多少。

梅康平更惊疑不定的是，乔晚……乔晚是怎么运使诛邪剑谱的？！

这一剑，让他想到了一些很不好的回忆，他不由得脸色铁青。

没想到萧焕刚退出，这浩荡的剑意便长驱直入，突破魔兵，一剑洞穿了青年的丹田！

再受重挫，萧焕一个趔趄，捂住了血流不止的腰腹，面色惨白如雪，浑身冰冷僵硬地看着不远处的少女。

魔兵渐渐围了上去，将乔晚包围在了正中间。他侥幸捡回了一条命，却没觉得有多高兴，甚至觉得一阵恐惧。

捂着肚子上的血洞，萧焕惊骇地想：她会怎么对付自己？她会在万军之中取下他这颗脑袋吗？

萧焕觉得怕，又觉得悔，忍不住露出一丝苦笑，悔恨自己千挑万选，竟然选中了乔晚这硬茬。

那少年，或者说少女，被百万魔兵重重包围，依然面色不改。

一声高昂的、响彻天际与山川的龙吟乍响，蜃龙穿越云雾，披着霞光从天际游下，在少女身前俯身。乔晚信步登上了龙角，暗暗攥紧了拳。

她目光往下，能看到云层下各家各派的人都在抬眼愣愣地看着她。

少女身形纤细，眼如明珠，英气勃发。

这竟然就是陆辞仙？！和陆辞仙关系匪浅的崇德古苑弟子瞬间呆若木鸡。

萧博扬："这是乔晚？！"

从秘境的方向足以看到这天际上的变化，那道剑光足以照破方圆数十里的地方。

其他魔兵惊讶地发现，原本还在奋力搏杀的对手突然纷纷停下了手里的动作。

孟沧浪愣了，白珊湖愣了。

甘南瞪大双眼，喜悦如潮水般涌来。他跳起身，又突然跪地痛哭——为乔晚劫后余生的成长喜极而悲。

齐非道与方凌青皆大叫一声！

陆……陆辞仙……和乔晚是一个人？！

而谢行止手中的剑竟然没有抓稳，"砰"的一声摔在了地上。

这真是陆辞仙？

所有人都在想。

或者这真是乔晚？之前那个被逼跳下山崖的乔晚？

其中，只有妙法尊者最先回过神来，立刻沉下华丽的眉目，手持智慧剑，替乔晚掠阵。

察觉到落在身上这道清正的目光，乔晚微微一愣，视线一瞥，正与这目光撞了个正着。他的眼里没有情意，没有旖旎的暧昧气息，只有慈悲与威严之色。

乔晚抿紧了唇，忍不住笑了起来。

前辈想要守护的东西，也是她想要守护的。

那些恐惧与不安情绪奇异地安定了下来，少女跃上龙背，手中的剑映照着光，唇瓣动了动，吐出了几个字。

"诛邪剑谱，第一式。"

一道巍峨巨大如山岳般的剑意，朝着面前这数百万的魔兵压了下来！

乔晚的笑容像往常一样带了点儿不好意思和认真之意，就像个真诚的晚辈，少女这一剑却足够让风云翻滚，山河变色。

于是，齐非道怔住了，方凌青怔住了，裴春争怔住了。

孟沧浪也怔住了。

谢行止与白珊湖眼里却爆发出惊天的光芒。

那原本铺开绸带，翻飞在绸带间的少女，身姿猛地顿了顿。

是，但凡有志气、有野心的少年，看到这一幕，艳羡的同时，心头更涌动着一腔豪气。

一声巨响，蜃龙夭矫欲攀天而行，气势凌云。

剑意所到之处，魔兵和魔兽甚至喊都喊不出一声，在眨眼间就化为了齑粉。

"诛邪剑谱，第二式。"

这道巍峨的剑意，突然一生二，二生三，三生万物，四分五裂，化为铺天盖地的剑光。

万剑归宗！剑意再度朝着面前的魔兵横扫而去！

而在秘境之外，瘦骨嶙峋的男人也停下了手中的动作，受金蝉印限制，他的生命犹如一截短烛，每每出招，就如同在燃烧这支短烛，修为每爆发一段，攻击力递升一层，但伤势之后会回馈到本体，他受伤也就会越严重。

陆辟寒浑身浴血，脚下一个踉跄，拄着剑勉强站稳了些。他看向天际，那素来冷傲的眼里涌动着淡淡的暖光与自豪之色。

这是他最引以为傲的师妹。

这一剑，甚至已经青出于蓝而胜于蓝，超越了玉清真人周衍。

远远看去，龙背犹如高大的山岳，站在龙背上的少女犹如山上的青松。

忽而，这龙背又恍若鲸背，日光普照鲸背，云霞恍若熔金赤波千里，少女骑跃长鲸，冲破浩浩沧溟。

"逍遥八纮外，游目历遐荒。"

时至如今，她总算实现了自己的道心。

剑意浩然，可平天下不平之事，此心澄澈，无愧世间无愧于人。

在乔晚决心运使诛邪剑谱之前，孟广泽曾经问过乔晚："你当真要这么做？"

这一切都是因为要想将诛邪剑谱的威力十成十地施展出来，用剑者必须修为已臻至化神境界。

诛邪剑谱靠的是自身修为与天地灵力交感，用剑者与其说是使用者，倒不如说是一把剑鞘。

用剑者没化神期的修为，就没法承受这庞大到足以将用剑者挤压成齑粉的压力。

就算他在奔赴战场前，曾经将自己毕生所学埋藏在乔晚的丹田里，但依乔晚目前的境界，她想要运使诛邪剑谱还是太勉强了。

当时，乔晚问："前辈，如果我决心运使诛邪剑谱会有什么后果吗？"

孟广泽沉默了一瞬，反手揉了揉自己的女儿的发顶，轻声说道："扛不住体内和体外这汹涌磅礴的灵力，重则爆体而亡，轻则经脉寸断，沦为废人。"

面前的少女沉默了很久，过了好一会儿，才攥紧了拳头："请前辈替我导出这丹田里的修为。"

人固有一死，或重于泰山，或轻于鸿毛。

在摔下悬崖濒死之际她就已经明白了。

比起死得悄无声息，乔晚宁愿这么死，至少死得其所。

而孟广泽与她恰恰是同一类人，正因为如此他才没有办法拒绝乔晚的要求。

好在多年锻体，乔晚对这剑意的承受能力比他想象中的要高出许多。

她没有爆体而亡，也没有经脉寸断。

乔晚骑在蜃龙身上，带领着其他弟子，瞬间逆转了战局，把梅康平和他麾下的魔兵虐了个黯然销魂。得知消息从本家赶来增援的各家各派的人也逮住时机，迅速出手。

瞬间，梅康平和他麾下的魔兵就成了被瓮中捉鳖的那个"鳖"。

梅康平是个谨慎的人,眼看战局已经如山岳倾颓,早在援军杀到之际,就果断地带着残存的魔兵立刻撤回了魔域。

事情发展到这一地步,终于尘埃落定。

但凡是在场的人,心里都十分不淡定,饶是最成熟稳重的人,也忍不住在想:这到底是怎么回事?!

而乔晚看上去虽然挺风光的,但体内和体外这两股震动对冲的灵力,几乎快绞碎她的五脏六腑。

她面色苍白,勉强提着一口气,没倒下。

一看梅康平撤军,这一口气再也支撑不住,脚步一个趔趄,她倒头就从龙背上摔了下来。

马怀真愣了愣,惊得差点儿从轮椅上跳起来:"快!"

快救人!

没想到一道金光更快一步,一眨眼的工夫,众人就震惊地发现,妙法尊者已经抱着乔晚下来了。

尊者凤眸微敛,气势逼人,头一次,众人破天荒地没被这凛然的光逼退,反倒团团围了上来。

妙法皱着眉,在众人的簇拥下将乔晚放回了营帐里。

这些弟子一个个神情激动,恨不得立刻凑上前去围观这位刚刚一剑击退魔兵的同龄少女,结果就被马怀真给一脚踹了出去。

"该干吗干吗去。"马怀真面色不善,"现在这是让你们八卦的时候?"

昆山煞神积威太深,没办法,一干少年少女只能不甘心地撇撇嘴,默默退了出去。

就算隔着营帐,也阻挡不了这一干少年少女的热情,一个个竟然撅着屁股,就地在营帐外面"萝卜蹲"着了!

于是,暗部弟子看到这门口一排排目光热切、诚恳的"萝卜"时,纷纷无语了。

这一排排"萝卜"稳稳扎根在营帐前,死都不走,就算暗部弟子怎么踹也不走!

非但不走他们还挥动着萝卜叶子,啊不……挥动着胳膊,振振有词道:"乔道友是我等的救命恩人,没有乔道友,我们还能站在这儿吗?我们看看我们的乔道友怎么了?!"

暗部弟子斜眼:"滚,滚,滚,不行就不行。再说了,乔晚什么时候成你们的了?"

乔晚明明是他们家的行不行?

某崇德古苑弟子振振有词,死不要脸地说:"不看乔道友,那看陆道友也行哪。我们崇德古苑之前和陆道友关系不错啊！"

"不行！"守着的暗部弟子拉下了脸来，不耐烦地看着这一个个死皮赖脸的少男少女，一脚一个将人踹了出去，"出去，出去，再不出去老子就叫你们的长老来领人了！"

这一个个宗门精英，平常看他们自恃修为及身份一脸傲气，现在全赖在营帐门口，哪里有宗门精英的样子？！

最后还是各家长老默默黑着一张脸揪着"萝卜"们，把自家小崽子给领了回去。

就算这样，这些少年少女还不甘心，振臂辩解："长老，我们……我们就想看看乔道友嘛。长老，求求您啦，和马堂主说一声，通融通融。"

各家长老一脸恨铁不成钢的表情，揪着自家崽子的耳朵就往回拖："看什么看？！"

你们以为长老自己不想看吗？！我们也想看看哪！

越看手里的"萝卜"越觉得不争气，各家长老面色铁青，立刻就把还在练剑一脸蒙的自家徒弟打了一顿。

至于那些之前离得比较近的，清楚地看见了乔晚长什么样的少年少女，则聚在一起热烈讨论。

"我刚刚看到了！"

"看到什么了？！"

"我刚刚也看到了！乔道友的脑袋上戴了个粉色的蝴蝶玉扣！"

"乔道友穿的竟是粉色的衣服吗？"

"对，对，对！乔道友的裙摆上还绣了些花！"

"那……那这发簪我也不戴了！"少女激动地拔下了发簪，"我……我也要换个粉色的蝴蝶玉扣！"

刚好路过听到这段对话的袁六十分无语。

不是！就算你要学，你也别学乔晚这审美啊！

袁六掠过这些人，视线往前扫去，正好扫到一个脚蹬草鞋、笑容灿烂的青年。

这是崇德古苑的齐非道，袁六是认得的，再定睛一看，神情顿时僵了僵。

齐非道这手上提着的不明生物又是什么？

那"不明生物"被男人提着衣领，拖在地上，还在挥舞着双臂努力挣扎。

"不去！我不去！"方凌青涨红了脸，难得男子汉气概爆表，恶狠狠地怒吼，"放开我！我不去！"

但随着离营帐越来越近，这点儿男子汉气概也如同被戳破了的气球，一下子就蔫了，他脸色更红，语气凄凄惨惨："我不去！师兄我不进去！"

齐非道翘起嘴角，桃花眼亮晶晶的，笑容满面地安慰道："别这么害羞嘛，乔

道友受了伤，我们这些做朋友的，怎么也得去探视探视不是？"

乔晚和陆辞仙竟然是一个人这事，没有谁比他们这些素来和乔晚交好的人心情更复杂的了。就连齐非道，也有点儿如坠梦中的不真切感。

袁六目睹这一幕，嘴角一抽，立刻上前一步。

齐非道抬眼："这不是袁道友吗？"

袁六板着一张脸："马堂主下了命令，谁都不能进去，齐道友见谅。"

所以，就算之前你们和陆辞仙关系好，这个时候也得滚回去。

方凌青微微一愣，趁着齐非道松懈的那一瞬间，立刻悲愤地捂脸跑了！

"回去吧。"袁六推开面前企图和他勾肩搭背的齐非道，诚恳地说，"过几天就能见面了。"

好不容易把这两个人给劝走了，袁六叹了一口气。

虽然都是崇德古苑的人，但相比之下还是孟沧浪那几个沉稳一点儿。

结果事实证明，flag（意思是指说一句振奋的话，或者立下一个要实现的目标）这种玩意儿不能随便乱立，余光一瞥，袁六就瞥到了一脸僵硬和不自在表情，在营帐附近鬼鬼祟祟的君子剑孟沧浪、孤剑谢行止、照海仙子白珊湖。

袁六：突然觉得肩头的责任更加重大了是怎么回事？！

在这一干人里，唯一被马怀真大发慈悲地获准进入的就是甘南了。

乔晚躺了两天，被大家伙儿一起运到了昆山，又躺了两天，终于悠悠转醒，一睁眼就对上了一双荷包蛋泪眼。青年趴在她的枕头边上号啕大哭。

"呜呜呜……晚儿……呜呜呜……妹子……呜呜呜……你终于……呜呜呜……醒了……呜呜呜……"

乔晚一愣。

等等！你的眼泪都快把我的被子淹了！

最后还是一双修长如梅骨的手，把荷包蛋泪眼的小白龙给提了起来。

"行了，不哭了。"孟广泽忍俊不禁地把小朋友往凳子上放。

青年泪眼蒙眬："这位前辈……是……"

这话问得乔晚又愣了愣，略一思忖，她旋即开门见山地回答道："这是我爹。"

孟广泽前辈的身份不应该在这时暴露，但……乔晚抿紧了唇，定定地想，甘南并不是外人。

小白龙是她最好的朋友，也是最好的兄长！

看着乖乖地坐在凳子上，已完全呆住的小朋友，孟广泽莞尔一笑："甘小……不……"

男人像煞有介事，恭恭敬敬地行了一礼，单片眼镜下的眼神含着点儿淡淡的促狭之意："应该是儿拜见爹爹。"

乔晚：嗯？

甘南："……"

"前……前辈！"青年吓到语无伦次，"前辈是不是误会了什么？"

孟广泽恭敬有礼地说："爹爹客气了，爹爹的确是儿的父亲，父亲面前怎担得起'前辈'二字？"虽然不是亲的。

孟广泽皮这一下，彻底把甘南给吓傻了，甘南默默地扭头去看乔晚。

乔晚伸手一指，沉痛地表示："这是我爹。"

甘南满脑袋问号。

乔晚：对，我爹，亲的。

面前的青年足足花了半个时辰的时间才接受了这位前辈是乔晚的生父，并且按照当初结拜的辈分换算，这位前辈就是自己儿子的事实。

青年愣怔的时候，皮这一下十分开心的孟广泽就莞尔看着。

"前辈。"乔晚欲言又止。

孟广泽笑吟吟地说："阿晚，你给我寻的这位爹爹身家丰厚，你要抓牢了，平常多多孝敬才是啊。"

于是，乔晚也彻底绷不住面瘫表情了。

合着她爹和马怀真一样就看中了人家的钱是吗？谁来告诉她魔域战神为什么是这样的啊？！

不过从得知她没死到现在，青年只字没提她隐瞒了她的身份这回事。

乔晚心头淌过一阵暖流，握紧了剑，同时更加下定了决心，她一定不会辜负自己这个好朋友的！

就在这时，洞府外面突然响起"咚"的一声巨响，紧跟着是"唰——咻——"之类刀光剑气的动静。

乔晚嘴角猛地抽了抽。

比起自家亲爹，更让乔晚困扰的是，从这几天开始就一直企图闯入她的洞府，之后被暗部弟子们直接拖走的另外一批人。

被拖走之后，有人还含泪在洞府外面大声控诉："我只想看看乔道友啊！让我见乔道友！我要见乔道友！"

孟广泽好奇地往洞府的方向看了一眼，笑道："听说这几天多宝阁的粉色蝴蝶玉扣都被抢售一空了呢。"

自从乔晚和陆辞仙竟然是一个人这事被公布出来之后，昆山那个乔晚一剑能挡百万兵的消息也越传越离谱。

比如说，乔晚剑光刚一动，梅康平就直接跪地求饶什么的。

真相只有乔晚自己心里清楚，诛邪剑谱虽然牛，但没牛到真能一剑诛杀百万人的地步，否则当年那场仗修真界不至于打得那么惨烈。

205

但不管怎么说，乔晚终于一跃而起，取代了病剑陆辟寒和孤剑谢行止，成了修真界新生代偶像。无数少年少女热切地扒在洞府门口，心生向往之情，想目睹乔晚的真容。

"一剑能挡百万兵哪！这是何等英武的风姿！"

更有甚者，干脆递了婚书，表示自己年轻貌美，三观正直，根正苗红，无不良嗜好。

一大堆貌美的少年郎在此刻对乔晚展开了热烈追求。

这当然不是真的因为爱，这些人主要是盘算着要把这凶残的战力拉入自家阵营。

再说乔晚长得又不丑！他们能娶这么一个凶残的战力坐镇自家山门，多合算！

而孟广泽竟然真的一本正经地拉着甘南坐了下来，仔细翻阅着面前的若干拜帖和婚书，美其名曰家长们帮忙把把关。

"阿晚年岁也不小了。"孟广泽笑眯眯地调戏着自家女儿，"我当初离开的时候，你还这么大。"

他伸手在胸前比画了一下，"现在阿晚已经是个大姑娘啦，怎么样？可有心上人了？"

心上人？

乔晚愣神片刻，内心顿时掀起滔天吐槽，几欲脱口喷薄。

不，前辈，晚辈怕我说出这个人来会吓着您。

发愁的不只乔晚，还有一干几欲吐血的少年郎。

这一干少年郎，正是当初企图扒了陆辞仙的裤子的一群二货。在某天，这些三教弟子默默齐聚昆山，愁得几乎快白光了头。

乍一看，这群少年少女端坐在山峰上，容貌秀美，衣袂翩翩，仙气十足。

但实际上，一个个人都完美地诠释了什么叫作白吟霜的外表，"咆哮马"的心，就连思考和说话方式，也都成了异世界曾经风靡过的"咆哮体"。

陆辞仙竟然是个女的！

陆辞仙和乔晚竟然是一个人！

铁血真汉子陆辞仙，竟然是个姑娘！这好玄幻哪！

"我……我竟然扒过一个姑娘的裤子。"未遂。

"我……我竟然叫乔晚和我比大小……"

孟沧浪羞愧："在下竟然把一个姑娘带过去……"

方凌青悲愤："我竟然认为一个姑娘对我……"

郁行之：他竟然抢了陆辞仙的话本子。

谁知道她会看这种话本哪！

至于谢行止：现在就是后悔，非常后悔。

方凌青半死不活地趴在桌子上，痛苦翻滚。

其他美貌如花的小姑娘也十分纠结。

"我……我们竟然把乔道友挂在了山壁上……"

那一直冷若冰霜的照海仙子竟然也微妙地红了脸。孟沧浪也很纠结，君子剑孟沧浪从来就没这么纠结过。

青年脊背挺得笔直，端端正正地坐着，攥紧了指节，沉默了很久很久，最后还是忍不住说道："此事是我们失礼在前，在下以为……"

孟沧浪一本正经，神情肃然："我们应当去向乔道友道歉。"

此话一出，顿时得到了无数附和之声。

"对！对！向乔道友道歉。"

下一秒，大家又突然诡异地安静了下来。

最不要脸的齐非道跷着二郎腿，草鞋一晃一晃的，翘着嘴角问："行哪，去道歉，那问题来了，谁带头去？"

"我不去！"

"救命哪！真的好丢人哪！在下宁愿去直面妙法尊者，也不要在乔道友面前丢脸哪，杀了我吧。"

"福生无量天尊！贫道打死也不去！"

"讲道理，大家都是爷们儿，欺负了人家姑娘，这点儿胆子都没有？"

众人面面相觑了一会儿，却看见那位孤剑谢行止霍地站起身，拿起了那把玄铁重剑，面无表情地转了个方向，沉声说道："我去。"

有了这第一个打头的人，其他人精神为之一振，陆陆续续地站了起来。

"去就去，大家都去！"

手疾眼快的人又一把提起一个企图偷跑的人："不准跑，告诉你们，一个都不准溜啊。"

于是，乔晚的洞府门口再次出现了一道靓丽的风景线，无数俊男美女表情纠结地蹲在洞府门口，吵着要见乔晚。

打头的谢行止，诡异而羞愧地皱着眉，脸上飞了一层薄薄的红晕，攥着剑的手青筋暴起。

没见过这阵仗的甘南顿时吓得龙角都要飞了，战战兢兢地问："小……小妹，你真的不去看看吗？"

乔晚无语了。

马怀真下这道命令就是为了让她好好养病的，现在这情况，她能睡着就不错了。

如果她不出面，外面那批人或将无休止地一直闹腾下去。

略一思忖，乔晚认命地攥紧了剑，大步走出了洞府，在门口又犹豫了半秒。

说实话，成为修真界新一代偶像这种事，她想想还是觉得好羞耻。

压下脸上一路攀升的温度，乔晚一本正经地走出了洞府。

结果她踏出洞府还没几步，耳畔突然响起了一阵惊叫声。

"乔道友！乔道友出来了！"

"乔道友！"

下一秒，乔晚就被好奇的少男少女包围了。

一众还在做心理建设的三教弟子纷纷愣了愣，下意识地抬眼看了过去。

少女身姿纤细，肌肤如玉，墨眉如远山，眼如秋水般澄澈，浑身上下如同一把覆着秋霜一般的剑，凛然迫人。

那群少年郎不约而同地睁大了双眼，瞬间呆若木鸡，彼此推搡间，一个个竟都面红耳赤，活似情窦初开的模样。

这……这……这就是陆辞仙？！

这还是他们第一次发现，这位乔道友长得这么好看哪……

这……这也太好看了。

修真界美人虽多，但面前的少女与修真界的绝大多数美人不一样。乔晚身上有着小姑娘的羞怯与秀丽感，又有着少年飞扬的意气和锋锐之气，漱冰濯雪，仙姿玉骨，就连身上的伤也无损少女的风姿，反倒为她添了分坚韧的美丽。

原来，乔道友长这样吗？

救命……他们……他们好像恋爱了！

稍微做了一番心理建设之后，乔晚这才硬着头皮，彬彬有礼地行礼："多谢诸位道友关切，但我如今抱病在身，无法招待大家，而大家聚在这儿也不是办法。不如这样，过几天山上有一场宴会，届时我再与诸位道友把酒言欢？"

大家伙儿立刻就听明白了这秋霜一般的少女口中委婉的拒绝之意，忙不迭地笑道："没关系！"

"乔道友你尽管养病！我们这就回去。"

"对！"少年少女体贴地齐齐笑道，"见到了乔道友，我们就心满意足了！我们等你！"

在守门的暗部弟子震惊的视线下，刺儿头似的各家弟子竟然就这样心满意足地都散了？

离开之时，他们还在互相谈论。

"在下看到了，没想到乔道友竟然是如此年轻貌美的佳人。"

这些人胆子这么大也不是没原因的。

就在两天前，妖皇伽婴亲自站出来，适时地解除了婚约，并且表示婚书不过是当初为了方便乔晚行事的权宜之计。

而乔晚,是他的好友。

这要是换成其他人说这话,众人还不一定信,但妖皇是谁?妖皇愿意成亲,这本来就是件十分不科学的事好吗?

伽婴一发话,修真界众人纷纷恍然大悟。

随即各家各派的心思顿时活络起来,甭管乔晚和伽婴之间究竟是什么关系,只要谁能娶到乔晚坐镇宗门,就相当于同时抱上了妖皇的大腿。一时间,各种婚书源源不断地飞向了乔晚的洞府。

众人一散,各三教弟子面面相觑。

——要不,我们也散了?实在没勇气啊!

——散了,散了!到时候再说!能拖几天拖几天!

一众碰上魔域的人也没惧色的少男少女,又瞥了一眼不远处站着的纤弱少女,通通涨红了脸,没出息地逃之夭夭了。

洞府门口终于难得安静了下来,又只剩下了乔晚和那几个守门的暗部弟子。

正当乔晚微微松了一口气,准备转身进屋的刹那,身后突然传来了一个温柔的嗓音。

乔晚转身,竟然是岑夫人!

乔晚愣了愣。

岑夫人走到她面前,先抬眼围着她看了一圈儿,面色有些凝重,轻声问:"辛夷,你身子怎么样了?好点儿了吗?"

这几天一直都是岑夫人和高兰芝忙着照顾乔晚,乔晚这身体是什么情况,岑夫人心里最清楚。

强行超越境界运使诛邪剑谱的后果就是直到现在,乔晚的身体里还有灵气在爆冲,如今的乔晚就像个充满了气的气球,和被胀破的临界点只一线之隔。岑夫人和昆山医修花了无数个日日夜夜终于暂时把这股灵气给压制了下来。

岑夫人进了洞府之后,孟广泽神识凝聚的实体十分会看场合地重新归入了乔晚的识海。

甘南赶紧乖乖上前给岑夫人倒茶。

今天岑夫人来看乔晚,就是带着一众医修商讨出的解决办法来的。

众医修商讨出来的办法,就是让乔晚先睡上一段时间。这段时间里,就由医修帮忙疏导她体内的灵气。

但由于乔晚体内的灵气太多,与魔气混杂在一起,太繁杂,这一段时间究竟是半年,还是一年,抑或是三年五载,没人说得清。

说完岑夫人抬眼去看乔晚的情况:"辛夷,你的看法呢?"

乔晚握紧了面前的茶杯,不假思索道:"任凭夫人做主。"

岑夫人一时哑然。

虽说修士不在乎年岁，但乔晚毕竟只是个少女，这一路走来，吃了这么多苦，遭了这么多罪，岑夫人看在眼里，隐隐有些心疼。

女人静静地看了乔晚一眼，笑了一下，眼角淡淡的细纹堆在一起，轻轻地将乔晚给纳入了怀中，乌黑的鬓发前垂落了一点儿银色的碎发。

那是之前她倾尽全力为乔晚补脉所致。

"别怕，睡着了就不疼了。"岑夫人嗓音轻柔，笑眯眯地摸了摸少女的脑袋，"等灵力疏导完了，到时候辛夷你的境界一朝冲上元婴后期也说不定。"

元婴后期，这还是岑夫人和高兰芝等人保守估计的结果。

乔晚这体内堪比化神期一般的灵力不知从哪儿来的。

他们聚在一起探讨了半天也没探讨出个所以然来，最后只能认定是乔晚曾经存不住的灵气实际上都暗藏在了丹田内部，她修炼勤勉，这些灵气日积月累之下竟然有了化神期修为的力量。

就是眼下不知道怎么回事，灵力一朝全倒灌了进来。

总而言之，乔晚接受治疗疏导灵力是绝对百利而无一害的解决办法。

深知自己这身体的情况，乖乖接受治疗是最好的，乔晚琢磨了一下，问："夫人，什么时候开始？"

岑夫人抬起脸，温和地凝视着乔晚："你想什么时候开始，就什么时候开始。"

那就好。

乔晚松了一口气，在这之前她还有许多事得先去处理。

岑夫人离开洞府之后，直接去了栖霞峰，结果却在半道上碰到了一个出乎意料的人。

自从之前在战场上惊鸿一瞥，修犬一颗心"扑通扑通"直跳，一向正直的大黄狗苦恼极了。

看上个人妇，挖人墙脚这是件十分不道德的事，但他还记得女人垂眼帮自己疗伤时的细致与耐心样子。

这几天他一直默默蹲守在栖霞峰上，不敢靠近，在听说岑夫人去找了乔晚之后，鬼使神差地火速就往这儿赶来了，果然在半道上截住了女人。

其实他好歹也是跟着伽婴南征北战多年的妖族大将，肩宽腿长，猿臂蜂腰，站着不吭声的时候，倒是有点儿冷漠杀伐、彪悍精干的气势，但一笑起来，那尖尖的犬牙就有点儿破坏气质了。

青年不自觉地往前迈出了一步，认真地问："夫人是去看乔妹子了？"

"修道友。"岑夫人站定了些，扬起眼睫看去，忍不住也弯了弯眼笑了。

日光落在女人身上，女人如黛般乌黑的发垂落在腰后，嗓音温和，笑起来温和可亲。

这一笑，险些晃花了修犬的眼。

青年突然觉得有点儿局促，抿紧了唇。

他鼻子很灵敏，能在战场上追踪到数十里之外的敌人的踪迹，但现在这过于灵敏的鼻子，反倒成了一种难熬的罪。

他能闻到女人身上淡淡的微苦药香，或许是走了一截远路，她流了些汗，反倒让药香更加浓郁了。

他很想问问她：夫人，岑向南对你好不好？你还喜欢岑向南吗？你要不要考虑一下我？

可是他说不出口。

修犬沉默地凝视着面前的女人。

岑夫人和他见过的那些妖族女弟子都不一样，和乔晚也不一样，他贸然开口对这样的她来说反倒……反倒是一种唐突行为。

大黄狗的耳朵忍不住耷拉了下来，颇有"近乡情怯"的意思，目光一瞥，落在女人浅色的纱袖中露出的那一截如雪皓腕上。腕子上的金镯子有些大，套在纤细的手腕上，金色与雪色相衬，瞬间有些刺眼。

青年的喉结上下滚了滚，他猛地移开了视线。

反倒是岑夫人仔细看了一眼青年的神色，温和地微笑道："修道友这是刚刚执勤回来吗？"

"啊……是……嗯。"

青年站在岑夫人面前，浑身上下紧绷得像一根弦，要用很大力气才能避免屁股后面的尾巴翘起来。

没有办法，尾巴它控制不住啊！狗子的天性就是一开心就忍不住在半空中拼命画圈！

他对上岑夫人的视线，岑夫人看着他的眼神就像在看一个孩子。

而谁能想到这个"孩子"满脑子都是如何摇着尾巴把她给叼回妖族？

这让青年妖将的脸再度微红，他沉痛地反省自己，觉得自己真不要脸。

"我……我送夫人吧。"最后，修犬不自在地上前一步，干巴巴地说道。

她会拒绝吗？

他忍不住想。

还好岑夫人笑了一下，并没有拒绝他的好意，或者说没有看出他那点儿微妙的企图。

修犬忍不住松了一口气。

这一路上，他也不敢唐突，只看着女人不再年轻的容颜以及鬓角的银丝微微出神。

或许是察觉到了他的视线而为自己的衰老感到不好意思，岑夫人抬手将颊侧

的银丝别到了耳后，这一偏头，又露出了半截白皙的脖颈。修犬不敢再看下去，赶紧移开了视线，加快了脚步。

一直到了栖霞峰，青年才停了下来。

"今日多谢修道友。"岑夫人行礼。

正当修犬酝酿着要说点儿啥的时候，突然从医馆里走出了一道身影。

修犬目光微微一顿。

那人是岑向南。

青年屁股后面十分不庄重的尾巴默默地垂了下来，夹在了屁股中间，他朝着岑夫人微微颔首略一行礼后，立刻逃一般地迈动长腿离开了。

洞府里，乔晚坐在桌前，在一一查看桌上的拜帖。

正如岑夫人说的，她这伤势必须得睡上一段时间，那接下来这几天的日程就显得尤为重要了。

要见谁，不去见谁，她没时间耽搁，必须尽快拟出一份日程表。

看着少女脊背挺直地坐着，全神贯注地翻阅拜帖，甘南忍不住微微出神。

与陆辞仙合二为一，使出了诛邪剑谱的乔晚，众人再提起她时，她已经不再是那个所谓的玉清真人周衍走后门收的徒弟，不再是穆笑笑与陆辟寒的师妹。

如今的乔晚是妖皇伽婴的好友、不平书院的山长，是真正能搅动修真界的局势，引得各方密切关注的人了。

而几天之后那场宴会，所有人的目光势必都会落在乔晚身上，观察她接下来亲近谁，疏远谁，要与谁合作，甚至报复谁。

她的动向，将成为全修真界的焦点。

第十二章　掉马之后不如归去

等到乔晚终于整理好了拜帖，将拜帖分成两沓放在桌子上的时候，门口突然又传来了一个暗部弟子的嗓音。

"乔晚。"暗部弟子的声音听起来有些迟疑，也有点儿凝重，"玉清真人来看你。"

乔晚微微一愣。

甘南也忍不住看向了她。

洞府里面一直没传来回答声，守门的暗部弟子歉疚地看了一眼面前这长身玉立的剑仙。

周衍静静地站在洞府门口，神情有些复杂，也有些恍惚。

陆辞仙和乔晚竟然是一个人，乔晚竟然使出了诛邪剑谱，没一个人的心情比周衍的更复杂。自从上次和乔晚决裂之后，他心冷了，也不愿再见她。

但听说乔晚的消息后，他又忍不住迈起脚步，来到了洞府门口。

暗部弟子："烦请真人再等等，乔晚可能是没听见，我再通报一声。"

于是暗部弟子又喊了一声。

虽然知道乔晚与周衍师徒之间关系有些尴尬，但她受伤在身，师父前来探望，她总不该让对方吃闭门羹。

洞府里终于传出了乔晚的嗓音，很冷静也很平淡。

"不见，烦请玉清真人回玉清峰吧。"

这声音听上去沉静有礼，不像是在怄气。

抬头说完了这句话后，乔晚就继续去整理桌上的拜帖了，没有再多说一句话。

沉默地等了一会儿，也没等到洞府里面再传来动静，暗部弟子微露尴尬之色："真人，请回吧。"

时至今日，已经没有一个人能罔顾乔晚的意思，将她带出洞府了。

周衍怔住。

浑身上下好像有一股炙热的火焰烧穿了五脏六腑，他第一次深刻地意识到这里面的人是陆辞仙，是不平书院的山长，却不是他曾经最小的弟子乔晚。

周衍身为玉清真人，也有自己的傲气，抿紧了唇，沉默地转过身离开了。

昆山这场宴会就安排在上清峰的大殿里。

一到傍晚，各家各派就开始准备着晚宴事宜了。

临近日暮，方凌青正在别扭地穿衣服，得套上崇德古苑的弟子服。这和青阳书院一样，都是一身青袍，不同的是青阳书院的袍角攀附的是竹，崇德古苑的是桃花。

将乌发用簪子绾住，发梢整齐地垂落在脑后，方凌青对着镜子仔细地看了一眼，好像簪子有点儿歪啊。

齐非道依然就穿着一身邋里邋遢的袍子，脚蹬草鞋，笑吟吟地冲了进来："行了，打扮什么呢？再不快点儿晚宴就来不及了。"

冷不防地被撞见自己这样，方凌青差点儿一蹦三尺高："师兄！"

齐非道好像这才注意到他这打扮，摸了摸下巴，围着方凌青转了一圈，笑得十分不怀好意："小芳你打扮得这么漂亮干吗去呢？"

方凌青涨红了脸，默默用领子挡了挡脖子前那条线。

他能干吗啊，还不是去见乔晚吗？

鬼知道陆辞仙突然变成乔晚之后，还……还怪好看的。

齐非道瞥见方凌青的脖子上那根线之后，脸色突然绷紧了点儿。

虽说孟沧浪那回及时地唤回了方凌青的神志，但依然没改变方凌青由一个活生生的人，变成了傀儡的事实。青年已经不会再饿，不会再渴，不会再痛，甚至身上被割开一个口子，漏出来的全是木屑。

当时，方凌青沉默了好一会儿，又自己把伤口缝上了。

"还行。"脑坑青年好像一夜间长大了一样，"至少修为长进了不少。"

是，修为的确长进了不少，要不是魔域败退，把方凌青做成个傀儡的那个人撤出了仙宫，方凌青估计就彻底沦为对方手下的一具行尸走肉了。

至于那个人的样子……

方凌青所言非虚，那人容貌与郁行之如出一辙。

"行了。"齐非道揉了一把青年的脑袋，翘起嘴角，"差不多就走吧。"

这个晚宴的主角本来也不是他们，谁会关注他们是什么打扮？

等两个人进了场，发现人基本已经到齐了。

齐非道和方凌青去往崇德古苑的方向，拣了个位子坐了下来，一瞥眼，孟沧浪和白珊湖并肩坐在一起，正代表崇德古苑与其他宗门的人寒暄。

谢行止与朝天岭的人坐在一块儿。

云烟仙府的公孙掌门笑意盈盈。

裴春争坐在席前，脊背挺直，垂着眼，眼前的酒一点儿都没动。

这晚宴表面上是为了庆祝战胜魔域，实际上为的是什么，所有人都心知肚明，每个人穿戴得都比较亮眼。大家交谈甚欢，但每个人都有点儿心不在焉地往大门的方向看着。

所有人都在等乔晚出场。

等晚宴开场了约莫一炷香的工夫之后，乔晚和不平书院的弟子终于姗姗来迟。

这是乔晚在修真界各种意义上的"第一次"亮相，照孟广泽的说法，无论如何也要好好打扮一下。

"让他们看看我家阿晚是个多漂亮的大姑娘。"

对给自家女儿打扮这件事，前魔域战神表示出了莫大的兴趣，就是这一柜子闪亮的粉色蝴蝶和粉色裙子，实在和这宴会庄严的场合不大相称，而甘南又是个小妹不管打扮成什么样都觉得好看的傻白甜。

最后他们只能请来了萧博扬，当然是以乔晚的名义请的。

被乔晚请到洞府，得知乔晚请他的用意之后，萧博扬立刻就被狠狠地震撼了一下。

"叫我来给你打扮？"萧博扬警惕地看着乔晚，"你被人夺舍了？"

她也知道这个提议真的很羞耻。

乔晚忍不住红了脸。

但哪个女孩子能拒绝在宴会上惊艳亮相呢？虽然她前脚才一剑劈山，但她确实是个有着少女心的女孩子。

乔晚脸色"腾"地涨红，硬着头皮道："萧师兄，麻烦你了，这……这宴会对我而言很重要。"

萧博扬丝毫不怀疑这宴会对乔晚的重要程度，但这个提议还是太惊悚了好吗？！

无言了半响，萧博扬移开视线，认命地撸起了袖子。

出身萧家大族，萧家小少爷萧博扬的审美还是不错的。

他皱着眉从这一堆粉色的小裙子里翻出了一件比较飘逸的，下裙统共十二幅，裙摆绣着些莲花游龙，行走时犹如雪涛之上的瓣瓣重莲。

乔晚容貌比较清丽，说实在的也比较适合偏少女的打扮。

接着是首饰，萧博扬选择的款式也比较简约，龙形的步摇简单地点缀在鬓发之间。

把这些交给乔晚之后，萧博扬就让她先去换，换完她自己再上妆，而他去问其他师姐师妹借条披帛。

上妆这种事，萧家小少爷就爱莫能助了。

看着镜子里的少女，说实在的，乔晚也有点儿紧张。萧博扬给她挑的都是飘逸风的装扮，她只能尽量往这个风格上靠。

过了一会儿，萧博扬终于回来了。

"喏，披帛在这儿了，你自己换——"

在目光触及少女的容貌时，萧博扬瞬间如同被掐住了脖子的鸡，愣住了，久久没出声。

乔晚呆了呆，迟疑地摸了摸鬓角。

"怎么了？"她抿了抿唇，小心翼翼地问，"是不是……不大合适？"

说着说着，乔晚又忍不住红了脸。

娃娃脸的青年看着她，脸上温度一路攀升。

"没……没……"萧博扬跟见了鬼一样愣了半秒，难得有些狼狈地移开了视线。

要……要命了！乔晚打扮起来竟然这么好看吗？！

面前的少女，眼神清澈如秋水，肌肤如白玉般丰润微暖，泛着些粉。她朝他走来时，那十二副裙面就如同翻涌的雪浪，游龙在重莲间穿梭。

云鬟半绾，鬓角流苏垂落，轻盈纤巧，龙形的步摇疏朗大气，落在了这乌青色的发云中。

尤其是眼角那一片片洁白的龙鳞，衬得少女更宛如出水的菡萏，又像是水中洛神。

儒、释、道三修，导致道法自然的沉静，与恍若飞天般的华丽和儒派的浩然正气，微妙地混在了一起。这一身装扮按理而言是有些柔媚的，但乔晚身上那冷冽的英气中和了这股柔媚感。

她简直就像是……龙女。

"这个，"萧博扬嗓音微涩，努力不去多看面前的少女，一颗心似乎快要跳出喉口，花了十足的力气才把这条披帛奉上，"你披上。"

乔晚一披上这条披帛，更是添了些飘逸和浩然气质。

看着乔晚，萧博扬宛如吞了个鸡蛋一般，再度涨红了脸。

"我说真的，你要是这么打扮，"萧博扬内心五味杂陈，默默地扭头，"勉强比穆笑笑好看那么一分。"

对，乔晚只是好看一分！

216

他绝对不会承认自己刚刚看呆了的!

甘南也看呆了。他皮肤本来就白,脸一红,立刻就像个煮熟的虾子。

"晚……晚儿妹子?"

这真是晚儿妹子吗?这简直比他家庶母还好看哪,他……他突然有点儿后悔和乔晚结拜成爷孙了,嘤嘤嘤——

"好看就行。"脸上的温度稍微退了点儿,乔晚表面淡定地牵了牵裙子,率先迈出了洞府。

之所以是"表面淡定",她打扮成这样招摇过市,真的有点儿……羞涩。

这一路上,她碰到了不少昆山和暗部的弟子。

远远看到一个清丽的少女,众人纷纷惊呆了。

"这道友是从哪儿来的?"

"山上什么时候有这么好看的道友了?"

在众人的注目之下,少女扯动嘴角,面无表情地笑了笑。

乔晚宛尔,刹那间,无数暗部弟子宛如见了鬼一般,惨叫一声。

这是乔晚!

这个绝世美少女竟然是乔晚!

乔晚这一身打扮,震惊了一票巡夜的暗部弟子。

众人纷纷闭上眼:"这不是真的……这不是真的……"

等到乔晚终于淡定地走过去之后,呆愣在原地的一众暗部弟子默默回味了一下,又大吼了一声,一下子跳了起来。

"说真的,兄弟们,我现在追求乔晚还来得及吗?"

"美色使某人鬼迷心窍,滑向了罪恶的深渊。"

"你们够了。"

上清峰的大殿里,灯影憧憧,觥筹交错。

方凌青忍不住扭头问身边坐着的齐非道:"怎么还没来?"

话音刚落,四周的气氛突然凝滞了。

方凌青震惊地抬起眼,就看到从殿门外面走进来一个清丽的少女,少女云鬓半绾,容色秀丽,裙面如流云,如月光流泻,踏着灯影走了进来,凌波微步,如蹑流云,如登太虚,不外乎如是。

这……这……这是谁啊?

在少女踏入正殿的那一瞬间,和乔晚相识的人齐齐愣在了原地,仿佛看到了此生最不可能看到的,也是最"恐怖"的事。

这人怎么长得这么像乔晚?

齐非道嘴角吊儿郎当的笑容顿时僵住了。

孟沧浪手上一哆嗦，差点儿失态地泼了手里的酒。

这并非因为君子剑孟沧浪定力不足，而是面前的乔晚的的确确是个难得一见的明丽美人，而他实在没办法将这美人和陆辞仙联系在一起。

孟沧浪愣住，谢行止与裴春争亦然。

唯独白珊湖神情还算镇静，但眼中显然也露出了点儿错愕之色。

郁行之和王如意眼里齐齐涌上了一阵茫然之意。

"这……这真是辞仙哥哥？"王如意声音哆嗦地问。

郁行之："大概吧！"

"这竟然是乔晚？！"方凌青脸色通红，不顾众人异样的眼神，从席位上一跃而起！

"骗人！"

还他那个陆辞仙啊！

激动的少年，脸色通红，口不择言地大叫道："这是陆辞仙？陆辞仙他那里明明那么大！"

于是，宴会的气氛陡然陷入了诡异的沉默之中。

乔晚静默了半秒，那犹如玉树堆雪、晓月生寒的少女，立刻面无表情地开了"迅雷"，风驰电掣般一步蹿到了方凌青面前，一把将这二货青年的头按在了盘子里。

"哐当"一声，世界安静了。

整个晚宴的气氛重新变得和谐。

这回，呆住的、眼角抽搐的，顿时就成了马怀真、妙法、公孙冰姿等一干长辈了，还有受邀参与这场宴会，一直没怎么出声的妖皇伽婴。

孟沧浪微不可察地轻轻舒了一口气：还好，这还是他们熟知的那个陆道友。

修真界的美人多若繁星，娇软款的有穆笑笑，温婉款的有栖霞仙子高兰芝，清冷款的有白珊湖，美艳款的有楚桐徽等媚宗弟子，他们这么大反应，主要还是因为谁都没想到乔晚竟然也能这么美。

乔晚的美，带着些少女的秀丽与明艳，还含着点儿青涩与真诚、冷淡与锋锐。

被少女一把将头给摁在了盘子里，方凌青涨红着脸拼命挣扎："陆……乔……乔晚！放……放开我……"

在众人的注目之下，乔晚面无表情地松开了手。

这么个美少女站在自己面前，齐非道感觉压力也有点儿大，一想到之前和这位美少女探讨了一下男人的生命科学问题，就忍不住更尴尬了。他稳住不让自己的手像孟师兄那般失态，干咳了一声，把方凌青给拽了起来。

"陆……陆小道友，"齐非道老脸微红："你……你别介意。"

一向不拘小节的数部大师兄默默望天。

218

对这样打扮的乔晚，他自来熟不起来啊。

就在众人默默留意着乔晚会往哪儿坐的时候，少女在崇德古苑和朝天岭中间坐下了，正好就坐在了谢行止身侧。

没办法，大家的反应实在太激烈，乔晚红着脸默默望天，总觉得好羞耻，只能挑着比较熟悉的崇德古苑弟子一块儿坐着了。

不过面上她还是要保持冷静的。

察觉到乔晚在自己身侧坐下，谢行止的身体不知不觉僵了僵。

至于对面昆山席位上的裴春争，垂下眼，攥紧了酒杯。

他身后传来了昆山师妹师弟们好奇的声音："乔晚师姐什么时候和孟沧浪、谢行止、白珊湖他们关系那么好了？"

那可是孟沧浪、谢行止和白珊湖啊。

昆山弟子脸上不由得露出艳羡之色，又忍不住去看坐在最前面的陆辟寒。

男人裹着狐裘，拖着一身支离的病骨，还在平静地与各家的人寒暄。

有病剑陆辟寒做师兄，再有孤剑、君子剑、照海仙子做好友，这还是乔晚吗？

而且，乔晚竟然……竟然还这么美！

桌子下面的玉简上，信息已经传得飞起。

"谁说乔晚不如穆笑笑的？站出来！"

之前那个面瘫的少女，如今竟然美得如同"衔霜当路发，映雪拟寒开"的月下寒梅。

等众人依次落座之后，各家都派出了小辈弟子上前展示才艺。

至于这些小辈弟子乐不乐意，就不在各家长老考虑的范围之内了。

而这回上前展示的，竟然大部分是神采飞扬的少年郎。

这些少年郎，可都是受了宗门长老的嘱咐，一定要多与乔晚亲近。本来这些天之骄子听到自家长老这殷切的嘱咐，心里还有点儿不乐意的。

虽然据传乔晚因容貌酷似穆笑笑，才被玉清真人周衍收入门下，但谁知道乔晚长得究竟是圆是扁？再加上她又锻体，那可是锻体的女弟子！

这乔晚要是拥有穆笑笑的脸、马堂主的身体，这得是多惊悚的事？

如今他们终于见到了乔晚的真容。

这和他们想象中的根本不一样！

谁能想到乔晚竟然长得这么好看？

于是一个个少年铆足了劲儿在晚宴上表现自己。

一众少年神采飞扬，看着乔晚的眼睛亮晶晶的，饱含期待之色，好像在说："选我吧，选我吧，选我吧！"

突然这么受欢迎，无疑是种新奇的体验，乔晚感觉压力山大地默默扭头，余

光不经意间突然落在了妙法尊者身上。

就算身处晚宴，尊者依然是一袭青色衣袍，蓝发垂落在冷漠妖冶的颊侧，正微微蹙眉和身旁的公孙掌门说着什么，目光没有往她这方向多看，那低垂的眼睫，挡去了眼中冷淡的光。

乔晚愣了愣。

谢行止似乎察觉到了她的愣怔，难得迟疑了半秒，沉声问："不习惯？"

谢行止主动搭话，让乔晚有点儿受宠若惊，她摇了摇头，脊背挺直了点儿："多谢谢道友关心。"

察觉到乔晚不自在，谢行止沉默了片刻，也微妙地有点儿不自在了，冷峻的脸微红，看得身后的朝天岭弟子各种惊讶。

谢师兄你清醒一下啊！你根本不适合脸红啊！

谢行止主要是……羞的。

他羞愧于之前误以为乔晚要轻薄楚桐徵。

一想到这事，谢行止更加坐立难安。

偏偏在这时，各宗门的弟子都来到了乔晚面前送礼。

他们表面上是为了感谢乔晚在同修会上那一剑做出的贡献，实际上也是为了拉拢她。

谁也不知道乔晚喜欢什么，在送礼这方面，各宗门算是脑洞大开，比较正常的是送点儿法器灵丹啥的，还有送首饰的。

乔晚对答如流，笑起来时礼貌而真诚，偏偏又滴水不漏。一干宗门长老交换了一个眼神，眼里的意思很明显：乔晚和他们想象中的不一样，不是个好糊弄的后辈。

这些神奇的礼物看得萧博扬眼角一阵抽搐，内心疯狂吐槽："送一箱子蝴蝶结，这个人立马就会跟你们跑了好吗？"

最神奇的是媚宗的弟子。

媚宗的掌门胡丽扬起眼睫，笑道："乔道友，我送的礼可与那些人送的礼不同。"

女人抬起手，宽大的袖子滑落，露出一截皓腕，轻轻拊掌笑了一下。

"啪啪——"

随着巴掌声响起，大殿侧门处竟然多出了十顶轿子。

这十顶轿子鱼贯而入，最终在乔晚面前停了下来。

胡丽掌门妩媚地笑了笑，掀开其中一顶轿子的轿帘，顿时所有人的目光都落在了轿子里的"东西"上。

这轿子里坐着的是个姿容绝艳的美少年。

这一瞬间，方凌青呆了，马怀真喷了。

乔晚也蒙了。

尊者终于微微侧目，看向了停在乔晚面前的那十顶轿子。

节操呢？你们媚宗的节操呢？！

事实证明，媚宗还能更掉节操。

胡丽掌门笑得妩媚："男欢女爱本就是贴合天地阴阳大道的，这份薄礼，还望乔道友笑纳。"

紧跟着，其他轿子的轿帘也都被掀开了。

每一顶轿子里坐着的美少年，各具风采，有冷峻总裁款的，有温文尔雅款的，有清冷谪仙款的，有傲娇娇俏少年款的，有美大叔款的。

在场所有人表示：眼睛都要被闪瞎了好吗？！

乔晚愣愣地咽了一口唾沫，结结巴巴地问："这些……这些人都是给我的？"

说着说着她就忍不住又红了脸。

于是，众人眼睁睁地看着之前面容沉静的乔晚，目光和轿子里的美少年相撞之后，脸上立刻泛起了诡异的红晕。

萧博扬惊了：乔晚你清醒一点儿，这是你脸红的场合吗？马堂主、妙法尊者、公孙掌门都盯着你呢！

乔晚"咕咚"地又咽了一口口水，诚实地想：可是……可是她真的没办法拒绝啊！

萧博扬呵呵一笑：美色，使某人出卖了自己的灵魂，滑向了罪恶的深渊。

在胡丽掌门一脸"我都懂"的表情下，乔晚的脸越来越红，脑袋似乎快要蹿出白烟。就在这时，尊者凤眸微睨间，流泻出淡淡的冷光。

那眼神的意思，大有"你敢收下一个，我就在这里用光照无间一掌拍死你"的意味。

乔晚瞬间打了一个哆嗦。

她差点儿忘了妙法尊者还在场！

乔晚立刻灵台清明，无欲无求了。

毕竟场合不对，乔晚恋恋不舍地看了一眼轿子里的美少年们，忍痛地对胡丽掌门说道："多……多谢掌门的好意，但晚辈如今无心于此……"

胡丽掌门笑吟吟地说："但乔道友你的表情看上去不是这么想的呢。"

不过眼睛一瞥，胡丽瞥见了那位已经收回视线继续与公孙掌门交谈的大光明殿尊者。

她是何等鬼精鬼精的人，一眼就看出了这位大光明殿尊者对乔晚这个小辈的重视。既然乔晚是妙法尊者看重的人，给胡丽十个胆子她也不敢太过放肆，只好点到为止，见好就收，在乔晚挣扎的目光之中，又吩咐媚宗弟子把这十顶轿子给

抬回去了。

至此，媚宗送礼这事算是告一段落，宴会继续，一直持续到深夜众人才散去。

临走前，孟沧浪却突然不自在地站了起来，主动要求要送她回去。

乔晚愣了愣，忍不住又下意识地看了一眼妙法尊者的方向。

但尊者已经没再看她了，对这儿发生的一切恍若未见。

察觉到孟沧浪是想和自己说点儿什么，乔晚没有拒绝，礼貌地说道："多谢孟道友了。"

孟沧浪也是愣了愣，和陆辞仙相处多了，对上乔晚这般生疏有礼的态度，反倒有些别扭。

但青年一向尊重体贴人，也不欲多说，和乔晚一块儿并肩走出了殿门。

走出殿门后，微冷的夜风吹散了那股酒意，看着脸颊微红的青年，乔晚心里突然涌上了一股莫名其妙的轻松感，忍不住笑了一下。

她很少笑，这么一笑，样子温和明丽，孟沧浪又顿了一瞬，为自己接下来要说的话，默默地攥紧了拳头，忐忑不安地深吸了一口气。

"乔……道友，"孟沧浪停下脚步，郑重其事地朝着乔晚行了个大礼，"之前的事，孟某要向道友道歉。"

"孟道友，你们和小芳……"早猜到了是因为这个，乔晚斟酌着字句，也郑重地回答，"其实不用太过在意。"

孟沧浪："我们谁都没想到陆道友你竟然是女儿之身，尤其是小芳，在下与珊湖都很惊讶。"

乔晚："男人和女人有时候差别并没有那么明显。"

孟沧浪愣了一下，面露讶然之色，又看了她一眼，同意了她的这个说法。

"乔道友你说得对。"

他接触到的女弟子不算太多，白珊湖算是唯一一个与他朝夕共处的同门师姐。

"珊湖虽然也是女弟子，"孟沧浪想了一下，"正因为是女弟子，虽然与在下、与陆道友、谢道友齐名，却受了不少轻视与鄙夷。虽然私下里品评他人非君子所为，但在我看来，我们这四个人当中，陆道友当属第一，珊湖当属第二，谢道友当属第三。珊湖的优秀不输任何一位男弟子。"

"我说这话的意思是，"孟沧浪顿了一下，温和的眼郑重地注视着乔晚，"乔道友也是一样。"

被这么直白地夸赞，就算乔晚也有点儿不好意思，只好红着脸点了点头，认真说道："我明白孟道友的意思。"

"说来有些抱歉，刚刚在宴会上见到道友的那一瞬间，"青年也红了脸，"我与小芳，与大家一样，都有些难以置信，也都有些晃神。"

爱美之心人皆有之，这与爱慕无关，只是单纯欣赏。

"大家对道友的态度，和之前相比，或许是有些生疏了，但这并不是因为与道友生分了，只是因为大家还没适应陆道友突然变成了……"不太习惯夸人，孟沧浪的嗓音突然小了不少，"突然变成了一个姿容甚美的姑娘。

"其实，在下看来，在小芳、齐师弟、珊湖等人看来，乔道友还是我们的朋友，那个与我们一起并肩作战的朋友。

"乔道友你或许不知道，小芳很喜欢你，在下也很喜欢你。"

"我们都觉得道友你有些不一样。"夜色有点儿黑，乔晚看不清孟沧浪的神情，但听得出来青年的嗓音平静而温和。

"乔道友，你是孟沧浪此生见到的最为坚韧之人。在下说不出来这是什么感受，只觉得道友你身上似乎有种力量，就算前路再艰辛，道友身上的力量依然坚定蓬勃，就好像……"孟沧浪思忖了片刻，才继续说，"就好像一盏灯，只要跟着道友，就不会迷失方向。"

"抱歉，说了这么多，是在下孟浪了，但孟沧浪的意思是，今天的道友很好看，有无数人因为道友的姿容而对道友另眼相待，但在我们看来，道友身上这些难能可贵的品德，才是超越容貌的，这世上最美的东西。"

乔晚也有些失神，眼睛都好像忍不住酸涩了起来。

"在下听说，乔道友之前在宗门里并不受同门欢迎，在下相信，这只是时间问题，就像现在一样，终有一日，整个修真界都将为道友的风姿所倾倒。"

最后，青年抬起了眼，目光灼灼："我等就是被道友的风姿所倾倒的那批人，在下想说的是，不论是陆辞仙，还是乔晚，都是孟沧浪的好友。"

乔晚眨了眨眼，努力憋回了眼泪，也一字一顿，直视着孟沧浪，铿锵有力道："孟道友也是我的好朋友。"

青年好像轻笑了一声，旋即又干咳了一声，挺直了脊背，不自在地别过了眼："时候不早了，耽搁了道友这么长时间，让道友听在下这段唐突之言，在下很抱歉。就由在下送道友回洞府吧。"

这一路上，乔晚与孟沧浪虽然没再说一句话，却像多年的好朋友一样，气氛也渐渐趋向了自然和熟稔。

顾忌男女之别，到了洞府门口，孟沧浪就没进去了，只不好意思地说，这洞府里有大家送来的礼物，算是之前把乔晚给摁在温泉里的赔礼。

回到洞府之后，乔晚果然看到了孟沧浪口中的礼物，竟然是一箱子蝴蝶结，各式各样的蝴蝶结！

箱子上面还有张字条，落款就是孟沧浪。

"齐师兄搜集整理出了市面上所有的款式，谢道友与小芳亲自跑遍了多宝阁，最后由我和珊湖亲自挑选装箱，希望道友能喜欢。"

乔晚烧红了脸，眼泪不住往下掉，但又忍不住神采飞扬，眉飞色舞，到头来，

反倒是捂着脸笑了出来。

这是她的好朋友！

就连孟广泽也被她这兴高采烈的情绪给感染了，笑着问："什么事让我家阿晚这么开心？嗯？"

乔晚红着脸伸出手在半空中比画了一下："甘南、岑少爷、孟沧浪、小芳、齐师兄、白珊湖师姐、如意、郁行之、谢行止……大家都是我的朋友！"

她好开心！

之前虽然没朋友，但现在她有好多好朋友啊！

她有好多很好很好很好的朋友！

想到这儿，乔晚立刻"啪嗒啪嗒"地冲到桌子前，打算写回信，结果刚坐下，又在桌上看到了一个什么东西。

那竟然也是一封信，信上压着碗醒酒汤。

乔晚抽出信一看，字迹遒劲。

"逝波残照。露华电影，世相无常，唯愿你能秉持正心，勤勉修为，莫要懈怠，总有一日，定当独超三界跳脱烦笼。

"饮酒伤身，喝下这碗醒酒汤后早些歇息。"

可能是察觉到自己这言语太温和纵容了点儿，信上字迹笔锋一转，色厉内荏道："今日之事，若有下次，决不轻饶。"

看着面前这碗醒酒汤，乔晚的脸忍不住又红了，但顾及身后的孟广泽，她默默地把这碗醒酒汤"咕嘟咕嘟"一饮而尽，将碗往桌上一搁，似乎要压抑不住内心的雀跃心情了。

她真的好高兴哪！

活了四十多年，她好像从来没这么高兴过！

喝完醒酒汤，乔晚倒头就睡，这一觉一直睡到了第二天一大早。

晚宴虽然结束了，但还有不少拜帖等着她一一回复呢。

乔晚先是整理好了仪容，去见了崇德古苑、陆家等一干长老，离开之时，都已经日落西山了。在转道去往岑家的路上，她突然瞥见了三个大光明殿弟子。

一想到尊者，乔晚略一犹豫，上前叫住了那三个大光明殿弟子："诸位道友，请问尊者……"

"乔道友？"那三个大光明殿弟子十分亲切地笑了起来，"你来得正好。"

她来得正好？

结果大光明殿弟子接下来的话直接把乔晚给砸蒙了。

"尊者准备闭关啦，道友你不来看看尊者吗？"

乔晚顿时就愣住了，从昨天到现在一直在心口翻涌的热烈与高兴情绪，突然像被泼了盆冷水一样,她听到自己干巴巴地问:"闭关……什么闭关?"

大光明殿弟子却突然叹息了一声,嗓音有些沉郁:"这一役我们……我们那么多同修早登涅槃,尊者虽然不说……"

但他们知道,这位刀子嘴豆腐心的尊者,其实心里难受着呢。

乔晚这次突然想到了这一茬,忍不住抿紧了唇。

是的,和魔域的这一次正面冲突,大光明殿牺牲了这么多弟子,根本算不上多么值得欢欣鼓舞的事情。

她甚至……甚至被喜悦冲昏了头脑,忘记了大光明殿弟子惨死的事。

"尊者这回来昆山就是为了鬼市和人牲这回事,昨天已经联络了各宗门,与云烟仙府的公孙长老一道将残存的萧家势力连根拔起。如今事情解决了,尊者担心魔域迟早会卷土重来,这才决心闭关。"大光明殿弟子有点儿疑惑,"乔姑娘,你与尊者关系最好,尊者没告诉你这件事吗?"

乔晚嗫嚅了两下,讷讷地轻轻"嗯"了一声。

那三个大光明殿弟子又看了她一眼,好言安慰道:"兴许是尊者舍不得打扰姑娘你吧。"

乔晚猛然抬起头,问道:"尊者……尊者什么时候出发?"

"现在就准备出发了。"大光明殿弟子说道,"我们几个是来处理最后那点儿事的。道友你要送尊者吗?"

大光明殿弟子离开之后,乔晚默默地站在原地,看着清朗的碧空下这巍峨起伏的群山,看了半天,也站了半天。

孟广泽惊讶的嗓音突然响起:"妙法尊者闭关,你不去看看?阿晚,你与这位尊者关系不是很好吗?"

乔晚觉得有些挫败,捂住了脸:"前辈……我……我也不知道。"

孟广泽静静地看了她片刻,好像明白了什么,轻轻叹了一口气,揉了揉她的脑袋:"去看看吧。"

自家女儿喜欢上一个高地位尊者这件事,孟广泽无法多说点儿什么,看着少女有些闷闷不乐的样子,更有些苦恼,叹息自家女儿情路之坎坷……甚至于……无望。

"我在想……"昨天的高兴心情被兜头浇了个一干二净,乔晚沉闷地说道,"是不是避开前辈比较好。"

喜欢这种情绪,根本由不得她自己掌控。

乔晚心里很清楚,她与妙法尊者没有半点儿在一起的可能性,倒不如……倒不如就此减少点儿接触。

那大光明殿弟子惊讶的嗓音仿佛还在耳畔回荡。

"乔姑娘,你与尊者关系最好,尊者没告诉你这件事吗?"

说不定，就是因为对她的仰慕之情感到困扰，尊者才故意没有告诉她此事吧！乔晚一想到这一点，脸上一阵火辣辣的，尴尬感觉如同潮水一般快要将她吞没了。

这叫她怎么回复那些大光明殿弟子呢？

或许是看不下去她这般纠结和沉闷了，孟广泽温和地讲给她听。

"那位尊者这一闭关，不知道何时才能出关，到时候你也要沉睡，不去看看，阿晚，你确定不后悔吗？

"去看看倒也好，思念这种东西，不会因为你刻意逃避而减弱半分，反而会在以后的日子里越来越强烈，直至你沉溺其中。"

乔晚震惊地看着孟广泽："前辈？！"

她爹怎么这么了解啊？！

孟广泽轻笑了一下，又摸了摸她的脑袋，笑吟吟地说道："那是因为将阿晚交给乔家之后，爹爹无时无刻不在想你啊。"

宽厚而有些粗糙的手掌落在发顶上，乔晚又忍不住红了脸。

够了！这个无时无刻不在散发魅力的老男人。

不过，被孟广泽这么一分析，乔晚犹豫了一下，还是按紧了腰侧的佩剑，冲下了昆山。

这回尊者没有回大光明殿，而是一路往北，往北境大雪山的方向去了。

那里……是魔域与修真界接壤的最重要的关隘。

不用多想，乔晚也能明白，妙法尊者选择在此处闭关的用意。

一路马不停蹄地狂奔，乔晚终于在渡口前远远地隔着漫天的芦花，瞥见了渡口前那几道清寂的身影。

晚霞落在这冷冷的一汪秋水上，渡口前芦苇丛生，秋风乍起，芦花深处荡起雪涛。

尊者看上去有些清瘦寂寥的身影，也落在了这冷冷的秋水中，藏蓝色的长发被秋风吹起，风灌满了青色的袍袖。

画面极艳，极哀。

前来送行的人不多，或许是因为在山门前就已经寒暄过，如今这渡口前只有妙法尊者与门下几个弟子和一匹白马。

妙法尊者敏锐地抬眼，目光落在了芦苇荡中的乔晚身上。

"乔晚？"他皱起远山般的眉，"你怎么在这儿？"

乔晚不太自在地上前几步："前辈……"在那严厉清正的视线中，她喃喃道，"我……我来送你。"

话音刚落，那严厉的视线突然柔软了下来。

就在这个时候，天际突然飘起了蒙蒙的细雨，天际雾霭蒙蒙，芦花被风一吹，恍若雪花漫天四散。

雨雾朦胧，水波荡漾。

看着这芦苇深处的清瘦身影，乔晚冷不防地想起了"银碗盛雪，明月藏鹭"那八个字。

"前辈……"乔晚顿了顿，涩声问，"前辈这回要闭关多久？"

"直到心魔安生。"

乔晚行了个晚辈礼："江湖纷扰，难得有此机会，前辈且安心修为。"

"请让晚辈……"她局促道，"请让晚辈送前辈一程吧。"

妙法尊者静静地看了她一眼，并未出言拒绝。

乔晚主动牵着那匹白马，静静地落后尊者半步。

没想到妙法尊者竟然温言道："到我身边来。这几天可有所感悟？"

乔晚抿了抿唇，审慎地回答："世事无常。"

"望你能歇一切贪嗔爱取，垢净情尽，不被见闻觉知所缚，不被诸境所惑，望你能在锦绣丛中秉持本心，勤勉修为。"

乔晚的心境突然间也平静了下来，她与尊者并肩，沐雨缓缓而行。

乔晚问："前辈，请问三教有什么相同或不同之处吗？晚辈儒、释、道三修，始终不能将这三教功法融合。"

妙法答："你若用它就相同，你若拘泥于它就不同，迷惑醒悟在个人，不在三教的相同与不同。"

"前辈的意思是，不论是什么门派，不过都是渡人的大道罢了？"乔晚略一思忖，又问，"那什么是道？"

妙法答："平常心即是道。"

乔晚问："时人多想着得道成仙，前辈怎么看？"

妙法答："心生向往之意，则生执着之心，即背离大道。如登大道，则广阔开朗，如荒荒油云，寥寥长风，心境开阔，心无挂碍。"

妙法尊者温和地继续说道："你且记住，切诸法，莫记忆，莫缘念，放舍身心，令其自在。心如木石，无所辨别。"

"那要如何做到心如木石呢？"

"诸法本不自言空，不自言色，亦不言是非垢净，亦无心系缚人，但时人自虚妄计著，作若干种理解，起若干种知见，生若干种爱畏。你须得明白诸法不自生，皆从自己一念。"

"诸法不自生，皆从自己一念。"乔晚喃喃，一抬眼，不由得又怔住了。

尊者秀眉舒展，那冷艳的容貌竟然依稀多了几分温柔之意。

原来，妙法前辈竟然可以这么温柔。

乔晚默然无语，恭敬有礼地又行了一礼，郑重地收下了尊者这温和又不厌其

烦的谆谆教导话语。

两个人又并肩走了一段路之后，妙法尊者转身，不让她再相送了。

妙法尊者微微颔首，藏蓝色的发丝间落了些芦花，恍如白头。他长发披散，看着她的眼神温和了下来："乔晚，回去吧。"

乔晚没有拒绝，只是从储物袋里掏出了那把笛子："就让晚辈用这一首曲子为前辈送行吧。"

笛声悠悠，秋水冷冽，白练中映出一轮苍凉的落日。

枯草没膝，尊者并未回头，袍袖翩翩间，与那几个弟子一道消失在了这茫茫芦花、蒙蒙细雨深处。

银碗盛雪，明月藏鹭，白马入芦花。

乔晚愣愣地收回了笛子，沉默无言地朝着尊者离去的方向恭恭敬敬地行了个弟子礼。

今日相寻何处去，数声清磬入芦花。

第三部分　战魔域

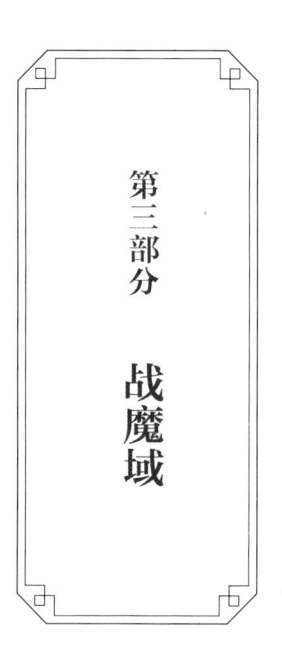

第十三章　青铜装王者

日暮时分，荒芜的平原上吞吐着一轮火红的落日，沙丘绵延出苍凉的曲线，枯草被风吹得瑟瑟。

一支车队刚好停下来歇脚，从车上走下来几个衣着打扮富足的青年男女。这些人一下车就忙活了起来，架篝火的，架锅子的，一个个笑意盈盈，但在这盈盈笑意中又透着淡淡的怅惘之意。

其中一个少女仰头看了一眼天，忍不住叹了一口气："唉，也不知道这魔物肆虐何处才是个头呢。"

他们是一群前去求仙问道的准修士，目的地是不平书院。

乔晚沧桑地看着眼前这一轮落日，虽然脸上依然没啥表情变化，但心里吐槽欲宛如疾风骤雨般席卷而来。

她就是下晚自习后多走了几步路，一抬头的工夫，宿舍没了，自己就到了这个平原上。

目前的情况就是她这具身体的主人可能早就翘了辫子，这身体正好被她接手。

看着这广阔的平原和身边在交谈着的青年男女们，乔晚内心略感不妙。

对这具身体的原主，她可以说是一无所知，只知道原主貌似酷爱粉色东西，穿着件粉裙子，脑袋上还别了好几个蝴蝶结，袖子里只有颗红通通的菩提子。

而她所在的这个世界环境貌似很不妙，是危险数值极高的修真界，目前好像正处于开战状态，北方的魔域在全力进攻修真界。

这些都是她从过路人口中听到的个别有用的信息，再多的就没了。

乔晚也尝试着弄清楚自己这具身体的主人是凡人还是修士，可惜没经验，琢磨了半天依然无果。

想到这里，乔晚忍不住叹了一口气，忧郁地看了看天。

现在问题在于，她要如何在这个残酷的修真界生活下去，并且幸运地找到回去的办法？

她一个孤零零的少女独自坐在树根上沉思，顿时引起了那群青年男女的注意。

这时候，他们已经生起了火，正围着篝火坐着。

这一伙青年男女彼此看了一眼，最终一个少女惊讶地低声说道："这个时候了，怎么还有凡人？"

另一个少年随意一瞥，说道："或许这也是去修仙问道的。"

"这段时间也只有不平书院开门招收弟子，难道说她也是去不平书院的吗？"

这群青年男女中领头的人叫师净仪，师净仪皱了皱眉："说不定是。如今天下大乱，此地危险，常有魔物出没，只这姑娘一个，她恐怕走不到不平书院。"

那少年愣愣地问道："那师大哥你要带上她？"

他们要带上一个萍水相逢的过路人？

师净仪没回答"是"，也没回答"不是"，思忖了半秒，说道："阿灵你先问问看，她若是同袍，一路上多个人也好多个照应。"

姬灵"欸"了一声，站起了身，朝着乔晚的方向走了过去。

这个时候，乔晚大脑正运转如飞，在尽力思考目前自己以这个状态要怎么生存下去。

她是找个安全的地方躲起来，还是入乡随俗，也去拜个什么宗门，修个仙什么的？

第一个想法一冒出来立刻就被乔晚给否决了。

不行。

这个世界已经乱了，根本没有所谓的安全的地方，谁知道修真界和魔域的这场战争什么时候平息？要是打上一两百年，她还能活到一两百岁吗？

想到这儿，乔晚抿紧了唇。

拜个修仙宗门固然有点儿危险，但至少她能学到自保的能力，更何况修仙文里不是经常有"破碎虚空"这个说法吗？越靠近这些修士，她就越能知道点儿神神道道的东西，说不定还能找到回家的办法。找个安全的地方躲起来，或许她一辈子都和这些东西无缘。

乔晚想得很纠结，也很费力，就在这个时候面前突然罩下了一大片阴影，紧跟着脑袋上传来了一个娇俏的嗓音。

"这位姑娘，入夜了，天冷，你要不要到我们那边去坐坐？"

乔晚抬起眼，对上这张神采飞扬的俏脸，愣了一下，又下意识地看向了那群少男少女的方向。

他们围着篝火而坐，正在低声交谈着什么，却在乔晚看过去的那一刹那，极其敏锐地察觉到了她的视线，纷纷抬起眼，朝她露出一个友善的笑容。

乔晚又愣了愣，不大确定地想：这些人是不是……就是所谓的修士？

其实这些人根本算不上修士，有些只是练过武，还有些刚刚做到引气入体，唯独师净仪好点儿，有练气一层的修为。

她正愁没机会接触修士呢，如今面前的少女主动邀约，乔晚也不推拒，干脆一口答应了下来，感激道："多谢。"

感激是真的。

入夜之后，她明显能感觉到气温骤降，坐到篝火前，乔晚觉得，自己原本被冻僵了的脸都好像回暖了点儿，终于稍微能做出几个表情了。

那些少年少女给她让了个座，一个叫胡越的人还用勺从锅子里舀了点儿热水，用一个碗装着递给了她。

姬灵拨弄着面前的篝火，友善地问："姑娘怎么一个人在这里？姑娘也是去拜入不平书院的吗？"

不平书院？

不动声色地将乔晚脸上的茫然之色纳入了眼底，这些少男少女又对视了一眼，眼里的意思很明显。

啊，这好像真是个过路的凡人。

既然对方真是个过路的凡人，姬灵那股攀谈欲望也骤然冷却了下来，她愁眉苦脸地叹了一口气。

"也是了，现在这世道，还能有几个修士活着呢？更别提像我们这样主动去拜入宗门的啦。"

喝了一口热水，胃里那股冰碴子好像都被暖化了，乔晚终于略微放松了下来，捧着碗好奇且礼貌地开口："那个……请问一下。"

"嗯？"

"姑娘你口中的没几个修士活着是什么意思？"

"啊？"少女愣住了，"你不知道吗？"

"是这样的，"在这么多双眼睛的注视下骗人，乔晚压力山大地干咳了一声，不好意思地红了脸，"我……我不是这儿的人，来自海外，只是机缘巧合下到的这儿。"

这其实也算不上骗人，她的确不是这儿的人。

乔晚一说完，师净仪就和胡越无声地对视了一眼。

姬灵惊讶地睁大了眼："原来如此。"随即又同情地看了乔晚一眼，"那你就倒

霉啦。如今魔域正和修真界开战呢。"

乔晚皱紧了眉，追问道："姑娘能讲清楚点儿吗？我……刚来……还有些不清楚。"

少女体贴地点了点头："你有所不知。很久之前，修真界和魔域曾经有一场大战，当时我们这儿的修士拼尽全力终于封印了魔域的始元帝尊。"

这位始元帝尊听起来怪像灭霸的，乔晚默默地想。

"这封印是个由四处封印组成的天地大阵，始元帝尊被封印之后，魔域的那个梅相梅康平，也就是如今魔君裴春争的辅臣，一直想要解除封印。"

姬灵说着叹了一口气，"这几年来陆陆续续让他解除了三处封印，如今只剩下北境那一处封印啦。之前魔域与修真界虽然有冲突，也只是些小摩擦，如今梅康平铁了心要破除这最后一处封印，在魔域全力进攻之下，修真界的防线摇摇欲坠，也不知道真到了那天，又是个什么光景。"

乔晚握紧了碗奇怪地问："这个魔君裴春争与梅康平关系不好？"

"你怎么知道的？"姬灵惊讶地问。

乔晚审慎地回答："这裴春争是如今的魔域的魔君，始元帝尊的封印被解除之后，不就代表着裴春争下台吗？"

正常人不会乐意解了封印给自己添堵吧，乔晚木然地想。

"听说是不好。"姬灵说道，"但这魔域里面的事谁又说得清楚呢？"

"我们还以为你是修士呢。"少女不好意思地笑道，"姑娘你也知道，这连年兵燹，牺牲的修士尸骨如山，如今没什么人愿意再拜入宗门啦。"

乔晚顿了一下，问道："诸位……是要去拜师的？"

"对。"另一个少年插话道，"我们打算拜入不平书院。"

"萧家叛了，岑家守着南边，昆山如今不开山，北边的陆家正自顾不暇，不平书院是这几年刚崛起的大派，最适合我们这样的人。就是听说不平书院的山长乔晚已经失踪好几年啦，如今书院事务全是由李判长老代为处理的。"

"乔……乔晚？！"

乔晚顿时惊悚了，手里的碗差点儿没拿稳。

"怎么了？"

"没……没什么……"乔晚垂下眼，随口应了一声，内心泪流满面地默默收拾好了这惊悚至极的心情。

不平书院的山长听上去就像个大佬啊，她竟然和大佬同名吗？难不成她这身体的主人就是大佬？

乔晚无语了。

当然她也就是随便想想，她和大佬同名的概率比她这身体的主人是大佬的概率大多了好吗？

"那……这位乔晚山长是出了什么事吗？"

姬灵摇了摇头："那就没人说得清了。"

少女脸上露出了遗憾之色："说起来当初还是乔晚挡住了梅康平呢。要是乔晚还在该多好呀。"

"你有所不知，"姬灵补充道，"当初乔晚为了抵抗魔兵，运使了超越自己境界的诛邪剑谱，内伤严重，只能沉睡疗伤。结果，就在乔晚沉睡的那几年时间里，魔域打了进来，乔晚也被人带走了，不知所终。"

那叫胡越的少年叹了一口气："大家都觉得乔道友是凶多吉少了。"

和自己同名同姓的人竟然成了江湖传闻，这感觉不可不谓诡异。

瞥见她的碗空了，胡越站起身来："欸，我再给你倒一碗，天冷多喝点儿热水暖暖身子。"

乔晚没有推拒，礼貌地道了声谢。

胡越这边刚拿起锅子，从刚才起一直没怎么吭声，只友善地笑着招呼乔晚的师净仪却突然说道："阿越，你和我来一下，我有事交代。阿灵你帮这位姑娘倒碗水。"

胡越愣了愣，不明所以地跟着师净仪走到了马车后面。

师净仪看着篝火前坐着的少女，跃动的火光映在她的脸上，乔晚半垂着眼，好像在想着什么。师净仪面色有些凝重："阿越，这姑娘你怎么看？"

他怎么看？

察觉师净仪面色不对，胡越的神情也一点点沉重了下来："老实说，仪哥，我觉得这人在撒谎。"

师净仪脸上非但没有露出惊讶之色，反叹了一口气："这就是我找你过来的原因了。"

"这人说她来自海外，但身上明明就是如今时兴的打扮。"

如今女弟子尚粉色装扮，这主要还是当初传说中的那位乔道友带起来的潮流。

"这人对乔晚毫无所知，偏偏做乔晚的打扮。除非……"

胡越笑道："除非她就是乔晚。"

师净仪直接就气笑了，笑骂道："这个时候了你瞎贫什么呢？"

胡越也笑："行了，行了，我知道仪哥你在担心什么，如今这个世道，多的是那些伪装成凡人的魔物出来害人。"

师净仪又沉下了脸色，眼里映着不远处那团火光，目光略显晦涩："如果真是魔物，我们就杀了它，决计不叫它害人。如果真如她所说，她是个来自海外的凡人，那我们就照拂她一夜，也就这一夜。"

本来师净仪还以为这是一同上山拜师的同袍。在这危难关头，凭借着一腔热血与意气还愿意主动上山抵抗魔域的人太少了，路上碰见了，他们肯定要彼此照应一二。但凡人不同，凡人与他们不同路，他们带着上路难免会被拖后腿，他们照拂她这一夜已算是仁至义尽。

　　毕竟，这世道人命实在是贱如草芥。

　　想到这一点，两个人也都收敛了笑意，无声地对视了一眼。

　　师净仪："待会儿你注意着点儿，和阿灵他们都说说，阿灵天真，我担心她被骗。"

　　胡越应道："我知道，仪哥你放心。"

　　这位姬灵姑娘貌似是乔晚的迷妹，口若悬河，滔滔不绝地说着乔晚和裴春争等一干人的八卦。

　　而乔晚，为了能在这个世界生存下去，也侧着头听得十分认真。

　　"你有所不知，这魔域魔主裴春争曾经是乔晚的道侣呢，他本来也是个纯魔，也就在乔晚失踪的这几年时间里突然当上了魔域魔主。"姬灵说道，"据说他当魔君，也是为了找乔道友，不过他能当上魔君，总归和他那个舅舅脱不了干系。

　　"不只裴春争，这几年，妖皇伽婴也找了乔道友好几次，可惜都一无所获。"

　　乔晚越听越无语。

　　魔君和妖皇，加上这位和她同名同姓的乔晚，这怎么听怎么像活脱脱的"玛丽苏"文的设定。

　　姬灵说到一半的时候，刚刚离去的师净仪和胡越突然又折返了回来。

　　师净仪走到两人面前，笑了笑："阿灵，时候不早了，人家姑娘也要休息了，别老缠着人家。"

　　他又转身朝着乔晚歉疚地笑了笑："抱歉，阿灵就是话多，叨扰姑娘了。"

　　乔晚赶紧摇头："阿灵姑娘性格活泼有趣，我很喜欢听她讲话。"

　　不知道为什么，她这么一说，师净仪与胡越突然双双变了脸色。

　　乔晚隐隐能察觉面前这叫师净仪的青年对自己好像有点儿……警惕，但又拿不准是不是自己的错觉。不管如何，他们愿意收留她这个来路不明的单身女性，她都很感激。

　　搁下碗，乔晚礼貌地回礼："不只姬姑娘，今夜还要多谢几位道友收留。"

　　师净仪的面色这才稍微缓和了点儿，他开始着手给她安排住处，又突然想起了什么，问道："对了，还没问姑娘姓名？"

　　乔晚顿了顿，鬼使神差地随口胡诌了一个名字："呃……在下陆婉。"

　　师净仪："陆姑娘今夜就睡这儿如何？"

　　师净仪指的是面前那辆马车。

乔晚有点儿惊讶："我睡这儿，其他人睡哪儿？"

师净仪笑道："陆姑娘不用推拒，我们是修士，用不着睡车，姑娘你是凡人，半夜风大，姑娘若是不睡马车熬不住的。"

乔晚有点儿别扭，挠了挠头说道："我……我可以和姬姑娘一起睡。"

这么好的待遇，她实在有点儿不适应。更何况，其他人睡外面，就她睡马车……乔晚忍不住吐槽，她可能会内心煎熬，辗转反侧到深夜。

师净仪却固执地笑道："姑娘不用有什么压力，阿灵性子活泼，坐了一路的马车，早就有怨言，不乐意在马车里闷着了。不然我定是要叫阿灵上来一起陪姑娘的。"

话说到了这个份儿上，乔晚也不好再拒绝。

等到师净仪离开之后，乔晚坐在马车上掀开车帘朝着外面看了一眼，心里一沉。

这不是错觉，这位师道友的确对她心怀芥蒂，有意隔绝她和他的同伴。

这也很正常嘛，乔晚自我安慰道，毕竟自己来路不明，说的话也漏洞百出。

倒是这具身体的五感比她的要敏锐不少，刚刚她没多加注意，如今一集中精力，甚至能听到师净仪与同伴的交谈声，听到夜风吹动枯草的瑟瑟声，听到草丛里鸟雀的振翅声。不仅如此，她甚至能清楚地看到不远处的姬灵鬓角的发丝。

置身于这么温暖的环境里，乔晚也确实有些累了，靠着车壁闭上了眼。

就在她迷迷糊糊即将睡着时，一声惊雷冷不防地突然将她惊醒。

天际雷云滚滚，狂风四起，霎时间暴雨如注。

乔晚困意顿消，立刻钻出半个身子看了一眼。

师净仪等人不知道从哪儿摸出来了个草棚，一行人正坐在草棚下躲雨谈笑。

曾经也算饱读小说的乔晚立刻反应过来，这应该就是从所谓的"储物袋"里拿出来的，于是也不再出言打扰，默默地缩了回去，却是无论如何都睡不着了。

乔晚备受煎熬地睁开了眼，隐隐觉得手上有些痒。

她下意识地低头看了一眼自己的手指，这一看，顿时吃了一惊，头皮一阵发麻。

她的指尖上正萦绕着淡淡的蓝色电光，电光犹如游龙，绕着指尖一圈一圈地浮动，在这幽暗的马车中尤为显眼。

这……这算是什么操作？

这给信奉唯物主义的乔晚带来的震惊感是无与伦比的，在经历了无法解释的事后，又看到自己会发电，乔晚觉得自己二十多年来形成的世界观隐隐有崩裂的倾向。

她这具身体上难道真有什么秘密不成？

发现这种事，乔晚一点儿不觉得有多惊喜。

秘密就意味着麻烦，一想到自己这暗淡无光的前路，乔晚内心默默泪流满面。

还没等乔晚惊讶完，就在这时，车外突然传来了一阵骚动声。

"是魔物！"

"阿灵小心！"

"别动！你胆敢再前进一步试试！"

紧跟着又传来了一个陌生的男声，那人笑道："诸位，在下本没有恶意。"

"魔物快滚！否则别怪我们不客气了！"

那个男声又说道："我只是问诸位道友借些银钱罢了，诸位道友何必这么警惕呢？"

乔晚心里"咯噔"一声，身体已经先大脑一步，猛然跃起，掀开了车帘。

突然，车帘又被人给挡了回去。

师净仪的声音在马车前响起，嗓音压得很低："陆姑娘，有危险，你是凡人，待着别出来。"

确定马车里的少女没了动静之后，师净仪这才抬起眼看向面前这几个魔修。

这几个魔修披着黑斗篷，站在泼墨的雨夜里，几乎要和夜色融为一体了。

为首的那个魔修掀开斗篷，露出半张脸来，笑盈盈地，好像很有礼貌地拱了拱手。

师净仪的目光落在这人腰间的佩剑上，剑柄上刻了娟秀的"碧涛"二字。

青年眼里掠过了厌恶之色。

自从魔域打进来之后，随着修真界溃败，不少惯会见风使舵的小宗门纷纷投靠了魔域。

面前这人，想来也是哪个小宗门的弟子另投了魔域之后，在这儿耀武扬威。

师净仪他们这些朋友都是怀揣着一腔热血，愿为还天下清平，这才结伴约定要拜入不平书院。如今面前站了三个魔修，师净仪他们一个个面色愤恨，咬牙切齿，几欲拔剑。

"仪哥，别跟他们客气，这等败类，还和他们废话什么？拔剑就是了！"

那魔修的脸色"唰"的一下就变了："我本以礼相待，诸位道友这是打算敬酒不吃吃罚酒了？"

师净仪的脸色也有些难看。

他身后的少年们几欲咬碎银牙，其一高声道："仪哥！我们本来就是为了对抗魔域才相约拜入不平书院，怎可在这儿纵容魔修胡作非为？那我们拜入书院又有何意义？"

师净仪攥紧了手中的剑，心里一沉。

他何尝不懂这些？若只有他一个人，他上前和这几个魔修拼命也就算了，但他如今是领队，带着不少兄弟，怎能意气用事？

但胡越他们说的话又并非没有道理。

师净仪抬眼，目光如炬般穿透了雨夜，眼神灼灼。

如果他们今天在这儿屈服了，那他们拜入不平书院的意义何在？

魔修似乎也察觉到了师净仪身上的气压的细微变化，顿了半秒之后，拍掌笑了起来："既然诸位道友不乐意，那我也不勉强诸位，只好采取点儿非常手段了。"

马车里，乔晚的心猛地漏跳了一拍，她差点儿大喊一声"不行"。

"噼里啪啦"的打斗声隔着车厢传入了耳畔，乔晚从脚底到脊背都冒出了一股凉气。

这之前她毕竟没碰见过这等凶残的场面，瞥见飞溅上车帘的鲜血，乔晚浑身僵硬地想。

这都是什么事啊。这就是所谓的修真界吗？

心知自己有几斤几两，这个时候也不敢出去添乱，乔晚只能期盼着师净仪他们人多势众，能打赢车外那几个魔修。

可惜天不遂人愿。

过了一会儿，又好像是过了很久，车外传来了胡越声嘶力竭的怒吼声："放开阿灵！"

乔晚心里猛地一沉，忍不住攥紧了衣摆。

少女的嗓音也一并传来："呸！求他做什么？你有本事就杀了我啊！"

然后又是那魔修的笑声传来："你真以为我不敢杀你吗？"

刀剑出鞘的锐鸣声乍响。

就在师净仪等人悲愤又无可奈何地睁大眼之际，突然，一声冷喝声冷不防地穿透雨夜传来。

"慢着！"

那魔修臧大江微微一愣，挟持着姬灵的手忍不住松了两分力道，目光沉沉地望向马车。

车里还有人？

这里面什么时候有人了？臧大江心里一惊，这里面有人他竟然没察觉？

师净仪和胡越也纷纷变了脸色。

师净仪暗暗咬牙，心里急得团团转，要不是有着良好的修养，否则誓要将乔晚给骂个狗血淋头。

他不是叫她别出声吗？这个时候她添什么乱？

臧大江厉声喝道:"何人在此?"

夜雨如注,回应他的却只有一片"沙沙"的雨声。

实际上乔晚已经麻了。

但她已经出声了,这个时候只能硬着头皮继续。

不过要选择如何开口、说些什么话,她只能慢慢想。

这是个很玄妙的态度,对方不回复,臧大江心惊在前,心里反倒生出了一股莫名其妙的怯意。

他自觉修为不错,否则也不敢大半夜地上前挑事,但竟然从头至尾没察觉马车里坐了一个人。

这人的修为竟如此高深莫测!

若是这人有意对他出手……想着想着,臧大江心里陡生一股寒意,他抬眼又看向了面前的师净仪等人。

怪不得这些人不过引气入体的修为就敢和他硬碰硬,原来是自恃这马车里还坐了个高人吗?

如果乔晚知道这位魔修脑子里在想什么,一定会嘴角抽搐地吐槽:不,只是坐了个手无缚鸡之力的女子而已,脑补是种病,得治治啊兄弟!

臧大江心念一转间,又立刻否定了刚刚的猜测。

如果马车中这位高人的确与师净仪他们同路,在方才他出手前,她应当立即出手才是,再看这几个少年脸色诧异,想来这位高人与他们不过萍水相逢。

想到这儿,臧大江心里不免安定了几分。

自打魔域与修真界开战以来,能活到现在,并且活得滋润,臧大江靠的就是这谨慎小心、识时务、惯会见风使舵溜须拍马的本领。想到这儿,他立刻就放下了手中的姬灵。

在师净仪等人震惊的视线中,男人微微俯身,竟然恭恭敬敬地朝着马车的方向行了一礼。

"这位道友,在下臧大江,并非有意叨扰道友歇息,还望道友见谅。"

乔晚猛地愣了愣。

她能听出来车外的男人嗓音里隐含的恭敬之意,但这……这是什么节奏?

不过眼下情势危急,乔晚大脑飞速运转,顿时明白过来,这位兄弟可能误会了,比如把她误会成了某个世外高人。

至于是不是误会,她只能赌一把了。

倾盆夜雨伴着天际天公的怒吼一并劈下。

少女的嗓音这才淡淡地响起:"我与你素未谋面,你姓甚名谁又与我何干?"

姬灵也怔住了。

这……现在是怎么回事?!

臧大江也微微变了脸色。

"道友误会了。"

"不如这样，"臧大江客气地笑道，"不知道友可愿下车一叙？我这儿备有好酒，我们二人把酒言欢，好好把这误会解开如何？"

虽然不知道车外这位兄弟是怎么误会的，但乔晚心里清楚。

这世上最恐怖的事情就是"不可知"，她一出去指不定就露馅了。

装神秘是个技术活，尤其是青铜装王者。乔晚默默地努力平复着心里慌乱的情绪。

就在乔晚面色沉重，绞尽脑汁地想着要如何应对之时，臧大江静静地等了一会儿，没等到车内的人的动静，心里也不由得涌上了淡淡的狐疑情绪。

这人是不愿出面相见，还是不敢出面相见？

想到这儿，臧大江立刻又换上了一副笑容，往前走了几步，主动弯腰掀开了车帘——

没想到，一团耀目的电光冷不防地从车中蹿出，破开夜雨，荡起一片晶莹的水花。

远处天际又降下数声霹雳。

臧大江脸色大变，眨眼之间已经倒退到十步之外，看着这滚地雷，面色大骇，吓出了一身冷汗。

师净仪他们几个初出茅庐的人自然不清楚，但臧大江已经是个摸爬滚打了不知道多少年的老江湖了。

刚刚这扑面而来的天雷，其中包裹着的赫赫威压，只有直面这道电光的臧大江心里才清楚。

竟然能驭使天雷，这马车里面坐的到底是何等人物？！

师净仪、胡越等人面色变了几变，忍不住面面相觑。

刚刚这一番打斗，他们几个人受伤严重，捂着伤口却都不敢出声，看着眼前这一幕，一个个噤若寒蝉。

怎么回事？这位陆姑娘难道不是个凡人吗？

师净仪脑子转得很快，看着夜雨中这沉默的马车，心里突然冒出一个荒唐的念头。

这位陆婉该不会真是个有意遮掩自己的高人吧？

据说孤剑谢行止的授业恩师赤松道人常常不修边幅，穿梭在街头巷尾间，不知情的旁人都以为这不过是个穷酸的道士，谁会想到这是朝天岭上声威赫赫的道君？

大抵上高人总爱隐姓埋名，尤其逢此乱世，避世不出的真君更不知凡几。

倘若这位陆姑娘真是个世外高人……

师净仪眼里不禁流露出了几分热切之色。

乔晚看着自己的手，微微一怔。

刚刚那兄弟打算上前掀开车帘，她情急之下只想阻止他，万万没想到竟然反手"哐当"砸出了一个雷球。

她这具身体的主人真的是个什么高人不成？

这下臧大江心里那点儿怀疑情绪已经全然烟消云散，看着这静默的马车的眼里忍不住多出了几分畏惧之色，他只敢远远地站在原地，再也不敢上前半步。

马车里依然没动静，臧大江已经心跳如擂鼓，赶紧又弯腰行了一礼。

"道友误会了！在下只是想让道友下车一叙，并非有意冒犯。"

"还望道友息怒，息怒。"他说着，嗓音里已含了几分讨好之意，翘首等着这车里的人回复。

乔晚顿了顿，学着模仿了一下电视剧里黄药师之类的人物的神态和语气，怪眼一翻，冷笑道："你是魔修？"

臧大江哪里不知道魔修多遭人恨，从方才起一直没摸清楚这马车里的高人的态度，如今见她主动逼问，当下大惊："前辈！晚辈知错！晚辈虽然……虽然是魔修，却从未干过伤天害理之事，只不过……只不过一时鬼迷心窍，这才想捞几笔好处……"

但车里的人并未理睬他。

臧大江更急了："请前辈明鉴，晚辈虽有错，却也错不至死啊。"

臧大江一咬牙，竟然"扑通"一声直接跪了下来："晚辈回去之后定当洗心革面重新做人。"

师净仪也急了："陆姑……前辈！这人狡猾，绝不能轻饶！"

乔晚心里很清楚，自己能忽悠一阵子，不能忽悠太久，他们几个对付不了这魔修，于是顿了好一会儿，这才冷声说道："你走吧。"

臧大江又愣了愣："前辈……前辈这是在说我？"

乔晚抿紧了唇，没回答。

臧大江心里"咯噔"一声，复又狂喜，当下也不敢耽搁，匆忙又磕了一个头。

"多谢前辈大量，多谢前辈大量。"

他说完带着几个手下，脚底抹油似的飞奔而去。

胡越和师净仪睁大了眼，却又无可奈何，只能眼睁睁地看着臧大江离去。

姬灵战战兢兢地走到了马车前："陆……前辈？"

片刻之后，马车里终于传来了"陆前辈"的嗓音："姬姑娘，麻烦你扶我一下。"

"我……"乔晚面色通红，抽了抽嘴角，结结巴巴道，"我腿软了，下不来……"

姬灵愣住了，震惊地看着面前这"陆前辈"，似乎想象不到这"陆前辈"怎么就腿软了？

乔晚嘴角一抽，默默捂脸："刚刚我都是装的。"

她是装的？！

师净仪也愣住了。

"那个……"乔晚脸红道，"我根本就不是什么高人，刚刚是忽悠那个魔修，吓唬他的。"

师净仪等人却好像不是很相信这话的模样。

又不知道脑补了什么，胡越脸上露出了然之色，连忙上前扶起了她，好生安慰："陆前辈不用担心，我等知道陆前辈不愿在人前招摇。放心！我们一定会保守秘密的！"

脑补是种病，真的得治啊！

一干人等这才赶紧七手八脚地把乔晚给扶下车，端水的端水，递饼的递饼。

老实说，第一次经历这阵仗，乔晚后背都差点儿被冷汗给浸透了。而师净仪看她的神情也完全不同了，青年肃容朝她弯腰，行了一个大礼："前辈见谅，之前是我等有眼不识泰山。"

他们竟然还怀疑乔晚是个魔物这种事，师净仪实在是不好意思说的。

眼前这少女容貌清丽，竟然有驭使天雷的能力。师净仪看着乔晚，心念微微一动，忍不住出言问道："前辈此行可有方向？可准备好了去哪里？"

乔晚还没想好要怎么解释，师净仪已经帮她给脑补完了。

这位陆前辈想来是哪位闭关隐居在洞府里的高人，师净仪暗暗思忖，高人一朝出关，世间已过百年，又不愿暴露身份，这才假托来自海外，探听当今的局势。

这个逻辑没问题。

师净仪越看乔晚，表情就越严肃，一言一行也就越发小心和恭敬。

师净仪主动问起她的去处，乔晚端着碗的手顿了顿。

虽说她打算拜个宗门，但其实也没想好要拜入哪个宗门，她现在完全是两眼一黑的状态。

师净仪等人好像误会了什么，乔晚犹豫了一下，也没再解释，主动出言问道："实不相瞒，我想拜入一个宗门。"

拜入宗门？

姬灵愣了愣："前辈这修为，竟是个散修吗？"

这些问题乔晚实在有点儿不知道怎么回答，她还在思忖间，师净仪则偷偷地搡了姬灵一把。

"阿灵，退下，没看到陆前辈不愿多谈这事吗？"

他当下十分善解人意地解释道："前辈可是没想好要拜入哪个宗门。"

乔晚低声应道："的确没考虑好。"

师净仪默默打好了腹稿这才说道："如今这世道太乱，小宗门生存尚已费力，遑论护好门下的弟子，这修真界的大派中，有昆山、云烟仙府、青阳书院、大悲涯这四大派，陆家、萧家、岑家这三大家。其中昆山是首选，但如今已过了昆山招收弟子的时候，崇德古苑与青阳书院……"

师净仪顿了顿，默默换了个委婉的说法："这两者统归儒门，相较不平书院，对弟子的学识要求比较高。"

乔晚秒懂，那就是文化分要求比较高。

"云烟仙府多招收女子，至于大悲涯……"

姬灵突然插了一嘴："要不是妙法尊者还在闭关，那要我拜入大光明殿当尼姑我都乐意。"

这还没走到不平书院呢，就先碰上了臧大江这样的魔修，还输得尤其惨烈，师净仪心里有意向这位陆前辈推荐不平书院，干脆就将各家各派的缺点都拎出来说了一遍。

"而陆家、萧家、岑家这三家，说实在的，毕竟是宗族，更重血脉，我们这些弟子很难有出头之日。"

乔晚不是傻的，当然也能察觉师净仪的那点儿心思，不过她本来就是个伪的，也不好意思去指责人家有自己的心眼。再说了，人家也是好心，如果不平书院真如师净仪说的那样是不二之选，她与师净仪同行，路上也好有个照应。

在深刻地比较了各家的优劣和自己的"文化成绩"之后，乔晚果断地选择了兼收并蓄、有教无类的不平书院。

一个有意相邀，一个顺坡下驴，乔晚淡定地想，皆大欢喜。

师净仪脸上露出了显而易见的喜色："太好了，这样陆前辈就能与我等同行了！"

姬灵好奇地问："陆前辈要和我们一道拜入不平书院吗？！"

被众人欢欣的视线包围着，熟知自己有几斤几两的乔晚，嘴角抿出一个含蓄的礼貌弧度："呃……这一路上还请诸位道友多多包涵。"

这事决定下来之后，众人也都累了，兼之身上又受了伤，没心思再说笑，纷纷躺下来歇息。

侧耳听着淅淅沥沥的夜雨声，想着自己这未知的前路，乔晚心里一沉，攥紧了衣摆，努力憋住眼泪，疲倦地闭上了眼。

翌日一大早，师净仪一行人准备出发。

照他们的意思，他们打算先去附近的白云乡。

师净仪勒马走在前面，笑道："听说那位孤剑谢行止正要奔赴南线战场，如今就在白云乡歇脚，我们打算先去拜会他一面。陆前辈可有兴趣？"

"孤剑谢行止？"乔晚隐隐觉得这个名字有点儿熟悉，但细想又觉得有点儿头痛，只好作罢。

"是，"师净仪笑道，"孤剑谢行止、病剑陆辟寒、沧浪剑孟沧浪、照海仙子白珊瑚，这都是修真界最年轻有为的一辈，哦，不对，还要加个乔晚。"

姬灵在一边补充："可惜乔道友已经失踪许久啦。"

她说着说着，又心生向往之意："倘若能与谢道友相交该多好呀。"

胡越也叹了一口气："别想了，等我们赶过去的时候，谢道友下榻的客栈说不定都被包围了，我们能见着一片衣角就不错了。"

毕竟他们天资也说不上有多出众。

那可是谢行止啊。

一年前谢行止在北境战场上，孤身一人一剑，砍翻了不知道多少魔修，直到如今，脸上还留着一道疤。

旁听着这些少年少女言语里的激动和雀跃情绪，乔晚默默地想，这修真界好像比她想象中的还时髦不少，这难道就是追星吗？

"说到这个，乔道友之前不也是昆山一个无名无姓的普通弟子吗？虽说是玉清真人座下弟子，但这师徒俩关系也就如此。最后乔晚还不是靠自己的努力，与谢道友等人相交？"

另一个少年突然问道："我们虽然修为不高，但我们不是有陆前辈吗？"

"对啊，对啊，我们有陆前辈啊！"

其他人纷纷眼睛一亮，"有陆前辈在，说不定谢道友会见我们一面呢。"

然后众人纷纷将渴望的眼神投向了乔晚："陆前辈！陆前辈，我们进了白云乡这就去拜访谢道友可好？！"

乔晚："……"

她真的只是个假货，听他们的意思这位谢道友还是个高冷的男神级别的人物，就她这种大忽悠，刚站到人家门前，说不定就被扫地出门了！

但这几个少年少女激动得却好像下一秒就一定能见到谢行止一样。

他们年纪都不大，在乔晚看来，不过是些高中生。

乔晚无力地扶额。

现在这状况，只能走一步算一步了，等到了那位谢道友下榻的客栈，她再告诉他们，她真的只是个普通人，没那么大本事。

很快，一行人紧赶慢赶地终于到了白云乡城门前。

而在另一边，臧大江忐忑地看着面前这黑袍人。

"所以你就跑了？"黑袍人冷冷地睨了臧大江一眼，眼神颇有恨铁不成钢的

意思。

"你是不是傻？人都知道是骡子是马还得牵出来遛遛呢，一个连脸都没露的家伙，就把你给吓回来了？"

这位黑袍人不是别人，正是负责白云乡这块的魔修张长风，仔细算算，还属于臧大江的顶头上司。

两个人都是修真界叛变出来的汉奸，如今张长风混得比自己好，臧大江心里有点儿不满。

说得倒好听，那是你没真正对上那道天雷啊。

但臧大江也不敢发作。

毕竟张长风是在魔君面前刷过脸的人物。

虽说裴春争不一定记得有张长风这号人物，但只这一点就够张长风整整吹嘘上半年。

一想到裴春争，张长风心里就忍不住直往下沉。

当初张长风见到这位魔君的时候，是在魔宫里。

空荡荡的魔宫，就点着一排幽暗的烛灯，纱幔轻扬中，那位魔君赤着脚面无表情地走了出来，乌发像帘子一样披散在颊侧，脸色苍白得像雪，泛着点儿病态的红晕，眼里微微透着红光。

对方明明是个少年，张长风抬头看到的第一眼，却恍如看到了点儿"女儿娇"之意。

据那些曾经在昆山见过裴春争一面的魔修都说，这位魔君快控制不住自身的魔气了，在魔气成年累月的影响之下，愈加暴虐和阴暗。

想到这儿，张长风忍不住打了个寒战，立刻收敛了情绪，冷笑道："你自己不敢去，我去。我倒想看看这马车里坐的到底真是个高人，还是个装神弄鬼的家伙。"

乔晚他们到达白云乡城门前时，已临近日暮时分，天上又落下了淅淅沥沥的雨。

一脚踩在地上又湿又滑的，拔出脚来飞溅了一裤脚的泥点子，姬灵爱俏，攥紧衣摆，拧下了一捧的水，踩着一地的泥泞，脸上已经有了点儿埋怨之意。

"这雨得下到什么时候才是个头呀？"

这雨下得胡越心里也有点儿崩溃。

师净仪思索了一下，向大家伙儿征求意见："大家今日可还愿意去拜访谢道友？要不改天？"

"去！"一干少年少女拧着衣摆，想也没想，异口同声回道，紧跟着又七嘴八舌地说了起来。

"听说谢道友不过是在白云乡歇一下脚，若等到明天，谢道友走了怎么办？"

"但我们如今这副模样……"师净仪有点儿犹豫。

也不是他不想去，主要是他们现在这样的确有碍观瞻。

但师净仪显然低估了谢行止的这帮"脑残粉"的热情。

"去啊，仪哥！过了这个村就没这个店了啊！"

"更何况陆道友还在呢！"

姬灵扭头，兴冲冲地把球踢给了乔晚："陆道友，你说呢？"

这是个必须得斟酌回答的问题。看出师净仪脸上的动摇之色，乔晚仔细斟酌了一下："机不可失时不再来，不如先去看看。"

眼看乔晚也同意了，几个少年立刻推搡着笑了起来。

师净仪脸上也露出一个无奈的笑容，掉转马头："那行，就先去看看谢道友在不在吧。"

毕竟，谢行止、乔晚之辈对这些年轻修士来说，都是不亚于传奇的人物，谁不想亲眼见传奇一面呢？

谢行止在白云乡下榻的消息，早在一天前就传遍了方圆十里。

白云乡本来就不大，城中只有一间客栈，无须打听，一行人就赶到了这客栈前。

来到客栈前后，乔晚呆了。

这是何等热情的追星现场！

客栈前不少车队拥挤在一块儿，这大多数是和师净仪等人差不多的少年，也是奔着投奔不平书院去的。还有些不顺路的少年少女，路上听闻谢行止在此处下榻，特地绕了大远路，就为了见谢行止一面。

姬灵下巴差点儿砸在地上："这……这得怎么进去啊？"

乔晚风中凌乱地默默站在原地，世界观在崩塌之后又一次被重塑了起来。

身边另一伙少年中一个领头模样的人突然笑道："诸位道友，你们也是来看谢道友的？"

师净仪嘴角一抽："是，但没想到诸位竟是……竟是如此热情。"

那一伙少年衣着华贵，明显是出身什么宗族富户，虽然这几日淫雨绵绵，但面前这些少年郎袍角干干净净的。

其中一人兴致勃勃地上前攀谈："这位道友也是去不平书院的吗？"

"是。"师净仪惊喜道，"诸位难道也是？"

那人丢了马鞭笑道："是，在下姓尹，名子诚，不知这位道友尊姓大名？"

师净仪微微一愣："尹？可是那个和甘家齐名的风潆尹家？"

尹子诚莞尔一笑："正是。"

师净仪却有点儿窘迫了，再看向面前这一干少年，心里不由得微微叹了一

口气。

"我姓师，名叫师净仪。"

然后就没有然后了。

他本来就出身平民，姓氏自然比不上这些一看就是出身世家的少年显赫。

两方人马都陆陆续续地彼此介绍了一下。

"在下姓吕，苍梧洲的那个吕氏，名叫吕劲。"

"在下姓郭，封丘郭，郭泰霖。"

"在下姓方，方凌君。"

"方凌君？"姬灵好奇地问，"方凌青是你什么人？"

少年笑道："正是在下的族兄。"

但这帮人察觉到双方并非同路人之后，气氛稍稍冷淡了不少。

其实这些少年心情也十分低落，他们特地绕远路就是为了见谢行止一面，结果在半道儿上被一个魔修打劫了，不仅狼狈地丢了不少钱帛，好不容易赶到了白云乡，又赶上下雨，到现在又被堵在了客栈前。

乔晚微微侧目，有些惊讶。

抱着客观的态度，这几天来她一直用"学术"的眼光观察着这个世界。

这个世界很……矛盾。

乔晚忍不住沉思，有些走神。

这个世界有点儿像一个岌岌可危的封建王朝，即将走向终结，而不少世家大族还抱着些自矜自骄，负隅顽抗。

明明这里的人的能力已经能做到一剑搬山，在空中御剑，甚至像她之前误打误撞那样利用雷电了，偏偏没诞生出什么新科技来。

没有反抗，没有革新，世家大族牢牢把持着顶流的资源。

这个世界明明可以发展得更好的，乔晚抿紧了唇。

似乎是察觉了对方的冷淡之意，胡越几个人面色也有点儿不好看。

这都什么时候了？还搞这一套？

当下，立刻有人扯了乔晚骄傲地站出来："这个是陆……前辈。"

胡越骄傲地笑道："这可是我们当中顶厉害的人物，别看陆姑娘生得清秀，指不定尹道友你也打不过她呢。"

尹子诚等人看着乔晚，神色讶然。

尹子诚那一行人中的一个少年说道："但这……这姑娘看上去并无修为在身哪。"

"这位道友，你这就不懂了吧。"胡越笑道，"这是因为……"

师净仪轻喝："阿越！"

这一声轻喝登时把还在炫耀的胡越给喊清醒了，清醒之后，胡越心里顿时发毛了。

完了，光顾着炫耀，胡越战战兢兢地瞥了乔晚一眼，忘了陆前辈不愿意在人前显露能力了。

乔晚倒没觉得有什么失礼的，礼貌地打了个招呼，又不动声色地退了回去。

见乔晚一副全然不在意的模样，胡越这才轻轻松了一口气。

尹子诚等人对视了一眼，都觉得有点儿好笑。

这姑娘看着明显就没修为啊。

这几个少年一看年纪也不小了，怎么还被一个骗子骗得团团转，将一个骗子奉为座上宾？

虽然心里觉得有点儿好笑和不屑，但他们是万万不会表现出来的。

双方不是同路人罢了，何必多谈？

两方的人再次寒暄了两句之后，又各自散开了。

眼看着天色越来越暗了，一直等不到谢行止，尹子诚等人率先出了客栈，去附近的酒楼里弄点儿东西填填肚子，不巧正好和乔晚一干人撞了个正着。

在桌前落了座，大家伙儿纷纷掏出钱袋聚在一起清点了一下财物，又默默计算了一下这些酒菜的价格，颇有学生党出去喝酒时抠抠搜搜的悲催感。

乔晚也伸手在身上摸了摸，摸出了点儿灵石，一齐放了上去。

师净仪连忙说道："陆前辈，前几日是你救了我们大家，这顿饭就不用前辈破费了。"

乔晚摇了摇头，低声说道："亲兄弟也要明算账，大家同路，这一路上有不少需要花钱的地方，钱这东西，还是算清楚比较好，免得不清不楚的日后闹矛盾。"

这话说得在理，师净仪也不好再阻拦。

邻桌的世家少年们点了一桌酒菜，在席间高声谈笑，吸引了不少目光。

这可是乱世啊……这些人还有这等雄厚的财力。

咬着馒头的胡越一脸艳羡的表情。

可能是有点儿恼怒之前胡越的冒犯举动，这些少年心气不平，有意无意地谈笑道："我和你们说过那事吗？就我家一个仆人，之前遇到一个江湖骗子那事。我家那仆人也是蠢，那骗子修为都没有，偏偏还要装隐士高人……"

"江湖骗子""大忽悠"乔晚顿时觉得自己的膝盖各中了一枪。

对方明显是把自己当成江湖骗子了。

少年言语里虽然存了点儿戏谑的心思，但本心倒不坏，他主要是为了提醒胡越这一行人，别被这穿粉衣服的骗子给骗了。

姬灵咬牙切齿地涨红了脸，愤慨地小声说道："他们……他们这是什么意思啊？"

师净仪轻喝:"阿灵别多嘴。"

他又看向乔晚。

膝盖中了枪的乔晚顶着张面瘫脸,表示自己不在意。

师净仪松了一口气,又说道:"吃完就走,别与他们起冲突。"

他们吃完东西下楼的时候,楼上这些少年还在谈笑。

眼见着师净仪他们没反应,一个少年大感不平:"这算什么呀?我们好心提点他们,他们还不听。"

尹子诚不赞同地摇头:"算了,说不通的。"

那少年还是一脸郁闷的样子:"我这不也是为了他们好吗?子诚你也知道,之前我们被那魔修搞得有多狼狈,要是这陆什么……"

一想到那披着黑斗篷的魔修,方凌君就忍不住打了一个哆嗦。

这魔修太强了,他们几个联合起来,竟然还对付不了他一个。

或许真是怕什么来什么,一行人又说说笑笑了一会儿,从楼梯上突然走上来一个熟悉的身影。

来人披着黑色的大斗篷,腰间别着一把剑,剑上刻着"碧涛"二字。

这人正是听了张长风的消息,急急忙忙地赶来的臧大江。

一掀开兜帽,臧大江就撞见了之前被自己打劫的这拨人,立刻就乐了。

而尹子诚等人也顿时变了脸色,暗叫了一声不好。

这魔修怎会在此地?!

刚被张长风劈头盖脸地骂了一顿,臧大江心情十分不美好,当下便扯开嘴角笑了一下:"哟,诸位道友正巧。"

刚刚还愤愤不平的方凌君瞬间就白了脸。

一行人噤若寒蝉,后背冷汗涔涔,胆战心惊地看着臧大江闲庭信步般,笑眯眯地走上前来。

其中一人暗暗瞪了方凌君一眼:都是你!要不是你声音太大,至于把这魔修招来吗?

方凌君顿时大感冤屈,又自觉理亏,不敢吭声。

臧大江顺手将剑搁在了桌上,笑道:"我刚刚看诸位道友说说笑笑挺有意思的,怎么现在不说了?"

在场十多个人无一人敢出声。

臧大江顺手提起一个酒壶,吊儿郎当地灌了一口,笑道:"继续啊,不用管我,你们说到哪儿了?接着说。"

吓唬这十多个少年显然让臧大江极有成就感,尤其是这十多个少年一副面色泛白却又不敢吭声的模样。

"难不成你们怕我?"臧大江古怪地笑道,"我就这么让人害怕吗?"

十多个人呼吸急促,内心哀号了一声:吾命休矣。

在臧大江的步步紧逼之下,方凌君一咬牙,只好硬着头皮继续刚刚的话题。

"要是……要是这陆什么婉,真是骗子……我看有他们哭的。"

臧大江提着酒壶的手顿了顿,面色顿时凝重起来:"你说什么?陆婉?陆前辈?"

第十四章 魔 宫

陆什么？

陆前辈？！

这回轮到面前这十几个少年变脸色了。

这说的是之前那个面瘫少女？

再看臧大江面色凝重，言语间含了几分恭敬之意，尹子诚错愕地想：难不成这个什么陆婉竟然真的是个高人？

臧大江皱着眉问："你们见过陆前辈？"

方凌君面色僵硬，大气也不敢喘。

出身高门的尹子诚十分通晓察言观色和甩锅大法，看着臧大江细微的脸色变化，立刻咬牙说道："如果……如果你是指那个名叫陆婉的少女，我们不久前见过她一面。"

臧大江闻言立刻抓起了桌上的长剑，几个少年往后退了两步，心猛地漏跳了一拍。

但还好臧大江拿剑并不是一言不合就要剁了他们，相反，他的言行甚至耐心了不少："陆前辈如今在何处？"

其中一个少年急忙回道："刚……刚走没多远！"

"带我去。"

死里逃生，方凌君喘了一口粗气，一捏衣服，才发现后背竟然都被汗湿了。

虽然……虽然他把师净仪一行人的行踪给抖出来，不厚道了点儿，但这叫陆婉的人如果真是什么高人的话，想必也不会将臧大江这等角色放在眼里……吧？

这十多个没经历过社会毒打的少年，战战兢兢地跟在臧大江背后，既震惊心里又隐约含了几分期待之情。

猜想到乔晚一行人或许是往客栈的方向去了，尹子诚明智地带着臧大江往客栈的方向赶去。

这样一来，碍于谢行止，臧大江也不敢有所动作。

果然他们在半道上就堵住了师净仪和乔晚一行人。

看到久违的黑兜帽，乔晚愣了半秒，随后心里一阵咆哮，再看向那人身后那十多个宛如鹌鹑的少年，整个人都不好了。

我去！你们怎么把这魔修给带来了啊？！

这魔修是发现自己被她忽悠了，所以急急忙忙地赶过来寻仇了吗？！

一眼就看到了乔晚，臧大江立刻神情严肃、精神抖擞地上前一步，恭恭敬敬地行了一礼："晚辈拜见前辈。"

他也不管这个大礼带给尹子诚等人多大的震撼效果。

换句话说，尹子诚这边的十多个人，世界观在这一秒也被狠狠地刷新了一下。

这没修为的面瘫少女竟然还真是个高人吗？！

乔晚浑身僵硬，内心无语了。

现在……她要怎么办？继续装高人吗？

救命哪，她业务不熟练。

少女一言不发。

臧大江保持着这么个行礼的姿势，累得腰都快断了，很想抬头问一句：前辈，能起来了不？

但乔晚不说话，碍于之前那滚地雷的威力，臧大江也不敢吭声。

看着这素日横行霸道、无法无天的魔修在这粉衣少女面前乖得像只猫儿，尹子诚等人的世界观又被狠狠地刷新了一下。

终于，乔晚动了，平静地移开了视线，"是你？"

臧大江立刻应道："是晚辈！正是晚辈！"机智地顺便站起了身子，惊喜地说道，"没想到今日竟会在此与前辈相会，实乃晚辈之幸！"

摸不准臧大江这次特地找来是为什么事，乔晚一边尽量保持着自己这么个高人形象的面瘫脸，一边大脑高速运转。

对方神态恭敬，应该是没察觉出自己就是个大忽悠。

就目前这个情况而言，乔晚谨慎地想，只能见机行事了。

乔晚内心在默默思索间，臧大江也在不动声色地打量着她。

之前隔着车帘，他没能见到这位"陆前辈"的容貌，今日一见，对方看起来不过是个再寻常不过的二八少女，不像是那晚使出雷霆一击的人哪。

张长风的话也让臧大江多了个心眼。

臧大江这回来本来是为了提前通知这位"陆前辈",张长风要寻来,卖她一个人情。如果这位"陆前辈"和张长风打起来那就再好不过了,最好眼前的人把张长风这混账给打死。臧大江恶毒地想,张长风若是被打死了,这片地头就数他是老大了。

但如今见到乔晚的模样,臧大江反倒有点儿改变主意了。

不如他就再试她一试,看看她究竟是真是假。若是假的,她胆敢戏弄他,他就拔剑杀了她;如果是真的,到时候再奉承也不迟。

臧大江打小算盘打得滴溜溜地转,内心有了计较,笑起来也多了几分虚伪的样子。

"实不相瞒,在下是特地来寻前辈的。晚辈在那日离去之后,混混沌沌间猛然彻悟,"臧大江苦笑道,"深感这么多年来,自己实在愧对修士这个身份,但苦于自己已经走上了邪魔外道,如今想再弃邪从正,功法受魔气污染,早已与往日所学无法兼容。不知前辈可愿点拨在下一二?"

师净仪下意识地脱口而出:"前辈,不可!"

她倒也想拒绝啊,但察觉到面前这兜帽兄存了点儿试探的心思,且目光阴狠,乔晚心里微沉。

如果她在这儿拒绝了这人,说不定这魔修会直接下手。

她说,还是不说?

她若露馅,被面前这兜帽兄恼羞成怒砍死的不会只她一个,她身边的师净仪、尹子诚这二十多个人的命都要受到牵连。

生与死的考验在前,这对一个普普通通,生长在和平环境下的女大学生而言,压力实在太大了。

乔晚的大脑卡壳了一秒,这……她要怎么说?

她也没修炼过呀。

"修为在己,"乔晚面色微冷,转身就走,"旁人说再多,自己不能领会,也不过白费口舌。"

臧大江更快一步,先拦住了她,拱手笑道:"前辈不说,又怎知晓晚辈无法领会呢?"

乔晚:"……"

魔修微笑。

少女冷冷地垂着眼。

这是一场无声的较量。

师净仪等人虽然担忧,但碍于自身修为低微,并不敢上前。

半晌,少女才冷哼一声:"你本事倒不小,就不怕我在这儿杀了你吗?"

臧大江打了一个激灵，一阵寒意顺着脊椎爬上了天灵盖。看着面前这清丽的少女，他突然有种强烈的预感：这叫陆婉的人或许杀了不少人。

她杀了不少人，却不嗜杀，就算是这杀气也含了点儿隐隐的浩然意。

都到这个份儿上了，臧大江也只能赶鸭子上架，硬着头皮赔笑道："前辈误会了，晚辈并无此意。晚辈只是求学心切，还望前辈能指点一二。"

实际上乔晚心里也慌得不行，但她只能维持着一副面瘫的表情，一本正经地开始胡扯："心正法正，心邪法邪，若你本有向善之心，岂有不兼容的道理？

"你若用它就相同，你若拘泥于它就不同，迷惑醒悟在个人，不在三教的同与不同。"

说完，乔晚略微忐忑地看向面前的魔修，不大确定地想：这种假大空的话，应该勉强能蒙混过去吧？

没想到臧大江和师净仪等人都愣住了。

尹子诚怔怔念道："你若用它就相同吗？"

是啊，这些功法本来只是手段，手段是给人用的，而非困住人的。

刹那间，本来儒、道双修的尹子诚也觉得这十多年来困扰自己的迷雾，在一朝之间被面前这少女轻巧地给点破了，顿觉豁然开朗，前途坦荡。

臧大江问的这话，也的确是困扰他多年的问题。

他是修士改投魔域，前几十年所学的东西和魔修的功法冲突，这问题困扰他已经不知几年了。

如今他只觉云破月出，眼前陡然一亮，心底那些狐疑也随之烟消云散。

眼前的人三言两语就能点破他当下的困境，臧大江心中一凛，不敢再耽搁，立刻正色又恭敬地行了一礼。

"多谢前辈指教，多谢前辈指教，在下明白了。"

乔晚心里也"扑通扑通"直跳，口干舌燥地想："行还是不行，'兜帽君'你给个准话啊。"

她却见"兜帽君"脸色一变，随即大喜。

乔晚明白，自己这是蒙对了。

"对了，我认识一个魔修，名唤张长风，听闻前辈那日的威能，他想来拜会。"思及张长风，臧大江连忙说道，"晚辈拦了，但怎么拦也拦不住。他一意孤行，晚辈实在没法子了，只好赶在他之前来，想要知会前辈一声。

"张长风此人心狠手辣，还望前辈多加小心。"

听闻这话，乔晚一阵无力。

我该谢谢你吗？"兜帽兄"，你好样的。

"前辈这是欲往何处去？"臧大江热切地问道，"这地方我熟，前辈可要晚辈帮忙？"

乔晚对他不予理睬，抬脚就走。

臧大江被无视，倒也不觉得生气，喜不自胜地想着：高人果然性情古怪哪，他可要好好抱上这大腿才是。

乔晚一走，师净仪等人虽然错愕，但还是忙不迭地跟了上去。

一直到走出臧大江的视线范围后，乔晚心头的一块大石头这才重重落地，她一转头，目光正好撞上了师净仪、尹子诚、方凌君等人钦佩、敬畏等复杂神情交织在一起的目光。

乔晚忍不住抽了抽嘴角。

完了，这高人的帽子是彻底摘不下来了。

在委婉地拒绝了尹子诚等人的邀请之后，晚上，乔晚是和姬灵同住的。

这一天，没看到传说中那位孤剑的尊容，暂且找了个客栈住下后，姬灵到大街上买了本话本用来打发时间，并且热情地邀请乔晚一起看。

乔晚无法拒绝，翻开一看，赫然写着《我与妙法尊者的火热一夜》！

这话本还带插图的，插图画了一个容貌艳艳的长发尊者。

"怎么样？"姬灵笑道，"好看不？陆前辈，你有所不知，这是妙法尊者！据说整个修真界就数尊者生得最美啦，可惜尊者如今尚在闭关。"

少女撑着下巴叹了一口气："我们也无缘得见尊者的美貌。"

书上的尊者，藏蓝色的长发半掩，凤眸半垂，秀眉斜飞入鬓，薄唇水润，眼尾微扬，平添几分绮丽之色，巴掌大的小脸上微妙地透着一股凛然和威严气势，清正、沉稳，明明生得美艳，眼神却极为威严，叫人心生凛然而不敢侵犯之意。

"好看是好看，但是……"

"但是什么？"

"要说吗？"

这位妙法尊者的容貌美艳归美艳，但是正直到让人根本无法生出冒犯之心吧。

意淫别人也太罪恶了。

更何况，她总感觉……乔晚挠了挠头，憋了半天，努力搜罗着形容词，这才憋出一句："说实在的，这位前辈生得的确很美，但给我的感觉……"斟酌了一下用词，乔晚诚恳地说，"好像我爹啊。"

姬灵："……"

第二天一早乔晚走下楼的时候，正好碰上了尹子诚等人。

这些少男少女一见她，便互相推搡着，露出个不好意思的笑容。

"陆前辈。"

"陆前辈，早啊。"

对上乔晚的视线，方凌君有些手忙脚乱，尴尬地移开了视线。

显然他还没忘记自己之前是怎么说陆前辈的来着。

江湖骗子？

方凌君内心哀叹，自己得罪了陆前辈，这下糟了。

乔晚却好似浑不在意一般，淡定地和他们打了个招呼，就迈步下了楼。

少女脊背挺直，眼睛黝黑明亮，脸庞像温暖的白玉，又透着一股淡淡的冷意，行礼时动作之标准就连乔晚本人也未曾察觉。

这无疑是个受过良好教养的姑娘。

看着少女下楼的背影，众人面面相觑。

"陆……陆前辈这是不在意了吗？"

"她好像没生气啊。"

在经历过臧大江这事之后，又被乔晚一语点破修为上的阻碍，昨天晚上一想到他们之前对陆前辈的冒犯言行，尹子诚等人一夜没睡好，一整天都忐忑不安。

如今见少女一副浑不在意的模样，尹子诚忍不住低叹了一声。

这位陆前辈果真是高人，看来还是他们以小人之心度君子之腹了。

"前辈虽然不在意，我们却不能就此揭过此事。"尹子诚低声嘱咐，"陆前辈是高人，若能与她结交，对大家都有裨益。"

方凌君等人严肃地点了点头："我们省得。"

结束了乔晚的话题之后，有人不免又提起谢行止来："不知道今天是否能有缘得见谢道友一面。"

语气怅然若失。

早就坐在大堂里的师净仪等人却不是这么想的了。

眼看着尹子诚等人想上前结交乔晚，又不敢上前的模样，师净仪等人心中嗤笑。

喊，你们早干什么去了？我们尊称陆姑娘一声"陆前辈"你们还不信？

乔晚刚走下楼，胡越立刻笑着让了个位子："陆前辈，坐。"

乔晚礼貌道："多谢道友。"

昨天她一晚上没睡好，就算再淡定，碰上来到一个全然陌生的世界这种事，能维持冷静不至于精神崩溃就已经很不容易了。

但奇妙的是，她这具身体就算连着好几晚上不睡，依然精神奕奕，不觉得疲劳。

更何况，还有一件事一直困扰着乔晚，就是那魔修临走前曾提到的"张长风"。

那位"兜帽君"提到张长风明显就一副心有忌惮的样子，这张长风明显比"兜帽君"更难搞啊。

从乔晚浸淫网络小说多年的经验来看，这要是一部升级流小说的话，可能"兜帽君"和张长风之后，就是各种大小 boss（指难度较大、打败后奖励较高，且出现在最后或剧情关键时刻的角色）。

她一步一步干翻这些小 boss 之后，又会不断吸引大 boss 的注意，说不定到最后，那位叫什么裴春争的魔主，都会被她干翻在脚下呢。

乔晚一边默默望天，一边内心纠结吐槽。

事实证明，不能随便乱吐槽。

恰好就在这时，门口传来了一个嗓音："请问，陆婉陆前辈可在此处？"

乔晚怔了怔，心中随即一凛。

师净仪等人停止说笑，抬眼看去，就看见门口又站了个"黑兜帽"，暗沉沉的。

师净仪看了一眼乔晚，主动出声道："这位道友是……"

"黑兜帽"呵呵一笑："在下是特地奉主人之命，请陆道友一会的。"

乔晚沉声道："你家主人是……"

"我家主人姓张。""黑兜帽"眼神一转，目光落在了乔晚身上，"阁下想必就是陆婉陆前辈了？"

张！长！风！

尹子诚心里"咯噔"一声。

不同于没见识的师净仪和乔晚这些土包子，尹子诚是听说过张长风的"威名"的。

这人看上去其貌不扬，实际上是个没良心的畜生，出身青宵宗，前两年和青宵宗一块儿上了战场，在南线战场上落到了魔域手上，把师门上上下下全给卖给了魔域，自己在修真界混不下去了，立刻就转投了魔域。这人上位完全是踩着师父、师兄的血，一步一步爬上来的。

"原来你家主人是张长风张道友。"

二楼楼梯上传来一个清朗的男声。

"黑兜帽"抬眼。

尹子诚拱了拱手笑道："不知道张道友请陆前辈过去是所为何事呢？"

那"黑兜帽"也笑："不过是从臧大江口中听了一耳朵，心中好奇，这白云乡都是我家主人的地界，如今竟多出他未曾听闻过姓名的高人，这才想要与陆前辈一见罢了。"

这人好不要脸，白云乡啥时候成你张长风的地盘了？

姬灵心中暗呸了一声。

奈何他们这几个初出茅庐的小白菜，碰上张长风连给对方塞牙缝都不够格的，一时也不敢出声。

就在这气氛陷入僵持之际，门口突然又传来了一个笑声。

轿子里的张长风等得不耐烦了，自己掀了轿帘，登门了！

他本来也不是什么文人，这番文绉绉的过场不过是给自己面上多添几分光，眼看着等到现在也没个信，心里忍不住冷哼了一声。

这人架子还挺大，他倒要看看臧大江这混账都一口一个"陆前辈"的人，到底是何方神圣。

"诸位不必害怕，"张长风笑吟吟地一步跨过门槛，踏进了客栈，笑道，"都放松，放松。"

"张某此行并无恶意，不过是听闻陆前辈威名，特地赶来——"

后半句话，在目光触及客栈里的少女沉静的脸庞时卡壳了。

这……这是……

张长风不淡定地瞪大了眼，呼吸猛地一窒。

乔晚怔了怔，微讶地看着这位张兄，宛如见了鬼一般脸上笑意顿失，骤然变了面色。

刹那间，整间客栈里的气氛都好像随之一沉。

师净仪心里暗叫一声不好，几欲拔剑之时，张长风却忽然一撩衣摆，沉着脸，步履匆匆地跑了。

这人跑……跑了？

尹子诚与方凌君错愕。

张长风这跑走的架势，宛如后面有鬼在追。

自家主人掉头就跑，那位"黑兜帽"也傻了，原地呆滞了一秒之后，赶紧追了上去。

"老……老爷？"

他刚追上去，张长风却突然低喝了一声："回去！回去给我盯着那个叫陆婉的人！盯紧了他们的去向，要是失了他们的踪迹，我要你好看！"

然后，不顾"黑兜帽"诧异的目光，张长风立刻放出飞行法器，一步跨了上去，由于跨得太急，还差点儿脚滑，从空中栽下来。

但这个时候张长风也不在乎会不会在属下面前丢脸了。

因为……因为陆婉……

这位……这位陆婉……竟然和乔晚长得一模一样！

回想刚刚那一眼，张长风忍不住呼吸都急促了。

他可不是臧大江那些没见识的人，而是见过乔晚一眼的。在几年前，那次同修大会上，那时候还是杂役的张长风跟着宗门，远远地瞥见了那少女一眼。

这可是乔晚哪。

张长风浑身抖如筛糠。

这可是失踪了几年的乔晚哪，魔……魔君一直在找的那个乔晚哪。去魔域，

他现在就必须得去魔域。

一想到即将落在自己头上的荣华富贵，张长风就忍不住眉飞色舞，神采飞扬。

臧大江这个浑球，嫉恨自己这么多年，做梦也想不到有朝一日反替自己作了嫁衣。

陆婉就是乔晚这事，他决不能让其他人知道。他必须保证，自己亲自到魔君面前禀报此事才是。

张长风这一路紧赶慢赶，花了两天时间，终于赶到了魔域。一到魔域，他立刻收了飞行法器，直言自己要见魔君。

"烦请禀报魔君，说是有了那位乔道友的消息。"张长风觍着脸，点头哈腰地笑道。

说实在的，本来张长风也不觉得魔君会为了这事答应见他一面。

这几年来说是见到了"乔晚"，结果魔君赶过去一看不是认错了，就是招摇撞骗的乌龙不知凡几。

像魔君这等地位的人，顶多不过是派个属下跟他走一趟。

但张长风做梦也没想到的是，守卫让他进去。

行走在这偌大而空旷的魔宫里，张长风手脚冰凉，如坠梦中。

宫殿里很暗，烛火摇曳，扯出一道道离奇的光影。

在这重重纱幔之中，时隔几年，张长风终于又见到了那位魔君。

首先映入眼帘的是一只白皙而修长的手，这只骨节分明的手轻轻拂去了微扬的纱幔，从幽暗的微光中，终于走出了这位当世魔君。

这位魔君给人的第一眼感觉，并不像个帝王，更像个少年。

少年魔君赤着脚，宛如幽灵般悄无声息地轻轻走了出来，玄色长袍曳地，一直铺到了台阶下，整个人看起来不修边幅到看起来随意而又放浪。

裴春争抬起眼，目光淡淡地落在了张长风的脸上，新雪般的脸上泛着病态的红晕，颊侧那乌黑的发丝落在唇前，轻轻荡了荡，少年面无表情，薄唇微启："说吧，她在哪儿？"

客栈里，尹子诚、师净仪等人目瞪口呆，想破脑袋也想不明白，为啥张长风好端端地竟然跑了？

难不成他是见陆前辈太强悍，跑去搬救兵了？

这也不大可能哪。

乔晚也怔住了，过了好一会儿才慢慢地收敛心思，重新思索起来。

能逃过这一劫固然幸运，但她不知道为什么总有种山雨欲来风满楼的不祥预感。

女人的直觉，是种十分奇妙的东西。

她神情复杂地看了一眼客栈外阴沉的天色，这段时间阴雨不断，受这种天气影响，乔晚的心情也实在美好不起来。

眼看着这一场避无可避的冲突竟然就这么化解了，师净仪几个虽然茫然，但还是没忘沉声嘱咐了乔晚一句："陆前辈，张长风此人随时有可能折返，前辈是为了我们才招惹上这人的，还望前辈一定要小心。"

乔晚点点头，找了个座位坐了下来，不打算先上去了，打算就先在这大堂里待一天，安全系数也高点儿。

乔晚特地问姬灵借来了几本书。

书不是什么正经书，和小女生看的总裁文学有异曲同工之妙，但好歹能帮助她更快地理解这个世界。

她现在手里这本……

乔晚嘴角抽搐。

这本书叫《妃我倾城：魔君的下堂妻》，幻想对象是那位传说中的少年魔君裴春争，这位魔君在书里还多了个时髦的病娇属性。

这个世界虽然科技树点歪了，但娱乐文化方面还是十分紧跟潮流的。

好多年没看过这种总裁文学了，乔晚看得既羞耻，又有点儿上头，就这样断断续续地看到了中午，客栈外狂风大作，雷云滚滚。

大雨，又开始倾盆而下。

乔晚合上书，朝外面看了一眼。

街上行人寥寥无几，大多数人因为这突如其来的暴雨而狼狈地寻找着庇护所。

但在这雨雾深处，突然走来了一个清瘦的身影。

那人穿越雨幕缓缓走来，一路走到了客栈前。

这竟是个身着玄衣的少年，宽袍曳地，这一身衣服穿在他身上松松垮垮的，甚至能瞥见他白皙的锁骨。而在他行走间，白得像雪的脚趾与脚踝在宽大的裙摆下若隐若现。

被大雨淋湿的衣袍紧贴着身躯，少年乌发湿漉漉地贴在雪白的脸颊上，眼瞳乌黑。

他一抬眼，目光正好和她撞个正着。

然后，他的目光就落在她的脸上，再也没移开。

虽然这少年长得十分俊美，甚至是乔晚从未见过的俊美，但被一个陌生人这么盯着，乔晚的确有些不自在。

而且最重要的是——

这位兄弟你很热吗？乔晚不自在的同时又有点儿克制不住自己的吐槽欲了。

虽然知道修士都是些造型奇奇怪怪的时髦人类，但这种衣服都没穿好、赤着脚到处跑的人，怎么看怎么有点儿过于狂放了吧。

乔晚不自觉地皱紧了眉，微微颔首算是打了个招呼之后，默默移开了视线。

少年眼里好像泛起了一丝红光，眼神好像桃林中的雾气，迷离又缥缈。

找到了。

目光触及客栈中正端坐着看书的粉衣少女时，裴春争不自觉地喉头一哽。

少年茫然地眨了眨眼，愣愣地抬手捂住了胸口，苍白得毫无血色的脸上这才隐隐透出了一点儿常人才拥有的温度。

就好像已经停滞的血液终于又开始汩汩流动，传遍四肢，为这僵硬、冰冷的身躯重新带来了点儿活力。

裴春争心脏狂跳，四肢舒展，在这一刻才重新真真切切地感觉自己活了过来。

但或许是近乡情怯，到这一步，他反倒不敢上前了。

他如今还不能确认眼前的人是否真的是乔晚。

他见过很多"乔晚"。

短暂地清醒了一瞬之后，少年如坠迷梦般在心里自语道：他要……确认。

这个兄弟的状态很不对劲儿。

乔晚抿紧了唇，心里一沉。

不吐槽，认真地说，这人很像是精神方面有点儿障碍。这个世界本来就很矛盾，依她看，修士活了这么多年，没有点儿心理疾病都不科学，搞不好心魔这种东西，就是心理疾病发展到一定程度的产物。

面前这个人，不太有礼貌，这种打扮和这种状态看上去确实像个精神病患者。

乔晚知道精神病患者思想和行为皆不可控，不欲招惹，保险起见，顿了顿，迅速抄起书，敬而远之，准备上楼。

这位造型十分放浪的少年，敏锐地察觉到了她的动向。

在那一瞬间，周身的气势突然起了鲜明的变化，眸光一冷，宛如冰冷的剑锋，长袍一卷间，少年一步跨到了乔晚面前。

鼻间仿佛萦绕着旖旎暧昧的暗香，四目相对间，乔晚瞳孔骤缩。

少年凑得太近了，两个人鼻尖对鼻尖，她甚至能看到他眼里涌动着的复杂情绪。

那眼神幽深、阴郁，又怨怼复杂，就像一团浓雾。

下一秒，乔晚晕了。

大脑一阵剧痛，手上那本名为《妃我倾城：魔君的下堂妻》的话本子滑落在地，乔晚不受控制地晕了过去。

等她再一睁眼，入目的是一个看上去十分富丽堂皇的宫殿。

乔晚心里"咯噔"一声，暗叫了一声不妙。

意识迅速归位，她随即反应过来，自己好像是之前和那疑似精神有点儿问题的少年对视了一瞬，紧跟着……就出现在了这儿。

毕竟没经历过这番阵仗，乔晚慌了半秒，又立刻强迫自己冷静下来。

她顺手一摸，好像摸到了一个什么光滑的东西。

这一看，乔晚顿时呆了。

她摸到的竟然是那本《妃我倾城：魔君的下堂妻》！

她该谢谢这位兄弟，没忘把这本书也给她顺便带过来吗？

不可否认的是，这书的出现的确冲淡了乔晚内心隐隐的慌乱和焦虑情绪，反倒给这事带来了一层喜感。

乔晚定了定心神，翻身下床。

之所以是翻身下床，是因为她醒来的时候，就被安置在了这张床上。

宫殿很空旷，只在正中央摆了一张大床，除此之外，再无任何东西，连张凳子都没有。地砖光滑如玉，颇有现代派极简主义建筑风格。

风缠雾绕，殿内悬挂着的重重纱幔像是幽灵在狂舞。

略一思忖，乔晚摸上了袖子里塞着的一把短刀，一步一步往长廊的方向走去。

这短刀是她之前问师净仪等人借来防身用的，见她身边并无法器傍身，师净仪等人想都没想，立刻大方地借给了她，还愧疚于自己囊中羞涩，无法借给"陆前辈"更好的法器。

乔晚握紧了短刀，心跳如擂鼓，咽了一口唾沫，才发现自己的嗓子已经干涩到了极点。

"穆姑娘……你不能去！"

远远地，一阵急迫的女声突然响起。

应声的是另一个女声，那嗓音清脆、微柔，还带着点儿俏意。

"别拦着我。"那清脆的嗓音说道，"我……我一定要去看看。"

乔晚终于慢慢地走到了这声音传来的地方。

这时候长廊里终于出现了一盏壁灯，幽幽的灯光照出了来者的容貌。

那一瞬间，乔晚的大脑"嗡"的一声，她必须用尽全身力气，这才能稳住，不让手中的短刀落地。

面前这少女，竟然和她长得宛如一个模子里刻出来的，不同的是面前这少女的容貌更柔和也更娇俏些。

少女抬起眼，与她目光相撞的刹那，眼神有些恍若隔世的恍惚。

她也赤着脚，深红的裙摆曳地，体态轻盈，犹如含苞待放的海棠。

"乔……乔晚，是你……小凤凰……小凤凰。"

面前的少女喃喃了几声之后，手中突然出现了一把剑刃！

剑光一亮，乔晚往后急退了几步，下意识地横刀去挡！

"当！"

那侍女怒喝道："放肆！贵妃也是你能冒犯的？！"

言罢，那侍女一脚就踹上了乔晚的膝盖。

这侍女不知道是吃什么长大的，这一脚踹下去，乔晚疼得冷汗都冒了出来，咬紧了牙，一声也不吭。

身体已经快出一步，一把攥住这侍女的脚踝，在对方的大叫声中，乔晚抡起对方给摔了出去。

"砰！"侍女的后背狠狠撞上石墙，震得墙灰簌簌落下，她顺着墙面缓缓滑倒在地。

这一套动作下来行云流水极了，乔晚蒙了半秒，立刻又恢复镇静。

她姑且将这理解成这具身体还保留着肌肉记忆吧。

"小凤凰。"少女仍在喃喃，神情恍惚，"你为什么突然又出现呢？"

"晚儿师妹，"穆笑笑低泣道，"你为什么又突然回来了呢？"

无缘无故被一个疑似患有精神病的少年绑架，如今又差点儿被这疑似患有精神病的少女暗杀，她这是误入什么精神病院了吗？

乔晚皱紧了眉，饶是她，这个时候也忍不住觉得莫名其妙，以至有点儿恼怒了。

"别动。"乔晚冷若寒冰地一手掐住了穆笑笑的脸颊，手上的短刀贴近了少女娇嫩的面容，锋锐的刀锋轻轻地在她脸上比画了一下。

乔晚扯了扯嘴角，面无表情地威胁道："再动，我就划破你的脸。"

那少女脸上顿时露出了一阵慌乱和恐惧之色，俏脸瞬间白了个透，大叫道："不……不！你……你不能划破我的脸！"

少女眼里霎时间蓄满了泪水，她几乎快要哭出来了："求求你，别划破我的脸。"

在这几年时间里，穆笑笑想过很多次，要是乔晚回来了，魔域会是怎样一番光景，想到到时候她又会是什么下场。

她已经无处可去了，昆山、萧家，早已没有了她的容身之处。

穆笑笑瘫坐在地上，怔怔地看着面前的乔晚。

乔晚不能划破她的脸，她只有这一张脸傍身了。

乔晚反倒惊讶了一下，心里更沉了。

这人这精神状态怎么看怎么不对劲儿吧！

穆笑笑眼眶通红，抽泣道："乔晚，你为什么又回来了呢？"

乔晚又回来了，那……那这魔宫肯定没有她的容身之处了啊。

穆笑笑抬起头，因为这动作，刀锋轻轻滑过她的侧脸，她不由得哆嗦了一下。

乔晚逆光站着，穆笑笑看不清她脸上的神情。

收敛了内心那点儿惊讶情绪，乔晚皱眉冷着声音问道："这里是哪儿？"

"这……这里是魔域。"

魔域？！

乔晚震惊了，做梦也没想到自己刚看了有关这魔君裴春争的话本子，自己就被绑架到魔域来了。这一刻，乔晚无力吐槽了，无声呐喊：这算是报应吗？

虽然这具身体还残留着战斗意识，但毕竟没有多少战斗经验，短暂惊愕让乔晚不自觉地放松了限制。

没想到下一秒穆笑笑暴起，流着眼泪，身体抖如筛糠一般抢过了乔晚手中的短刀，猛扑了上去。

穆笑笑咬着唇，哆哆嗦嗦地想，只要划破她的脸就好了，只要划破她的脸就没事了。

只要划破她的脸，自己就是这世上最像乔晚的人了啊，这样自己就不用再回到以前被欺辱的日子了。

眼中映出锋锐的剑尖，就在这剑刃即将在乔晚的脸上留下一个口子的刹那，乔晚反应极快地翻身一脚将少女踹了出去，迅速夺回了穆笑笑手里的短刀。

结果乔晚没想到这妹子十分勇猛，不依不饶地又扑了上来。

这番争执中，寂静的黑暗中突然响起"刺"的一声，短刀刺破血肉那令人牙酸的声音响起。

穆笑笑怔怔地瘫倒在地，手捂上了还在流血的半张脸。

她的脸……

乔晚冷若冰霜地握紧短刀，刀尖抵住了穆笑笑的喉口："再动一下，我就杀了你。"

少女乌黑明亮的眼珠动了一下。

借着这昏黄的光，乔晚惊讶地发现，这妹子虽然长得和她有七八分相似，但看上去似乎要比她漂亮不少。

乌黑的发狼狈地垂落在腰后，这少女真正肌似白雪，唇似蔷薇，眼如明星，但可惜精神好像出了点儿问题。

对不小心划破了这么一张漂亮的脸这种事，乔晚心里掠过了一丝微不可察的愧疚情绪。

毕竟这么好看的脸可能就要添一道疤了，但说到底她并不后悔。

修真界总有能治愈这道疤的伤药，比起这个，当务之急她还是要先弄清楚她怎么会被绑来魔域。

少女愣了很久，好像全身力气都被抽空了一样瘫倒在地上，泪水如决堤的洪水般奔涌而出。

她……她……穆笑笑嗓音干涩，绝望地想，她连最后这张能傍身的脸也没有了啊。

眼见这妹子精神恍惚，没办法再沟通，乔晚犹豫了一下，直接敲昏了对方。

穆笑笑并未有任何反抗动作，或者说她根本没留意到脑后罩下的阴影。

乔晚又去拖动那个被她一脚踹飞出去的侍女，将两个人藏到纱幔后面，这才顺着长廊慢慢地走了出去。

这长廊很长很长，除了每隔几步会有一盏幽暗的壁灯之外，再无他物。

乔晚一边走，一边又忍不住吐槽：这到底是多阴郁的人才会把自家装饰成这样啊？

就这样一路摸索着，她终于走到了长廊尽头，结果却看见了一个手捧着食盘、穿着大红袄子的小萝莉。

那小萝莉一看到乔晚，就怔怔地睁大了眼："哥……哥……你醒了？"

哥哥？

乔晚蒙了。

这又是什么称呼？

看着面前这小萝莉，乔晚犹豫了一下。

她是将人敲晕呢，还是不敲晕呢？

但这萝莉看上去实在太小了，也就八九岁的样子，敲……敲晕一个小萝莉，乔晚好像有点儿……下不了手。

她这一犹豫，就已经错过了最好的下手时机，眼见面前的小萝莉并不像有敌意的模样，或者说，面前这小萝莉应该是乔晚遇到的第一个能沟通的正常人，乔晚干脆将刀尖一转，不动声色地纳入了袖中。

"你认识我？"

小萝莉上前一步，迟疑地点了点头："哥哥，我……我是娇娇……哥哥不记得娇娇了吗？"

乔晚愣了半秒，终于反应过来了。

她这次被绑架，难道是和她这具身体有关？可她这具身体怎么看也不像性别为男吧？！

意识到乔晚可能是要出去，楚娇娇忐忑地摇了摇头："不能出去。"又比画了一下，"外面很危险的，哥哥不能出去。"

乔晚镇定下来，顿了顿，问道："娇娇，你能告诉我这是怎么回事吗？"

楚娇娇又犹豫了一下，才说："哥哥，先回去，裴大哥不会伤害哥哥的，哥哥别担心。"

一连说了三句话之后，小萝莉抿紧了唇，主动往前走了两步，示意乔晚跟上。

乔晚踌躇了片刻，还是迈步跟了上去。

如果真如之前那妹子和这萝莉说的，这里是魔域，凭她一个人肯定也跑不出去，她倒不如跟着这萝莉，说不定还能探听到什么有用的信息。

于是，好不容易摸出来之后，乔晚又跟着这萝莉折了回去。

在回去的路上，萝莉理所当然地看到了那妹子和那侍女，小姑娘眼睛和嘴巴张得大大的："穆……穆姑娘？"

担心这小萝莉产生什么误解，乔晚微窘地解释了一下："这个……是我干的……之前，这个妹子想划我的脸。你认识她吗？"

小萝莉回道："这是穆姑娘。"

"穆姑娘？"

小萝莉那张很少有表情变化的脸上露出了不赞同的神色，她轻轻地摇了摇头，低声说道："李叔叔说了，以色侍人，终不得好。"

"穆姑娘是裴大哥带回来的。"楚娇娇慢慢地想着。

因为裴大哥曾经喜欢过穆姑娘，而昆山与萧家又没了穆姑娘的容身之处，所以，裴哥哥把穆姑娘带了回来。

李叔叔也上战场了，楚娇娇也跟着去了，在战场上和李叔叔失散了。

那些魔兵抓住了她，把她带到了裴哥哥面前。当时她又怕又累，浑身都是血，鞋子都走掉了一只。那一刻，楚娇娇觉得自己肯定要死了。

但坐在这帐子里的裴春争没杀她，反倒将她留了下来。

于是，她就跟着魔兵来到了魔域。

楚娇娇毕竟年纪小，对不少事还似懂非懂，只知道魔域是强者为尊的，而这位穆姑娘没有实力，魔域的魔修都不大看得起穆姑娘，又因为穆姑娘是没有名分地跟着裴春争的，不少人把穆姑娘当作魔君的禁脔看待。

久而久之，大家也称穆姑娘一声"魔妃"。

穆笑笑却一直很担心，吃不好也睡不好，整个人憔悴了不少。

她主要是被魔域给虐的。

之前她撒撒娇，周衍对她百依百顺，而到了魔域，奈何人家魔修不吃这娇软的小姑娘这一套啊。

就连楚娇娇小小的脑袋也知道，裴春争之所以把穆笑笑带回来，那是顾念旧时的情谊，穆笑笑却一意孤行地认为，那是因为她生得和乔晚相像，她只有这一张能傍身的脸了。

楚娇娇觉得，这位穆姐姐既可悲又可怜可恨。

乔晚坐在地上，一愣一愣地听着这小萝莉将这一切娓娓道来，越听却越茫然，听到最后，则宛如被一个惊雷"咣当"一声砸中了。

"等等！你说，我是乔晚？"

她……她就是乔晚？！

结果就在这时，萝莉腰间的玉牌响了，楚娇娇好像想到了什么一样站了起来。

"哥……哥哥……裴哥哥来了。"

裴哥哥?

乔晚艰难地消化着这个信息,呆呆地问:"呃……那个魔域魔君?"

楚娇娇犹豫了一下,上前一步,突然抱住了她,轻声说道:"哥哥,娇娇不能陪你了。哥哥别怕,裴哥哥不会伤害你的。"

然后在乔晚惊悚的目光之下,萝莉"刺溜"一声,整个身子宛如被拍扁了一样,变成了一个穿着大红袄子、眉眼带笑的皮影小人儿,慢悠悠地钻进了……钻进了不远处一个少年的袖中。

乔晚:修真界果然没什么正常萝莉……

整理好情绪,乔晚抬眼看去。

这正是之前绑架了她的那个疑似患有精神病的少年。

这位兄弟好像就没正常穿过衣服。少年静默地站在纱幔深处,微光照耀在他洁白的锁骨上,映出白瓷般细腻的光泽,黑暗仿佛尽数倾泻在了他身上,他披着一半微光,一半黑暗,眉眼秀丽到简直不像个真人,像陶瓷,又像幽灵。

少年微微动了动唇瓣,落在她身上的视线炙热得就像是火。

"乔……乔晚。"

他下意识地往前踏出了一步,又好像前面这盏壁灯洒落的微光将他烫伤了一样,立刻收回了脚步,垂下了眼:"找到你了。"

不……你等等,乔晚接受不能地默默捂住脑袋。

不可能哪!这几天下来,她从姬灵口中听到了不少有关这位"乔晚"的光辉事迹。这位被魔域魔君裴春争喜欢,和妖皇做了朋友,和那什么敖氏的小白龙拜了把子的究极"玛丽苏",怎么也不可能是她吧。

乔晚蒙了,第一反应是:不能认,这不能瞎认。

不过要是她这身体真是"乔晚"的……那她岂不是成了堪比"夺舍"一样恶劣的人?

在这一瞬间,乔晚心乱如麻。

以她饱读网文积累下来的经验看,"夺舍"这种行为不管在哪儿都是很糟糕的,那她要承认吗?

良知和自私在乔晚心里疯狂摇摆。

最终乔晚干巴巴地选择了承认。

"这位……这位道友,我接下来说的事,可能会让你很震惊,也可能会让你很生气。"乔晚酝酿了一会儿,默默打了一下腹稿,"但我希望你能保持冷静,听我解释。很抱歉,但我……我真不是那个乔晚。

"你说的那个乔晚可能已经……死去了。"

少年立刻就瞳孔地震了。

他垂眸,好像在思索着什么:"我……知道……"

他刚刚已经找到梅康平确认过了，这就是乔晚。她是纯魔，不受魔域的魔气侵扰，娇娇也认得她，裴春争固执地想，这点无人能够伪装。

很久之前，裴春争做梦也想不到自己会沦落到如今这个地步。

乔晚明明只是笑笑离他而去之后，鬼使神差一时找来的替身而已，甚至可以说，她与他的审美标准几乎毫无契合之处。

他看出了乔晚对自己的心意，虽然意识清醒，内心冷淡，但盯着少女那张和穆笑笑酷似的脸时，裴春争还是一不小心失神了。这少女身上有他贪恋的温暖。

在和乔晚这段短暂的恋爱中，他也保持了十足的清醒。

但究竟是从哪里开始，什么东西慢慢地变得不一样了，就连裴春争也说不上来。

他终于意识到，乔晚和穆笑笑不是一个人，而令他难以启齿的感情，早已像藤蔓一样在细微处滋生。乔晚越不在意他，他就越忍不住在意。

她摆脱了他，身边围绕着越来越多的人，孟沧浪、谢行止、方凌青、齐非道、白珊湖……越来越多的人聚集在了她的身侧。

他终于猛然惊醒，他贪恋笑笑带给他的温暖，乔晚带给他的却是力量与勇气。

他越在意，就陷得越深。

一颗心在胸膛中怦怦作响，他喃喃道，突然从黑暗中一步迈了出来，柔软的乌发如同流水一样，霎时间从脸侧垂下。

"乔晚。"

他走过很多地方，却一直没找到她，最后成了魔域的魔主，倾尽全力地去找，却还是一无所获。

在真正失去她的那无数个日日夜夜里，他常常默念着这两个字，越发觉得从前的自己是如此傲慢和卑劣。他独自坐在这空旷的魔宫中，恼人的更漏声朗朗，裴春争觉得很冷，这股深入骨髓的寒冷，从几年前就一直包围着他，直到现在这股寒意才终于尽数退去，他身上终于又有了蓬勃的生命力。

这一迈步，他却听到她问："虽然很抱歉，但是……这位道友，你究竟是谁？"

乔晚有点儿麻木地想：总……总不可能他真的是那所谓的魔域魔主吧。

这个时候她已经不想去考虑带着同人本舞到正主面前有多羞耻了。

面前的少年却在她开口的这一瞬怔住了。

这一句话犹如当头棒喝，砸得他眼前一阵发黑，连呼吸都忍不住急促起来，仿佛又有一股寒意顺着指尖一路爬上了挺直的脊背，全身上下如同结了冰一样冷。

她……不记得他了？

如同被兜头浇下了一盆冷水，裴春争怔在原地。

少女的眼神一如他印象中那般清亮平静，却很陌生。

这下事情难办了。

现在的情形有些尴尬。

乔晚面瘫着脸坐在那张大床上。

少年静静地站在她的前方,而在少年身边还站了个一看就很非主流的兄弟。

"看来是在哪儿撞坏了脑子。"某个摇着扇子,脸上文身"杀马特"的兄弟,嘴角扯出一丝冷冷的讥笑,毫不留情地嘲讽道。

"不。"乔晚痛苦地捂住脑袋,"怎么和你们说不清楚呢?"

"我……我真的不是乔晚呀。"

反正这世界怪力乱神的事情多了去了,乔晚将心一横,叹了一口气,直接说道:"我真的不是这个世界的人。我来自另一个世界,在那个世界,我是个……嗯……书院的学生。那天是晚上,我走在书院里,却突然失去了意识,等一睁眼,我的魂魄就附在这具身体上了。"

"占据了这位乔道友的身体,我很抱歉。"乔晚顿了一下,郑重地说,"这位乔道友似乎对你们、对这个修真界都很重要,我本来也想隐瞒此事的,但我做不到。"

扮演一个人谈何容易,乔晚有些手足无措地想,但真的做不到心安理得地占据别人的身体、别人的朋友、别人的父母爱人、别人的人际关系。

活成一个假人,这也太恐怖了。

越说乔晚越觉得愧疚,闭上嘴巴又沉默了一会儿,移开了视线:"真的很抱歉。"

"杀马特"兄弟:"虽然撞坏了脑子,但一如既往地蠢得无可救药。"

她被……嘲笑了。

乔晚嘴角一抽,奈何寄人篱下,只好明智地选择闭嘴,不针对这句话进行反驳。

"总之,我能说的已经都说了。"乔晚头疼道,"如果你们还不相信的话,你们可以调查,我会配合你们进行调查的。"

可惜这两个人完全没有理会她的意思,还在交谈着什么。

最终那位"杀马特"兄弟收拢折扇,大步离开了,只剩下那少年将目光又转了回来。

她能解释的事都已经解释了,随他吧,乔晚自暴自弃地想着。

凝视着坐在床畔的乔晚,裴春争心口忍不住一滞。

乔晚……不记得他了。

与此同时,一个隐秘而疯狂的想法却在此时悄然破土而出。

他卑劣地想,能不能……能不能就此重新开始呢?

270

那一瞬间，裴春争觉得眼前有些头晕目眩。

这个想法无疑卑劣下作至极，话语在喉咙里滚了几圈，却在开口的刹那间，裴春争迟疑了。

裴春争一直觉得，自己自私冷漠，却不能下作，没有权利剥夺她的过往。但只要他跨过这一步，她就属于他了，任何人、任何事都不能再将她夺去。

少年僵硬的身子微微一动，心中动摇至极，他却还是无法抵抗这想法带来的诱惑。

仿佛被魔鬼引诱着一般，少年情不自禁地往前迈了一步。他咽了一口唾沫，乌黑的眼里泛着难以描摹的光泽，仿佛万分珍重，又小心翼翼，饱含期盼。

"我……"少年乌黑的眼睫微颤，"我曾是你的道侣，你的……爱人。"

裴春争期盼又胆怯、阴暗又疯狂地看着她："乔晚，我们合籍吧。"就像在幻境中的那次一样。

少年微凉的手轻轻扶住了她的额头，在乔晚愣怔的目光中，一个冰冷的吻缓缓地落在了她的眼皮上。

他乌黑的眼，深沉地凝视着她，恍如幽深黑暗的旋涡。

说着说着，少年嘴角露出了淡淡的笑意，这一笑，驱散了他身上那近乎疯狂的诡异感，让他看起来宛如抱剑而行的少年郎，青春而意气飞扬。

"结为道侣，再也不分开了。"

在这一瞬间，乔晚忍不住恍惚了，随即脑仁传来一阵刺痛感，就像有什么东西深入了脑海，在扫荡着什么，渐渐地，她的意识好像也远去了。

等乔晚再醒来的时候，裴春争已经离开了。

刚刚……刚刚发生了什么事来着？乔晚皱眉慢慢思索着。

意识一点点地回笼，乔晚这才想起来，刚刚那个叫裴春争的兄弟好像对她的识海动了点儿手脚——

可惜他没动成功。

对方十分病娇地企图给她洗脑，说他是她的道侣，她的爱人，他们即将合籍了。

就在刚刚那一瞬，她的确动摇了，昏了过去。

但一醒来，乔晚又立刻清醒地意识到，她不是那个"乔晚"，只是个来到这个世界的倒霉蛋。

这什么虐恋情深和爱恨纠葛，病娇囚禁黑化情节啊，乔晚默默扶额，顿觉万分头疼。她真的没到什么修真文里面去吗？而这位被她占据了身体的"乔晚"，其实是这修真文的女主角？

乔晚虽然十分头疼，但一想到对方这明显病娇黑化了的表现，还是决定谨慎一点儿。

她还是暂且表现成被洗脑的样子吧，说不定裴春争会就此放松对她的戒心，这样她就有空隙去慢慢摸索离开这儿的办法了。

乔晚觉得有些口渴，翻身下床，穿上了鞋，慢慢地往外走去。

这宫殿里没有任何陈设，连杯水都没给她留，她不认识路，无奈之下，只好顺着长廊，又沿着之前的原路继续往前走。

过了好一会儿，乔晚终于走了出来，这才第一次真正瞥见魔域的样子。

天空灰蒙蒙的有些阴沉，但总体而言，看上去很正常，没有岩浆之类的东西，除了阴暗一点儿，和修真界看上去没有多少差别。

这一路走来没看到任何一个人，乔晚略一思忖，脚步一转，继续往前走去。

不知道走了多久，她终于在一处偏殿内的石桌前看到了一个正在看书的人，是之前那个"杀马特"兄弟。

碰见"熟人"，乔晚立时犹豫了。

就在她犹豫要不要上前的时候，那位"杀马特"兄弟已经看见了她，不咸不淡地招呼了一声："鬼鬼祟祟的，以为我没看见你吗？坐吧。"

对方主动招呼，乔晚也不再犹豫，走上前坐了下来："多谢道友。"

少女坐姿十分端正，眼神十分认真严肃，梅康平有点儿没好气："放松。"

"……"

然后他将面前那盏茶推到了乔晚面前。

乔晚忍不住舔了一下干到脱皮的嘴唇，毫不客气地端起茶杯一饮而尽，嘴巴里的渴意终于缓解了不少。

"要再来一杯吗？"

乔晚低声应道："多谢。"然后将手里的茶杯又递了过去。

目光淡淡地扫过面前这名为自己"侄女"的少女，梅康平的心情还有点儿复杂和奇妙。

说实话，乔晚还是他指使人把她给"偷"出来的，可惜半道上被人给截走了，就这样失踪了好几年，连他想破脑袋也想不到乔晚究竟藏到哪里去了。

结果再一见面，魔域的帝姬却要做魔域的魔后了。

梅康平一直不大看得上裴春争，这人或许能做个魔将，但决计做不了魔君，为人君主，不暴露自己的本心，理智冷酷是最基础的东西。

裴春争反复无常、犹豫、优柔，最重要的是太偏执，而且年纪太小。

奈何他身后站着个支撑他的舅舅，这位舅舅正是裴春争他娘被流放的大哥——苏瑞。

在魔域无能人可用的情况下，梅康平亲自把裴春争从无忧城请了回来。

据传在天竺，有位"无忧王"阿育王，建了货真价实的十八层地狱，用来审讯折磨犯人，这无忧城就是根据无忧王来的，正是魔域活生生的十八层地狱。

苏瑞在无忧城里被流放了上百余年，梅康平见到他的时候，男人神情一如既往地沉稳和内敛，对梅康平的要求，他只是淡淡侧目，向梅康平提出了一个交易：他要雪狮儿的儿子，他的外甥。

梅康平同意了。

于是，在梅康平与萧焕出谋划策下，苏瑞带领着麾下魔兵一路北上，最终一路杀到了北境的大雪山，被拦在了不渡河前。以大河天堑为屏障，两方对峙了数年。

修真界已经输不起了，在修真界倾尽全力抵抗之下，战况一时陷入了胶着状态，顾忌于那位在北境闭关的妙法尊者，苏瑞暂缓了攻势。

如今大半个修真界已尽在囊中，他们拖得起，修真界拖不起。

梅康平总隐隐觉得裴春争根本不是真心实意回归魔域的，这里的"不是真心实意"，是指裴春争还留恋着修真界。

自己如今辅佐的这位魔君，有自己对魔域、对修真界的小心思。

总归只是合作罢了，梅康平冷淡以至冷酷地想，裴春争如果真对魔域不利，那自己就杀了他。

自己所做的一切都是为了迎接帝君回归，都是为了魔域的荣耀。

乔晚自然不知道梅康平的脑子里百转千回地在想些什么。

抛开大家都心怀鬼胎这一点不谈，她和这位"杀马特"兄弟相处得还挺和谐的。

这位梅康平，虽然打扮"杀马特"了点儿，但貌似是个文艺中年的属性，一个人喝喝茶、下下棋、弹弹琴什么的。

或许是受原主脑子里残留的知识影响，乔晚惊讶地发现，她竟然释、儒、道都涉猎了点儿！

就这样，一个魔域的孤寡老男人，和一个异世界的女大学生妹子，脑电波莫名其妙地达成了诡异的和谐。

和梅康平一起坐了一会儿，喝了一会儿茶，乔晚主动请辞。

她本来是想借此机会旁敲侧击出来点儿有用的信息，奈何面前这人是个老狐狸，一眼就洞穿了她的想法，硬是没透出半点儿风声。

而梅康平似乎也很惊讶她对这三教的了解，乔晚忍不住奇怪地问："那前辈之前是怎么想我的？"

梅康平顿了一秒，回道："女人中的马怀真。"

乔晚："……"

别以为她没听说过这位昆山煞神马怀真的名号啊！

又和梅康平坐了一会儿，临近傍晚，乔晚动身又回到了魔宫里。

果然，裴春争已经坐在那儿等着她了。

少年已经不知道等了多久，衣服还是没好好穿，腰带松松垮垮地系在纤细劲瘦的腰上，微光洒落在他的脸上，显得有些晦暗不明。少年抬起眼，眼尾微红，看上去妖冶而又病态。

"乔晚，"少年有些神经质般固执地问，"你去了哪儿？"

面前这少年在她的脑中应该属于情人这么一个定位，乔晚踟蹰了半秒。踟蹰主要是因为，她也没谈过恋爱，更想不到自己谈恋爱和男朋友会怎么相处，想来想去，最后还是轻轻走到了少年身旁，坐了下来，低声回道："我去找了那位梅康平前辈。"

少年睫毛颤了一下："嗯。"

他冰冷的手指顺着她的指尖一路往上，反手攥住，却不再动了。

乔晚紧张的身子顿时稍微放松了点儿，她看了这少年一眼。

她不知道原身与这兄弟之间有过什么恩怨纠葛，自然对这少年也生不出太多强烈的爱恨情绪。

于是，乔晚顿了一下，开始试着把这心理有问题的少年给他纠正过来。

反正，乔晚迟疑地想，她也不是很着急离开。

"我们马上就要合籍了。"少年垂下眼，眼睫颤得更厉害了，像是在期待又像是在畏惧，"乔晚，你究竟是怎么想我的？"

他不放心，裴春争心头一滞，一想到眼前这些难得的和谐场景都是他偷来的，他就做贼心虚，辗转反侧，寝食难安。

虽然这人貌似是病娇属性，倒是出乎意料地纯情，乔晚愣了愣，随即默默望天：我没和你相处过，也不知道你是个什么人哪兄弟。

最后，她只好采取了一个比较渣男的说法，硬着头皮说道："我喜欢你。"

就算明知道这一切都是假的，但从乔晚口中听到这四个字时，裴春争的心跳还是在这一瞬间猛然停滞了，随即又疯狂地跳动了起来。

他紧张又欣喜，欣喜若狂的同时又疑神疑鬼、恐惧、自卑、欣喜、惊疑不定，这些反复无常的情绪如同乌云在心头翻滚。

裴春争嗓音沙哑，桃花眼低垂，攥紧了她的手："什么……是喜欢，什么是爱？"

"什么是爱？"乔晚顿住了。

于是在这空旷的魔宫中，少年少女并肩席地而坐，一本正经地开始探讨"爱"这个议题。

这个议题实在太大了，爱这种东西古往今来没人说得清。

"喜欢是种很美好的东西，"乔晚说道，"但爱的程度要更深一点儿。"

"爱……爱是自私、占有，是尊重，是克制，也是奉献。"

病娇这种属性，乔晚只在小说中接触过，如今面前坐了个疑似活生生的病娇，乔晚态度谨慎，斟酌了一会儿，才慢慢说道。

"比如说，我很爱我娘，但她与我爹生活得很不快乐。"看了一眼裴春争，乔晚继续说道，"他们两个都很不快活，生活在一起是一种折磨，却为了孩子而努力忍受这种痛苦。出于对孩子的'爱'他们牺牲奉献了自我。"

"诚然，我很爱我的父亲与母亲，不愿让他们离开，这是'爱'中的'自私与占有'，属于人之常情，但在这种情况下，"乔晚坦然道，"我愿意放手，尊重他们和离的选择，这就是克制。"

"真正的爱会战胜自私，带给人力量，是这世上最坚不可摧的东西。"

御剑桃花

昆山晚

黍宁 著

下册

完结篇

长江出版社

第十五章　二叔的年少轻狂

如果问乔晚，她理想中的爱情是什么样的，她其实也不大说得上来。

虽然她的确是个"颜狗"没错，但激情总会退去，她想要的，或许就是这种能互相尊重、理解彼此、并肩携手的伴侣关系。

就这样，乔晚强撑着困意给这位魔域魔君讲了一晚上的人生议题，并且随手以《茶花女》为例，又给这位魔君讲了一晚上玛格丽特的故事。

越讲，乔晚越觉得有些不对劲儿。

这位魔君裴春争是压根没建立起一个完整、系统的世界观哪！

如果非让她用一个词来形容的话，这位兄弟给她的感觉就是"混沌"。

成亲这事很快被提上了日程，在接下来的这几天时间里，楚娇娇总会来陪乔晚，有事没事，乔晚也会和那位"杀马特"兄弟坐下来喝几杯茶，相处得十分和谐。

乔晚的天资与谢行止这一类真正的天才相比，其实差得很远，但胜在勤勉，涉猎庞杂。

见过不少天才陨落的，说实在的，梅康平这种老妖怪，其实更欣赏乔晚这种沉静踏实款的人，尤其是这样的乔晚，总让他忍不住想到那个叫他恨得咬牙切齿的男人。

而乔晚惊讶地发现，这位"杀马特"兄弟总是用一种诡异的目光看着她，眼里透着淡淡的怀念之色。

"每次前辈看我，我总觉得前辈在透过我看另一个人。"某天，乔晚终于忍不住，一针见血地指出。

梅康平倒也不掩饰，淡淡地说道："想到你老子罢了。"

"我……爸？"

梅康平又看了她一眼，脸上终于露出了点儿属于长辈的神思："乔晚，你与他十分相像，但他天资远胜于你。"

乔晚诚恳地表示："我觉得这一点前辈就不用单独拎出来说了。"

梅康平出乎意料地摇着折扇轻笑了一声："不过这一本正经的踏实性格如出一辙。"

真是奇怪了，说起来她也不是苏不惑亲生的，偏偏两个人性子倒有八九分相似。

探听别人的过往不是一件很有礼貌的事，但不知道为什么，乔晚心里对这位原身的父亲十分好奇。

或许是看出了她宛如便秘一般的纠结表情，梅康平不耐烦地合拢折扇敲了敲桌面，嘲弄道："想问什么就直接问。"

乔晚顿了一下，终于问出来了："那位苏前辈是个什么样的人？"

要问梅康平苏不惑是个怎样的人，梅康平的脑子里立刻闪过了两个大字。

"叛徒"。

他和苏不惑，或者说梅元白年幼相识，是一块儿比赛尿尿看谁尿得更远的交情。

可惜，从小他就尿不过苏不惑。

据说，凡间有句俗语，那就是尿得远的孩子跑得远，而苏不惑果然在某年某月，十分不客气地撒丫子跑了。

少年从小接触到的教育都是"为了魔域的荣耀"行事，别看梅康平脸上文着这诡异的紫色妖纹，但少年的他其实还算是个世家公子哥儿，出身钟鸣鼎食、诗礼簪缨的"梅家"，而长大之后，也顺理成章地做了魔域成员，为魔域呕心沥血，鞠躬尽瘁。

魔域是他的家。

少年的梅康平一直想不明白，凭什么魔就是邪的，修真界就是善的了。他厌恶一切自诩正义、擅自审判别人行私刑的正道，谁给他们的权力让他们去审判一个人的善恶是非？

由于魔域是恶的，所以魔域就活该偏居一隅？那些大好的资源全让修真界给占了。

凭什么？凭什么，魔域只能灰溜溜地龟缩在贫瘠的蛮荒之地？

"中二"愤青少年经常拉着苏不惑，怒而拍桌质问。

而他的同盟苏不惑也这么觉得。

后来,"中二"的愤青少年梅康平就不这么想了,打算撸起袖子直接干。

于是两个发小订下了一个约定,为了魔域的荣耀,打下一片地盘,让大家能好好生存,不用再紧巴巴地过日子。

他在修为上比不上苏不惑,脑子却比苏不惑稍微好使一点儿,于是,一个专门主内,一个主外,两个人共同辅佐着始元帝君,魔域的铁蹄很快踏碎了修真界的河山。

一盘散沙的修真界在铁桶一块的魔域面前,被打得毫无还手之力。

也就在这时,梅康平与苏不惑之间出现了分歧。

苏不惑觉得,够了。

而梅康平觉得凭什么?这些修士这么弱,凭什么他们让了修真界这么多年?

魔域前面是修真界,后面是一片无法跨越的无妄海,在这资源极度匮乏的情况下,族人甚至只能自相残杀。

这个天下,本来就是能者居之的。

既然修真界的人满脑子只想着成仙,梅康平冷酷地想,那不如就把这些大好地盘让给魔域的子民来住好了,反正魔域的人也不想成仙。

苏不惑说过,他梅康平是个认定了某种东西,就一条路走到黑,不撞南墙不回头的角色,梅康平也这么觉得。

收回了思绪,梅康平握着折扇的手顿了顿,他又忍不住多看了乔晚一眼。

他是看不起修真界的,觉得他们一盘散沙,各自为政,而魔域最强。

面前这小浑球将伽婴拉入战局,就打破了魔域与修真界还算平衡的局势,虽然他也没能完全放心妖族,但这下又要焦头烂额,重新考量和谋划了。

梅康平气死了,被乔晚气个半死,越发讨厌她,觉得乔晚和苏不惑一样多事,净会给自己添麻烦。

而乔晚总觉得这位前辈虽然看上去老不死,嘴巴又毒,脾气又坏,没耐性,看上去还十分不喜欢她,但给她的感觉很像一只……咋咋呼呼的猫。

但只要掌握了"顺毛撸"这项技能,她与这位"杀马特"前辈相处起来就十分和谐。

这项技能她甚至还能用在裴春争身上。

这段时间,裴春争总会来看她,起初乔晚还有些紧张,担心要做点儿道侣之间做的事,少年却并未做出什么越界的事。

裴春争一来,两个人就并肩席地而坐,一个说得口干舌燥,一个垂眼听得很认真。

"大概就是这样了。

"一切伟大的意志都要服从同一个原则:我们要善良,要朝气蓬勃,要真实,邪恶只不过是一种空虚的东西,我们要为行善感到骄傲!

"我觉得善良是人类最美好的品质，这没什么可为之羞愧的。"

最后，乔晚干咳了一声，结束了今天"人道主义"的课程，抬眼看向了面前的少年。

裴春争这才从谈话中猛然抽回思绪，凝神端详了乔晚一会儿，这才低声说道："嫁衣做好了，明天我就派人送到你这儿来。"

袖子里的手忍不住攥紧了些。

这几天越接触，裴春争心中越动摇。

但没关系，仿佛自己在对自己洗脑一般，裴春争强作镇定地告诉自己：很快，很快，他和乔晚就要成亲了。

一想到没几日后的合籍大典，他不由得口干舌燥、头晕目眩，胸腔中鼓动的心脏胀得满满的。

乔晚的心猛跳了一下。

嫁衣做好了，这就代表着她的时间快来不及了。

难道她真要在这儿结婚不成？

今天的课程宣告结束，乔晚默默地等待着裴春争抽身离去，但不知道是即将合籍了，没安全感还是怎么回事，少年破天荒地没有动。

他犹豫了一下，从这宽大的描金玄色长袍中伸出了一截苍白纤细的手腕，揪紧了她的衣摆，沉默地抱紧了她。

额发低垂，他将头深深埋入了她的脖颈间。

乔晚也犹豫了，缓缓地伸出手，安慰性地在少年的脊背上拍了拍。

烛火幽微，两个人无言地相拥了一夜。

一直到第二天一早，裴春争这才离开。虽然他打扮得一看就像嗑药嗑多了的病态放浪模样，但据乔晚所知，裴春争还是挺勤政的。

正如裴春争所说的，没一会儿，嫁衣就被送来了。

嫁衣和乔晚在古装剧里曾经看到的嫁衣没多大不同，大红色，十分繁复。

或许是"魔后"这个地位使然，面前这套嫁衣和乔晚看过的其他嫁衣相比十分庄重，衣领、衣襟青色，袜子与腰间大带通通为青色，勾有金线云纹和龙纹，腰间垂着珍珠等珠饰，霞帔下垂着金玉坠子，腰背上有山川湖海与日月的纹样为饰，乍一看上去肃穆又华丽。

裴春争特地找来了几个侍女帮乔晚换上嫁衣。

乔晚不大自在地理了理里层的鹅黄色袄子，愣了一下，讶异地问："娇娇呢？"

仔细一想，她好像从刚才开始就没看到小萝莉的身影了。

眼前的侍女也怔了一下："好像从今早就没看到她？是被穆姑娘请走了吧？"

恰好就在这时，门口突然传来通报声。

来者低眉顺眼道："乔姑娘，穆……穆姑娘说，若您有时间，请您抽空去她宫中一会。"

乔晚的一颗心猛地往下一沉，是之前那个叫穆笑笑的妹子。这几天这位妹子来找过她不少次，但每次都被乔晚委婉地给拦在了宫门外。

当下乔晚连嫁衣也不穿了，立刻抓起桌上的佩剑，在一众侍女震惊的目光中，面无表情地走了出去。

讲道理，之前看多了宫斗戏，乔晚不会傻白甜地认为这次邀请有什么好意，尤其是在试嫁衣这么敏感的时间段内。

乔晚一路皱着眉快步和那通报的侍女走到宫门前，却被守门的侍卫拦住了。

"还请乔姑娘止步。"对方恭敬有礼道，"请让在下先行通报。"

乔晚脚步一顿，收了剑，虽然明知这是个下马威，却没多话。

结果那侍卫刚进去没多久又出来了，面露为难之色："穆姑娘小睡刚醒，正在梳妆打扮，说是如今的模样不方便见客，还请姑娘稍等片刻。"

乔晚："烦请这位道友回去告诉穆姑娘一声，请穆姑娘快些。"

乔晚又等了一会儿，一直没等到宫门里传来动静，耐心终于被消磨殆尽。

紧跟着，在随行侍女惊骇的目光中，乔晚一步蹿了出去！

"姑娘留步！"侍卫断然冷喝，却被少女干净利落地给一脚踹出了宫门！

余下的侍卫立刻围了上去，乔晚脚步一转，仰身滑出去丈二远，脚步不停地一路飞奔。

"是……是你！"还在殿内侍奉的一个侍女一瞥见乔晚的脸，立刻尖叫了起来。

认出这是之前踹她的那人，乔晚面不改色地也一脚将人踢飞了出去，手上同时一个手刀劈昏了另一个侍女。

她就这样一路遇神杀神、遇佛杀佛地杀到了殿内。

还在殿内梳妆的穆笑笑惊诧慌乱地站起身来，乌发垂落腰际："乔……乔晚师妹？"

话还未说完，她就眼睁睁地看着乔晚一步跨出，眼神冷厉地一脚踹在了她的腰上。穆笑笑立时被一脚蹬翻在地！

穆笑笑痛苦地惊呼了一声，冷汗瞬间跟着淌了出来，下一秒又被少女给面无表情地揪起衣领提溜了起来。

"她在哪儿？"反手抽出那把还未出鞘的剑，剑锋紧贴着少女纤细白嫩的肌肤，乔晚眼里迸射出一丝冷酷的光，一字一顿地逼问道。

赶过来的侍女已经彻底愣住了，做梦也没想到乔晚竟然这么快，一眨眼的工夫，已经结束了战斗。

看着这身穿嫁衣，风风火火，一脚踹飞了穆姑娘的乔姑娘，一众侍女忍不住

打了个哆嗦。

果然，在凶残的战斗力面前，一切阴谋诡计都是纸老虎！

乔晚并不欲和这明显是拿了宫斗剧本的妹子多废话。

乔晚："她在哪儿？"

穆笑笑抬眼看着这近在咫尺的冷酷的眼，心里忍不住哆嗦了一下，眼泪"唰"地就流了出来。少女咬紧了下唇，泪眼蒙眬地说道："乔晚师妹……你误会了，我并无恶意的……"

乔晚：这熟悉的"白莲"和"绿茶"的芳香。

少女怯弱而可怜巴巴的，宛如一只小仓鼠，愈加衬出乔晚这凶神恶煞的反派气质。

乔晚淡定地将刀尖往少女白嫩的脸上又抵紧了点儿，将反派气质贯彻到底地沉声问："她在哪儿？"

穆笑笑终于忍不住哭了出来，哭得可怜巴巴的，上气不接下气，结果再次被无动于衷的乔晚一脚蹬翻在地。

饶是乔晚这个时候也觉得自己耐性快要用尽了，皱着眉，憋着一肚子火，压低了嗓音，一字一顿地逼问："你真以为我不敢动你吗？"

这种无效沟通的感觉糟糕透顶了，乔晚抿紧了唇，定定地想，老让她想起被小组作业支配的恐惧。

就算圣人在这种只知道哭的无效沟通情形面前也没办法保持耐性。

穆笑笑猛地收住了眼泪，眼睫上还挂着泪珠，整个人滑稽地愣住了。那剑锋抵在了她的喉咙前，刺出了血，仿佛再往前深一寸，面前的少女就能毫不犹豫地钉穿她的喉咙。

乔晚拎起穆笑笑往地上一砸，抬脚又把人掀翻在地，面无表情道："说。"

乔晚……是认真的。

穆笑笑颤巍巍地哆嗦了起来，看着乔晚眼里蹦出来的那两道冷酷的光，突然从心底涌出一股惧意，咬紧了唇，低着头，眼泪"啪嗒啪嗒"地往下掉，不敢抬头再多看乔晚一眼。

这时候，穆笑笑突然明白过来，这么长时间以来，她对乔晚做的那些事不过是下意识地利用了乔晚对她的那点儿顾念之情。

而现在的乔晚心底那点儿顾念之情消散得一干二净，在她看来，她和那些死在她剑下的人并无什么两样，有必要时，她甚至会眼睛眨也不眨地一剑击碎穆笑笑的丹田。

而乔晚也确实正如穆笑笑所说的那样，剑锋朝着穆笑笑的喉口深入了一寸。

鲜血霎时落了下来，凉意渗入肌肤，穆笑笑惊慌失措地避开了眼，鼻尖也哭红了:"她……她……她在沉沦渊。"

沉沦渊?

目光落在这明显忐忑不安的妹子身上,乔晚眉头一动:"你跟我一块儿去。"

果然,穆笑笑浑身都颤抖了起来。

"不……"少女委屈地睁大了红红的眼睛,"我……我不去。"

乔晚默默闭上眼,努力憋住想揍人的冲动。

她突然手腕一转,收起了刀锋。

穆笑笑见状,立刻牵着裙摆跌跌撞撞地奔了出去:"裴……裴春……"

她还没跑出几步远,突然被乔晚及时追上,反制住双手,后腰立刻又抵上了冷冰冰的刀锋。乔晚面无表情,亲昵地拍了拍少女的脸:"带路。"

穆笑笑几乎有些惶惶地抬眼又看向了面前这些护卫。

救……救救她……

但这些围观了一场宫斗戏的侍女和护卫,面面相觑间,却没有一个敢上前。

不是他们不愿意,主要是这位魔后太剽悍了!这要是寻常的后妃之间争风吃醋,他们也就上前拦了,但现在上去明显是有生命危险的!

要是这位魔后一不高兴把他们剁了……

魔虽然好战,但并不是缺心眼。

而且,平心而论,比起爱耍这种计谋的穆姑娘,他们明显还是更中意这位魔后一点儿。

穆笑笑攥紧了裙摆的手一点点地松开来,随之沉下去的还有一颗渐渐冰冷的心。

没有人上前。

穆笑笑木着一张脸,任凭乔晚一手扶在她的肩膀,一手抵着她的后腰,带着她慢慢地走了出去。

一直到了穆笑笑口中的沉沦渊,乔晚终于明白,这姑娘为什么不愿开口了。

这地方简直是个大型坟场。

一踏入面前这片土地,乔晚立刻察觉到一点儿不大好的气息。

夕阳如血,血色铺洒大地,枯草瑟瑟,到处散落着不知名的骸骨和残破的石像,累累的白骨堆积如山。

而这一眼,乔晚甚至看到了几个人从石像那空洞的眼中"爬"了出来。这些人四肢抻得格外长,浑身上下包裹着一层光滑的白色皮肤,惨白的整张脸上只剩下了三个米粒大小的小孔洞,两个对称的是"眼睛",还有一个姑且称之为"嘴",如同爬行动物一样,手脚撑在地上缓慢爬行。

似乎察觉到了来访者,这些累累尸骨中缓缓升起了一些黑色的细长鬼影,这些黑色鬼影静默而表情扭曲地注视着来访者。

和乔晚这段时间所见到的魔宫相比，这沉沦渊终于有了点儿魔域的气质。

目睹眼前这一幕，一股寒意瞬间从脚底板蹿上了尾椎，乔晚心里发寒，几欲作呕。

这都是什么地方啊……

这段时间的和谐相处冲淡了她的警惕心，甚至让她忘记了这是魔域。

乔晚的眼神沉了沉，虽然她看上去依旧不动声色，内心却坚定了要离开的想法。

她必须离开这里，离开这儿是早晚的事。

心念电转间，乔晚面色微微一动，扯了扯嘴角："你想引我到这儿来？"

握着短剑的手紧了紧，乔晚面皮绷得紧紧的。

她很少生气，但这个时候也不由得冷了心，目光一扫，眼底泛着冷光："去，把她带回来。"

穆笑笑没动，定定地瞥向了这还在爬行的骷髅人。

乔晚将手搭在穆笑笑的肩膀上，穆笑笑抖得更厉害，一边抖，一边不自觉地往后退："不……我不……我……我没想到沉沦渊会这么可怕的。"

耐心耗尽，乔晚这个时候已经懒得和她废话了，一脚就把穆笑笑踹到了还在爬行的骷髅人面前。

还在爬行的骷髅人抬起眼，米粒大小的眼与穆笑笑的目光撞了个正着。

"啊啊啊！"少女吓得六神无主，涕泗横流，大叫着，手脚并用地拼命往后退，哭得上气不接下气，"我……我带你去……我带你去找她……"

话音刚落，穆笑笑又被乔晚给拖了回来，垂着眼擦干净了少女眼角的泪水。乔晚拍了拍她的脸，淡淡地说道："这才乖。"

穆笑笑嘤咛了一声，声音含着点儿哭腔，眼眶红得像兔子。

乔晚……乔晚太可怕了……

穆笑笑却不敢再反驳，只能强忍着惧意，慢慢地往前走："我……我让他们把她放在了这儿……应该就是在这儿了……"

脚步一转，乔晚绕过一个近乎六米多高的石像，在这背后，终于露出了楚娇娇的脸。

小萝莉好像是哭累了，蜷缩在石像背后睡着了。

穆笑笑咬紧了唇，欲言又止，泪光闪闪："我……我真没打算伤害她的……"

她只是听说这是那些人牲的坟场，那些实验失败的人牲都会被丢到这儿来。她只是想引乔晚来这儿，替小凤凰报仇。她甚至……甚至嘱咐其他人照看好楚娇娇……

在无数个日日夜夜里，她常常在想，要是小凤凰没有死，要是小凤凰没有死就好了。

这都是什么地方和什么人还有什么三观哪……

看着面前这姑娘，乔晚觉得不可理喻，后背发凉的同时，内心一股暗火烧得更旺了。

所以，她才不爱看宫斗剧，主要是一直无法认同宫斗剧里面所传递的人命如草芥、你争我斗之下任意牺牲人命的价值观，哪怕刚入宫时最善良的女主角最后都会化身为恶龙。

乔晚深吸一口气，闭了闭眼，定了定心神："谁说你能走了？"

穆笑笑已然彻底呆住了，仿佛预见了什么似的剧烈挣扎起来，尖叫道："别！乔晚求求你！不要！"

"过来。"乔晚一把扯出她的衣领，将少女拖到了还在爬行的白色骷髅人面前，一脚踹中了穆笑笑的膝盖。

少女一个跟跄跪倒在地，来不及爬起来，立刻惶惶地揪紧了乔晚的嫁衣裙摆："别……求求你……"

乔晚拎着她的脑袋，耳畔传来穆笑笑声嘶力竭、几近崩溃的哭叫声，手都没动一下，反倒把少女往前摁得更近了。

"啊啊！"

穆笑笑双手在空中徒劳地挥舞，奋力挣扎间，却一头磕上了这白色骷髅人的脸。

对上这近在咫尺的三个米粒大小的孔洞，穆笑笑手脚冰凉，吓得胆丧魂飞。

"求求你，乔晚，求求你，我错了，我真的错了。"

但少女温暖粗糙的手掌牢牢抵着穆笑笑的后脑，一刻不停地往前按去，直到穆笑笑的整张脸都贴上白色骷髅人的脸。

"呜呜呜……呜……"

"你知道吗？"乔晚毫不手软地继续往前摁穆笑笑的头，沉声说道，"我一直认为对待犯人和反派，一剑杀了就够了。没人有权力去审判旁人，没人有权力去行使私刑，折磨与侮辱，都没这必要。"

乔晚扯动嘴角，扯出个僵硬的弧度："但你真的惹我生气了。所以只能请你留在这儿了。"

那一瞬间，穆笑笑看她的眼神就像看到了鬼一样。

穆笑笑甚至想扑上前，想求求乔晚，求求乔晚放过自己。乔晚却眼睛眨也没眨，冷酷地收起了短剑，抱起楚娇娇转身就走，一边走心里一边忍不住微微叹了一口气。

虽说她这具身体貌似挺牛的，说到底她本人也不过是个普通人，这妹子要真打算和她拼命，她还不一定打得过对方。可惜这个穆笑笑自始至终就没有反抗的意思。

穆笑笑瘫坐在地，眼泪顺着脸颊流了下来。

乔晚走了之后，穆笑笑哆哆嗦嗦地站起来，也想走出去，结果刚走一步，却被这近在咫尺的白色骷髅人给吓了回来。

没……没事的……

察觉到她失踪之后，他们一定会来找自己的。

到了晚上，这地方变得愈加诡谲和阴森。

微光中，那一个个白色骷髅人匍匐在地上爬行着，缓缓地包围住了她。

而从始至终没一个人来找过她，穆笑笑终于崩溃了。

但比起这个，更让她崩溃绝望的是，她的命其实并没有这么值钱。她的命，其实也是可以被任意践踏的东西。

这简直比杀了她还让她难受。

怎么……怎么会这样呢？她怎么会沦落到这个地步呢？

乔晚回去的路上，一直在琢磨着要怎么离开这儿。

她心里有点儿懊悔，在这儿安逸的日子过久了，竟然忘了这里是魔域。

楚娇娇半道上就醒来了，睁着迷蒙的眼问乔晚："哥哥？这是哪儿？"

乔晚有点儿惊讶，自己手上的小萝莉心理承受能力比自己想象中的要强出不少，这要是换成她家小表妹，估计早就哭得魔音响彻云霄了。

"再睡会儿吧，我带你回去。"乔晚没回答，主要是也不知道这是哪儿，只能默默地把小姑娘的头往自己的肩膀上摁了摁，给楚娇娇调整了一个舒服点儿的姿势。

楚娇娇抱着乔晚的脖子，恬静地睡着了。

抬眼观察了一下四周的环境，乔晚只能分辨出这是条长街。

此时，有十多个青年魔修抬着个六米多高的石像往前走着。

乔晚心里有点儿惊讶。

之前在沉沦渊那儿看到了石像，她还以为自己看错了。

这魔修难不成还信佛？这也太魔幻了。

乔晚抱紧楚娇娇，犹豫了一下，还是决定上前打探一下："诸位……道友，请问这是什么东西？"

不知道为什么，这石像给乔晚的感觉十分熟悉，就好像曾经在哪里看到过，但她每每一细想，耳畔又好像传来些嘶哑的吼叫声。

——"陆道友！"

——"跑！快跑！"

——"石像活了！"

离她最近的那青年魔修倒十分平易近人，浑不在意地答道："梅大人那儿换下来的，待会儿丢到沉沦渊去。"

梅大人？

那位"杀马特"前辈？

乔晚惊了，结结巴巴地问："梅大人还信佛？"

那青年魔修顿时就乐了。

除了打扮得比较"杀马特"，穿着一身黑衣，眼睛血红血红的，这些青年魔修乍一看还都挺像乐观开朗的小伙子的。

"哪儿能哪。"

或许是因为她身上这"纯魔"气息实在太过招摇，这些青年魔修压根就没怀疑她。

"这是酆昭大人做的傀儡，交给梅大人用的。道友，你也知道嘛，那些凡人最信这些玩意儿了，往这里面塞个什么孤魂野鬼的，往殿宇里一放，这世道又乱，凡人都爱求神拜佛的。"

乔晚已经不是震惊，完全是惊悚了，一股寒意又从脚底板升腾了起来。

这魔域竟然还知道利用宗教收买人心！

虽然内心震惊，但乔晚表面上还是不动声色："这沉沦渊里的东西就这样放着吗？"

青年魔修笑道："那也放不下啊，每隔十五天就有专人去清理拉出魔域的。"

"拉出魔域……"

乔晚的心冷不防地漏跳了一拍。

逃出去的希望好像近在眼前，乔晚努力稳住了嗓音，继续问："那……那下次清理是什么时候呢？"

"三天后吧。"

诚恳地和这几个青年魔修道过谢之后，乔晚喉口干涩，一颗心"扑通扑通"直跳，忙憋住了，埋头往回狂奔！

要是……要是她能在三天后躲在其中一尊石像里不就能跑出去了吗？！

但乔晚跑到一半，脚步又硬生生地刹住了。

三天后，好像就是她和裴春争的婚期了。

要如何在这么个敏感的日子里成功逃出去，乔晚心里突然冒出了一个缺德的想法。

穆笑笑是被乔晚给叫醒的。

全身上下撕裂般疼起来，四肢僵冷，一道贯穿腹部的伤口击碎了她的丹田，没有自保能力，在被丢入沉沦渊之后，穆笑笑就成了这些魔物攻击的对象。

听到动静，她想睁眼，却怎么也睁不开。

短暂地恢复意识之后，她又想到了刚刚的画面。

那些……那些魔物和人牲……想要将她拆吃入腹。她又哭又叫，在地上爬行，哀求它们不要碰自己，但还是被击碎了丹田。

灵力如同海水一样四溢，偏偏又吸引了更多的魔物赶来。

虽说从未将心思放在修炼上，但如今丹田碎了……她还是无法承受这个打击。

她成了一个彻头彻尾的废人，穆笑笑麻木地想。

她怎么对待楚娇娇的，这报应就千百倍地反噬在了她身上。

脑子里又胀又痛，穆笑笑费力地睁开了眼，她的一只眼睛好像看不见了。

乔晚低头看着形容凄惨的穆笑笑，呆了半秒，实在没想到，不过丢下她片刻，这妹子就混到了这下场。

顶着穆笑笑愣怔的表情，乔晚沉默了一瞬，表明了来意。

"你不是喜欢那位裴道友？我给你个嫁给他的机会。"

穆笑笑与她样貌酷似，要是能代替她嫁给这病娇少年……乔晚默默盘算着。

但她不打算逼穆笑笑，是在认真地询问穆笑笑的意见，问穆笑笑愿不愿意。

反正……穆笑笑都是贵妃了，乔晚迟疑地想，两个人再结一次婚，问题应该不大？

"我不想嫁给他，"乔晚不欲啰唆，开门见山道，"你估计也不乐意我嫁给他。不如这样，我们合作一次。在此之后，我有多远走多远，绝不会再出现在你和他眼前。"

她嫁给……裴春争？

穆笑笑愣了愣，随即心口不可抑制地剧烈跳动起来。

这个想法如同诱人的罂粟在眼前盛开。

自己已经是个废人了，穆笑笑扪心自问，她……她还能嫁给裴师弟吗？

乔晚要想在三天后成功溜出去，准备工作必不可少。

幸好这位病娇少年还没发展到囚禁她这地步，并未限制她的人身自由。想必他没限制她的自由，也有以为她被洗脑这一层原因在其中，而原主又曾是魔域帝姬，在魔域出入顺顺当当。

很快，乔晚就摸清楚了这一套行动下来的时间点、基本路线，和换班人员。

当天前来服侍她换上嫁衣的侍女有不少，她只要想办法混入侍女里面，再趁机摸出去，在沉沦渊"垃圾车"离开之前成功钻进石像里，基本就能溜出去了。

这一套计划下来，乔晚还多带了个人——楚娇娇。

把这小萝莉丢在魔域里，乔晚良心上也过不去，但这萝莉貌似和病娇少年关系不错的样子，要是泄露了消息……

乔晚挣扎了很久，还是决定试试看。

没想到楚娇娇不假思索，一口就同意了。

"出了魔域哥哥你要往哪儿去呢？"

出了魔域，那就是北境大雪山的北线战场了。

战火无情，而那时候魔域定会派人来追她。

乔晚心里确实有个想法，但这个想法就连她自己也拿不准。

乔晚想的是，去投靠那位据说和原主关系很好，在北境大雪山闭关的妙法尊者。

虽然很抱歉，但看了一眼面前乖巧的萝莉，乔晚真的没法在当下全身心地信任楚娇娇。对上楚娇娇的眼神，乔晚顿了顿，开口道："出了魔域，再走一步算一步吧。"

很快就到了合籍大典那天。

晚上，裴春争照样来找了乔晚，和她并肩席地而坐，又听乔晚讲了一晚上的睡前故事，直到一大早才离开。

乔晚一身丫鬟打扮，默默站在人群中，眼观鼻，鼻观心地看着那身披红色嫁衣的少女。

自己身上纯魔的气息不大好办，为此，乔晚特地忍痛割了自己一刀，留下了点儿血。

合籍大典即将开始。

少年也穿着件青红色的喜服，袍角、衣摆、胸口的山川日月纹精细繁复，腰间玉带一掐，窄腰劲瘦，肩宽腿长，那总是垂在脑后的乌发终于高高地束了起来。

站在人群中的乔晚隐隐觉得眼前这画面好像有点儿眼熟，就像曾经在哪里看到过一样。

心里突然翻涌出一股难堪和铺天盖地的尴尬绝望感，但随即涌上心头的竟然是……一阵没来由的……呃……暗爽情绪？！

乔晚觉得自己快分裂了：突然觉得一阵暗爽这是怎么回事？！

少年在瞥见那缓缓走来的少女时，那冷若冰霜的脸上终于微微露出了动容之色。

那平静的眼，霎时间就像被什么东西点亮了，亮得惊人。

乔晚。

少年下意识地怔怔往前迈了一步，心口的喜悦之情几乎快要将他吞没，他必须紧握住拳，才能努力遏制住这澎湃的喜悦之情。

第十六章　北境大雪山

乔晚没看完就转身离开了。

她必须得赶时间迅速冲到"垃圾场"。

看也没再多看一眼这人群中的两个人，乔晚悄声溜出了人群，刚一转身，还没走出去多远，就突然撞上了一个少年魔将。

这少年魔将似乎是刚从战场上退下来的，身上铠甲带血，衣摆破烂，背上背了把寒芒凛冽的计都枪。

乔晚心里"咯噔"一声，假装没看见一样，继续低着头快步往前走，背上几乎快被冷汗浸透了。

"等等。"那少年魔将却突然开口，嗓音冷冷的，一步跨到了她面前，面色沉静地将她从头至尾打量了一遍，开口问，"你是谁？"

要糟。

乔晚故作平静地不卑不亢道："拜见大人，我是随行的侍女。"

少年魔将："随行的侍女这时候忙着跑什么？"

乔晚缓缓握紧了手中的短剑，继续答道："魔后有东西忘拿了，嘱咐我回去拿一趟。"

少年顿了顿，开口道："你抬起头来。"

乔晚呼吸猛地一滞，却还是故作镇静地抬起了眼。

对视的刹那间，少年脸上掠过了一丝惊愕之色。

自己被认出来了？

乔晚的心沉了沉。

这少年却突然不声不响地侧身退出去半步:"走。下次小心点儿。"

说实话，乔晚不大确定这少年魔将到底有没有认出自己，不过当务之急是先离开这里。她只能按捺下疑惑，侧身低声道谢，快步走了出去。

她刚转身，脑后又传来了那少年清朗的嗓音。

"出去之后往南，别回头。"

往……南？

南边就是那沉沦渊的方向。

乔晚悚然一惊。

这人这是认出自己了？！

她几乎立刻想要停下脚步去问问这少年，但又硬生生地憋住了，头也不回地一边走，一边避开人群，迅速换下身上这身丫鬟打扮。

终于走出这魔宫后，乔晚回想着刚刚那少年说的话，迟疑了一下。

对方明摆着是认出自己了，要不要照这位兄弟说的方向走，这是个艰难的选择。

如果南边是个陷阱，那她继续往南走，无疑是前功尽弃了。

可若是南边真的方便她逃出去呢？这兄弟要是想抓自己，大可在刚刚直接摁住她高呼一声。

乔晚原地默默挣扎了一会儿，最终还是一咬牙，下定了决心，继续往南走。

不往南走，她还能往哪儿走？

幸运的是，她赌对了。

这一路上十分热闹，就算魔也是有娱乐活动的，全拥挤着往魔宫的方向围观魔君与魔后的合籍大典去了，没有人留意到一个小丫鬟悄悄地溜出了大典现场，往沉沦渊的方向行去。

好不容易赶到沉沦渊，乔晚终于微不可察地轻轻松了一口气。她不敢耽搁，脚步不停地一路越过这累累白骨，终于来到了自己三天前就选定的那一尊石像前。

这些破败的石像，据说是个叫鄷昭的人淘汰下来的傀儡。

石像里面是中空的，方便塞个啥孤魂野鬼。

乔晚就地一滚，直接滚进了这石像里，在这石像里坐下。

坐下后，鼻间环绕着淡淡的灰尘、腐臭和香烛味，乔晚惊愕地发现，石像里面竟然十分宽敞？

孤魂野鬼们的工作环境还十分优越。

由于这石像本质上是个庞大的傀儡，乔晚试探了一下，灵力变成了一道道灵丝，试着粘上了石像的关节。

她一抬手，轰隆隆的动静响起，这尊六米多高的庞大石像竟然真的缓慢而笨拙地抬起了手。

乔晚坐在石像里，思绪立刻就跑偏了，如同脱缰的野狗狂奔向了未知的远方。

这……这是不是代表着……乔晚不确定地想，她可以开"高达"了？

乔晚又盘腿静静地坐了一会儿，四周渐渐响起了脚步声。

一、二、三、四……

乔晚绷紧了神经，却在听到对方的谈话声后，又渐渐地放松了下来。

"快点儿……就这些吗？"

"走……烦死了……"

"北境……"

断断续续的字句陆陆续续地落入耳畔，紧跟着又响起了明显是拖动和清理的动静。

"哇！这里还有点儿灵石呢！"

说话的男弟子一脚踹开了身边的白色骷髅人，嘴里意味不明地"啧"了一声："天天让我们干这活儿。"

"得了吧。"另一个人笑道，"你不就指望着从这里面捞点儿油水吗？要换成别人干，你就乐意？"

"这要送到哪儿去？"

"还能送哪儿去？北境呗。那姓马的人花高价收这些垃圾。"

石像里的乔晚更震惊了。

姓马的？

再联系北境战场……这不就是那个传说中的昆山煞神马怀真？

那位马怀真花高价钱收这些东西？

乔晚当然不会傻白甜地理解马怀真这是在扶贫，唯一的解释是，对方想从"生物科技"方面搞明白梅康平的人体实验的奥秘。

所以……

乔晚木然地想：原来魔域也有汉奸吗？

这些人很快就动作起来，等到他们靠近她这尊石像的时候，乔晚屏声静气，窝在石像里动都没动一下。

感觉到这尊石像好像被抬上了什么飞行法器，耳畔传来了些破空之声，乔晚缓缓攥紧了衣摆，心里一颗大石头这才轰然落地。

闭了闭眼，她忍不住捂住了颤抖的小心脏，这才感到一阵后怕。

这飞舟不知道飞行了多久，躲在石像里，乔晚透过眼睛朝外看了一眼。

四周白雪皑皑，高大巍峨的雪山不断往后掠过，空气也变冷了不少。

看来这就是北境大雪山了。

乔晚琢磨着，最好是能落到那位马怀真前辈面前，到时候她也犯不着去投奔那位妙法尊者了。

她就怕中间再出什么岔子。

说实在的，这一路上太顺当了，顺当到一向运气极差的乔晚都有点儿不放心了。

事实证明，墨菲定理真的是玄学。

她的猜疑，得到印证了。

随着飞舟一阵颠簸，乔晚清楚地听到了之前那几位魔域的汉奸的怒吼声。

"不好！"

"有劫道的！"

乔晚的面瘫表情忍不住裂开了。

她内心忍不住疯狂吐槽：这修真界还有飞船大战的吗？！

各色法器和飞剑撞击的打斗声响起，飞舟不堪重负竟然翻船了！

乔晚皱眉，立刻紧紧扣住了石像凸起的地方，被颠簸得几欲吐血。

这滔滔云海间，庞大飞舟化作了一道横冲直撞的光芒，撞入云层之中，又翻了下来！

乔晚刚摸上石像内部的凸起地方，又被跌得一头撞向了另一边，撞上了石像内壁。来不及矫情痛呼，乔晚咬紧了牙，像个八爪章鱼一样手脚并用，努力把自己"挂"在了石像里。

伴随着飞舟急急下坠的呼啸破空声，乔晚死死地闭上了眼。

完了。

吾命休矣！

沛然的撞击力猛然袭来！

乔晚"哇"地吐出一口血，随即眼前一黑昏了过去。

不知道过了多久，她才悠悠转醒。

浑身上下又冷又僵，好像有液体从额头上流了下来，乔晚费力地抬起手，伸手一抹，闻到一股子铁锈味道，心里随即一沉，是血。

她撞到头了。

耳畔尽是呼啸的风雪声，想必她已经到了北境。

不等乔晚多想，头顶却突然又落下了一道刺眼的光。

这是远处雪山折射的雪光。

"头儿！"一个男弟子的目光落在她身上，那人惊讶地睁大了眼，"这里面竟然有个人！"

对方的视线落在她身上之后立刻化作了浓浓的惊喜之色："是个女人！"

"女人？"另一个声音调笑道，"你小子做梦还没醒呢？这地方连个母的都没

有，哪里有什么女人？"

然后又是一个脑袋凑了过来，另一个男弟子的目光落在乔晚的脸上，随即往下，他又使劲儿看了她的前胸一眼，微微一怔："还真是个女人哪……"

他又转头伸长了脖子，惊喜地高声呼喊道："头儿！这儿真有个女的！"

紧跟着又是一阵纷乱的脚步声传来，一个嗓音更为低沉点儿的人疑惑道："女人？哪儿呢？"

没多时，一个胡子拉碴、裹着皮袄，穿得像头熊的男弟子突然凑了过来。这人瞎了一只眼，另一只眼里却射出凶神恶煞且不好惹的光。

"嚯。"这看起来像是"头儿"的男人笑了。

仇二狗那仅剩的一只眼肆无忌惮地打量了乔晚一眼，笑道："这里还真有个女人哪。"

这个时候，乔晚的心已经彻底地沉入了谷底。

她到北境了，可惜看样子好像中途被面前这一群悍匪截了。她当然明白这几个男弟子口中的"女人"是什么意思。

北境战场打了这么多年仗，女人肯定是珍稀物种。

面前这几个男弟子眼里都不加掩饰地露出了点儿贪婪的光。

第二个发现她的男人猛地打了自己的同伴一巴掌，笑骂道："急什么呢？让头儿先来。"

说着那人就要伸手来抓乔晚。

乔晚抬眼："你试试看。"

她奋力抬脚踹去，立刻把这男弟子给踹了出去。不等这几个人反应，神识与灵丝立刻连上了这庞大的石像！

这几个男弟子脸上相继掠过惊讶之色，紧跟着出现的是愤怒、震惊和慌乱的表情。

眼看着这从巍峨雪山前缓缓举起的结印的左手以及缓缓垂眸微笑的庞大石像，几个人顿时乱了阵脚。

"这是什么玩意儿？！"

"快撤！"

乔晚皱紧了眉，一点儿都没敢放松，躲在石像里开始努力搓弹——灵力弹。

她现在已经差不多摸清了这灵力使用的套路，虽然还不至于到熟练的地步，但搓个灵力弹什么的还是没问题的！

眼睛眨也没眨，乔晚一口气搓了十多个灵力炮弹，然后一口气把它们全砸了出去！

"砰砰砰！"

伴随着几声惊天的巨响，这些灵力弹在雪地中砸出了一个个三尺多深的大坑！

其威力就连乔晚也有点儿惊讶。

原来这灵力这么好用的吗？

她当下忍不住再一次默默望天。

这灵力弹砸得那几个凶徒抱头鼠窜，几个人一边跑一边拼了命地掏出法器，"哐当哐当"地往后砸。

"这是什么东西？！"

瘫倒在地上的仇二狗哆哆嗦嗦地抬眼，看着这一步一个脚印，每走一步四周都地动山摇的庞大石像，他的世界观在这一刻被狠狠刷新了。

乔晚"驾驶"着石像，石像弯腰，一把拎起了仇二狗的衣领，从这丰润的唇瓣里传出了清朗的嗓音："不想死，就把法器给放下。"

其他几个男弟子面面相觑。

放下……法器？

放下他们不就是找死吗？

乔晚一只手抓住仇二狗的脚，一只手抓住了男人的头。

眼看自己就要血溅当场、尸首分离的刹那，仇二狗怒吼一声："给老子放下！"

刹那间，一干人齐齐哆嗦了一下，纷纷放下了手中的法器，没出息地跪倒在地。

"放下了！放下了！这位道……这位女石像饶命！"

石像没任何动静，就在众人忐忑不安的时候，从石像里跳出一个穿着粉色衣服的姑娘。

少女拖着仇二狗的衣领，一路走到了众人面前，扯动嘴角露出个笑容："还算识相。"

然后她蹲下腰，把地上那些法器通通给拢进了储物袋里。

这一帮悍匪看到这一幕，登时急了眼。

从来都是他们打劫别人，哪里有别人打劫他们的道理？！

仇二狗也暗暗咬碎了一口牙，趁着乔晚低头去收法器的时候，默默朝着自己这帮小弟使了个眼色。

眼神交换间，下一秒，仇二狗骤然发难，硬是把自己扭成了一个难以做到的姿势，朝着乔晚的后心一脚踹去！

与此同时，右边，一掌悍然杀到！

没想到这粉衣姑娘像是脑袋后面长了眼睛一样，急急往后一退，将手里的仇二狗直接砸向了这一掌掌风，当做了个盾牌使唤。

掌风避无可避，眼看着就要一掌拍在自家老大身上，这发掌的人立刻发出了一声悲鸣："头……头儿……"

"砰——"

仇二狗立刻被拍吐出了血，挣扎着刚想爬起来，一柄长刀却突然从天外飞来，不偏不倚，正好深深地扎入了他身前三寸处，感受到刀风紧贴着命根子滑过，一股凛冽的寒意猛然蹿上了天灵盖。

仇二狗立刻就僵了。

仇二狗抬眼，这面瘫脸的粉衣姑娘露出了一个礼貌的微笑。

"这位道友，学乖了？"

仇二狗："……"

这哪里是啥女人，这是个活脱脱的女祖宗、女石像啊！

乔晚抬头环顾了一眼四周。

这四周白雪茫茫，除了雪，就是远处那巍峨的雪山。

她沉下脸问："这是哪儿？"

要说仇二狗在这片地头也算是一霸了，如今差点儿被人剁了命根子，当下默默攥紧了拳，不甘心地别别扭扭说道："这儿是云泾关。"

云泾关？

出发前，她特地看了一眼地图，隐约记得这是通往北境大雪山的必经关隘。

眼见乔晚没反应，几个人又交换了一个眼色，觍着脸笑道："这位道……女石像，你这是去哪儿？"

这位凶残的女石像在前，这几个悍匪默契地把卖萌的自家老大抛在了脑后，纷纷争先恐后地拍着这位女石像的马屁。

乔晚干脆盘腿坐了下来："把北境战场的形势讲给我听听，要详细的。"

被自家小弟们无视的仇二狗：好想打人。

最终被推出来讲话的是曾经在崇德古苑上过两年学，之后又被委婉劝退的邓三儿，也就是乔晚看到的那第二个男弟子。

邓三儿开口说的第一句话，就让乔晚微微变了脸色。

"北境……撑不住了。"

合籍大典上死一般寂静。

少年漂亮的桃花眼微眯，脸色苍白，难以置信地看着眼前这一幕。

无数宾客的目光齐齐落在了场中央的两个人身上。

少女掀开红纱，露出了一张和乔晚酷似，却绝对不是乔晚的脸。

那是……

裴春争苍白的唇瓣微微一动。

296

笑笑。"

少女按着头上的红纱，红了眼眶，忐忑不安地嗫嚅道："对不起……对不起……裴师弟，你是不是生气了呀？对不起，是笑笑错了。"

裴春争眼里的光一点点地暗淡了下去，最后归于一片死寂。

少年眼里毫无波澜，他面无表情地一把扯掉了身上的嫁衣，露出白色的单衣，梦呓般低声呢喃道："与你无关。"

他却并未苛责面前的少女什么，捏紧的指节又轻轻松开，这不过是他自作自受而已。

眼看少年转身就走，穆笑笑顿时有些急了，不顾他人异样的目光，赶紧追了上去，泪眼蒙眬道："裴师弟，你……你别走好不好？我……我也可以啊。"

她也可以啊。她哪里不如乔晚了？

或许是急了，穆笑笑一咬牙，倔强地昂起小脸，拦住了面前的少年。

"裴春争，你不信我吗？我……"穆笑笑眼睛一眨也不眨地紧盯着他，"如果……如果是乔晚逼我的，你会信吗？"

少年的目光平静地落在了她的脸上。

少女好像怕极了，却依然昂着小脸，努力和他对视。

在裴春争的目光之下，穆笑笑心里涌出了一股惶恐不安和紧张的情绪。

"她不会逼你。"裴春争又一把扯掉了束发的红绳，乌发披散下来，他淡淡地移开了视线。

这或许是个交易，但乔晚唯独不会逼穆笑笑。

裴春争心里一潭死水，平静地想：这么多年，他竟然没发现，乔晚演戏的本领竟然与梅康平之流的老狐狸不相上下，可惜等他发现时已经太晚了。

裴春争转身就走，穆笑笑立刻跟上。

"裴师弟。"

结果喉咙里的话，立刻就在裴春争转身的刹那间，被卡在了嗓子眼里。

少年被发跣足，因为隐忍，眼底渗出一丝血色，比这地上无人问津的嫁衣还要红。

"笑笑，"裴春争喉口滚了滚，嗓音沙哑，努力垂眸掩映了眼底这丝血色，"我送你回青梧洲。这儿迟早要与修真界开战，青梧洲早已在魔域囊中，那里很安全，你待在那儿就不要轻易走动了。"

话语未落，穆笑笑的眼泪立刻夺眶而出："你这是……这是赶我走吗？"

虽然少年对她的态度依旧温和，他转身走得却十分果决。

怎么会？

穆笑笑两眼无神地跌坐在地上。

魔域的天气一向变化不定，刚刚还是晴空万里，眨眼间就雷鸣阵阵，瓢泼大

雨轰然落下。

穆笑笑木然地坐在地上，脸上的妆被暴雨浇了个透。

在这一刻，魔域所谓的"穆贵妃"立刻沦为了笑话。

她心里好像明白了，就在刚刚，裴春争对她的态度悄然改变了。

穆笑笑捂着脸，忍不住痛哭出声。

她……她好像真的做错了。

水洼中倒映出少女面目全非的脸，穆笑笑惊慌地抹了把脸。

她突然发现，这……这倒影里的人是谁啊？

这个被忌妒扭曲了原貌的少女究竟是谁？

这个时候，她眼前反倒忍不住浮现乔晚的身影。

在那水凤教的祭典上，对方逆着光朝她伸出手，手并不算细腻，粗糙却温暖，嗓音沉稳有力："来。"

她牵起裙角，朝乔晚跳出了这一步。

而她在不久之后，又心甘情愿地回到了鸟笼中。

如今就连裴师弟也不愿意搭理她了，这天下之地，兵燹四起，她还能去往哪里？

魔域的动作很快，第二天，立刻就有人将这位失去了魔君宠爱的贵妃送到了飞舟上。

然而飞舟在青梧州上空掉了个头，转头驶向了苍梧洲。

青梧洲与苍梧洲一字之差，却谬之千里。

青梧洲如今已尽在魔域囊中，而苍梧洲，正是魔域必定要拿下的重镇。

飞舟上一个青年魔修垂眼："穆姑娘，你忘了吗？"

高空的风，吹得穆笑笑长发飞扬。

穆笑笑睁大了眼，惶恐不安地看着面前这青年魔修。

青年魔修抬起眼，眼里闪动着冰冷的光："我那两年前服侍你的妹子，被你自作主张地嫁给了魔宫里那侍卫。我那妹子不愿嫁人，没多久就郁郁而终。"

"你自以为促成了一门好姻缘，实际上……"那青年魔修嘴角扯出一丝讥讽的笑容，"在你们看来，下人就只配得上下人是吗？"

"我想同穆姑娘说一声，你从没把底下的人当人。"青年魔修一步步逼近，毫不留情地将穆笑笑给丢出了飞舟，沉声说道，"而你的命，其实也没多值钱。"

苍梧洲，宝宜府。

魔兵陈兵在宝宜府外已经两月有余了。

从去年年初起，魔域与修真界的战火就已经燃烧至苍梧洲的地界了。两方人马打得昏天黑地，地动山摇，足以改换天象，受这战火波及，宝宜府已经将近一年没下过一滴雨了。

如今又碰上围城，城里的修士不吃不喝好歹还能挨一挨，普通百姓却没这么幸运。

穆笑笑光着身子团成一团，缩在破败的土地殿里，浑身上下哆嗦个不停。

她原本还是穿着衣服的，但就在刚刚她身上这满饰珠玉的绮罗锦绣被人看中了，硬生生扒了下来。

她丹田尽碎，形同凡人，毫无反抗的力气，只能任由他们扒光了她身上的衣服，洁白的身子宛如一只羔羊一样默默缩在香案下直打战。

对方看着她这皎洁无瑕的身躯，眼里露出了垂涎的表情。

这表情无关性欲。

在宝宜府上，再好看的姑娘落在饥饿难耐的人眼里也不过是一盘肉，只不过那些好看的姑娘，往往会在被杀掉割下肉之前，被人摁住先羞辱一番。

对方想要上前，却被自己的同伴给拦住了。

"别。"那青年看着她，眼神有些躲闪和挣扎，必须尽力吞咽口水，才不至于拿出刀来。

青年按上了自家同伴的肩膀，叹了一口气："狗子，别让我们也成为那种灭绝人性的畜生玩意儿。"

这些男人犹豫了一会儿，竟然还真的一咬牙，转身走了。

穆笑笑颤巍巍地抱紧了脑袋，脑袋上全是刚刚挣扎时撞出来的血。

时间倒回不久之前，她被那魔修从飞舟上推了下来，却没摔死，不过是摔断了腿。

她好不容易爬到这土地殿里，却又被人扒光了衣服。

她在这土地殿里已经待了快两天了，没了灵力之后，饥饿如影随形，穆笑笑饿得头昏眼花，胃好像也被一只无形的大手给攥成了一团。

她可能真的会死。

穆笑笑绝望地想着，抬眼看去，远处是炎炎的赤日、滚滚黄沙，龟裂的土地渴得好像冒了烟，干枯的桑树前蒸腾着翻滚的热浪。

她……她不想死。

想到这儿，穆笑笑忍不住委屈地抽噎了起来。

就在这短短两天时间里，这宗门里备受娇宠，不是被人抢到这儿，就是被人抢到那儿的娇软小蔷薇，心理防线终于崩溃了。

她错了，错得离谱。

在生死面前，没人还能保持所谓的优雅和体面，如果给穆笑笑一个机会，哪怕要她跪在乔晚面前她也乐意。

穆笑笑赤身裸体地缩在土地庙前，反倒清醒了，被那恋爱拉扯的黏糊脑子骤

然清醒了。

这才是她啊，还没上昆山前，那个卑微而不讨喜的丫头，怎么昆山的锦衣玉食就让她生出了错觉，让她觉得自己天生就比别人高出一等呢？

在第一天，她拼命哀求，希望裴春争能发现她失踪了，来救救她。后来，她想的是周衍。

她喊了那么多次救命，他们都来了，只要这一次，他们再来这一次就好了。

穆笑笑拖着条断腿，跪在土地像前拼了命地祈求。

然而，奇迹没有降临。

到最后，她饿得昏昏沉沉间，脑子里浮现的竟然又是乔晚的身影。

她怨恨，却又绝望得恨不得扑倒在乔晚的脚下，祈求乔晚再来救她一次。

等到第二天早上，一切还是老样子，穆笑笑终于绝望了。

大抵人性本就有几分贱性。纵使马怀真三令五申、耳提面命，她始终冥顽不灵。而今现实当头棒喝，打得她脸颊生疼，这才灵光乍现。

当然指望她一下子幡然醒悟，反省自己的错误，从此之后改头换面，改过自新，痛哭流涕地重新做人还是不可能的。

在生存的压力前，娇软得恍如没骨头的菟丝花少女，那核桃大小的脑子终于明白，想再当花瓶已经不可能了。

穆笑笑终于在这个时候悟出了一个在这乱世人人都明白的，再简单不过的道理。

现在这个时候，她若不想死，只能靠自己。

穆笑笑神情恍惚地努力爬了起来。她有多久没靠自己了呢？

她必须找点儿东西吃。穆笑笑颤抖着，慢慢地爬出了土地庙，眼前是一片开阔而平整的黄土地。

她放眼看去，看到的就是一团团扭曲的热浪下，一具已经没了生息的尸体。

……

从露出的那布鞋里，隐约可以分辨出死的是另一个男人。

刹那间，穆笑笑惊得胆丧魂飞，手脚并用地赶紧又往回爬。

那条断腿拖在地上，摩擦着地上尖锐的石块，一阵撕心裂肺地疼。

穆笑笑咬紧了牙，强逼着自己努力爬回了香案前。看着这殿里的土地像，一想到刚刚那一幕，她胃里几欲作呕，翻涌了几个来回，最终吐出来的全是酸水。

少女哀号了一声，扑在土地像前，终于号啕大哭了起来。

可惜，这脑子只有核桃大小的姑娘忘记了一件事。

在这个环境下，她是决计不能哭的。

"哪里来的哭声？"那边的男人们听到声音，手上顿了顿。

"女人？"

"声音好像是从那殿里传来的。"

女人。

这里竟然有女人!

其他几个人纷纷咽了一口口水,握紧了刀,眼里均涌出了一股炙热的光芒。

这几个难民就忍不住直吞口水,一步一步悄悄地靠近了那里。

邓三儿面色沉重:"北境……撑不住了。"

乔晚脸色微变。

邓三儿苦笑道:"前段时间,我听说那位苏瑞将军已经动身了。"

"那作战路线呢?"

一旁被冷落的仇二狗不满地冷哼,努力表现自己的存在感:"作战路线这玩意儿是能随便让人晓得的吗?"

乔晚迅速思索了一秒,问道:"有地图吗?"

作为这帮悍匪中唯一的一个文化人,邓三儿从怀里掏出一张皱巴巴的地图:"在这儿。"

在乔晚接过地图的那一秒,邓三儿还没忘可怜巴巴地叮嘱了一句:"那啥,道……啊不,女石像,您小心一点儿。"

乔晚抬眼:"笔。"

于是邓三儿又默默地把唯一一支炭笔递了过去。

乔晚捧着地图,头也没抬地问:"知道魔兵的行兵路线吗?"

几个人愣了一下。

看这架势,貌似她对排兵布阵还有研究吗?

邓三儿愣了。

这……开玩笑的吧?这人凶残归凶残了点儿,但看样子不像个对打战有研究的人哪。

几个人惊疑不定地交换了眼神,迫于面前这位女石像的淫威,最终还是老老实实地开口。

"其他的,我们也不清楚,消息有限。"

"只听说魔兵前阵子占领了永和关,风来山也出现了魔兵的身影。"

不甘心的仇二狗默默翻了个白眼:"不是还有那青州吗?"

终于意识到自个儿把自家的头儿给忘了,一众悍匪赶忙补充道:"对,对,对,还有那青州。"

"对了,还有浪云乡。"

"大概就这么几个地方了。"

将地图上邓三儿这几个人说的地方画了个圈儿,连乔晚自己也觉得惊讶的是,

她心里好像隐隐总有种预感，她好像能依稀猜出这位苏将军想干什么。

对此，乔晚只能默默将其归咎于原主见多识广。

她没见识，没学过兵法，指不定原主学过呢。

这几个地方，分布在三个不同的方向。

"永河关和浪云乡，是中路军。"

"风来山，是西路军。"

"青州，是东路军。"

"听说，这位苏将军带领了几万精兵，挺进了不渡河北岸。"

"我想……"乔晚摊开地图，其他人立刻围了上来，乔晚指着地图沉声说道，"这位苏将军可能想……强渡不渡河，直入如今修真界严守的龙石道，再与其他魔兵会师……不过具体的情况我也不大确定。"

与苍梧洲这烈日炎炎不同，一入夜，北境大雪山的严寒冻得修士都遭不住。

仇二狗觉得自己快被冻死了，但就算如此，还得在这儿给那位女煞神……啊，不，女石像改造这尊石像。

没错，虽然他长得磕碜了点儿，但他的职业十分高大上。

他是个傀儡师，和那位魔域的鄞昭一样，当然技术比不上鄞昭，不过也算得上十分专业了。

他本来还以为天上掉下来一个女人送到他身下，没想到，最后他反倒沦为了苦力。

虽然心里的怨气几乎快冲破天际，但拆开这尊庞然大物后，仇二狗心里还是忍不住微微一惊。

这……这也太牛了。

看看这些关节，看看这些零件，他没忍住扭头问乔晚："你……你想干什么来着？"

这哪里还需要改造啊？！

可改造的地方多了去了，乔晚面色严肃，一本正经地说道："这里，加个履带和转向系统；这里和这里，弄个机械陀螺仪，增强稳定性，免得雪地翻车和打滑；这里我想搞个加热处理器，能帮助升温融化冰雪，免得被冻上；还有手臂这里，加上腕刀。你见过大炮没？和火炮一样的原理，我想弄个灵力肩炮。"

仇二狗：完全听不懂。

老天爷怎么不降下一道雷劈死这货？！

滚吧！这都啥跟啥？老子不干了！

直到后来仇二狗也没做出乔晚理想中的改造石像。

不过他还是改造了一点儿的，比如说稳定和防滑、加腕刀，至于灵力炮这玩意儿……

仇二狗悲愤道："我就算想做，这冰天雪地的，没材料我也做不出来啊。"

乔晚："材料从哪儿来的？"

仇二狗不情不愿地嘟囔了一下："最近的在麻绥。"

怕这货又异想天开，他赶紧补充了一句："我估计道友你是去不成了，听说那儿打起来了。魔域派遣了一个叫薛云嘲的人，而修真界似乎派了……"

有人补充道："齐非道吧？"

乔晚敛眉沉声开口："地图。"

少女虽然长得白嫩，看起来没啥杀伤力，但面色沉静，一身粉色衣服在冰天雪地间更显清丽动人。

邓三儿只觉得眼前一花，鬼使神差地又把地图给递了过去。这一干悍匪，竟然隐隐间有了对这姑娘心服口服的意思。

乔晚捧着地图，在地图上又画了一个圈，沉吟道："青州的东路军，估摸着是想从麻绥渡河，与赤玉州的萧博玉会合，再经过望江城，攻击龙石道。那位齐非道道友则负责扼守麻绥的渡口。"

乔晚抬眼问："能不能换条道？"

邓三儿果断否决了："不行，只能从麻绥走，道友你也看见了，这地方全是雪山，要想变道……"

男人伸手指向一处："那就只能爬山了。"

两个提议都被否决了，乔晚挠了挠头，问："那你们听说过妙法尊者吗？"

仇二狗愣了愣："知道啊，谁不知道妙法尊者？"

言罢，他面色有点儿古怪："你要去找妙法尊者？"

乔晚心里其实也拿不定主意，虽然听说妙法尊者和原身关系不错，但大老远地去投奔一个陌生人总感觉怪怪的。

如果她有足够的自保能力，她还是想依靠自己。

靠山山会倒，靠人人会跑，依靠自己最保险，这永远是颠扑不破的真理。

"你们知不知道妙法尊者在哪儿闭关？"

邓三儿立刻就笑了："道友是想请尊者出关？去找妙法尊者也不行，那也得经麻绥。"

由于妙法尊者这响当当的名声，在魔域和修真界打起来之后，不少人有过"请妙法尊者出关"这想法。

邓三儿也直接把乔晚当成了这一批人里面的一分子。

但请妙法尊者出关哪里有那么容易呢？

他本来还以为这是个老练的姑娘，没想到是个天真的，在这个世道还把希望寄托在那所谓的大能身上呢。邓三儿脸上忍不住带了点儿笑容。

当然，他是做梦也没想到，面前这人其实是妙法尊者的老熟人了。

所以无论如何，她都只能去麻绥了是吗？

乔晚默默思索着。

仇二狗仿佛预见了什么，立刻警惕地一蹦三尺高，摆手道："你要去你自己去啊，老子可不陪你去。"

开玩笑，战场上刀剑无眼。

仇二狗咬紧了牙，嘟囔道："我……我才不去呢。"

乔晚也没有逼他们的想法，双手合十放在膝盖上，坐直了："不去可以，但你们得送我到麻绥，剩下的路我自己走。"

她对北境大雪山一无所知，面前这帮天天打家劫舍的悍匪无疑是最好的向导。

仇二狗立刻就炸毛了："凭啥呀？"

乔晚淡定地说道："凭你们轰了我做的飞舟。"

仇二狗和邓三儿：无法反驳！

"那就这么定了。"乔晚抬起清冷的眼，一锤定音地结束了这个话题，"明天我们就出发。"

仇二狗不甘心归不甘心，但迫于淫威，还是没出息地屈服了。

第二天一早，一行人出发，起初倒还算挺顺利的，日落前就赶到了仙阳。仙阳距麻绥不远，明天他们再走一上午估摸着就到了。

"说好了，"仇二狗用他剩下的那只眼看着乔晚，"等到了麻绥我们就不陪你走了啊。"

越靠近这雪地中粗糙简陋的关隘，男人的神情越复杂了起来，仅剩的一只眼神情莫辨地盯着夕阳下的围城。

一轮猩红的斜阳挂在天际，好像让这白雪都融化成了赤波，高高的围城上斜阳西坠。

就连邓三儿的神情也有点儿感慨。

乔晚侧目："你有心事？"

邓三儿叹了一口气，摆了摆手。

等众人坐下休息，却没吭声了，看样子是不愿多谈。

不只邓三儿，这一路行来，一个个挥段子不断的悍匪竟然没一个吭声的。

仇二狗面带沧桑地眨了眨眼："就在这儿休息吧，等第二天再走。"

乔晚见识过这地方的威力之后，也没着急赶路。

北境大雪山，夜里气温骤降到零下几十摄氏度，晚上赶路是会死人的。

等到了晚上，仇二狗掏出了一个芥子空间丢给她。

这玩意儿十分便捷，往雪地上一插钻进去就能睡，相当于简易的帐篷，据说北境行军的人常备着这东西。

乔晚睡了好几晚上，越发觉得让仇二狗他们送她去麻绥，无疑是个英明的决定。

瞥见乔晚正准备钻进芥子空间，仇二狗犹豫了一下："等等，你先别急着睡。"

乔晚：嗯？

对上这张面瘫脸，仇二狗捂脸："我有话和你说。"

他……他是不是犯贱哪？这一路都处出感情来了，临到分别了，他反倒还有点儿舍不得了？

仇二狗叫住乔晚，是特地叮嘱她到麻绥之后的注意事项的。

"保暖是第一位的。"围着篝火，男人苦口婆心道，"我和你说，在这地方把胳膊腿冻掉的都有。比如这手指——"

他举起手，继续说："冻得没知觉了，伸手一掰，五根手指直接就被掰下来了你知道吗？冻坏死了！"

"等到了暖和的地方，被热水一浇，这才恢复知觉。"仇二狗直皱眉，"那惨叫声，你根本不忍心去听。"

"还有就是，你一个姑娘，到了麻绥之后机灵点儿，多的不用我说，你也懂。"

"储物袋一定要藏好，吃的东西别让人看见了。"说到这儿，男人纠结了一会儿，仿佛下定了什么决心一样，一扭头怒喝道："老三呢？把我的储物袋拿来。"

仇二狗恋恋不舍地从储物袋里摸出几个脑袋大的厚实饼子，往乔晚手里一塞，移开了视线。

他怕他多看一眼就舍不得了。

"这东西你已经会吃了，泡热水吃，顶饿又暖和。"

这来自悍匪的善意，让乔晚错愕间又有点儿不知所措。

她接吧，不好意思；不接吧，又太矫情。

她确实需要这些物资。乔晚想了想，还是接了饼子，抿了抿唇，郑重地道了谢。

仇二狗又往她的手里塞了点儿东西，叮嘱了几句之后，才让她回去睡觉了。

看看乔晚离去的背影，又看看这本来就稀缺的物资，仇二狗悔得恨不得扇自己两巴掌。

他鬼迷心窍了。

入夜后，乔晚躺在芥子空间里，翻来覆去没睡着。

她一闭眼，就是仇二狗等人看着城池落日，挣扎懊悔和失落的表情。

和对方相处了这么多天，乔晚也隐隐察觉出来这一干人与真正的悍匪不同。

真正的悍匪没那么好心，对这孤身的女性颇为照顾。如果是迫于她的淫威的话，这一路上，他们完全有大把机会趁她不备捅死她，但他们没有这么做。

她好不容易迷迷糊糊地睡着了，耳畔却突然传来点儿刀剑相击的动静。

在修真界待了这么长时间之后，她已经不是当初那个懵懂女大学生了，至少警惕性方面有了质的提升。

察觉到不对劲儿，乔晚立刻翻身而起，悄悄扒拉着芥子空间，朝外看去，入目的是一片隐约跳动的火光。

一队衣着褴褛、神情狼狈的修真界兵士举着火把，在黑暗中一边回望一边怒吼。

"今天老子就和你们拼了！"

火光照耀下，洁白的雪地上泼洒的鲜血触目惊心。

而在不远处，一队明显是魔域打扮的魔修，则将这一支小队团团包围住了。

这动静一直传到要塞前，城楼上的灯火自远及近、陆陆续续地亮起，守城的士兵却都按兵不动，沉默地注视着这城外的动静。

仇二狗等人明显也被这动静惊醒了，看到这一幕登时面色铁青。

众人赶紧收起芥子空间，趁着两方人马不注意，打了个手势，悄悄地聚集到了一块儿。

就在这时，那领头的修士突然将火把一斜，昏黄的光清楚地照在了仇二狗和乔晚的脸上。

那修士怔了怔，随即一惊，吼道："仇二狗？！怎么是你这个混账？！"

仇二狗一与那修士打了个照面，立刻面如死灰："李弘远……"

火把再一斜，那修士怒道："邓三儿！钱玉！"

乔晚诧异，这是熟人？！

不顾还被敌军包围着，李弘远面沉如水地大踏步朝着仇二狗的方向走来，长靴将雪地踩得"咯吱"作响。李弘远一把拎起了仇二狗的衣领，往地上重重一摔，眼神好像恨不得生啖其肉。

"厌货！孬种？！不是跑了吗？！现在又回来做什么？！"

李弘远是真的恨不得杀了仇二狗的。

他们这些修士没什么大本领，北境需要人，像李弘远这种练气期修为的修士，急急忙忙就被推上了战场。

北境雪原的每一寸土地皆浸透鲜血，无论北疆亦或南境战场，俱是血肉磨盘般的死狱。

就在前不久，他们隶属的旗下战败了，他和十多个兄弟狼狈地一路冲杀到了仙阳城下，想着投奔仙阳，一路去麻绥，与主力会合，尽自己的一份力。

反正回到家乡是没指望了，他们只能苟活一天是一天，要是运气好了，指不定能混到战争结束。

但李弘远万万没想到，自己竟然能在这儿看到仇二狗和邓三儿他们几个！这几个孬种，一打战就跑了的逃兵！

李弘远憋得脸色铁青，手里的金环长刀猛然出鞘，在仇二狗的脖子前停了半秒，脸色几番变化。

仇二狗面色灰败："李……李大哥……"

他们入伍之后，被分到了同一队，李弘远是队头，而他和邓三儿几个一伙，关系一直不错。

仇二狗咽了一口唾沫，要是……要是没发生他们叛逃这事的话……

寒风呼啸间，没一个人吭声。

就在这刀锋割破仇二狗的脖颈，渗出一丝血线之际，一个穿着粉衣服的姑娘突然伸出手，拦在了仇二狗面前。

"道友确定要在这儿动手吗？"对上李弘远的目光，乔晚平静地说，"在这敌军环伺的情况下，手刃自己曾经的同袍？在这种情况下窝里斗？"

李弘远愣了愣："你是谁？"

乔晚："在下姓陆。"

到底这对准逃兵的刀还是没砍下去，李弘远脸色憋得铁青，愤愤地将刀尖换了个方向，对准了黑暗中这一队魔兵，头也不回地怒吼道："列队！冲杀！"

"兄弟们！仙阳城门不开，守城的兄弟明显也有自己的顾虑！怕一个不慎引敌军深入，大家别让守城的兄弟们难做。"李弘远脚步如风，洪亮的嗓音清楚地回荡在寒夜里，"就让我们杀出一条血路！"

乔晚缓缓地放下手，先是愣了愣，紧跟着表情是肃穆，再接着是敬意，最后化为了凝重。

在这关头，只要是个正常人，都会对这些不起眼，却如星辰般灼灼闪耀，保家卫国的普通人报以深深的敬意。

就算乔晚也不例外，这或许也和她一直以来受的教育有关。

敬佩军人，军民一家亲，军民鱼水情，这与任何一个资本主义国家都不一样。

作为一个普普通通的大学生，别说打仗了，连架她都没打过几回。但在这魔兵环伺、城门紧闭的情况下，乔晚却不由得侧过头，低声问失魂落魄的仇二狗："仇道友，这情况下，你确定还要这么消沉？我们不去帮这位李道友吗？"

乔晚的嗓音很轻，语气却很坚定，透过夜风清楚地传入了仇二狗一行人的耳朵里。

"杀了这些魔兵，再来处理你们自己的私事。"

仇二狗、邓三儿一行人猛然醒悟！

乔晚又将目光转向了李弘远等人的方向，这些狼狈不堪的修士，已经重新整肃军容，迎战上去！

魔兵不算多，却牵着一只庞大的魔兽，一开始碍于仙阳城的守卫没敢轻举妄动，而现在李弘远一动，对方立刻跟着动了！

仇二狗虽然贪生怕死了点儿，脑子却很清醒。

这世上谁人不贪生怕死？

就因为他贪生怕死，所以在危难之前，反倒更爆发出一股无与伦比的魄力！

之前仇二狗等人远远地瞥着这座城池，心中已经愧疚、悔恨情绪交织了。

是他们对不起李弘远，仇二狗苦笑。

大家当年一同入伍，李弘远作为大哥多照顾他们，他们心里是清楚的，他们几个人结伴跑了，背叛了李弘远，李弘远心里肯定恨死他了。

事到如今，他只能尽量补偿多少是多少了！

仇二狗冲乔晚使了个眼神，乔晚和仇二狗等人也一同冲了上去！

但乔晚冲上去之后，这才发现，事情并没有她想象中的那么简单！

因为，从来到这个世界到现在，她根本就没有见过死人。

生长在和平的年代，她从来没见过死人，就连在魔域也没见到过死人。

而眼下这仗根本没有所谓的前锋，没有所谓的左右翼，就只是一场血腥的屠杀！

而修真界的战场比任何一个世界的战场都更恐怖，战争一打响，魔域立刻就放出了几头魔兽。

这几头魔兽，来来回回，左冲右突，宛如犁地一般，在这兽蹄的肆虐之下，不少来不及躲的修士，顷刻间就被踩成了肉泥！

明明之前运使灵力运使得不错，但看到其中一个修士被某个魔兵一拳击成了碎片后，乔晚感觉脚仿佛被冰雪给冻住了，几欲作呕，思维不受控制地走偏了一秒。

这种感觉十分矛盾，也十分痛苦，乔晚觉得自己快分裂了。

她的脑子很清醒，清醒得甚至能感受到血液飞溅上脸颊时的温热，身体里仿佛有一股蓬勃的战斗力在叫嚣着：上啊，上。

但另一半来自她体内那个软弱的大学生的灵魂怕了，她下不去手。

本来仇二狗敢上也是依仗着身边有位女石像，冲杀中一回头，瞥见乔晚微微走神的模样，仇二狗愣了一秒。

他率先反应过来，吼道："上啊！发什么呆？！你想死吗？！"

甫一交战，双方几乎使出了各自的看家本领。

仇二狗十个手指头上灵丝一缠，不知从哪儿扯出三五具傀儡，十指翻飞，运使着傀儡冲了上去！

一具傀儡倒下了，又一具补上！

怪不得逃跑之后，他只能靠打家劫舍为生，就这傀儡消耗程度，十分败家。

邓三儿则直接甩出了十多道沛然的剑气，剑气隐隐泛着淡淡的波光。

这是他还在崇德古苑的时候，孟师兄教他们这些上战场的弟子的，可惜，他修为不高，没法做到像孟师兄那样三十多道剑气汇作一个堪比绞肉机一般的旋涡。

他们这一打起来，最没用的反倒成了乔晚。

乔晚深吸了一口气，定了定心神，咬牙反手丢出了几个灵力弹！

就是她搓灵力弹的时间比之前慢上了不少，手也哆嗦个不停。

战场上刀剑无眼，一秒的停顿，那就是"咔嚓"一个人头落地！

很快，察觉时间就是生命之后，乔晚心念电转间，灵力一路往下蹿，附在脚底，竟然又给她琢磨出了"迅雷"！

乔晚手上短剑不断往面前的魔修的肚子上捅，一剑一个，一边捅，一边从储物袋里甩出那尊石像，三两下钻了进去！

这石像，是为了对付这些魔兽的。

体形大的东西，就该用来对付体形大的敌人，这个时候，让仇二狗改造石像的好处就显现出来了。

改造之后的石像速度快，稳定性高，不怕被这些魔兽冲撞。

李弘远用力拔出手上的刀，一扭头，隐隐看见夜色下这庞大的轮廓，一颗心被狠狠地震了一下："这是个什么玩意儿？"

被震到的不只李弘远等人，还有城楼上那些守城的士兵。

夜色下的石像从天而降，身形巍峨如远处高大的雪山。

"这……"守城士兵的世界观被刷新了一下，众士兵忍不住去看自家长官——崇德古苑的元婴长老彭志杉。

"这是什么东西？"

这石像一出来，甭管实力如何，至少声势上也先镇住了其他魔兵。

趁着其他魔兵愣怔的间隙，仇二狗手上操控着的三五具傀儡立刻飞扑了上去。

战场上形势瞬息万变，讲究的其实就是士气。

这下隐隐倒有了些乔晚这一方占优势的意思。

"要动手吗？"守城的士兵请示，往下看去，那厢魔兵见势不妙，已经祭出了魔焰。

眼看熊熊魔焰就要烧起，彭志杉抬眼看了一眼不远处的天色。

双方激战了一晚上，天际隐隐泛了白。

崇德古苑的彭志杉面色微沉，抬手："摆阵。"

城墙上传来高喝声："摆阵！"
声音一路传到了城外。
这是特地喊给李弘远等人听的！
李弘远皱眉，当下收了刀，立刻喊着还在拼杀的同袍们各寻掩护："快跑！下雷阵了！"
雷阵？！
乔晚愣了愣。
守城的士兵立刻在掩护之下各寻阵点。
只见天际突然间乌云滚滚，道道落雷撕开天幕，惊天动地，如雨般轰隆地砸了下来。
那些避之不及的魔修，被一道天雷劈中，立刻就被劈成了一段焦黑的骨头。
就在这时，仇二狗领着邓三儿等人急急忙忙地跑了过来，往这石像下面一躲，惊魂未定地喘着粗气，暗骂了一声。
乔晚面色凝重地看着这"天雷勾地火"的场景："这是什么？"
仇二狗哆嗦着手指从袖子里摸出个烟枪，狠狠地吸了一大口，这才缓过了点儿神，屈起手指，用力地将烟枪往地上磕了磕："闪开点儿，别沾上那玩意儿，那是魔焰，邪得很，不怕水，一沾上不烧死你决不罢休，有时候还会突然炸开。"
乔晚愣了愣，若有所思。
"这个是雷阵。你没见识过真正的战场不知道，"仇二狗说道，"修士的战场和凡人战场不一样。体修通常在前，负责掩映剑修，剑修主战，兽修类似于骑兵，阵修在后。
"其实人人都以为剑修最重要，其实大家都是替阵修卖命的，护住阵修，给他们布阵的时间，才是最重要的。
"当然，你剑修要是像之前那乔晚一样能一剑劈山，就当我说的话是空气。"
与此同时，苍梧洲——
苍梧洲临海，作为南线战场的必争之地，魔域与修真界在这块地上僵持不下，打得十分销魂。
修真历通微四年二月，梅康平派魔将带领大批魔兵伴同魔兽从海上登陆，一时间海上波涛四起，日月无光。
通微五年三月，昆山问世堂堂主马怀真动身南下，亲自去找了甘南的大本家敖氏一趟，意欲和甘南的爹敖陶结盟。
敖陶也不是傻的，正犹豫要不要蹚这浑水呢，马怀真却眉头一皱，不紧不慢、客客气气地陈述了其中的利害关系。
大致情况是如今修真界和敖氏是被捆在一条绳子上的蚂蚱，在梅康平对付完修真界后，势必会收拢势力，击破敖氏。

敖氏想关起大门默默龟缩在海上过自己的日子，那是不可能的。

最后敖陶犹豫再三，还是同意了和修真联盟结盟的提议。

有了敖氏帮助，南线战场稍得喘息之机，不久之后，修真联盟派谢行止南下，赶往苍梧洲，辅佐青阳书院长老陈玄灵一同抗击魔域。

从这南线战场统帅是青阳书院长老这点，就足以窥探出修真联盟这帮老家伙的精明之处。

敖陶能同意结盟，说实话最受宠的小儿子敖甘南没少吹风。

可惜，敖氏这边也是乱成了一锅海鲜粥。

两家结盟没多久，谢行止正眉头紧锁，和陈玄灵、甘南在营帐里排兵布阵。

面前的青年依旧一身玄色修士服，高高的道冠上饰有太极双鱼纹，清雅又矜贵，但经过战争洗礼之后，又多了一股接地气的糙汉子的男人味。

那股浩然正气混杂着一股硝烟与血味，谢行止眉关紧锁，俊美得令人心悸。

至于甘南，少年脸蛋依然晶莹如玉，漂亮得像个小姑娘，却退去了点儿怯弱之意，琉璃似的眼里多了几分成熟和坚韧。

陈玄灵："说到底还是在海上作战，将魔兵拒之岸外，歼灭于海上最理想，而守住海岸，不让其登岸，不过为中策。"

至于下策，那是不用他说大家也知道了。

谢行止："但我们没有足够的船，也没有足够的通水性的灵兽。"

陈玄灵叹了一口气："魔兵一登岸，内陆就遭殃了。"

说白了，两个人争执的还是个老生常谈的问题：对付魔兵，究竟是水军为主，还是陆军为主。

陈玄灵是正宗的儒派出身，多带了点儿哀民生之多艰的意思。

而谢行止受这无情道的影响，则更强硬点儿，这连年征战，更让他多了点儿铁血的味道。

谢行止不卑不亢，低声说道："晚辈知道前辈的顾虑，魔兵一旦登陆，遭殃的是内陆百姓，但海上作战并非我等擅长之事，纵有剑修能御剑驾临海上，但浪掀三千丈，剑修也无可奈何。

"再退一步，拒绝魔兵登陆，海域广阔，千里海疆，我们没那么多兵力配备在沿岸一带。

"为今之计，只有待敌登陆后，诱敌深入，集中兵力将其点杀。"

说了半天，一直没开口的甘南上下唇一碰，面露踌躇神色："但……但这样终究不是办法。"

少年还不大适应提出自己的见解，红着脸结结巴巴道："他们胜则深入，败则退回海岛，游刃有余。这办法只能治标，总归无法解决问题，长此以往，我们这边的修士肯定疲倦不堪……更何况北境那儿战况危急。"顿了顿，他又面红耳赤地

继续说道，"南线战场拿不下来，对他们也没多大坏处，他们总归是能拖住一部分兵力防止我们支援北境的。"

众所周知，那边才是主战场。

谢行止垂下眼，面皮扯动了一下："眼下这个情况，只有这办法。"

营帐里，气氛长久沉默。

良久，陈玄灵掩面，悲怆的嗓音这才响起："魔兵可不比凡人军队，这一登岸，赤地千里，多少百姓要死在这魔兵的铁蹄之下……"

他却是没有再驳斥谢行止的意思。

难道修真界真的要完了吗？陈玄灵好歹也是个长老，活了几百岁了，也是谁家的爷爷、谁家的祖宗了，这个时候，这位老人家却努力不让自己的眼泪掉下来。

甘南犹豫地握紧了师长的手，想要努力安慰师长。

陈玄灵别过了脸。

这都是报应，这几百年的安稳生活，让修真界故态复萌，又将矛头对准了彼此，在铁桶一块的魔域面前，一盘散沙的修真界纵使急急忙忙地结成了一个修真联盟，其间也有不少龃龉，互相牵制，难以配合。

某种程度上来说，他坐镇的苍梧洲还算是好的了。

谢行止更是个沉稳有力的人，对他这个前辈颇为敬重。

在这一片沉寂气氛之中，不知是谁喃喃自语了一句："要是……妖皇伽婴愿意参战就好了。"

甘南不由得眼神一黯，默默攥紧了拳。

妖皇伽婴……

这代表了修真界武力值天花板的人物，虽然是个战斗狂魔，但在"战斗狂魔"之前，他是万妖共主，故而在修真界与魔域爆发战争之后，这位万妖共主并未参战，一直处于旁观的状态，沉稳地斟酌着要与哪一方为盟。

人妖本就有世仇，没人好指责他的选择有哪里不对，他的选择，也确实是对帝王来说最好的。

个性凶残归凶残，但他的的确确是个英明大义的仁主。

不过，站队总归是要站的，想到这儿，陈玄灵叹了一口气："但愿最后他不会站到魔域那一方。"

说着他却又忍不住想到了之前失踪的乔晚。

如果乔晚还在，不知道这位会不会念在友情的份儿上帮修真界一把。显然甘南也想到了这点，目光更黯淡了点儿，但现在乔晚活不见人，死不见尸，想这些不过都是空谈了。

就在这时，一个年轻点儿的修士急急忙忙地闯入了营帐中，"扑通"一声跪了下来:"长老、谢道友!大事不好了!"

谢行止目光一沉:"慢慢说。"

那修士咬紧了牙,狠狠地挤出了几个字,却恍若惊雷炸起,立刻炸得谢行止与陈玄灵变了面色。

甘南愣了愣,霍然站起身,跌跌撞撞地往前走了几步:"你……你说什么?"

"敖弋,杀了朱恩仇和自己的老子敖陶!"

海上,天色暗淡无光。

刚刚结束了一场战斗,海上遥遥只见波涛千里,一片黑色的魔焰竟然依托海浪,在海面上熊熊燃烧起来。

这是魔域特有的魔焰,燃烧速度快,人沾之扑灭不及,转瞬就能被火舌吞没,遇水甚至也能烧,几乎让修真界的人吃尽了苦头。

但很快,就有一支不惧水火的妖修登临浪头而来。

这就是敖氏的子弟,马怀真大老远不辞辛劳地特地从北境跑来南边,也是看中了敖氏的龙鳞不惧这魔火的能力。

当然也就只有敖氏自家的龙能这样,虾兵蟹将是没这能耐的。

这魔火烧起来极快,又极其凶残,每每思及,马怀真都面色铁青却又无可奈何。

在这浪头上,站了个一身白衣的男人,仔细看,这青年和甘南生得有五六分相似,都是白发白睫,琉璃似的眼,发尖泛着点儿海藻绿的光。只不过和呆萌的甘白龙相比,他大哥敖弋就显得更为霸气了点儿,眼睛更长也更细。

岸上的各派修士中,云烟仙府的一个女弟子开口道:"敖道友带兵这是来做什么?"

男人眯起细眼,在众人惊疑不定的目光中走下了浪头,收了手上的长戟,往营帐的方向走去。

"就说,"敖弋顿了顿,对着岸上的修士微微一笑,"敖某是来为朱长老的事赔罪的。"

北境。

在这赫赫天雷之下,战斗很快就结束了。

雷云散去,天际显露出一线金光。

只听又是"轰隆"一声,城门洞开,从城内奔出一小队驾着灵兽的兽修。

来人高举一支火把,高声呼喝道:"进城!快进城!"

仇二狗面色一喜,忙不迭地立刻从这石像下连滚带爬地扑了出来,还没忘转头提醒身后的乔晚:"愣着干什么?!还不快进城?!"

乔晚沉默了一会儿，终于问出了那个从刚刚开始一直想问的问题。
　　黑色的魔火燃烧速度快，温度高，易发生爆炸，在水上也能烧，沾上人身不好扑灭……
　　"魔域的魔焰和石油究竟有什么关系？"

第十七章　为友六百里追敌

苍梧洲，宝宜城。

饿了这么多天，这一帮难民走得跌跌撞撞。

"快！快！"李三才沙哑着嗓音朝后招呼道。

他已经许久未曾喝到水了，但眼下一想到破殿里那少女，便不由得口齿生津，胃里也开始"咕噜噜"直响。

拍了拍腰上渗血的袋子，李三才努力憋住了。

一行人一进土地庙，几乎一眼就看到了那躲在香案底下的姑娘。

少女一丝不挂，长长的黑发垂落在地上，遮住了大半姣好的身形，只露出了挺翘的鼻头和丰润的朱唇。

白嫩的肌肤被日光一晒，非但没被晒黑，反而泛着点儿红，就像……就像一只被呈上了香案的祭品羊羔。

李三才几个人不由得顿住了脚步。

这魔域和修真界打起来之后，宝宜城里修士虽然多，可他们从没见过这么漂亮的人。

几个人眼前一花，狠狠地咽了一口唾沫，努力把思维给拉扯了回来。

女人长得再好看有什么用？现在人都快饿死了，就算是天仙下凡，在他们看来，也不过就是那一块肉！

四目相对的瞬间，李三才清楚地看到了那少女睁大的眼、愣怔的神色，和那眼里露出的惊惶之色。

他当下一咬牙，招呼其他几个兄弟一块儿上。

就算是傻子也能看出这几个骨瘦如柴的男人眼里的贪婪之色，穆笑笑慌得六神无主，拼了命地往香案底下缩："别！别过来！"

李三才眼睛眨也没眨，一把扣住了她的脚踝，直接就钻进香案底下想把这少女给揪住来。

穆笑笑双手在半空中胡乱扑腾。

男人的手正好一把攥住了她那断腿，一阵钻心的疼意袭来，穆笑笑疼得汗水和瀑布一样。

"别……"

哀号和挣扎在这儿并没有用，几个男人手脚并用，硬是把她拖了出来。

活了这么多年，她哪里这么狼狈过？眼泪流满了脸，穆笑笑绝望地跪倒在地上，浑身吓得直哆嗦。

"求求你们了……求求你们了……"

这哭声哭得李三才几个人都有点儿不忍心了。

他们也是普通人，也是有女儿和妻子的，要不是这饥荒，谁愿意吃人？

在饥荒没发生前，李三才也不过是个普通的庄稼汉，自问自己做不到把老婆孩子卖这种事，只能到处走走，去找点儿吃的东西回家喂妻子。

李三才眼里掠过了一丝不忍之色，紧跟着又转成了阴狠。

"别怪我们，要怪就怪这个世道吧。"

言罢，他一掌劈在了少女白皙的脖颈上，将她劈晕了过去。

穆笑笑是被疼醒的。

她这是……死了吗？

她茫然地睁大了眼，察觉到身下有黏黏糊糊的温柔水流。

穆笑笑微微低了低头，目光朝着这疼痛的方向望去。

一把尖刀刺入了她的大腿，李三才正沿着她的大腿根往下割肉。

他没想到穆笑笑会醒得这么快，立刻怔住。

目光落在自己的大腿上，穆笑笑嗓子一哽，呼吸骤然变得急促。

那根本不能算是一截大腿，血淋淋的，骨肉支离，肉被剔走了大半，露出了白森森的骨头。

再不反抗，她会死。

一行大字"哐当"一声砸在了穆笑笑的脑门上，砸得她头昏眼花。

她不想死，她想活，不仅要活下去，还要活得好，锦衣玉食地活着，像当初那个穆仙子一样活着，而不是像现在这样，被这几个凡人活生生地割下肉，煮成一锅，最后乱骨被无声无息地丢在荒野里。就算死，她也要死得漂亮而体面，而不是让别人拉出来。

穆笑笑仰躺在地上，木木地流着眼泪。

就在李三才想要再劈晕她的那一瞬间，穆笑笑右手突然一动，一把攥住了男人的手腕！

她一个翻身，左手同时抓住了他手里那把刀的刀刃，趁着他愣怔的那一秒，将那尖刀给夺了出来！

男人猛然回神，暗骂了一声，立刻扑过去抢刀！

"敬酒不吃吃罚酒！小娘——"

剩下的话突然卡在了喉咙里再也说不出来，原因是他的喉口被插上了那把尖刀。

那把尖刀深深地刺入了他的喉口，李三才睁大了眼，喉咙里发出了"嗬嗬"的声音。

在失去意识前的最后那一秒，他想的是他……作孽太多，终于报应来了。可怜他那婆娘带着孩子肯定活不了多久。

宁做太平狗，不做乱世人……

尖刀刺破了男人的颈动脉，如瀑的鲜血喷洒出来的那一刻，李三才死不瞑目地栽倒在了地上。

剩下的那几个男人被这变故齐齐吓住了。

穆笑笑胸口剧烈地起伏着，长发遮挡在胸前，一路垂到了大腿上，披着一身鲜血，眼里泛着点儿冷酷的光。

在那一瞬间，她突然悟了。

她……她本来就不是多善良娇软的姑娘啊。

察言观色，趋炎附势，像菟丝花一样巴结着男人一路往上，再装可怜、撒娇卖痴的，这不就是她的专长吗？

她知道如何勾引男人的怜悯心，也只想巴结那些长得俊美又有实力的人。

当初周衍来到她家，本来是想一并带上她那个弟弟的。

穆笑笑握紧尖刀恍惚地想。

她从小就被她那弟弟欺负，更害怕上了山，弟弟学了法术之后肯定欺负她比之前会更狠。

她从第一眼起，就喜欢上了那个清冷出尘的仙长，既然爹娘都不喜欢她，她决不能让这位仙长也被她弟弟抢走。

于是，在那个寒冷的冬夜里，她亲手把弟弟推进了冰河里。

天多冷哪，弟弟就在河里拼命挣扎，从一开始学着爹爹那样破口大骂。

"爹和娘会杀了你的！"

到后来，弟弟的痛骂就变成了号啕大哭的祈求。

"姐姐！姐姐！"

他哭得一把鼻涕一把泪，终于喊了她一声"姐姐"。

而那衣衫褴褛的小女孩就站在岸上看着弟弟渐渐被水吞没，被冻得面色惨白，没了气息。

她这才蹲下来，往自己身上泼了不少水。

每泼一点儿，她心里就冷上几分。

最后她湿淋淋地惶急地跑回家，一头扑倒在了那仙长怀里，哭着说，弟弟打她的时候不小心滑进河里去了。

周衍当然不会怀疑她，在她爹娘想要杀了她的时候，护着她，将她带回了昆山。

他轻轻擦了擦她脸上的脏污，眼里露出了一点儿怜惜之意。

这是她这辈子做过的最正确的事。

后来，忌妒乔晚，陷害乔晚，想要夺走乔晚身边的一切，她做得多得心应手。

想到这儿，穆笑笑忍不住露出了甜蜜的笑容，笑起来时颊侧的酒窝也轻轻浮现了出来。

她这才恍然想起，她是修士，就算丹田被击碎了，没了灵气，多年洗髓伐脉下来，身体也比普通人坚韧，战技也比这些普通人纯熟。

都……都这样了她还能笑出来？！

这几个男人只割过死人肉，今天杀人也不过是第一遭，眼下宛如看到了鬼一样，惊恐地瞪大了眼。

他们怒骂着，余光却又频频往死去的李三才身上瞥，跌跌撞撞地往后退出了土地庙。

等这几个男人退出去之后，穆笑笑又回到了李三才身边，轻轻跪坐了下来，从傍晚，坐到黑夜，再到白天。

也曾有人来到土地庙，但一看到浑身是血、长发披散、赤身裸体的穆笑笑，和身边早已断了气的李三才，又警惕地被吓了出去。

直到一个细细的、怯怯的嗓音突然响起。

一个瘦骨嶙峋、面黄肌瘦的小姑娘从庙外探进了一个头。

她明显怕极了，身体抖如筛糠，却还是鼓起勇气抬起眼，颤巍巍地问："姐……姐……我能割点儿肉吗？"

她落在李三才身上的目光，满含饥饿和贪婪之意。

"石油？"听完乔晚的话，邓三儿疑惑地问，"那是什么？"

乔晚摇了摇头，低声说道："没什么。"

据她那有限的知识来看，早在古代，古埃及、中国、古巴比伦和古印度，人们就已经学会了利用石油。

而这个世界的人竟然还不知道石油为何物。

乔晚惊讶的同时，又收敛了神情，默默地想。

不过这魔焰只是和石油的特点有几分相似，刚刚也确实是她脑洞大开了。

前来迎接他们的就是负责守卫这仙阳城的彭志杉了。

他们被这一队兽修带入城之后，城门又迅速合拢，彭志杉却对他们这些散兵不甚感兴趣，只不过见了一面，抚慰了几句，听说他们要去麻绥之后，沉声下令其他人给他们准备了睡的地方，往储物袋里装了点儿粮食和水。

这个世道上，他所能做的也只有这么多。

而李弘远脸色变了好几变，却都没将仇二狗这几个逃兵的身份指认出来，仇二狗自觉有愧，特意避开了他。

"不过麻绥那儿最近乱得很，"彭志杉问，"你们当真要去那儿？"

他说话的时候，守城的各派修士，目光一个个忍不住地往乔晚身上瞟。

仇二狗一声不吭，默默向前一步，侧身把乔晚挡在了他身后。

乔晚很清楚一个孤身女性在这战场上的危险程度，也明智地没多话。

没想到半道上他们还是被几个修士给拦住了。

乔晚与仇二狗都心中一惊。

面前这三个青年修士，却都笑了，笑容很和善："陆道友，让我们为你们带路吧。"

这三个青年修士，脸上被冻得红扑扑的，笑起来露出了点儿牙齿，看起来倒分外朴实，并不像有别的想法的意思，一路带他们去往下榻的地方，一路还没忘提点他们去麻绥时要注意的事项。

等到了驿馆这三个修士就没再进去了，朝他们行了个礼，又转身匆匆忙忙地离去。

刚刚一直担心人家对自己图谋不轨的乔晚，羞耻地默默烧红了天。

仇二狗笑道："羞愧了？你还真别羞愧，这几个人估计是太久没看到女人了，就想找机会多和你接触接触。"

乔晚皱眉："女人对你们吸引力就这么大？"

仇二狗闻言，十分无语地看了她一眼："你知道我每天对着你，憋得有多辛苦吗？！啊！"

"你别看邓三儿文绉绉的！"仇二狗伸手一指，"我和你说，他肯定天天梦到你！"

明显文人打扮的正经人邓三儿，颌下那两撇胡子翘了翘，也默默红了脸，眼神犹疑了一秒。

乔晚面无表情："敢乱想我就送你们去见佛祖。"

邓三儿连忙说道:"哪儿敢,哪儿敢。"

他们刚准备进门,却看到几个修士抬着一张大弓往城楼的方向走。

乔晚脚步一顿,略感惊诧:"这是什么?"

听到乔晚的嗓音,那抬弓的修士忍不住笑起来:"这是赤日弓,重逾千斤呢。"然后他又多看了乔晚一眼。

千斤!

乔晚被狠狠地震了一下!这不就是半吨吗?!

兴许是在这儿憋太久了,鲜少见到姑娘,这几个修士十分自来熟。

"这些弓都是给体修用的。"有个修士笑道,"我们抬的这个乃是这里最重,也最厉害的一把,在数十里之外取人性命也不在话下。"

"说起来,道友你一个姑娘去麻绥做什么?"男弟子士讶异道,"战场上刀剑无眼的。"

几个人你一言我一语地说着。

"要我说,姑娘家多娇弱啊,上战场不合适,就该好好保护起来。"

另一个同伴警惕:"趁机撩妹!你要不要脸、肉不肉麻、恶不恶心哪?!"

那开口说话的修士红了脸,胳膊撞了对方一下:"瞎说什么呢?"

似乎是为了体现自己的男子汉气概,就连仇二狗也和面前这几个修士兴致盎然地聊了起来,话题主要还是围绕着姑娘不适合战场进行的。

最后仇二狗又说道:"让我试试看?"

抬弓的修士笑道:"道友,你拉不开的。"

仇二狗闷哼一声,撸起袖子:"哼,谁说我拉不开的?"

结果他刚一伸手,脸登时就涨红了。

邓三儿十分不客气地嘲笑出声。

仇二狗憋得脸色通红,一边抽手,一边直蹦:"笑什么?!"

这是人用的玩意儿吗?!这些人抬着都费劲儿,还拉?!

乔晚淡定地看着眼前这一幕,心知众人这番女人不该上战场的言论并无恶意,但心里也微妙地涌出了点儿想表现的心思。

自仇二狗之后,邓三儿几个人也都试了一下,无一例外全部败退。

乔晚开口道:"让我来试试。"

抬弓的修士愣了,仇二狗和邓三儿也都傻了。

仇二狗:"你开什么玩笑啊陆婉?这弓真的不是开玩笑的,要是砸到了你的脚……你……陆……陆……陆婉?!"

剩下半截话在他目睹乔晚一把抓起这张弓时,顿时被噎回了嗓子眼里。

仇二狗瞪圆了眼,惊恐地看着这一幕!

这身着粉衣服的、纤弱明丽的姑娘,就这样顶着张面瘫脸,十分轻松地拎起了这张一干大老爷们儿都没拎起来的弓。

仇二狗扶住邓三儿，有点儿眼花脚软："我没看错吧？"

邓三儿："你没看错……"

抬弓的众修士：突然觉得脸好疼是怎么回事？！

乔晚扯了扯嘴角，森森一笑："我没告诉过你们，我好像是体修吗？"

自从乔晚在这些修士面前露了一手之后，守卫仙阳城的众修士就对她肃然起敬，再也没有了轻视的意思。

而乔晚态度也十分谦逊，跟着这些修士学了不少战技，这都是战场上拼杀出来的最实用的战技。

两天的时间转瞬即逝，紧跟着，乔晚等人又要出发了。

彭志杉特地派了一队兽修护送他们出城。

离开前，乔晚扭头看了一眼仙阳城这高大的城池，彭志杉站在城楼上，默不作声地朝他们微微颔首，似乎要与远处巍峨的雪山融为一体。

出乎意料的是，李弘远竟然也跟着他们打算一道儿去麻绥。

仇二狗当然没什么意见，也不敢有什么意见。

就这样一行人一路走到傍晚的时候，却又在半道上被人给截住了。

乔晚曾经见过对方，来人是前两天那一帮魔修，不过多出了一个人。

那个人端坐在雪地里，好像已经等他们很久了。

这是个中年男人，一张脸瘦长苍白，手上却提着一把剑。

男人抬起眼，并没有动作，却有一道剑气如流水般朝着乔晚等人扫了过去。

邓三儿面色顿变，下意识地往乔晚身前扑去："陆道友！小心！"

下一秒，他就被这道剑气给刺穿了腰腹。

这变故来得太快，当温热的鲜血洒在雪地上的那一刹那，乔晚甚至还没反应过来！

等她反应过来时，邓三儿，这个温文尔雅的儒修的生命就已经定格在了这一秒，几乎被这一道满是恶意的猩红剑气给残忍地腰斩！

她的耳畔似乎传来了李弘远的怒吼声："有敌袭！准备迎敌！"

李飘絮一直觉得，自己的手下都是废物，上头的人也是废物，连一队战败的修士都收拾不了，还让他来给他们收拾烂摊子。

他缓缓地站起来，猩红的剑气再次突入了仇二狗等人之中，剑气如镖，几个回旋间，已经撂倒了一大半人！

在这慌乱局面之中，好像有人推了乔晚一把。

一眨眼，仇二狗怒道："快！快回去！去找彭道友求援！"

乔晚咬牙，意识猛然回笼，立刻掉头朝着日暮之中仙阳城的方向发足狂奔！

等乔晚一身是血地冲回仙阳城的时候，彭志杉似乎被她吓了一跳。

乔晚呼吸不定，嗓音冷厉："有魔兵！多出了一人！中年男人，用剑，剑气猩红！"

彭志杉守着仙阳城已久，一句"剑气猩红"，脑子里立刻浮现一个对应的名字。

李飘絮，修真联盟的叛徒！沾云峰的首席剑修！难怪他们几个人对付不了。

心知情况不对，彭志杉沉下脸，也不再犹豫，立刻吩咐一队修士出列跟上乔晚，又出借了几头雪貅。

临走前，乔晚好像想到了什么，又回头问："彭道友，请问那张赤日弓呢？"

彭志杉愣了愣。

乔晚风尘仆仆，眼神凛然，屈着膝盖半跪了下来："请道友将那赤日弓借我一用！"

乔晚骑在雪貅上，"策马"狂奔起来，感受到凛冽的寒风如同刀子一般生割在脸上，扑面而来的雪珠子打在人脸上刺疼。

她满脑子想的却是之前她和邓三儿的谈话。

她问邓三儿："你们不怕死，之前打起来也不怕死，为何要跑？"

邓三儿苦笑："我的确不怕死，但我们怕的是死得没有意义。我和仇二狗一直在想，这仗打得到底有没有意义？我多少同袍啊，就这样死了，被大雪掩埋了。"

"修真界和魔域，就非得打个你死我活吗？就为了这所谓的虚无缥缈的立场？"

"打到最后，我觉得这所谓的家国和我无关，我只想活着去见我爹娘。"

这是战争的恶意和残酷一面第一次朝这个异世界女大学生的脸上扑了过来。

乔晚抿紧了唇，不去想邓三儿倒在雪地里，那腰上流出来的汩汩鲜血，耳际的发丝被狂风吹得向后飞舞。

"援军！"不知狂奔了多久，当听到不远处那兵戈相接之声时，乔晚当即翻身下了灵兽！

"援军到了！"

她只有一个想法，就是杀了这剑修，让他替邓三儿偿命。

她又想到了之前仙阳城的修士教她战技时和她说的话。

"这战场上，不能想太多，只管杀，活下去就是了。我只知道，人只有'想'，才能活出个人样儿，可想多了，那是会疯的。"

于是，乔晚就什么也不想了，只是杀，张弓搭箭，一箭正中最近的魔兵的脑门！

这重逾千斤的磅礴恐怖气劲儿直将这魔兵钉死在了雪地上，鲜红的血伴着脑浆，立刻浇了乔晚一脸！

但乔晚面色不改，继续挽弓瞄准下一个魔兵！

322

淡淡的蓝色雷光从这赤日弓上蹿起，灵力幻化的箭矢，如落雷般密密麻麻地砸了下来。

一时间，所有人都愣住了。

就连李飘絮也愣住了。

每一击都饱含惊天之威，仿佛天道怒吼，无须布阵，少女孤身一人就成了个雷阵！

电光曜日，箭无虚发！

在这耀目的电光之前，他这引以为傲的猩红的剑气，竟然无力软弱到轻而易举就被这雷光给击碎了！

李飘絮又惊又怒，但心知这回肯定是惹到狠角色了，袖中立刻飞出了一柄飞剑。他抓住这飞剑，慌不择路地落荒而逃！

乔晚立刻打"马"跟上！

正努力把自己的几具傀儡收回来的仇二狗被这雷光震惊之后，见状目眦欲裂。

"陆婉！回来！别追！"

奈何乔晚就好像什么也听不见一样，骑着雪狐狂奔，转眼就化作了一条粉白色的细线消失在茫茫雪原之上。

仇二狗无可奈何地怒吼一声，却突然又被李弘远的嗓音给吸引了注意力。

"活着！还活着！"

寒风从耳畔呼啸而过。

李飘絮御着剑光往前冲。

乔晚怒吼，射出一箭又一箭。

这雪域的北风冻得她手指僵硬，箭矢一偏，正中李飘絮的左眼。男人嘶吼了一声，血流如注。

李飘絮心惊肉跳，但知道这时候停下来无疑是死路一条，吐血也得往前冲。

雪又开始落下，乔晚清楚地察觉到自己的身体已经被冻得快没知觉了，箭也失去了准头。

她空出一只手，从储物袋里翻出一个酒囊，灌了一大口酒，又重新挽弓搭箭。

就这样，一个逃，一个追，冷了乔晚就解下酒囊喝一口酒，一直挨到了天亮。

一轮赤日从巍峨绵延的雪山后面缓缓升起，红光遍洒大地。

慌不择路之下，不知不觉中，李飘絮竟然一路跑到了麻绥城前。

城楼的轮廓在红光中若隐若现。

彼时，作为麻绥城的守城主将，齐非道刚刚登临城楼，紧跟着就看到了自己这一辈子都难以忘怀的一幕。

六百里追敌，乔晚骑在雪狐上，沉下眼，无比沉静地射出了最后一箭。

这一箭，远隔数里，破风穿雪，一剑正中李飘絮的胸膛，箭矢所带的巨力竟

然将其一箭钉死在了麻绥城城门上！

远远瞥见这一片苍茫雪色中的粉色身影，宛如雪地里落下的桃花，齐非道险些以为自己是看错了。

少女却立刻收弓，翻身下了雪狐，一步一个脚印地踩在这厚厚的冰雪中，上前一把揪起了李飘絮的尸身。

这沛然巨力足足将城门钉出了一个寸深的口子！男人身下蜿蜒出一条妖娆的血痕，守城的一众修士鸦雀无声，虽然不知道这少女究竟从何而来，却没一个人敢开口说话的，一个个都惊骇地看着眼前这一幕。

一直到主将崇德古苑的齐非道猛然惊醒："乔晚？"

齐非道愣了愣，随即仿佛看到了什么难以置信的东西，三步并作两步飞快地冲下了城楼，中途因为激动，还差点儿跌了一跤。

乔晚"捡起"李飘絮，手上被血浸得黏糊糊的，却并未感到任何不适。

就好像……她已经习惯了这样生死搏命的情况，隐隐间，脑子里好像有个姑娘也在这雪地里一路奔袭，搏命杀了只怪，最后好像拿怪的皮毛做了一条抹额……

现在这个情况，乔晚根本无暇多想，结果她一抬眼，面前却多了个看上去十分沧桑的青年，青年正震惊地看着他。

他说："乔晚？"

之所以沧桑是因为这青年胡子拉碴的，很瘦，身上包裹着厚厚的雪裘，脸色有点儿泛青，眼皮下一片青黑痕迹，看着就气虚。

当年那个桃花眼、布衣草鞋放荡不羁的数部大师兄，这几年战打下来，硬是把自己蹉跎成了陆辟寒同款。不论春夏秋冬一律蹬着草鞋的齐非道已经没了，现在也是个裹上厚厚的雪裘还觉得冷的病号。

呃……

乔晚拎着李飘絮的手顿住了，脸上露出了一丝尴尬和踌躇之色："这位道友，请问你是？"

麻绥城一处酒馆内，众人一进屋，就烧上了炭。

齐非道解下了身上的雪裘，还是忍不住哆嗦了一下，对上乔晚惊讶的视线，苦笑了一下："老毛病了。"

然后他倒了杯酒递到了乔晚面前。

看着面前这身着粉色衣服的英气少女，齐非道内心百感交集，只能说乔晚不愧是乔晚吗？！

失忆了她还这么凶残和剽悍？！

刚刚短暂接触下来，乔晚已经足够明白这位是原主曾经的朋友。

乔晚摩挲了一下滚烫的酒杯，略感尴尬和不自在。

毕竟眼前这人不是她的朋友，她也不知道聊什么比较好，只能默默地将一口酒闷下去。

"身体，怎么了？"

探听别人的情况是个不大好的习惯，但作为"朋友"，她总要关心一下吧？

乔晚放下酒杯，犹豫地问。

齐非道翘起嘴角笑了一下："打战打的。放心，没多大毛病，之前在岑夫人那儿看过了。小芳、孟师兄和师姐也没什么大事。"

小芳、孟师兄和师姐，这一听起来还是原主的朋友，乔晚顿觉压力更大了！

"你失忆这事，马堂主知道了吗？"

对上乔晚茫然的视线，齐非道懒洋洋地笑了一下："忘了，你已经记不得了。我慢慢和你说。"

酒馆外飘着小雪，乔晚喝着酒，在青年耐心的讲解之下，终于慢慢地还原了原主曾经的人际关系和生活情况。

"怎么会到这儿来？"

如果说是之前的乔晚，一定能看出齐非道的改变。

没了从前的风流和肆意姿态，面前的青年沧桑了不少，眼下也多了点儿细纹，笑起来时也好像多了一丝苦意，少了点儿揶揄之色。

这放荡不羁、一心沉迷学习无法自拔的数部大师兄，终归还是活成了沧桑的大老爷们儿。

作为"礼尚往来"，乔晚简单地也把自己的情况交代了一下。

齐非道毕竟是人精，一眼就看出了她不自在，没有继续多问，也没再拉着她继续喝酒，放她一个人在城里到处逛逛。

他自己作为主将本来就不该喝酒，只是因为身体遭不住经年累月的折腾，才偶尔喝杯酒暖暖身子。

至于仇二狗一行人，在乔晚进城前与对方说明了情况之后，齐非道就已经安排了援军去接。

行走在麻绥城中，乔晚心情十分低落，又说不上来这究竟是为什么。

她一会儿想到邓三儿，一会儿又想到了梅康平，再过一会儿，又突然想到了她从前愉快的大学生活。

随便往台阶上一坐，乔晚心里陡然生出一股疑惑情绪来。

她究竟是这个乔晚，还是那个乔晚？

难道她真的失忆了？所谓的大学生活不过是庄周梦蝶。

"我是蝴蝶，蝴蝶是我"是个十分玄妙的议题，乔晚想了一会儿，想不出来干脆作罢。

她拢紧了衣服,又在城里逛了一圈儿之后,仇二狗和李弘远等人终于赶回来了。

知道最近兴许是要开战了,这街上的人本来就少,一眼看到大街上那瞎晃的显眼身影,仇二狗一口气差点儿没提上来,立刻冲了过去。

"陆婉,你疯了吗?!"话音未落,他又立刻接了一句,"邓三儿没死!"

乔晚登时愣住了。

仔细打量了一眼乔晚,确定她没事之后,仇二狗忍不住笑了出来:"高兴呆了?邓三儿没死!"

乔晚愣愣地眨了眨眼:"邓三儿没死?"

"没死!"

从医修那儿出来之后,一想到榻上躺着的,腰上一道血线,脸色苍白地昏迷着的邓三儿,乔晚还有点儿脚踩在棉花上,如坠梦中的不真切之感。

面瘫脸的少女抽了抽鼻子,突然"哇"的一下就哭了。喜悦化成了汹涌的泪水,乔晚垂着脑袋"啪嗒啪嗒"地掉着眼泪,哭得十分狼狈。

这样虽然很丢脸,但是邓三儿没死真的……真的太好了……

齐非道体贴地默默拍了拍她的肩膀。

一开始不觉得,等乔晚失忆之后,他才猛然惊觉,乔晚的肩膀竟然如此单薄。

这回换作仇二狗愣住了。

怎么……怎么好像有哪里不对劲儿?

大名鼎鼎的崇德古苑数部齐非道怎么好像和陆婉十分熟悉的样子?!

"你们……你们认识?"

齐非道惊讶:"怎么?乔晚没告诉你们?"

"乔晚?!"一听这名字,仇二狗直接跳了起来,难以置信地看了乔晚一眼,"乔晚?那个乔晚?那个昆山的乔晚?那个……那个魔域的帝姬?"

乔晚……

如今整个修真界还有谁没听说过乔晚这个名字的?就连仇二狗等人远在北境,对那昆山乔晚也是心生向往之意。

如今被齐非道亲手盖了个戳,原来这段时间和自己一块儿同行的,竟然就是那大名鼎鼎的乔晚?

"啊,对。"迎上仇二狗等人震惊的目光,乔晚擦了眼泪,努力恢复了淡定,"我就是'乔晚',陆婉是我的假名。"

她就是修真界那个鼎鼎大名的乔晚(伪)。

跟着齐非道走进屋里坐下之后,仇二狗眼神呆滞,显然还沉浸在陆婉竟然就是乔晚的震惊状态之中，半天都没缓过来。

如今其实并不是叙旧的时候。

齐非道顿了半秒，眼神中那平易近人的笑意收敛了不少，换了副严肃的表情。

"你们……来麻绥，究竟为的是什么？"

他说这话时目光是看向乔晚的。

齐非道现在的心情十分矛盾。

在乔晚失踪之后，他们找了她很久，昆山的马怀真、陆辟寒自不必说，他、小芳、孟师兄、白师姐也找了很久，但乔晚就好像人间蒸发了一样，消失得一干二净。

就在他都认为乔晚肯定被魔域的人带到某个不知名的地方给一刀结果了的时候，粉衣少女又出现了，这一出现，六百里追敌，一箭将人射杀，给齐非道带来了莫大的震撼。

乔晚依然是那个乔晚，面容镇静，有礼貌，不怕死，又有些小姑娘家的情态。

就和她突然失踪一样，她就这样突然在离魔域不远的北境战场上出现。

纵使肚子里的疑问再多，为了不给失忆的乔晚带来太多困扰，齐非道并没有一见面就逮住她问个清楚，而是给了她一个人独处，整理思绪的时间。

他不愿怀疑朋友。

但乔晚出现得太巧合，魔域帝姬这个身份终究是个问题。

与其说他是给了乔晚整理思绪的时间，倒不如说他是特地支开了乔晚，用玉简联系上了远在龙石道的马怀真，讲了"乔晚出现"的消息。

那位昆山煞神是什么感受，齐非道并不清楚。

但马怀真想的明显与他一样。

乔晚究竟去了哪儿，她身上发生了什么事？为什么她会出现在北境战场上？这是不是和魔域有关？

或许是因为战事吃紧，马怀真就回了一条消息。

"问清楚，一五一十地问清楚。"

之后他就再也没了信儿。

齐非道收敛了懒洋洋的笑容，目光变得凝重。所以，有些事，虽然冷酷以至不近人情，但他必须问个清楚。

乔晚并不傻，当然看出了她的这位"朋友"的警惕之心。

她在战场上待了也有一段时间了，不愿让齐非道难做。

乔晚动了动嘴唇，欲言又止，酝酿了好一会儿，这才开了口，一五一十地将事情全讲了出来。

"我……我并不是你们所想的那个乔晚，我来自另一个世界……"

就像之前曾对裴春争坦白一样，这次乔晚也没打算隐瞒。

虽然十分清楚隐瞒自己的来历无疑是个比较明智的选择，但在原主有好友、有师长或许还有爱人的情况下，她从小到大接受的教育并不允许她心安理得地鸠占鹊巢。

纵使知道她一开口，或许会将她引向未知的方向，但也好过活成一个假人。

说出去，她反倒轻松多了。

她没想到，齐非道在静静听完她的来历之后，那双桃花眼微微一凝，他突然提出了一个石破天惊的想法。

"很久之前，我与小芳就觉得乔道友与其他人都有些不同。"

"具体的，倒也说不上来，就比如多年前那次利生峰的论法，这样，我与乔道友再说一遍那题。"齐非道干脆扯了张白纸，铺纸研墨，在纸上画了个让乔晚震惊到霍然站起身的符号。

这道题大致讲的是，有一位大能，养了两只长生不老的乌龟，一个叫乌乌，一个叫龟龟，现在开始各自沿着一条直线爬行，乌乌第一炷香能向前爬 1 丈，第二炷香能向前爬 1/2 丈，第三炷香能向前爬行 $(1/2)^2$ 丈，以此类推（第 n 炷香，向前爬 $(1/2)^{n-1}$ 丈），问乌乌和龟龟，最终能向前爬多远？

这……这不是数学符号吗？！

乔晚的内心猛地卷起了惊涛骇浪，她震惊地睁大了眼，结结巴巴地问："难……难道，这个世界还有来自异世界的其他前辈？"

或者说，面前这位齐道友就是来自异世界？！

齐非道微微摇头，笑了一下，一口白牙发亮："据我所知，乔道友你是第一个用这符号的人。"

这个乔道友，当然指的就是原主乔晚。

乔晚犹疑了一下，隐隐好像听明白了齐非道的暗示，面瘫表情彻底崩裂了。

"我的意思是，乔道友你本来就是乔晚，那个来到这个世界，闯出了一片天地之后，又记忆混乱的乔晚。"

青年笑容爽朗地一语切中了问题的红心："由于记忆混乱，故而道友这才觉得自己是在下了课后突然来到这个世界的。"

所以她真是乔晚？

乔晚惊悚了一瞬，然后瞬间有种躺赢的感觉，又接受不了地在心里呐喊：这根本不是天上掉馅饼好吗！这简直就是天上掉棒槌！

"那……齐道友，你又是依据什么认为我就是……原来的那个乔晚呢？"

齐非道目光静静地落在了她的脸上，神色沉静，目光饱含着严肃的打量之意。

出于数部大师兄这敏锐的观察力，乔晚感觉自己在这目光之下，一丝一毫的细微不同之处，都逃不过他的眼。

"因为性格。"齐非道终于开口，"就算丧失了那段记忆，你与曾经的'乔晚'

性格几乎如出一辙。出招时细微的习惯，下意识的小动作，这些都不会骗人。"

乔晚皱眉："说不定是这具身体的肌肉记忆。"

"但性格不会继承，不会骗人。"

乔晚看向白纸黑字，再次茫然了。

其实她心里已经隐隐有了些想法，同名同姓、近乎一样的容貌、那些脑子里出现的若有若无的记忆片段、那杀人时蓬勃的战斗欲，这些都不会骗人。

想到这儿，乔晚抿紧了唇。

她或许真的就是那个乔晚。

齐非道又看了乔晚一眼，内心也有点儿复杂。

说实话，他是没想到，能问出这么个……这么个惊天大秘密。

他和那位马堂主所想的，顶多不过是乔晚叛变了，或是乔晚被利用了这种套路。

乔晚竟然是从别的世界跑来的！而且看样子那个世界好像比他们这个世界要发达不少？

齐非道迅速收敛了自己的震惊情绪。他脑子活络，转得快，就连马怀真指不定也看不出这其中的门道，但他几乎一眼就觉察出来，这个失忆后的乔晚，或许能给被魔域打得节节败退的修真界带来新的变化。

这一瞬间，齐非道觉得，自己这颗已经苍老的心再一次狠狠地跳动了一下。

至于仇二狗，已经彻底蒙了："等等，你们讲的都是啥跟啥啊？"

齐非道看了仇二狗一眼，又看向乔晚，郑重地问："乔道友，你能与我仔细说说你们那个世界的事吗？"

乔晚愣了一瞬，点了点头："好，你想听哪方面的？军事？政治？文化？经济？"

面前摆着三杯茶，乔晚与齐非道对坐，捎带一个仇二狗，齐非道和仇二狗沉默地听着乔晚将她那个世界的一切娓娓道来。

"我们那个世界，军事已经很发达了，兵种也很丰富，我们有空军、陆军、海军……"

"导弹……坦克……核潜艇…………航空母舰……"

乔晚回忆着自己比较匮乏的军事知识努力地说着。

饶是见多识广如齐非道，也忍不住愣了，一边暗暗用玉简传信，一边压抑住震惊情绪，继续问询。

至于玉简那头的马怀真，其震惊程度也不比齐非道小。

远在龙石道，男人穿着身黑色劲装，目光幽沉地看向不远处杀伐的战场。

远处天色一片赤红，在这赤红的天空之下，庞大的魔兽的铁蹄在雪域上肆虐。

男人捏紧了轮椅扶手。久经沙场的铁血大老爷们儿，努力压抑住像毛头小子一样的欣喜之情，立刻发了一条指示："继续问，问个清楚。"

马怀真紧握着玉简，抹了把脸上的血，眼神复杂。

和齐非道一样，他也能觉察出乔晚的与众不同之处，她与这世上任何一个人都不同。

这小姑娘竟然隐瞒自己的来历隐瞒了这么多年。

男人忍不住扯动嘴角，一旁的修士惊恐地看到这位昆山铁血煞神竟然笑了。

马怀真轻笑：乔晚啊乔晚，你还要带给我们多少惊喜？

乔晚从日出一直讲到了日落，讲到口干舌燥，好几壶茶下肚。

一个世界的文明，绝对不是在一天时间内就能讲完的。

她讲到最后，世界观都被颠覆的仇二狗精神恍惚，喃喃自语道："世上竟然……竟然还有这样一个世界。"

念着念着，男人突然捂着脸，坐在椅子上哭了。

大老爷们儿哭得像个孩子，一把鼻涕一把泪，号啕大哭："要是……要是我们这儿也能像那个世界一样多好啊。"

乔晚摸上了仇二狗的肩膀，轻声说道："这世界上本来就没乌托邦，只要有人在，人的劣根性在，战争一刻都不会停止。不是有句话说，每个人的生活就是一场战争吗？"

顿了顿，乔晚继续说道："其实就是比谁更烂而已。"

仇二狗睁大了眼，脸上挂着点儿泪，一抽一抽地问："乌托邦是啥？"

"呃……一个空想出来的，没有压迫，人人幸福美好的地方。"

所以她从来就没想过要成仙。

等等……想着想着乔晚立刻察觉出不对劲儿来。

她什么时候考虑过成仙这种事来着？

这一瞬间，乔晚再次风中凌乱了。

她想，她可能……真的就是那传说中的乔晚了。

龙石道上，马怀真闭目叹了一口气："你问她，我们把这些武器弄出来的可能性有多大？"

齐非道沉下眼，神情肃然，将马怀真的话复述了一遍。

乔晚摇了摇头，委婉地表示：不可能。

"没有基础理论、基础科学，想搞出那些武器只是空谈。"乔晚说道，"或许你们能从这里面吸收点儿经验，毕竟这个世界有灵力这种完美的可再生能源。"

齐非道若有所思。

这些东西太多，约定好明天继续讲后，齐非道起身送乔晚和仇二狗出去。

结果刚走出屋，乔晚突然就听到了一阵长啸声，一片巨大的阴影伴随着尖啸声从她身后升腾而起。

乔晚猛地抬眼，就见从远方淡青色的薄暮中一片怪鸟黑压压地飞来。

无数怪鸟拥挤着，遮天蔽日，一窝蜂地使劲儿往城里钻。

齐非道的脸色并无变化，他只是立刻拍了一下玉简，联系上了驻守在城中各处的修士："快，叫百姓们散开。"

而原本长街上那稀疏的人群，也都朝着同一个方向奔去。

"看到没？"齐非道苦笑了一下，伸手指去，"这魔域的怪鸟每隔几天都得来一回。我们也挖出了一个和你说的'防空洞'差不多的东西。"

"太慢了。"乔晚沉默了一瞬，说道。

齐非道愣了愣。

乔晚："玉简通信远不如防空警报来得快。"

防空警报？这是个什么玩意儿？

不管怎么说，大概意识到了乔晚的意思，齐非道主动翘起嘴角问："要上去看看不？看看我们是怎么对付的？"

军队迅速集结，很快就有剑修急急忙忙地御剑飞上了半空，与这怪鸟厮杀起来。

地上还有不少阵修在布阵，往天上投掷火系法术，红色的火光在天上燃烧，绵延数里，将天空照得恍若白昼。

刀光剑影之中，天上时不时会有鸟尸和剑修的尸身落下来。

"这里地属水陆要冲，存了不少粮食，是北域诸军的重要粮仓。"

齐非道一边说，一边指挥作战，显然对这样的场景已经见怪不怪了。

只是看到这些怪鸟的尖喙和利爪剖开了修士的肚子，天上时不时掉下血淋淋的东西，乔晚还是有些不太舒服地微微皱眉，立刻解下了赤日弓，射出一箭又一箭。

有不少作战经验明显还不够丰富的修士，刚对上这些怪鸟，一眨眼的工夫就被怪鸟吞吃入腹。

"梅康平搞出的这些怪物，之前前所未有，闻所未闻，起初让我们吃了不少苦头。"

乔晚问道："上战场的都是练气期修为的弟子吗？"

齐非道面色凝重："没办法，战事吃紧，人手不够。"

"为什么不用箭？"

"皮太厚，射不下来，"齐非道沉默了一瞬，又说道，"不是谁都有你这个力气的。"

"培养一批人呢？"

"还是那句话，没时间，人手不够。"

331

之后两个人就不再说话了，开始默契地杀敌。

很快，天上的剑修就发现下面有一个"神射手"，每一箭都正中怪鸟柔软的肚皮。

又一箭命中自己脑后偷袭的怪鸟后，某剑修惊喜地垂下眼："道友，多谢！"

这一看，他愣了一下。

射箭的竟然是个穿着粉色衣服的姑娘？

感受到红雨铺天盖地地落在脸上，乔晚心情十分沉重。

太慢了……这样太慢了。

箭既然力道不够，要是能利用什么飞舟或是大炮把这玩意儿打出来就好了。

这一战结束，清点战损的时候，齐非道轻轻舒了一口气："还好。"他微微笑了一下，"伤亡比想象中的要少不少。"

"有什么想法没？"青年目光如炬地盯着她。

乔晚浑身上下都被血给浇了个透，身上黏糊糊的："有。"她坚定地点了点头，"为什么不弄个灵力炮弹？！"

"既然大家还没熟悉这作战技巧，就被拖上了战场，"乔晚沉声说道，"为什么不弄个幻境？"

"幻境？"

"全息练兵，用幻境来练兵。不妨把这些接触过的妖兽的信息导入这个幻境中，让大家提前适应妖兽，如果在我们那个世界，甚至能根据这些信息进行预测，建立模型，也就是建模。"

"建模？"这古怪的词立刻吸引了数部大师兄齐非道的注意力。

齐非道眼睛蓦地一亮！

苍梧洲，宝宜府，一个瘦骨嶙峋、面黄肌瘦的小姑娘从庙外探出了一个头。

她明显怕极了，身体抖如筛糠，却还是鼓起勇气抬起眼，颤巍巍地问："姐……姐……我能割点儿肉吗？"

穆笑笑愣了愣，下意识地露出一个温暖的笑容："当然可以啦。"

小姑娘惊喜地瞪大了眼，飞快地道了声谢，就蹲在李三才的尸身前，开始吃力地一刀一刀地割肉。

割好肉后往衣服下面一藏，她这才又道了声谢离开。

现在的感觉很奇怪，穆笑笑垂下眼，定定地想。

原来真正的自己是这副模样啊，出乎意料的是，她反倒整个人都放松了下来。

这感觉，像回到了尚在母体之中时，她弯曲着身子，和这尸身平静地共处一室。

不久后，那小姑娘去而复返，身边多了个瘦脱相的女人。

女人手里捧着套脏兮兮的粗布麻衣，诚惶诚恐地踏进了这破败的土地庙。

"请问……请问仙子还在吗？"

穆笑笑愣了愣，坐起身，乌黑柔顺的长发垂落在大片光洁的肌肤前。

那小姑娘被女人牵着，瞥见穆笑笑，有点儿欣喜地抿紧了唇，三两步跑了过来。

"我看仙子姐姐……你……你没穿衣服。"小姑娘捧起那套粗布麻衣，"这套衣服给你。"

那女人也赶紧笑道："小仙子你换上吧。"

穆笑笑沉默了，眼眶突然间有点儿泛酸。

这……这还是她第一次正眼看这些普通人。

一大一小两个人，浑身灰扑扑的，却在这个吃人的环境下，朝她释放出了善意。

穆笑笑换好衣服之后，那女人瞥见她腿上的伤，又帮她包扎起来。

"小仙子见谅，这地方已经没一根草了，自然也没了草药，"女人低声说道，"只能挨一挨了。"

于是，穆笑笑又笑了起来，和之前一样，软萌地微笑着，嗓音柔和道："多谢大娘。"

做完这一切，女人又看了一眼破庙，软萌地微笑着忐忑地握紧了小姑娘的手，并没有想要离开的意思。

她……她家男人已经死了，她与二丫过来，一方面的确有感激仙子之意，另一方面，也是想傍上这么一条粗大腿。

"还没和仙子介绍呢，"女人尴尬地笑了起来，"我姓王，随夫姓，叫翠妮。"她笨拙地扯了一下身旁的小姑娘，"这是二丫。"

小姑娘怯生生地说道："仙子……仙子姐姐好。"

虽然第一次见面就直接割走了人肉，但小姑娘，或者说二丫的眼神很清澈，瘦脱相而凹陷的眼睛里闪动着艳羡的光。

这个姐姐……长得好漂亮哪，头发也好长好黑。

王翠妮说完，就忐忑地等着这位仙子的反应。

没想到这位仙子好像很好脾气地笑了："我姓穆，王大姐可以叫我一声笑笑。"

王翠妮眼里顿时流露出欣喜之色，她忙不迭地应道："欸，欸，欸，好。"

"穆小仙子要不跟我们一块儿走？在这破殿里待着始终不是办法，仙子不如和我们一块儿回家去？"

王翠妮的"家"很冷清，两间土屋。

这屋子的主人不知道是逃荒去了，还是死在了哪儿，逃难过来的王家母女干脆就将这屋重新收拾收拾，住了下来。

照王家母女的说法，她们当家的死得早，她们这是打算去南边找她家唯一的一个男丁，二丫的大哥王玉田的。王玉田是个修士，曾经的王家也算富裕，夫妻俩送了儿子王玉田去当修士，可惜战事一爆发，王玉田就上了南线战场。

娘儿俩走投无路之下，只好想着去战场上寻亲，想着就算死，那也得一家人死在一块儿。可惜走到一半，她们就被困在宝宜府再也没走掉，故而刚刚王翠妮几乎一眼就看出了穆笑笑是个修士，还是个"好心"的修士。

临走前，穆笑笑还特地把李三才塞到储物袋里，一并带了过来。

晚上，王翠妮小心翼翼地关上门窗，在家里支开了一口大锅，又抓了一把家里还剩下的野菜，与王二丫割下来的肉一并炖了一锅。

第一碗，王二丫吹了吹，端给了穆笑笑。

望着碗里的肉，穆笑笑笑了一下，却没有接碗，面不改色地甜甜笑道："二丫，我是修士，几天不吃东西也没事的。"

穆笑笑说得在理，母女二人请了两三次，最后只好作罢，端起碗喝了起来，只是神情说不上有多好看，中途王翠妮还捂着嘴干呕了两次。

"娘，我喝不下去。"二丫大眼里流出了点儿眼泪。

"二丫乖，快吃，不吃会饿死的。"

但李三才总归有被吃完的一天。

这样不行，眼中映着跃动的烛火，穆笑笑恍惚地想，她必须找点儿新的吃食，图谋新的出路。

一场战事刚歇，马怀真端正地坐在轮椅上，眼神淡淡地扫过公孙冰姿等人。

"所以，诸位的意思是先试试看？"

前方风雪刮得正紧，地上的血又被冰冻住了，一帮修士正忙着清理战场。这边，修真联盟的一干高层正在开会。

岑家、陆家、云烟仙府、青阳书院、崇德古苑……乔晚说的全息训练这事自然是要经过众人讨论的。

另一个世界，这个概念对一干修士来说其实并不陌生，尤其对这帮弟子而言，只不过从来没有人去过，也没见飞升的人回来。

修士飞升之后是不是就到了另一个世界，这是个未解之谜。

对乔晚，岑子尘仍存疑。男人沉下神色："但我们不能保证这是不是又是魔域的手段。"

"总归要试试，"马怀真也沉声说道，"照如今这局面，不试你我也支撑不了多久。"

这话正好说中了在场众人的心思，一时间岑子尘的脸色有点儿苍白。

刚刚这一仗，他们又输了。

底下的人还抱着点儿仗总会打赢的希望，但他们这些高层心里清楚。

随着魔域的攻势愈加激烈，修真联盟已经被打得有点儿疲于应对，如今魔域又兵分三路，铁了心要拿下龙石道，灭亡修真界。

马怀真说的话虽然不客气，但的确就是事实。

不试他们也支撑不了多久，试了要么是多一条生路，要么就是加速灭亡的时间。

总归是要输的，他们倒不如放手一搏。

不过，马怀真没打算照搬乔晚口中的那个世界的文明。

望着血色的天际，马怀真目光幽沉。

人到了个新的地方，尚且会水土不服，遑论照搬一个世界的东西。

他们真要全套照搬，上下大乱，这才是真的自取灭亡。

可惜，这些人中，有一个人不是这么想的。

陆辟寒一直垂首坐在下面，轻声咳嗽着，低垂的眼睫挡去了眼里熊熊燃烧的那一团火。

另一个世界的制度……

这制度足以推翻如今修真界的僵局。

马怀真世故、圆滑，虽然与马怀真关系不错，陆辟寒的想法却带了点儿浪漫主义色彩。

虽然出身陆家，但也只有陆辟寒自己心里清楚，他对这世道有多厌恶。

共产主义……男人忍不住又剧烈地咳嗽起来。

这一个信念落在心上，开始生根发芽。

值此乱世，正是不破不立的好机会，他愿意为这描绘的美好世界奋不顾身。

公孙冰姿顿了一下，也附和了一句："先让齐非道那儿试试吧。"

不知不觉中，一干修真界的高层就掌握了"试点"这么个特色技能。

散会之后，马怀真简单地给齐非道传了话，还特地下了个指示："甭管使用什么办法，一定，一定要拉拢目前的乔晚。"

最重要的一点，就是他们要重新培养乔晚与修真界的联系。

眼下的乔晚其实没有立场可言，她对魔域和对修真界的感情没什么不同，要是让魔域捷足先登了……

齐非道："收到，具体能用什么方法？"

马怀真："自己看着办。"

齐非道揶揄："要不堂主试着色诱一下？"

马怀真淡淡地回复了六个字："胆儿肥了？想死？"

再说到乔晚这边，想立马弄个幻境出来这不是件容易的事，就算是数部大师兄齐非道也做不到。

335

对此齐非道特地叫来其他数部师弟师妹，这几天就一直埋头研究弄个乔晚口中的"全息练兵场"和"灵力炮弹"的可行性，还有那玉简通知也特地搞成了防空警报的形式。

这个世界本来就有火器这玩意儿，但一直没得到实战运用。

乔晚一直在想，修士、灵力的存在或许从反面来说，其实是禁锢了这个世界的科技进步和文明发展。

毕竟有了灵力和修士这种作弊器，谁会选择去点科技树？

人类正是因为没有飞行的能力，而梦想飞行，这才诞生了一系列的飞行工具，完善了自身的不足。

修士，却不需要飞机。

儒修中的数部弟子，其实已经隐隐觉察这其中的不对劲儿之处，但究竟是哪里不对，也说不上来，只能一直在门外摸索，始终不得进入的法门。

直到……乔晚出现。

如何将原有的火器和灵力结合，这才是齐非道等人一直琢磨的大问题。

"水。"

乔晚往齐非道等人面前放了杯水，随即坐了下来。

其中一个青年仰起头笑了一下："乔道友，你来了。"

对这青年乔晚有印象，这人叫符弦，从在崇德古苑起就一直在齐非道手底下打杂，战事爆发之后，就开始跟着齐非道守城。

看着面前这一排算盘，听着"噼里啪啦"打算盘的动静，乔晚每看一次，都忍不住狠狠地被震撼一次。

不打仗的时候，抽出空闲时间，晚上乔晚就写下了一些数学公式和符号，教给这一帮数部弟子。面前这帮数部弟子和马怀真那边的数部弟子，两方一块儿合作，努力研制修真界特色版的热兵器。

"啊，"瞥见面前这杯茶，齐非道抬起眼，桃花眼一挤，笑得格外灿烂，眼尾似乎还有点儿……勾人？配上这胡子拉碴的感觉，这人实在是有点儿落拓的风流感。

乔晚怔了怔，不知道是不是错觉，她总感觉这位齐道友好像……更加爱干净了点儿，笑起来也多了点儿莫名其妙……让人不敢直视的男人味。尤其是他一看到她，那两只眼睛就弯成了两个月牙儿，笑得十分荡漾。

乔晚不傻，隐约隐约察觉不对劲儿来。

硬要她说……齐非道就笑得很像孔雀开屏。

再对上齐非道那脸上盈盈的笑意，乔晚嘴角抽搐。

所以，这位齐道友为啥要对她孔雀开屏啊？！

乔晚突然就觉得压力好大。

不止齐非道一个，还有那些少男少女，对她那简直就是如春风般和煦，如阳光般灿烂，对她说话也温声细语，不论男女，见到她，都要对她抛个媚眼。

不明所以的仇二狗，和刚醒后没多久更蒙的邓三儿满脑袋问号。

怀揣着"虽然不知道是怎么回事，但我也照做"这样心思的仇二狗，也默默地对乔晚抛了个媚眼。

莫名其妙地享受了一下团宠地位的乔晚，总觉得自己好像是误入了女妖精堆里的唐僧，一干修士正铆足了劲儿想要"榨干"她脑子里的东西。甚至有过激的修士师兄，看着她的脑袋的眼神饱含深意，颇有后世科学怪人的影子，大有想撬开她的脑子看看的意思。

与此同时，外面那一轮又一轮攻势愈加凶猛。

虽然众人脸上都带着笑容，心里却很清楚：再不搞出那些东西，就来不及了。

就在魔域的下一轮攻势又将到来之际，麻绥城的第一颗灵力弹终于研制成功。

全体麻绥城修士立刻进入了漫长的等待期。

灵力弹究竟能不能爆炸，准头行不行，这还是个未知数。

但他们还没将灵力弹运过去试爆，魔域这一拨怪鸟又来了。

照齐非道的说法是，这一拨怪鸟是先锋军，先是一拨又一拨的怪鸟攻击，无差别地压过去，吃粮食吃物资，探查城内布局，之后才是大部队进攻。

用"望远镜"探查到远处即将到来的怪鸟，齐非道面色正经了不少，沉喝一声："下令，拉响防空警报，叫大家找东西躲避，不准外出。"

齐非道嘴角一弯："正好，先拿这些鸟试试。"

他一抬手，立刻吩咐其他人把这些灵力火炮运上来！

"列阵！"

听着耳畔那熟悉的警报声，乔晚有些恍惚，又神情复杂地看向了这被运上来的灵力炮，一口一口，炮口全都对着天上。

而在一旁的剑修、阵修、法修已经严阵以待了，和之前那大面积的阵形不同，这一次齐非道把众人打散了，重新组成了纵队和横队，这样的队形比起之前剑修大面积"呼啦啦"地开过去更利于配合如今的灵力炮弹的攻击。

一队队剑修列队严整，军容严肃。

乔晚定了定心神，立刻也把自己这改造过后的巨型石像傀儡给抬了出来。

仇二狗等一干人偶师运指如飞，用灵丝操纵着这傀儡。

将灵力炮弹部署在战斗队形的纵深和两侧之后，乔晚和一批剑修师兄师姐挥舞着"寒"字旗，率先冲了上去！

这也是打了许多年战下来，马怀真无师自通琢磨出来的与现代相近的"火力突袭"法。

乔晚和这些剑修，就是引敌人进入灵力炮弹火力打击范围内的诱饵。

乔晚踩在剑上，极目远眺，看见那即将到来的大批怪鸟，心里怦怦直跳。

她努力压抑住这头晕目眩之感，挥舞着手中的阵旗，沉下声怒吼道："众人！听我号令！"

随之回应的是一片震天动地的呼喝声："好！"

声威赫赫，气吞山河！

而在此时，一面留影石也被抬上了战场，方便马怀真等人实时监控这场战斗的全部过程。

毁容又残疾的男人正襟危坐，目光定定地看向这留影石上的影像。

这是一场具有决定性作用的战斗。

远处，黑云压城。

玄铁剑撕破空气的尖啸声中，乔晚眼中寒芒暴涨。剑刃高举的瞬间，战场响起山呼海啸的"杀"声。

一道剑光突然直冲入乌云，宛如天公的巨手将这一片乌云尽数绞碎！

紧跟着是第一道、第二道……

这次乔晚他们只为诱敌深入，不可恋战。随着众人怒吼一声，所有剑修统一地开始往后撤。

这些怪鸟是有神智的，是天生具有高度服从性的战争兵器，每一次交战，修士这边都要牺牲不少人命。

这一次也是一样。

乔晚一把拽起一个撤退慢了一步，差点儿被鸟叼入鸟群的青年剑修，反手一剑劈开了怪鸟的脑门，咬牙怒吼："还不快跑！"

被她揪住领子的那青年剑修愣了愣。

其实说实话，齐非道让这么个年纪轻轻的姑娘带兵，他们这些性子傲的剑修多少有点儿不服气，但就是现在，这姑娘眼里爆发出凶悍的光，竟然让人不自觉地就听从了她的命令。

这些刚上战场没多久的剑修都有些不适应。

出乎意料的是，乔晚略一抿唇，对这战场见血的场景竟然非常习惯，这习惯好像是骨子里与生俱来的。

退，退，退。

从马怀真等人的方向看，远远地，他们能看见天上的剑阵宛如一个泾渭分明的棋盘。

察觉到面前的剑阵开始往后移动，天上的怪鸟开始不断汇聚，渐渐地收拢成了旋涡状，四周气流爆冲！

"这是旋涡！"被乔晚提在手上的青年剑修睁大了眼，连忙吼了一声，提醒乔晚,"乔道友快退!"

乔晚一动不动,深深凝视了面前这道怪鸟汇聚的"鸟卷风"一眼。

下面,不少数部弟子正在奋笔疾书,忙着记录这场"鸟卷风"。

青年剑修急了眼:"乔道友?!"

他们打战时碰到过这玩意儿好几次,当这些怪鸟汇聚成旋涡状冲过来的时候,足以碾碎他们的剑阵,怪鸟旋涡所过之处,气劲儿爆冲,能将面前所有的活物活生生地撕成碎片。

好在这位乔小姑娘终于沉喝一声,将手上的青年干净利落地往回丢去,自己也立刻撤入了预设的灵力炮弹火力打击范围之内!

纵使知道待会儿即将有新招,一众剑修还是有点儿担忧,放不下心。

就在这"鸟卷风"越来越逼近的时候,远在千里之外的马怀真、公孙冰姿等人都忍不住屏住了呼吸,心高高地悬起。

随着齐非道一声令下,只见一团耀眼的蓝橙色光芒交织的灵力团直冲上了云霄,撞入了这一向无坚不摧的"鸟卷风"之中!刹那间,尖啸声不绝于耳,面前这团"鸟卷风"中突然掉下了不少怪鸟的尸身。

"砰!砰!砰!"

宛如天际万马奔腾,一声一声炮响,在这乌泱泱的兽潮中炸开了一团团绚丽的烟花,"鸟卷风"从一开始不安,到后来崩溃,最后渐次散去。

时机一到,马怀真神色肃然,隔着大老远指挥着,抬手冷喝:"阵修、剑修,上!"

当下,阵修马不停蹄地开始布阵,辅佐剑修突袭。

怪鸟被灵力炮弹冲散了队形之后,剑修御剑跟上,宛如天际滑过的一片流星,突入了这片乌云之中,杀声震天!

阵修虽然能布阵,引来天雷地火这些东西,但有个几乎致命的缺陷——速度太慢,而且得提前布阵,阵眼一被破坏,这法阵基本上就再难继续用。

战场上瞬息变化,有时候法阵甚至来不及落下来。

总而言之,到头来,还是剑修和敌人死磕。

符箓这玩意儿倒也能炸个雷啥的,但毕竟是消耗品,单个符箓威力太小。

而现在,这些灵力炮弹如同狂风疾雷撼动乾坤,天上浓云吞吐,恍若飞龙怒腾,"鳞间火作电脚奔"。

这绝对是在场所有人有生以来看到的最震撼的一幕场景之一。

哪怕是一个练气期修为的修士,也能借用"火器"爆发出强悍无匹的力量。

公孙冰姿怔怔道:"这就是……人的力量吗?"

普通人是很强大的,锐意进取故而强大。

这一次,麻绥的剑修师兄师姐从来没觉得自己杀得这么快意过。

杀!杀!杀!

手上剑意如惊雷奔走，所过之处，恶狠狠地将这些怪鸟纷纷剿灭，就像是在出之前被追着打的恶气！

没一会儿，尖啸声和哀鸣声越来越弱，天际的"乌云"终于散去，渐渐地露出了一线金光。

随着战况趋于平缓，乔晚心里却陡然冒出了一个莫名其妙的想法。

她……这样做真的是对的吗？

这一刻，乔晚突然深深地迷茫且动摇了。她倒不至于因为这些怪鸟死得凄惨而心生怜悯之情。

热兵器时代的战争有多残酷，她是在新闻中见到过的……

那她呢？现在的她，却主动将这些战争兵器带到了这个时代。眼下他们能赢得这场战争确实很振奋人心，但之后呢？之后当这些大规模的杀伤性武器真的在战场上运用开来时，无数人会牺牲性命。

他们可能会被魔域利用，也可能会沦为维护权柄的工具……

她这么做真的是对的吗？

虽然当下只是杀了这些怪鸟，但乔晚愣愣地看了一眼自己满手黏糊糊的鲜血，仿佛已经预见了由于她一时意气而将出现成千上万的亡灵。

就在这时，一只温暖粗糙的大手搭在了她的肩膀上，齐非道哥俩好似的一把搂过她的肩头，笑着拍了拍她："走，那位堂主要见你了。"

青年翘起嘴角，眼里终于浮现了一点儿飞扬放肆的快意。

乔晚收敛情绪，跟着齐非道来到了这面巨大的留影石面前，终于看到了那位传说中的"昆山煞神"马怀真，马堂主。

说实话，看到留影石的那一瞬间，乔晚还是忍不住震了一下。

画面中的人根本算不上"一个"男人，只能算是"半个"——缺胳膊断腿，半边脸被毁，一身黑色劲装，披着一肩膀的血，眼神冷厉。

然后男人磁性、肯定又不紧不慢的嗓音响起："乔晚。"

乔晚顿了顿，不大确定道："马……马堂主？"

一看对面少女这茫然且懵懂的表情，马怀真心里就已经确信，乔晚的的确确失忆了，忘得干干净净。

不过眼下也不是帮她恢复记忆的时候，他现在有更重要的事情要做。

男人单手摩挲了一下指节，沉声问："我都听齐非道说了，这都是你提议的？"

虽然第一次见面，但对方给她的感觉很自然和熟悉，就算他开门见山地直入正题，也没让她觉得不自在或是不舒服。

于是，在这一头齐非道、仇二狗、符弦等人的见证下，在那一头公孙冰姿、岑子尘等修真联盟高层的见证下，一老一少两个人飞快地一问一答了起来。

马怀真:"你还有什么想法?"

"比如说……"乔晚顿了顿,抿了抿干巴巴的唇,才继续说道,"比如说解剖,就是将尸体剖开。"

解剖?!

刹那间一石激起千层浪。

听到这惊世骇俗的说法,公孙冰姿等人面面相觑。

"对,剖开尸体,像仵作验明死因一样,我们的医修能验证病灶。"

乔晚觉得自己快精神分裂了。

或许这就是对她设计武器的一个赎罪方式吧。

不知道为什么,自从来到这个世界之后,她的记忆就变得十分鲜明,脑子里好像有一座图书馆,她以前哪怕只看过一眼的东西,她也能从这浩如烟海的"图书"里翻找出来。

乔晚惊悚地发现,她甚至能复述她小学课本上的每一个字!

提供她这十多年的基础教育,大概就是她能做的事吧,乔晚木然地想。

"我不知道这个世界的物理、化学准则,是不是和我们那个世界有所不同。"对上马怀真的视线,乔晚含蓄地说,"这些只能等待验证和研究。"

最好的结果那就是类似于超级英雄世界观,科学准则与这些能力是共存的。

就在这时,另一个瘦骨嶙峋、眼中有寒火的青年男人蓦地开口:"那制度呢?"

制度?

乔晚愣愣地看了这位兄弟一眼,老实答道:"我觉得不可能。"

经济基础决定上层建筑,这是每个高中生都知道的道理。眼下的修真界,不论是共产主义,还是资本主义都搞不起来。

"生产力水平跟不上是弄不起来的。"为了方便这位兄弟理解,乔晚特地解释了一下什么叫生产力。

这个世界或许有人以后能探讨出一套新的制度,那也只是以后,绝不可能是现在。

就在这时,一个欣喜的嗓音在乔晚身后响起。

"赢了!我们赢了!"

众剑修师兄师姐抹了把脸上的血,神采飞扬,胸中一口郁结之气在今日顿消,目光不由自主地纷纷落在了乔晚身上!

一时间,他们简直觉得这逆光站在城楼上的少女美得不像话!蝴蝶结亲切可爱,脸上似蒙着层微光,泛着白玉般细腻的光泽。

不知是谁先起了个头,紧跟着,大家伙儿七手八脚地突然把乔晚给抬了起来!

就连认真严肃的马怀真也被吓了一跳,看清眼前这一幕后,随即笑骂道:"这帮小兔崽子。"

一众傲气、铁血的剑修纷纷把乔晚举了起来,热切地往天上抛着。

乔晚僵在原地,颅内的轰鸣如万马踏破冰河,剧烈的眩晕感逼得她喉头腥甜——等等!

不知是谁大喝了一声:"乔晚!"

紧跟着又是震天响的"乔晚!乔晚!"的声音响起。

"我们的乔晚!"

"我们的乔晚!冲!"

"杀啊!"

"为了麻绥,为了乔晚!"

第十八章 破　城

事后，乔晚花了不少力气，才从这一干热情的剑修师兄师姐中钻出来。

热情平息下来之后，马怀真的问题不再囿于乔晚所在的那个世界，而是更多地将目光放在了乔晚本人身上。

这几年来，据他们得到的情报，当初偷走乔晚的事十有八九是魔域干的，而她为何失踪、失踪的这段时间究竟发生了什么事，就十分耐人寻味了。

是魔域失误，还是有人在暗中帮助修真界？

马怀真目光冷厉。

陆辟寒也仔细地看了一眼乔晚。

少女变了很多，又好像什么都没变，但和从前不同的是她明亮的眼里，眼神平静无波，坦坦荡荡，这是对陌生人才有的目光。

陆辟寒缓缓垂下了眼睫，躬着身子剧烈地咳嗽了几声。

突然有一天，乔晚看他的目光坦然平静，没了多余的关心和问候之意，陆辟寒虽然依然神色冷硬，心里却好像泛起了一股无法窒息的抽痛感。

这边马怀真还要与其他人一块儿讨论将法器改良等可行性，暂时没了乔晚等人的事。

于是打完一场战之后，仇二狗十分欢腾地拉着乔晚一块儿去喝酒。

接下来的几天，仗打得都挺顺利的，基本上没出啥岔子。马怀真也琢磨出了什么往飞舟上装载灵力炮弹、炮兵和步兵协同作战的办法啊。

龙石道上不少修士惊讶地发现，马堂主脸上的笑容变多了，而且马堂主还紧锣密鼓地开始安排军队改制的事。

军队改制,这不算小事,公孙冰姿终于没忍住问:"马堂主……好像有别的想法?"

马怀真沉声说道:"之前梅康平对付我们靠的就是他那批畜生。"

公孙冰姿沉默了一瞬。

是。

这几年下来,梅康平那边的作战方式十分简单粗暴,但也十分有效,主要靠兽潮碾压,一轮一轮魔兽浩浩荡荡地开过来,碾死了不少修士。

"但现在不一样了。"马怀真说着,嘴角扯动了一下,露出个笑容,目光看向远处的雪山,嗓音起伏,低沉而有磁性,"有了灵力炮弹这玩意儿,我们的火力比之前增大了不少,而他的那些畜生,目标大,前几天那一战想必公孙掌门也看到了。"

公孙冰姿微微一愣:"堂主的意思是,之前那一战,对面不少兽修因着魔兽受惊,队形混乱,不复之前那疾风骤雨式的冲击力,成了'马'上机动,'马'下徒步作战……"

马怀真转过脸来,沉声说道:"所以,如今我打算安排剑修、体修,呈疏散的小队,携带这些火器上战场。有了这些火器,修为低的修士在战场上也能发挥最大的效力。"

修士跨过了修为这道坎儿,又解决了法器烧钱的问题……那到时候……

公孙冰姿心中微微一凛,呼吸忍不住都放慢下来。

虽然这玩意儿的运用只是初露雏形,但战场的局势总有一天也要随之改变,那到时候北境这片战场就要变天了。

"还有,"马怀真继续说道,"这东西决不能让魔域掌握,或者说……"

马怀真目光沉沉:"必须得推迟魔域掌握这玩意儿的进度。"

毕竟魔域反应过来,缴获这一批火器后运用上,这是早晚的事。

乔晚现在的感觉非常矛盾,她总觉得她好像打开了潘多拉的盒子。与她这矛盾心理相比,每一次打了胜仗,一众剑修师兄师姐都会热切地大吼一声。

"乔晚!我们的乔晚!"

她现在简直就是大家伙儿心目中的战场女武神,整个麻绥城最受欢迎的修士,没有之一。

眼见迟迟拿不下这座城,远在千里之外的那位魔域战将苏瑞又加强了这边的攻势。

夜半,一轮冷月高悬在夜空中。

乔晚披着衣服,无言地擦了把冷汗,翻身坐了起来。她又做了个噩梦,梦到了遍地尸骸，血流成河，那残破的肢体全是她一手造成的。

乔晚默默地走到院子里，垂下了头，喉口干涩。

战争……太残酷了。

这动静吸引了隔壁屋仇二狗的注意。

仇二狗探头："大晚上不睡觉吹啥冷风呢？"

这一看，他顿时愣住了。

乔晚……乔晚她哭了啊！

少女面无表情地擦了把眼泪，闷闷地说道："我……我睡不着。"

仇二狗如临大敌，忙不迭地朝着乔晚的方向走过来，一屁股坐了下来："哭啥啊？怎么了？心情不好？你和你二狗哥哥讲讲呗。"

乔晚顿了一下，问道："仇二狗，你说我做得对吗？"

"啥？"

"研发武器……这种……这只会带来更大的伤亡。"

闻言，男人沉默了。

沉默了好一会儿，他才面色复杂地看向她，一手拍上了她的肩膀："别多想，就算没你，之后也会有别人这么做。"

"这地方的战争会越来越残酷，你研发这些玩意儿，也不过是为了提前结束战争。"

男人的嗓音在月色下听着有点儿缥缈和悠远，仇二狗将双臂往后脑一枕，叹了一口气。

"你不是说你们那个时代还有不少军事科学家吗？这个问题，没解的。"

"我现在就想赶快打完仗，赶快恢复之前那平静的生活。"男人嘟囔着，"这生活老子可受够了。"

是，乔晚顿了顿，默默闭上眼，这个问题是无解的。

做都做了，她只能尽量做到肩负起这个责任，继续向前走。

"可别多想了。"仇二狗苦恼地揉了揉脑袋，猛地在乔晚的脑袋上拍了一巴掌，"睡觉吧，明天又得打仗呢。"

这一晚上，乔晚终于做好了心理建设。就这样，罪孽系于她一身，她得背负起这个责任，之后迎来什么报应也不去怨天尤人。

她！想！明！白！了！

然而，乔晚做梦也没想到的是，报应竟然来得这么快。

本来以为麻绥迟早会落入囊中，结果没想到这是块啃不下来的硬骨头，魔域这边集合兵力发动了总攻。

而就在乔晚带着一干剑修拼杀的时候，兽潮却入城了，滚滚兽潮奔腾而入，非但入了城，城内的火器也在同一时间齐齐对准了自己人。

345

火光冲天，"轰隆隆"几声雷鸣般的巨响声过后，整座麻绥城几乎被夷成了一片废墟。

齐非道面无表情地吐出一口血，冷冷地看着面前的青年。

他最重视的数部师弟，他的副官——符弦。

纵使腹部破了个大口子，汩汩地向外流着血，齐非道还是语气淡淡地问："为什么？"

这玩意儿是他们一起研发的，就在前几天他们还在一起研发全息练兵的幻境。

将手上这沓图纸放入袖中，符弦沉默了一瞬，开口道："师兄，对不起。"

就在今早，麻绥城的副官符弦主动打开了城门，引兽潮入城。

刹那间，麻绥城中魔兽肆虐，火光冲天，哭声震天。

麻绥被破了，守不住了。

危急之时，马怀真远在龙石道下了一道指示：弃守麻绥，众人往后撤，切记要护住乔晚。

逃离用的飞舟已经缓缓升起，所有人红着眼，看着这火海中的城池。

半空中，一条灵丝将乔晚面前的魔兽给干净利落地斩了首。

血泼了乔晚一脸。

几个傀儡抬手，将还愣怔着的乔晚给推上了飞舟，仇二狗侧目怒吼道："还不赶快上船？！"

乔晚好像预见了什么，愣愣地看着和这堆魔兽死磕的仇二狗，还有正在帮仇二狗掠阵的温文尔雅的邓三儿。

"仇二……邓……"她想说什么，喉口却好像被堵住了，只说了短短几个字，就已经泪如雨下。

仇二狗好像预料到了她要说什么，咧嘴笑了："爷不走，老三儿也一样。"他又看向火海中的李弘远，"李大哥也和我们一块儿。"

李弘远粗声粗气地怒喝："还不快滚回来？！这次要逃了，老子一刀一个宰了你们！"

仇二狗笑了一下："符弦那兔崽子撤出去之前毁了好几艘飞舟，就这一艘了，装不了这么多人，得拣着紧要的人来。"

乔晚蓦地哽噎了，眼泪又流了出来。

仇二狗手足无措了一瞬："你……你别哭呀。"

"我们这些人不要紧，你们不行，乔晚你和齐道友他们得走，你们这些人才必须撤走。"

但他越说，乔晚哭得就越凶。

仇二狗和邓三儿终于没辙了，邓三儿叹了一口气："总要有人留下来断后的。我这条命是乔道友你救的，如今交代在这儿不算亏。"

底下的魔兽也意识到了什么，正在努力地往飞舟上爬，企图把飞舟拖下来。

仇二狗一边操纵傀儡，一个一个把它们踹下去，一边笑道："对，我们当了这么长时间的逃兵，总得让我们当一次英雄是不是？"

乔晚闭上眼，眼泪一流出来，立刻就结了冰。

她懂。

正因为她懂，她才无法开口，无能为力，这才难受。

那一瞬间，她想跳下飞舟，与他们一道并肩作战，可是，她不能。

仇二狗认真地看向她："别哭了。"

乔晚应道："好。"

"也别多想，逃出去之后继续帮着马堂主们研发新武器，别自责。"

乔晚又应道："好。"

仇二狗："这场仗就只能拜托你早点儿做个了结了，快结束吧。"

飞舟盘旋着逐渐升起，看着火海中那几道熟悉的身影，乔晚终于绷不住了，泣不成声。

通微六年，麻绥城破。

李弘远、仇二狗、邓三儿等练气期修为的修士留下来断后，护送飞舟离去之后，依靠城内所剩的火器，奋战数个日夜，最后眼见大势已去，在被俘之前引刀自杀。

魔域占领麻绥，缴获大批辎重后，继续向南挺进。

迅疾的罡风从耳畔飞速掠过，雪珠子"噼里啪啦"地打在脸上，飞舟上一片沉默。

人人疲倦不堪，阖着通红的眼靠在船上，脑子里好像都在反复问询着同一个问题。

符弦为什么要叛变，还叛变得如此毫无预兆，如此突兀？

但这就是现实。

不知是谁通红着眼，暗骂了一声，重重地捶了船壁一眼。

在这里面，崇德古苑的数部弟子们尤其失魂落魄，互相咬着牙硬撑着。

"符师兄……符师兄为什么要背叛我们呢？"某个数部的小师妹泣不成声，眼前又浮现出符弦那张温柔的脸。他总是跟随在齐非道身侧，一副笑意盈盈的样子。

被冷风一吹，乔晚这个时候终于冷静下来了，嗓音依旧沙哑，眼神却很冷："没有为什么，人为财死，鸟为食亡，他觉得如今投奔魔域是明智之举，但……"

但……

所有人的目光不由得落在了船头的少女身上。

齐非道这几年苦战下来，身子本来就不好，如今被捅了腰子，到现在还昏着

呢，所以整座飞舟上的人竟然隐隐有了以乔晚为首的意思。

"但……"乔晚语气沉静，嗓音铿锵，"我会让他知道，他是错的。"

"那现在……"数部小师妹瞪着红通通的兔子眼，抽噎着问，"我们……我们能去哪儿呢？"

"去龙石道。"乔晚走下船头，目光在飞舟上扫视了一圈，"去找马堂主。接下来的这段时间，我需要大家保持冷静，听我号令。"

可惜，有人并不打算听从她的话。

"老子不去了！"开口说话的是一个昆山的剑修，对方一咬牙，愤恨地拍地而起，"呸！谁要去就去！"

"要我听你的指挥？！"对方梗着脖子，啐了一口，怒骂道，"要不是你，我们今天至于这么——"

最后那半句话卡在了嗓子眼里。

乔晚脚步一跨，使用"迅雷"一步迈到了对方身前，与此同时，反手就抽出了就近一个师妹腰上的佩剑，一剑横在了对方的脖颈前！

四周惊呼声乍响："乔道友！"

"师妹！"

众人赶紧伸手去拦。

少女却忽视了所有人，垂下眼，不依不饶地问："你再说一遍？"

昆山剑修猛地怔了怔，被乔晚这猝然发难的举动给吓了一跳，反应过来后随即怒喝："老子说老子不去了！谁爱去谁去！"

仇二狗、邓三儿等人牺牲，让乔晚这个异世的普通大学生急速成长了。

少女一点儿没动怒，平静地垂下眼："我说过，这段时间我需要你们保持冷静，听我号令。"

这昆山剑修倒也硬气，嗤笑道："听你的，凭什么？"

乔晚眼睫微颤。

在这人心浮动之际，人们战败后这种凄惘不安的情绪总要找个发泄口的。而研制出这些火器，反噬自身，打开了潘多拉盒子的她无疑就是最好的发泄对象。

这昆山剑修一开口，很快四周就陆陆续续地涌起了一阵骚动。

对方似乎也恼了，冷笑道："跟着你？看着你放任仇二狗这些傻子送死吗？也就仇二狗这些傻子愿意——"

乔晚面无表情地看了他一眼，在一片惊呼声中，突然反手一剑斩了下去！

"乔道友！"

"乔晚！"

那昆山剑修脸上的神情维持在轻蔑那一刻，下一秒，他口喷鲜血，一手捂住了被洞穿的腰腹，身形轰然倒下。

可能是他做梦也没想到乔晚出招竟然如此迅疾狠辣，眼里终于流露出了一点儿显而易见的恐惧之色。

眼皮上飞溅了些血点子，乔晚眼里迸射出一丝冷冷的光芒，她又看向面前震惊不已的一众修士："谁要是扰乱军心，谁就和他一个下场。下次，违者，斩之。"

做完这一切，又将手中沾血的剑冷冷地丢回了那哭泣的数部小师妹怀里，乔晚转身踏入了船舱。

数部小师妹已经彻底愣住了，眼泪挂在眼睫上，看起来有些滑稽。

进了船舱，乔晚靠着船壁默默地坐了下来，看着储物袋里还没改造好的石像，眼泪又立刻"扑簌簌"地掉了下来。

外面死一般寂静。

这一剑的确建立了她的威信，再也没有人敢吭声，谁也没想到之前那真诚还有点儿羞怯的姑娘，发起狠来竟然这么……冷酷甚至残忍。

到了傍晚，那之前被她夺了剑的数部小师妹突然别别扭扭地走进了船舱："乔……乔道友……"

乔晚睁开了眼。

小姑娘看着她的目光和之前相比，明显少了几分亲昵感，多了几分敬畏之意。

数部小师妹踌躇了一下，飞速跑到了乔晚身边坐下，鼓足勇气一口气说道："乔道友，我们知道你难受。其实之前大家只是担心，担心你能不能带领好大家。"

"现在大家都不这么想了，乔道友，"数部小师妹严肃了神色，"你完全有资格统御好大家，带领大家……带领大家活着走出北境。"

数部小师妹吐了吐舌头，笑道："乔道友，我们就拜托你了，请你一定要早点儿结束这场战争哪。"

乔晚看向小姑娘清亮的眼，鼻子一酸，嗓音微哑，也只回答了一个字："好。"

她已经不再是之前那个普通女大学生了。

乔晚闭上了眼。

如今的她，不管有没有恢复记忆，已经与这个世界建立了莫大的联系。

于是，在接下来的几天时间内，乔晚一边抽空将自己之前所学的基础知识教给这些数部弟子，一边带领数部弟子开始改造这艘飞舟，强化攻击能力和防御能力，装载上灵力弹，同时整肃军风，又为这批剩下来的修士准备了冬衣，恩威并施。

很快，再也没有人对她领兵抱有异议。

齐非道醒来之后，蒙了半天，这才苦笑着叹道："乔晚，吾弗如也。"

乔晚顿了顿，说道："好好养伤。"

所幸齐非道也没啥被"夺权"的别扭情绪，干脆就将重心放在了研制全息练兵幻境上。

就在飞舟一路破风穿雪地往龙石道赶的时候，马怀真那边的压力也不算小，主要是因为他已经收到了暗桩的消息，苏瑞带领的先锋队伍开始动了。

就如同符弦其实是个魔域暗桩，修真联盟和魔域一直是互相派卧底的对磕模式。

收到前线传回的消息后，这厢，马怀真与岑子尘立刻带兵从龙石道出发，留下公孙冰姿守卫龙石道。

十三日，魔域前锋赶到了浪云乡。

十四日，马怀真赶到了浪云乡附近的卧云乡。

苏瑞屯兵于琉焰山，与苏瑞一同出战的修真界叛徒萧焕屯兵于玄阴雪原，魔域即将发动全方位的总攻。

在这山雨欲来风满楼之际，二十一日，马怀真紧锣密鼓地准备着灵力火器，迅速将兵马集合在不渡河前线，决定与苏瑞的魔兽铁骑进行对抗。

二十四日，魔域攻打浪云乡。

与此同时，东路那边也传来消息。

营帐里，马怀真面沉如墨。

岑子尘疲倦地阖上眼："负责镇守青州的太玄观宫长老也叛变了，与赤玉州的萧博玉勾结，引薛云嘲所带领的魔兵从氏石崖渡河，孟沧浪带兵驰援，却不幸被俘。"

马怀真语气淡淡地说道："倘若薛云嘲从东线的氏石崖渡河，接着攻打望江城，与萧博玉会合，再经由望乡城，将直逼如今防御空虚的龙石道。"

龙石道是北境战场的最后一道防线，这道防线一被破，修真界就全完了。

岑子尘死死地闭紧了嘴。

马怀真捏紧了轮椅扶手："袁六带兵沿着不渡河水路东进，去氏石崖，拦住薛云嘲。"

浪云乡。

"我们……"面前的修士双目赤红，嗓音喑哑，嘴里不断流出血来，眼里血泪交织，"我们……我们一定会赢的……"

话音未落，"扑哧"一声，一串血液飞溅，洒落在雪白的营帐中，触目惊心。

一杆长枪从这修士口中贯入，直将这修士穿在了枪杆上。

"修真界那边兵马大批东调？"如今魔域北境战场的总指挥官苏瑞收起了枪，一脚将面前已经没了气息的修士踹出去二丈远，语气淡淡地说道。

男人生得和裴春争有五六分相似，与裴春争相比，眉间却更为沧桑，眼神更为沉稳幽深，身材高大，蜂腰猿背，但身形十分瘦弱，面色泛着些病态的白。

他这是经年累月被流放在无忧城中留下的后遗症。

但男人仅仅坐在这儿，脊背挺拔，一股杀伐的英武之气便扑面而来。

"那就从中线发动进攻。"苏瑞果决地沉声说道，"周衍与孟沧浪在掩月山，离这里最近的李判在翠虹山，若掩月山被包围，援军由李判派出最快。不平书院与周衍有旧怨，李判此人，绝不会带兵驰援。"

目睹男人揪住修真界暗桩，将人一枪穿死的残忍画面，底下的魔将没一个敢吭声，自然也没敢多问苏瑞为何这么笃定李判不会驰援。

山雨欲来风满楼。

只是苏瑞、马怀真……在这北境战场上的任何人都没想到，乔晚，作为这北境战场的变数，即将展开她轰轰烈烈的复仇行动，徒手搅乱这场风云。

二月二日，苏瑞见修真联盟军大批东调，突然从中线发动进攻，包围昆山玉清真人周衍于掩月山，马怀真得到消息，立刻带兵驰援。

凹陷的山谷中，方圆数十亩的汩汩血池正在流动，血池中上下翻腾着无数尸骸。

活着的修士还在厮杀，在这一片震天的杀伐声中，周衍的一身白衣几乎被染成了红衣，握紧剑的虎口不断有鲜血滴落下来。

陆辟寒一手抵住周衍的脊背，一手攥紧了拳抵在唇前，口吐鲜血不止。

不远处，马怀真单膝跪地捂住胸口，面无表情地呕出一口血，面色难看，身后是深浅不一的战壕，轮椅碎成了一地的木渣。

千军万马铺陈在前，军容整肃，甲光耀目，苍茫的雪域冰原中一片刺目的红。男人乌发高高地绑成了个马尾，束在脑后，沉重的铠甲上挂着不少鲜血和碎肉，眼神淡漠地看向面前这一地残尸，用陈述般的肯定语气，轻声说道："马堂主，你们要输了。"

修真联盟没能抗住苏瑞这疾风骤雨般的攻击，在这攻势之下，立刻被虐得不要不要的。

方凌青披头散发，十根手指头几乎全烂了，这是强行操控傀儡之后的后遗症。

看着这和裴春争有五六分相似、冷硬又"俊俏"的脸蛋，萧博扬气喘吁吁，神情僵硬。

谁能想到，最后他们是被裴春争他舅舅给干翻的？！

苏瑞和这战场上的任何一个人都不大一样，男人就像个来战场上锻炼的贵公子，厚重的铠甲依然挡不住他华贵的气度，光华内敛，甚至有点儿谦和。与萧焕那种假惺惺的虚伪、谦和样子不同，苏瑞的谦和是那种没将一切放在眼里的平静，他的眼神十分淡漠，目光甚至有点儿冷血。

所以，在指挥作战时，他能毫不犹豫地牺牲自己麾下的魔兵，一轮一轮地开过去。

马怀真眼眸深沉，突然动了动唇瓣："你猜我在想些什么？"

"我在想，要是我们几个在这儿豁出一条命，能不能把你留在这儿？"

"就算你们在这儿杀了我，"男人一点儿没见恼，"你们还是输了。马堂主，你们的人已经不多了。"

马怀真沉默了，良久才淡淡说道："慢了。"

慢了，这两个字，也不知道他是对谁说的。

苏瑞面上微露困惑之色。

身后，岑家长老岑子尘，陆家长老陆春生，包括萧博扬、方凌青等一干小辈，都沉默无声。

山谷中只余冷风呼啸而过的动静。

只有他们才知道马怀真口中那"慢了"是什么意思。

他是指乔晚慢了。

苏瑞的攻势改换得太过突然。

在昆山上待了这么多年，与周衍做了这么长时间的同事，清楚周衍是什么脾性，在得知苏瑞改从中线发动进攻之后，马怀真变了脸色，立刻带兵驰援。

"驰援"讲究的是快，故而先锋部队在前，而这段时日以来他们准备的火器都还在后面。

至于乔晚，则肩负着一个特殊的使命。自从麻绥城被破之后，她就负责和一帮数部弟子在飞舟上研制火药，没日没夜地加班加点。

弃城自保，切记要护住乔晚，这是城被破之后，马怀真给他们下的第一道指令。

相比地上而言，天上更安全，在飞舟上研制火药，这是城被破之后，马怀真给他们下的第二道指令。

这一批火药，按计划是要送过来的。

可惜，乔晚他们一直没赶过来。

战场上瞬息万变，倘若……马怀真有些遗憾地想，只要再给他一点儿时间就好了。

这几轮对冲下来，两边实力其实差不了许多，半斤对八两，但魔域这边微弱的优势，最终有可能成为战局的关键所在。

马怀真临危不惧，目光幽沉。再给他一点儿时间，他相信，这段时间的努力绝不是在做白工。

再为后续的火力部队争取一点儿时间，他立刻就能反杀回去！

但这点儿时间，明摆着要拿他们的命来争取。

他是赌，还是不赌？

假如乔晚迟迟没来，他们都折在这儿，这牺牲值得吗？

马怀真抿紧了唇。扪心自问，他们交代在这儿之后，修真联盟到底还有没有人可用？

一边的岑子尘怔了一下，看着马怀真，心里敬佩之情混着一阵寒意陡然弥漫开来。

这个男人，从来就没把自己的命当命看。他自己的命，对他而言不过是一桩买卖，而在这个时候，他竟然还算计着自己的命到底值几两钱。

雪纷纷扬扬地落了下来。

一艘飞舟正在空中穿云破空而来，眼前一片白花花的迷蒙。

飞舟越往前飞，冰冷的空气中掺杂的血腥味似乎越浓。

这个时候，乔晚终于放下了手中的"望远镜"，沉下声，吩咐船上的人整队。

"到了。"这话他是对齐非道说的。

"是啊。"齐非道神情不明，努力露出个轻松的笑容，"终于到了。"

他们到掩月山了，是骡子是马终归是要牵出来遛遛的。

时间一点点地流逝，乔晚一直没能赶来。

就在马怀真开始琢磨要不要献出这条老命和这怪物决一死战的时候，站在苏瑞身边的符弦却有些焦虑。

"将军，还不上吗？"

青年不太敢直视对面的马怀真那冷冷的目光，只能仓皇地避开了视线。

岑子尘性子硬气，气得面色通红，怒骂道："叛徒，你还有脸出现在这儿？！"

背叛了修真界他心中有愧。

符弦一瞬间有些狼狈，下一瞬又有些恼怒，忍不住反唇相讥道："岑长老，识时务者为俊杰，君不见老早之前萧焕就带着萧家叛变了吗？事实证明，萧焕当初的选择是正确的，在这风云变化的时局之下，学会站队才是最重要的生存之道！"

"如果我没站在魔域这边，"符弦忍不住看向了这数里血泊，冷笑道，"或许，早晚我都会死在这儿。至于岑长老你，恐怕今日就要交代在这儿。"

"你——"岑子尘立刻气得面色铁青，手掌一个反转，就在这千钧一发之际——

方凌青的脸上突然露出了怔怔之色："来了！"

来了？！

随之一同响起的是脑袋上一片震耳的轰鸣声！

苏瑞与周衍齐齐愣了愣。

魔域战神错愕地抬眼。

岑子尘的手掌也蓦地顿住。

马怀真一向喜怒不形于色，此时眼里也陡然泛起了一股喜悦之色！

入耳是一片远隔雪雾寒风的轰鸣声，宛如闷雷滚滚，紧接着，空气仿佛被什么东西搅动，形成了一个巨大的旋涡，四周雪花旋转，四下飞溅，一靠近飞舟船

壁，热气腾腾的动力立刻将这雪融化成了水，化作雨珠子纷纷扬扬地落了下来。

"雨？"

苏瑞微微一愣，伸出手，看着这落在掌心里的水渍，垂下了眼睫。

风紧雪急，能见度很低，飞舟在这种天气下行驶，一不小心就有撞山坠船的危险。

乔晚平静地伫立在甲板上，狂乱的雪花和疾风卷动得她的衣摆猎猎作响。

身穿粉色衣服的少女扭头问："齐道友，我要杀了符弦，你会拦我吗？"

地上的人还处在震骇状态之中。

飞舟孤独地流浪在雪山之巅，在马怀真的物资支持下，集北境战场的物资，齐非道与数部弟子，和崇德古苑一众夫子，隔着留影石，没日没夜地商讨，花了将近一个月的时间，终于将这飞舟改造成了一个庞大的钢铁怪兽。

随着飞舟逐步盘旋而下，昏黄的灯光破开迷雾，在地上打下了一束光柱，坚硬冰冷的钢铁终于暴露在人前。

苏瑞陡然变了面色。

就连马怀真也愕然了一瞬，没想到乔晚他们竟然能做到这地步！

这艘钢铁巨兽，展翅露出冷硬的肚皮，斜斜地擦过了众人的发顶！

就在这时，船侧翼的炮台射出了十多道幽蓝的光。

被这破开暴风雪的光给狠狠地迷花了眼，知道这光柱代表着什么的马怀真终于回神，怒吼一声："趴下！"

前几天他们挖的战壕终于在此时起了作用。

萧博扬脸色骤变，拽着方凌青往战壕里趴去，听着头顶震耳的轰鸣声，汗如雨下。

幽蓝色的光柱冲天而起，宛如火龙直蹿入天际，绞碎了这一场暴风雪，一阵磅礴的气劲儿从里向外轰然炸开，余力掀起千丈气波，将面前的魔兵直掀飞了出去！

钢铁飞舟擦着众人的头顶呼啸而过，所过之处，几乎将这山谷一寸一寸夷为平地。

雪花尘土飞扬间，方凌青张大了嘴，看着这庞然大物心里狠狠地震惊了一下。

十多艘小型飞舟从这钢铁巨兽的肚子中被吐出，剑修踩着飞剑护卫在两翼，这些小型飞舟装载了满满的弹药，朝下丢掷。

周衍浑身巨震，看着这甲板上从容不迫地指挥着小舟散开的少女："晚……晚儿？！"

苏瑞面色怔然，望着凝结了冰雪的灰扑扑的飞舟，握紧了手中的枪，心里翻涌着一股莫名其妙的情绪。

与这世上最深厚的修为不一样，这艘钢铁巨兽带给人的是另一种意义上的震撼。

这些能上天入地的修士，浑身一阵战栗，一股自身渺小卑微之感油然而生。

符弦怔怔地，哑然无声，心中突然弥漫开一阵迟疑和后悔的感觉。

他……错了吗？

但这迟疑与后悔之色刚刚浮现在面部肌肉上，一支淡蓝色的箭矢在这风雪中牢牢地对准了他的胸口！

乔晚静心凝神，挽弓搭箭！

箭矢破空刺来，符弦察觉时已经来不及了，只能眼睁睁地看着这箭矢朝着自己的喉口"嗖嗖"射来！

就在这千钧一发之际，苏瑞突然伸手捞来。

男人面色沉稳冷淡，眼睛眨也没眨，竟然徒手一把抓住了这高空中急速射下的箭矢！

手指用力一捻，"哗啦"一声，这支电芒凝成的"雷箭"立刻碎成了细碎的淡蓝色光点，从男人的五指间散开。苏瑞这才抬眼看向甲板上站着的那身着粉色衣服的姑娘。

说时迟那时快，箭被人空手接住，乔晚不急不恼，立刻飞身而上，手上出现一片明亮的刀意！

苏瑞面露诧异之色，脚步一动，正要侧身去拦，却慢了半步！

一切发生在电光石火之间，乔晚已经收刀。

青年的半边脖颈被一刀切下，头颅与脖颈中粘连着的血肉终于不堪重负，"咚"的一声，身首分离。

乔晚一击得手，身后传来马怀真的吼声。

"撤！"

乔晚飞身急速往后撤去！

然而，她也晚了半步！

苏瑞手中的长枪盘旋而出！

"刺！"

马怀真只觉得眼前一花，苏瑞不急不恼，枪尖一如主人般沉稳地向前递出了一寸，一枪洞穿了少女的咽喉。

方凌青与萧博扬都愣住了，难以置信地看着魔将垂下眼睑，枪尖朝上一挑，就这样当着所有人的面将乔晚的头颅从脖颈到额头切成了两半。

鲜血"哗啦"浇下的刹那，方凌青眼前也是一花，一道粉色的身影却突然凌空退了出去！

怎么可能？

看着这熟悉的沉静面容，方凌青彻底傻眼，怎么可能有两个乔晚？

而就在这时，被开了瓢的那个"乔晚"像是漏了气的气球，慢慢萎缩，最终成了一张薄薄的纸人落在雪地上。

这是……替身术！

他们曾经在鬼市见过的那个！方凌青差点儿叫了出来。

替身术，是逃出魔域后乔晚向楚娇娇学到的一项技能，原理很简单，脚下踩出法阵，在一瞬间将自己与倾注了自己的神识的纸人替身进行置换。

靠这纸人替身，乔晚才能抓住转瞬即逝的机会，在和魔域战神苏瑞短暂过招之后，还能全身而退。

事实却证明面前的男人绝没有那么好对付。

天上不断投下的灵力炸弹，说到底还是处于研发阶段，威力与准确度不够，伤得了绝大部分魔兵，却伤不了苏瑞。

不过男人却一点儿没掉以轻心，这些灵力火药能做到这地步，就已经超出了他的想象。

假以时日……

苏瑞近乎诧异地想，只要再给这些数部弟子一段时日，他们想必会研发出更精准，威力也更大的杀器。

不管如何，苏瑞纤长的眼睫微颤，目光紧紧地锁定了面前这身着粉色衣服、面色沉稳的姑娘。

这少女带给他的震撼感都是无与伦比的。

男人眼睫一眨，定了定心神，手中的长枪又是一转，往地上砸去。突然间，乔晚只觉得眼前一片眩晕，脚步一个踉跄，身后又传来萧博扬和方凌青撕心裂肺、字字泣血的呼唤声。

"撤！"

"乔晚，快撤！"

乔晚也想撤啊！但这个时候她惊悚地发现，自己动不了了！

替身术也使不上来了！耳畔好像传来了一阵狂风呼啸声，紧跟着是个女人尖厉的冷笑声，随即，一阵血色漫上眼帘，恶鬼绝望的哭号声一并冲入耳畔。

顷刻间人就被拽入了血色地狱。

这是魔域如今第一战神苏瑞的成名绝技——十八地狱。

等马怀真冷着张黑脸，掌劲儿破开风雪，逼得苏瑞长枪一扫，往后退了半步之时，眼前已经空落落的。

何止乔晚，方凌青、萧博扬、齐非道、陆辟寒这几个小的，全都消失了个没影！

亲眼看到乔晚消失的刹那，那争先恐后冲向少女的几道身影，马怀真默了，紧跟着又被气笑了。

他怎么就不知道乔晚她人缘这么好了？！

偏偏这还没玩，风雪之中，一道青色身影大踏步而来，袍袖一挥，拨开面前这遮眼的风雪，露出清俊的面容。

风尘仆仆，提着剑刚赶来驰援的李判，面色不善地问："王如意和郁行之呢？"

就在刚刚，听到前面的动静，少男少女前赴后继地冲了上去，一眨眼就没了踪影。

马怀真不大确定地挑了挑眉：大概……也进去了吧？

李判面无表情地沉默了一瞬，揉了揉额角："算了，先对付眼下这只要紧。"

被中年法修毫不客气讥讽为"这只"的苏瑞："……"

沉默了一瞬，李判又带来了一个足以石破天惊的消息："妙法尊者或许出关了。"

所谓"十八层地狱"并不是指真正意义上人死后要面对的"十八层地狱"，而是指苏瑞的成名绝技"十八层地狱"。

如今的魔域第一战神苏瑞，曾经被流放至仿照十八层地狱修建的无忧城，在无忧城这数百年的岁月，不仅让他变成了一个冷血的怪物，也让他修成了成名绝技。

这绝技能在一瞬间将人拉入一个芥子小空间内，这芥子小空间就是个独立于世上，完完全全人为的"十八层地狱"。

乔晚从一阵颠簸中醒来，一睁眼，发现身处的明显是一辆兽车的车厢。

车厢里挨挨挤挤地坐着不少男女，有老，有少，所有人都面无表情，沉默地坐在各自的座位上。

车轮"咕噜噜"地碾压地面，兽车无声地在冷寂的长夜中狂奔。

车厢里放着十多个人的头骨，头骨的天灵盖被人钻出了一个洞，放置着一支又一支蜡烛，蜡烛已经几近熔化，扭曲的烛泪滴落在黑窟窿的眼部，迷离的光摇曳。

马车无声地奔腾，窗外掠过了一片血色般的火红景象，马车跑得更快了。

乔晚迟疑地捂住了脑袋。

她……她这是在哪儿？

她一转头，身旁坐着的男男女女一脸麻木的表情，眼神没焦距地看向前方，身子随着马车的颠簸而微微起伏。

不知从哪儿吹来了一阵阴寒的冷风，乔晚觉得有些冷，皱紧了眉，搓了搓胳膊。

犹豫了一下，她侧过头低声问坐在自己身边的女人："抱歉……请问，这是哪儿？我们……要去哪儿？"

这辆兽车有些阴森诡异，车厢里明明坐满了人，却没有一个人开口说话，就

连小孩儿也是一脸麻木的样子，让乔晚略感不安。

她身边的女人却好像没有听见她的问题，依然自顾自地望向了前方。

乔晚就这样连问了三四个人，没有一个人回答她，所有人都面无表情地任由兽车带着他们驶入无尽的黑暗。

乔晚抿紧了唇，心里不祥的预感烧得更旺了。她站起身刚走了两圈，就冷得有些受不了了，但只能按下疑惑，继续坐在车上，打量着这车厢里的陈设。

骸骨灯盏随车厢癫狂摇曳，投下眩晕的光斑。一股透骨阴寒正从座椅蚕食着每个人的体温。

随着车厢颠簸，车厢外的夜色飞速掠过，乔晚觉得更冷了。

石门上趴着一只张大了嘴、额生犄角、口生獠牙的巨兽，石门就修筑在巨兽的"嘴"的位置。

兽车越跑越快，车轮被火焰紧紧包裹，行驶时拖拽出扭曲的火舌，毫不停滞地一路驶入了一扇庞大的石门。

远远看上去，兽车就像是被巨兽吞吃入腹。

不知过了多久，兽车终于减慢速度，慢慢地，停下了车。

就在这时，一直没人开口的车厢终于出现了短暂骚动，从座位上稀稀拉拉地站起了好几个人，几个人还是一样沉默无声，面无表情地排着队走下了车。

她为什么会到这儿来？为什么兽车会在这儿停车，外面究竟是什么？她怎么什么也想不起来了？

乔晚迟疑了一瞬，也跟着这几个男女一并站起身来。

不远处，黑沉沉的夜里站着前来接车的"人"。

十多具人形骷髅面带微笑，笑容大大地看着她，目光落在她的脸上。

她是最后一个出来的，这些骷髅一个领着一个，到了她面前时，剩下的那具骷髅笑容满脸地看着她，朝她伸出手，好像在等着她下车。

乔晚扶着车厢的手猛地僵住了。

这……这都是什么玩意儿？！

察觉到她没动，骷髅往前走了一步。

乔晚死死地抿紧了唇，无声地看着面前这具骷髅，冷汗随之落了下来。

雪白的骷髅又往前走了一步。

乔晚颤抖着移开视线，向远处的后方看去。

远处，不知什么时候已经升腾起了一阵火光。

那冲天的火光上，是架起的一口一口庞大的铜锅，锅里沸水翻滚。

在这摇曳的火光中渐渐响起了一阵恶鬼的尖啸和哭嚎声。

无数赤身裸体的男男女女被骷髅，或被面目狰狞、赤着上身，腰下只围着兜布的小鬼带着，倒拎着脚投入了这口铜锅中，霎时间"呜呜呜"的哭号声响彻冷寂的夜。

一口口架起的铜锅前，小鬼忙忙碌碌，沸水中煮烂的肉上下翻滚。

乔晚只看了一眼，就觉得一股寒意直蹿入身体。

面前，这雪白的骷髅微笑着又上前一步，一只脚已经踏上了马车。

乔晚不自觉地往后退了一步，一转身，冷汗涔涔，心跳如擂鼓，飞也似的钻回了车厢！

由于她跑得太急，脚下一个趔趄，直直被绊倒在了车厢内部。这动静吸引了车厢里的人的注意，男男女女低下头，乔晚的目光正好撞上了这几十张惨白的脸。

乔晚心口猛地抽搐了一下，大口喘了一口气，僵直着身子，在这些"人"的注目下，慢慢地爬了起来。

这究竟是哪里？！

和之前被无视不同的是，这一次这些男女老少沉默地凝视了她很久很久，直到乔晚故作镇定，平静地拣了个空位坐下。

那雪白的骷髅并没有追上来，车轮辚辚，兽车重新驶动，拖着这截车厢驶入了夜色。

这些男女又好像对乔晚不感兴趣地收回了视线，麻木地等着兽车下一次停车。

马车第二次停车的时候，乔晚觉得浑身上下更冷了，冷得牙关打战，整个车厢中仿佛凝聚着一股无处不在的阴寒恶意。

这一次，又有不少男女老少下了车。

那雪白的骷髅依然站在车前，脸上挂着笑容等着她。

乔晚觉得喉口一阵翻涌，宛如受惊的兔子，立刻又蹿回了车上。不知道是不是她的错觉，她感觉这雪白的骷髅离她好像更近了点儿。

兽车碾过熊熊烈焰，继续向前疾驰。回想起方才那具面带诡异笑容的雪白骷髅，乔晚不寒而栗，手指无意识地攥紧衣摆，一个可怕的猜测突然浮现在脑海：

其一，每当她走出车厢，扶着厢壁向外张望时，那具骷髅就会悄然靠近几分，直到最终将她"接"离这个地狱；

其二，即便她始终留在车内，骷髅仍会步步逼近，终将把她"接"出这片炼狱。

关键点就在于"她出不出车厢"。

于是接下来兽车第三次停靠，她没有下车，也没有朝外看。

如果骷髅每一次移动"一步"，而她的第一个猜测是正确的，等到兽车第四次停靠的时候，骷髅应该只迈出了第四次的那一步。

等到兽车第四次停靠的时候，为了验证自己的猜测，乔晚心跳"咚咚"响地走出车厢，口干舌燥地看向了这再一次微笑着出现在她面前、阴魂不散的雪白

骷髅。

这一眼，乔晚浑身冰凉，像被钉子给牢牢地钉在了地上，动也不能动了。

这雪白的骷髅和兽车第二次停靠时相比离她更近了！它迈出了两步！笑容也越来越大，第二只脚踏入了车厢，比之前任何一次的动作幅度都要大！明显兽车第三次停车时它移动过。

完了。

乔晚的心猛地下坠。

看来不论她走不走出车厢，这具骷髅都会来接她。

车轮驶动，兽车继续向前行。想到这车厢附近的那具骷髅，乔晚抿紧了唇。

她觉得更冷了，冷得不由得皱紧了眉，向手心里哈着气，企图让自己暖和起来。由于寒冷，乔晚甚至有了点儿困意。在这地方睡着无疑太过危险，她只能像高三上课那样，掐了自己一把，努力让自己打起精神。

兽车第五次停车。

雪白骷髅出现在车厢前部，诡异的笑容更大，下颌骨已张开。

乔晚尽量避开视线不去看那骷髅。

摆在她面前的路就剩下了两条，她是下车，还是等到……终点站，这骷髅亲自来接自己？

但一想到车厢外面的尸山血海、地狱哭号，乔晚又僵住了。

兽车一路狂奔，不知过了多久，这雪白的骷髅整个都贴在了她面前，黑咕隆咚的眼与她的四目相对，嘴角的弧度大得有些诡异。

乔晚一边心脏"扑通"直跳，一边却木着脸心想：她完了。

此时，车厢里空荡荡的，只剩她一个人了。

烛影摇曳，四周安静得只能听见车轮辚辚的动静。

她往后退一步，这骷髅就上前一步；她转头，这骷髅就转头。自始至终这骷髅都保持着离她不到一寸的距离，宛如贴在她身上一样，她怎么撕也撕不下来，脸上一直保持着微笑的样子。

最后它整个"人"都趴在了她的身上，伸出纤细的臂骨，轻轻环绕上了她的脖子。

乔晚心里突然升腾起一股冲动：甩下来，把它甩下来！

于是，她一把抓住它的臂骨，企图把它扯下来。

骷髅脸上的笑容倏然冷了下来。

"刺拉——"一阵令人牙酸的声音响起。

她竟然把它连同自己的皮肉一起撕扯了下来！

乔晚疼得忍不住大叫了一声，冷汗瞬间流了下来。这货已经和自己长成了一体！

乔晚刚把它这臂骨扯下来不到一秒，下一秒，它又宛如情人般温柔亲昵地贴了上去，咧着嘴，灿烂地笑着。

把它撕下来，把它撕下来！

失去意识前的最后一秒，乔晚的脑子里只剩下了这个念头。

"咕噜噜——咕噜噜——"

车轮飞速运转的动静再一次响起，乔晚从黑暗中猝然惊醒！

她一睁眼便扭头四顾，周围坐着些面无表情的男女老少，他们眼睛没有焦点，没有人开口，俱沉默不言。

乔晚艰难地咽了一口唾沫，神情微微一凛。

她又回来了？

失去意识前的最后一秒，她疯狂地拼命把那雪白的骷髅往下扯，扯得皮开肉绽，血水横流，将自己扯成了一个血肉模糊的血人。

就在乔晚抱着脑袋，冷汗横流之际，兽车停车了。

乔晚飞也似的拨开了人群，这些面无表情的男女老少似乎诧异地看了她一眼，乔晚一口气冲出了车厢，朝外看去。

冲天的火光，一口口架起的铜锅，忙忙碌碌的青色、红色、蓝色的小鬼，哭叫的人们，以及面前这个微笑着向她伸出手要接她下车的雪白骷髅……

乔晚猛地又冲回车厢，大口喘息了一声，暗暗咬紧牙，狠狠地又掐了自己一把。

这不是梦。

想到那最后的一幕和撕心裂肺的疼痛感，乔晚僵硬地坐在座位上，心乱如麻。

她要下车吗？

她若不下车，那鬼东西迟早要来接她，可是下车的后果似乎也没比之前好到哪里去……

将目光投向窗外飞速掠过的漆黑夜色，乔晚咽了一口口水，闭上眼，定了定心绪。

这一次，她不下车，也不等到最后一站。

她要跳车！

想到这儿，乔晚说做就做，霍然起身，拿起一个骷髅烛台，翻身从车窗跳了出去！

然而就在这时，乔晚突然觉得自己脚踝蓦地一沉，有什么冰凉的东西攥住了她的脚踝，正把她往车厢里拖！

乔晚愣了一下，回过神来之后，眼睛眨也没眨，立刻扭过身举起自己手里的骷髅烛台往身后的"人"身上砸去！

"砰砰砰！"

攥住她的脚踝的就是这车厢里的"乘客"之一，一个面无表情的老头儿。

乔晚呼吸急促，面色僵硬，眼里蹦出强烈而炽热的求生光芒！手上的动作机械性地"砰砰砰"砸个不停！

另一个小孩也来拉她，咧着嘴，胖嘟嘟的脸，笑得憨态可掬。

乔晚恶狠狠地咬紧了牙，照砸不误，温热的鲜血飞溅在脸上，她眨了眨眼，用力适应着眼里的血点子。

紧接着是第二个、第三个、第四个……

车厢里所有的"乘客"都站起了身，有的高有的矮，穿着不一，打扮不一，但都露出了和那骷髅一模一样的灿烂笑容，七手八脚地拽住她，将她往车厢里拖——

骷髅烛台滚落在地上，她被扯进了车厢，拽住四肢，撕成了碎片。

"咕噜噜——咕噜噜——"

车轮飞速运转的动静再一次响起，乔晚从黑暗中猝然惊醒！

这是第三次。

第二次，她没有下车，也没有到达终点，而是被这里面的所有人撕成了碎片。

属于她的血液溅满了车厢，她临死前，那雪白的骷髅站在原地，还在微笑着。

回想着死亡前的抽痛感觉，饶是再冷静，乔晚这一刻也不免快疯了！

这就是个死循环，乔晚艰难地想。

她要么下车，要么死，就只有这两种方法。

努力压抑住纷乱的思绪，乔晚扭头又看了一眼四周的"乘客"，他们麻木地坐着，脸上照例没什么表情。

但有上一次被撕成碎片的体验，单单是看着这些人，乔晚就不寒而栗。

这一次，她还是没有下车。如果不是真的没有办法，她是绝不会考虑下车这条路的。

乔晚站起来，拿起了骷髅烛台，抡起手上的烛台，冷若冰霜地朝离自己最近的一个"男人"狠狠地砸了下去！

这一次，乔晚杀光了车厢里的所有人，再次跳车的时候，却像是从万丈高空中摔下，成了一摊肉泥。

第四次……

第五次……

第六次……

接下来，乔晚尝试了各种各样的方法，企图破解这个死循环，但每次一睁眼，又是这奔腾的兽车，压抑的摇曳烛光，她的死法各不相同，但起点都是一样的。

死吧，死吧，死到最后，乔晚反倒冷静下来了，适应了这各式各样的死法。

再一次坐在这颠簸的车厢中，乔晚想，她可能必须下车了。

问题就在于她选择哪一站下车。

回想了一下之前每一站的情况，乔晚面无表情地咬紧了牙。

她哪一站都不想选好吗？！

时间一点点地流逝，车厢里的人渐渐变得稀疏。

下面这一站就是最后一站了，乔晚扭头看了一眼离自己半米远的雪白骷髅，对方微笑着，好像在等待着与她融为一体。

最后一站兽车停靠，乔晚站起身，脚步不停，一鼓作气地冲下了车，冲入了茫茫的寒夜中！

它站在车厢上静静地注视着她，车轮滚动，载着雪白的骷髅渐渐又驶入了无边的黑暗。

一下车，乔晚就察觉到自己的身体上产生了诡异的变化。

她死死地盯紧自己的一双手，呼吸猛地一滞。

她这双手，不应该称作手了，不知在何时，她体内的骨节渐渐伸长，刺破了血肉，变成了一双铁爪。

再一看向正前方，乔晚心神巨震，任何语言都不足以表达眼前这一幕带给她的震撼感。

远处是一片血红得好似没有尽头的天与地，天地交融，不分彼此。

无数赤身裸体的男女正挥舞着铁爪在互相厮杀，眼里满是仇恨和敌意。铁爪割下了对方的身体上的肉，对方手上的铁爪同时也割下了自己的肉。

残破的脏器、残存的肉挂在白森森的骨架上，宛如一套破烂的衣服，被冷风吹得四下飞扬。

等到浑身上下只剩下白骨时，冷风一吹，他们又长出了新的血肉，继续厮杀。

这些人神情崩溃，哭号不止，涕泗横流，却无法更改眼里闪动着的对对方的敌意，只能不断挥舞铁爪出击，最后被切割成一具具血色骷髅。

而在这一片赤身裸体的人潮中，她竟然看到了萧博扬和方凌青茫然而震惊的脸！

四目相对的刹那，乔晚顿了顿，萧博扬和方凌青目光落在她身上后，立刻涨红了脸。

乔晚根本没多想，飞一般地伸出铁爪，"扑哧"一声，指尖刺穿一旁一个鬼差的喉咙，十分丧心病狂地扯下了鬼差的兜裆布，披到自己身上。

刹那间两个少年的目光就从无措变成了怀疑。

还有这种操作？！

方凌青默默地给这位鬼差点了根蜡。

然后两个正直的少年，肃然地果断照着乔晚的样子，动作利索地把另外两个鬼差给扒了。

这地方哭声震天响，其他鬼差显然没注意到这儿的动静，乔晚一路拔腿飞奔，等终于冲到两个人面前时，突然一阵头晕目眩，一股没来由的怒火立刻席卷了心扉。

对面两个少年明显也受到了影响。

萧博扬暗骂了一声，控制不住地率先朝乔晚挥去了铁爪！

"当！"

乔晚手疾眼快地立刻将这一击格挡了下来，却没忍住面无表情地口吐恶言："师兄不是厉害得很吗？垃圾，废物弟弟。"

少年气得一蹦三尺高："要你管！"

"乔晚，你觉得自己多了不起吗？你还真把自己当盘儿菜了？"

乔晚面瘫着脸，毫不停顿地口吐芬芳："我忍你很久了，穆笑笑的舔狗当得挺爽的啊？舔狗就是舔狗，舔到最后一无所有！看到这冲天的火光没？烧的就是你飘零的骨灰。"

等等，乔晚心里一沉。穆笑笑和萧博扬？

她……她是不是想起了什么？按理说，她和这位兄弟第一次见面，却又骂得如此娴熟和自然……

想了半天也没想出个所以然，乔晚干脆放弃，不想了，当务之急是先找到出去的路子。

方凌青整个人都木了。

看着情况不妙，他十根手指立刻灵丝齐发，钻入两个人的识海，将乔晚和萧博扬的神识给硬生生拖了出来。这是他这几年新琢磨出来的一招。

为防意外，他又用剩下的灵丝把三个人的手腕全都捆住了，赶紧打了个蝴蝶结。

一个踉跄，神识被拖进了方凌青的识海，乔晚和萧博扬面面相觑。

乔晚惊讶："这是什么？"

方凌青一脸骄傲的表情："小爷我管它叫'勾魂使者'，我新想的招式。怎么样，牛不牛？"

所谓"勾魂使者"，作用主要是把人的神识拉入自己的识海，可惜持续时间不长，在这短暂的时间里，终于恢复理智的三个人不敢耽搁，立刻蹲在地上围成了一个圈儿，飞快探讨着出去的办法。

现在这情况着实有点儿复杂，还没讨论出个所以然，不过片刻，三个人的神识又被无情地弹了出去。

好在手腕被捆得严严实实的,虽然恶意满满互看不顺眼,但他们好歹还是能一边走,一边探查出路。

于是接下来这一段路,三个人开启了骂战。

萧博扬嫌弃:"乔晚你这蝴蝶结是什么审美?"

乔晚:"你妈没告诉过你不能抨击别人的审美吗?哦,我忘了,你妈死了。"

萧博扬被气得团团转,恼羞成怒兼气急败坏:"乔晚,你就是忌妒,忌妒小爷我喜欢过穆笑笑!"

乔晚面无表情地开炮:"你那叫喜欢穆笑笑?你这是馋她的身子,你下作!"

方凌青感觉牙有点儿酸。身为崇德古苑弟子,良好的修养不允许他口吐芬芳,少年涨红了脸,憋了半天才憋出一句:"你们俩有完没完?"

结果乔晚和萧博扬矛头一致对向他,狂风骤雨般嘲讽起来。

方凌青抿紧了唇,幼小的心灵顿时受到了伤害,默默捂住胸口自闭了。

或许是只骂不打架的三人组着实有点儿引人注目,很快就有鬼差注意到不对劲儿,朝这儿追来。

乔晚、萧博扬、方凌青异口同声地暗骂了一声,拔腿转身就跑!

令脑子不大好的方凌青有点儿崩溃的是,都这个份儿上了,乔晚和萧博扬竟然还在互喷!

"这下能跑到哪儿去?要不是你饥渴地扒了这货的衣服,至于这样吗?我们至于这么招人恨吗?"

"你是个什么奇行种?大脑长着是好看的吗?"

眼看着身后的鬼差即将追来了,正好在这时,一辆兽车停靠在了他们眼前。

三个人对视了一眼,二话不说,立刻翻身上了兽车!

等坐上了兽车,大脑里那股恶意也渐渐平息了下来,十根手指头也终于恢复了正常。

方凌青收回了灵丝,想到刚刚那一幕,心有余悸:"接下来呢?接下来去哪儿?"

作为这里面最有经验的人,乔晚想都没想,果断地说道:"下车。我试过十多次了,这是个死循环。"

萧博扬愕然皱眉:"死循环?"

于是,乔晚把自己经历的那十多种死法复述了一遍。

萧博扬张了张嘴,神情复杂:"乔晚……你……你真是个人才。"

乔晚一脸淡定的表情:"过奖。"

等到兽车再次停靠的时候,三个人立马跳下了车。

只见远处依然是烧得火红的天与地,天地之间是无数张纵横将近二十里的铁网,到处生满了数不清的剑树,地面刀刃林立,刃上布满成百上千的蒺藜,蒺藜

与剑树间有无数多头铁虫。

这些铁虫犹如一个个头颅堆积在一起，头上长满了密密麻麻的嘴，每一张嘴中都蠕动着无数蛔虫。

只看了一眼，萧博扬立刻头皮发麻了："这……这是什么玩意儿？"

崇德古苑的高才生方小同学僵硬了半秒，木然回道："这大概……就是传说中的沸屎地狱了吧？"

养尊处优的萧博扬顿了半秒，心态终于崩了，哀号道："谁来救救我？！堂主！堂主！我不要吃屎啊啊啊！"

萧家小少爷抛弃自尊，叫声之凄惨程度，连乔晚与方凌青都有些动摇了。

谁想吃屎啊？！

"要不，"乔晚迟疑道，"等下一班车？"

萧博扬连忙附和："好，好，好，等下一班，就等下一班啊！不准反悔，谁反悔老子咬死谁。"

方凌青看了一眼不远处辽阔的"屎海"："那要是出去的路就在这里面呢？"

刹那间，乔晚与萧博扬齐齐变了脸色。

"苏瑞不至于这么恶毒吧？这也太重口味了点儿。"

但仔细想想，以魔域和修真界的恩怨，苏瑞真可能故意把这破绽设在"屎海"之中，三个人立刻就不好了。

方凌青绿着张脸："不是说一般这些破绽都设在让人出其不意的地方吗？"

脑坑少年一开始思考，画风立马就不对了，越想越觉得有这个可能怎么办？！

萧博扬脸色扭曲："方道友，女娲补天的时候是忘记补你的脑洞了吗？你看看你那识海！里面坑坑洼洼的全是坑！谁家识海全是坑的？！"

苏瑞要是真把破绽设在了"屎海"之中……萧博扬再次崩溃了，哀号道："苏瑞，去你的吧！小爷我不要吃屎啊啊啊！"

乔晚嘴角抽搐，她的口味也没这么重好吗？

三个人蹲在地上默默抱头，立刻就风中凌乱了。

"要不，咱们猜拳吧？"鬓角簪着桃花，看起来文雅端庄的少年搁下手，突发奇想，冒出了一个恶毒的想法，"谁输了谁去吃屎。"

风吹着"屎海"，一股难以言喻的味道迎面吹来，三个人被吹得睁不开眼的同时，纷纷干呕起来。

事实证明，所谓的友情，在吃屎面前是十分薄弱的。

萧博扬："猜拳就猜拳，谁输了谁吃屎！"

于是，三个人又苦兮兮地开始"石头剪刀布"。

萧博扬输了。

萧家小少爷咬牙抵死不认："三局两胜！三局两胜！"

乔晚吐槽："师兄你知道吗？你的人设在这儿已经全崩了，说好的傲娇人设呢？这鬼哭狼嚎节操掉光的是谁？"

就在这时，远处的"屎海"中突然传来了一点儿动静。

乔晚错愕地抬眼，只见这青黄色的波涛中突然浮现一个熟悉的人影。

来人一路走到了岸边，目光一转，落在了呆滞的三个人身上。

来人的脸色立刻也不好了。

看着这身上挂着不明物体的男人，乔晚内心被狠狠地震了一下，她站起身，结结巴巴地问："齐……齐师兄？"

来人桃花眼，颌下生着胡楂，二十多岁的样貌愣是带了点儿三十多岁的沧桑感的，除了齐非道还有谁？

齐非道脸上的神情顿时僵住，他下意识地挠了挠下巴："那啥，这事别告诉别人行吗？"

方凌青绿着脸，大叫了一声，难以置信道："师兄你吃屎了？！"

齐非道的笑容更僵硬了。

谁知道被传送到这芥子空间之后，他直接降落在这片"屎海"里了。要早知道会是这样，就算乔晚死在他面前，他也不会救好吗？！

顶着三个人的视线，觉得自己也着实有点儿奇葩的青年，故作淡定地抖了抖衣角，往自己身上丢了个除尘诀，大摇大摆地往地上一坐，实则内心已经千疮百孔。

他这才抬眼："你们仨呢？怎么在这儿？"

三个人默默对视了一眼，老实交代了。

"那师兄呢？"

照齐非道的说法是，他一被吸入这芥子空间，就降落到了这片"屎海"里，吓得他当时真以为这片空间里全是屎，苏瑞重口味到这地步。

为了找到出路，没办法，青年只好秉持着求知、求实的实践精神，英勇地蹚过了这片"屎海"，最终到达了海的彼岸，见到了乔晚、萧博扬和方凌青三人。

这甘于为学术牺牲的精神，令三个人齐齐行了个注目礼，不由得肃然起敬。

"所以，这就是个十八层地狱吗？"齐非道琢磨了一下，又摸了摸下巴。

"你们别说，我刚刚在这里面还发现了一个问题。"青年正经了不少，露出了一个思考时才会有的表情。

不得不说，数部大师兄思考的时候，身上那不正经的浪荡气质一扫而空，整个人沉稳而有男人味到令人心悸。

"我怀疑，这地方的时间流速要比外界慢很多。"

乔晚愣了愣："慢多少？"

这里一日，外界一年？那等他们出去了，大清亡了的节奏？

齐非道抬手，拦了一下："你们先别急，听我说。据说，真正的地狱刑期很长，寿五百岁、寿半劫、寿一劫的都有。"

萧博扬一惊，皱眉："那岂不是要待到死了？"

齐非道："这倒不至于，没那么作弊吧？"

"我觉得，顶多是这里过上一天，外面过上一年，目的就是让人在这十八层地狱中的痛苦被无限延长。"

乔晚顿了顿，确认道："所以，这就是个微缩般的十八层地狱？"

"微缩？"齐非道微讶，"这又是什么名词？不过也确实有点儿这个意思在里面。"

"但我觉得，这地方绝不是折磨人这么简单，或许，它能当成一个修炼的秘境来看待。"

方凌青愣住："这鬼地方能当秘境？"

乔晚心念电转，一秒就明白了齐非道这是什么意思："这里一年，外面一日的话，在这儿修炼三年，外面不过才过了三日。"

乔晚话音刚落，除了齐非道，三个人齐齐沉默了一瞬，最后，还是萧博扬没忍住，差点儿跳起来。

"这也太作弊了！"

就是说，苏瑞这个狠人把这地方当成了自己修炼用的秘境？

怪不得他能在短短几百年时间内，取代上任魔域战神苏不惑，成为魔域新战神，一路干翻了不少修真联盟百千岁的长老。

怪不得在男人身上总有股奇妙而诡异的气质。苏瑞疏离而冷血，在这十八层地狱中待了上百年，出来之后又在这微缩版的十八层地狱中待了数年，正常人在无忧城待个几年恐怕早就疯了，唯独裴春争这舅舅是个独树一帜的奇葩，还搞了个微缩版的十八层地狱出来继续折腾自己。

方凌青精神恍惚："那岂不是……苏瑞真吃过屎？"

萧博扬精神恍惚："原来这人真这么重口味啊。"

齐非道：你们够了！

齐非道抬起眼皮，踌躇了半秒："我就是这么想的。就在刚刚，我也的的确确悟出了新的一招。"

青年忽而轻笑，目光转向乔晚时骤然阴沉，瞳色如化不开的浓墨，诡谲难测。

眨眼之间，青年的眼神又恢复了正常，他沉着嗓音说道："乔晚，你的弱点是在……识海？

"小芳，你的弱点在下盘？

"萧道友，你的弱点在战技？"

弱点这种东西，修士自己最清楚，被齐非道突然指出，三个人都呆了半秒。

"是……是啊，师兄你怎么知道的？"方凌青面色一变，思路犹如脱缰的野狗般再次跑偏，惊恐道，"师兄你关注我多久了？你该不会暗恋我吧？"

齐非道默默翻了个白眼："脑洞给你大的。"

"这是我刚刚悟出来的新招。这片……咯咯，海域实在太大了，我穿越这片海的时候，脑子里正在琢磨关于悟道那几个题，走着走着，竟然解了出来。"

"屎海"悟道。

三个人再次行了个注目礼，对齐非道肃然起敬。

齐非道憋了又憋，最终没憋住，骂道："你们仨这么熊，马堂主知道吗？啊？"

"这招的特点是，能在极短的时间内窥探天机，也能用于与人过招，迅速找到其他人的弱点。究其原理，是将三天、三年或是任意一个时间长度压缩到半个时辰、一个时辰……这也导致每次发动这招……"

齐非道顿了顿，才继续说道："都会损耗点儿寿元，具体损耗多少寿元，视情况而定。若是平常我寻找乔晚的弱点，需要一炷香的时间，发动这招之后，我只需要短短一瞬，但与此同时我付出的代价就是，损耗那一炷香的寿元。

"天道有借有还，这后果倒不太出乎我的意料。"

这回，乔晚、萧博扬与方凌青再次沉默了。

这也太作弊了，但是这招怎么听着这么让人伤感呢？

看到三个小朋友有点儿难过的目光，青年翘起嘴角，有点儿没好气，又有点儿欣慰和感动，笑骂："干吗呢，不就牺牲点儿寿元吗？你们的齐师兄我难不成还修不到化神？修到化神期，那我还不是大把的寿元随便花？"

明明是牵扯到生命这种大事，怎么被齐非道说出来，就像用花呗一样这么喜感呢？乔晚默默扶额。

"行了。"齐非道收敛了神情，正色道，"这招我少用行了吧。当务之急是要弄清楚怎么出去。"他又问乔晚等人，"你们有什么发现没？"

等乔晚、萧博扬和方凌青三个人依次把刚刚的经历都说了后，齐非道又摸了一把胡子拉碴的下巴："你们进入过别人的心魔幻境没？"

"一般来说，这类幻境的破绽都遵循'相反'的道理，光明正直的人，心魔幻境中的破绽就是他内心的黑暗与阴私，而就算再邪恶的人也有心存善念之时，破绽往往就是他内心的那一缕光明与善意。"

乔晚问："齐道友，你是怀疑这地方和苏瑞的心魔幻境逃不开关系？"

齐非道点了点头，继续说道："苏瑞这人曾经被流放至仿照十八层地狱而建造的无忧城，估计这地方就是受他当初在无忧城中的经历的影响所诞生的。"

萧博扬立刻跟上："那岂不是只要我们能找到他心中的'善念'，就能有出去的办法了？"

369

这场谈话，最终以齐非道表示"是这么个理"而结束。

不得不说，齐师兄果然是齐师兄，有他在，三个人就像是找到了主心骨。

乔晚轻轻地舒了一口气，不管怎么说，总归是有希望、有目标了。

有希望、有目标，他们就有了前进的动力。

乔晚默默握拳，冲！

一般人进了苏瑞这"十八层地狱"早就被折磨得精神崩溃，唯独齐师兄是个热爱学术的奇葩，用学术的视角察觉到了不对劲儿之处，透过现象看本质，确定了这就是个修炼秘境。

这点也只有崇德古苑的数部大师兄齐非道能做到。

乔晚、萧博扬、方凌青……换成任何一个人都不行。

十八层地狱，主要分外八热地狱、八寒地狱、游增地狱和孤独地狱，八热地狱每一狱都有四道门，每一道门外都有四个游增地狱，统共有十六个游增小地狱。

他们想在这么多地狱中间找到苏瑞的破绽是件十分困难的事。

就在踏上兽车前的那一秒，乔晚突然福至心灵般大叫了一声："雪狮儿！"

雪狮儿？

另外三个人齐齐愣了愣。

乔晚叫完也愣了。

雪狮儿……是谁？

眼前好像隐隐浮现一个女人柔美的轮廓，样貌和那位裴春争有几分相似，但始终就像是雾里看花、水中望月一样，乔晚看不分明。

重新坐上兽车后，四个人合计了一下，决定一边修炼一边找人。

反正这是个修炼秘境，他们不要白不要。

在接下来的旅途中，乔晚有幸见识到了铁锅煮人、铁杵碾碎人、铁钉钉人、铁斧分尸等一系列极限操作。

最恐怖的是，在这些酷刑之下，地狱中的"人"都是清醒的，活着的，亲眼看着铁斧落下，自己被大卸八块，一转眼，又恢复了正常，继续重复着被活体解剖—复原—被活体解剖—复原这永无止境的折磨。

到处都是火光冲天，哀恸哭号声震天响，众生在地狱中挣扎，求生不得又求死不能。

在这样的环境下，没多少人还能保持乐观的心态，四个人慢慢地沉默了下来，只觉得脚底板发寒。

这世上倘若真有地狱，他们这种造了不少杀孽的人，估计也是下地狱的结局。

几个人坐在飞驰的兽车上，又一阵阴寒之气袭来，几个人透过车窗向外看去。

只见一片茫茫的冰天雪地一眼看不到头，在这冰天雪地之中，无数光着身子、形如牲畜的男女老少被鬼差赶着往前走着，每走一步，身上皮肤都被冻得自身上脱落。

"这是八寒地狱中的'优钵罗',"齐非道沉声说道,"意思是青莲花。你看到这些人身上被冻掉的皮肉没有,就像青莲花一样。"

下一站,比"优钵罗"更冷,就算坐在车厢里,乔晚也能感受到无处不在的寒意。而在冰原上行走的人,比之前一站形容更加凄惨,皮肉绽开,宛如一朵血色莲花。

"这是'波头摩',意思是红莲花。"

越往前,气温越低,人身上的皮肉层层绽开,宛如盛放的莲花,露出白森森的骨骼。

"'摩诃钵特摩',意思是大红莲花。"

齐非道招呼三个人凑过来,正色道:"待会儿我们先从'额浮陀'下车,这是八寒地狱中的第一层,程度最轻,等我们适应了这温度之后,就能慢慢地继续探寻,直到去往'摩诃钵特摩'。"

乔晚等人自然不会有异议。

十八层地狱并不是一层一层像楼梯一样深入的,而是不分层次的。

四个人在'摩诃钵特摩'下了车。

脚踩上雪地"咯吱咯吱"地响,一阵寒风袭来,好似顺着肌肤渗入骨缝,一路深入了五脏六腑。

乔晚哆嗦了一下,哈了一口气,神情肃然地去查看方凌青、萧博扬的情况。虽然被冻得不轻,但两个人明显还能保持清醒,继续往前走。

而他们身旁擦肩而过的男女们,已经被冻得浑身上下翻起了水泡。

四个人顶着寒风,一边艰难地行走,一边哆哆嗦嗦地企图用灵力焐热自己。

其中当属乔晚最淡定,虽然冷,但这感觉和冬天走在冷风中其实没多少差别。主要因为她是体修。

被少女这淡定的神色、云淡风轻的气度给狠狠地震了一下,齐非道沉默了一瞬,深刻反省了一下自己:"我现在开始怀疑我当初是不是选错专业了……"

体修什么的,太讨厌了好吗?!

结果这么走下来,方凌青竟然还真有收获,不只对灵力的掌控提升了,持续性和稳定性也都有了质一般的飞跃。灵力超长续航,一路焐着自己,成功进化出了低温适应能力。

萧博扬也有收获,这里的每一层地狱,在"受刑—复原—继续受刑"之间都有个极其短暂的喘息之机,胆子小、没出息的萧家小少爷成功悟出了一招"绝对时间",能让时间停滞一瞬,就为了让自己多休息一瞬,可谓没出息至极。

唯独乔晚依然没悟出什么所以然来。不,她其实也是有收获的,感觉自己作为乔晚的记忆好像恢复了不少,细想却又想不起来什么。还有,硬要说的话,那就是为了找破绽,视力更好了,她能透过风雪清楚地看到远处的东西。

穿越了"八寒地狱",眼见着没找到苏瑞的破绽,四个人又下了马车。

结果一下车,齐非道看着面前被烧得红通通的天,脸色微变:"坏了,这是无间大地狱。"

乔晚不明白就问:"无间大地狱?"

"之前每层地狱都有一瞬喘息之机,而在这无间大地狱,是没喘息之机的,所以这里又被称作无间大地狱,俗称阿鼻地狱。"

无间阿鼻地狱,这不是大家发誓的时候常说出来的"有违此誓,永坠无间"吗?!

现在这阿鼻地狱近在眼前,就连乔晚也忍不住戾了一秒。

四个人面面相觑了一番,最后还是乔晚动了动嘴唇,叹了一口气,认命道:"走吧。"

"谁见过地狱呢?魔域的人也没见过,不过是根据记载仿照的,而苏瑞这个又是翻版的翻版,"乔晚思忖道,"指不定没真正的阿鼻地狱恐怖。"

远处烧得通红的天宛如一块烙铁,天与地好像干柴烈火,熊熊地燃烧在了一起,绵延成一条火线。

入目是一扇长宽逾千丈的"火热铁城门",饶是做好了心理准备,用灵力护好了自己,一迈入铁城,四个人还是被镇住了。

地面是铺就的热铁,熔金般正在缓缓流动。

只见在地平线那头,无数只庞大而燃烧着熊熊火焰的车轮,正以无可匹敌之势以及快到肉眼都看不清的速度,声势浩大朝城门口开了过来!

"轰隆隆——"车轮碾压过热铁,势若奔雷!

大地震动不休,无数行走在热铁上的人躲闪不及立刻就被这庞大而开足了马力的一排排车轮给碾压在了地面上,烙了大饼!

车轮越来越近,众人这才发现足足有数丈高!

萧博扬愣了一下,大骂了一声,终于打破了这死一般的寂静气氛,四人转身就跑!

身后"呼啦啦"转着一圈儿火的庞大车轮还在紧追不舍,四个人跑得气喘吁吁。

方凌青突然绝望地喊了一声:"不行,我的灵力撑不住了!"

救命!

他的灵力快护不住自己了。

这灵力盾要是一溃散,方凌青根本不敢想自己的下场。

这地狱里面根本没有喘息的机会,这就代表着他们一被车轮碾下去,被烙了大饼,一复原,刚爬起来立刻就又要被碾上一遍,永无止境,无法逃脱!所以,他们绝对不能被这些车轮带进去!

汗水刚一冒出来,立刻又被蒸腾得干干净净,方凌青咬着牙,梗着脖子,拼命地往前冲着!

跑着跑着,身子却突然一轻,他惊恐地发现,自己竟然"飘起来了"!

不……他不是飘起来了,是法器,是一个法器把自己拎起来,甩到了半空中。

方凌青惊悚地回头,正对上了一双寒火般幽深的眼。

陆辟寒一手依次提起萧博扬、齐非道和乔晚,往天上甩去!

四个人惊魂未定地跌坐在男人的脚下,这才发现这是个飞行法器。

乔晚喘了一口气,愣愣道:"大……大师兄?"

一开口,她自己也不由得愣住了。

面前的男人也怔了怔,垂下眼,听不出感情地淡淡"嗯"了一声。

齐非道愕然:"陆道友,你怎么在这儿?"

陆辟寒不答反问:"你们怎么在这儿?"

虽说大家都是同龄人,但面前这瘦骨嶙峋的男人实在孤傲冷淡,气势迫人,让人不由自主地就跪在了他面前。

乔晚老老实实地又把之前的事复述了一遍。

"我知道。"陆辟寒淡淡地阖眼,再睁眼时突然抛下了一个平地雷一般的消息,"我刚把十八层地狱都走了一遍。"

"十八层地狱……"乔晚磕磕巴巴地重复了一遍,"都走了一遍?"

她立刻就对面前这位看上去十分病弱的道友肃然起敬。

这人真是身残志坚哪!

陆辟寒看了她一眼,收回视线,看向齐非道,冷着声音说道:"我想,我或许找到了你们口中的那个'破绽'。"

乔晚又下意识地脱口而出:"是……雪狮儿吗?"

这回,陆辟寒眼里终于露出了点儿惊讶之色,抿紧了唇,深深地凝视了她一眼。

乔晚莫名其妙地感到一阵压迫,往后退了一步。

男人顿了半秒,这才开口:"是。"

"苏雪致,苏瑞的亲妹子,也是裴春争他生母。"

陆辟寒想到刚刚看到的那一幕,神情更冷了点儿,眼里露出森然的光。

下一句话,又宛如一个惊雷,把乔晚四个人给炸飞了。

"……"

第四部分　最终战

第十九章　男主回来了

所以，支撑他挨过这几百年酷刑的"温暖"存在也被以"破绽"的形式保留在了这芥子空间之内。

这……这还真是，怪震撼的。

不过这位陆道友已经替他们探明了前路，那接下来他们要做的事就明了许多了，那就是把十八层地狱都走上一遍之后，一齐前往那片净土，击破这个破绽，跳出这个小空间。

齐非道抬眼："那……走吧？"

等到这车轮开过去之后，五个人迅速跳了下来，拔足狂奔。

结果在"黑绳地狱"的时候，乔晚又遇到了两个十分眼熟，却叫不出名字的少男少女！

那"少女"一看到她就愣了愣，竟然"嘤嘤"地飞扑了上去："辞仙哥哥！我之前就听李师叔说了你没死，太好了，嘤嘤嘤！"

乔晚表情茫然地推开了自己身上这妹子，毕恭毕敬地问："这位道友，请问你是谁？"

然后看到这姑娘的脸，乔晚又震了一下，不过礼貌不允许她表示出任何惊讶之色，她只能将情绪摁了下去。

看着身穿粉色衣服的姑娘这彬彬有礼的模样，又娇又嗲的王如意立刻就哭了出来。

"真是的，你真的忘了呀。李师叔说的时候我还不信呢。"

"我是如意！"她又一把扯过身后那被毁容兼之残疾的少年，"这是郁行之。我们之前在鬼市一块儿待过的，欸，你上来啊。"

少年别扭地看了乔晚一眼，脸色微微扭曲："我自己走！"

这几年时间下来，王如意一直是和郁行之待一块儿的。

开战之后少年也成长了不少，主要是有些事让他必须成长起来。

郁行之抿紧了唇，目光微微一闪。

就在开战后不久，善道书院被灭门了，就剩下了他一个独苗。

一想到那一幕，郁行之就感觉喉口宛如被火燎过一样，说不出话来。

卢长老是死在山长坟前的，下雨天，被那碧眼少年弟子神情淡淡地一刀结果，夜雨如瀑，也冲不掉书院这满目的鲜血。

郁行之依然阴郁，但这一直跟在自己身边的小僵尸的确缓解了不少自己心里的恨意。要不是王如意，他指不定就直接杀去魔域找那位报仇，然后顺利交代在那里了。

他也确实这么想过，直到被马怀真骂醒了，于是不声不响地擦了把脸上的血，选择投身军中，就在不平书院的领导之下。

换句话说，他改投了不平书院。

人全齐了，就是不知道那位魔域新任战神苏瑞看到他们把这儿当成了一个修炼副本，会是什么反应。

而在外面的马怀真，心情也没轻松到哪儿去，一方面要紧紧地提防着苏瑞，一方面还要留意这十八层地狱里面的几个熊孩子的动静。

男人淡淡地招手，竟然直接拔出了一座雪白的山丘！

男人静静地端坐在风雪中，山丘高高地飘浮在头顶的半空中，皑皑白雪滑落下来，露出褐色岩面。

昆山的问世堂堂主宛如风雪中一个暗淡的黑点子，眼里迸出冷光，手指微微一动。

风雪裹着山丘，像颗炮弹一样往男人身上砸去！

四两拨千斤，这就是马怀真残废之后，随便缠上断胳膊断腿，弃刀从法，悟出来的一手隔空取物功夫。

理论上，什么都能被转移，山也行，海也行，其实就是微不可察的灵丝附在了物体表面上，将这些东西当作兵器砸出去。

搬山移海，这就是真正的修士的本事。

这几年来，苏瑞与马怀真死磕过不少次，但这还是第一次在战场上正面遭遇，饶是他，也微微一愣。

男人长枪一转，面色平静地下了个评语："马堂主不愧是当世第一法修。"

男人淡淡地说："苏道友也不愧是魔域新任战神。"

然后，就是隔着风雪，无言对峙。

在这对峙中，马怀真默默丢了个传音入密给李判。

"妙法尊者是怎么回事？"

"出来了。"李判沉声回答，"我叫了郑温良和绿腰去请，估计这会儿就得到了吧。"

妙法尊者出关了？

马怀真皱眉沉思，心里却说不上有多喜悦。

对方这回是提前出关的，按理说，妙法尊者应当是始元那老妖怪出来后，修真联盟的最后一张底牌，妙法出来了这不就是代表着始元那老妖怪迟早也要出来了？

乔晚等人艰难地在这十八层地狱中跋涉，不止萧博扬悟了，方凌青悟了，大师兄悟了，就连后来的王如意和郁行之也悟了！

唯独乔晚，大脑依然一片空白。

将这些乱七八糟的想法往脑子后面一抛，在兽车停靠在最后一站时，一行人翻身下了车，就看到天上彩霞如绮罗锦绣，地上奇花异草，溪水潺潺。

而在这草地中间，坐了个温婉秀丽的姑娘，姑娘怀里抱着个粉雕玉琢的小男孩，小男孩正是幼年的裴春争无疑。

姑娘正与丫鬟说笑着些什么。

这片秘境是昔日的苏府，假山台榭，欢声笑语，人来人往，一家团圆的景象。

乔晚脚步一顿，紧跟着，就看到了那位魔域战神无法宣之于口的爱恋。

其实，这是个很简单的故事。

少年喜欢上了自己的亲妹子，觉得自己简直不可饶恕。

但看到苏雪致朝他跑来的时候，微扬的裙角下露出雪白纤细的脚踝，他喉口微微一滞，移开了视线。

"大哥！"

苏瑞顿了顿，摸了摸自家妹子的脑袋："雪狮儿，乖。"

手上捧着个头盔，穿着一身厚重的沾血战甲，他一言不发地走进了书房。

在战场上，他与敌军厮杀，滚烫的鲜血泼洒在胸膛上时，满脑子想的都是妹子的笑。

这信念支撑着他一次次活了下来，他却在凯旋后，不敢多看自家妹子的眼，只能行色匆匆，绷着冷峻的脸转身就走，行走间，厚重的铠甲压在少年尚且单薄的脊背上，"哐啷"直响。

后来，雪狮儿喜欢上了裴旻，执意要嫁给他。

苏瑞微微一愣。他一直不大明白自己对雪狮儿是什么感受，一直以为他这个

做哥哥的占有欲太强了，但直到这时候才恍然明白，自己对自家妹子生出了点儿说不清道不明的心思。

少年冷硬的脸上尽量露出了点儿温柔的笑意，拍了拍自家妹子的脑袋，语气定定的，好像一个承诺："好，大哥帮你。"

雪狮儿在嫁给裴旻之后，过得并不快乐。

但少年忙着南征北战，并没有时间多去察看她的情况，只在每一次凯旋之后，静静地站在裴府门口，给她带点儿她幼时喜欢吃的糖，或是在出征前沉默地在她的院子前站上一夜。

再到后来，他家输给了裴旻，他也被流放到了无忧城。

苏瑞想，雪狮儿肯定自责内疚。

但他其实并不怪她。

他的感情太惊世骇俗，他只想压抑这感情，做雪狮儿的好兄长。

雪狮儿的死讯传来的时候，他正在无忧城被狱卒赶着蹚过火海。

少年赤着上身，脊背弯得低低的，一步一步往前走着。

从小接受铁血教育，素来强硬的少年将军终于流下了泪，但这眼泪还没滴落到地上，又被蒸发得一干二净，看上去他又像是那个铁血冷硬的小将军。

他在这十八层地狱中煎熬了几百年，只有一个信念：等他出去，他就带雪狮儿回家，带小春儿回家。

齐非道沉默了一会儿，端详了一下面前这和谐的秘境，有点儿苦恼。

"按理来说，劈开这幻境我们就能出去了。"

但问题就在于，他们……他们这么干，这还算得上是人吗？！

就在这时，一道磅礴的剑意劈来，这一剑宛如一条金色的线，直将远处这假山台榭、流水潺潺的幻境给劈碎了。

秘境开始寸寸向外崩裂，四周突然陷入了诡异的安静气氛之中。

在这寂静之中，真钢铁直男不解风情的陆辟寒一手抵唇，轻咳了一声，率先迈出一步，沉声道："走。"

齐非道："……"

一个病剑一个孤剑，一个六段情缘，一个万年单身，怎么差别就这么大呢？

苏瑞的回忆并不能带给陆辟寒任何一点儿触动。

他自幼就饱受病痛折磨，对生命的体悟比在场所有人都更深，生、老、病、死、怨憎会、爱别离、求不得，他视若平常。

一剑劈碎了这幻境，陆辟寒气息不稳，脚下一个踉跄，好在乔晚手疾眼快地上前一步立刻扶住了他。

少女眼神明亮，低声问："道友，你无恙吧？"

陆辟寒微微一怔，深深地看了乔晚一眼，良久阖眼颔首，拂开了她的手：

"多谢。"

独留乔晚站在原地，有点儿纠结。

据说这是自己的大师兄啊……她怎么感觉，他对她比齐非道他们对她还陌生疏离点儿呢？

乔晚默默挠了挠头，苦恼地想着。

乔晚等人是被秘境吐出来的，几个人一冲出来，顿时像叠罗汉一样晕头转向地摔在了一块儿。

天旋地转间，乔晚抽空朝外看了一眼，顿时整个人都愣了。

猩红的天阴沉沉的，地上皑皑的白雪已经被鲜血铺满了，风雪也被沾染上了血色。

一场红雪从天上落下，风紧雪急，远处巍峨的山脉好像伫立在一片通红的血雾中。

方凌青结巴道："外面……外面怎么变成地狱了？"

这里面是地狱就算了，外面看上去怎么比地狱还像地狱？

"不。"乔晚艰难地吐出几个沙哑的字，"你们看那边……"

这是人为的景象。

远处静静伫立着一个修长单薄的人影。

对方一头蓝发披散，垂落脚踝，身上的玉青色衣袍被风吹得袍袖微扬，身后是四只平举的手，手上各捧着人脑、人心、人舌、人眼。

尊者，或者说，魔者，一脚踩在这遍地残肢之上，身后金光耀耀的法轮如同一轮转动的赤日，吞没了光明，除了他所站立着的这方寸之地，四周一片昏暗血色。

对十八层地狱之外的人而言，刚刚就是一场残忍的杀戮。

马怀真捂着胸口，一口气退到了数丈之外，气得眼睛通红，好像要滴出血来。

不到万不得已的时候，妙法是绝不会出来的，在闭关前，各宗门长老包括马怀真在内，也曾经与尊者商议过。

妙法心魔之强，马怀真清醒地早有准备，但他做梦也没想到，竟然会……

看着面前这血色的战场，马怀真一时沉默。

他没想到妙法的心魔竟然会强到这地步。

披着一身染血的衣袍，尊者藏蓝色的长发飞扬，行走间，发梢也沾了不少鲜血和碎肉。

除了身后那一轮转动的赤日之外，周围别无其他光亮。

乔晚愣愣地看着尊者凤眸半敛，一手持剑，法轮转动间，宛如一轮飞旋的赤日，所过之处，血肉飞溅。

尊者面目青黑，青面獠牙，额生三眼，束发的头骨发冠好像在狞笑，从这头骨发冠下垂落的发丝垂在脸颊边，偏偏又多了分柔和气息，像鬼，又像神。

尊者走得很慢，眼神能看出是清醒的，但法轮所飞旋之处，不论魔兵还是修士，尽数殒命于这法轮之下。

法轮旋转不息，摧毁一切，所过之处爆开一片又一片血雾，碎肉飞溅，淋满了这玉青色的衣袍。

尊者眼睫微垂，微弱的光明将瘦长的影子拖得很长，一抬手，握紧了手上湿软的脏器，继续向前。

衣袍掠过寸寸白雪，寸寸枯草，在一轮血色夕阳前飞扬。

画面荒芜、苍凉，甚至荒谬，尊者简直像在清扫战场，眼中映出的无非都是众生。

苏瑞是一击就被这法轮给击飞的。青年魔将神情一凛，立刻抬手整兵往后退，但不论这位魔域战神退得有多急，依然阻挡不了魔兵被法轮一寸寸碾过的命运！无数魔兵与修士在这法轮之下被碾成了一地碎肉！

苏瑞愣了半秒，惊愕地发现，面前的尊者是在无差别攻击？

马怀真捂着胸口，气血翻涌间吐出一口血，结果一抬眼，目光突然扫见了叠罗汉似的被甩出来的几个小辈，顿时崩溃，怒吼道："跑！快跑！"

方凌青愣了愣。跑？跑什么？这不是妙法尊者吗？

马怀真差点儿又被气得一个倒仰，吐出一口血，恨不得怒骂道：是个屁！

直面面前这尊者，乔晚只感觉浑身上下仿佛有一盆冷水兜头浇下，眼里清楚地映出了尊者手上那血淋淋的、好像还在跳动的人体脏器。

这究竟是什么鬼东西？

一股无法言喻的森寒和恐惧情绪霎时间涌上心头，乔晚手脚冰凉的同时，眼神已经和妙法尊者撞了个正着。

尊者的目光落在乔晚、方凌青、萧博扬等人身上。

他明显是认出他们来了，但垂眼间，手一招，法轮竟然冲着他们直直地飞了过去！

仿佛赤日坠地，映在眼里，乔晚竟然荒谬地仿佛感到了一阵来自天道的威压，耳畔是法轮飞旋的"轰轰"雷鸣声。

震法雷，曜法电。

好像被人兜头敲了一下，刹那间，她脑子里竟然浮现无数血色画面，好像穿越了一阵漫长的时光，苍凉的笛声一并响起。

这些画面纷乱交织，地点、时辰各不相同，但都有一个"共性"，那就是，"她"在杀人。

一个被"她"一剑击碎了丹田的中年修士，目眦欲裂地瞪着眼，神色难以置信。

一个被"她"一剑削飞了双腿的修士……

数不清的修士、魔兵、异兽都死在了她的剑下。

少女一身粉衣，紧抿着唇眨了一下眼睫，眼睫上的血珠滴落。

紧跟着，又一些陌生的男人、女人，有高有矮，有胖有瘦，有长得美的也有长得丑的，无不诽谤人、伤人，甚至杀人。

乔晚想动却又不敢动，只能挺直脊背站在原地，被迫接受着"审判"。

难怪，刚刚这满坑满谷的修士和魔兵竟然没多少抵抗得了这法轮的。

萧博扬面色惊骇，和在场其他人一样，无不惊恐战栗地想，这是什么玩意儿？

一个人的身上，怎么会有一种恍若天道的威压。

跑，跑不掉，眼看着一伙人就要尽数被法轮碾成一摊碎肉，马怀真气得眼睛滴血。下一瞬，他深吸一口气，和李判拼了老命地招来数道灵丝，在这法轮即将倾压下来之际，硬生生强顶住这法轮的威压，额头青筋暴起，一把捆住了这几个小辈，强行把乔晚一行人从法轮下面给抢了出来！

"哐当！"

乔晚只觉得眼前一黑，已经被丢在了轮椅前，头顶上传来这位马堂主嘶哑的怒吼声："不是叫你们跑吗？！没听见吗？！"

这一开口，他又被刚刚的招式反噬得喷出了一口血。

从这法轮下面抢人，马怀真差点儿咬碎一口牙，这真不是人干的事。

"哗啦！"

男人喷出一口热血，摔的位置最不巧的乔晚立刻被马怀真喷了一脸血！

乔晚等几个小辈，明显已经被面前这一幕给吓傻了，就算被喷了一脸血，也只是呆呆地站着。

陆辟寒终于率先回神，踉跄着扶着轮椅站了起来，神情复杂："这是……怎么回事？"

马怀真看了一眼行走在战场间转动着法轮的尊者，又看了一眼在这法轮下连个声音都没来得及发出，就立刻被碾压成了一地碎肉的修士与魔兵，闭着眼深深地叹了一口气。

"这就是这位妙法尊者要压制心魔的原因了。"

妙法的心魔有多恐怖，只有修真联盟的少数高层知道。

他的心魔，会不分敌我地屠戮。

马怀真的目光落在这一身血的粉衣姑娘脸上。

即便面对众所周知与妙法尊者交好的乔晚，方才也未见对方有丝毫手下留情。

如果说妙法尊者做这一切的时候是失去理智也就算了，但现在他已经能掌

控自己的心魔了，他做这一切的时候明显是清醒的，清醒地认出了乔晚，认出了马怀真，认出了其他人。

齐非道那吊儿郎当的神情终于收敛了个干干净净，他眼睛一眨不眨地直视着马怀真，眼神甚至带着点儿压迫的意思。

"马堂主，事到如今，你总得告知我们妙法尊者这是怎么了吧？"

李判仔细地打量了乔晚一番，平静地抬眼看向那血色夕阳下缓缓行走的尊者。

说实话，这袍袖飞扬、藏蓝色的长发飞舞，地上拉出一道长长的单薄影子的画面，竟然真有点儿诡异的美感。

"每个人的心魔都不一样，表现方式也不一样。"顶着面前这些小辈的视线，李判与马怀真交换了一个眼神，终于沉声说出了这个修真联盟隐瞒了多年的秘密。

有的人的心魔是伤害自己，有的人是伤害别人，但大部分陷入心魔的人，神志总归是不清醒的。

而妙法尊者不一样。

"他的心魔，就是个杀器，专门用来杀人的。"

萧博扬喉口微涩，终于忍不住开口："但……他这明摆着是敌我不分哪。"

马怀真面无表情地说道："于天道看来，这世上并无敌我之分。你、我、妖、魔、鬼……有情众生，无情众生，没有任何区别。天道无情，任自然，无为无造，万物自生自灭，自相治理。"

瞥见乔晚等人愣怔的表情，李判不由得嗤笑："你们觉得难以置信？觉得委屈？"男人沉下了嗓音，"这世上最应该觉得委屈的是普通人。"

"若这世上没有修士，天地万物轮转不息，运转正常，但偏偏出了点儿岔子。"李判抬起手，比了个手势，"出现了一批人，这些人太过霸道，窃取天地的气机，掠夺这世间的灵气资源，扭气机，夺造化，为自己所用，只为满足自己'飞升'的私欲，这天地间的平衡就被打破了。"

修士是窃取天地气机，为自己所用，自私自利之辈……

乔晚猛然怔了怔。

萧博扬等人也被这言论给狠狠地惊了一下。

"你们想想，"李判不动声色地继续说道，"人类、草木、飞禽、走兽，因着这天地间流转不息的灵力而繁衍生息，欣欣向荣，但修士出现后呢？修士挖掘灵脉，掠夺灵气，致使本来平衡的气机彻底失衡，无数草木枯萎，无数飞禽走兽从此灭绝。修士争斗，地动山摇，打起架来，不少普通人无辜殒命。"

"早就罪孽深重。"李判道，"修士为了一己私欲，导致天地阴阳失衡，就这样还妄图飞升成仙？"

中年修士的目光遥遥地看向了战场上另一头的那魔域战神。

"或许为了平衡修士的存在，魔，诞生了。修士与魔不死不休，但两者总归是打破平衡的异物。眼见兵燹四起，祸及八方，无法收场，于是，妙法尊者的心魔诞生了。"

"两种生灵都扰乱了天道，造出诸业，给众生带来痛苦。妙法尊者的心魔即是'杀'，从诞生起，就是为了'杀'，只杀修为者与魔，无差别地杀，拨乱反正，重新使这天地间恢复正常秩序。"

话音落下，一片死寂，四周只剩下这血色的风雪呼啸而过的声音。

乔晚等人已经被李判的这番话彻底震呆了。

郁行之愕然。修士才是罪魁祸首？

他们一口一个天道，其实才是扰乱天道的异端？

数十载根深蒂固的认知在这三言两语间轰然崩塌，郁行之心神俱震，下意识上前一步，右手却猝不及防被人擒住。

女尸担忧地看着他："你……你不要紧吧？"

郁行之喉口滚了滚，目光落在王如意的脸上时，总算短暂地清明了半响。

"我没事，小僵尸，我没事。"

看着面前这一干小辈的反应，马怀真神色顿寒。

他们第一次察觉到这一点的时候，反应又比这些小辈好到哪里去？

他们甚至不如这些年轻人。

主要是因为他们修为的时间更长，数百年，甚至数千年的信念，在一朝被打破了。

他们是天道的异端，甚至是天道之敌，天道早在数百年甚至数千年前，就已经在调整这一切，于是飞升的人越来越少。

有不少长老无法接受这现实，选择了自戕。

乔晚震骇了一瞬之后，迅速收敛了情绪。

对这件事的接受情况，她比方凌青他们要好上不少。

一是因为，她从没想过成仙；二是因为，她从小就接受过相似的教导。

过去，人类以为自己是自然的主人，后来才发现人类其实才是地球之敌。

在这齐非道都被震得面色煞白的时刻，乔晚心念一转，迅速提出了一个新想法。

"为什么，我们不能……呃……"乔晚整理了一下言辞，沉声说道，"保护这世间万物，维护这世界的秩序呢？

"我们可以有节制、有计划地利用资源，与魔共生，重新融入这秩序之中。"

出现的人事物，已经出现，杀掉这一切，让天地重归平静，这太荒谬了，乔晚无法苟同。

既然事情已成定局，那他们就想办法弥补，想办法合作共赢，否则这和灭霸有什么不同呢？

乔晚睁大了眼："修真联盟就没有别的办法吗？"

这些人活了上百年，若说没想出解决的办法，那也太奇葩了。

马怀真与李判都惊讶地看了乔晚一眼，没想到最先反应过来的竟然是她。

这反应之迅捷，甚至超过了不少宗门长老，实在有点儿出乎两个人的意料。

"有倒是有，"李判微微颔首，"顺为凡，逆则仙。修仙，修的是后天返还先天。我们初步设想的是，我们修士攫取了不少气机，若能将其返还于天地呢？所谓道生一，一生二，二生三，三生万物，倒过来，便是万物返三，三返二，二返一，统归一个圆融的本元。有取总归有还的。"

"我想我们在修仙这条道上，都走岔了路，修仙修的是顺逆之间的颠倒。"李判继续说道，"修的是随方就圆，与大道自然合二为一，而非超越，更非杀人夺宝，掠夺气机。若我们照这条路走下去，路只会越走越窄，直到天路彻底断绝。

"只是，我们如今还在摸索要如何返还，做到这一三之中的颠倒。"

这和刚刚那番言论有啥区别啊？

郁行之忍不住苦笑。

总归来说就是你修了几十年的道，突然有人来告诉你，不好意思你修错了，这么修下去永远不可能成仙的。

这谁接受得了啊？！

乔晚心中微沉，看向远处的妙法尊者。

"但当务之急，是先拦住这位……尊者……"

自心魔诞生起，他就是天道，肃清世事，还天下清平。

难怪刚刚直面对方的时候，她好像感到审判的巨斧兜头劈下。

"拦？"马怀真沉声问，"你想怎么拦？"

就在这时，尊者已然抬眼，视线淡淡地扫了过来，再拨法轮！

只刹那间，这轮赤日就已经深深地切入了马怀真的腰腹！

一切都发生在电光石火之间！

风停了，雪也停了，飞舟也停在了半空中，昏黄的探照灯灯光洒落了一地。

萧博扬的怒吼声陡然响起："快！"

随之响起的是齐非道镇定的嗓音："在后颈！"

他开口的刹那，乌黑的发已经染上了点儿霜白颜色。

乔晚脚尖一点，拔地而起，如流星般率先冲了上去！

方凌青神情郑重，十根指头灵丝齐发！

就在这短暂的空隙之中，乔晚已经借力冲到了尊者面前，高高地举起了手刀，打算直接劈过去时，突然间——少女额前的发丝轻轻扬起，露出她震惊的目光。

时间重新流动了——

四目相对间，尊者的眼睛里仿佛流转着淡淡的金光，赤日般的法轮已经对准了她的脖颈。

"乔晚？"妙法尊者沉声问，眼中流泻出淡淡的冷光。

乔晚心里一沉。

完了，今天她恐怕要交代在这儿了。

尊者垂眼。

"咻——"

一阵腥风伴着冷意猛然贴着脖颈掠过，乔晚浑身僵硬，眼睁睁地看着法轮紧贴着她的脖颈飞过。

乔晚愣愣地摸上脖子，一道血线浮现，触感微凉，鲜血一滴滴地落了下来，却没想象中的脑袋搬家的惨剧发生。

萧博扬一声撕心裂肺的怒吼被堵在了嗓子眼里，他也愣住了。

"马堂主。"尊者蹙眉，阖眼，又睁开眼，收了法轮，快步朝马怀真走了回来，一手扶起浑身是血的男人，一手往他的体内灌注灵力。

差点儿被腰斩，马怀真硬是吭都没吭一声。眼皮上飞溅了一串自己的血珠子，男人一抹眼皮，沉声问道："醒了？"

尊者沉默了一瞬，沉声说："始元尚未出世前，我不会将修士赶尽杀绝，只是方才，杀性难驯。"

马怀真将目光落在尊者身后那四只手上，顿了顿，又问："需要供奉吗？"

马怀真笑了一下："人骨碗和新鲜的脑花，随便你自己取用。"

妙法又沉默了片刻，袍袖猎猎作响，露出的手腕苍白如雪，青筋鲜明，有些脆弱，藏蓝色的长发微扬间，身形更显单薄："如今不需要。"

乔晚："……"

听到这段对话，乔晚感觉整个人都不好了！

这个世界的修士都是一种怎样凶残的物种啊？！

而且看样子，这位前辈好像还认识她的样子。

乔晚斟酌了一下，默默敛衽行礼道谢："晚辈乔晚，方才多谢前辈不杀之恩。"

妙法尊者微微颔首，沉默不语，衣袍紧贴单薄劲瘦的身体，赤着的脚踩在这一地血淋淋的脏器之中。

碍于尊者这可怕的威压，在场的人没一个敢吭声。

片刻后陆辟寒才主动打破了沉静气氛："妙法尊者的心魔屠戮方式，就是这法轮吗？"

"不。"马怀真出声道，"比这还要可怕得多，只是如今……不能说。"

刚刚这一幕，与那玩意儿相比，差别犹如天堑鸿沟。

那玩意儿真的出现，才叫天道赫赫威亚降临，这世上没人能拦住。

至于始元帝尊——

马怀真沉沉地想，就算是始元帝尊来，那也挡不住。

那是当初尊者对修真联盟坦言时，曾经惊翻了一票老妖怪的几乎近神的可怕力量。

当时，不论是岑家、陆家、昆山等一众宗门势力的长老，还是元婴、化神，甚至是合体期修为的老妖怪，都遽然变色。

故而，妙法尊者成了修真联盟的最后一张底牌，哪怕这张底牌将是以全体修士的性命为代价。

战斗至此，战场上唯余沉默。

苏瑞在审慎地观察着眼前这一切，并且阻止了接下来的攻势。

这位久未出世的妙法尊者，一出关竟然是对敌我双方都动手，实在有点儿……呃，出乎意料。

但现在看这情形，对方已经恢复理智，接下来危险的就只有魔域了。

在这种情况下，魔域战神并未选择冒进，而是沉默了片刻，干净利落地收起了长枪，退了兵。

马怀真余光一瞥，不顾自己的伤口，揩了一下嘴角，目光一闪，立刻出声："将军这是打算要走？"

他明摆着是不乐意放苏瑞离开的。

苏瑞看向他，神情不为所动："这场仗算你们惨胜，但我想走，你们拦不住我。"

"而且，真若追究起来，"苏瑞又说道，"你们赢了这一场小仗，却输了大局，输得一无所有。"

话音刚落，身后陡然响起了一片魔兽的兽鸣声。

马怀真神情微凛。

什么叫输得一无所有？

他来不及去细想苏瑞这话的意思，就在此时，魔域的援军到了。

萧焕就是在这种情况下赶来的，一看到这满地狼藉的景象，发现修士与魔兵的尸体像是被同一人杀的，不由得面露惊愕之色。

与魔域援军一同到来的是，马怀真腰侧的传信玉简突然疯了一般"嘀嘀嘀"地响了起来。

紧跟着，岑子尘、周衍、陆辟寒、萧博扬等人腰侧的传信玉简也疯了一般急促地响成了一片。

狂风暴雪中，"嘀嘀嘀"的警报声将众人的心猛地拽入了地狱。饶是马怀真，心里也忍不住"咯噔"了一声，暗叫了一声"不好"！两根手指头迅速取下了腰侧的玉简，他翻过玉简一看到上面的字，心顿时凉了半截。

388

周衍脸色煞白。

李判的神情也变了。

而乔晚汗湿了掌心，被攥着的玉简湿漉漉的，玉简上就一行字。

"北境封印已被破，带兵的是碧眼邪佛，我们都被梅康平骗了。"署名是云烟仙府的掌门公孙冰姿。

这一行字，明显是在战火中匆匆写就的，笔画几乎糊成了一片。

北境战场打了这么多年，马怀真和苏瑞在这战场上你来我往地死磕了这么多年，人人都以为北境战场上的主力是苏瑞，苏瑞改从中线进攻，马怀真当机立断，立刻从龙石道出发，千里驰援。

然而，就在双方死磕的时候，魔域又发动了一次迅猛突袭，坐镇后方、策划这次突袭行动的是碧眼邪佛，曾经的岑家二少爷岑清猷。

如果真是当初那单纯的岑家二少爷，岑清猷绝不可能突破马怀真安排在龙石道的防线。

岑清猷聪慧归聪慧，毕竟太年轻，然而在与碧眼邪佛融合之后一切都不一样了，在久经沙场的碧眼邪佛的策划之下，趁着马怀真不在，火器尚未成型，这位邪佛发动了一连串迅猛的攻击，魔兵浩浩荡荡地平推了过去。

三日，魔域前锋赶到了浪云乡，苏瑞屯兵于琉焰山，与苏瑞一同出战的修真界叛徒萧焕屯兵于玄阴雪原。

二十一日，马怀真紧锣密鼓地准备着灵力火器，兵马迅速在不渡河前线集合，决定与苏瑞的魔兽铁骑进行对抗。

自此修真联盟兵力被一分为二。

二十四日，魔域攻打浪云乡，负责镇守青州的太玄观宫长老投降魔域，与赤玉州的萧博玉勾结，引薛云嘲所带领的魔兵从氏石崖渡河，孟沧浪带兵驰援，不幸被俘。

倘若薛云嘲从东线与萧博玉会合，再经由望乡城，将直逼如今防御空虚的龙石道，到时候苏瑞直下龙石道，薛云嘲从东线侧入，后果不堪设想。

于是，马怀真安排袁六带领大批修士，沿着不渡河水路东进，增强了东线战场的力量。

自此，修真联盟兵力被一分为三。

他们万万没想到，在见到修真联盟大批修士东调之后，苏瑞突然改换了攻势，从中线直接发动了进攻。

情况危急之下，马怀真带兵千里驰援，如此一来，修真联盟兵力被一分为四。

包括马怀真在内的一众修真联盟的高层做梦也没想到，他们千防万防，就是防止龙石道防线崩溃，却在这种情况下，被魔域来了招釜底抽薪，直接被捅了老巢。

西线、东线、中线，三线全崩。

这代表着什么不言而喻。

北境战场，输了。

他们打了这么多年，远离家乡，失去了亲人、朋友、同袍，付出了无数生命，堆出来的北境防线破了。

始元帝尊即将解封。

他们输了，如苏瑞所说，输得一无所有。

周衍身形微微一晃，眼前一阵发黑，忍不住皱紧了眉头，弯下了腰。

身后，无数修士面色惊愕，甚至有刚上战场的年轻小师弟师妹们忍不住哭了出来。

在战场上拼杀了这么久，多少次生死之际，他们都没有哭。

而现在得知龙石道防线溃败，他们脸上还带着血，神情狼狈，终于忍不住哭了出来。

马怀真得用尽全身力气，握住玉简，才不至于让自己当场失去控制。

他也是人，就算表现得再铁血，一个人总归会有恐惧、震惊、不甘和愤怒等一系列情绪。

马怀真顿了顿，再开口时嗓音已经很平静了："打了这么久，这三线竟然全是幌子，梅康平倒是下足了血本。"

苏瑞没答话，答话的是萧焕，青年柔声说道："堂主，一切都太晚了。"

不，不晚。

马怀真闭了闭眼，沉声继续周旋："就算封印被破了，"男人嘴角微扬，笑容含了点儿讥诮之意，"贵主就能立刻爬出来吗？"

这句话，主要还是为了稳定军心，给身后那一帮小辈一点儿安慰。

别怕，就算封印被破了，始元帝尊也至于这么快就爬出来，他们尚有争取的时间。

结果现实却立马狠狠地给了马怀真一耳光，直扇得男人差点儿将嘴角咬出血。

从萧焕带的那一支魔兵中，缓缓地走出了一个少年。

少年一身梅花白的衣袍，手上戴着串珠子，唇红齿白，笑容在这战场上也显得温和，步伐不疾不徐。

岑子尘凝神，死死地盯紧面前的少年，脸上说不出是愤怒还是失望的情绪："岑清猷。"

他们面前站着的正是他们岑家的叛徒，岑家的逆子，策划了龙石道那场战争的岑清猷。

少年颔首柔声唤道："子尘叔叔。"目光又看向了岑子尘身后的尊者。

妙法尊者抬起眼睫，眼神静静的。

漫天风雪中，好像只剩下了这师徒二人。

这是岑清猷跟着善道书院的人离开之后，师徒俩第一次重逢。

岑清猷沉默地注视着尊者。

尊者清减了不少，赤着脚，发丝如飞扬的海藻。

然后，岑清猷的目光又直直地落在了乔晚身上。

乔晚猛地愣住。

虽然不认识面前这位少年弟子，但心里好像被什么东西给狠狠地撞了一下，一阵抽搐地疼，她不由得皱紧了眉，大口喘息了一下。

"众所周知，当初为了封印帝尊，上任魔域的战神……或者说叛徒，苏不惑苏将军献出了自己的性命。"岑清猷温声细语，嗓音却清楚地回荡在风雪中，"苏不惑就一个女儿，那就是……辛……乔晚。"

几乎同一时间，马怀真、李判已经快步拦在了乔晚面前！

紧接着的是无数件光华灿灿的防御性宝器，又或者是刀枪剑戟和手握它们的主人，一众修士不分男女，不分宗门，全都拦在了乔晚面前！

在这种情况下，没有人能将乔晚从这儿带往魔域。

岑子尘微微侧目："孩子别怕，没人能带你走。"

看着被团团护在最中间的乔晚，岑清猷嘴角露出一个极淡的笑容，好像是发自真心地为她感到高兴。

"我不带她走，"岑清猷微微摇头，"乔晚总归是我的朋友。"

李判眼神一沉，讥讽道："那你们就不打算把那老妖怪从坟墓里刨出来了？"

岑清猷定定地看了李判一眼，突然丢下了风马牛不相及的一句话："乔晚失忆的事是我干的。"

乔晚浑身一震，耳朵里"嗡嗡"直响，情不自禁地向前迈出了一步。

"马堂主，尤其是玉清真人，"岑清猷看向周衍，"真人是乔晚的师尊，合该清楚乔晚身上的秘密。为何她的修为一直止步不前，存不住灵气，为何她的识海如此广大，为何她在泥岩秘境中入了魔……这一切都是因为……那位魔域的叛徒，苏不惑在临死前留存了一缕神识寄生在了自己的女儿的识海里。"

少年弟子以温柔的语调，揭示了足以震撼所有人的秘辛。

"是我将乔晚偷走的。当年是苏不惑牺牲自己封印了帝尊，如今想要为帝尊解封，必须要苏不惑的血作为祭品。"

"而乔晚身为他唯一的血脉，是最合适不过的祭品。"

这也是当初梅康平不惜亲自上昆山将乔晚接回来的原因。

岑清猷顿了顿，继续说道："乔晚是我的朋友，我舍不得我的朋友死在这儿。在得知苏不惑尚有一缕神识寄生在她的识海里后，我将乔晚偷走，将那缕神识剥离了出来。

"这缕神识与乔晚的识海结合得太紧密，或许正因为如此，她的识海受到了损

伤,她失去了记忆。"

就这简单的几句话,天边的血色浓云却好像转眼就压了下来,将在场所有修士压得几乎喘不上气来。

北风呼啸,一阵森森的寒意刹那间当头罩下。

李判变了面色,不赦死与不宥刑险些出鞘。

方凌青觉得自己快疯了,今天发生的每一件事都在毁他的三观。

齐非道愕然。

怪不得……他看到的乔晚的漏洞竟然在识海。

少年弟子顿了顿,心知将这事说出来,他和乔晚朋友也做不成了,默了片刻。

在乔晚的性命与她的生父之间,他做了个堪称冷酷却不后悔的选择,或许早在那个雨夜,他注定要与她分道扬镳。

他的目光隔着一众修士,与乔晚的对上。

他眼前浮现佛前的乔晚朝他伸出手的画面,她扯着嘴角,露出个不太自在却明亮的笑容。

"二少爷,来。"

就算所有人都畏惧你、厌恶你,恨不得将你除之后快又怎么样?

还有我度你。

你送了我蝴蝶结,我们就是朋友了。

战阵前遥遥相望,少年照旧一身白衣染血,脚踩在血泊中。

就算你厌我、怒我、恨我,在此刻与我绝交也无妨,日后想起,你恨不得将我除之后快也无妨。

你永远是我的朋友,我远隔天涯、最好、最珍重的朋友。

岑清猷收敛思绪,又看向一直未曾出声的尊者。

少年毕竟是少年,就算与碧眼邪佛融合,心中却不免掠过了一丝悲怆和苍凉的情绪。

在众人既惊且怒的视线下,少年弟子不顾众人的目光,缓缓地俯身,朝着妙法尊者直挺挺地跪了下来!

衣袍垂落在地,双手交叉放在了地上,少年额头紧贴掌面,珠子"当啷"作响,墨发飞扬,单薄的身影融入了漫天的风雪之中。

磕完规规矩矩的三个头,少年又站起身,依然是一副光风霁月的模样,乌发拢在右肩前。

三个头,拜别师门,是弟子不肖,从今以后,他自寻求他的道、他的法。

岑清猷再次站起身的时候,目光不经意间与陆辟寒的相撞。

陆辟寒眼里的那一簇寒火烧得更猛烈了点儿,他却硬生生地掐紧了掌心,并没有向这少年寻仇,更没有出言责备少年。

乔晚觉得一阵眩晕，在听闻"将那缕神识剥离了出来"之后，心好像被什么东西给生生地扯下了一块儿，一抽一抽地疼。

她好像想起了什么，又好像没有想起，眼前只有一个模模糊糊的青色身影，发顶好像落下了一只温暖的手掌，有人唤她："阿晚。"

岑清猷微微颔首，又退了回去。

乔晚绷紧了脸，心里陡然涌出了一股不可抑制的冲动！

她想要冲出去！冲出去！

岑子尘见状立即高呼了一声："孩子，不行！"

然而，一对上乔晚的视线，岑子尘猛地吓了一大跳，脚步硬生生地顿住。

她很难受，面前的少女很难受。

身着粉衣的少女流出了眼泪，泪水在脸上交织漫延。

乔晚摸上自己湿热的脸，就连她自己也不知道自己为什么哭。

她就觉得听到"神识剥离"，心里好像空了一块，有什么失而复得的宝贵东西再次被夺走了。

看着少女眼泪如断线的珠子一般不停地往下掉，周衍沉默了一瞬，眼前又浮现了乔晚跪在他面前，血泪交加的模样。

他的心好像被攥紧了，抽搐了一下。

世道对她太过不公了，而他，甚至他们之中的任何一个人，都是她这悲剧命运的推手。

岑子尘和马怀真也想不到乔晚竟然会哭成这样，毕竟按理说她应该是没见过她这位生父的。或许是没从师尊那儿得到关爱，她将一切感情寄托在了这位素未谋面的生父身上。而这样一想，饶是岑子尘、齐非道等人也不由得鼻子发酸。无论如何，他们再也没资格去拦她了。

周衍喉口滚动了一下，跨出一步，伸出了手："阿晚。"

白发谪仙动了动唇，眼里露出了一丝哀求之色。

没想到少女动作极快，反手就刺出了一剑。

这一剑，直接刺穿了他的掌心。

血穿过掌心，滴滴答答地落在地上。

乔晚面无表情地收回了剑，在众人沉默的注视下，一路冲到了苏瑞面前。

苏瑞抬手，拦住了其他魔兵的攻势。

萧焕看着她，眼里掠过了一丝微不可察的怜悯之色："乔道友，节哀顺变。"

他这是怜悯，更像是嘲讽。

少女冷冷地提着剑，眼泪还在往下流，用力抿了抿唇，流到嘴角的泪有些咸、有些涩。

她没想起对方是谁，脑子里却猛然浮现一段话。看着面前这裹着狐裘，一派

养尊处优样子的青年，被一股莫名其妙的情绪驱使，乔晚一字一顿，定定地说："他临死前，一直念着你。"

萧焕脸上那虚伪的笑容猛地僵住了。

"我不想死，我还想见我大哥，救我。"

乔晚的眼前好像出现了一个少年模模糊糊的身影，那少年看起来阴郁桀骜，他一身血地趴在她的背上，吃力地笑了笑，断断续续地说着些什么。

乔晚只是流着泪，木然地复述着那些话。

"大哥他很孤独。我觉得我和我娘都对不起他。如果不是为了把我娘抬回来，他也不会这么早就没了母亲。

"我以前很不是东西，总欺负他，但他一直不计较，还总帮我顶锅，帮我写作业，带我出去吃喝玩乐，没事还总爱摸我的头，烦死了。

"你说的或许是对的，大哥是有意把我养废，但这么多年下来，大哥对我的好也做不了假。人人都有私心而已，我这几天想通了，也能理解。"

她每说一句，面前的萧焕脸色就白上一分。

好像有细密的刀子钻入了心中，又如同万蚁噬身，咬得萧焕生生地疼。

最后萧焕彻彻底底地沉默了。

雪花漫天，洋洋洒洒地落了下来，庞然大物静默地伫立在昏暗的风雪中，昏黄的探照灯灯光穿破了风雪。

俊秀阴沉的少年皱着眉，倒吸了一口凉气："疼，大哥，疼……快去……快去救乔晚他们……"

萧焕踉跄了一步："阿绥。"

他得到了想要的一切东西，萧焕忍不住苦笑，却没想到到头来被乔晚狠狠地捅了一刀。

这一刀快准狠，捅得他好像呼吸都停滞了。在满身风霜之后，他突然后悔了。

青年神情怆然地闭上了眼，像是最后一次温言安慰："阿绥，阿绥乖。"

"正好，我也不想当什么家主，这位子本来就属于他，在我大哥的庇护下，我当个闲散的小少爷似乎也挺好。"

最后，乔晚结束了自己的话，心却更疼了，疼得好像被一只大手紧紧攥住了，她怎么呼吸也喘不上气来。

这是所有人第一次看到乔晚如此流泪，泪水横溢。

这姑娘在人前表现得一直很坚韧，简直就是血和火里蹚出来的马怀真二号。

如今，大家却猛然意识到，这姑娘过得太苦了。

岑清獃自然也没看到过这样的乔晚，也沉默了，过了半晌，突然从储物袋里抽出了一把黑金色的剑。

"辛夷，这个交给你。还有几天时间，若你愿意来魔域，还能见到他最后一面。"

　　黑金色的长剑，剑柄上刻着个遒劲的"行"字。

　　乔晚紧紧抱住长剑，终于跪倒在雪地中，失声痛哭。

　　凄厉的哭声很快被呼啸的风雪吞没。

　　北境全线溃败的消息并未传到南线战场上，宝宜府内，人们的生活依然痛苦不堪。

　　王氏去世了。

　　她外出的时候被人敲了一闷棍打死了拖到了草丛里。等到穆笑笑带着二丫赶过去的时候，就只看到了一口锅、锅里吃剩下的一点儿肉，和地上散落的骨头。

　　穆笑笑睁大了眼，眼神有点儿茫然，又有点儿想吐。

　　二丫哭得几乎快断气，穆笑笑跪坐了下来，沉默地将这一地散落的尸骨收拢。

　　"想报仇吗？"她听到自己轻声问。

　　二丫死死攥着她的衣角，眼中血泪几欲夺眶。

　　穆笑笑抬头看了一眼天，天上繁星璀璨。

　　她顺手拿起一根腿骨，找到了那一伙流民，然后将腿骨捅进了他们的体内，将这些失去了反抗能力的流民通通丢进锅里，架起了火。

　　看着水上倒映出的人影，少女笑起来时依然如此甜蜜。

　　可穆笑笑隐约觉得，在宝宜府生存的这段时间，她体内好像有一根弦彻底断掉了。

　　她的生存智慧一直摆脱不了男人，而没有男人她竟然能活得如此游刃有余，甚至能保护这个依偎在自己身边的小姑娘。

　　二丫情绪低沉了很长一段时间，爹娘相继去世，大哥参军，从此之后，这天地间只剩下她一个人了。

　　小姑娘几乎下意识地就攀附上了穆笑笑。

　　她很喜欢穆姐姐，穆姐姐性格温柔，笑起来时颊侧有酒窝，头发又长又黑，长得又好看。

　　她梦想着能成为像穆姐姐这样的大侠，这样的仙子。

　　但八九岁的小姑娘，许多月没洗澡，又脏又臭，油油的头发乱糟糟地堆在脑袋上，一流鼻涕就用手背用力地擦擦，在手背上留下点儿白白的鼻涕印记，说话的口音也带着抹不去的土气。

　　小姑娘骨瘦如柴，眼里流露出殷切的期盼之色，要是战争结束了就好了。

　　晚上的时候，二丫闭着眼一直许愿，希望爹和娘都能回来，大哥也能回来，一家人坐在院子里的桂花树下吃晚饭。

　　等再长大点儿，她要像穆姐姐一样上山修仙去。

穆姐姐和她说过不少修士的故事，比如修士是踩着剑飞行的，能搬山移海、缩地成寸……御剑穿梭在名山大泽间，无所不能。

穆笑笑说不上来自己对二丫的感情，她怜悯二丫，同情二丫，有些喜欢，也有些厌恶。

她厌恶二丫眼里的贪婪之色，厌恶那脏兮兮的手背，厌恶那个透过二丫看到的幼年的自己。

二丫让她想到了曾经狼狈不堪的自己，她不应该是这样的，应该是笑起来轻柔甜蜜的，是所有人的目光的焦点，是天之娇女，是整个昆山备受疼爱的小师妹，玉清真人坐下高不可攀的穆仙子。

当魔兵攻入宝宜府之后，穆笑笑知道自己的机会来了。

半夜，少女抱着膝盖，长发垂落在地上，垂着眼沉默地看了睡得正熟的二丫很久，然后轻轻摇醒了二丫："穆姐姐要离开一趟，外面太乱，你在这儿别乱走，不许动。"

王二丫对她几乎唯命是从，想也没想，立刻点了点头，又小心翼翼地抿了抿唇，伸出了手："穆姐姐……你快点儿回来……"

她想伸手去拽穆笑笑的衣摆，却被少女眉眼弯弯地笑着，不着痕迹地躲了过去。

王二丫讪讪地收回了手。

穆笑笑这一走就是一天一夜，王二丫听话地一直没有动。

可是她好饿，饿得快受不了了。

从前几天开始，她就没吃什么东西了。

王二丫咽了一口唾沫，一双眼贪婪地死死盯紧了不远处一伙流民吃剩下的一口锅。

她好饿，可是穆姐姐不准她走动。

想到这儿王二丫眼神微黯。

不只饿，她还好疼。

小小的一间屋子里屎尿横流，臭气熏天。

她想，不能再这么下去了，再这么下去她会饿死的。

就算穆姐姐不准她走动，她也要去找找吃的东西。

看到这一口大锅里面的骨头，王二丫紧张得心都揪起来了。她伸出手，蘸了点儿汤汁，放进嘴里贪婪地吮吸着。

就在这时，她身后突然响起了粗暴的怒吼声，紧跟着，她眼前一花，立刻就被一股大力给拽得踉跄了一下。

她一抬眼，看见的是那些流民愤怒的脸。

他们怒骂道："干吗呢？！"

"死丫头！狗娘养的玩意儿！"

"跑到这儿来偷东西？！"

有人拽起她的头发，将她的头狠狠地往锅里砸。

锅里滚烫的汤溅进了她的眼睛里，眼睛火辣辣地疼。

王二丫惨叫一声，吓蒙了，连忙求饶："错了！二丫错了！二丫没有偷！二丫只是太饿了！"

可是这些流民好像还没撒完气，又拎着她，把她提到了平地上，让她跪下，从灶坑里拿了根红通通的烧火棍，往她的嘴里捅。

王二丫的哭声一瞬间变得极为尖厉，像是垂死的哀鸣。

"对……对……"

她想说，她错了。

可是她说不出口

女童小小的身子一阵抽搐。

红通通的烧火棍捅进了嗓子眼里，柔软的喉咙被烫得焦黑，血水顺着嘴角淌了下来。

"啊啊啊——"王二丫惨叫。

好痛啊，好痛啊，好痛啊，二丫好痛啊，二丫错了。

周围好像都是光怪陆离的扭曲影子，在被包围了这么多天之后，就算是人也被逼成了恶鬼。

男人一边捅一边骂："狗娘养的贱种。"

最后，他们好像终于累了，将烧火棍随手丢在了一边。

王二丫惨叫着一直往前跑，一直跑，重新跑回了家里，这才松了一口气。

还好，还好，她没有被吃掉。

她缓缓地蜷缩着身子倒了下来，咳嗽干呕，躺在一地混着血水的呕吐物里面。

王二丫模模糊糊地闭上了眼。

她好疼啊，嗓子好疼，胃里好疼。

穆姐姐为什么还不回来呢？

还有大哥，她好想大哥和爹娘……

想到那锅里上下沉浮的肉块，王二丫忍不住吐了出来。

穆笑笑回来的时候，王二丫基本已经进气多，出气少了。

王二丫整张脸被烫得全是泡，喉咙里吐出焦黑的腐肉和脓血，明显已经不行了。

穆笑笑霎时间就愣住了，随即扶起了王二丫。

女孩悠悠转醒，无声地"啊"了一声，眼泪不断往下流。

她在说：好疼好疼，二丫好疼啊。

397

穆笑笑抱着王二丫坐了很久。临死前，王二丫脏兮兮的手攥紧了她的衣摆，嘴里吃力地挤出了漏风的几个字。

"穆姐姐……大哥……找到……苍梧洲……"

然后王二丫就不行了。

穆笑笑立刻就红了眼眶。少女呜咽了一声，眼泪止不住地往下掉："等等你好了，穆姐姐带你一块儿去找你大哥。别多想了，你不会死的，二丫，穆姐姐保证，你不会死的。"

王二丫真的相信了穆笑笑说的"你不会死的"话，好像又想到了什么，颤巍巍而胆怯地抽回了攥着穆笑笑的衣摆的手，露出一个吃力的笑容。

"穆姐姐，等我伤好了，长大之后，我也要成为像你一样的仙子。"

女孩的眼里闪烁着强烈的憧憬和对未来的希冀的光，最后，她抬眼看着苍梧洲的方向，眼神一点点地黯了下去。

穆笑笑闭上了眼，耳边响起不久前那些魔兵说的话。

"穆贵妃？那是谁？没听说过。"

"这魔域哪里来的穆贵妃？"

她再次将希望寄托在了别人身上，殷切地期盼着魔域能带她回去，能将她从地狱里带回锦衣玉食的生活中。

可她现在宛如被人狠狠地扇了一巴掌，原来"穆笑笑"这个名字在这乱世中毫无意义。

她不切实际的天真幼稚想法，害死了王二丫。

静坐了一会儿，穆笑笑动手翻出了王二丫的脖子上挂着的吊坠，一把将吊坠扯下来，塞进了袖子里，将这个小女孩就地掩埋，孤身一人出了城。

少女脸上的梨涡隐去了，她抿紧了干涩的唇，缓缓地想：她要奔赴千里去南线战场，去找一个叫王玉田的修士，越快越好。

孟沧浪在氐石崖被俘的消息，是与北境全线溃败的消息，一块儿被传到白家驻守的玄阴冰原上的。

消息一传到，白家上上下下立刻开了个会，一众长老神情严肃，最后商讨出了一个结论。

他们弃守玄阴冰原，回白家本宗去，保留白家的战力。

白珊湖辈分小，只能远远地坐在一边，沉默地听着。

会议结束后，白贺川叫住了自己的女儿："珊湖，我知道你性子好强，但如今大势已定，回去吧。"

"这儿本来就不是女人的主场。"白贺川说着说着皱紧了眉，对这容貌清丽、心性坚韧的女儿，看上去还有些不满。

这几年时间，白珊湖作为白家子女跟着白家上上下下一块儿上了战场，常年在北境待着，少女肤色粗糙了不少，但眉眼依然清艳绝尘。

其实这几天白珊湖一直在思考自己要做什么。她性子强硬，决定了的事谁都不能阻止她。

有时候白珊湖也觉得自己快要精神分裂了，即便这位照海仙子并不知道精神分裂是什么意思。她皱紧了眉，沉默地绷紧了脸。

白家一向保守，她自幼接受的教育就是做一个长得美、法术不错的仙子，体面地嫁给萧焕，结成两姓之好。

但白珊湖不愿意这样，觉得煎熬。

白贺川很疼爱自己的女儿，她的爹娘都很疼爱她，她是白家的女儿，受父母养育之恩，为人处世一向谦逊守礼。

鲜少有人能看出这姑娘掩藏在清冷外表下的一股倔强劲儿。

白珊湖沉默了一瞬，颔首行了一礼，知礼地想要说声"好"。

和之前一样，她应该孝敬父母，恪守白家家训，做个白家的好女儿。

但北境已经全线崩溃了，就像一张网从天而降，把她牢牢裹住了，白珊湖觉得疲惫，但还是垂着头，一声一声地应着白贺川的嘱咐。

白贺川也知晓自己这女儿不愿撤离，说到最后，只好沉声加重了点儿语气："珊湖，族人本来就对你有些不满，你不要再任性了，你那些师弟师妹自会有人去救的。"

当天下午，白家人就收拾收拾准备出发了。

临走前，白珊湖坐在营帐中，皱着眉想了很久。

她已经脱下战袍，换上了代表白家女儿的服饰，云鬟半绾，步摇垂落，神色柔顺温婉，明艳动人。

因为出身高贵，她反倒要和萧焕联姻。

白家的女儿都是傀儡，而她痛恨这样的生活，更看不上萧焕。

于是，她从小就努力修炼，企图摆脱自己的命运，甚至和家人闹翻也在所不惜，来到了崇德古苑，成了崇德古苑名副其实的大师姐。只是没人知道，这看似果决利落的大师姐，实际上被家族责任、礼节、孝道缠身，狼狈又局促。

白珊湖的唇抿得更紧，她从来就不想当什么照海仙子，只想当个女战士。

而战士的归宿，合该就是战场。

白珊湖合上妆奁，突然快步走出了营帐，往另一个方向走去。

白珊湖闯进来的时候，岑夫人姜柔正在配药。

少女来得突然，姜柔和岑向南一时间都不由得愣住了。

岑夫人疑惑地轻声问："珊湖？"

白家出过不少医修，半年前，岑夫人就跟着白家人一起驻守在这玄阴冰原上，

白珊湖打起仗来比较拼，一来二去两个人也就熟识了。

少女行了一礼，微微颔首："岑夫人，白珊湖有一个不情之请。"

姜柔仿佛预感到了什么，放下了手中的药："你说。"

白珊湖沉声说道："珊湖不愿撤离，想请夫人与我一道去氏石崖，救下被困在氏石崖的若干同袍。"

岑夫人愣了愣，还没开口，岑向南已经愕然地抬眼。男人皱紧了眉，不赞同地说道："你在说什么胡话？姜柔……"

白珊湖看也没看岑向南，目光落在了样貌柔顺的岑夫人的脸上。

少女目光如炬，她知道岑夫人与她是一类人。

岑夫人的医术之精湛，不少白家顽固的老头子都不由得为之惊叹，至于岑向南，白珊湖根本看不上，也不屑于与之多交谈，神情一如既往地沉稳和漠然。她在等岑夫人回答。

冰原上落日的余晖穿过营帐，落在了岑夫人的脸上。

面前的少女笼着手站着，披帛飞扬，恍若仙子，云鬟雾鬓，堪称绝色，说出口的话却锋利又沉稳："北境全线崩溃，夫人此去危险重重，夫人若不愿，珊湖不勉强。"

岑夫人突然笑了。

看着这一笑，岑向南猛然觉得有些陌生，心口更是忍不住微悸。他有多久没看到过阿柔这么笑了？

曾经那个跟在他的屁股后面跑的少女，成长成了一个柔顺得体的主母，少年的他对岑夫人的因循守旧不屑，情不自禁地被犹如一团火的林氏吸引。阿柔很好，但是太乏味，就像一截枯木。

一身正气的少年郎喜欢衣袂飞扬，忽而巧笑倩兮，忽而扬唇微笑、捂唇轻笑、拊掌大笑的明艳林氏小妖女。

少年被宛如一团雾一般妖娆诡艳的林家小妖女吸引，想要探求她身上还有多少他不知道的秘密。而跟在他的屁股后面的姜家妹妹，让他无所适从，少年只能抿紧唇，加快了脚步，对岑夫人冷硬相对。

四目相对间，岑夫人突然站了起来，笑了一下，看着白珊湖，说"好"。

白珊湖立刻也笑了，笑起来时笑容很淡，却恍若明灯照亮了营帐。

岑向南心里陡然生出了一种不祥的预感，他皱紧了眉："阿柔……"

女人咳嗽了两声，鬓角的白发垂落，将手搭在了白珊湖朝她伸来的手上，大笑了起来。

她笑起来时，眉眼如同月牙儿，眼角细纹浮起，却恍若少女。

是，她不愿在这个时候撤退，宁愿死也要死在战场上。她想治病救人，胸中还有一股豪气，这是那个叫辛夷的小姑娘带给她的。

姜柔先是莞尔，继而是轻笑，又忽而大笑。

岑向南沉默地看着她们，眼神仿佛被刺痛了。他从来不知道岑夫人也会这么笑，笑起来时明亮又潇洒，甚至不输林黎。

白珊湖莞尔，与姜柔一道脚步轻快地走出了营帐，来到了早就准备好的灵兽前。

少女解下了步摇，岑夫人也解下了发髻。

姜柔其实一直不太喜欢这种妇人头。

在这一瞬间，她们抛弃了身上的枷锁，在夕阳的余晖下跨上了灵兽。

岑向南追了出来，神情难看："阿柔。"

姜柔俯下身温和地说："岑向南，我们和离吧。"

"我知道你喜欢林黎。我沉默了几十年，如今不想再沉默了。这一去，我或许会死在战场上，但至少是自由的。"

岑向南愣住了。他长得很好看，年轻的时候就很好看，是样貌清俊的美少年，否则姜柔也不至于痴心错付了这么多年。

岑向南凝视着女人的脸，抿紧了唇，心里好像有一块地方被什么人挖空了，空荡荡地漏着风。几十年后，他才猛然意识到当初那个姜家妹妹已经不在了。

他情不自禁地伸出手，却只抓到了一片衣角。

他喉口滚了滚，想说：阿柔对不起。然而离去前，姜柔留下的最后一句话是温柔又坚定的"倘若我战死，你无须为我收殓"。

在这天地宽阔的冰原上，一轮寂寞的落日正在缓缓降下。

两道身影飞一般奔出了城门，在冰原上拉出了长长的影子，亲身前往氏石崖，千里驰援。

飒飒风雪中传来了姜柔轻柔的嗓音。

"珊湖，我为你唱首歌吧。

"忆梅下西洲，折梅寄江北。
单衫杏子红，双鬓鸦雏色。
…………
海水梦悠悠，君愁我亦愁。
南风知我意，吹梦到西洲。"

北境全线崩溃，但总有人是不肯放弃的，就算死，那也得死在战场上。

呼啸的朔风吹裂了皮肤，虽然冷，但她们至少是真实的，也是自由的。

苏瑞抬起手，撤了兵。

"哗哗哗——"厚重的铠甲摩擦的动静响起，大批魔兵掉转方向，离开了这片

冰原。

所有人沉默地看着跪倒在雪地里号啕大哭的粉衣姑娘，看了很久。

突然，轮椅碾压雪地的动静响起，马怀真一手搭在乔晚的肩膀上，定定地摁住了她的肩膀："你打算放弃吗？"

他又回眸看向身后狠狠得眼泪止不住地往下流的少男少女们："我们要放弃吗？"

"不！"一个昆山打扮的少年突然大叫了一声，"都到这一步了，谈什么放弃？"

他们……他们在北境拼了这么几年，死了多少同袍，现在想让他们放弃？

"不，我们不放弃！"

起先只是一声，紧跟着是第二声、第三声……身后的修士们骚动起来，通红着眼，此起彼伏地怒吼道："我们不放弃！"

"我们绝不放弃！"

这一刻，仿佛有澎湃的热血在血脉中滚滚地烧了起来，马怀真闭上眼，眼角露出了点儿笑意。

妙法尊者稳稳地扶住了乔晚的肩膀："起来。"

乔晚也咬紧了牙，抱着"闻斯行诸"，站了起来。

在冰原上跪了太久，她膝盖有些发麻，打了个战，却又死死地站直了。

马怀真看向身后泪痕未干的修士们，沉声喝道："兄弟们，我们再战一次。"

"我们一块儿杀去魔域！困兽犹斗！我们一块儿去救苏将……孟山长，出来！"

怒吼声纷纷响起，在这漫天风雪中结下了承诺，象征北线战场的"寒"字旗再次被举起，旗帜猎猎作响。

"我们，绝不放弃！"

第二十章　与尊者夜谈

　　想要杀进魔域不是件容易的事，当初在不平书院的带领下，修真联盟的人杀进了魔域。

　　后果呢？

　　修真联盟的人全留在了魔域里，终生都没能出来。

　　直到如今李判还对此耿耿于怀。

　　去魔域的人不能太多，也不能太少，怎么选人就成了至关重要的一步。

　　修真联盟众人商讨之后得出来的结果是，救不回孟广泽，最差那也得保证一半人回来。

　　要是加上妙法尊者，那赢面立刻多了一大半，可是不到最后一步，马怀真是真的不愿动用妙法尊者这把双刃剑，不只是为了修真联盟，也是为了妙法尊者的性命。马怀真敬重任何一个甘愿牺牲自己的英雄。

　　晚上，回到营帐之后，乔晚端坐在帐子里，看着中央的火盆中熊熊燃烧的炭火。

　　李判就坐在她的对面。

　　她哑着嗓音说："我想听那位孟广泽前辈的事。"

　　李判沉默了一瞬，缓缓地开口。

　　他与孟广泽还有死去的几个同袍，是真正的同道好友，为了一个信念走到了一起。

　　李判脸上难得露出了点儿舒畅的笑意，他笑起来时，眉头的细纹也皱了起来：

"孟广泽虽然是山长，但这山长当得很不称职。"

书院里的那帮小崽子一撒娇，一哭，男人就手足无措了，变着法儿地温声细语哄人，根本不像上过战场的那位魔域战神。

于是那帮小崽子抓住了山长的命门，更加无法无天地惹事，每次都得李判来才压得住他们。

每天，李判就站在教室后面，皱着眉，面无表情地看着那帮小崽子。一众书院弟子立马跳回自己的座位上，大气也不敢出。

后来呢……

后来这帮小崽子全死在了魔域里，没一个活着回来的。

乔晚目不转睛地盯着李判，李判看着她，沉声说："我不希望你留在那儿，希望你能活着回来，你们都能活着回来。"

等走出营帐之后，看着幽蓝深邃的天，乔晚握紧了拳又松开，心里动摇了一瞬，觉得自己有必要去拜访一下那位妙法尊者。

妙法尊者的营帐就设在不远处。

乔晚在门口踌躇了一会儿，帐子里突然传来一个抑扬顿挫又清正庄严的声音："进来。"

乔晚愣了一下，直接掀开帘子走了进去。

她一抬眼，又被对方的尊容给狠狠地震了一下。

据说，这位妙法尊者已经与心魔融合了。

青黑的脸，凤眸却在眼尾拖曳出些金芒，眼波潋滟，身形瘦削，长发披散在肩头，眼前的人美得脆弱心惊。

乔晚犹豫了一下，行了个礼。

而对妙法尊者而言，这算是他与这少女自芦花前分别后第一次重逢。

粉衣姑娘看着他的眼神明亮干净，没了昔日的爱慕之意。她只是在审视他，犹豫着要如何对待这位传言中和她关系不错的"前辈"。

妙法尊者微微阖目，定了定心神，乌黑纤长的眼睫一扬，又垂下，眼尾好像有细碎的流光闪过。

乔晚看得心里微微一震，忙收敛思绪，恭敬有礼地说道："晚辈是来拜会前辈的。"

这位尊者生得当真好看到了没话说，就算和心魔融合，额生三眼，背后生四手，依然有股凛然不可侵犯的气度。

他的心里翻涌着一股杀意，这杀意让他只能沉默地退守在营帐中，不欲外出。

但瞥见少女站在营帐外，被篝火勾勒出的青松般的身影之后，妙法尊者最终主动开了口。

高高在上的此门尊者，自幼天赋极高，悟性极强，看透了无数痴男怨女的爱恨情仇，也习惯于替无数人开悟解惑。如今见乔晚眼神澄澈、坦然有礼的模样，妙法尊者心中微微一动，那高高在上、香火簇拥着的一颗内心，微不可察地乱了一瞬。

　　但修士讲究内在，只这一瞬，妙法尊者随即皱紧了眉，内心又恢复淡然。

　　他必须花费不少力气，来压抑心里翻涌着的对乔晚的杀意，所以，必须尽快结束这对话。听清乔晚的来意，思忖了一瞬，妙法尊者开口："你深夜来此，就是为了此事？"

　　嗓音依然浑厚庄严，令人灵台清明，就是搭配着这张俏脸，怎么看都觉得有些违和……

　　乔晚顿了顿，这个时候寒暄也没多大意义，便坦然交代："恕晚辈不自量力，晚辈想知道前辈的心魔为何而生。"

　　妙法尊者闭了闭眼："从修为起，我心中有修罗相。"

　　所谓的开悟远远度不了人性本恶，正因为看多了人心险恶，所以比起那些温和的老秃驴，他常常疾言厉色，对魔狠辣从不手下留情。

　　乔晚抿紧了唇。

　　她觉得自己来这儿，也确实不靠谱，但无论如何，她都想争取这位前辈的帮忙。

　　于是，她犹豫了一下，双掌交叠行了个大礼，坐了下来："前辈……有没有想过这始终不是解决问题的办法？"

　　这一来一回，这股若有若无的生疏与尴尬气氛，令妙法尊者不由得眉峰轻蹙，他旋即又压下情绪，沉声说道："你说。"

　　和这位尊者对话，目光所及之处，全是血淋淋的脏器，乔晚感觉压力一直有点儿大。

　　她真的不能理解，这位前辈为何会走得这么偏？

　　这种简单粗暴的线性思维，难道不是灭霸的思维吗？！

　　不过乔晚不明白的是，所谓心魔，走得要是不偏，那就不会有心魔这玩意儿产生了。

　　察觉到这位前辈并没有立刻赶她走的意思，乔晚斟酌了一下，知道她这个小辈教训长辈，在这个地方看起来的确挺不自量力的，但有些话还是想说。

　　"人类的每一次进步，都会带来对资源的消耗与破坏。"乔晚眼神明亮，沉着地一直讲，讲到了工业革命，讲到了未来的社会。

　　"就算没有修士，凡人也有战争，也会对其他物种进行屠杀。我们能做的，"乔晚抿了抿唇，"只有努力解放生产力。解放生产力，有取有还。"

　　就像是后来人们发现了清洁能源，开始利用风力发电。文明的发展，促使了

环保理念诞生，人们明白了自己的自大和狂妄。

"修士掌握了灵气，为什么不能反过来促进这个世界的生产力发展？"

如果修士能利用好灵力这项资源，这个世界一定会发展得更好，完全有能力超越她的老家。

所谓的修士和魔，"窃阴阳、夺造化、转生杀、扭气机"之类的言论，虽然有一定的道理，但她不赞同将锅全甩在"修士"和"魔"存在本身上。

不论是哪个物种，想要生活得更好，就要发展，而发展势必带来有好有坏的后果。

如果这种理念是对的，那大家都倒退到原始社会好了，就算生活在原始社会，为了生存那也得捕猎采集，所以最好的办法是大家都不活了，没有生命的静悄悄的宇宙，是最合理的宇宙。

这和极端环保主义者的理念有啥区别呀？乔晚忍不住默默吐槽。

人总不能不发展，生存死亡，是人类面对的终极命题，他们能做的，只有靠实际行动让这个世界变得更好。

"结束这场战争，改变这个世界、这个社会，总比简单粗暴地消灭大家好得多。"最后，乔晚用这句话结束了自己的"演讲"。

"解放生产力"是个新奇的概念，至少对这个世界来说，是个破天荒出现的概念。

妙法尊者微微一怔，眼里掠过了一阵激赏之意。

面前的小姑娘，比他想象中的优秀得多。他一直将她视作一个晚辈，好像未曾将其平等地视为一个站在他面前的优秀女性。

从当初昆山那一跃，一直到现在，少女脊背挺直，宛如风雨飘摇的血色战场上盛开的战争之花。

他相信，也希望她能不耽于情爱，走得更远。这次失忆，洗去了她对他的爱慕之情，对她而言未必不是一场契机。

如今这位沉静守礼的梦中晚辈，真的如他所愿，走在了坦坦荡荡的仁义大道上，妙法尊者却一瞬有些恍惚。

——"君子之交淡如水，这世上，或许唯有淡如水的知交之情可长久。"

——"乔晚，你可愿不计较我的年岁，与我平辈相交，真正做我这修炼路上的好友？"

他又垂下了眼睫，不作他想。

乔晚还在等待这位尊者的回复。

和这位尊者对话，总让乔晚有种敬重却疏离的感觉，她敬重任何为了自己的信念，坚持如一的人。

乔晚抿了抿唇，不大确定地问："前辈？"

食欲，伴随其他微不可察的细密情绪在心头蔓延，将这些情绪一一压下，妙法尊者皱着眉，再度开口："乔晚，我需要你帮我一个忙。"

乔晚神情肃然，沉静恭敬地行了个礼："前辈但说无妨，若有晚辈能帮上忙的地方，晚辈一定尽力而为。"

她像个普通的小辈一样足够恭敬、客气、谦逊，却保持着敬重、疏离的态度，与萧博扬，与齐非道，与其他和尊者相处的晚辈一样。

"我明白你的意思，"妙法尊者说道，"你无须担忧，这点我与马堂主，与修真联盟早有约定，只是自你失踪之后，一直未曾再找到合适的人选。"

妙法尊者神情肃然，嗓音决绝。

"等我结束了这场战争之后，我希望，你能在我铸成大错前亲手杀了我。"

乔晚震了一下，差点儿以为自己听错了。

但妙法尊者的神情明显在告诉她，她没有听错。

乔晚迟疑了一瞬。他让她……亲手杀了他？

乔晚动了动嘴唇，坦然说道："前辈，我……不明白。"

他为什么要选中她？

这不是个多光荣的任务，亲手杀了同阵营的前辈，无疑会给人带来心理阴影，难道她看上去心理承受能力强悍到了这地步？

妙法尊者"嗯"了一声，薄唇微抿，眼角金芒熠熠。

"你且听我说。"

乔晚坐直了点儿，挺直了脊背。

"……"

乔晚隐隐约约好像察觉到了什么，脊背上爬起了一阵细密的汗珠。她攥紧了衣摆，问："那这些与前辈的心魔又有何干系？"

尊者端坐在营帐中，金色的眼睫微扬，鸦羽般的睫毛缓缓翕动，定定地说出的话，宛如平地一声雷起，天意赫然降下。

营帐中顿时变得一片死寂。

乔晚背后的冷汗跟着"唰"的一下落了下来。

这怎么可能？

乔晚口干舌燥，惊魂未定地想，胸腔里的一颗心立时疯狂地鼓动起来。

而乔晚是个意外。

他要她做的事，他心中十分清楚，对她不公。

但乔晚的确是他所想的最好人选，也是在从久远之前早就默认好的人选。

少女眼里仿佛有细细的流光，明亮动人。

天色已晚，旷野上的风拂过衰草，草屑被卷入暗色天穹下，飘飘摇摇地落入

帐外的柴堆火焰中。

妙法尊者目光落在少女的脸上，静默中，好像有一把野火已经自旷野那头烧到了营帐里，火舌一路烧到尊者的脚下，高高在上的尊者心中微微一动，如莲池生波，也只这一瞬。

妙法尊者神情微不可察地滞了滞，皱紧了眉。

好像在那一瞬，自己也要在此无边无尽的烈焰中焚身。

修为到这地步，除却疾恶如仇，面对魔时脾气不大好，大部分时候，妙法尊者亦算稳重肃穆，坚忍淡然。

心动一瞬后，尊者收敛视线，内心一片寂静。

妙法尊者这一步，不仅能以惠众生，成就乔晚之福报，亦能斩断修士以及妖魔之罪孽。

如果他能在这一世，借由他人的手偿还了前世今生诸般因果，一切修士、妖魔就不必在后世为自身恶业付出代价。

最后，这罪孽统归己身，由乔晚亲手斩断。

这是最圆满、最无可挑剔的办法，所以就连马怀真当初知晓心魔的秘密后，也沉默了很久，无法开口同意，也无法开口拒绝。

他找遍所有办法，的确都没能再找到一个比这更合适的办法。

离开营帐，回到自己的住处之后，乔晚思忖了很久，等到半夜好不容易入定了，却又被一阵骚乱动静惊醒。

帐子被人一把掀开，萧博扬脸上溅了不少鲜血，面色沉重道："有宗门的长老领着自己的弟子要跑。"

虽说知道乔晚失忆这事，但萧博扬心里依然没因此对乔晚生出半分生疏之情，主要是认识的时间太久，就算傲娇的萧家小少爷不肯承认，有些事无须开口甚至都成了默契。

有马怀真和妙法坐镇，这次骚乱还没扑腾出个所以然，立刻就被镇压了下来。

乔晚几个人到的时候，马怀真、岑子尘等一干长老已经坐在一块儿开会了，营帐中还设有数面留影球，映出公孙冰姿等不在此地的一干宗门长老的面容。

至于妙法尊者，明显不在马怀真等人之列，他在那一排留影像中。

要克制杀欲算不上容易，为了防止意外情况发生，妙法尊者没离开自己的营帐。

瞥见乔晚、萧博扬、陆辟寒几个小辈进来，马怀真袍角上还沾着一串血点子，衬得被毁的脸如罗刹，眼神微微一扫，他没吱声，默认他们旁听，算是难得地信任他们。

而乔晚、齐非道他们几个明显也是第一次接触这架势，受肃穆庄严的气氛影响，也没敢多吭声，一个个眼观鼻，鼻观心。

方凌青默默丢了个传音入密："就在刚刚，马堂主和昆山暗部弟子，把那些不听话的人全宰了。"

方凌青面色沉重。

剑光如雪，横扫之处，鲜血泼墨般染红冰原。

北境战线全面溃败，这种情况下，杀去魔域在某些宗门的人看来无异于找死。

马怀真他们找死，这些宗门的人不肯奉陪，在这种修真联盟必败的情况下，只能马上带着弟子赶回宗门，尽量减少些损失。

而马怀真的手段十分雷霆铁血，男人将手中绷得紧紧的灵丝一扯，割下一排头，"砰砰砰"砸在地上，溅起一朵朵红色的血花，抬起眼，勾唇微微一笑，声音沉沉地说道："要走的人，现在尽管走。"

跃动的篝火映在那半边修罗面上，刹那间，四周鸦雀无声，再也没有人敢多迈出一步。

马怀真的行为，释放出了一个信息：要么死在战场上，要么死在他手上。

大战当前，军心不可乱。

这回一帮宗门长老商讨的重点却不在这次反叛事件上。

马怀真沉声说："来不及了，时间不够了，拖得越久对我们越不利。妖皇伽婴那儿可有动静？"

岑子尘搁下留影球，神情肃然，摇了摇头："未曾。"

"可提到过乔晚？"

虽说特地把乔晚搬出来有点儿可笑，就算乔晚和妖皇伽婴再交好，对方也不至于为了她而主动蹚这浑水，但到了这个地步，就算再好笑，马怀真也要试试。

岑子尘顿了顿，回道："未曾。"

这个结果不出马怀真的意料，但他脸色没有多好看，很快又恢复了铁血模样，继续与岑子尘商讨几天后的反攻行动还有多少援军可用。

首先，马怀真就排除了妙法尊者去的可能性。

"妙法尊者不能去。"

最后一张底牌，不到万不得已他们决不能亮出。

更何况他们如今尚不能保证岑清獒是敌是友，他特地留下一句耐人寻味的话叫乔晚去魔域，究竟是出自旧情，还是设下的局？

公孙冰姿迟疑了一瞬，建议道："要不将南线的兵力收回，魔焰凶猛，敖氏或许能派兵援助。"

马怀真点头："那这样，但凡是如今联系得上的援军，麻烦诸位长老发个信息问一问。"

话音刚落，立刻就有长老去吩咐下面弟子发信息了。

会议的议题又集中在了这批前往魔域的修士要如何去、派什么样的修士去、派多少兵力上。

被派的人，必须有能力阻止封印解封，就算阻止不了，也有能逃出生天的能力。如果这两点都不能保证，那至少做好了牺牲的准备，不是贪生怕死之辈。

就算确定了人员，他们如何去，援军要在哪儿接应？魔域的地形他们虽有所掌握，但了解得始终不算齐全。

就在这时，乔晚忍不住举起手，沉声说道："魔域的地形我或许有所了解。"

谈话声顿时顿住，所有人纷纷将目光落在了这个大胆的、身着粉色衣服的小姑娘身上。

马怀真侧目："你说。"

乔晚尽量镇定地说道："我在恢复记忆之前，曾经……曾经被如今的魔主裴春争带到魔域一段时间，他想与我成亲，便未曾拘束我的行动。"

"成亲"这两个字一出来，众人微微一愣。

萧博扬的脸色顿时变得扭曲。

留影球中的尊者凤眸半敛，沉静无言。

面向这一干或化神，或合道期修为的长老，乔晚起初还有点儿口干舌燥，但一开口，很快就找到了感觉，镇定地继续说道："我神识已臻化神，或许能将魔域的地形画出来。"

修为已臻化神！

这话由一个年纪轻轻的小姑娘说出来，就算他们知道这是乔晚，受到的震动也不可谓不大，毕竟神识最难修炼。

乔晚还没意识到自己的话让对面一干高层小小地震动了一下，抿紧了唇，站起身，主动说道："请给我纸笔。"

出于谨慎考虑，所有高层长老并没有打扰她，体贴地给了这个小姑娘时间。

岑子尘甚至出言安慰："别紧张，慢慢画，画得不好看也无妨，自有他人帮你补充。"

乔晚认出面前这面冷心热的长老是之前那个安慰自己"孩子别怕"的，忍不住恭敬地道了声谢，手腕一动，运笔如飞。

在所有人的注目下，乔晚也难免有点儿紧张，紧抿着唇，额头上渗出了一层细密的汗。

一片寂静之中，她飞快地将地形图画了出来。

营帐中越寂静，衬得这"沙沙"的运笔声越突出。

饶是马怀真也不由得屏住了呼吸，四周安静得仿佛众人在等待审判。

终于，少女低沉镇静的嗓音打破了这平静气氛。

"好了。"

岑子尘拿起地形图的刹那，眼睛不由得一亮，看向乔晚的眼神多了分赞赏之意。

"干得好。"

这些赞赏、包容的目光落在自己身上，乔晚有点儿不自在，又忽而觉得轻松和温暖……

虽然各宗门之前并不对付，但大敌当前，所有人总归都站到了一起。

有了这地形图，他们要确定传送地点就方便多了，只不过这地图待会儿还要经过专业的人重新修上一遍。

众人商讨出来的意见是"破碎虚空"。

岑子尘沉声说道："如果照常规的办法，势必要一道一道地闯过魔域的关隘，这样一道道闯过去，明显不符合现在修真联盟的情况，但破碎虚空不同，破碎虚空能直接在天上撕开一条裂缝，越过障碍，将人传送进魔域。"

当初，太平书院和修真联盟的死士就是这么进去的。

问题在于，破碎虚空太招摇。

天上裂出个大口子，谁抬头一看就能看清，相当于大大咧咧地告诉魔域的人：我们来了。

李判开口，神情波澜不惊："当初被传送至魔域的太平书院弟子无一人生还。"

这话一出，对百年前那场大战犹有记忆的长老们脸色微变。

可是，排除了破碎虚空这一项，他们还有什么办法？

众人思索了很久，最终结果是——没有。

沉默了一会儿，其他宗门的长老问："我们如今可还有能使出破碎虚空的修士？"

就在这时，一直没吭声的周衍开口："若诸位剑修同袍能配合我，倒也能一试。"

男人白发垂落，眉眼仿佛沾染了一层清霜。

这位昆山剑仙开口后，其他人才恍然察觉到，周衍曾经是当世剑道的巅峰。

乔晚与李判不约而同地微微侧目。

李判动了动嘴唇，面无表情，最终什么也没说。

破碎虚空，一般传送的人数不多，毕竟这要消耗灵力维持时空裂缝，传送的人越多，时空越不稳定，这就意味着，这次去的人兵力上又有削减，对择定的人员，无不要慎重慎重再慎重。

会议一直开到半夜，马怀真一个字一个字地沉声念着，其他修士一个字一个字地在玉简上写，初步拟定了一份"死士招募帖"。

"决战在即，若有愿为苍生大义，亲身赴魔域者，可前往第二十八营报名。"

简简单单的一句话，照顾到大家文化水平不同，十分朴实利落。

这拟定好的招募启示，被传送到了在场所有人的玉简上，请人过目。

乔晚握紧了玉简，愣怔之际，方凌青已然站了起来。青年搁下手中的玉简，抬眼迎向马怀真，迎向众人的视线。

"我去。"

不只方凌青，乔晚身边的萧博扬、郁行之、王如意等人都站了起来。

所有人心里都清楚，他们主动自请去魔域，不只是为了乔晚，为了这宝贵的友情，也为了他们自己。

曾经这小一辈的弟子，终究是长大了，从战火中磨砺而出，成长得更为坚韧，更为勇敢，更为不屈，在飘雪的寒夜中闪闪发光。

看着面前这一排胸腔中犹有热血的少男少女，马怀真轻轻翘了一下嘴角，笑道："你们以为报了名就能去了？等着，还得考验你们的能力。"

目光落在齐非道身上的时候，他却是直接出言拒绝了："齐非道，你不能去，我需要你与你那数部弟子做另一件事。"

齐非道苦笑："堂主，是晚辈能力不够？"

马怀真："倒不是你能力不够。"他又转了个方向，看向乔晚："乔晚，将你所说的全息练兵，再明明白白、完整地在这儿与我们说上一遍。"

留影球里的诸位长老面露愕然神色，之前这身穿粉衣的小姑娘化神期的修为的确把他们震了一下，但这也不至于让马怀真这么依仗她啊？

猝不及防地又被点名，乔晚愣了愣，缓缓站起身，神情肃然地又将之前那全息练兵的构想说了一遍。

四周再度陷入了寂静之中，唯独剩下篝火"噼啪"的响声。

全息练兵，靠数修"建模"，这是何等大胆，又是何等具有诱惑力的一个想法。

等到乔晚结束了自己的言论之后，天南海北各宗门的长老纷纷陷入了沉思之中。

马怀真这才又看向齐非道："这才是你应该做的事。"说着，马怀真又吩咐两侧的修士在玉简上记下新的注意事项。

前往魔域的修士，他们的修为和功法必须有阻止封印解封的可能性；如果阻止不了封印解封，必须有把握自己能在始元帝尊面前扛过一招；如果挡不住，也跑不脱，必须做好赴死的准备，尽量将信息传送给另一边的修真联盟。

始元帝尊被封印数百年，没人清楚在这几百年时间中，始元帝尊的功法是不是又有所精进。

修士与他接触的每一秒，都将获得决定修真界生死的宝贵信息，对始元帝尊的了解多上一分，修真联盟的胜算就大上一分。

跑不掉，去的人就必须以自己的性命为代价，将这些信息传递给天下数修、术修，构建出一个针对始元帝尊的"建模"。

　　没隔一会儿，方才联系援军的各门派长老都收到了回信，只不过得到的回复实在算不上有多美好，几乎都是一边倒的委婉拒绝说辞。

　　在众人的注目之下，这位铁血的问世堂堂主毫不犹豫地继续说道："继续问，威逼利诱，不管用什么办法，必须得张罗一批人出来。"

　　这其实意味着北境全线溃败的消息传到各宗门之后，如今的修真联盟已经名存实亡，联盟关系岌岌可危。

　　眼下，他们已经无人可用了。

　　又隔了一会儿，公孙冰姿握紧了玉简，抬眼，似乎略微松了一口气。

　　"敖氏答应了，敖弋答应了会出兵，但他……有要求。"

　　马怀真的脸色这才稍微轻松了一点儿："有要求无妨，尽量满足他。"

　　但这点儿轻松表情转瞬即逝，不仔细看，几乎看不出来。

　　要想把送入魔域的修士原原本本地送回来，就不得不借助龙族帮忙，就算知道这位甘南的大哥心里有自己的算计，马怀真也只能暂且应下对方的要求。

　　马怀真又突然想起，那条蜃龙好像一直还给乔晚来着。

　　众人又商讨了一会儿，今天的会议这才算结束。

　　乔晚跟着马怀真他们一道走出了营帐，却立刻被眼前的一幕给惊住了。

　　惊住的不只她，还有其他人，甚至还有马怀真。

　　无数的火把聚集在冰原外面，无数衣衫褴褛的修士正站在营帐外等着，虽然衣着狼狈，神情却很严肃。

　　他们不知道从哪儿得到的消息，又或者是早有预测。

　　乔晚的目光一一掠过众人，昆山、云烟仙府、岑家、陆家、萧家、大悲崖、青阳书院、崇德古苑、梵心寺、太玄观、朝天岭、沾云峰……无数眼熟或者不眼熟的宗门弟子聚集在了这营帐外面。

　　夜风吹得他们脸色泛白，雪花飘落在肩上，积了厚厚的一层，甚至眼睫都结了霜。

　　无数的火把如同冰原上蜿蜒的河水一样，弯弯曲曲，又恍若星河汇聚，星星点点，繁星熠熠。

　　在场的各宗门长老纷纷愣了愣，错愕地看向眼熟的自己门下的爱徒或师侄或徒孙：

　　"严漾？你们……"

　　"凤姝？"

　　"你们怎么在这儿？"

　　最前面的那几个年轻修士不好意思地笑了一下，又将目光转向了马怀真，突

然直挺挺地跪了下来！

北境的深夜寒意彻骨，就算是修士，膝盖着地也是一股瘆人的寒意直往人的腿里钻。

随着最前面的"星河"一动，后面那弯弯绕绕的绵延"星河"也似开始流动了。

这长长蜿蜒的、波澜壮阔的"星河"，纷纷跪了下来。

"昆山弟子严漾，请求出战。"

"云烟仙府弟子秦凤姝，请求出战！"

"崇德古苑弟子解红丹，请求出战！"

"弟子精通空间系的法术。"

"弟子精通阵法！"

"弟子是剑修！"

此起彼伏的声音在寒夜中回响。

被冻得面色通红、手指脚趾皲裂的一帮年轻修士，露出恳切的表情。

在明知道前往魔域九死一生的情况下，他们依然自发地在这寒冷的长夜中聚集到了帐子前，一直等到了现在。

刹那间，马怀真怔住了，往前看去，跃动的火光宛如星星坠落到了地上，在地面上流动，几乎要将这冰原烧成一片赤色的大漠。

饶是铁血如他，也不由得眼眶有点儿酸。

乔晚的眼眶也有点儿酸，她张了张嘴，看着火光下高矮胖瘦、容貌不一的修士们，心口又酸又胀。

"堂主，我……"乔晚嗓音干涩。

这一向没多少表情的少女面露动容之色，眼眶微红。

马怀真收敛了目光，静静地看着她，一开口，却突然一口回绝了乔晚的请求。

"你不行。乔晚，你不行，你不能去。

"碧眼邪佛叫你去魔域，孟广泽是你的生父，照理说，任何人都可以不去，但你必须去。

"但乔晚，你有没有想过……"男人的嗓音低沉有力，不疾不徐，却立刻将乔晚给炸蒙了。

马怀真继续说道："没救下孟广泽倒好说，倘若救下来了，你们势必要带他回来。这一路上，必定有魔兵阻拦。你能保证在强兵环伺之下，带着孟广泽闯出来？"

男人的侧脸映照着跃动的火光，冰原上忽而变得一片安静。

"闯不出来，你又不能放任孟广泽重新落入魔域手中，只有在救出孟广泽之后将他带离封印地，就地格杀最为保险。

"乔晚，我问你，你下不下得了手？"

或者说……

马怀真又说出了一个无比冷酷却又无比理智的可能性。

"而你呢？你身上流着他的血，你们两个任意一人被捉，都能使我们的努力前功尽弃。

"若逃不出来，你能做到眼睁睁地看着生父被就地格杀，而自己再举刀自戕吗？"

自始至终，这位昆山问世堂的煞神就没说过要救出孟广泽。

他们的目标是破坏封印，或者在无计可施的情况下，将孟广泽带离，然后就地格杀，完全掐掉始元帝尊突破封印而出的可能性。

"乔晚，"马怀真抬手摁住了少女的肩膀，沉声说道，"如果你能答应，在无计可施的情况下，看着孟广泽被就地格杀，或者在自己落入敌网时愿意举刀自戕，我就答应你前去魔域的请求。"

这太冷血，太残忍。

马怀真微露动摇之色，但必须同乔晚说明白。

马怀真定定地看着乔晚，在等着乔晚给他一个答复。

冰原中安静得只能听到狂风呼啸而过的动静。

风吹动了马怀真的袖摆，他漆黑的眼一眨也不眨，盯紧了乔晚的反应。

他清楚地看到少女身形猛地晃了晃，下唇咬得渗出了血。

像是过了半晌，又好像是过了一百年的光阴，乔晚抬起眼，眼里是狰狞的红血丝。

她跪了下来，沉默地拔出了腰间的剑，当着所有人的面立了个血誓。

"我答应，在无计可施的情况下，看着苏不惑被就地格杀，绝不出手。

"我答应在自己落入敌网时愿意举刀自戕。"

"有违此誓，"少女举剑在手心里划了一道深深的口子，在冰原上所有人震撼的目光下，握紧了掌心，坚定地说，"我与苏不惑二人皆神魂俱灭，永世不得超生。"

话音一落，四周鸦雀无声，只剩下那拥挤的火光在冷风中摇曳。

掌心的血滑落下来，凝成了一滴，被风一吹，迅速结了冰，落在地上，砸了个粉碎。

当着修真联盟的面，这坚韧的姑娘主动立了个血誓，这一刻，见惯了各种凄惨动人画面的各宗门冷酷的老妖怪，面色不忍地扭过了头。

所有人，看着地上那砸得粉碎的血珠子，心里的震撼情绪久久无法平息。

乔晚，赢得了人心。

可用的援军太少了。

营帐中的灯一直亮到了天明，马怀真面前搁着一卷玉简，脸上表情被灯光映照得晦涩不明。

男人有点儿疲倦地抬手捏了捏眉心。

全天下成千上万的宗门，在这危急时刻愿意来参战的竟然不足一百。

至于妖族那位，时至今日，就算对面不说，马怀真也大概明白了对方的意思。

妖皇伽婴或许已经站在了魔域那一方。

毕竟不管是修士胜还是魔域胜，对妖族而言没多大区别，一个乔晚，一段薄弱不堪的友情，显然不能影响万妖共主的决定。

马怀真盯着面前这盏灯，默然无语。

如今，真正能派上用场的，竟然只剩下了敖家的军队。

"你说……敖弋已经决定和魔域结盟？！"

万里之外的苍梧洲，一名瘦弱的修士霍然站起身，难以置信地看着自家的"头儿"。

穆笑笑双手被反剪在背后，长长的眼睫垂着，在眼皮上投下淡淡的阴影，花瓣一样丰润的唇瓣泛着动人的暧昧光泽。

领头的那修士没好气地瞥了那瘦修士一眼："咋呼什么呢？我要是敖弋我也选魔域。"

穆笑笑心中微微一动，显然没想到自己这一路走来竟然还能听到如此秘辛。

在这乱世之中，从宝宜府出发，赶往南线战场并不是件容易的事，尤其是在丹田破碎，没了自保能力，但偏偏容貌又娇软得招摇的情况下，她刚走出宝宜府的地界，就被面前这一伙修士给逮住了。

敖氏虽然是龙族，但龙族人少，手底下还有不少虾兵蟹将，人族修士也有替他们卖命的。

面前这几个修士就是敖家军。

在这风云变化的大背景之下，每个人都在尽力求生，尽力在飘摇动荡的局势中找到自己安身立命之所在。

面前这几个修士也是如此，伸着手在地上指指点点，领头的修士吐出一口烟圈。

"敖弋杀了他老子，又失手杀了修真联盟的使者朱恩仇。他摸不准谢行止的心思，心里当然害怕。"

领头的修士像煞有介事地笑道："早在他去找谢行止求谅解的时候，就暗中派了人去魔域，请梅康平帮着把谢行止等人给赶出南海。

"谁不知道，这敖家实际上是在做两头的生意，在修真联盟和魔域之间徘徊？"

"那……"那瘦修士迟疑地问,"那最近他们集结共赴魔域算什么?"

这几天敖氏正忙着集结,几百条龙搅得海面上海浪滔天,生活在海边的渔民只要一探头就能看见海浪之中腾跃怒吼的白龙。

"还能做什么?"领头的修士冷笑,"梅康平这个老奸巨猾的东西,估计是想着借敖家的手捅修真联盟一刀子呢。"

所谓趁你病,要你命,不外乎如是。

或许是穆笑笑这娇娇软软的容貌实在太不具有威胁性,这几个修士闲聊着决定接下来的方向的时候,压根没有避她的意思。

看着面前的篝火,穆笑笑神情有些恍惚。

北境全线崩溃了……决战在即。

大家都打起来了啊。

她咬了咬下唇,突然涌出了一股不甘心的情绪,这股不甘心的情绪在听闻"马怀真""周衍"等熟悉的名字时,更强烈了。

师尊、马堂主……那些熟悉或不熟悉的师兄师姐如今都在前线,她却被困在这儿。

从宝宜府到这地方,这一路上,她见到了许许多多像王二丫一样的人。

就算再蠢,脑子里装的东西再少,在这样一路走来之后,她难免不会受到这悲壮的气氛所感染,成长许多。

她的不甘心在于,乔晚、谢行止、孟沧浪……不知不觉间,乔晚已经能与这些人相提并论。而她呢,她做了什么?

穆笑笑愣愣地垂着眼睫,下唇被咬得几乎快渗出血。

她在魔域里祈求着裴春争的怜悯,在魔域里当她的贵妃,在那些魔的眼里成了一个脑子里只有糨糊的笑话。

她怎么会成为一个笑话?

别人都以为她娇软可人脾气好,但唯独她心里清楚,她不是这样的。她好强好胜,自尊心强,不愿输给别人,只是面具戴久了,就摘不下来了。

她的可笑想法,让王二丫死在了她的怀里。

怪不得马怀真看不起她。

少女垂眸安静地坐着,温顺甜美得像只生活在笼子里的金丝雀儿。

屠一鸣微微一愣。老实说,在瞥见穆笑笑的时候,他差点儿以为自己看错了。

这个世道上,竟然还有这种"傻白甜"在外面走。

似乎察觉到了他的视线,少女抬起头,颊侧的黑发滑落,露出了一张楚楚可怜的脸。

屠一鸣忍不住喉头滚了两下。

那瘦修士的目光也落在了穆笑笑身上:"这个……怎么办?"

他们带着，不方便。

先奸后杀？

这个想法从屠一鸣的脑子里一闪而过，男人眼里飞快地掠过了一丝厉色、欲望和杀意。

在这地界他已经憋了太久，少女衣衫褴褛，但露出的白皙光洁的肌肤激起了他心中的蹂躏和施虐欲。

屠一鸣扬起嘴角笑了一下，从袖子里摸出小刀抛了个来回。

他一刀削断了束缚着穆笑笑的麻绳，饶有兴趣地看着面前这柔弱的美人，美人眼里果然泛出了点儿泪。

"求求你……放我离开吧。"

如果搁在以往，这种美人肯定没他享受的份。好菜，是要慢慢品尝的。

他不打算立马动作，这多没意思啊。

屠一鸣收回小刀，手腕一转，将小刀往地上插去，盯着穆笑笑看了几眼，越看那心头暴虐的欲望越蹿个不停。

心头微微一动，他开口笑道："放你走？哪里有这么好的事？"

这人长得漂亮归漂亮，可惜是个蠢的。

"这样吧，"屠一鸣优哉地调整了一个姿势，看着穆笑笑笑道，"陪道爷我玩个游戏怎么样？赌注，就是放你走。"

心知逃跑无望，少女终于忍不住小声啜泣了起来。

穆笑笑睁着蒙眬的眼，抽了抽鼻子，平息了一会儿，才开口道："什……什么游戏？怎么玩的？"

少女眼睛红得像个兔子，带着点儿委屈感，看得屠一鸣心神微漾。

他笑道："就这样，抓阄。一共两个选择，一个走，一个留，你抓到哪个算哪个，你看怎么样？"

他就喜欢看给人希望，又亲手把希望摧毁的那股快意。他在这战场上摸爬滚打了这么多年，再不找点儿乐子，指不定哪天会抽刀自己砍了自己。

于是，理所应当地，屠一鸣变态了。

嘴上说得虽然好听，但屠一鸣心里清楚，什么走啊留啊的，他只会写上两个"留"字让这小美人儿抓。

面前的少女果然不相信他，但又不肯放弃生的希望。

穆笑笑犹豫了一下，捏紧了衣摆，仿佛只有手里攥着个什么东西才能安心。

她面前总共有五个人，前面一个，后面两个，左右各一个，呈圆形包围着她。

除了和这人打赌，她并无别的办法逃出。

"我不答应，除非你签订……签订血契。"

屠一鸣倒也没恼，反倒觉得这样更有意思，不反抗的那种人，没味道。

"行，那你说。"

穆笑笑想了想，鼓起勇气抬起眼："如果我选了一个，把'留'剩了下来，你们非但要放我走，更要留下自己的修为。"

屠一鸣微微一愣，有点儿没想到这小美人儿竟然这么贪心，还想赌个大的，要他们的修为。不过目光落在穆笑笑那破碎的丹田上，他又顿时了然。

这样他反而觉得更有意思了，于是笑道："行哪，那我也有个要求。要是小美人你选错了，就得任由我抓着你的四肢，将你全身上下的肉一片一片地割下来。"

说这句话时屠一鸣故意放慢了语速，就是为了看到穆笑笑惊恐的神情。果不其然，面前的少女脸色"唰"的一下就白了。

双方签订血契，若有违者，神魂俱灭。

屠一鸣快意地笑了起来，吩咐手下那个瘦修士安排抓阄。

瘦修士"啧"了一声，略带同情地看了一眼穆笑笑。

他在……同情什么？

穆笑笑疑惑地想。

他是同情她既定的命运吗？抓阄，胜负是一半对一半的概率，这瘦修士为什么这么笃定她会输，目含怜悯和同情之色？

当两个纸团被呈上来的时候，屠一鸣抱胸笑道："来，选一个。"

火光下，这两个纸团就代表着她两种截然不同的命运。

穆笑笑垂下湿漉漉的眼睫，伸出手，在半空中犹疑了一下，之后，在所有人的目光之下，竟然拿起一个纸团，直接丢进了篝火里！

"我选好了，也烧了。"少女抬起眼睫，柔而甜地微笑着，伸手指着剩下的纸团，"我就赌这个剩下的纸团上面是'留'字。"

屠一鸣脸色遽变！

下一秒他立刻意识到自己被玩了！他被这个小娘皮给玩了！

这小娘皮跟他玩文字游戏。

"如果我选了一个，把'留'剩了下来……"

从始至终，她就没说过自己要选"走"！

少女柔柔地笑着，从阴影中缓缓站了起来，乌黑柔顺的长发垂落在腰后，被风一吹，竟然宛如张扬的蛇妖发辫。

"血契已经结成了，如果诸位不将修为留给我，是要神魂俱灭的。"

穆笑笑恍惚地摸上了插在地上那把小刀，抬起脸，嫣然微笑。

丹田破碎了，她就算有了修为，也存不住太长时间，但有总比没有好吧。

比起"神魂俱灭"，屠一鸣更想要命。他脸色青青白白，盯着穆笑笑的目光仿佛要扑上去，叼一块儿肉下来。

少女眨着湿漉漉的眼睫，唇瓣宛如蔷薇般娇艳，神情无辜，却宛如女妖一般，

将他们的修为纳入了丹田。

修为传送结束的刹那，屠一鸣抬起眼，却突然撞见穆笑笑露出了一个甜美的笑容，颊侧的酒窝在火光的映照下仿佛盛满了香甜的美酒。

屠一鸣只觉得脖颈一凉，眼前一黑。

紧跟着，他就被灵力化出的剑阵给片成了三千多片，连同身旁四个手下，总共五个人，被片成了一万五千多片。

穆笑笑浑身上下都被血给浇透了，乌黑的发一缕缕地贴在雪白的颊侧，少女定定地看着纷纷扬扬的肉片，这像极了一场不合时宜的雪。

结束了，穆笑笑告诉自己。

她又能继续往前走了。

想到屠一鸣之前留下的信息，穆笑笑将手上的刀收进了袖口，一步一步，头也不回地往南线战场的方向走去。

她必须把这消息传到前线去。

为了王二丫，为了在北境的师尊，为了大师兄，为了她自己，还是为了这一路上她看到的那些形形色色的人？

穆笑笑迟疑着，一点点地揩去了眼前的鲜血。

这一路上，看到她是个修士，又听说她是往前线去的，不少普通的百姓主动往她身上塞粮食，只是半张饼、一张饼，或者一壶水。

穆笑笑捧着手上脏兮兮的饼，眼泪立马落了下来。

她的确不是个好人，忌妒心强，又总是使些坏招，知道怎么恰到好处地卖可怜，夺去其他人落在乔晚身上的目光，可现在她突然明白了她和乔晚的差距在哪里。

这一路上，她见到了这么多生离死别的场景，见到了这么多人伦惨剧，等几年后，史书上也只是留下几个简简单单的字——某年，天大旱，人相食。

在这种环境里，她要是还想着乔晚，想着争宠，想着男人的目光，就真的没救了。

她也想做点儿什么事。

穆笑笑咬了一口薄饼，囫囵吞了下去。

面前的百姓关切地问道："小姑娘是要去前线？前线太危险了，要不你跟我们一块儿走吧。"

"这战不知要打多久啊。"

饼子很硬，穆笑笑必须用力咽才能将其咽下去。她胡乱擦了擦眼泪。

这一路上风餐露宿，她已经没了打理自己的时间。

唯一支撑她走下去的信念，就是快点儿，快点儿把消息传到前线，快点儿找到王二丫的大哥王玉田。

她若再不快点儿，他们会输，王玉田会死。

师父、大师兄他们都会死。

这一路上，她只能靠两条腿走路，没有娱乐活动，只能在脑子里把几个念头翻来覆去地想，不可避免地想到了乔晚。

乔晚是在战火中从血里蹚出来的，身上有一股类似于马怀真的魄力和执行力，就算在这逆境中也能适应得很好，指不定还能集结其他失散的修士，干出一票大事。

而她不行。

乔晚没有人护着，只能自己硬生生地从战火中闯出来，骨骼尽碎也要努力爬起来。

穆笑笑觉得自己快撑不住的时候，就想到了乔晚。

她得到的来自周衍，来自陆辟寒，来自其他人的庇护，远比乔晚得到的多得多。

原来没周衍庇护，乔晚都是这么熬下来的。

在这点上，她不能比乔晚做得更差。

丹田里的修为很快就用完了，没了修为支撑，她又沦落成了一个普普通通的人。

穆笑笑说不清楚她究竟在想些什么，只是有个信念支撑着她一路往前走。

天际尚是黑的，一丝暗淡的金红色光芒浮现在天际，照得土丘旁的人面目模糊不清。

干枯的荆棘倒在地上，被风吹得瑟瑟地抖，天，正处于将亮未亮的暧昧状态。

少女仰头，水滴顺着纤细的脖颈滑入了肩窝，最后一滴水也被喝完了。

而南线战场尚有百里之遥。

北境这边已经一切准备就绪。

妙法尊者站在地图前，正在和马怀真等人商讨三天后开进魔域的行军路线。

结束了会议，马怀真问乔晚："你害怕吗？"

乔晚摇了摇头。掌心里那道伤口已经结了痂，她将手掌攥得紧了点儿。

马怀真思忖了半秒，说道："撤离必须敖家军队帮忙，到时候敖弋派人来了，你跟他们交接一下。"

没了修为傍身，穆笑笑只能一步一个脚印地走过去。

但时间不等人，她快没有时间了，用不了多久，马怀真领导的修真联盟将会开进魔域，而那时，敖家兵会在危急时刻反水。

天渐渐地亮了，道旁的腐尸被太阳晒得发出了恶臭难闻的气息，数不清的……

如果是从前，这道路两侧的水稻该长得齐腰高了，绿油油的，有燕子斜斜地擦过，远处的青山中有杜鹃在叫。

有赶牛的老翁笑眯眯地扬着鞭子，行走在水田中，伴随着"哞哞"的牛叫声，大声唱着什么杏花开，桃花开，桑叶如何如何的。

穆笑笑舔了舔干涩的唇，摇摇晃晃地继续往前走着，日头明晃晃地悬在脑袋上，照得她头脑发昏，下一秒就能扑倒在地。

她走不动了，细嫩的脚底板被磨出了不知多少水泡，破了又长，脓血粘在鞋子里，每一次抬脚都疼得她根本走不动路。

她一开始脚程倒是还挺快的，到后来只能勉强走着，再到后来，只能在地上爬了。

她觉得，她这一生从来就没这么狼狈过，裙摆破破烂烂地拖曳在地上，被荆棘和石子刮得不成样，就像一条条破烂的布条，白花花的腿上全是在地上爬行时蹭出来的血，十根手指头由于撑在地上爬，全烂了。

过路的轿子里传来个女声，如出谷黄鹂般动听，养尊处优的姑娘打起车帘瞥见了在地上艰难爬行的"乞丐"，顿时泛起了点儿同情心，叫仆从丢了点儿白面馒头下来。

"喏，给你的。"

看着地上的馒头，穆笑笑一时愣怔。

昆山的小师妹、周衍的徒弟，哪里这么狼狈过？她却还是默不吭声地捡起了地上的馒头，往怀里一塞，继续往前爬着。

最后，她终于听到了些海浪声，遥遥地望见了海岸线。

穆笑笑是被人泼醒的，对方十分不客气地一脚蹬在了她的身体上，用一根棍子戳了戳她。

一看到对方是修士打扮，穆笑笑精神一振，立刻伸手抓了上去，却又被人一脚蹬翻在地。

男弟子士十分不耐烦地怒喝了一声："老实点儿！问你呢！你在这儿干吗的？！"

穆笑笑愣了一下，张了张干裂的嘴，想开口，喉咙里却像火烧一样，竟然一个字都说不上来。

这男弟子士想了一下，不耐烦地解下了一个水囊丢到她面前。

男弟子士就看着这勉强能看出性别为女的普通人，犹如狗见到了骨头一样抱紧水囊，"咕嘟嘟"狼吞虎咽地灌着水，由于喝得太急，呛得眼泪、口水全顺着下颌流了下来。

穆笑笑捂着喉咙，猛咳了几声，哑着嗓子说道："我……我要见你们的主帅，谢行止、陈玄灵，谁都行。

"我有话要对你们的主帅说。"

她爬了千里，就是为了传递一个信息。

这信息被传到了陈玄灵的耳朵里，又迅速被传到了远在北境的马怀真的耳朵里。

一面留影球前，站着谢行止，另一面前面站着马怀真。

"来不及了。"马怀真沉着脸看着留影球那头的谢行止，打了个"停"的手势，说道，"之前定下的部署，在这两天时间里想变动根本来不及。"

修士开进魔域的计划，人和事早就安排下去了，中间任何一环出了差错，乔晚和孟广泽就会死在魔域里。

那天乔晚是在所有人面前立了誓的，不仅震撼了各宗门弟子，也震撼了他，震撼了一票老妖怪。

撤军也不行，这几天他们一直是在"敖家援军会赶来"这个基础上进行准备工作的。

他们一撤军，没有敖家的龙载着，到时候乔晚他们出不了魔域。

难道，他们就只能看着乔晚等人死在魔域里吗？

谢行止不言。

"还有个办法。"与马怀真并肩，一直在调度各方的妙法尊者始终皱着眉，转身看向马怀真与谢行止。

"什么办法？"谢行止问。

马怀真抬眼，直接替面沉如水，默不吭声的尊者答了，一开口，声音低沉果决，语气狠厉："怂恿那条小白龙杀了他大哥，自己上位。"

谢行止遽然一惊。

怂恿甘南杀了自己大哥这个想法，谢行止在听到的那一刹就愣住了，倒是陈玄灵立刻回过神来。

小年轻毕竟是小年轻，看着青年愣怔的面色，陈玄灵不动声色地叹了一口气，把目光转到了马怀真与妙法尊者身上。

说到底，和这些从血与火里蹚出来的人相比，甘南还是嫩了点儿。

甘南是陈玄灵的学生，没人比陈玄灵更清楚这条小白龙的优柔寡断性子，所以敖家争权就没甘南的份，甘南也不可能对自家兄弟出手。

但现在一切都不一样了，敖弋亲手杀了甘南的老子，他们兄弟俩又不是一个娘生的，说起来没那么亲近，略一怂恿，说不定甘南就真的能做出为父报仇，手刃亲哥这事。

这也是当下最好的解决办法，换甘南上位，下面部署不变，仅在高层做变动。

关了留影球之后，谢行止抿紧了唇，看向了陈玄灵，恭敬有礼地侧头问："敢问长老是怎么看的？"

教唆做弟弟的甘南杀了自己的兄长，这实在有点儿超出了谢行止的三观认知，青年皱紧了眉，心里也明白这事的重要性。

如果真的没转圜的余地，他或许会昧着良心这么做，但在做之前，总要……试着问问看的。

万一还有其他解决的办法呢？

这就是小辈与老一辈人之间的差异了。

陈玄灵沉默了半晌，开口道："做吧。"

谢行止动了动唇，"嗯"了一声。

他忍不住想到了自己那个妹子，那个无缘再见的妹子。

印象中脏兮兮的，一本正经爱吐槽的小姑娘，脸却是模糊的，他甚至连名字都想不起来。他被赤肚道人带上朝天岭之后，师父嫌弃他本来的名字"乔枣儿"太土，给他改成了"谢行止"，"高山仰止，景行行止"，听上去确实有意境。

她或许已经死在了这连年的战火中。

黑色的长靴从硝烟中踩过时，谢行止常常会这么想。

青年冷如冰霜的棺材脸下，藏着一颗柔软的心脏。

每次一想到那模糊的画面——小姑娘趴在他的背上，踢着两条腿——谢行止就觉得心头好像被什么东西戳了一下，喉口也有些干涩。

但他现在已经不是当初那个青涩、好心办坏事、傲气又听不进去意见的孤剑了，这些细微的温柔情思只能被已经成长为一个"男人"的青年果决地埋入心里，埋在战火中锻出的那些疮疤下。

收敛了思绪，他依然是如今小辈中的领头角色，依然是这南线战场上的"孤剑"。

要怂恿甘南杀了自己大哥不是件容易的事，这种暗地里玩心机的事，谢行止不在行。

心知谢行止正直、固执、偏执又死犟的性子，马怀真直接用玉简传信给陈玄灵："先在军中放出消息，敖弋杀了自己的老子。"

其实用不着他们放消息，南线的军队中本来就有类似的谣言，只是之前谢行止一直压着，沉默体贴地不让甘南听闻，而眼下只是残忍地把事实摆在了甘南眼前，然后等着甘南进来问就行了。

甘南果真进来了，惨白着脸，走得很急，还差点儿跌了一跤，那琉璃似的眼里盛满了眼泪，问："我大哥真的杀了我爹和朱长老吗？"

谢行止静静地盯着面前的少年看了一会儿，而后点了点头。

甘南"哐当"一声，颓然跌坐在了地上，额头上那拇指大小的龙角磕在桌子上，流出了不少血。他抱着膝盖，眼泪"哗啦"一声就掉了下来。

见他哭成这样，谢行止微微一怔，犹豫了一下，皱着眉快步走到了青年身侧，扶住了对方的肩膀。

甘南眼眶通红地抬起眼："谢大哥，其实我知道大哥与父王关系不好，父王嘱意二哥，但我没想到大哥能做出这种事来。"

谢行止："那你现在打算怎么做？"

他打算怎么做？

这一问立刻将面前的青年给问蒙了，甘南有点儿慌乱地摇了摇头："我……我不知道。"他的脑子里无可避免地浮现了一道粉色的身影。

如果是乔晚妹子在的话，乔晚妹子会怎么做？

"谢大哥，你说，我要怎么做？"

"倘若我是你，我就杀了大哥，替父报仇。"

甘南愣了愣。

"你想报仇。"谢行止垂眼，"你与敖弋并非一母所生，感情远不如你与老龙王深厚。"

"你想杀了他对吗？"谢行止顿了顿，不太自在地循循善诱道。

如果面前这是马怀真之流的，估计立刻就能看出蹊跷来，但面前的这位是个软软的小废物。

青年愣愣地抬起眼，白色的睫毛上还挂着滴晶莹的泪，几乎立刻就慌了神："我……"

谢行止将甘南的反应尽收眼里，心神微微一动。

这条小白龙比他们所有人想象中的还要……恶一点儿。

毕竟出身王室，就算甘南再单纯，心里难免也会有点儿属于自己的小心思，没这小心思，他在他们家是活不下去的。

从前这废物又仁善的小白龙，并不愿主动和自家大哥、二哥产生冲突，体贴地默默躲远了，躲到了青阳书院里。

但说是他因为兄弟情谊才不愿意争夺王位，这理由就有点儿不够充分了。

青年痛苦地捂住脸，轻轻地说："我不知道。"

泪水顺着指缝滑落，甘南小声地抽噎了一下，毫无心眼儿地开口道："谢大哥，我是真不知道。"

他明明已经五百岁了，在青阳书院里依赖师兄师姐，在昆山依赖乔晚，等上了战场，又依赖谢行止。

他是真心把谢行止当成谢大哥的。

其实甘南想过为争皇位、兄弟阋墙、血流成河这种事的。

但这脾气好，不像白龙，更像白兔子的少年，一直在有意无意地回避这个问题，就算老龙王的死讯传来，少年也是忍着哀恸相信了敖弋的说辞。

可现在在马怀真的授意下，谢行止把真相鲜血淋漓地撕扯给甘南看。

谢行止不会安慰人，风姿高彻的青年，硬邦邦地绷紧了面皮，干脆搁下玄铁重剑，陪着甘南一并席地而坐。

青年哭得像只眼睛红彤彤的兔子。过了一会儿他站起身，擦了把眼泪，哽咽着说自己要出去一趟。

他这一去，直到傍晚陈玄灵和谢行止那儿才传来消息。

甘南去找敖弋对质了。

陈玄灵"哎哟"了一声，急得团团转，叹了一口气："他怎么这么傻啊？他就这么大咧咧地去了，把这事挑明了，他大哥还能留他？"

本来他们计划着是助甘南暗暗捅死敖弋再夺权的，消息传到马怀真那儿，马怀真沉默了片刻。

他就不该对乔晚这废物义兄寄予什么厚望！

"算了，直接带兵去接人吧。"

他们若去晚了，甘南可能就是条死泥鳅了。

帐子里，青年琉璃般的眼一眨不眨地盯着敖弋，眼角还有些红，明显是哭过的。

敖弋立刻露出了点儿笑容，和蔼可亲地倒了杯酒，递到了甘南面前，问道："你怎么来了？可是想大哥了？来，陪大哥喝一杯？"

虽然废物了点儿，但甘南在敖家一直是备受宠爱的。

甘南已经做好了前来对质的准备，但敖弋这亲切的样子，让甘南手足无措了一瞬。甘南默默地挺直了脊背，没有碰面前的酒杯。

他轻声问："大哥，你真的杀了父王吗？"

敖弋脸上的笑容猛地僵住了。

酒杯"当"的一声摔落在了铺设的地毯上。

敖弋收起了手，淡淡地问："你为什么要这么问？"

这个反应几乎已经使真相不言而喻，甘南痛苦地皱紧了眉，哽咽道："父王……父王明明对你这么好，对你和二哥，都这么好。"

敖弋看着他，良久，移开了目光："你说他对我好？甘南，我有时候真不知道你是真傻还是假傻。

"你当真看不出来，我们这三个儿子里面，实际上他就在乎你这一个嫡幼子？"

"我与你二哥都并非嫡子，说到底，他只想让自己的嫡子即位。"敖弋嘲讽般笑了笑，"你看看你，五百多岁了，还不过是筑基期修为，废物成这样，那老东西叫你即位，也不怕把敖家全折进去。"

就算上了战场，青年身上依然有种洗不去的温温软软的气质，毫无棱角可言，就算被直白地骂作废物，甘南也没有生气，或者说，他早就习惯了。甘南俊秀温软的脸上，肌肉微微抽动，眼眶又红了。

人人都说他"傻白甜"，其实不是的。

他不愿和大哥、二哥争抢，只是想一家人和和睦睦的，大哥、二哥虽然有异心，但对他很好，也很尊敬父王，他那些庶母虽然总是捂着嘴笑，互相丢着眼刀，但看到他来，总会往他手上塞一大堆好吃好玩的东西。

他们家家庭构成虽然特殊了点儿，相处方式也略显得波涛汹涌了点儿，但也算是个和谐之家。

而且，一打仗，国将不国，百姓生灵涂炭，他不想这样。

"傻白甜"的小白龙，因为心怀一颗赤子之心，所以没想着去争去抢。他没有野心，这样的生活他就满足了。

和其他人想象的不一样，他不糊涂，看得门儿清，但现在马怀真用心险恶地把真相扯开了，丢在了他面前，他就算再想装糊涂也不行了。

敖弋紧紧地盯着面前俊秀温和的青年手里四溢的雷光："你要杀我替他报仇？"

甘南手上已经团了一团雷光，这是当初他教乔晚的招式。

敖弋看着他问："甘南你当真要杀了大哥吗？从前的兄弟情谊难道就不作数？"

甘南盯紧了敖弋，心里怦怦直跳，咬紧了牙，颊侧肌肉一阵一阵地抽搐。

气流吹动他的一头白发，发梢带着些海藻般的绿意。

他鼓起勇气，眼睛血红，好像下一秒就能把这雷球砸出去，但最终还是没砸出去。

雷球在他的手上自己灭了，青年默默地转过了身。

他做不到。

甘南心烦意乱，慌乱又痛苦地想着，他做不到。

青年绷直了身子，微微侧目，哑声说道："大哥，我走了，你好自为之。"

他做不到，不代表着敖弋做不到。

甘南刚一转身，一柄长戟洞穿了他的胸口。

这一击，敖弋是存了让甘南死的心思的！

甘南睁大了那琉璃般的眼，吐出了一口血。

敖弋垂下眼，面无表情地伸掌在长戟末端一推，甘南还没来得及说什么，直接被这股巨力给甩到了营帐外，钉死在了地上！

谢行止和陈玄灵正好带着援军赶来，看到这一幕，陈玄灵差点儿吓得打哆嗦。

"甘南！"

甘南茫然地抬起了眼，入目的是烈烈火光，谢行止和陈长老站在了他面前。

身后一柄柄火把被高举着，火光在寒风中摇曳，帐子外几万精兵几乎汇聚成

了火的海洋。

他们慢了半步。

看着胸口被长戟洞穿，口中鲜血直溢，眼神焦距已经逐渐涣散的青年，陈玄灵愣在了原地。

敖弋也从帐子里走了出来，一看到这一幕，顿时什么都明白了，冷笑道："陈长老、谢道友这是什么意思？不信任我，还是想借我这小弟的手夺敖家的权？"

"我这小弟耳根子软，受歹人怂恿，可我不傻。"男人举起手，笑了一下，"父王临死前既然将这基业传给了我，那我就算死也一定要守住这基业，不让其他人偷了去！"

这话说得足够冠冕堂皇，陈玄灵听得微微皱了皱眉。

谢行止将目光从甘南身上移开，神情微不可察地一动，拔出了背后的玄铁重剑，眼眸深处映着火光。

"都到这地步了，敖道友还坚守着这些虚名假义？"谢行止皱紧了眉，平静地说，"大抵上出身不好、得位不正、德不配位的人心虚，才会愈加强调这所谓的'名正言顺'。敖道友，你说是吗？"

玄铁重剑在半空中转了三圈，带起一阵浩然的气劲儿，当头就要替甘南劈下来。

突然间，一声龙吟乍响！

只见斜刺里突然伸出了一只庞大的龙爪，直接一把扣住了谢行止那把玄铁重剑！

人群中响起一声惊呼："啊！"

谢行止与陈玄灵齐齐愣住，惊愕地抬眼。

陈玄灵惊道："没死？！"

敖弋悚然一惊，视线随着龙爪向上，就对上了半空中低头俯视着自己的那条白龙！

白龙身躯庞大宛如起伏的雪山！火光涌动，照亮了远处黑暗的海浪，天宇好像要倾覆下来一般，漫天的星辰似倒悬，落在了这白龙的鳞片间。

白龙浴火而出，身上还插着那把长戟。

伴随着一声龙鸣，似蒙了白翳的琉璃眼里映出一线金色的竖瞳。

敖弋恍若被冷水浇了个透心凉，在这要命的关头竟然动也动弹不了。

这是龙与龙结合而生的龙子，和他这种虾蟹生的孩子完全不是一个档次的，就算他不肯承认，他与这废物弟弟之间的差距也犹如一个天，一个地。

龙吟高昂，白龙在火海中恣意翻腾，龙爪一挥，敖弋几乎都没来得及化形，直接被这尖利如刀锋般的龙爪给就地剖成了两半。

海风卷动火把，猎猎地响。

下一秒，白龙缓缓落地，化成一个青年的样子，行走间衣摆下的龙尾还没来得及收，拖曳在地上，泛着耀眼的银光。

青年眼神冰冷，眼里映出摇曳的火光，指间还在滴滴答答地往下滴血。

甘南真的把自己的大哥给剁了！

消息传到马怀真那儿的时候，马怀真猝不及防地愣了愣。

没想到这才一天工夫，甘南的动作竟然这么快，麻利到马怀真都有些蒙。

在甘南剁了他大哥"帝王蟹"之后，他二哥"小龙虾"察觉不对劲儿，吓得脸色泛白，对着身边的人怒吼："我就知道！我就知道这废物是装的！"

他二哥赶紧据守在自己的龙宫里，抵死也不出来。

马怀真错愕归错愕，立刻反应过来，沉着地又下了道命令，叫谢行止帮衬着，既然甘南剁了敖弋，就该一鼓作气，趁机杀了甘南他二哥。

毕竟，老龙王的死和他这两个兄长脱不了干系。

在亲手把自己的大哥给剖成两半之后，青年好像急速地成长了，吞了自家大哥的妖丹，修为一跃上了一个新的台阶，隐隐间竟然有了些老龙王的影子。

在修真联盟出兵，谢行止掠阵的情况下，甘南的攻势迅疾如雷霆，没杀到龙宫，他那位二哥就惊惧而死。

这一场惊变，用时两天。

而第三天就是修真联盟定的开进魔域的日子，在得知甘南刚宰了"小龙虾"之后，马怀真眼里掠过一丝激赏之意，马不停蹄地和妙法尊者联系上了甘南。

妙法出关之后，这几天协助着马怀真处理这些公事，倒让马怀真省了不少心。

甘南这小子虽然出乎马怀真的意料，但这果决的作风让马怀真十分欣赏。

留影球中映出了青年的身影。

甘南坐在椅子上，白衣染血，那海藻般微绿的发梢都结了血块儿，神情疲倦。

马怀真并不客气，直言来意。

或许是因为乔晚，在马怀真心里，甘南是被划归在自己人范围之内的。

这又与参战的其他宗门不大一样，每个人都有自己的交际圈，公孙冰姿他们属于外面一点儿的，而甘南，属于里面那一点儿的。

青年搁在膝盖上的拳头攥紧了点儿，他张了张嘴，好像不敢与马怀真对视，避开了马怀真的视线。

马怀真心里"咯噔"了一下，似有所觉，眼里的欣赏之意迅速退去，绷紧了脸。

"我……抱歉……堂主，我不能出兵。"

话音刚落，营帐中一片死寂。

大家没有质问，没有责骂。

妙法尊者淡淡地问："为什么？给我个理由。"

甘南的脸白得晃眼，霜雪般白色的眼睫垂下，定了定心神："父王在生前就不愿再出兵了。这一去，我们敖家的子孙要折损不少。"

照马怀真的想法是，破坏了封印之后，由敖家的龙载着敢死队的成员回到空间裂缝。

"我不行，堂主。"甘南轻声说道，嗓音微涩。

他宰了他大哥，是愤怒所致，宰了他二哥，是已经回不了头。

而等到他突然反应过来，抬起眼往四周看去时，他发现周围没有人了，只剩下自己满手鲜血地站在了龙宫的王座前。

他没想过要当龙王，责任却已经落在了他的肩膀上，他避无可避。

等甘南回过神来时，他这才意识到为什么敖弋要和魔域合作。

修真联盟已经不行了，敖氏和马怀真合作也赢不了，马怀真他们这是在找死，是明知不可为而为之。到时候魔域赢了，等到梅康平开始清算的时候，敖家定会被血洗。

他被迫扛上了自己不愿意扛上的责任，成为龙王之后，一切都没办法再随着他的心意行事。

他必须顾全大局，照顾自己的族人。

"堂主，你们这是飞蛾扑火，"甘南低声说道，垂落的微卷白发挡住了琉璃似的眼，让人看不出他的神情，"是以卵击石。"

男人立刻就被面前这忘恩负义，用完就丢的浑小子给气笑了。

"所以呢？你就躺着等死？"

青年摇摇头，窘迫地张了张嘴，又把头低下了："梅康平承诺了大哥，如今又承诺了我，无须我出兵，只要我按兵不动，他就不会对敖家下手。"

"如果我动了……"甘南涩声继续说道，"那南线驻守的百万魔兵会立刻把龙宫夷为平地。"

"那乔晚呢？"妙法尊者蹙眉问。

青年目光闪烁："晚儿妹子……很好，只是我，对不起她。"

乔晚很好，但比不上他的族人。

甘南是这么想的，伽婴也是这么想的。

马怀真一向不是个感情用事的人，他冷血而残酷，某些方面是独断的。

站在客观的立场上，他能理解甘南和伽婴的选择，但站在修真联盟的立场上，他恨不得掐死这留影球另一边的兔崽子。

不值得，马怀真替乔晚觉得不值得。

还有一天了,明天他们就会开进魔域。
他们心知乔晚会死,却都在冷漠地看着乔晚去送死,包括他。
他也是。
结束留影球通话之后,甘南慌乱疲倦地坐在了地上,没出息地又红了眼眶。
他不知道。
他真的不知道自己要怎么办。

第二十一章　他没想过要当龙王

有时候命运真的就爱这么捉弄人。

在得知乔晚"死"在秘境里的时候，甘南为乔晚痛哭了一场，第一次真真正正站了起来。

他人生中为数不多的那几次高光时刻，几乎都和乔晚有关，他的成长几乎就是围着乔晚来的。

他喜爱她、羡慕她，憧憬成为她那样的人。为了她，为了这个难得的朋友，他愿意试着哆哆嗦嗦地站起来，而等到他成长得足够强大了，他却不得不放弃她。

留影球熄灭之后，乔晚正好撞了上来。

她守在营帐前，行了个礼，礼貌地在外面蹲着，等待着里面的两个人结束讨论。

"前辈？"少女的嗓音传来。

马怀真目光微微一动，竟然也有点儿狼狈。

妙法尊者的反应更为平静些，他皱眉好像在想些什么，又很快恢复了往日的镇定样子。

帐子被打开，露出妙法尊者那张美得妖冶冷厉的脸。

"乔晚，你跟我来。"尊者的嗓音平静无波。

乔晚愣了一下，向马怀真躬身辞别，又急急忙忙地跟上了妙法尊者的脚步。

乔晚凝视着前方尊者那清瘦的身影和被夜风卷动的衣袍，脑子里一瞬间闪过了很多念头，无非都是跟上回那次谈话有关的。

但妙法尊者叫她跟上，只是问她有没有做好准备，明日前往魔域的准备。

乔晚愣了一下，突然想到了前两天冰原上那次血誓，握紧了掌心。

掌心上那道疤已经淡得几乎看不见了，她整理着言辞，轻声说道："晚辈已经做好了赴死的准备。若有意外，即刻挥刀自戕，绝不连累其他同袍。"

"只是……"乔晚犹豫了半秒，又说道，"倘若晚辈身亡，杀……杀前辈这事，只能交给其他人办了。"

妙法尊者愣了愣，他不是问她这个。

少女眼神清澈。

尊者有些不自在地转开了视线，垂下了眼睫，未说出口的话哽在了嗓子眼里。

多少次，对上少女清澈的目光，他都隐隐有些不自在。

旷野的风呼啸着吹过，妙法尊者愣怔了一瞬，旋即又好像被惊醒了，目光重新落在面前的少女身上："继续。"

令妙法也微感讶异的是，从前他面对乔晚的时候，疾言厉色地教导也十分自然，就没觉得有什么不对劲儿的地方，而现在，连关切的话说出来也觉得不自在了。

这种无所适从的感觉让妙法的眉心不自觉地跳了跳，他连忙压下了这种情绪。

他本欲说出口的安慰话语，却在脱口的刹那，化为了简单客气而又疏离的嘱咐。

不出意外，这或许是他俩最后一次平静地谈话。

这几天，人人都在关注乔晚，小心翼翼，恨不得将她捧在手心里，就怕她碎了。

这姑娘在这几天时间里，得到了来自全修真联盟的关爱，总有几个修士拉着她一块儿喝酒，每天她都能在自己的营帐前捡到几个漂亮的蝴蝶结，或是几朵花。

蝴蝶结和花这种东西，在这战火不绝的北境里是十分难弄到的。

不用想她也知道这是有人千辛万苦地弄到了，特地放在她的营帐前的。

每个男弟子、女弟子都像呵护自家亲妹子一样爱护着她，人人都在留意着乔晚的心理状态。尤其是在得知和她关系好的那位小白龙选择不出兵之后，所有人都在担心乔晚会不会崩溃，会不会改变自己的想法。

但没有，乔晚依然是那个乔晚，和之前一样，谦逊有礼，坚韧沉默。

妙法尊者难得心神不定，沉吟道："你不必担心，尽管放手一搏，倘若未能拦住那道封印也无须自责。我与马怀真不同，我无须你立下这血誓。

"若事情当真走向了不可挽回的地步，自有我兜着。"

其实这话说出口，妙法也心知肚明，按照面前这姑娘的性子，乔晚不会这么做。

他却鬼使神差地这么说了。

这对一个心中满怀苍生大义的高门尊者而言，是十分难得的，说完，或许是自知失态，尊者又皱紧了眉头。

这来自不大熟悉的前辈的关爱，让乔晚愣了半秒，她有些受宠若惊，立刻礼貌地道了声谢："多谢前辈。"

结果还没走两步，妙法尊者顿了顿脚步，眉头又皱紧了点儿。

乔晚立即察觉出异样，上前一步，扶住了尊者："前辈又压抑不住心魔了吗？"

尊者比她高出不少，身材伟岸，但如今隔着单薄的衣袍一摸，她似乎都能摸到清瘦的骨骼。

妙法尊者没吭声。

对方身上那冰冷的檀香气息钻进鼻子里，乔晚这才猛然意识到，好像……他们离得有些近了？

乔晚立刻就感觉有些尴尬，脸上不由自主地烧了起来，但这个时候要是撤走自己的手，反倒显得更加做贼心虚，她只能英勇地继续扶着妙法尊者。

"前辈？"

对方还是没动。

这回乔晚终于察觉到了一股扑面而来的冷酷恶意。

她一扭头，就对上了冰冷的眼睛。那额头上的第三只眼好像浓墨重彩地描了黑金色的眼线，眼角金光溢彩。

在意识到这位前辈可能又要陷入暴走状态之后，乔晚一颗心晃晃悠悠地拔高了点儿。

这一瞬间，全身上下的修为好像都在流失，神识也陷入了一片震荡之中，在这股扑面而来的冷酷威压之下，乔晚赶紧稳定心神，抽身急退，却冷不防地被一只冰冷的手扼住了脖颈！

另一只手顺势摁在了她的腰上，将她整个人提高了，拍在了营帐上！

脖子上那冰冷的五指的触感令乔晚忍不住哆嗦了一下，这一拍，毫无怜香惜玉的意思，乔晚疼得直皱眉："前……前辈……"

那沾血的头骨发冠跳入眼里，狰狞含笑。

就在乔晚觉得自己要被对方给掐死的时候，突然，面前这入魔的高门尊者眼神恢复些清明，竟然毫不犹豫地抬起手，反手就是一掌拍在了自己的天灵盖上！

乔晚怔住了。

这是种怎样彪悍的自我牺牲精神哪？！

往自己的脑门上拍这一掌时，妙法尊者面色不改，眉头都没皱一下，用了十足的力气，立刻就有鲜血顺着发间流到了脸上。

对方生得本来就美，像薄红刀锋上漾开的光，绽开了旖旎的花，此时道道鲜血顺着脸颊滑落，更有种惊心动魄的艳丽感。

　　隔着薄红血雾，妙法隐约瞥见了乔晚震惊的目光和因为缺氧而憋红了的脸。

　　目光触及她的脖子上那圈红色的手指印，妙法尊者顿了顿，垂下了手。乔晚摆脱了桎梏，从墙上滑落下来，摸着脖子半晌都没缓过神来。

　　难怪这位前辈让她杀了自己，这是……什么无差别攻击！

　　想到刚刚的触感，乔晚心神微寒。

　　"方才之事，抱歉。"愣怔一瞬之后，妙法尊者眉心紧锁，语速比之前快了不少，几乎没给她多说话的机会，"时候不早了，更深露重，你回去歇息吧。"

　　心知对方这个时候压抑心魔压抑得很辛苦，乔晚犹豫了一下，躬身辞别。

　　临走前，想想有些不放心，她又侧身行了一礼，张了张嘴："前辈保重。"

　　目睹着身着粉衣服的姑娘离去的身影，妙法尊者静静地在旷野中站了半晌。

　　夜风灌入指间，五指中仿佛停留着些温暖的细微触感。

　　这异样的触感让妙法尊者有些不自在地张了张手。

　　骨节分明的手张了张，暴露出漂亮白皙的骨节与青筋，之后尊者又握住了手，将手纳入袖中，迈步走进了营帐，再也没回头看一眼。

　　第二天，乔晚跟着周衍、李判一行人出发了。

　　由于大家事前都打过照面，所以看到好几个熟面孔，乔晚也没怎么惊讶。

　　远远地在这上千名修士中看到了乔晚的身影，岑子尘上前打了个招呼，好生安慰了面前这小姑娘一番。

　　今天乔晚明显好好拾掇了一遍，洗了把脸，眼神明亮，一身粉裙子板正又利落，简约不失好看，脑袋上别着蝴蝶结。

　　这么好看的姑娘就要赴死，公孙冰姿看在眼里，想安慰什么，又说不出口。

　　这批前往魔域的修士都是自发报名的，囊括了阵修、法修、剑修等各类修士，不过真正的敢死冲锋小队只有一支，其他十多支都是障眼法。

　　马怀真坐在轮椅上，在嘱咐周衍和其他剑修，仰头看了看天。

　　天色还没亮，这回出发地选在了一处高而开阔的悬崖上，崖上倒挂着冰柱，冰柱晶莹剔透。

　　冰原上，天上的星总比其他地方多一些，暗夜中，河汉高远，天上的星斗仿佛触手可摘。

　　风吹得乔晚鼻子泛红，她一摸，像块儿冰。

　　方凌青感叹了一声："真冰。"

　　萧博扬十分嫌弃地伸出手："给，擦擦，鼻涕流的。"

　　马怀真本不欲让萧博扬去的，留守修真界的萧家基本上已经没人了，关键时刻，他这个萧家分家的人，竟然还隐隐有要被马怀真培养成接班人的架势。

但萧家小少爷抿紧了唇，非要去。马怀真静静地看了他一眼，最终同意了。

昨天留守在这冰原上的阵修一晚上没睡，趴在冰原上，连夜画出来一个精妙绝伦、能容一千人的法阵，来来回回检查了上百遍，就怕出差错。第二天，不出意外地光荣感冒了一大批人。

毕竟这冰原环境险恶，乔晚流点儿鼻涕已经算是十分优秀的了。

熟面孔中，除了萧博扬，包括了方凌青、陆辟寒。白珊瑚与孟沧浪没能赶来，据说是来不及。

倒是谢行止竟然放下了南线的战事，刚收拾了敖家的烂摊子，又立刻马不停蹄地赶来，眼下一片青黑痕迹，神情十分疲倦。

除了这些小辈，也有些长老负责领队，但在这些长老之中，乔晚就只认得岑子尘与带着绿腰的李判。

郁行之作为善道书院的独苗苗，以保护珍稀动物的姿态被严格保护了起来，而王如意，李判没同意叫她去。

在这一干人中，甚至有个叫楚桐徽的姑娘，笑起来无辜又磨人，下垂眼眨巴眨巴的，上前喊乔晚"辞仙哥哥"，据说出自媚宗，还往乔晚身上围了个大红色的小斗篷，说是保暖。

结果刚围上，陆辟寒就把乔晚叫走了，叫她待会儿进法阵的时候站在他身边。

临出发前，马怀真等人神情凝重地出来，发表了一席讲话，主要是为了替他们饯行的，说修真界会铭记他们今日的牺牲，又说已经热好了美酒，等他们凯旋，到时候再畅快痛饮。

不少人只是笑笑，知道这其实都是漂亮的场面话，但至少听着心里觉得熨帖。

最后，那位残疾的昆山煞神一只手扶着轮椅，一只脚支撑着站了起来，朝这些平均年龄不过二三十岁的年轻弟子深深地行了一个大礼，幽深的眼里闪烁中无须言说的敬意。

最后，一千多名弟子陆陆续续地全站到了法阵里，还在说说笑笑。

"快点儿，快点儿，都麻利点儿啊。"

某师兄翻了个白眼。

"报了名就不能反悔了，快站进来，来，来，来，站师兄身边。"

"这么急干吗呢？我还没和我家卿卿道别！"

"这儿竟然有个非单身的，兄弟们，削他，把他赶出去！"

此言一出，一呼百应。

"把他赶出去！"

"赶出去！"

"道侣狗滚！"

道侣狗之一："你们够了！"

一行人明明是找死，周围却叽叽喳喳、鸡飞狗跳，竟然在这风萧萧兮易水寒的悲壮气氛中，多添了点儿春游般的喜剧效果。

乔晚就站在谢行止身侧。

青年微微侧目多看了她一眼。

其实不只谢行止多看了她一眼，其他人也都看了她一眼。

妙法尊者叫她上前，在所有人的注目下，以长辈的姿态，难得软化了态度，温言叮嘱了一番。

这叮嘱无关风月。

乔晚他们出征的时候，白龙化作的青年默默地站在华丽却苍凉的龙宫里，看着四周拳头大的夜明珠、艳色珊瑚、砗磲，在这琳琅满目的宝物中枯坐了一夜。

一个信息传到了妖族，修犬想露出个笑容，但眼睫一垂，始终逼迫不了自己轻松地笑一下。

"陛下，他们已经出发了。"

在他面前的就是一身玄衣、身形傲岸、眼神薄凉的妖皇伽婴，那错过了修真联盟与魔域数年战事，一直未曾露面的妖皇伽婴。

"嗯。"男人沉着地应了一声，权当自己已经知道了，然后就再没其他反应了。

他还能有什么反应？将目光从一侧移向另一处，伽婴平静地想，他固然欣赏乔晚，但一个人族的小姑娘完全不足以让他出兵。

修犬叹了一口气。

他和伽婴不一样，他是狗，傻狗天生就是喜欢人的。虽然本心让他恨不得冲过去，但他不能动。

这又不是修真界那种话本子，为了一个人屠戮天下，义无反顾地和全世界为敌啥的。

再说陛下又不喜欢这姑娘。

到了出发的时候了，乔晚微微侧目，又往后看了一眼。

少女眼神坚毅，眼里闪烁着淡淡的光辉，这段时间来瘦了不少，下巴尖尖的。

再加上她在北境待久了，肌肤雪白，晶莹如玉，大红色的斗篷周围衬着一圈软软的白毛，看上去十分暖和。

寒风卷动红色的披风，铺在雪地里，宛如雪中耀眼的红梅。

在出发之前，就算知道马怀真所说的"等他们凯旋"是漂亮的场面话，但每个人心里都抱着点儿不好说出口的希望。

只是谁都没想到，这一千多名修士会离开得如此惨烈，身材不一的背影仿佛镌刻在了天际，一千多道背影铺陈开，义无反顾地踏在了黄泉路上，无言，震撼。

包括妙法尊者、马怀真以及甘南和伽婴都没想到，这其中乔晚是死得最惨烈

的那一个。

等所有人站定，一声令下，冰原上的修士竟然没有一个人再说话。

周衍挥出了第一剑，剑意如长虹，直破天际，仿佛要将苍穹捅出个窟窿。

紧接着，数千名剑修全都祭出了手中的长剑，剑意连作一线，又连作了一片，如地上的流星般纷纷扬扬地射向了天际。

一千六百多道剑气，汇作一条狰狞怒吼的雪龙，剑意竟然逼迫得四周冰层崩裂，天上星辰像是被无名的大手推动着一般往西倾斜而去。

雪龙长啸一声，五爪在长夜中陡然划开了一条深色的缝隙。

此时狂风大作，吹动得人站都有点儿站不利索了。

慌乱之中，有人骂了一句："有人踩着我的脚了。"

乔晚等人心里其实都清楚，这是空间汹涌的乱流吹来的风，要是剑修根基不够，空间裂缝不稳，这一千多名赶赴魔域的修士很有可能被乱流卷入空间裂缝中，永远出不来。

据说这里面是静止的，没有时间没有空间，只是"空"和"无"。

所以马怀真等人才会对"破碎虚空"这件事持以无比谨慎的态度。

远处的空间裂缝越裂越大，终于，再也没有人有心思谈笑了，大家纷纷收敛了神情，郑重地祭出了法宝。

地上这庞大的法阵，从一点到一线，逐步被点亮，仿佛地上的星辰与天上的星辰相呼应。

能容纳一千多人的庞大法阵开始攀升，越升越高。

有人惊讶地高呼了一声："我他妈上天了？！"

紧跟着众人的身形就被耀眼的亮光所包围，穿越了空间裂缝，滑向了彼方的魔域。

他们降落的地方，属于魔域外圈的血色沙漠，几百年前，修真联盟就在这地方将始元帝尊给封印了。

这片血色沙漠是魔域残破的一座古城，沙丘变化不定，常年有沙尘暴，天和地是一片通红的血色，几乎看不出哪里是天际，哪里是地平线，一轮火红的庞大赤日就坠在远处的沙丘上，与北境的冰原合起来，成了两个极端的气候。

乔晚他们乘坐的庞大法阵传送到魔域上空之际，立马就自我分割成了十多个小法阵，载着乔晚在内的十几支小队队友朝着四面八方散开，如白昼流星般，气势汹汹地砸了下去！

魔域这边一早就有戒备，在急速坠落的刹那，乔晚清楚地看到了地面上铺陈着队列森严的魔兵，一个个手握刀枪剑戟，如棋盘上星罗密布的棋子，一动不动，军容整肃。

站得高，看得远，此时修士在半空中看去，四面八方竟然都有荧荧的光亮。

魔兵比他们想象中的还多。

乔晚心里"咯噔"了一声。

这阵采用的是"分裂"设计，就是为了扰乱魔域的视线。

魔域的人并不知道他们的落脚点，只能在他们最有可能降落的几个地方部署，迅速集结。而修真联盟也不清楚他们的部署，只能摸索、猜测，落下好几拨人，扰乱视线。

这十几支队伍里面，只有乔晚所属的这一拨人才是主力。

而另一边，目睹乔晚他们成功传送之后，马怀真等人微微松了一口气，却没放松心神。

那数千名剑修依然面色沉重地释放出铺天盖地的剑意，维持着天上那道空间裂缝，不至于让它崩解。

与其说那是裂缝，不如说是天空成了个巨大的留影像，映出魔域那一头的动向。

马怀真、公孙冰姿、妙法尊者，包括其他数万修士，站在冰原上，一抬头就能看到天上的投影。

其中，当属数部修士占据了最佳视野，正运笔如飞地整合归纳着乔晚他们传来的信息。

这信息主要来自他们手上戴着的玉镯子，靠自身的灵力运转，人要是不行了，灵力不足以支撑手镯传递信息，镯子就会报废，而反映到数部那边，又能起到一个类似于"魂灯"的效果。

"准备好了？"李判侧目问乔晚他们。

谢行止等人颔首。

"那行。"李判拔出剑，"下了。"

众人落地之后，最重要的就是扛过这第一轮杀招！

刚一站稳，脚踩着这火红的沙砾，乔晚就看到了四面八方升起的光柱，耳畔响起了轰轰烈烈的杀伐声。

其他队伍已经正面遭遇了魔兵，开战了！

记录着信息变化的数部弟子惊愕地抬起头，动了动唇瓣，面色难看地对上马怀真等人的视线："手镯……报废了一个。"

数部弟子伸手一指，那一片小楷写就的姓名中，显示"严漾"的名字已经飘摇不定。

乔晚等人不敢耽搁，立刻照着心中背得已经熟得不能再熟的地图，同其他人一道朝着那预定的祭坛的方向一路狂奔！

修士不能用法器，魔域这边有神识和剑意铺展开，能检测出灵力的波动，修士只能越隐蔽越好。

这相当于双方在进行侦查跟踪与反跟踪的较量！

一千多个修士跟下饺子一样纷纷摔入了魔域中，魔域中的魔兵也迅速做出应对，立刻集结，四下搜罗。

此时此刻，乔晚等人正躲在破败的断壁残垣间。方凌青目瞪口呆地看着面前这道熟悉的人影，压低了嗓音叫道："苏瑞怎么在这儿？！"

他刚一抬头，立刻就让李判给摁了下去，李判睨了他一眼。

方凌青自知有点儿冒失了，立刻涨红了脸。

乔晚屏住了呼吸，稍微抬起一点儿脸，越过这面矮墙，看向了不远处那一身铠甲的持枪男人。

男人有着和裴春争酷似的脸，在无忧城中待久了显得脸色病态苍白，的的确确就是魔域新任战神苏瑞。

苏瑞脸色看不出什么情绪变化，身后跟着十多个精兵，似乎是在巡逻。

他们这拨人一降落就中了大彩，直接撞上了苏瑞，只能迅速找了处矮墙窝着，由同行的阵修立刻撑开防御性的法阵。

此时，距他们开进魔域已经过了将近小半个时辰。

而在北境，抬头看着天幕那一端的动静，瞥见那道熟悉的身影的公孙冰姿皱紧了眉，心里"咯噔"一声，不由得脱口而出："糟了。"

远处的天幕上，清楚地映出了乔晚几个人灰头土脸地被困在了矮墙下面，进退不得的窘境。谁也没想到，乔晚这一拨人的运气竟然如此逆天，刚落地就撞上了苏瑞。

就连马怀真也不由得木了脸，忍不住感叹，乔晚这是什么运气。

那一头，乔晚他们在这矮墙下面已经足足趴了快有一炷香工夫了，队伍里几个阵修师兄师姐支开了法阵避开神识探查，但在苏瑞这修为压制之下，已经有些左支右绌、冷汗涔涔。

再趴下去，他们就坚持不住了，可偏偏对面的魔将压根就没要走动的意思！

苏瑞有多厉害，萧博扬心里是清楚的。

李判他们也不一定对付得了面前这个魔将，而且最重要的是，他们这边有乔晚，绝对不能让人看到乔晚或是捉到她。

眼看着对方一直没动静，萧博扬喉口有些干涩，心脏怦怦直跳，忍不住问李判："李长老，现在怎么办？"

楚桐徵明显等急了，眼神一瞥，眼里水光潋滟，舔了舔嘴角，提出了一个堪称惊悚的建议："要不我去勾引他，你们带着乔晚趁机撤？"

其余师兄默默扶额：楚姑娘你够了！快把你掉在地上的节操捡一捡！

意见被驳回，楚桐徵眼中露出了显而易见的遗憾之色。

这么漂亮的美男子，可惜了。

谢行止面色凝重，郑重地问："可否绕过去？"

"不行。"李判想也没想，直接否定了这个提议，眼睫一抬，扫了一眼面前这帮小辈，"他的神识覆盖广，你们绕不了。"

这时候，一个有瞳术的师兄睁大那红通通的眼，仔细看了一会儿，嗓音沉重，在胸前比画了一下："大概有一百丈吧。"

乔晚他们看不出来，他看得出来，男人四周呈一个圆形，微弱的光芒以一百丈为半径，以男人为圆心，整个圆形面积就是他的神识所能覆盖的范围。

"从天上呢？"方凌青问。

萧博扬提前答了："不行，刚刚下来的时候动静太大，他们这个时候注意力都在天上。"

而且最主要的是，苏瑞的神识覆盖范围不是平面的，是立体的！

前面，男人一身甲胄，带着十多个精兵走来走去。

一拨人窝在对方的眼皮子下面，大气也不敢出。

侧面、上面的路线都被否决了，在这关键时刻，没想到谢行止摸上了身后的玄铁重剑，面沉如水地主动请缨："长老，我去引开他。"

"不行。"李判语气淡淡地说道，"苏瑞在战场上待的年数太长了，比你们任何一个人年龄都长，不论你速度多快，你只要一动，他就能立刻锁定这面矮墙。"

乔晚迟疑了一下，提议："那走后面呢？"

没等李判回答她，楚桐徽率先回答了："后面来人了。"

这下好了。

听到后面传来的动静，乔晚一颗心渐渐地沉了下去。

出师不利，那红眼睛的师兄苦笑，他们被包围了。

"现在怎么办？"

李判眼睛一眨不眨地注视着前方，半响后抬起手，比了个手势："跟上去，注意着点儿。"

"跟着苏瑞慢慢挪，这里太窄，不好绕，等再往前一点儿，再找个开阔的地方从侧面溜走。"

跟踪不是件容易的事，尤其他们跟踪的对象是苏瑞。

他们要怎么在这十几个人的眼皮子下面玩跟踪？就算是李判，也紧紧抿着唇，心里有些没底。

"待会儿你们注意着点儿，前面那几个人要是有细微变化，马上就跑。"

楚桐徽、谢行止等人都沉声应了，唯独乔晚没有动。

乔晚匍匐在地上，手指都抠进了墙砖里，隐隐觉得应该还有个办法，有一个更保险的办法。

什么办法呢？

目光不经意间落在方凌青的手腕上的手镯上，突然间，乔晚福至心灵，愣愣地脱口而出：

"手镯！"

李判愣了愣，旋即了悟！

其他人还蒙着，乔晚已经迅速埋下头，用手镯联系上了其他十几支小队的人！

她一张嘴，语速飞快，有条不紊地把这儿的情况交代了一下。

"注意注意，这里是第8小队，我是乔晚，对……我们刚落下……碰到了苏瑞……"

"位置在西南方三点钟的方向。"

这定位方法是出发之前，乔晚特地提供的，这种定位方法，马怀真等人觉得新奇又方便，就在修真联盟中沿用了下去。

"人数？"乔晚抬起眼，"大概十五个人吧。"

楚桐徽惊讶地睁大了眼："她想干吗？"

红眼睛的师兄怔了怔，隔了半响才恍然大悟，不由得面露喜色："对，我怎么没想到呢？！我们就这几个人手当然不够，但如果联络上了其他人帮我们盯着就够了。"

他们要跟踪苏瑞，慢慢往前挪，不是件容易的事。这位魔域战神感官极为敏锐，但四面八方都是隐藏起来的同袍，每个方向都有他们的眼睛。

这就是乔晚的办法。

将信息一传十，十传百，传送下去，结束了通信之后，乔晚闭了一下眼，眼前是黑的，无数看不见，但彼此一定见过面的师兄师姐、师弟师妹藏在了暗处。但这片黑暗空间中好像亮起了一只只眼睛，这些眼睛射出的视线彼此交织，形成了天罗地网，将苏瑞等人紧紧包裹在了这张网里。

乔晚静静地等了一会儿，原本用来给数部弟子提供信息资料的手镯也渐次亮了起来，渐渐响起了各位师兄师姐的嗓音。

"现在目标已经开始移动了。"

"注意，有人抬起了头，往东边看了一眼。"

"东南方前三丈处有人转向。"

而这些信息被如实地依次传递到了北境巨大的留影像上。

庞大的数据，在北境这边的留影像上宛如刷屏般飞速闪过。

马怀真错愕地看着面前这庞大的光幕，突然想到了之前乔晚同他们说过的话。

这就是信息的重要性。

在他们那个世界，战争的输赢其实往往不取决于火力是否强大，而在于信息。

淡淡的绿色荧光宛如一棵树破土而出，迅速生根发芽，枝丫往四面八方伸展，枝繁叶茂，每一片树叶都代表着一条信息。

这是信息的交流与共享。

北域冰原上留守的众人纷纷被这一幕所震撼。

之前马怀真一直不大理解"互联网"这个概念，如今——

男人不动声色地想，他可能摸到了一点儿边际。

方凌青、萧博扬与谢行止俱是错愕垂首，身上配饰正接连泛起细密震颤。

在这天罗地网中，就连魔域战神苏瑞也无所遁形。

看着眼前这几乎覆盖整个天幕的庞大信息数据，齐非道怔了怔。

这就是……数字的力量。

不论是魔域里，还是魔域外的一众修士，面露喜色的同时，又忍不住齐齐沉默了。

众长老不愿看着这么些好苗子陨落，只愿他们能活着回来。

活着回来吧，公孙冰姿轻叹。

在众人的注目之下，乔晚睁开眼，笑了一下："我们走吧。"

苏瑞停下脚步，耳畔传来属下的嗓音。

"将军，我们好像被跟踪了。"

"嗯，几个？查清楚了吗？"

对方有些为难："查不出来，似乎是好手。"

"看起来倒像是……"属下犹豫了一下，才将话说完整，"有数百人盯上了咱们。"

另一个魔兵惊呼出声："数百人，这怎么可能？"

苏瑞皱紧了眉，果断地下了个命令："继续往前。"男人抬起眼，目光往四周扫去，不知看向何处，"时间长了，这些人迟早会露出马脚。"

在一众师兄师姐的帮助之下，乔晚等人小心翼翼地绕开了苏瑞等一干魔兵的视线，以断壁残垣为遮挡物缓慢往前移动着。

然而这地方的地形有些吊诡，眼看着通行的地方越走越窄，萧博扬默默憋住了一口气，因为紧张，冷汗一直往下掉。

一直注意着这边的动静的马怀真几个人，也难得紧张了起来。

乔晚目睹着男人带领着魔兵越走越深入，心怦怦直跳，默默攥紧了掌心。

正如苏瑞所说，时间越长，乔晚他们就越容易露出马脚。

而且，随着时间推移，能帮助他们的师兄师姐越来越少了。

"不对……"

渐渐地，手镯那头的师兄师姐嗓音听起来竟然有些焦躁。

"好像有些不对。"

"我感觉我们也被盯上了。"

此言一出，乔晚等人齐齐顿住脚步！

"我们也被盯上了？！"

来不及思索这句话是什么意思，乔晚下意识地看向了李判。

李判经验最丰富，面色迅速一沉，敏锐地抬起手，不让他们继续跟了。

"往回撤。"

"快，不跟了。"越说，李判的脸色越沉，最后他低吼了一声，"情况不对。撤！"

听从了李判的话，乔晚、方凌青几个人一瞬间有些慌乱，紧跟着立刻跟着李判慢慢地往后挪。

一步、两步、三步……一行人紧张到口干舌燥。

众人挪着挪着，不远处的男人似乎察觉到了什么，突然侧过头，目光如鹰隼般朝这边看来！

乔晚的一颗心猛地提到了最高点，耳畔同时响起李判的厉喝声。

"快！快撤！"

苏瑞的视线在同一时间与她的相撞！

他们被发现了！

刹那间，苏瑞手中长枪一扫，一片浩荡的气劲儿就这样横扫了过来，"砰"的一声，炸得面前的土墙分崩离析！

乔晚想也没想，掉头就跑！

那红眼睛的师兄甚至着急地推了她一把，连同方凌青、萧博扬、谢行止、楚桐徽、李判等人默契地掩护着乔晚撤离！

她记得她的任务！其他人都能被抓，她不能被抓！

几乎就在乔晚转身开跑的同一时间，她冷不防地猛然撞上了一个什么东西！

乔晚抬眼，看到的是身着一袭梅花白衣袍的人影！

随之而来的是一阵扑鼻的清冷檀香。

少年轻轻地拥住了她，看似温柔，实则牢牢限制住了她的动作，碧色瞳仁像两汪绿莹莹的水："辛夷，你来了。"

萧博扬失声惊叫："岑清猷？！怎么是你？！"

"怎么是我？"少年莞尔一笑，"因为从你们降落的那一刻起，我就一直跟着你们了，萧郎君。"

电光石火间，马怀真咬紧了牙！

螳螂捕蝉，黄雀在后！

马怀真一掌击在轮椅扶手上，北境众修似有所感，齐齐暗骂出声。

岑清猷这浑小子，藏了这么久，竟然在几百人的注视之下，玩了一手跟踪与反跟踪！

在几百人的监视之下，岑清猷还能玩一手反跟踪？

乔晚心头飞快地掠过了一丝疑虑：岑清猷究竟是怎么做到的？

面前的少年换了只手，左手牢牢地掐住了乔晚的胳膊，用了很大力气，笑容却依然温和，轻声细语地说："辛夷，你来了。"

乔晚抬起脸，平静地问："怎么是你？"

岑清獣没露出半分不悦之色，抬头看向了同样停下脚步的李判等人。

果不其然，李判、萧博扬、谢行止，都因为他手上的乔晚停下了脚步。

李判目光一动不动地看着面前这少年。

少年彬彬有礼，看上去不像是邪佛，倒像是个仁善的弟子。

李判冷冷地看着岑清獣，心里清楚，面前这少年是连马怀真来此也不一定对付得了的老妖怪，他们几百年前的老朋友——碧眼邪佛。

苏瑞在目光触及岑清獣的脸时就停住了攻势。

岑清獣与苏瑞对视，莞尔："你答应我的。"

苏瑞垂眼："交给你了。"说完利落地收起了枪，转身就走。

在方凌青惊疑不定的目光中，岑清獣用空出来的那只手行了个礼。

"走吧，我带你去见他。"

他？

他是谁？

方凌青噎了一下，难不成是……苏不惑？！还有这等好事？！

楚桐微彻底迷糊了，下意识地又看向李判和谢行止。

但两个人都没什么反应，她心头微凛，也不敢多说什么。

"其实，你没必要这么紧张。"察觉出乔晚身体僵硬，岑清獣稍微松了手劲儿，"我答应了你，带你再看他最后一面。"

乔晚看着他，漆黑的眼一眨不眨的。

她好像想起了什么，但只是抿紧了唇，默默地握紧了袖子里的菩提子，一言未发。

没有想象中的兵戎相见场景，朋友成宿敌，岑清獣竟然真的宛如礼遇贵宾一般，将他们一路带到了一座破败的宫殿里，这过程中没有一个人多加阻拦。

萧博扬耳朵里"嗡嗡"直响。

岑清獣在魔域……积威甚重。

这宫殿的四面墙都是留影壁，画面上映出了一个祭坛的模样。这祭坛算不上多宏伟庄严，有魔兵在祭坛上忙忙碌碌，祭坛下面站着一个熟悉的身影。

梅康平眼神晦涩不明地看着不远处的祭坛，手上的折扇合得紧紧的，光看表情，看不出他在想些什么。

随着一道青色光芒渐渐从祭坛中央升起，乔晚的呼吸霎时间就顿住了。

"看吧。"宫殿的大门自内向外合上了，岑清獣松开了乔晚的胳膊，往后退了半步，悠闲地坐了下来。

他坐的位置很巧妙，正好是门口。

"为什么？"乔晚艰难地把视线从墙壁上移开，尽量不去看那道青色身影代表

着什么，紧紧地盯着面前的少年，问道。

岑清猷依然是温和的，还是那一套说辞："因为你是我的朋友，辛夷。"

朋友……乔晚默不吭声地握紧了手中的"闻斯行诸"，无端地感到一阵愤怒，心口猛地滞了滞。

她想，她可能什么都想起来了。

少女虽然依然面无表情，眼神黝黑得像幽灵，但岑清猷敏锐地察觉出来乔晚生气了。

楚桐微不明所以地坐了下来，悄声问身边的方凌青："我们现在怎么办？"

他们被岑清猷带到了一处宫殿里关了起来，看着祭坛那边的实况转播，还有比这更荒谬的事吗？

岑清猷坐了一会儿，突然没头没脑地说了一句："还有半个时辰。"

还有半个时辰，不用细说，乔晚也知道对方说的是什么意思。

他就这样自顾自地把她带了进来，让她亲眼看着自己的生父是怎么死的。

祭坛法阵中央那道青色光芒渐渐成型，化成了一个男人的模样，男人青袍白履，单片眼镜下的目光平和。

苏不惑，不，孟广泽身上气息依然温和，眼神包容如海洋，扫向祭坛下面的梅康平。

梅康平微微仰起头。

男人笑了一下，眼角细纹浮现，隐隐约约好像说了些什么。

这是他们两个好友分别了几百年之后，再次相见。

还有半个时辰……乔晚攥紧了"闻斯行诸"，咬紧了牙。她还能做什么？

这个时候肯定有别的小队已经赶往祭坛，她……她要保持冷静。

她要硬闯吗？

岑清猷就端坐在门口守着，面前的少年，与其说是那个岑府的二公子，倒不如说是碧眼邪佛更为贴切，他只是保留了对她的一丝淡漠的感情。

少年浑身散发着居高临下的傲慢，衬得那点稀薄情意愈发可笑。

或许就连岑清猷自己也没察觉，他看不起乔晚，或者说，不相信乔晚能突破他的防线。他带她到这儿，允许她看完整个解封过程，就是对她最大的慈悲和怜爱了。

越到这个时候，她越是必须强迫自己冷静。乔晚深吸了一口气，努力摁住了微微颤抖的手。

在谢行止等人错愕的视线中，乔晚猛然上前了一步！

李判微微一动！

岑清猷抬起眼，不厌其烦般温和地问："辛夷？"

乔晚看向他："你说我是你的朋友。"

巨大的天幕中映出一站一坐彼此相对望的两个人。

岑子尘皱眉:"这孩子难不成想说服他?"

别说妙法尊者都没能使得岑清猷向善,在这危急时刻,三言两语的工夫,她就想说服岑清猷?

在众人的注视之中,乔晚突然三两步冲了过去,半跪在地上,一把抱住了面前的少年!

公孙冰姿愣了愣,失声道:"没用的!"

这下,他们终于猜出乔晚想干什么了。

少女的怀抱冰冷,被乔晚纳入怀中,少年猛地一愣,眼睫颤了颤,眼前一花,他几乎下意识地就想起了曾经那个亲密相拥的画面。

那是温暖又结实、朴实又自然,无关风月的拥抱。

那个雨夜,他半跪着,往她手里塞了颗菩提子,与她冰冷的手相交握。

他又想起了水凤教——

"送了我蝴蝶结,我们就是朋友了。"

"我……我……我……我舍不得你!"

"辛夷,我也舍不得你。"

"只要有心,我和你自然会再见面。"

这是他最好的朋友,辛夷。

不管面对多少人的责难非议,她从来没放弃过他,只是他放弃了自己。

岑清猷情不自禁地弯了弯嘴角,伸出一只手,轻轻地摁住了那藏在乔晚怀中的"闻斯行诸",轻轻一带,就将"闻斯行诸"带偏离了位置。

那刀本该捅入他的胸口。

"没用的辛夷,"岑清猷看着乔晚的眼神没有责难之意,"你想借着拥抱杀我,是没用的。"

虽然在乔晚打算打感情牌的那一刻,就已经预见了会是怎样的下场,但目光触及握紧了"闻斯行诸"的岑清猷的眼神时,外面的马怀真心还是突了一下,有点儿担心少年反手将刀给捅进乔晚的身体。

好在岑清猷没有这么干。

"不。"乔晚摇了摇头。就在刚刚那一刻,她什么都想起来了。她抬起眼,嗓音微哑:"你猜错了。"

说着她又张开双臂,紧紧地抱住了面前的少年。

他猜错了?

乔晚那乌黑的眼,让岑清猷心中一紧,他怔了怔,困惑地睁大了眼。

只听"扑哧""扑哧"数声细响响过,随即岑清猷感觉胸前一痛。

在这一瞬间,乔晚体内的肋骨急速生长,无数骨头穿破了乔晚瘦弱的身躯,从她的脊背后面生出了一对骨翅。

北域冰原上，有人惊叫了一声："是化骨为刃！"

这一对骨翅穿破了乔晚的肌肉，她半跪在岑清獍面前，"翅膀"将岑清獍揽入怀中，从侧面、正面，深深地刺入了岑清獍体内。

这是一个取自己的骨、血与肉，化成的拥抱。

刹那间，天幕中映出了两个被鲜血染成红色、亲密相拥的人！

岑清獍脸上的神情停留在愣怔的那一秒，他难以置信般被深深镇住了！

到了这地步，乔晚已经不觉得痛了。她拔出一根根畸形的肋骨，轻声说："我就说你错了，二少爷。"

岑清獍脸上的惊讶之色迅速退去，一同退去的还有那若有若无的高高在上姿态，紧跟着出现了难以言喻的复杂神色。

辛夷，乔晚……

他看轻了她的决心，是他错了。

他被眼前这一幕震撼，也不觉得痛了。

几乎在同一时间里，李判断然一喝，不宥刑、不赦死，谢行止的玄铁重剑，还有数种法器先后杀到，拥着乔晚冲出了殿门！

防线一被破，立即就有阵修师兄师姐张开防御法阵，挡住了岑清獍！

岑清獍捂着胸口，看着指缝间滴滴答答滴落的血渐渐汇作一摊血泊，动了动，没有追上去。

其一他是顾忌李判，男人神情平静，但手中的不赦死已经对准了他。

至于其二……

岑清獍忍不住想到了他这位好朋友尚在昆山时的事。

昆山轻视了她，妖皇伽婴轻视了她，梅康平轻视了她。

后来，他们都被乔晚狠狠地打了脸，改变了自己的想法。那这一次呢？她用自己的行动再一次证实了，没人能够轻视她。

远远地，乔晚的背影就似一团燃烧的火，有着"虽千万人吾往矣"的一往无前的英勇气势。

无须任何人帮助，她自己一个人就能做成想做的事。

就是他这身上的伤口真疼啊，太疼了。

第二十二章　恢复记忆

"陛下，你应该去魔域。"修犬犹豫了一下，这么劝说道。

青年面露踌躇之色。他倒不是因为岑夫人，才主动开口请求伽婴出兵，只是有种直觉，他们应该帮助修士。

他只是想到那个叫乔晚的姑娘或许会死在魔域里，觉得惋惜。

作为妖皇的左右手，他不顾立场这么开口，显然已经极为失职，但伽婴没有动怒，只是淡淡地瞥了他一眼。

"告诉我理由。"

修犬觉得喉口有些干涩，舔了舔唇："始元帝尊……性格暴虐，倘若他出世，在踏平修真界之后，说不定会挥兵将矛头对准我们。更何况，陛下曾经在秘境中出手相助乔晚一次。"

伽婴纠正："那并非出手助她，"他移开视线，目光平静，"只是为了替柱死的族人查清真相。"

修犬笑了笑："随便陛下怎么想吧。我只是觉得，我们旁观太久，他们必须选边站队了。马怀真这人谨慎，在全线崩溃，输面已定的情况下，不可能再大举进攻找死，但他偏偏动了，动的时机还很巧妙——在妙法尊者出关之后。而妙法尊者出关后的那场仗，苏瑞撤了兵，紧跟着梅康平开始紧锣密鼓地安排解封一事，急促得不像梅康平的性子。

"大家都知道妙法尊者心魔深重，说不定马怀真的自信就来源于此——修真联盟有一张未动用的底牌。"

伽婴皱了皱眉："这只是你的猜测，修犬，我不可能将族人的性命押在你的猜测上。"

"但倘若只能有一个盟友，修真联盟和始元帝尊领导下的魔域，陛下你选谁？"青年苦笑，"乔姑娘曾经救过我的命，也曾经帮过陛下。梅康平和魔域的人炼化妖丹，手上曾经沾满族人的血。"青年轻声说着，"我不想看着她死。陛下你知道，她活不下去的。"

这开往魔域的一千多人，十有八九活不下去，会交代在那儿。

伽婴沉默了一瞬，眼前浮现少女躺在血泊中目眦欲裂的表情。

"她能做到。"他动了动手指，沉声说道。

这算是他对一个晚辈最不吝啬的褒奖。

晚儿妹子做得到。

甘南定定地想着。

乔晚比他强大许多，就算……就算没有他帮助，她也一定能成功吧……

乔晚在奔跑，北域的天幕上映出了一言不发、顶风狂奔的少女的身影！

她跑得汗流浃背，肺好像被撑爆了一样，喘息粗重，每一次喘息，喉口好像都漫上了一股腥甜味道。

她随手抓了个魔兵，掐住对方的脖子，厉声问："祭坛在哪儿？！"

身后有魔兵在追，无数隐藏在暗处的师兄师姐纷纷跳了出来，提剑挡下攻击，抽空对她吼道："师妹快走！这儿有我们断后！"

乔晚心存感激之情，但只能拔腿就跑。身后的爆炸声接连不断地响起，不少师兄师姐死在了这场爆炸中，她却连他们的名字都不知道。

乔晚清楚地感觉到，自己的脚步越来越重。

她肩负的不单单有孟前辈的命，还有无数无名英雄的命。

温热的泪水霎时间夺眶而出。

她一点儿都不坚强。乔晚咬紧了牙，泪水和着汗水一起濡湿了眼睫。

要是有人能帮帮他们就好了，一个比他们强大的人，前辈……伽婴……谁都行。

可是她不能依赖别人。

她必须咬紧牙关，打落牙齿和血吞，一步一步继续跑。

不管那些轻视的眼神，不去多想那些软弱的心绪，她必须握紧剑，蹚过火，踏着血，一无往前。

乔晚终于跑到了祭坛前。

她一眼就看到了祭坛下面倒下的无数敢死队队友的尸体！在祭坛附近，她看到了梅康平，看到了苏瑞，看到了裴春争。

他们快她一步，却没能拦住法阵运转，祭祀已经开始了。

法阵亮起耀眼的白光，阵眼中心平地刮起一阵飓风，飓风几乎快将阵眼中的那道青色人影硬生生绞碎。

乔晚脚步一顿，肝胆欲裂，提起剑就冲了上去！

她想运使诛邪剑法，可她的身体不允许，只能使出雷球、化骨为刃、拔骨为盾、"迅雷""无相诀"、剑一、剑二、剑三、光照无间……这些庞杂繁复，包含了各派的功法。

光华灿灿，儒派浩然正气伴随着威严光以及清寒的道派功法，这些三教正宗功法汇聚成光柱一并冲向了高空，宛如白虹贯日，直入云霄，狂暴的气劲儿震动得四周魔兵往后退了半步。

看着乔晚这么不要命的姿态，裴春争脚步一动，刚想冲出去，却冷不防被苏瑞拦下！

梅康平震了震，定下心神，抬起手，扇中的生魂争先恐后地从扇面中涌出，道道黑影直入乔晚的身躯！

前胸、后背、肩膀、膝盖……立时间，黑影刺穿了乔晚的四肢百骸，喷涌出一道一道红色的喷泉。

就在其中一道生魂直扑乔晚的面门之际，裴春争面色遽变，眼睛充血，低吼了一声："舅舅！放开我！"

恰在这时，霸道剑气架住了梅康平的攻势。

李判手中的不宥刑与不赦死已经同时出鞘。

两把剑，一黑一白两道不同剑气，宛如天公降下的审判，逼得梅康平攻势一缓，身后已经有谢行止等人逼近。

"别动。"将玄铁重剑搁在梅康平的脖子上，拉出一条血线，谢行止沉声喝道。

与此同时，几百条灵丝宛如蛛丝一般拦住了梅康平的动作，每一条灵丝都反射着凛凛的寒光，仿若能削金断玉。

楚桐徵和那位瞳术师兄迎面扑了上去。

战技、法术、幻术、神识各显神通，先后围住了梅康平和苏瑞二人。

虽然被众人齐齐包围，命悬一线，梅康平却没有露出任何惧意，而是眼神略复杂地看向了法阵中央，没有动。

或者说，他不想动。

乔晚脚步很重，大口喘着粗气，感觉直起身子来都有些费劲儿，刚刚对付岑清猷时遗留的伤口又迅速裂开。乔晚眼前一片发黑，知道自己没有力气了，只能不断向前移动。

一把长剑插入她的左肩，一把长剑插入她的右肩，长戟洞穿背心，长刀洞穿膝盖。

乔晚大喝一声，周身灵气伴随魔气鼓荡，身上的利刃纷纷被"弹"了出去！

只有锻体的修士才能这么任性。乔晚抹了把脸上的血，继续向前行，然后义无反顾地跳进了那阵眼中。

一跳入阵眼，乔晚就觉得自己好像被一双温暖却粗糙的手给接住了。

明明四周强敌环伺，但这一瞬间，她好像沉入了温暖的深海，落入了群星的怀抱，眼里映出了温暖的流水、游动的鱼、漫天的星光。

她好像拥抱了全世界。

有人抹去了她眼角的血和泪，苦笑了一声："阿晚，你怎么来了？你不该来的。"

乔晚泪眼模糊，看着面前这道青色身影，哭得上气不接下气："孟……孟前辈，我来接你了。"

"闻斯行诸"划出一道迅猛气劲儿，她着急地拉住这双温暖的手，像是获得了无与伦比的勇气。

孟广泽也不着急，耐心地用袖子帮她擦干净脸上的血，还原出那张清秀的脸，就像当初他帮她打扮一样，又仔细地理了理她快掉下去的蝴蝶玉扣。

眼前的人还是那个眉目如画的漂亮小姑娘。

"阿晚，乖，出去吧，已经来不及了。这是爹爹与清猷的约定。"

乔晚张了张嘴，心里迅速闪过一丝不祥的预感。

来不及了？

她抬眼看去，阵眼中心那道青色光芒越来越弱，渐渐被法阵的光芒吞噬了。

乔晚顿了顿，顿时什么都明白了，悲声恸呼："孟前辈！"

那一幕一幕回忆与过往画面在眼前交织。

她想起来了，她什么都想起来了。

她不要让前辈死。

这封印，只需要她和孟广泽的其中一人做牺牲，如果来不及了，她宁愿用她的命来换他的命！

她不想……不想再失去这温暖的感觉了。

乔晚死死地咬紧了牙，眼里射出坚决而又冰冷的光！手中的"闻斯行诸"毅然决然地划开了面前的飓风，人冲了进去！她心里只有一个信念：要把孟前辈推出去！

目睹天穹上的这一幕，岑子尘断喝了一声："不可！"

阵眼中的飓风越刮越烈，宛如密集的刀片。

乔晚单薄的身躯一踏入阵眼，就被风吹得宛如一片薄薄的纸，霎时间，四肢百骸被割出无数个口子。

孟广泽心疼极了。这位无坚不摧的魔域战神，立时就红了眼圈。

"阿晚，回去，听话。阿晚，是爹爹对不起你。"

愧疚、心疼的情绪几乎刹那间就将孟广泽吞噬，男人眼眶酸涩，闭上了眼。这位魔域战神终于弯下了膝盖："阿晚，听话，做乔晚，别做爹爹的女儿了。

"听话，算爹爹……求你了。"

乔晚不听，拼命往飓风里挤，气喘吁吁地想：往前，再往前，就能把孟广泽推出去了，她可以自己顶上。

从乔晚身上飙出去的血已经漫成了一片血雾。

飓风撕裂了她的皮肤，鲜血汩汩地涌了出来。

乔晚眼神坚定，毫无退缩之意。

被这姑娘顽强不屈的意志所震撼，苏瑞手微微一顿，没想到再重逢会目睹这么惨烈的一幕。裴春争俊美的脸庞扭曲，他跌跌撞撞地冲了出去，宽大的袍袖似翻滚成一片浓厚的乌云。

"让我去。"妙法尊者神情僵硬，死死地攥紧了指节，厉喝道！

马怀真攥紧了掌心。

父女诀别。

见惯了生离死别的这位铁血煞神，冷酷的面容再也绷不住了，终于红了眼眶。

他目眦欲裂地看着面前这一幕，忍不住扪心自问。

他是不是做错了？将这重担压在乔晚身上，他是不是太残忍了？

这个时候再阻拦已经失去意义，马怀真抬起了手。

接收到马怀真的命令，周衍闭上了眼，心脏深处好像有万千根针在扎一样，细细密密的疼痛感疼得他皱紧了眉，几乎无法呼吸。

他用力攥紧剑柄，发出了一道剑气，这一千六百多个剑修无一不攥紧了剑柄，剑气先后切开了天际那道裂缝。

妙法尊者铁青着脸，不多耽搁，迅速闪入了那道裂缝中！

那些血铺天盖地地落在了他的身上，浇在了他微霜的鬓角上，落在他眼尾的细纹上，孟广泽闭了闭眼，伸出颤抖的手，带血的手往前轻轻点了一下。

这一点，蓄积了他的神识中残存的所有力量，但已经足够将乔晚给推出去。

她才往前进了那么一点儿，就被孟广泽给推了出去。

迅猛却温和的力量包裹着她，将她掀翻了出去。

乔晚目眦欲裂，眼角流出的泪珠立刻被风给吹散了。

"不……前辈……"乔晚哭道，"我不……"

"阿晚，"孟广泽扬起嘴角，温和地笑了一下，神色有些歉疚，有些不好意思，叹息了一声，"乖女儿，爹爹真想听你叫一声'阿爹'。"

从见面起,他这倔强的小姑娘就从来没有喊过他一声"阿爹",她一直用"孟前辈"代称,做父亲的心里说不失望那是假的。

"阿晚,你是爹爹的珍宝,别害怕,爹爹会一直保护你的。"

"当初我救了个漂泊的魂魄,我没有家人,你是唯一能抚慰我孤寂灵魂的家人,是我的希望、我的光明。"

"晚儿,你不必害怕,不必担忧,你就是阿爹的女儿,是生命赠予我的礼物,是我独一无二的公主。"

这是他和岑清猷约定的、必须做的事。

那个少年弟子顶着众人的诽谤与非议,顶着天下人的笑骂,固执地抵抗着碧眼邪佛的侵蚀。

对,任何人都没想到的是,这位邪佛其实是个双面间谍,他奔走在魔域与修真联盟之间,寻求着挽救这即将倾覆的天下的方法。

孟广泽想到了他与那位少年弟子第一次见面时的情形。

他问少年弟子:"你年纪尚小,日后或许有无数人痛恨你、辱骂你、追杀你,即使如此,你也不后悔吗?"

少年弟子微微一笑,有些无奈:"有些事必须有人来做。更何况,与碧眼邪佛融合之后,我并非全然无罪,我杀了善道书院的人,这就是我的罪和我的私心。"

"孟前辈,晚辈只是在用自己的办法践行自己的道。"

少年说这话时,单薄的身子仿佛义无反顾地融进了漫天风雪之中,孤寂落寞,又坚韧决绝,那一瞬间,孟广泽几乎看到了乔晚的影子。

少年或许与碧眼邪佛融合了,但骨子里依然是当初那个拥有赤子之心的温柔少年。

孟广泽与少年约定,只有自己被献祭在此地,自己的神识才能埋入始元帝尊的识海。这就相当于一颗种子,必要之时能破土而出,化作一把劈向始元帝尊的利刃。只有这样,修真联盟才有可能赢,乔晚才有可能活下来。

一个是父一个是友,两个男人都在倾尽全力地护她周全。

岑清猷跌坐在血泊中,捂着胸口苦笑,真疼啊。

辛夷,对不起。少年喃喃自语,手腕上的珠子发出"当啷"一声轻响。

祭坛上,临到头了,孟广泽忍不住透过狂风又看了梅康平一眼,随后微微颔首,算是对这少年兄弟致意。

一错眼的工夫,那道青色身影立刻被阵眼中的飓风扭曲、吞噬,宛如一道被斜斜拉长了的影子,被拽入了法阵中央,和法阵融为了一体。

当年那些并肩作战的豪情壮志,那些背叛、分离,通通归于飓风之中。

梅康平面色一变,手上的折扇往后一敲,立即将谢行止打退了半步,突破了防线,快步走下了祭坛。

他想拦住孟广泽，他有些后悔了。

他恨孟广泽恨得咬牙切齿，恨孟广泽背叛他。孟广泽是最不该背叛他，最不该背叛魔域的人。

梅康平觉得自己为魔域奉献了一生，鞠躬尽瘁死而后已，从没后悔过，但这一刻后悔了。他想到了从前小梅康平和小孟广泽一起玩的场景，两个人一起比赛尿尿，一起打架，一起哇哇大哭。

祭坛里面那个人是他的兄弟。

但刹那间，风停了，被卷动的万物重新落了下来，包括乔晚的血。

被自己的血兜头浇了一脸，乔晚跪倒在地上，膝盖几乎快嵌进石头缝里。从血肉中伸出来的白色骨头支棱着，她抬起头，脸已经算不上脸了。

巨大的天幕中映出了那张木然又狰狞的脸。

四周安静得只有风拂动的声音。

"滴答——滴答——"

鲜血顺着砖缝往下淌着。

尘埃落定。

梅康平顿在了原地。

风中好像响起了乔晚哽咽的微哑嗓音，两行血泪顺着脸颊滚落，落入了滚烫的沙砾中。

她在喊："阿爹。"

"她能做到。"

沉默了片刻，伽婴如是说。

然而，现实几乎没留给乔晚悲痛的时间。

风停了，尘埃落地间，四周好像响起了水滴入湖面的动静。

"啪嗒——"

这细微的动静，在如今气喘吁吁、狼狈不堪、神经高度敏感的众人心中，无异于一声惊雷。

萧博扬哆嗦了一下，似有所察，睁大了眼，面色苍白地看向这动静的来源。

恍若一滴水滴入了法阵中央，原本逐渐暗淡的法阵骤然亮起一阵冲天的光柱！

远在北域的马怀真等人面色齐齐一变。

"乔晚！"

马怀真下意识地就去叫离法阵最近的乔晚！

乔晚半跪在石砖中央，抬起了血泪模糊的脸，耳畔突然响起一个感慨的嗓音："多久了？真是让人怀念。"

然后从法阵中央走下来一个男人，男人每走一步，身上包裹着的那璀璨的光

就弱上一分。等到声音的主人走下祭坛时，乔晚透过眼前这一片薄薄的血雾，隐约看到了男人的模样。

他个子生得很高，穿着一身黑色长袍，袍角绣着些暗纹，有些褴褛，穿在身上甚至露出了一截苍白的脚踝。

他头发也很长，看上去已经很久没有打理过，毕竟被压在这封印下面这么多年，他哪里来的时间去打理头发？

他看上去三十多岁的年纪，模样很温和。

但一股铺天盖地、不加收敛的威压，从他身上尽数倾倒而出，他看也没看在这威压下哆嗦着身子，几乎快喘不上气来的萧博扬、方凌青等人。

李判伸出手，一手抵住一个。作为长辈，他情况好点儿，但依然冷汗涔涔。

男人的眼神扫向下面的时候，宛如扫向了一圈聚集在一块儿的蚂蚁。

男人的目光落在了梅康平身上。

梅康平动了动脚步，这一向高傲嘴毒的男人，用一个毕恭毕敬的姿势，心甘情愿地跪在了男人面前！

"陛下。"

男人垂在袖中的指节动了动，就这么一动，他就站在了梅康平面前。

没人看清他是怎么移动的，他上一秒还站在祭坛上，下一秒就站在了梅康平面前。

这位破开封印，百年后重见天日的始元帝尊看着梅康平，突然翻起手掌，做出了一个让在场所有人都意想不到的举动！

他直接将梅康平给打飞了出去！

梅康平难以置信地捂住了胸口，神情看起来狼狈可笑极了。他呛出一口血，如同断线的风筝一般，一击被打飞出去十多丈远，脊背重重地磕在了石柱上，全身上下骨骼尽碎。

这石破天惊的一击，叫乔晚、方凌青、李判、谢行止都愣在原地。

一同愣住的还有远在北域的马怀真等人。

梅康平似乎也没想到，自己尽职尽责地解开了封印，等来的竟然不是一声褒奖，而是毫不留情的致命一击！

"刚刚……你想救下不惑？"男人这才收回手，神情看上去有点儿悲伤，嗓音微哑地喃喃道，"真让我失望。几百年前你就想护着他，如今依然想护着他，你们兄弟之间的感情令我动容。"

"从今天起，你被魔域流放了。"男人垂着眼笑了一下，再也不去管梅康平的死活，目光再次落在了乔晚等一行人身上，在乔晚身上停顿了半秒。

"你是他的女儿？"

此言一出，在场所有人的心立刻停摆，高高地提到了嗓子眼里！

萧博扬呼吸猛地一滞，双目赤红，胆战心惊地看着乔晚。

"我刚刚看到了他。"男人笑了一下，"他是不是死了？"

被男人这威压压得几乎抬不起头来，膝盖哆嗦个不停，但出乎意料的是，乔晚反倒冷静了下来。

这世上最可怕的是未知的事。

这位传说中曾经一手搅翻天下的男人出场后，她知道，他其实也是个人，一个比在场所有人都强大的"人"。

她迅速从悲伤情绪中走出，恢复镇静，冷酷得不像是刚刚丧父。

"对，他死了，为了阻止你。"

男人捂住头，沉默了片刻，开口道："真遗憾。"

他那么欣赏苏不惑，甚至想让苏不惑继任他的位置，是真的感到遗憾，没多少被背叛的愤怒情绪，只是遗憾。

"好孩子。"男人看向乔晚的眼里竟然露出了赞许的目光。

这赞许的目光，就像是一个人看到了一只聪明点儿的、在人的手指头下努力求生的蚂蚁。

然后他将目光移向了天际。

男人的目光好像透过天际，直直地落在了冰原上。

紧跟着他又说了一句让在场所有人面色煞白、心脏瞬间提到嗓子眼里的话！

"没想到，一出来，指挥作战的竟然是你。"

男人的话明显是对那坐在轮椅上的马怀真说的。

"你长大了不少。"始元帝尊莫名其妙地感叹道，"当初你还是个少年，如今竟然领兵作战了，看来修真界当真是无人可用了。"

始元帝尊竟然还记得自己！

始元帝尊清楚地记得与他见过面的任何一个无名小卒的脸！

饶是马怀真也忍不住悚然一惊，久违地感受到了一阵恐惧，但毕竟肩膀上担着修真联盟的重任，身后是数万修士，旋即又强自恢复镇定，沉声说："能在帝尊这儿留下些印象，马某不胜感激。"

"我被镇压了多久？"他像是对马怀真失去了兴趣，将目光又转了回来，温和沉静地问，问的对象却是萧博扬他们。

他大可去问底下的魔兵，毕竟那才是他的手下，但是他没有这么做，而是饶有兴趣地去问萧博扬他们。

打个不恰当的比方，那就是，你被一群蚂蚁召唤了出来，蚂蚁们面色惨白、诚惶诚恐地看着你，你觉得新奇，便耐心地问了蚂蚁们几个问题。

始元帝尊直接就在这祭坛台阶上席地而坐，破破烂烂的衣摆被干燥的风吹得微扬。

他歪着头，笑着问："如今各宗门是谁当家？"

下面一片死寂。

萧博扬张了张嘴，被这威压压得五脏六腑好像都贴在了地上，冷汗如雨，浑身上下如同从水里捞出来的一样狼狈。

他和方凌青恼怒地咬紧了牙，不乐意屈服，但是憋得眼睛都红了，怎么都张不开口。

最后还是谢行止答了："六百年。"

这个回答甫一脱口而出，楚桐徵便提了一口气。谢行止竟然就这么直愣愣地说了出来！

她眼睛一眨不眨地盯着这位魔域帝尊看。

得知自己错失了六百年的时光，他会因此动怒吗？

但男人好像只是听闻了一个不相干的信息，垂着眼皮，意味不明地感叹了一句："竟然这么久。"

然后，他笑容可掬地朝着——裴春争的方向招了招手。

裴春争明显也被这威压压得不轻，眼眶依然泛红，但也恢复了镇静。

少年被这威压压得接二连三地吐出血沫，却依然挺直了脊背，一步两步，固执地走了上去，并没有行臣子礼。

前任帝尊和现任魔君会面。

短短片刻接触，乔晚已经能清楚地看出来，这是个喜怒无常的君主。

有了梅康平的前车之鉴，马怀真冷下脸，神情肃然地看着面前这一幕。

岑子尘、公孙冰姿不由得放慢了呼吸。

在场者眼前俱浮现出那男人信手屠戮少年的血腥画面。

"你就是如今的魔君？"始元帝尊问。

裴春争抿紧了唇，一声未吭。

始元帝尊笑了笑，突然出声道："魔域是没人了吗？让一个小屁孩来当魔君。"他却没对裴春争发难，不但没发难，还夸了一句，"英雄出少年。"

他又看向了跌倒在地上的梅康平，扯动嘴角，冷冰冰地笑了一下："康平，你真让我失望。"

梅康平跪在地上，七窍流血，唇瓣动了动，看不清脸上的神情。

"六百年了，我在这里面待得够久了。"

"这样吧，"男人似乎想到了什么，眯起眼笑了一下，合拢手掌拍了拍，像在吸引别人的目光，叫人安静。

"我六百年未活动筋骨了，你们与我玩个游戏怎么样？你们跑，我追。"

"别害怕，"话音刚落，听出方凌青等人骤然急促的呼吸，始元帝尊捧腹大笑，"你们敢到这儿来都是好孩子。

"你们谁若是能跑出去，我就放谁离开，不仅放你们离开，等日后我夷平了修真界，还能许给你们个高官当当。"

这是个和他们处于不同时代的怪物，天生的杀器。

六百多年被封印，没有让他变得虚弱，这怪物一朝破土而出，杀性勃勃。

如果是在六百年前始元帝尊未必会有这个兴致，把时间浪费在他认为的这群"蝼蚁"身上。

但如今，他有兴致极了，悠闲自若地在玩一个游戏。像是人偶尔来了兴致，会懒懒地伸着手指头碾地上的蚂蚁。

不过，眼下的情况，与其说是游戏，倒不如说是在示威，他的眼神透过天穹落在了另一端的天幕上。

他知道，他们都在看着，将亲眼看着这场杀戮秀。

话音刚落，他就不疾不徐地从祭坛上缓缓走了下来，破烂的衣摆拖曳在地上。

他一点儿都不在乎自己属下的性命。

面前的魔兵挡住了他的去路，被他抬起脚踹成了一摊肉泥，衣摆掠过这一摊鲜血淋漓的肉泥，继续往前。

"现在，跑吧。"说着说着，他收敛了有些俏皮的笑容，骤然放慢了语速，翘起嘴角，缓缓地抬起手，又压下，"三，二，一，开始。"

跑？

他们真的跑得掉吗？

在这一瞬间，萧博扬、方凌青、谢行止等人忍不住扪心自问。

威压之前，就连谢行止攥紧剑柄的手也忍不住汗湿了掌心。

一错眼的工夫，李判断然轻喝一声，终于唤回了他们的思绪。

"跑！"

就算跑不掉，他们也要试试！别忘了他们所肩负的任务。

楚桐徽猛然回神。

对，他们的任务！他们的任务是争取尽可能获得多的信息，传回给数部弟子！他们与始元帝尊的每一次交手，都起着至关重要的作用！

当此之际，乔晚随众人不约而同地飞身而出。

跑！他们得跑得越远越好！

众人喘息如牛，汗浆浸衣，眼前阵阵发黑，而那团象征死亡的粘稠黑影始终死死扒在背上，甩脱不得。

天穹上，男人也动了，他每动一次，就出现在距离上一次的位置十几丈远的地方。

第一次、第二次、第三次……他一次比一次快，移动距离也一次比一次远。

"太慢了。"男人微微叹了一口气，顺手破开了附近一个敢死队队员的头颅。

在那一瞬间，这弟子咬紧了牙，手腕上的玉镯中的信息如同他的鲜血，喷涌而出，传送到了彼端的留影像上！

这是第一个牺牲的师兄。

然后是第二个、第三个、第四个……速度慢了些的师兄师姐，都殒命在了男人手上。临殒命之际，众人皆催动残存灵力，将这些珍贵信息尽数传至齐非道面前！

方凌青一边跌跌撞撞地跑着，一边抽空甩出灵丝，努力拽住身后慢了半拍的其他弟子！

"往这儿跑，"出乎意料的是，在这危急关头，裴春争竟然也跟着他们一块儿跑。少年一边跑，一边"砰砰砰"地向后甩出防御性的法阵！

楚桐徽转动着眼，惊愕地问："你？"

裴春争抿紧了唇，默不吭声。

他从来不想当什么魔君，也不屑于当什么魔君。他当魔君就是为了找到乔晚，为了舅舅。

只有马怀真等人知道，在裴春争当魔君的这段时间里，他暗中保护了不少修士。

裴春争咬牙，从手腕上解下发带，顺手将长发束在了脑后，窄袖劲腰，似乎又成了当初那个昆山的小师弟。

渐渐地，有些队友似乎意识到，自己的死能为其他同袍拖延些时间。

于是，在死之前，无数法宝如同飞舞的雪花一样被尽数拍了出来！他们用尽全力传送完信息，然后自爆，只求拖延始元帝尊的脚步一瞬。

然而，他们连拖延一瞬都做不到。

男人杀人，瞬移，再杀下一个，然后不断赶往下一处地方。

在这杀戮游戏开始的同时，北域的留影像立即被如海的信息给刷屏了！

"怎么样，有结果吗？"马怀真努力将自己的视线从天幕上移开，急急忙忙地驱动轮椅，脸绷得像钢板，冷硬地问道。

齐非道喉口干涩，难以置信地看着眼前的场景。

看着这数千数修、阵修、法修、剑修一起分析后的结果，青年露出个艰难的苦笑，催动功法导致年华急速逝去，一头黑发成了华发，垂落在脸侧。

"有……"

他们分析出来，这位始元帝尊只有两招，一招是瞬移，另一招就是他手中的灵力。

招式干干净净，毫不花哨，叫他们连解析的可能都没有。

马怀真僵在原地。

在出发之前，他们安排了无数阵修、剑修、数修、法修，就是期望能从始元帝尊的招式中找到漏洞。

但现在，这一切都显得无比可笑。

他的招式只有快和强，除此之外，他不借助任何法术、剑术。

他自己就是天生的杀器，没有任何漏洞的杀器。

无数师兄师姐、师弟师妹前仆后继地自爆丹田，死在了男人面前，只求拖延他的脚步一瞬。

被这爆炸的气劲儿掀翻出去，萧博扬喷出一口鲜血，来不及胆怯和畏惧，眉头皱得紧紧的，全神贯注地调动着灵力，运转着功法。

他能拦住始元帝尊一瞬！他的绝对时间一定能拦住始元帝尊一瞬！

灵力在指尖上疯狂流转，功法开始运作了。

萧博扬清楚地看到，男人的脚步蓦地慢了下来，然后停住了。

他……他做到了？

萧博扬怔了怔，眼前的景象似骤然放慢了。

男人的脚步顿住，手还保持着停留在半空中的模样。

萧博扬的眼中清楚地映出了对方的模样，男人突然歪着脑袋，又露出一个温和的笑容。

这笑容不啻一场诡异而恐怖的噩梦。

宛如一道惊雷劈下，萧博扬愣在原地，眼睁睁地看着男人一个瞬移，闪身到了他面前。

始元帝尊微笑，轻轻抬起手指，只轻轻一点，萧博扬立刻被击飞了十几丈远，跟跟跄跄地吐了一口血，一个跟头栽倒在地。

"没人能叫时间停滞。"始元帝尊淡淡地说，"能叫时间停滞的方法只有一个，那就是速度。"

"让我来教你，"男人谆谆教导，"速度越快，你的时间就越慢。你太慢了。"

他伸出手，比了个手势。

在这千钧一发之际，谢行止一步踏出，玄铁重剑一挡，浩浩荡荡如巍峨高山般的剑意，在男人的威压之下，被一寸一寸碾碎成了齑粉。

青年清朗的风姿全无，额头青筋暴起，朝后怒吼："撤！"

就在这时，一道剑气冷不防地袭来，一个瘦骨嶙峋的身影突然挡在了所有人面前，与谢行止并肩拦在了男人面前！

陆辟寒。

"陆师兄？！"萧博扬失声惊叫。

"后撤。"陆辟寒冷冷地喝道，话音刚落就"噗"的一声吐出了一口血。

他身体病弱，站在始元帝尊面前直面这威压，不啻遭受酷刑，仿书籍脉被寸

寸碾断，比任何人忍得都要艰辛。

面前猝不及防地多出两个小辈，男人的脚步暂缓了瞬。

"修真界多了很多年轻的后辈。"始元帝尊赞许地说，眼神却很冷漠，手上的动作没有停下来。

陆辟寒垂着眼，没去看对方，手中长剑在出招的那一刹那，剑刃被人徒手按住了。

一身青衣、面容清俊的中年修士挡在了他面前，沉稳有力地将陆辟寒手中的剑拨了回去。

陆辟寒顿住，愕然，旋即认出这是李判。

"前……喀喀……前辈……喀喀……"

肺宛如被撕裂了一般，口中接二连三地涌出鲜血，陆辟寒咳得面色狰狞，太阳穴青筋暴起。

"退后。"李判沉声喝道，拔出了剑。

那从未出鞘的乌鞘巨剑被抛到了空中，剑气荡开，涤荡着四周的魔气。

始元帝尊定住了脚步："是你。"

"你是……"他迟疑了一瞬，"法修？"

"你要拦住我？"始元帝尊微微一笑，好奇地看着李判，沉吟道，"我记得，你是跟在不惑身边的。"

李判没有搭理始元帝尊，双剑出鞘，白鞘小剑与乌鞘巨剑同时飞旋而出！远处赤色的大漠上，一轮落日缓缓降下。

剑光如虹，直上云霄。

乔晚记得，法修的守招是以攻代守，处处杀招，以雷霆手段威逼对手不敢侵犯。

在这须臾之间，剑意如龙，立时逼退了男人半步。对这样浩然的剑气，始元帝尊觉得自己也必须尊重。

于是，他苍白瘦削的五指轻轻在虚空中一点，然后突然信手拈了个灵子，灵子被压缩得密度极小，在强大的引力面前，四周的沙子如旋涡般飞快地环绕在他身前，竖起了一堵高墙。

受这引力牵引，这些沙子都被吸引到了这个密度极小的灵子面前，"轰隆"一声，挡住了这意图破开苍穹的浩然剑气。

反冲的气流逼得李判竖起不赦死，往后急退了数步，喷出一口鲜血！

凝视着面前这衣衫褴褛的魔域帝王，李判顿了顿，克制地闭上了眼。

就在刚刚，他亲手护住了身后的小辈，眼睁睁地目睹着孟广泽离去。

他活着已经很累了，为了朋友，为了当初志同道合的誓言，怀揣着一颗澄清天下的丹心，一个人守着空无一人的太平书院走了很久，走遍五湖四海，泛舟沧海，就是为了招揽弟子，重启书院。

如今火种已经被埋下，不平书院被重新建立了起来，乔晚也有了孟广泽昔日的模样。

今天，这儿就是他旅途的终点，李判清楚地认识到，早在几百年前他就该死在这儿的。

六百年前，他带兵留守北域，而孟广泽带着三千多名学生奔赴了魔域。

他的学生都死在了这儿。

顿了顿，李判睁开了冷峻的眼，仿佛看到了地面上有无数亡魂，那些笑嘻嘻的小崽子站在他面前，喊他"李长老"。

将眸底那些深沉的心绪一一收敛，李判竖起不赦死，并拢二指在剑刃上一滑，鲜血顺着血槽蜿蜒流下。

他只是赴一场未竟之约，不是不平书院的未竟之约，而是独属于太平书院的约定。

今日，太平书院的一切都将在此埋葬。

畅快饮饱了热血的不赦死既出，血洒如雨！义无反顾的一剑朝着始元帝尊拦腰刺去！

这一战，只持续了三招。

三招之后，李判全身脱力，踉跄地跪倒在地上。

他输了。

李判看着地面，平静地想着。

但他拖延的时间，已经足够乔晚他们跑出去了，这就够了。

始元帝尊神情略微专注了点儿，抬手将手中的灵子丢下，看着这灵子即将砸落在男人清瘦的脊背上。

突然一道身影拦在了李判面前，替李判挡住了这雷霆一击。

"师……师叔……"那人转头，露出一张血肉模糊的脸，身着绿衣的身体宛如杨柳般弯折下了腰。

"绿腰？"李判愣了愣。

"师叔，"那个身着绿衣、活泼灵动的小姑娘露出个笑容，瘦弱的身躯悍然迎向了始元帝尊的攻势，"师叔当初救了我，我会陪师叔战死到最后一刻的。"

她想起那个夏天，天上是明晃晃的太阳，地上是干裂的黄土，还有聒噪的蝉鸣、蔫蔫的草。

她蹲在土堆上尿尿的时候，那老头儿笑眯眯地招了招手："妮妮，在这儿撒尿啊。来，到爷爷这儿来。"

在那恶心的手伸入她的衣襟，她挣脱不开的时候，她听到了一声剑鸣。

纷纷扬扬的红雨下，那老头儿缓缓地倒了下去，右手还放在裤腰带上，脑袋

"咕噜噜"地滚出了老远。

她想到了那双沾了点儿泥和血的白色布履和一身青布衣。

一个冷峻的中年修士站在她面前，背后背着把白鞘小剑，手里提着把乌鞘巨剑，手里那把乌鞘巨剑还在"滴滴答答"地往下滴着血。

"后来，"绿腰郑重地说，"李师叔将那老头儿一剑斩杀。"

——他又一剑剐了那老头儿的东西，走到小姑娘面前，蹲下身替小姑娘穿好了衣服，牵着小姑娘的手离开了。

"这是我第一次看到不赦死出鞘。"绿腰微微笑了笑。

始元帝尊错愕道："这是谁？"然后他又看向李判，谨慎地问，"这是你的学生？她死了，要我帮你吗？"

男人露出个体贴温柔的笑容，伸出手指，又招了招手，手中魔气一股向着李判，一股向着绿腰，将绿腰的尸身给紧紧包裹住。

李判立刻认出，这人是要强行催化绿腰的尸身，叫他们两个人入魔化为行尸傀儡！

目睹绿腰死在自己面前，李判什么也没说。

"铮——"一声剑鸣响过后，不赦死脱鞘而出，一剑将少女的半边尸身砍了下来。

这一剑不仅将绿腰的半截身子砍了下来，也将始元帝尊强行催她入魔的意图砍断了。

这回始元帝尊是真正被惊了一下。

李判平静地动了动指尖，剑尖也跟着动了动，神情依旧冷峻，只有微微颤抖的手似乎出卖了他的内心。

不赦死宛如一把审判之剑，高悬在自己的脑门上。

不宥刑常出鞘，不赦死不出鞘，一出鞘势必是杀招。

他闭上了眼。

在众人的目光中，李判伸出手，掌心一点点地往下压，每往下压一寸，剑尖就往下一寸。

最终，剑尖落在了李判的头顶上。在输给始元帝尊之后，这个不愿入魔的傲气男人以一种极其悲壮而惨烈的方式，将自己从中劈成了两半！

剑尖落下的那一瞬，切开了他的丹田，强大的威压裹着爆破时的气流荡开，始元帝尊站立的地面自内而外被爆冲出一个巨大的坑洞！

看着面前这纷纷扬扬的尘埃，始元帝尊动了动手指，抚平了衣服上的褶皱，叹息了一声："又弄脏了，本来就够破了。"

还在往外冲的乔晚，在听到这震天动地的爆炸声时，似有所觉地回眸看去，顿时悲痛地大呼了一声："前辈！"

气血翻涌间，乔晚双目赤红，拎着剑就要不管不顾地冲回去！

跑？她跑什么跑？！

这样逃跑除了瓦解自己内心的勇气，还有什么用？！既然跑不出去她不如放手一搏！

就这样，陆辟寒目眦欲裂地看着乔晚突然刹车，又掉头不管不顾地扑了回去！

"乔晚！"

就在陆辟寒被气得面色铁青、吐血不止之际，一道耀眼金光骤然落下，拦腰将乔晚一把抱住。

"乔晚。"妙法身形一转，迅速将她放下，往后推去。

他抬眼迎向了远处伫立着的人影，厉喝道："到此为止！"

到此为止？

始元帝尊好奇地抬起眼，看着面前这漂亮到有些邪气的尊者："谁？"

尊者半阖着眼，藏蓝色的发被吹得四下飞舞，身后映着火红的夕阳。

他伸出手，脊背后面已多出了一轮转动的法轮，赤日般耀眼。

霎时间，四周迅速暗淡了下去，妙法身后的法轮好像吞没了光明，仅仅在他站立的方寸间留了一寸光明。

抛下一句"快走，带着其他人有多远走多远"之后，妙法没有再分出半分目光给乔晚一行人，睁开了凛冽的凤眸，目光直直地刺向了面前的男人。

青黑色裂纹蜿蜒如蛇，迅速爬上了尊者冷峻的脸，刹那间，尊者额上三眼，身具六手。

宛如灭世的神明一般，尊者一步一步走来，身后的法论疯狂转动！尊者每走一步，光便伴着腥风四起。

萧博扬看着眼前这一幕，头皮上迅速爬上了一阵战栗感，二话不说，赶紧拽住乔晚，和方凌青一道将她往回拖。

始元帝尊的眼终于"噌"地亮了。

他理了理衣衫，微笑道："一个有杀意的家伙？这就是修真界专门用来对付我的人？"

妙法尊者眼神漠然，那蓦然睁开的第三只眼里射出一大团炙热的火焰，将前路烧成了灰烬！

乔晚怔了一下，张了张嘴，神志终于恢复清醒，大声提示："前辈，他不会空间类的法术！他只是速度快！"

一个有质量的物体运动速度越快，动能增加，势能也就越大，越接近光速，其相对质量便远大于其静止质量。

对方之所以这么强悍，就是因为他能将一颗灵子任意加速到趋近光速，砸落下来时，从而爆发出强悍无比的力量。

但他必须消耗无限的能量才能将一颗灵子加速到趋近光速，始元帝尊并不适合打持久战。

不管已经具有心魔相的尊者有没有听进去自己说的话，乔晚说完便咬紧了牙关，同萧博扬一道头也不回地冲了出去！

察觉到乔晚几个人逃离，始元帝尊没有动，没有追，他的注意力此刻已经全被妙法尊者吸引了。

与面前这个尊者相比……嗯……乔晚那几个人明显无趣多了，他懒得再花时间和精力在他们身上。

他兴致勃勃，笑容满面地看向妙法："来，让我看看你要怎么杀我？"

话音未落，他一步跨出，一错眼的工夫就已经瞬移到了妙法身前！

妙法与始元帝尊这一战打了很久，久到北境日升月落，星辰偏移。

他们足足打了三个昼夜。

马怀真几个站在冰原上看着，肩膀和眼睫上都落满了一层冰霜，似被冻成了无声的冰雕。

冲天的光好像撕开了天幕，将天际烧得一片赤红。

乔晚几个人在沙漠中狂奔，清点战损，联系同袍，一点点地往外撤离着。

她几乎已经用尽全力在跑了，汗水模糊了视线，眼前呈现出让人难以置信的一幕。

那绯红天光尽数往他们身后偏移，天穹渐渐暗了下来，在他们身后，狂风大作，璀璨的光包裹着狂风形成了一个旋涡，旋涡强大的引力宛如黑洞一般直将他们往后吸。

沙子迎面拍打在脸上，割出了深浅不一的伤痕。

几乎就在妙法与乔晚碰头的那一刻，冰原上又有两道剑意先后插入天际，将那道天穹中的裂缝撑开了点儿，剑意如水般点点滴滴地洒向了人间。

公孙冰姿惊喜道："沧浪！珊湖！"

这两道剑意正是收到消息之后，不眠不休地御剑了几个昼夜，狂奔而来的孟沧浪和白珊湖！

白珊湖那身洁白衣衫已经被血浸透，怎么也算不上多美丽曼妙。

"公孙长老、马堂主。"她微微颔首致意。

至于孟沧浪，衣着褴褛，手腕骨瘦得微微凸起，但眼神依旧沉静。

白珊湖撩了一把颊侧的青丝，与孟沧浪交换了一个眼神。

师姐弟二人先后逐着那剑意，义无反顾地飞入了那道裂缝中，宛如流星般坠进了魔域！

还剩四百多个人……乔晚身形微僵。

此刻他们这些剩余的弟子集结在了一起，蹲守在一座残破但姑且还算安全的偏殿里，或坐或站或靠，沉默地只喘气。

天光已经往西偏移，如今他们所处的地方一片黑暗。

楚桐徵张了张嘴，嗓音沙哑地问："妙法前辈……能赢吗？"

"能。"回答她的是乔晚。

少女提着剑，站在殿门前，目光平静地看向天幕。

妙法前辈一定能赢的。

这场战斗波及的不只是北境和魔域，整个天下都受到了波及。

业报之力如同海潮倒灌入这个世界，位于业报中心的始元帝尊受到的影响最大，之后业报之力依次向外扩散，落到天下人的脑袋上时只剩下了那么轻飘飘的一缕阴影。

这让人不由自主地想到了这辈子曾经做过的那些错事，那些好事。

牵着孙女的老翁停住了脚步，站立在田埂上。

孙女惊诧地问："爷爷，那是什么啊？！"她伸手一指，天际的光以及那些星辰尽数往西方偏移，电闪雷鸣，宛如末日。

老翁顿了顿，说道："那是一场浩劫啊。"

"魔域那儿已经打了三天三夜了，"修犬神情肃然，慢慢地说，"陛下你当真不出兵吗？那位帝尊就是个疯子，战胜之后不可能与我们合作。"

伽婴乌黑的眼看向了修犬。

这三天时间里，他在思索，在权衡利弊，以防细罗在他出兵之后再趁机发动叛乱。他下令盯住细罗的动静，又亲自奔赴了一趟边境，三天里不眠不休地深入叛军，活捉了细罗，确定大后方没有后顾之忧后，这才抽出身回来出兵。

直至现在，一切准备就绪。

无数个念头在他心里交织，出乎意料的是，最终一切画面都定格在了那道粉色的身影上。

他鬼使神差地缓缓站起身，垂下眼："通知下去，妖族参战，点几万精兵即刻开往魔域。"

乔晚，很好。

给她时间，她或许能成长为能与他痛快一战的对手。

乔晚和她那些朋友，死在魔域里，太可惜了。

花了整整三天时间给这位陛下做思想工作，眼看终于成了，修犬微微松了一口气，露出个发自内心的笑容。

与此同时，南线战场上，这黑了三天三夜的天穹，似乎终于带给了青年信心。

魔域那边打了三天三夜，修真联盟隐约有了胜利的希望，而始元帝尊又是个不折不扣的疯子，梅康平的承诺已经失去了效力，青年焦头烂额地与族中长老扯了三天皮，最终族中长老结合了诸般考量，同意在这个时候出兵。

对族人，青年已经问心无愧。

他……他要像之前那样……

青年张了张嘴，一旋身，终于遵从本心，化成了雪龙直入天际。

雪龙咆哮一声，龙吟响彻天际。

他要像之前那样，把晚儿妹子接回来！

祭坛上，一切终于尘埃落定。

始元帝尊半跪在地上，看着面前这渊渟岳峙、神情漠然的尊者。

他阖上眼，动了动手指，手指微颤，整个人忍不住直打摆子，脑袋里像有东西钻孔一样疼，这一切都不受他控制。

他输了。男人静静地阖上眼，露出个笑容，笑骂道："不惑，老子究竟欠了你什么？死了你还来折腾我？我当初对你怎么也算不错，你就这么对付我的？"

一个从里，一个从外，这一个修士，一个儒修，彻底瓦解了他。

不甘心吗？他倒是有些不甘。

毕竟被关了六百年，他才刚刚探出头来喘一口气，立刻又被面前这凶残的尊者给摁了回去。

"业报之力，你会反噬自身的。"留下这么意味深长的一句话，始元帝尊动了动唇，再度扯开了个笑容，那道衣衫褴褛的身影渐渐模糊在了一片虚空之中。

神情平静地目睹着这位帝尊消散，妙法平静地张开手，手上拈着一颗浑圆的晶莹圆核。

尊者身形一晃，踉跄地跪倒在了原地，腰腹上露出一个恐怖的大洞，不断往外涌着黑血。

他活不下去了。

妙法神情淡然，平静地将这枚晶核塞进了袖中。

直到凤眸半抬，目光瞥见远远奔来的那道迅捷身影，他的眼底神色才稍微起了点儿变化。

"乔晚。"他微微颔首，一语道破了来者的身份。

在天光与星辰回归原位的那一刻起，乔晚就立刻按住了剑，不顾萧博扬等人的阻拦狂奔而来。

妙法跪倒在地上，那藏蓝色的发帘中，金色的眼微扬，目光落在她身上。

乔晚的眼泪不受控制地先落了下来。

"前……前辈……我……我带你去疗伤。"乔晚咬牙,果断地蹲下身,反手就将尊者给用力搭在了她的背上!

妙法比她高出不少,被她背着的时候,两条腿垂在地上,显得有些滑稽。

尊者没有阻止他,实际上正在全神贯注地对付着心魔的反噬。

脸颊上爬上的青黑色裂纹颜色越来越浓,他快要彻底入魔了。

星辰重回正轨,不远处的天际上,一轮赤日正缓缓降下。

乔晚身形微颤,背着妙法一路狂奔,晚风飞快地掠过颊侧。

她快背不动了,跌跌撞撞地往前走着,每个脚印都洇着血。

眼泪"扑簌簌"地直往下掉,乔晚哭得上气不接下气。

"前辈……前辈你等等,我这就带你出去。"

脚下一个趔趄,在一处绿洲前,她扑倒在地上,带着背上的妙法滚落了下来,立刻手忙脚乱地想要扶他起来。

对方抬起手,阻止了她的动作。

"乔晚,杀了我,"妙法眼神清明冷冽,眼角的金纹仿佛闪烁着灿光,"就是现在。"

乔晚跌坐在原地,眼泪顺着脸颊疯狂流淌。

"杀了我。"妙法半阖上眼,眼神清明到以至冷酷,"否则,我会杀了这儿的所有人。"

乔晚缓缓地举起剑,手中的"闻斯行诸"重若千钧。

她……她做不到。

乔晚张了张嘴,垂下头,咬牙再度背起妙法,义无反顾地往前跌跌撞撞地走去,身体在沙地中拖曳出一道长长的血痕。

她……她一定能救下前辈的,只要再快一点儿,再快一点儿。

好像有怎么流也流不尽的血,顺着尊者的腰腹浸湿了她的衣摆。

血泪顺着眼眶滑落,她快要撑不住了啊。

乔晚绝望地睁大了眼,清亮乌黑的瞳仁死死地看着前方的路,肝胆欲裂,近乎泣血。

不断有血从口鼻中接二连三地涌出,她来不及去拭,也不敢耽误时间,只觉得身上的尊者的血烫得她的眼泪止不住地往下掉。她尽量捂住尊者腰腹上的伤口,却阻止不了鲜血顺着指缝淌出。

快一点儿,她要快一点儿。

少女的手臂很瘦弱,祭坛上不管不顾地伸入飓风之中,几乎被刮干净了手臂上的肌肉。

两截森森的臂骨,硬是背起了他。

妙法微微阖眸,好像有什么东西劈开了常年处于平静的心,他想要训斥她,

最终脱口而出的，却是一声叹息。

"孽障。"

"没事的，前辈，一定会没事的。"乔晚咬牙呜咽了一声，跌跌撞撞地继续往前狂奔！

湖泊中倒映出漫天的霞光与枯草衰败的影子，波光粼粼，秋水清澈。

然而，乔晚看了一眼远处天际的裂缝，一股绝望感自内心深处吞噬了她。

通红的晚霞前，这道天幕裂缝好像她怎么走也走不到尽头。

目睹这一幕，马怀真遽然回神，立刻疾言厉色地催促身后的修士："快！叫上一队精兵，下去救人！"

然后他又将目光落在了天穹上那哭得上气不接下气的粉衣姑娘的脸上，半边狰狞的骨面，能让人清楚地看见两排哆哆嗦嗦的牙齿。

"孽障。"妙法阖眼，叹息了一声，"听话，杀了我，在这儿砍下我的头颅。"

她走不到，走不到天际。

看着远处的裂缝，乔晚终于崩溃地号啕大哭。

她没办法。她也想任性妄为，可是……可是理智告诉她，她不能。

妙法眉头微皱，犹豫了一下，端详了面前的姑娘一眼，轻轻抬起手，缓缓拭去了她眼角的血泪，动作缓慢轻柔，又像是在克制情绪。

然后他伸出另一只手，将那晶核塞到了她的掌心里："这是你父亲的神魂，拿好。"

北域上下一片死寂。

所有人都沉默地看着眼前这一切，心里突然涌起一个大胆的猜测，却没有一个人敢验证，也没有了再验证的机会。

"前辈……对不起……对不起。"

感受到眼下那细微的肌肤触感，乔晚终于呜咽了一声，口中反复地说着这些话，缓缓抬起了"闻斯行诸"。

他们……他们都有不得不为之事，为了涤荡邪氛，还天下间一片浩然正气。

睁大的眼里，有血泪流下。

"啊啊啊——"

伴随着一阵怒吼声，剑锋朝着尊者的脖颈义无反顾地挥下！

鲜血如喷泉般瞬间浇了乔晚一身。

妙法的动作停滞在了给她擦拭眼角血泪的那一瞬，指尖缓缓垂落，头颅"啪嗒"一声砸落在了她的脚下。

少女眼睫动了动，木然地跌坐在地上，发丝、眼睫上都有滚烫的鲜血滑落。

她松开剑，缓缓拾起了地上的头颅。

藏蓝色的发温柔地垂落在她的掌心上，触感微痒。

凛洌的剑锋下，宛如绽开了旖旎的花，剑光轻晃，那凛洌的眉眼平静地闭上了，脸上的青黑痕迹迅速退去，秀眉舒展，神情近乎恬静。

巨大的天幕上，只映出少女捧着尊者的头颅放在膝前，跌坐在湖泊前，枯草没膝。

乔晚唇瓣微颤，垂下眼，神色敬畏、仰慕，最后归于平静地在尊者的额头上落下了一吻。

一个小心翼翼的吻，是她做出的最逾矩的行为。

远处的霞光落在起伏的沙丘前，温暖的光朦胧。

北境冰原上，马怀真轻轻别过了脸。

就在亲手砍下尊者的头颅的那一刹那，神识崩解中，她清楚地看到了对方的心魔。

耀眼的光在她四周散开。

——"儒派有言，君子之交淡如水，这世上，或许唯有淡如水的知交之情可长久。"

——"乔晚，你可愿不计较我的年岁，与我平辈相交，真正做我这修炼路上的好友？"

——"我长你数百岁，我知道，这对你而言不算公平，若你不愿，我也不会勉强你。"

——"前辈这回要闭关多久？"

——"直到心魔安生。"

——"江湖纷扰，难得有此机会，前辈且安心修为。"

——"请让晚辈……请让晚辈送前辈一程吧。"

在这散落的光下，她看到了一个秘密。

大漠中，白练映出一轮苍凉的落日，银碗盛雪，明月藏鹭，白马入芦花。

原来，在那棵菩提树下，其实早有个抱剑的粉衣姑娘。

马怀真这边刚一声令下，不到半秒工夫，冰原上立刻集结一队精兵，由岑子尘等各家长老带着，奔赴那道空间裂缝。

事到如今，目睹了这魔域里面的惨象，一大帮修士是怎么也坐不住了。他们在后方留守，眼睁睁地看着前方乔晚他们几个送死？

他们要去……去支援乔晚他们，把乔晚他们给接回来！

一帮人下定决心，抛出法器，直奔那道空间裂缝。

还没逼近那道大口子，一千多个精兵却在眨眼之间被天幕上那道裂缝"弹"了回来！

人群中有人惊呼："撑不住了！天幕合上了！"

岑子尘往后踉跄了一步,面色极其难看地朝着天上看去。

马怀真愣了愣,面沉如水,二话不说抬手在轮椅上拍了一下,发出一道气劲儿直奔天穹。

气劲儿在没入裂缝的刹那间,照样被"弹"了出来,反落在冰原上,砸出个大坑。

马怀真定睛一看,旋即脸色煞白。

公孙冰姿惊愕间,与其他修士一块儿纷纷抛出法器砸向了那道裂缝,伴随着十多道灿光,这些法器无一例外都被弹了出来。

众人来不及琢磨这是怎么回事,就看见周衍汗津津地皱着眉,沉声说道:"快撑不住了。"

这几千个剑修扩开这道裂缝,撑了整整三个昼夜,到现在一个个汗如雨下,流出的汗立刻被冰原上的风冻成了冰,看上去宛如裹了一层又一层冰皮的糖葫芦,浑身上下直打摆子,再也撑不住了。

"是……始元。"齐非道看着这一幕,失神喃喃自语。

他想起来了。

男人在临死前,抬起手比了个手势,随着一道流光闪过天际,这道空间裂缝被他——

伸手掐灭了。

"能重新打开吗?"马怀真迅速恢复了镇静,问道。

其中一个剑修保持着握剑的姿势,苦笑道:"能倒是能,但至少得歇一天等灵气恢复了才能重新扩开。"

马怀真不说话了,目光盯着面前这些冰霜满身的剑修,沉默了半晌,这才开口:"麻烦诸位兄弟再多撑一撑……"

周衍点头:"知道。"

他们进不去,事到如今,只能指望乔晚等人自己在天幕合上之前主动撤出。

这边,谢行止他们收到了来自北境的一条信息。

"空间裂缝撑不住了,速归,急急急。"

而谢行止他们几个正走在寻找乔晚的路上,收到这信息之后,谢行止握紧了玉简,抬眼看了一眼枯草间的乔晚。

方凌青轻声问:"怎……怎么办?"他们要上去吗?

刚刚他们也目睹了全程……想到那位妙法尊者临死前的动作,方凌青忍不住心中一凛,又忍不住疑惑。

乔晚与尊者究竟是……什么关系?

裴春争死死地盯着那方向,不言不语。

楚桐徵沉吟:"要不劝劝?"

"不用。"陆辟寒直接打断了众人的谈话，看着乔晚咳嗽了一声，"她准备好了。"

乔晚显然也收到了这条信息。她整理好了思绪，平静地将妙法的尸身收入了储物袋里，按住"闻斯行诸"，飞快地冲了上去。

"走吧。"

他与陆辞仙，与这位乔晚的接触说多不多，说少也不少，等到乔晚走到跟前，谢行止犹豫了一瞬，出声道："节哀顺变。"

乔晚愣了一下，点了点头："我知道。"

萧博扬不大放心，皱着眉轻轻撞了一下她的胳膊："乔晚，你没事吧？"

"还行。"乔晚眉眼沉静，"不管有没有事，先撤出去再说。"

她不希望她个人的情绪影响队友，不希望阿爹和前辈的牺牲白费。

一行人赶紧去和剩余的残部会合，潦草地点了一遍人。

死在了魔域的人倒好办，但那些生死未知的……

乔晚握紧拳，深吸了一口气："走吧。"

他们没时间再去找那些失踪的队友了，当务之急是先把活人传送出去。

外面接应的人进不来，原定的撤离计划作废，一行人只能把残存的飞行法器凑合在一起，挤一挤，勉强站在一块儿，直奔天际那道裂缝。

晚霞就映在眼前，洒落在人身上，那火红色的天际越来越近，越来越近。

生的希望就在眼前，经历过刚刚这么一番死里逃生，直面始元帝尊的威压，如今终于能回到北境，就连谢行止与陆辟寒也忍不住面露一丝轻松之色。

天穹中映出了这些年轻的修士一身血，衣衫褴褛，面色疲倦的容貌。

马怀真不自觉地驱动轮椅往前行了一步，脸上微露喜色。

就在飞行法器即将穿越空间裂缝，他已沉声吩咐其他人准备去接应的刹那间，异变再生！

乔晚等人只感觉到身下的飞行法器恍若撞到了一堵僵硬的墙壁，"轰隆"一声，晃动不止。

乔晚惊得扶了一下船沿，抬眼看去。

"怎么回事？！"四周立刻响起一阵怒吼声。

"穿不过去！飞行法器穿不过去！"

飞舟穿不过空间裂缝，那道空间裂缝正在慢慢合拢！

情急之下，众人再度掉转船身，用力地开了过去！

"轰隆——"

船头再度撞向了天幕，由于惯性，差点儿没收住，翻了个跟头栽下来！

乔晚、萧博扬几个被摔到了一起，撞得头昏眼花，四仰八叉。

隔着一道天幕，瞥见这一幕，马怀真都快气疯了，率先发出一道气劲儿，气

劲儿直冲裂缝，企图把这空间裂缝给硬生生砸开。

岑子尘几个赶紧照葫芦画瓢跟上！

而在魔域内，稳住身形之后，乔晚等人也立刻配合。

两边人马同心协力，努力想把天际这道裂缝给砸开。

几万道光砸在裂缝上，却又被"砰砰砰"地弹了回去！

天际上的空间裂缝毫发无损，暮色天空中裂开的这道口子宛如老天爷狰狞的笑容。

飞舟上的修士茫然了一瞬，脸上生的喜悦之色迅速退去，抹了把脸上的血，扶着船沿愣愣地问："我们……我们是不是出不去了？"

马怀真身形一晃，咬牙用手镯传信："别乱说，我们这边正想办法把大家接出来。"

修士们又一次掉转飞舟尝试，这一次飞舟没那么幸运，撞得太猛，船翻了。

乔晚等人狼狈地从飞舟上下饺子一般"砰砰砰"地掉了下来。

临落地前，众人匆忙地在半空中掉转了身形。

众人茫然地对视了一眼，盯着手镯上的信息发了会儿呆，一颗喜悦的心沉入了谷底，心里其实都明白过来，他们很有可能出不去了。

偏偏就在这时，前面突然又传来了些动静。

"轰隆，轰隆"的动静宛如雷鸣。

地面上那厚厚的一层沙砾被震得一跳一跳地蹦了起来。

"等等——"楚桐徽面色一变，抬起手，"你们听，这是什么？"

萧博扬怔了怔，抬眼看去，只见远处赤色的大漠与天际融为了一线。

而在这地平线上，无数魔兽浩浩荡荡地朝着这边开了过来！兽潮绵延成一线，宛如海上的风浪，远远地看上去倒不觉得恐怖，等到迫近人身前时，才猛然惊觉足足有百丈高！

在场的都是和魔域这些魔兽打了好几年交道的人，纷纷变了脸色！

"是兽潮！"

"兄弟们，快撤！"

"飞舟呢？众人上飞舟！"

随着这些兽潮迫近，地面摇晃，沙丘倒塌，前方的兽潮裹着沙尘暴袭来，俨然是一幅末世之景！

然而众人手忙脚乱地刚爬上飞舟，飞舟还没来得及往上飞，船壁又是一阵剧烈晃动，像是有什么东西在外面顶飞舟。

乔晚心里一沉，扒在船沿上看了一眼。

下面的是会飞的那种魔兽。

这些魔兽率先杀到，簇拥着顶着半空中这艘小船，像是打算把它咬下来。

苍茫的赤色天穹中，这飞船宛如一叶孤零零的小舟飘浮在旋涡上，被旋涡推得直打转。

船身不堪重负，"咯嘣"一声裂开了一道道细纹，终于四分五裂。

乔晚、萧博扬、方凌青几人再度七荤八素地摔到了一起。

众人吐出一口沙子，捂着脑袋，艰难地爬了起来，看着不远处的兽潮，神情复杂地叹了一口气。

"算了，我今天可算明白了，合着老天爷非要我们交代在这儿了。"

"这算什么？"

"跑不掉了。"楚桐徽苦笑，伸手从怀里摸出了那传信手镯，纤纤玉指飞动，迅速打下了一行字。

"不用来援了，堂主，我们出不去了。"

来不及了，离兽潮逼近还有一点儿时间。

乔晚愣愣地回头看去，无垠的大漠上，几百个修士有男有女，衣衫褴褛，站得很近，挨挤在一起。

当中，有人坐了下来，有人对着传信玉镯在发消息，有人什么都没做，只是看着那兽潮发呆。

大家已经很累了，平静坦然地注视着那兽潮。

有人问："你们看，这像不像在看海？"

立刻又有人笑道："是挺像的，说起来，我还没看过海呢，当初没被分到南线战场。谢道友，你说海是什么样子的？"

谢行止愣了一下，旋即露出了一个堪称温和柔软的笑容，抿唇，又松开："和这差不多。"

然后他也拔出玄铁重剑放在膝盖上，席地坐了下来。

人临到死了，难免会想很多，在这情况下，便不由自主地谈论起人生中那些事了。

"我还没告白呢……"

"我爹娘肯定恨死我了。"

谢行止听着，沉默了片刻，从修士服上扯下一块布，动手把剑柄和自己的手缠在一块儿："我还没找到我妹子。"

谢行止找妹子这事，在场众人都是听说过一二的。

"我听说谢道友之前为了找妹子，被人坑了一把扒光了？"

提到这令人屈辱的往事，谢行止准确地叫出了那个名字："陆婉。"

乔晚打了一个哆嗦。

"陆婉？"有人立刻反应过来，"乔道友你之前是不是叫过这个名字来着？"

谢行止怔住了。

陆辟寒微微侧目。

在这两个人的注视下，乔晚十分体贴有礼地迅速行了个标准的礼："抱歉，谢道友，陆婉就是……我……"

呃，反正快死了，她也没什么好瞒着的了。

谢行止紧紧皱着眉，错愕地注视着她，就是没想到乔晚就是陆辞仙，陆辞仙就是陆婉，三个身份，都坑了他一脸血。

乔晚："……"

孤剑谢行止爱憎分明，疾恶如仇，虽说爱记仇了点儿，诛邪录上还记着对方的名字，但现在这个情况再计较这些已经没有意义了。

于是，谢行止默了。

气氛有些尴尬，有机灵点儿的人立刻转移了话题，苦中作乐地笑道："谢道友你说说看呗？这么多人在这儿，说不定有人听说过你妹子的消息呢？"

谢行止缠手的动作顿了顿，随后他淡淡地说："我不记得了。"他皱眉，"我只记得我姓乔，本名乔枣儿，曾经住在东尚国永泽府。"

当时赤松道人就是在那儿收他为徒的。

乔晚愣了半秒，如遭雷击。

乔枣儿。

东尚国永泽府。

那个泪洒黄土的便宜大哥。

——"晚儿！你等大哥！大哥一定会回来找你的！"

一直在找妹子的谢行止。

一个难以置信的猜测旋即浮出水面。

乔晚再度猛然站起身，面色僵硬。

"谢……谢道友。"

谢行止抬起眼，皱眉："陆……乔道友？"

话音刚落，他的脑子里突然如电般掠过说不清道不明的感觉。

乔晚，乔……晚？

乔晚紧紧地盯着他："武天县大宁村。"

于是，这风姿卓然的青年立刻愣在原地，晃动了一下僵硬的脖子："你……"

"啊，我想我可能是的。"乔晚张了张嘴，扯出一丝异样僵硬的笑容，"你妹。"

临死前认亲是种什么样的体验。

第二十三章　这一次没有奇迹，白龙没有接住

乔晚其实曾经想象过，她要是一朝能和她那个便宜大哥相认会是怎么个场景。她可能会面无表情地先招呼对方一顿。

他说好的来接她呢？！呵，男人。男人的嘴，骗人的鬼。

但是她做梦也没想到，她那个便宜大哥竟然是谢行止，那个传说中有六段情缘的天才孤剑谢行止。

这事情发展实在太过魔幻，以至萧博扬、方凌青几个张大了嘴，都呆住了。

陆辟寒怔了怔。

远在北域的其他人，连带马怀真目睹这一幕，都蒙了。

谢行止和乔晚竟然是兄妹？！

不知道是哪个师兄感叹了一句："这也太牛了。"

这并不是个认亲的好场合，而且十多年没见，所谓的兄妹情谊实际上也没多深刻。

谢行止这几十年来一刻不停地寻找，想必也是为了心中的一个执念。更何况，她这个做妹子的还坑了对方，两个人差点儿结成了仇人，势同水火那种。

如今突然发现仇人变兄妹，谢行止微不可察地僵住。

兄妹两个相顾无言，沉默了半秒。

乔晚张了张嘴，满腔心思，却不知从何说起，最后只能心情复杂地说："呃……夏天摸田螺，差点儿溺水？"

"冬天被爹打屁股罚跪？"

"隔壁的王大娘？"

"村口的那条大黄？"

"谢道友？"乔晚不确定地问。

一样一样地对下来，陈年往事被乔晚扒了个干干净净，连条裤子都不剩，已经模糊的记忆逐渐清晰，谢行止定了定神："嗯。"

"阿晚？"

简简单单两个字，却好像在这一刹那间与记忆中那声温柔的"阿晚"重合了。

在失去了阿爹和前辈之后，她竟然又多出来一个大哥，乔晚心情复杂，张了张嘴，话却像卡在嗓子眼里，说不下去了，泪水冲出眼眶，在脸上留下两道湿亮的痕迹。

远处，兽潮已经越来越近了。

这不是个适合认亲的场合，他们甚至没有时间叙旧。

乔晚犹豫了一下，鼓起勇气走上前，一把抱住谢行止，给了对方一个结实的拥抱！

一向冷傲的青年有些慌乱，犹豫着反手抱住了她："阿晚。"对怀里的温度有些不知所措。

一个师兄见状丢了一坛酒过来，笑道："兄妹相认值得高兴才是啊！"

"来！喝酒！"

顿时有人笑骂道："上战场还带酒。"

"能不带酒吗？要不是我带了，咱们临死前不定能喝上这一口。"

封泥被揭开，酒香伴着燥热的腥风散在了大漠里。

谢行止仰头灌下第一口酒，然后将手上的酒坛递给了乔晚。

青年眉眼冷峻，修士服染血，宛如巍峨高山，浩气刹那间冲上眉心，看着她的眼神冷傲中含了三分温柔。

在这样的视线下，乔晚也忍不住笑了，可能是死到临头，反倒将一切看淡了。

"大哥！"她开心地大喊了一声，伸出手，与男人击掌大笑，随即双手交握得紧紧的，痛快饮下了第二口酒。

然后她将手上的酒坛递给了身侧的陆辟寒："大师兄！"

受这气氛感染，陆辟寒盯着她看了一眼，也忍不住笑开。

他的身体太弱，常年忌酒，这一口烧刀子太呛，呛得男人佝偻了腰，但他颇为豪迈地擦了把嘴角的酒渍，然后将手中的酒坛子递给了萧博扬。

没想到他有一天会死在这儿……萧博扬抬头看了看天，神情复杂，又有些轻松，仰头灌了一大口酒。

不过，这也算值得。

方凌青何尝不是这么想的？但他身为儒修，早就做好了从容赴死的准备。青年眉眼严肃，将手里的酒坛又递给了楚桐徽。

少女娇娇俏俏地笑着，笑容明媚动人："这样死可有意义多啦。"

就这样一个传一个。

生死不过一眨眼的事，众生皆苦，谁能一辈子自在，不如及时行乐，也算得上风流。

就在这坛酒即将见底时，远处的海浪中突然飞溅出几片血花！

一道熟悉的凛然剑气破开了兽潮，宛如浩荡的江河在大漠中平铺开来，又一道白练突然飞出，将那酒坛一裹，抛到了半空中！

"孟师兄？！"

"白师姐？！"

有人难以置信地惊呼出声，飞快凑近一看，那浑身浴血的青年男女不是孟沧浪和白珊湖还能有谁？

他们……是什么时候来的？

白珊湖沉静地抿了一口酒，将酒坛子递给了孟沧浪。孟沧浪收了剑，眉眼平静："崇德古苑白珊湖、孟沧浪，来援。"

"诸位道友，我们来迟了，烦请诸位道友带上我们师姐弟二人。"

方凌青的眼眶顿时就酸了："师兄、表姐，你们……你们来干什么呀？"

白珊湖摸了摸自己的表弟的脑袋，语气淡淡地说道："战死沙场，是我们的荣幸。"

她与孟沧浪能做到的只有破开兽潮抽身前来，远处的兽潮如水般又逐渐合拢，几只魔兽的死，并未阻挡它们的脚步。

死前能认得大哥，身旁有朋友，有家人，乔晚已经满足了。

将酒坛一摔，"闻斯行诸"出鞘，乔晚转身看向了兽潮的方向。

兽潮渐渐逼近了。

乔晚平静地拔出了剑："一起吧，大哥、大师兄。"

谢行止："好，一起。"

今天他们都豁出去了，弄死几个算几个，至少回本，护佑天下苍生而死，不亏！

什么是少年？

少年是三尺青锋，银鞍白马，赤血丹心，是浩气长存，肝胆相照，英勇无惧，是"结交在相知，骨肉何必亲"。

于是，眨眼之间，乔晚飞身而上。

玄铁重剑"轰隆"一声，剑气一分为二，三十多道浩然剑气瞬发，将面前这兽潮一剑劈开。

与此同时，方凌青十指灵丝齐发，暮色下灵丝犹如天罗地网，朝着兽潮兜头

罩下！

至于萧博扬和楚桐徵，走的属于精神类攻击。

哪个师兄师姐撑不住了，萧博扬立刻抽身回援。

孟沧浪神情镇定，面不改色地拔出门板巨剑，巨剑上水膜流动，刀刃上旋转的水流再度成了个旋涡，配合着白珊湖手中的披帛，宛如平湖生浪，白练腾空！

裴春争手中的惊雪剑走的是轻灵的路子，剑锋一扫，血洒如雨，配合手中的符箓、脚下法阵，扭转阴阳乾坤！

几百人的小队，背靠着背，肩并着肩。

从高空看，这如潮水般的兽潮中，竟然硬生生被扫出了一小圈空地，空地上不时有血花飞溅而起。

乔晚与谢行止并肩，已经杀红了眼。

一只兽蹄朝着谢行止的脑门压下，他的面门前却飞起一道剑光，将这兽蹄立斩于剑下。

"大哥，小心！"

剑光几乎挨着眼睫贴在了面门上，谢行止眉头都没皱一下，反手又挥出一道剑光，一剑捅死了乔晚身后的魔兽。

他们动作行云流水，一个眼神便心领神会，配合得天衣无缝。

他们杀到身体脱力，半跪在地上，血染红了身下的尘土！

几百个人的小队，人数越来越少。

萧博扬和方凌青得互相扶着才不至于一跟头倒下。

楚桐徵修为最低，如玉的肌肤上全是深可见骨的口子。少女轻轻叹了一口气："变丑了。"眼里却没有惋惜之意。

她眼看着快撑不住了。

至于裴春争，神情也苍白得像张纸。始元帝尊回归之后，他这个魔主也就当到头了，在这兽潮的包围之下，他甚至没办法求援。

暗沉沉的血色晚霞间，不断有无数魔兽咆哮着往前奔腾，宛如翻涌的海浪牢牢占据了半边天空。

陆辟寒远远地看了一眼远处的兽潮，长发垂落在瘦得脱相的颊侧。

他身上有金蝉印，修为每爆发一层，攻击力就会递升一层，但后果是，伤势稍后就会反噬本体。

倘若……倘若他在这儿让金蝉印一瞬间全数爆发，说不定就救得了众人。

他闭了闭寒光熠熠的眼，似乎下定了决心，刚准备出手，却被人摁住了掌心。

"大师兄，别。"乔晚摇了摇头。

用力将"闻斯行诸"拔出，带出的热血泼了她一脸，乔晚定定地想，用不着大家自爆丹田，一定……一定还有别的办法，能救众人。

她的家人，她的朋友，大师兄、大哥、萧博扬、小芳、楚桐徵……白师姐，孟师兄……她不愿意他们死在这儿。

用神识？

她皱紧了眉，旋即又放弃了这个念头。

不行，她的神识就算再牛，也阻挡不了面前如此庞大的兽潮。

还有一个办法，还有一个办法……

这么想着，乔晚顿住了。

"我想到了。"她自言自语，缓缓举起了手中的"闻斯行诸"。

还有一个办法能救大家。

少女身形摇晃了一下，突然飞身宛如一线箭光直冲入了兽潮中！

速度之快，谢行止愣了一瞬，伸手捞了一下："乔晚？！"却捞了个空！

飞身而过的刹那，乔晚攥紧了剑，哂笑一声，轻声说："大哥，再见。"

谢行止的心疯狂抽紧了，只剩两百多人的小队立刻陷入了骚乱状态，众人惊愕地看向扑向兽潮"送死"的那个身影。

"乔道友！"

"师妹！回来！"

众人眼前一花，那道身影就一路靠着神识牵引，冲入了兽潮中央，身形腾空，跃上了其中一头魔兽的肩膀！

这一刻，陆辟寒、裴春争等人心里突然涌出了一股奇怪的念头。

站在魔兽的肩膀上，乔晚轻轻闭上了眼，手上剑意疯狂流转，开始运转她只用过一次就经脉寸断，再也没有用过的诛邪剑谱。

霹雳一声巨响过后，一道冲天的浩然剑意从她的手中脱出，宛如夭矫的游龙直入云霄！

一道浩然正气凝聚而成的剑从苍穹中斩下，在贴近地面的那一瞬，一生二，二生三，数十万剑气"轰隆隆"地贴着地面尽数犁了过去！

万剑归宗！

刹那间，兽潮的脚步滞了滞，紧跟着以乔晚为中心，自内而外寸寸爆开！

剑意一剑搬山，一剑倒海，将四周邪气涤荡了个一干二净！

兽潮湮灭与经脉碎裂发生在同一刹那。剑意压碎群兽骨骸的轰鸣中，她清晰听见自己体内传出"咯吱"的崩裂声。

这一次，再也没有人能帮助她压住这澎湃的灵气了。

就算侥幸被救走，她也活不了了。她单薄的经脉已经支撑不住这"一而再，再而三"的折腾。

清楚地意识到这一点后，乔晚闭上眼，再度抬起了"闻斯行诸"，只是这一剑如同李判一样劈向了自己。

这一剑切开了她的气管，砍断了她的脖子。

在被残存的魔兽撕成碎片前，乔晚选择了提前结束自己的生命。

从一开始，她所做的一切仅仅是为了不沦为原著中得罪裴春争后，被魔兽四分五裂的结局罢了。

兜兜转转，她又回到了原点。

但这一次，她心里很满足。

从太虚峰上一跃至今，她曾有诸多不甘、诸多愤懑情绪，但如今道心已证，吾道不孤！

裴春争缓缓站起身，眼睫上挂着血地看着眼前这一幕。

谢行止、陆辟寒、萧博扬、楚桐徽、方凌青……在场几百人都愣住了。

大漠天际，晚霞赤波千里，少女恍若骑跃长鲸，冲破了浩浩沧海，逍遥于天地间。

这一次，谢行止只能眼睁睁地看着，自己刚认的妹子张开瘦弱的双臂，晃了一下，以一个无比惨烈的方式栽到了这残存的兽潮中。

偏偏就在这时，天幕裂开了。

一条雪白的游龙伴随着五条黑色的龙气，呼啸而来，龙吟响彻天地，自天穹中跃下！

"乔晚！"马怀真双目赤红地怒吼！

这一次没有奇迹，白龙没有接住她。

残存的兽潮不算多，但她下坠的速度太快了，宛如一颗急速坠落的流星，顷刻就被残存的魔兽卷入蹄下，扯成了碎片，眨眼间又被碾成了一摊肉泥。

那道宛如流星般急速坠落的身影，刺伤了谢行止的眼。

他与陆辟寒、裴春争、周衍只能眼睁睁地看着乔晚坠落，一分为二……最后被魔兽洪流卷入，消失得无影无踪。

伴随着马怀真的怒吼声，天幕缓缓从中间分成了两半。

那位铁血煞神红着眼，抬手，"唰""唰""唰"，天际好像下了一场暴雨。

漫天箭矢自天穹朝着兽潮铺天盖地射下。

箭矢快而厉，精准地避开了天穹下那几百道人影，密密麻麻地射入了兽潮中。

那是妖族带来的援军，妖族的精兵弯弓射箭，将弓拉得如满月。

两百多个残存的修士衣衫褴褛，沉默地望向天际。

天穹中，十多条雪龙夭矫升腾，翻飞，宛如匹练飞旋。

雪白的鳞片反射着天光，恍若星光点点地洒落在人的发上、肩膀上。

楚桐徽愣愣地伸出手，接住了这星光。

真美啊，这象征生的希望。

萧博扬他们被这十多条雪龙载着，直入云霄，越过空间裂缝，终于离开了这个血色的地狱。

但没一个人说话，众人神情疲倦，再冷硬、再坚强的汉子，眼眶也泛着红，眼里泪花闪闪。

就在刚刚，乔晚没了。

她为了救他们，强行运使诛邪剑谱，一剑砍断自己的脖子，扑向了兽潮。

战后，马怀真穿越空间裂缝，落在魔域里清点战损。男人坐在轮椅上，看着暗部弟子穿梭在大漠中，翻开这一地魔兽的残尸，企图从这些蹄子上面抠出来点儿血肉。

马怀真的脚下摆着一个血染的储物袋以及一片零碎的衣角。

几百个暗部弟子忙活了半天，最终只抠出指甲盖大小的血肉，用布小心翼翼地兜着。

这就是乔晚了，一个指甲盖大小。

那化成人形的白龙面色惨白，看着这指甲盖大小的"乔晚"，禁不住号啕大哭。

那位妖皇伽婴倒是什么都没说，平静地指挥着手下帮着修真联盟收拾残局，远远看去，身形静默得好像融入了这片血色夕阳中。

他终归是来迟了半步。

王五沉默地看着马怀真，这位冷硬铁血的汉子不忍心地默默别过了眼，嗓音哑得好像渗出了血："行了，包起来吧。"

马堂主是哭了吗？

王五抽了抽鼻子，擦了把眼，错愕地想着，一瞥眼，只看到马怀真那血红干涩的眼睛，并没有眼泪滑落，眼泪或许已经被他流回了心里。

袁六用一架轮椅推着宛如血人的梅康平走了上来。

梅康平下半身骨骼尽碎，费尽力气放出了始元帝尊，结果落得现在这个下场……

梅康平冷眼看着忙忙碌碌的暗部弟子，一边看，嘴角一边有血不断渗出，那是碎了的骨头戳进脏器导致的。但暗部弟子一个个恨不得咬死他，自然也不会好心地帮他疗伤。

他没死就行。

"我问你，"马怀真嗓音淡淡的，"这兽潮是你放出来的吗？"

梅康平本来不欲回答，但目光触及那指甲盖大小的碎肉时，嗓子忽而又哽住了。

他无端觉得一阵疲倦，闭上了眼："不是我，是鄘昭。"

"几百年前，他得知扶风谷之战是个彻头彻尾的骗局之后，就转投了魔域。他

是天下最好的傀儡师，把同袍炼制成了阴兵陪着自己。"

这马怀真是知道的。

之前同修会上阴兵出来了一次，之后那几年，这些阴兵让修真联盟吃了不少苦头。无他，只是因为众人面对不了从前那些同袍、好友，那些父辈母辈变成阴兵。

转投魔域之后，酆昭就一直帮着梅康平炼制人牲，方凌青也是倒霉落到了酆昭的手上，被他一时兴起改造成了一个傀儡。

"我问你，"马怀真目光炯炯，"善道书院那小子和他是什么干系？"

梅康平："他转投魔域之后，就将自己的善恶念一分为二。善念是郁行之，恶念就是他，如今纯粹的他。"

他的确喜欢过王如意，由于自己身为修士，朝不保夕，指不定哪天就会死在战场上，担心王如意她老子王钦不同意，就瞒下了自己的身份。

后来，从扶风谷活着回来的他已经是那个纯粹的恶鬼，他骗了王如意，杀了她。本来想将她炼制成行尸长长久久地陪着自己，但因为被正道追杀，他时间太紧，只能暂且将她砌入了墙里，自己提前离开，只等日后折返再将自己的新娘子取出来。

结果这一错过，活下来的阎世缘买下了这客栈，将这客栈放在了芥子空间里，带着它四处云游，在鬼市落了脚。

同修会上他目睹了郁行之的存在，不欲郁行之活下来，没几年就帮着岑清猷灭了善道书院满门。只是机缘巧合之下，他又让郁行之跑了出去罢了。

现在看起来，这倒不是巧合，郁行之是被岑清猷刻意放跑的。

马怀真眼神平静，一言不发地听着这些事。

"他人呢？"

马怀真心里想的却是：弄死他。

梅康平："死了。"男人木然地说，"他被赶去救自家侄子的苏瑞捅了一枪，丢进了兽潮，被兽潮反噬，死在了兽潮里。"

酆昭就是个和始元帝君一样的疯子，魔域和修真界他都没放在眼里，和他为伴的就只有魔兽与行尸，最后落得个被魔兽人牲反噬的下场。

问完，马怀真死死地看着梅康平。

他的确是想弄死梅康平的。

但梅康平不能死。马怀真有许多顾虑，只能憋着一腔杀意，闭着眼，让袁六把梅康平带了下去。

接下来被带上来的人是萧焕。

萧焕形容狼狈，满身血和沙，却依然维持着一副雍容的体面样子，苦笑道："马堂主，许久不见。"

他转投魔域之后，落得这个下场，谁能料到呢？

萧焕静静地想着。

他这半辈子苦心经营，到头来竟是竹篮打水一场空。

谁叫那位妖皇出了兵，有妖族帮忙镇着，此刻的魔域在始元帝君身死、梅康平被流放后，已是一盘散沙。

马怀真懒得搭理他，沉声让暗部弟子直接将他扫倒在地上，拖了下去，等候发落。

至于岑清猷被带上来的时候，四目相对间，少年只说了一句话："师尊还有救。"

马怀真眉心一跳："你这话是什么意思？"

岑清猷看着那储物袋，不卑不亢地说："在得知师尊入魔的缘由之后，我曾经在师父身上偷偷下了道禁制，保得他一缕生魂不灭。这道禁制，也是当初碧眼邪佛能轮回转世的原因。"

"倘若集齐天下术士、法修为其寻魂，受天下香火，师父就能活下来，非但能活下来，还能借此化解残余罪孽。"

妙法尊者能活下来？！

此言一出，马怀真立刻惊了，愣了半秒，旋即皱眉问："那乔晚呢？"

岑清猷沉默了片刻，回道："我不知道，如果能集天下术士作法寻魂，寻得半缕残魂，她和师尊一样，或许犹有生机。"

"师尊死前曾经取出了孟广泽的神魂，孟广泽不日就能活下来。乔晚是他用自己的血肉所孕育的，或许等他醒来，他有什么别的办法也未可知。"

不管岑清猷说的是不是真的，马怀真眉头一皱，赶紧沉下声让袁六带着岑清猷，拿着乔晚的储物袋下去张罗。

伤员如今通通被安置在了乔晚琢磨打造的那钢铁飞舟里，准备等明天一早就飞往昆山。

那儿专门设置了营地，接待这次大战受伤的伤员。

天花板上悬着温暖的灯光，萧博扬和方凌青几个靠在船壁上，手里捧着热水，垂着眼看着忙忙碌碌的医修。

岑夫人来了，看了他们的伤势，柔声安慰他们叫他们不要担心。

修真联盟的医修们带着一个熟悉的身影路过，男人一身染血的修士服，身姿矜贵，道冠下散乱的头发却是一片霜白。

那是谢行止。

在离开魔域之后，众人惊疑不安地发现，谢行止的头发在一夕之间全白了。

他与暗部弟子前往船头，听着马怀真等人商讨出来的办法。

他们要召集天下修士为乔晚和妙法尊者寻魂。

谢行止眼露茫然之色，怔了怔，颊侧肌肉用力地抽搐了一下，目光落在不远处的伽婴身上。

这位妖皇眼神触及他手上捧着的那个小布包时，忽然顿住了，片刻后他移开了视线，沉声说："若有用得着妖族的地方，堂主尽管开口。"

他们能指责妖皇伽婴不厚道吗？事实上，最后要不是妖族与龙族支援，他们也不至于这么快就结束这场大战。

召集天下修士为妙法尊者和乔晚寻魂这件事，说起来容易，做起来却难。

这场大战，他们能寻回的也只有妙法与乔晚的残魂，大多数弟子包括李判与绿腰，死了这场战争中，甚至连寻魂的可能性都没留下。

下达命令之后，马怀真坐在船舱里闭目养神，一闭上眼，满脑子都是那道粉色身影在晃来晃去。

突然间，袁六惊讶的嗓音传来："堂主！你快看！"

对方手执着火把，惊讶地朝下面看去。

这消息刚传达出去一晚上，北域就被蜂拥而来的修士挤满了，这都是听说了魔域之乱连夜赶来的修士，什么都没收拾，有些人甚至穿着单薄的衣裳，连件厚衣服都没带，只带了寻魂要用的法器。

冰原上的火把汇聚成了温暖的赤红色海洋。

他们站在风雪中，头发随风飞舞，有一个身形佝偻、一脸橘子皮的老者上前一步，弯腰行礼，说他们都是来替尊者和乔仙子寻魂的。

法阵持续了整整四十九天，前前后后寻得了尊者的几缕残魂。

但乔晚的残魂迟迟没有下落。

整整四十九天作法下来，众人一无所获。

等到第五十天的时候，马怀真心知找不到了。

乔晚已经彻底消散在了这天地间。

这一次没有任何奇迹，但没有人愿意相信这一点。

苏瑞带着裴春争离开，少年说要走遍天下，寻找其他办法。

萧博扬继承了萧家。

方凌青、白珊湖、孟沧浪、齐非道回到了崇德古苑。

甘南与伽婴一直留意着其他消息。

郁行之和王如意留下来一起帮着重新撑着不平书院。

谢行止带着那指甲盖大小的"乔晚"走了，刚认得的妹子以这种惨烈的方式死在了自己面前，青年一夜白发，一言不发地带着"乔晚"离开了昆山。

陆辟寒时不时会去朝天岭探望谢行止，回来时，路过寂静无人的洞府，总是咳出一手血。

南线战场上的穆笑笑回到昆山之后，犹疑了一下，主动上了戒律堂，请求戒律堂放出了曾经的那段留影像。

这段留影像流传很广，少女不惜冒着入魔的危险，神识连接人面蛛，又在最后关头自断双臂，这一画面伴随着她扑向兽潮的画面，深深地刻在了众人心里。

原来，一切只是一场误会。

三年后，前任魔域战神孟广泽苏醒，谢行止将他与梅康平接到了朝天岭，以"阿爹"尊称。

妙法尊者的石像被送入殿宇，前来上香的修士、凡人络绎不绝。

又三年后，岑清猷去看了一眼殿宇中的神像。

烟雾缭绕中，神像眉眼描金，阖着眼，神情平静，与殿宇中那些长耳垂、一副福相的石像都不一样。

神像呈犍陀罗风格，身形清瘦，袒露上身，六臂舒展。

身后墨绿、红色的飘带高高飞扬，莲花纹路的杏色、鹅黄、墨绿色衣裳如流云般垂落在台上，以珠宝璎珞装饰。

或许用不了多久，这神像就能走下高台。

后来人们为这位乔仙子也塑了一座像。

少女衣袂如飞，手持长剑，剑光凛凛，白玉的肌肤微微泛着宛如真人的红晕，瞳仁为黑宝石，流光溢彩，灵动异常，犹如真人，云鬓中斜插的蝴蝶样步摇上镶着两颗明珠。

日光落下满满的斑驳光影，乌发少女眉角泛着朦胧光晕，虚虚实实，真真假假，竟然一时让人有些看不分明。

仙子像香火旺盛，可是这个世界上已经再没了乔晚。

第二十四章　A 大峨眉派女学生

20××年，某东部沿海城市，A 大。

一条视频迅速在 A 大各 QQ 群里流传开来。

与此同时，A 大表白墙上：

"墙，我想表白一下这个妹子！不知道是本校的学姐还是学妹，太帅了好吗！"

下附一条模糊不清的监控录像，显示的是东门一家火锅烧烤店里，两个一看就是男女朋友的男女正在吵架。

男方拉拉扯扯，女方神情看上去十分抗拒，四周的食客们频频回首张望，但没有一个敢出手的。

就在这时，角落里一个穿着粉衣服，像是刚洗完澡出来买串儿的少女站了出来。

她穿着件粉色小熊睡裙，手里提着个天蓝色的小篮子，穿着双夹脚拖鞋，披头散发的。少女走上前一把拦住了男方，把姑娘护在了身后。

粉衣服的少女和男方说了些什么，鉴于监控录像像素太差也看不清脸上神情。

总之，那男的开始动手了。

粉衣服的姑娘手疾眼快，动作干净利落，在对方动手的那一刹那间，迅速将对方的双手反压在了背后。男方恼羞成怒，趁着少女和姑娘说话的间隙，直接抬手掀翻了桌上的锅底，滚烫的火锅汤大半泼在了少女的胳膊上。

但这监控录像里，少女眉头都没动一下，竟然一脚把男方给踹出了火锅烧烤店的大门！

这一脚，玻璃门碎了一地，男方被踹出去五六米远，飞到了马路中央，爬都爬不起来。

这是前几天晚上 A 大东门处发生的事，监控录像一经曝光顿时惊翻了 A 大学子。

"这小姐姐是峨眉派下山的吗？"

"这渣男！火锅汤浇上去，这妹子竟然动都没动一下！"

"小姐姐练过武吧？"

"这一脚太牛了。"

"小姐姐厉害！这是大几的啊？"

"小姐姐我可以！小姐姐踹我好吗？！"

表白墙迅速被这类评论占据，视频甚至从 A 大流传到了附近的 A 师大、A 医大等各大高校。

至于这位见义勇为的妹子，鉴于这监控录像画质实在有点儿"感人"，众人找了大半天都没找到事主，直到有人站了出来。

"等等，这好像是大三经管院的妹子吧？我上次在食堂里见过。"

很快，就有同学来认领了，同学惊讶地回复："这不是 2017 届经管院的乔晚吗？！我们班的乔晚啊！@乔晚。"

手机中接二连三地传来 QQ 提示音，坐在桌子前吹头发的乔晚看了一眼，默默地退出了后台。

"乔晚？！"室友张雯清惊讶地抬起头，举着手机难以置信地问，"这个是你？！"

联想到几天前特地跑了趟校医务室拿烫伤药的室友，张雯清彻底惊住了。

搁下吹风机，乔晚扶额："对，是我。"

张雯清呆了："你练过的？"

"差不多吧。"乔晚想了一下，含糊不清地说。

一瞥眼，镜子里映出个头发半干的少女，乔晚垂下了眼。

她回来了。

死前，眼前是血色的天空、魔域的大漠与脚底下奔腾的兽潮，而等她再一睁眼，她却躺在寝室的小床上，耳畔是室友轻微的鼾声，枕头旁边还搁着手机，微亮的手机屏幕停在了《登仙路》大结局那一页上。

当时，乔晚差点儿以为自己是做了一场梦，一看手机已经凌晨三点了。

仔细一想，明天还有课，她只能压下困惑情绪，默默又躺了回去。

直到第二天，感受到体内流动的灵力时，乔晚才猛然惊觉这不是梦。

她真的去了那个修真界！

一大早，顶着个鸡窝头，乔晚端坐在床上，默默地整理了一下思绪。

她去了那个世界成了一个叫乔晚的恶毒女配，在被虐—升级—被虐—升级的过程中，成功升华，英勇就义，然后又回来了，还获赠一身灵力。

想到前辈，想到阿爹，想到大师兄，想到谢行止、萧博扬、小芳、李师叔……想到这一干古人，乔晚抱着被子足足发了半个小时的呆。

她死了？

是因为她最终达成了身为女配被魔兽撕裂的结局，所以她回来了？

说不失落是假的，可是目光触及她床上那粉色的帐子时，乔晚又有些出神，觉得有些……不可思议。

室友看她一直没动静，探个头喊她："乔晚，起来！"

去食堂花了几块钱买了个包子和茶叶蛋，走在路上的时候，乔晚还有点儿恍惚。

前脚她还在魔域里和魔兽死磕呢，后脚又变成了性感活泼的女大学生奔赴在前往教学楼的路上，不得不说，这落差感实在有点儿大。

三天后，乔晚彻底接受了现实，首先和爸妈打了个视频通话，看着视频里的爸妈，鼻尖微酸，忍不住哭了一场。之后她抹干净了眼泪，照旧上下课，活得宛如一个再普通不过的女大学生。

直到今天洗完澡，坐在桌子前吹头发时，自己前几天见义勇为的事被室友捅破。

张雯清又好奇地看向她的胳膊，关心地问她的胳膊有没有事。

"没事，就被溅了点儿汤，只是角度问题，视频上看着吓人。"

实际上，这烫伤和她在修真界受的伤相比弱爆了好吗？

张雯清也不疑有他，只是感叹了几声没想到她竟然还练过武，又转头对明天即将到来的800米体测开始唉声叹气。

"乔晚，你的胳膊没事吧？要不要申请免测？"

乔晚抿着唇，摇了摇头："不用，来不及了，到时候还要补测，太麻烦了。"

寝室里只有她和张雯清，另外两个室友学生会都有事，她俩不学无术，当初没进学生会。等乔晚吹干了头发，张雯清又拉着乔晚去东门吃饭。

"炒饭？炒面？盖浇饭？喝奶茶不？"

奶茶！她都快四十多年没喝过奶茶了！

想到这儿，乔晚顿感悲催，迅速板着脸，毫不犹豫地一口答应了下来："喝！"

捧着杯奶茶走在路上的时候，乔晚顿时感觉自己身心都被治愈了，暂时不去想修真界那些事，吸了一口多冰奶阿萨姆奶茶，左顾右盼间，前面突然又传来一阵骚动，隐约夹杂着姑娘的喊叫声。

"变态……偷拍……偷拍我的裙底。"

紧跟着是电瓶车刺耳的喇叭声，一个二十多岁的男人慌慌张张地跨上了电瓶车，骑着电瓶车硬生生地从人群中蹿了出去！

乔晚顿时神情一冷，将手里的奶茶塞到张雯清的手里，抬脚就追了上去！

"欸！乔晚！"张雯清呆了一瞬，急得满头大汗，"别追！小心！"

那辆电瓶车开得那么快，乔晚追不上的！

然而那道粉色身影风驰电掣般冲了出去，速度竟然和电瓶车不相上下。

人群一片哗然，一众大学生瞠目结舌地看着这不知从哪儿蹿出来的姑娘突然一跃而上，直接将还在行驶的电瓶车给踹翻了！

慌乱中已经有人手疾眼快地摸出手机开始摄像。

男人急了眼慌忙刹车，脚撑着地，想要稳住车子，却依然挡不住这股冲劲儿，电瓶车侧翻在地上，男人自己也随着这电瓶车侧翻在地上，被压了个结结实实。

乔晚冷着眼，又一脚将他身上的电瓶车给踹走，把人给提溜了起来，劈头盖脸地抢过他怀里的照相机拔出了储存卡。

男人刚想破口大骂，对上面前这少女黝黑的瞳仁时，突然感觉到了一阵压迫感，就像是……就像是小说里描述的那种杀气……

男人哆嗦了一下，半个身子都瘫软了下来。

人群渐渐地围了上来，震惊地看着这穿着粉色小熊睡衣、蹲在地上的少女。少女趿拉着天蓝色带塑料小花的拖鞋，站起身，拖着男人就往回走。

侧翻在地上的电瓶车，车身竟然深深地凹进去了一块。

这是何等可怕的巨力！

少女肤色白皙，双眼皮，黑瞳仁，眼睛如秋水般澄澈，干净清秀，明明穿了件粉色的小熊睡衣，竟然穿出了古装的气势。

人群中突然有人大叫了一声："欸，那不是表白墙上那个女生吗？！"

"哪个？！"

"就那个2017届经管院的乔晚哪！"

乔晚提溜着变态，心里一突，皱了皱眉，故作镇定地问左右："报警了没？先报警。"

有人这才反应过来，赶紧掏出手机报警。

等到警车开过来，警察到了现场，一看电瓶车上那凹陷处顿时也愣住了。

"这是你踹的？"男警察难以置信地看着她。

乔晚有些心虚："对……"

"行啊，力气挺大。"男警察笑着夸了她一句，叫她上了警车，提着奶茶追上来的张雯清也被叫了上去。

等摆脱了人群，乔晚和张雯清做完笔录回来时已经将近十二点了，好在刚刚

在警察局的时候，一位温柔漂亮的女警察没忘给她和张雯清点了份外卖。

回到寝室，早有预感的乔晚赶紧爬上床，默默杜绝了室友的追问。

糟糕。

躺在枕头上的乔晚默默望天，一想到明天可能要面临的腥风血雨，顿时绝望。

药丸！

等到第二天，体测如期而至，一到操场上，果不其然，她就被热情的班级同学给团团包围住了，话题全围绕着上次那个视频和昨天最新火起来的那个视频打转。

"乔晚你火了你知道吗？"

"有人都将视频给传到微博上和苹果视频里去了！抖音上面也有！"

微博？抖音？

这发展让乔晚怔了半秒，她接过同学递来的手机一看，视频点赞已经破了三百万。

视频中的少女眼神冷冽，全神贯注地狂奔在夜市中，蓝色夹脚拖鞋踩得"啪啪"响，粉色小熊睡衣飞起，一举一动干净利落，如行云流水。

正常人绝不可能飞跃得这么高又这么快。

"这世上真的有轻功吗？！"

"这小姐姐是哪个门派的？"

"牛顿的棺材板被我给摁住了！"

"假的吧？剪辑的？正常人哪里能这么违反重力原理？"

微博上的营销号也迅速跟进，等乔晚点开微博的时候，话题竟然已挂上了热搜榜的尾巴。

上面显示："峨眉派，女大学生。"

事情发酵得很快，但800米测试当前，同学们也没来得及仔细追问。

看了一眼面前这400米一圈的操场，又看了一眼正在前方掐表的体院学弟，乔晚痛苦地抱头。

要怎么把自己的速度压缩至普通女大学生的平均水平，这是个问题。

一场800米测试跑完，就算她尽量放慢步子了，还是跑了2分40秒，跑完之后还面不改色，脸不红气不喘，再次惊呆了一票同学。

回到寝室后，想到自己目前这舆论度，乔晚只能厚着脸皮请张雯清帮自己带了一份饭，打算就端坐在寝室里，一边扒饭，一边看电影了。

少女盘腿坐在椅子上，淡定地盯着电脑屏幕，额头上的碎发用蝴蝶结发卡给夹住了，一副沉稳态势。

但网上就没这么沉稳了，微博底下几乎吵翻了天，争论内容基本围绕着"这视频是不是剪辑的"展开。

还有人阴阳怪气地嘲讽这是炒作营销，之前就炒作了一次，现在又炒作了一次，这女人想红想疯了。

张雯清捧着手机，义愤填膺地睁大了眼："好气啊，这些人瞎说什么呢？他们没看到就别瞎说啊。"

"乔晚，你不气吗？！"张雯清不可思议地看着乔晚。

乔晚顿了一下，将目光从电影屏幕上移开了半秒："还行。"

主要是在昆山时她享受的就是这种待遇，习惯了而已。

结果她没想到，等到晚上的时候，A市公安官方账号突然转发了那条微博，并配文："小姐姐真帅。"又同时发布了一条蓝色背景的警情通报。

顿时，网上又炸开了锅。

"警察叔叔证实这是真事了！"

"这小姐姐真的会武功！21世纪竟然还有武侠片里的这种女侠？！"

然而，从舆论开始在网络上发酵，再到风向逆转，最后到A市公安官方账号下场，那位"粉色小熊女侠"愣是没露面，婉拒了所有采访，这几天时间里除了上课就是窝在寝室里，十分清心寡欲和淡然。

一开始，乔晚倒有点儿担心国安局会找上门来，但事实证明完全是她想多了。这个视频并不能证明什么，除了她比之前更受欢迎了，走在路上都有校友来和她打招呼之外，她的生活并没有受到太大影响。

互联网嘛，热度衰减后，乔晚的生活又回归到了正轨上。

晚上，乔晚一边吸溜着奶茶，一边专注地追剧的时候，室友突然又十分激动地在微博上@了她。

"乔晚你看！他们说今天在Z江那儿拍到了龙！"

龙？

乔晚微微诧异，点开微博一看，顿时怔住。

昨天A市下了场暴雨，视频中显示Z江江面笼罩着浓重的大雾，天上浓云翻滚，雨气潮湿。

随着手机晃动，天空中被人为地标上了几个红圈，红圈显示的地方，云层中有一道雪白的龙尾上下翻飞，倏忽又隐没在了云层中。

"这是真的吗？"室友惊讶地说，"好像昨天在Z江那儿不少人亲眼看到了。这个世界上真有龙？"

"A市上空疑似拍到龙"的话题迅速被顶上热搜榜第一的位置。

龙……

乔晚怔怔出神。

这是真的，还是假的？

乔晚现在当然不怀疑世界上有龙，问题在于这个世界也有龙？

这个视频让她忍不住想到了自己那位白龙朋友，将视频进度条拉来拉去好几次，乔晚这才关了视频，压下心里几近喷薄而出的疑惑情绪。

第二天，她起了个大早，在教学楼的天台上打坐。

他们这个世界的灵力十分稀薄，打坐入定这事几乎刻在了她的骨子里，就算回到了现代，乔晚还是忍不住早上起来打坐，呼吸呼吸新鲜灵力。

早晨六点钟，学校里人少，尤其教学楼这片空空荡荡的。

打完坐，没走楼梯，乔晚直接从六层高的教学楼上一跃而下。

落地的瞬间，她却听到了一片惊呼声。

"啊啊啊！"

一个男生抱着书，张大了嘴，惊恐地看着她，世界观好像在此刻被颠覆了。

"你……你不是那个乔……"男生看上去都快崩溃了！

乔晚："……"

她故作淡定地拍了拍这位小兄弟的肩膀："替我保守这个秘密。"

然后她架起光直接飞远了，独留那位小兄弟呆呆地站在原地。那一刻，他心里涌现出无数个"神奇女侠""美国队长""钢铁侠"之类的熟悉名字。

今天上午这课是小组作业，乔晚和一个她不大感冒的女同学赵柔茵被分到了一组。

正好，这位女同学赵柔茵也不怎么待见她。

要说之前，乔晚还可能像个普通女大学生一样和张雯清吐槽这位赵柔茵一两句，但活了四十多年，难免就看淡了不少，搭个伙写一下作业罢了。

可惜赵柔茵明显还处于青春期，小组作业期间，总是有一句没一句地刺乔晚。

"欸，乔晚，你今天化妆了吧。"赵柔茵夸张地笑道，"红了就是不一样了，有偶像包袱了。"

乔晚皱了皱眉，下意识地摸上了脸。

好像不是化妆的原因，是这具身体受灵力滋养，皮肤日渐白皙细腻。

赵柔茵："唉，不像我，我早上都没时间化妆的，乔晚，你平常起多早啊？"

乔晚顿时无语：醒醒姑娘，你的"绿茶味道"快突破天际了！

然后赵柔茵又开始继续炫耀她那位男朋友待她如何如何好，她不化妆他也不嫌弃她，还夸她素颜漂亮之类的。

乔晚不大感兴趣地埋头继续干自己的活。

就在这时，教室门口传来一阵夸张的骚动声。

"这是谁？"

"好帅，汉服社的？"

"同学，你们是不是走错教室了啊？"

494

乔晚抬起眼，立刻怔在了原地，感觉大脑好像"轰"的一声炸开了。

那……那是……

教室门前站着自己再熟悉不过的两道身影。

甘南站在门口，穿着一身伏贴的白色西装，手里十分夸张地拿着一大捧玫瑰花，脑后的白发被整齐地扎成了个马尾，垂在脑后，琉璃似的眼，眼神着急地在教室里左顾右盼，最终和她的撞了个正着。

而另一个是孟沧浪，青年君子端方，背负一把蓝色巨剑，宽袍大袖，宛如从古装剧里走出来的。

孟沧浪和甘南？

这一瞬间乔晚差点儿以为自己看错了，但两个人的目光落在她的脸上时，甘南眼里明显露出了喜悦激动和愧疚畏惧等一系列神采。

"晚……晚儿妹子……"他拿着捧花，着急地向前走了一步。

这过分亲昵的称呼，使得班里同学频频张望，赵柔茵惊讶地看了乔晚一眼。

"乔晚你认识他们？！这是你的男朋友吗？"

乔晚脑子里"嗡嗡"直响，思绪一片混乱，只能压下这翻江倒海般的惊讶情绪，快步走上前："你们……你们怎么会在这儿？"

"乔道友。"孟沧浪露出一个复杂的神情，低声说，"说来话长，此处不是说话的地方。"

他俩这打扮和这气质实在有别于众人，而且颜值的确十分高。

修士一个个颜值逆天，超越明星，这个时候乔晚能感觉到背后班里已经炸开了锅。

偏偏就在这时，又一声汽车喇叭声响起。

他们这教室在一楼，窗户外面隔着绿植就是宽阔的路面。

这一刻，乔晚几乎不敢相信自己的眼睛。

路上停着一辆十分浮夸的黑色加长林肯！车窗摇下，梅康平探出不耐烦的脸来："还不快出来。"

教室里又炸开了锅。

"那是林肯吧！"

"活的，黑色加长林肯？！"

在同学们震惊的视线下，乔晚只能硬着头皮，快步和孟沧浪与甘南走了出去。

结果她却在林肯车旁又看到了一个故人——戴着个棒球帽的裴春争。少年身形挺拔如一棵小松，帽子后面露出了点儿凌乱的黑色马尾长发。

坐在车上，乔晚如坠梦中："你们……你们怎么会在这儿？"

孟沧浪坐在安静的后座上，这才沉声说明了缘由："自从……乔道友你陨落之后，大家一直在想办法为你寻魂。一开始那几年一无所获，后来，我们想到乔

道友你并非这个世界的人，说不定是魂归故里，又开始在三千世界中寻找，好在，终于找到了，便集众人之力，破碎虚空，来到了你们这个世界。"

"那……那你们这副打扮？"

裴春争眼睛一眨不眨地盯着她看了一会儿，这才移开了视线："我们在这个世界待了近半年，直到四周开始流传那个……那个视……"

乔晚木然地说："视频。"

这半年时间，就已经足够梅康平买辆黑色加长林肯了吗？

算了，毕竟他们是集一群活了成百上千年的老妖怪之力，弄清楚现代世界的规则，买辆林肯啥的实在太简单了。

问题是谁会开加长林肯上街啊！

"我们这才找到了晚儿妹子。"甘南红着脸递出捧花，"我听说你们这儿的姑娘都喜欢花，这就买来了。"

青年看着她的眼神，流露出失而复得的狂喜之意，眼里迅速蒙上了一层雾气："晚……晚儿妹子对不起，我们……我们是来接你回家的。"

"可是……"对着青年雾气弥漫的眼，乔晚诡异地沉默了半刻，开口道，"这里才是我家啊。"

"啊？！"甘南睁大了眼，手中捧花猛然落地。

于是，青年的眼陡然又变成了一个荷包蛋，他看着乔晚似乎羞愧得快哭出来了。

"小妹……小妹真的对不起，我……我……"

他想道歉。他有很多话想对乔晚说，但喉口像是被堵住了，怎么也开不了口。一想到那天像流星般急速坠落的少女，甘南捡起了地上的捧花，眼泪"啪嗒啪嗒"地落进了花瓣里。

就算成了如今的龙王，他也是个哭包没错。

她才没有原谅他。乔晚有些动摇，默默移开了视线，转头去问孟沧浪。

"这个世界，与我们那个世界时间的流速有些不同。"孟沧浪轻声说，"如今在修真界，正值年夜，乔道友，大家都在等你一起回家过年。"

在锁定了乔晚所在的这个小世界之后，马怀真领着天下剑修，在妖皇的帮助下集天下之力，破碎虚空，开辟了一道"通天门"，靠烧灵石来维持两个世界之间的联系。

"这条通道如今算不上太稳定，每次能过来的人不多。"孟沧浪解释，"在下也是第一次来此。"

怪不得对方没有换衣服，乔晚内心疑惑稍解。

孟沧浪看了她一眼，有点儿犹豫，放在膝盖上的手握紧："乔道友，岑道友在尊者死前曾经在尊者身上下了道禁制。"

"尊者"两个字甫一出口，乔晚身子微不可察地僵了僵。

坐在左边的裴春争移开了视线，垂着眼看向了窗外的景色，不知道在想什么。

"我们已经为妙法尊者寻得了魂魄。岑道友说，这样尊者将会有一线生机，非但能活下来，还能借此化解残余罪孽。如今距那次大战已过去多年，我们猜测，尊者不日就要苏醒了。"

"所以，"孟沧浪抿了抿唇，"我们想请道友你回去……回去过个年。"

"回去吧。"青年郑重地看着她，"大家都很想你。"

在前面专心致志地开车的梅康平见状微微侧目，冷笑道："忘了说，你爹活了，这个点估计在做年夜饭呢。"

这……这还要她怎么拒绝啊！

正如孟沧浪所说的，修真界如今正值冬日。

距离她扑向兽潮到现在已经过去十年了，但对修士而言，十年不过一眨眼的工夫。

孟沧浪耐心地说着大家的近况，乔晚偏头认真地听着。

她其实并没有错过太多事。

这十年时间，梅康平与孟广泽重修旧好，主要是孟广泽单方面哄着梅康平，哄着这位兄弟养好了腿，又帮着梅康平赎罪。

一开始十分难挨，常常遭人冷落，梅康平也吃了不少苦头，但到后来就好多了。

如今的梅康平跳槽之后，在给修真界打白工。

裴春争这几年一直与自家舅舅同行，一边历练一边找她的残魂，在得到消息之后，一声不吭地穿越了通天之门。

经由天上那道庞大的通天门缝隙，行走在朝天岭脚下的街市上时，乔晚有些如坠梦中般的不真实感。

已近日暮，天上飘着一层细雪，街上的雪明显被洒扫过了，石板路上湿漉漉的，又干干净净，家家户户门口挂着灯笼，烛光照亮了门前的石阶，大红的春联墨迹都未干。

闹市里锣鼓喧天，到处都是小孩跑来跑去，蹲在地上捂着耳朵放鞭炮。

骡马穿过街巷，货郎健步如飞，目光所至，笼子铺、牙梳铺、头面铺、书铺……木匠、银匠、铁匠、泥瓦匠……卖茶的、卖花的、卖字的、卖粥的……长街上熙熙攘攘，众人忙忙碌碌。

有人目光落在乔晚这一行人身上时，不由得怔了怔。

其中一个大娘赶紧站起身，抖落了一围裙的瓜子壳，眉飞色舞地喊道："啊！

"乔仙子！"

"是乔仙子！"

男女老少都欣喜地看着乔晚，忍不住叫喊了起来，团团将乔晚给围住了。

这是……是那个救了他们的乔仙子啊！

乔晚愣了一下，顿时怔住。

孟沧浪说，在她死后数年，这些凡人自发为她塑了石像，尊称她为乔仙子，如今她已经活成了凡人界和修真界的传奇。

有大娘亲切地往她怀里塞了一篮子鸡蛋，有老翁往她手上塞了几棵带雪的大白菜，她一转身，衣摆又被人扯了扯。小姑娘伸出冻得像胡萝卜的五根手指头，摊开手心，掌心是一包糖豆。

"仙子姐姐，给你！"

好不容易一一谢过热情的大家，乔晚抱着白菜、萝卜、鸡蛋，手里提着个母鸡，压力山大地继续往前走着。

"乔晚回来了"的消息经由玉简迅速传向了各地。

朝天岭上，孟广泽正围着围裙炒菜，看着玉简，眼里立刻泛起了温柔的笑意："快……如意，肉圆子搓好了吗？"

饭桌边，王如意、楚娇娇与郁行之对坐着，正在奋力地搓肉圆子："马上，马上就好！"

郁行之皱眉："谢行止呢？"

孟广泽忍俊不禁："下山买酱油去了。"

青年在得到消息之后，将那满头白发整齐地束进了道冠里，行色匆匆地立刻下了山。

接到"乔晚回来了"的消息后，白珊湖想了想，放下了手头的事，叫住了不远处背着药篓子的姜柔。

"辛夷回来了？"姜柔惊喜地问。

战争结束后，白珊湖就与她四处云游采药，帮着她编纂药典，顺便行侠仗义。在年关将近的时候，两个人就开始往回赶。

看了一眼不远处的天色，白珊湖露出个极淡的笑容："回去吧。"

她们是时候回去了。

穆笑笑与周衍、陆辟寒刚下飞舟，萧博扬推着马怀真往朝天岭赶，一看时辰，比和方凌青、齐非道他们约定的时间早了半个时辰。

"要不，在山下带点儿菜和水果再上去？"穆笑笑迟疑地问，"我听说妖皇也要来蹭饭，到时候人多，菜可能不够吃。"

少女一身蓝色襦裙，眼神明亮，神采奕奕，有精气神了不少。

几年前那场大战毕竟让她长大了，她如今在昆山的处境有些艰难，但好在她还算适应，正在慢慢捡回之前的修为。

至于陆辟寒，裹着白狐裘，气色看上去好了不少，马怀真那煞神脸上也露出了点儿笑意。

周衍怔怔地抬眼看了一眼山下的方向，唇间溢出一声局促又慌乱的叹息："阿晚。"

曾经提起乔晚，人人都道是那个玉清真人座下的弟子，病剑陆辟寒、穆笑笑的师妹。而如今，那个少女在修真界与凡人界的名望，已经无人能够望其项背。

那是修真界的乔晚，凡人界的乔仙子，是风头最盛的传奇。

山道上，两个身影正在慢慢地往山上赶。

"师尊，"白衣的少年弟子收起玉简，眉眼弯弯，扭过头轻声说，"辛夷回来了。"

男人一身雪白的素衣，藏蓝色的长发束在了脑后，面如冠玉，不苟言笑，眼里仿佛蒙了层淡淡的暖光，在月光与雪色中安静地走来，宛如雅正君子。

妙法的神情看上去没多大波澜，他"嗯"了一声，袖中的指节却微不可察地收紧了。

乔晚就是在这时候，正好撞上山道上那道身影的。

那一瞬间，她差点儿以为自己看错了，怔在原地，眼前同时浮现那半闭的眉眼以及顿在半空中的指尖。

乔晚眼眶一热，嗓音立刻哽咽了："前……前辈？"

对方转过身，那藏蓝色的发用碧玉发带轻轻地束在了脑后，目光落在了她的身上。

他这明显是已经脱离门派了的打扮！

男人身上披着件狐裘，目光落在她一身稀奇古怪的夏衣装上，微微一顿。

乔晚立刻感到一阵局促和紧张，立刻条件反射般绷直了背。

呃……她……她现在的打扮不算太出格吧？一身女大学生常穿的小碎花裙而已！

妙法解下肩上的狐裘交给了她："披上。"

乔晚愣愣地拽紧了狐裘，狐裘很大，落在她身上几乎能将她整个罩住。

"前……前辈……岑……岑清猷。"

岑清猷莞尔："辛夷，你来得正好，上去吃饭吧。"

自己却没有动的意思。

"你……你不上去吗？"她有一肚子话要问，但思绪纷乱，怎么都问不出口，只能呆呆地站着。

"我就不去了，我的身份并不适合。"岑清猷摸了摸她的脑袋，"同师尊一道上去吧。"

乔晚揪着狐裘的衣摆，埋着头，小心翼翼地走在男人身侧，有一搭没一搭地说着话，大部分说的是近况，孟沧浪、裴春争他们远远地缀在后面，没上前打扰。

"前辈脱离门派了？"

男人轻轻颔首，垂着眼，语气淡淡地说："我罪孽难除，纵使有百姓为我祈福，也难以厚颜再做此门弟子。"

"前辈，这副打扮……"

"之前我常如此穿着。"

等乔晚到达的时候，时间正好，门口蹲了只四眼大黄狗，朝她呜咽了一声，尾巴摇得像螺旋桨，猛扑了上去，正好砸在乔晚手上那只大母鸡身上，刹那间鸡飞狗跳。

乔晚："来福！"

大年三十，山上烟花"砰砰砰"地响，接二连三地升空。

乔晚抱着来福，刚一进门，正好撞上单片眼镜后面那深沉温和的眼。

孟广泽朝她招了招手："阿晚，快来帮忙端菜，刚刚白道友与姜道友来了消息，说是路上碰上了伽婴与修犬，他们大概半个时辰后到。我想着，到时候正好能与小芳、小齐他们赶到一块儿去。"

王如意眼眶红红地扑上前来："阿晚！"

"又下雪了。"甘南在她身后说话，红着脸惊奇地叹息。

乔晚看了一眼窗外纷纷扬扬的小雪，又转头看了一眼那一室温暖的灯光。

那个自卑、狭隘、局促的她曾经有个愿望——尽心利济，使海内少我不得，则天亦然少我不得。

如今她的愿望实现了，她历经半生风霜，回首时，大家都在，实在太好了。

鞭炮声"噼里啪啦"地响个不停，她犹豫了一下，迈开脚步，越走越快，迎上王如意，牵住王如意的手，义无反顾地"跌"入了这温暖的新年夜中。

（正文完）

第二十五章　番外篇

喵晚篇

自从回到修真界之后，乔晚就开始两头跑的艰辛生活。

有通天门这堪称bug（程序错误、漏洞）般的存在，乔晚一般每隔一个月就会往修真界跑一次。当然作为一名女大学生，她生活的主要重心还是放在了学习上，为了顺利拿到毕业证而坚持不懈地努力奋斗着。

梅康平对"毕业证"这玩意儿十分看不上。

"菜做好了，放锅里热着呢，"乔晚站在灶台前，将大锅锅盖盖上，伸手在围裙上擦了一把，冷静地说，"二叔，等中午你拿出来吃就行。"

不大的一间院子里，葡萄架下，梅康平躺在摇椅上，不耐烦地哼了一声："行了，知道了，我又不是三岁小孩。"

乔晚面无表情地说："是，是三百岁的老男人。"

面前这几百岁的老男人反而是越活越回去了。

"我说二叔，你也不能总让我阿爹照顾你，你自己也得学会烧菜了吧。"从屋里搬出床毯子盖到男人身上，乔晚无奈地叮嘱，"还有就是最近还没入春呢，穿这么薄躺在院子里晒太阳，小心腿伤。"

虽说终于摆脱了坐轮椅这种窘境，但是梅康平这腿还是留下了不少病根，这不只和那始元帝尊有关，还是孟广泽为了赔罪，带他去找那些修士的遗孀以及那些受战争波及折磨的凡人，一家一户下跪所致。

不论春秋寒暑，挨家挨户地下跪，再加上这十年替修真界打白工，昼夜颠倒，日夜操劳，就算是修士也熬不住这折磨，于是，梅康平成了全修真界唯一一个有风湿病、老寒腿的修士，不可谓不光荣至极。

宛如一个老妈子一样絮絮叨叨地嘱咐完毕，乔晚这才背起桌上的书包："我先上学去了，二叔你别在院子里待太久，等阿爹回来又要说你了。"

一听这话，梅康平面色一变，顿时一个头两个大，终于憋不住冷笑一声出言嘲讽："你这么啰唆倒是和你那老妈子爹如出一辙。"

乔晚没应声，继续叮嘱道："记得按时吃饭。"

梅康平微微一僵，自讨没趣，扭过头，就留个后脑勺对着她。

乔晚无语。

二叔你又傲娇了有没有！

不得不说，乔晚和孟广泽这父女俩，已经娴熟地掌握了一套顺毛撸的技能。

乔晚这一去就去了半个月，等忙完了期中考回来之后，又接到了马怀真派来的任务。她放下书包，嘴里叼着个孟广泽亲手出炉的包子，一边扎头发一边往外跑。

退下来之后，这位曾经的魔域战神爱上了厨房，每天围着围裙笑眯眯地研究各种菜式，爱好就是投喂她、谢行止、梅康平、如意等十多张嘴。

她刚出门，就撞上了一个白发青年。

目光落在对方的脸上，乔晚张开嘴吐出包子："大……大哥。"

谢行止微微颔首，扶住她的肩膀，不太自在地沉声说："路上注意安全。"

失散四十多年，感情这玩意儿是要慢慢培养的，乔晚犹豫了一下，反手握住对方的手，也不太自在地垂下眼："嗯。"

然后她又飞快地叼起包子，转身就跑。

马怀真大老远地派任务给她，任务难度系数不高，但报酬都不错，主要是她现在需要挣钱养家。

梅康平打白工，分文不进；阿爹在不平书院教书，穷教书的月俸太少；至于谢行止倒是有钱，可惜钱刚到手，还没焐热，就被这古道热肠的侠义青年给散了个一干二净。

总而言之，养家的重任就落在了她这个还没毕业的穷苦女大学生身上。

脚上踩着飞剑，乔晚三下五除二地咽下了包子，展开卷轴开始看。

任务地点在东部七岳十岭千百洞府的落凤洲。

听说那儿有邪祟作乱。

到了地点，乔晚在当地人的带领下，"闻斯行诸"出鞘，斩妖除魔。

然后"闻斯行诸"入鞘。

一套动作做下来，行云流水般顺利，乔晚按紧了佩剑，转身就走。

下班，收工。

就在这时，她身后突然传来一个恼怒的少年嗓音。

"晦气！怎么刚来，这妖兽就被人砍死了？五阶妖兽，这兽筋我都能做一张好弓了。"

乔晚循声转身，正好和这少年的目光撞了个正着。

"你……"少年看着她，睁大了眼，目光又落在她尚未完全入鞘的"闻斯行诸"上，"这妖兽是你砍死的？！"

乔晚有些尴尬地默默将手里刚刚暴力拆分的兽骨往身后收了收："呃……大概是？"

"什么叫大概是？"少年面露不满之色，大声说道，"这妖兽我蹲守了几天几夜，你就把它砍死了？！"

乔晚换了个姿势，行了一礼，姿态经过孟广泽亲手调教之后，完全挑不出错处来："在下是接到了此地百姓向昆山的求援。"

"你是昆山弟子？"少年顿了一下。

"不算是。"乔晚上前一步，将手里的卷轴递给少年。

那少年拿起卷轴，略扫了一眼，也不知道看清还是没看清，迅速收起了卷轴，又狠狠地瞪了一眼四周的百姓："不是说叫你们看好吗？！你们怎么还去找昆山的人？"

自打那少年现身开始，四周的百姓就纷纷低下了头，没一个敢吭声的。这时，有个胆子大点儿的人抬头苦笑道："少爷，不是我们不听……我们派了三十多个好手，用锁链捆住了日夜看顾，就等着少爷你来取这兽筋，但谁想到，这畜牲力气大，跑了出去，四处践踏庄稼，眼看着庄稼都要被它踩尽了，少爷你又没照约定的时间来，我们一时无法，只好向昆山求援。"

这些世家的贵族公子哥，一个个都想一出是一出，他们也没想到对方迟了三日，竟然真的回来了。

少年闻言更生气了，大声呵斥道："那你们是在怪我不守时咯？！"

乔晚面无表情地说："守时是做人的基本准则。"

少年大怒，"你懂什么？我延误了三天，是去接我舅舅的！你知道我舅舅是谁吗？！说出来吓死你！"

乔晚面目沉静地瞥了面前这"中二"少年一眼："教养出你这外甥，你舅舅想来也算不上什么君子。"

"你……你放肆！"他好像很仰慕这舅舅，闻言立刻涨红了脸，"不准侮辱我舅舅，我舅舅是修真界的大英雄！没有我舅舅在魔域，你们早就死得骨头渣子都不剩了！"

魔域？！

乔晚心头飞快地掠过了一丝古怪的感觉，顿了顿，她问道："你舅舅是谁？"

"我舅舅……我舅舅……是崔毗昙！"

崔？乔晚在识海里飞快地搜寻了一圈，并不记得当初那活下来的二百多个修士中有姓崔的人。

"也就是那大名鼎鼎的……"少年正欲开口，没想到这时候身后突然响起清正森严的厉喝声："谢豹，过来！"

这声音震得乔晚顿了顿。

"啊——舅舅！"少年面露慌乱之色，手足无措地惨白着脸。

"过来！"来者黑着张脸，面色不快，厉喝道，"要我亲自上前去请你过来吗？！"

"前……前辈？"乔晚呆呆地看着面前的男人，下意识地脱口而出。

男人素衣如雪，脑后藏蓝色的发束起，面如冠玉，神情肃然以至冷淡。

妙法长眉微蹙："乔晚，是你？"

舅……舅舅？！

卢谢豹大叫了一声，仿佛看到了鬼一般，惊讶地瞪圆了眼："乔晚，你是乔晚？！"

刚刚还口口声声"说出来吓死你"的卢谢豹脸色瞬间涨成了个番茄。

他一向尊敬这位少时舅舅，更向往十年前那二百五十一个义士，谁能想到面前这个看上去平平无奇的姑娘，竟然就是……就是那个乔晚！

这人和石像长得根本不一样啊！打扮也不一样！

妙法皱着眉，朝着卢谢豹冷喝了一声："孽障，滚回来。"

乔晚迅速看了一眼这位卢谢豹，又看了一眼妙法，实在没办法把这两个人联系到一起。

顿了半秒，乔晚踌躇地问："前辈家住落凤洲？那崔……崔毗昙？"

"是我的俗家姓名。"男人旋即又好像想到了什么，微微蹙眉，"你来这儿除妖？"

现在的情况有点儿奇怪。

乔晚挺直了脊背，走在男人身侧，刚刚还张牙舞爪的少年，这个时候乖巧如兔地跟在妙法身后。

原来前辈本姓崔，叫崔毗昙。

有些撞破对方秘密的微不可察的欣喜与期待之情，又有些细微的尴尬感缓缓弥散开来。

"舅舅"这个身份，这一瞬间让这位高高在上的前辈和尊者好像有了不少烟火气。

其实，自那天年夜饭分别之后，乔晚就鲜少与妙法碰面了。她忙着回去上学，一有空就要赚钱养家，而对方离开了大光明殿，行踪不明。

至于她看到那心魔幻境的事，乔晚只能压下，尽量不作他想，再加上前几天期中考，她忙于学业，也没时间想东想西。

可能只是她多想了，乔晚一本正经地告诉自己不要自作多情。

等站在这"崔府"门前时，乔晚有点儿出神。

"过来。"男人快她一步，行走间，雪白的袍袖微扬，藏蓝色的长发卷着碧玉带，气质清清冷冷又仙气出尘。

"我这儿有东西要交给马怀真，劳烦你帮我带给他。"

乔晚猛然回神，赶紧跟上。

一踏入崔府，她就有种踏入了对方的秘密领地的错觉，府中一草一木映在乔晚的眼中，她忍不住想：这就是前辈长大的地方吗？

乔晚跟在妙法身后的时候，那位"中二"少年没忍住一路嘀嘀咕咕。

这就是乔晚吗？

舅舅竟然带着乔晚回了家？

崔府比乔晚想象中的要……更安静不少，偌大的府邸中没有人烟，亭台水榭虽说错落有致，但有不少地方已经破败，断壁残垣散落了一地，门前枯草斜阳，十分凄清，不像是常年有人住的样子。

跟着妙法一路走进了书房后，对方停下脚步，从书架上翻出一本道书交给了她。

一进书房，乔晚就收敛了自己的好奇心，尽量不去多看。

同明显破败了的崔府相比，书房好歹还有些人气，看样子是被整理过的，书架上的玉简、道书堆得满满的，桌案上的香炉里点着檀香，袅袅香气清冷。

乔晚看都没看，直接将道书塞进了储物袋里。

然后就没有然后了。

站在原地，乔晚有些局促："那……晚辈这就告辞了。"

没想到对方清冷沉静的嗓音响起："时间不早了，乔晚，今日你就在崔府里休憩一夜吧。"

乔晚顿住，一言不发地盯着半空中飘浮着的檀香看了一眼。

妙法或许是误会了她的意思，又蹙起了眉头："你不愿意？"沉思了半晌，他又说道，"是我唐突了，我送你回去。"

"不……不是。"细若蚊蚋的嗓音响起。

少女红着脸，摁着佩剑行了个大礼："叨扰……叨扰前辈了……"

晚饭乔晚是在崔府吃的，崔府没有仆从，她面前这几盘菜，貌似是妙法尊者

自己下厨做的。

乔晚挺直了脊背，坐在桌前，那位卢谢豹少年似乎很畏惧自己这位舅舅，稍微换了个坐姿。妙法尊者皱眉厉声喝道："坐好。"

少年浑身哆嗦了一下，立刻僵直了身子。

乔晚看了一眼不远处的妙法，有些出神。

男人半垂着眼，敛去了那颇为妖冶的凤眸，藏蓝色的发垂落在颊侧，神色十分柔和，看上去颇像那种十分严厉的当家主母？

这个念头一在脑海里浮现，乔晚顿时就无语了。

当然桌上的饭菜还是很好吃的，本来她以为是全素斋，没想到竟然有肉？有肉！

妙法尊者自己基本没动盘子里的肉，看样子是特地给她与卢谢豹做的。

大光明殿的妙法尊者不愧是严厉贤惠的当家主母第一人！

桌上一碗火腿鲜笋汤，一盘酱牛肉，一盘清炒青萝卜，虽然简单，但酱牛肉烧得十分入内，肉嫩醇香，肥而不腻，雪白透明的牛蹄腱子软糯有嚼劲儿，汤汁好像都渗入了牛肉里，色香味俱全，好吃到乔晚差点儿吞掉舌头。

鲜笋汤十分鲜美，清炒的萝卜清脆爽口。

不知道前辈和阿爹在一起会不会很有共同语言。

吃完饭，作为借住的人，再在这儿多待也没有意义，乔晚彬彬有礼地告辞，麻利地回到了自己的房间里，结果在廊下突然被人给叫住了。

"欸，你等等！"那卢谢豹叫道。

乔晚停下脚步，微微转身。

少年追上了她的脚步，在她面前停下，将她从头到脚打量了一遍，撇了撇嘴："你……你真是乔晚？你和舅舅是什么关系？"

乔晚蒙了半秒：他们是什么关系？

斟酌了片刻，乔晚老老实实地回答："前辈曾指点我良多，我十分感恩。"

话音未落，卢谢豹就一副一言难尽的表情："骗人，我舅舅才不随便带人来家里呢。"

乔晚惊讶："我……我是第一个吗？"

她竟然是第一个被前辈带回家的人？！

虽然心里清楚卢谢豹根本就不是那个意思，但她这么一想，只觉得脑子里"轰然"一声，脸上温度迅速攀升。

乔晚放慢了脚步，别过头，让晚风吹在脸上，好降低脸上的温度，犹豫地问："你舅舅……是个怎样的人？"

卢谢豹说道："我舅舅是个好人，是个君子。"

"崔府当年是落凤洲的望族，祖母给舅舅起名叫毗昙。祖母去世得早，"少年回忆道，"我娘说，祖父对她与舅舅十分严厉，食不言寝不语，倘若动作哪里做得不到位，或是她与舅舅多说了一句话，都要被打的。"

"舅舅他……他一直不大愿意待在家里。他和娘说过，他觉得他配不上如今优渥的生活方式，靠剥削家中的佃户来维持崔家奢靡的花销，舅舅觉得不安。"

乔晚怔在原地，微微出神。

她眼前仿佛勾勒出一个谨言慎行的世家少年的样子，少年挺直了脊背，端坐在几案前，半垂着眼，月光勾勒出他挺拔颀长的身影，显得清清冷冷。

"舅舅本来是要继承家业的，但他同情那些劳役，一直过着简朴的生活，从来不愿意多花销，多享受。舅舅和那些佃户关系不错，和祖父的关系却算不上多好。"

"等到舅舅十六岁那年，他就离家出走了，之后娘再也未见过他。而崔府本来就不是什么修真世家，等祖父去世之后，崔府没落。我娘机缘巧合之下修了仙，后来将这老宅盘了下来，又过了上百年，这才生下我。后来我才得知，舅舅已经是大光明殿人人敬仰的尊者。"

半夜，乔晚躺在床上，十分忧郁地望着天花板。

崔府的床，睡得她浑身上下都有些不舒服，而且不知道是不是错觉，她总觉得这枕头和被子上一股檀香味。

那股味道，她曾经在妙法前辈身上闻到过。

再一想到晚饭是妙法尊者做的，乔晚一个鲤鱼打挺从床上坐起，眉头一跳，惊讶地打量了一眼室内的陈设。

这屋子该不会也是前辈收拾的吧？床铺也是他铺的？可能他还套了被套什么的？

屋子里窗明几净，被拾掇得干干净净，桌子上甚至摆着瓶花。

一想到被褥可能是妙法铺设的，乔晚脸上温度忍不住越蹿越高，最后她绝望地翻身下了床，完全睡不着了。

乔晚打开门，月亮已经挂得很高了，月色如流水般洒在长廊上。

尚未开春，半夜里竟然又飘起了细细的雪。月色风雪十分温柔，鬼使神差地，乔晚循着白天的记忆，来到了书房前，站定。

书房里的灯竟然是亮着的，温柔的烛火在风雪中微微飘摇，光影投映在窗上。

书房的门半掩着，照着端坐在几案前的妙法，桌上经文堆叠，骨节分明的大手下浮现一串娟秀的小楷。

她听卢谢豹说脱离门派之后，他舅舅就开始忙着翻译书籍。

夜深了，或许是伏案翻译得太久，妙法微微皱眉，轻轻捏了捏眉心，将垂落在颊侧的长发捋至脑后，重新系上了发带，继续垂眸抄录书籍。

乔晚站了一会儿，有些犹豫要不要上前打个招呼。按理说来了，她得上前一

趟，但妙法前辈抄得这么认真……

就在这时，书房里传来了低沉的嗓音："进来。"

被当场抓包什么的……

抬眼对上那平静的眼，乔晚不大自在地挠了挠头，结结巴巴地问："前辈什么时候发现的？"

妙法沉默了一下，好像被她给气笑了："像块木头一样戳在门口，你当真以为我没发现？"

对方要忙着抄录翻译书籍，没有和她寒暄的意思，又垂着眼继续忙活自己的事。

乔晚在屋里静静地站了一会儿，自己走到书架前，想找本书看。

她刚拿出一本书打开，却没想到"啪"的一声，从她手里这本书内竟然又掉出了一本书。

这动静吸引了还在抄录书籍的妙法。

乔晚震惊地发现，这竟然是本《春宫图》！

刹那间，乔晚整个人都有些裂开了。

为啥妙法尊者的书房里会有《春宫图》啊？！他是内心不定的妖者吗？！

书页上两个妖精打架的小人花式纠缠在一起。

妙法尊者微微一怔，目光落在这《春宫图》上，脸色僵了僵。

乔晚立刻绷直了身子，举起手中的书，忙不迭地证明清白："这个……这个是从这里面掉下来的！"

话音未落，她就看到尊者脸色越来越僵硬，越来越差。

乔晚愣了愣，旋即了悟。

可能，尊者也不知道有这玩意儿的存在？妙法尊者是刚回到崔府的，在这之前，能进出崔府的大概只有那位卢谢豹少年一人，所以，这本《春宫图》很有可能是卢谢豹暂时寄放在自家舅舅的书房里的。

想明白这点之后，乔晚默默地看了一眼尊者那十分不美妙的脸色，默默地为这位小兄弟点了根蜡。

私藏《春宫图》被自家舅舅发现，这也太羞耻了。

果不其然，后半夜，卢谢豹就被妙法尊者不客气地从被窝里拖了出来。

"舅舅？"少年衣服都没穿好，眼神茫然，一边叫，一边忙着系腰带，"舅舅！"

妙法冷着脸："孽障，平日里你就瞒着你娘偷偷躲在我的书房里看这些东西吗？！跪下！"

抬眼对上乔晚"请允悲"的表情，目光又落在地上那敞开的《春宫图》上，卢谢豹顿时僵立在原地，哆嗦了一下，大叫了一声，趴在地上大气也不敢出。

"除了这一本，其他的都被你藏到哪儿了？"妙法尊者冷言冷语，"自己去找出来。"

在自家舅舅的威压下，卢谢豹哆哆嗦嗦地从书架上翻出……十多本《春宫图》，跪在妙法尊者脚下，一副羞愤欲死的模样。

当着此门巨擘的面，在书籍里面夹这种私货，乔晚忍不住佩服这位少年的勇气。

喂！壮士！

所谓家丑不可外扬，自家人教训自家人，乔晚觉得自己待在这儿不大合适，便礼貌地请辞，避开了一步。

卢谢豹号啕大哭："舅舅……舅舅我真不是故意的，这都是我师兄他们放我这儿的。崔府平常又没人住，他们不敢把这些东西带回家，就求我把这些东西暂且藏在舅舅你的书房里。"

妙法尊者要是信他的鬼话，就白瞎了他这尊者的身份了。

门下弟子无数的尊者轻描淡写地甩去一个狠厉的眼刀，面无表情地冷喝："跪着，没我的吩咐，不准起来，听见没有？"

卢谢豹战战兢兢地看着姿态雅正、美艳凌厉、宛如高岭之花不可攀的尊者。

妙法目光落在桌案上敞开的一页图上，目不转睛地看了一瞬，又移开了视线，恍若触及什么滚烫的东西，立刻僵硬着指尖皱着眉将书页合上。

之后他没再多看卢谢豹一眼，径直走出了书房，一闭眼，那《春宫图》话本里的女人一瞬间衣角成了粉色，人也成了个少女的模样，手臂攀上了男人的脖颈。

男人腰腹劲瘦，肌肉线条流畅有力，藏蓝色的发微湿，挺直的鼻梁埋在她的脖颈间，纤长的眼睫轻扫肌肤，惹得少女一阵轻颤。她眼神茫然，红着脸，结结巴巴地哭叫着喊"前辈"。

"前辈？"清脆的嗓音蓦然响起。

前脚出了书房，正站在廊下看雪的乔晚，诧异地看着面前的男人忽而停住了脚步，薄唇紧绷，脸色犹是黑的。男人俏脸微寒，却一把握住了她的手腕。

乔晚被这一握吓了一跳，震了一下，结结巴巴地开口道："前……前……前辈？！"

然而只一瞬，男人的目光就恢复了清明，落在她的脸上，他目不转睛地看了她一瞬，又移开了视线。

"夜深了，此处风大，早点儿回去休息。"说完，他又面色难看地快步穿过了长廊，在拐角处消失不见了。

看着妙法尊者离去的背影，乔晚足足蒙了半秒，抿了抿唇，下意识地摸上了手腕。

是她……想多了吗？

明明廊下风急雪骤的，但乔晚想着想着，脸上温度再度攀升，又窘又害羞，不知所措地握紧了"闻斯行诸"。

卢谢豹悄悄探出个头，将眼前这一切尽收眼底。

他虽说是他娘老来得子，但早熟得很，悄悄地觑了一眼，心里十分惊讶。

这位乔晚，和他想象中的样子相比，有点儿不一样，非要说哪里不一样，他感觉就……挺像他小时候养的土狗的，真诚正直。

与之相比，他舅舅真像只高冷美艳的大猫，这狗对猫好像有些不大好说出口的心思。

乔晚原地挣扎了一会儿，越想越觉得妙法尊者好像不对劲儿。担心最终战胜了小姑娘的害羞之情，犹豫了一下，乔晚快步走到了卢谢豹面前问："你舅舅住在哪儿？"

卢谢豹震惊地看着她。

乔晚："虽然不知道你在想什么，但我感觉你好像误会了什么。"

卢谢豹反问道："我误会了什么？"

乔晚避开他的视线："反正不是你想的那个意思。"

天哪！这个大名鼎鼎的冷漠乔晚姑娘竟然脸红了。

顶着这位少年的视线，乔晚感觉脸上温度更烫了！不，她没有别的意思啊，真的……

越描越黑，到最后，乔晚干脆木着张脸，"闻斯行诸"出鞘："说不说？"

剑光一闪，卢谢豹大叫："欸欸欸！你怎么还出剑呢？！我说！"

瞥了一眼离自己的脖颈不过半寸的剑刃，卢谢豹心里哆嗦了一下，乖乖地指了个方向。

毕竟……毕竟这是曾经对上妖皇，又对上那位始元帝尊，砍了自己舅舅的脑袋的剑！

得到住址之后，乔晚敲响了门，低声问："前辈？"

门内没有人回答。

乔晚耐着性子又敲了两下门，依然没有人回答。

踌躇了一下，乔晚心里默念了一声"抱歉"，推开门走了进去。

一进去，她这才惊讶地发现屋子很大，装饰很简朴，屋里安安静静的，檀香袅袅。她往前走，青色布幔后面别有洞天。

掀开布幔的一刹那，乔晚就后悔了，脸上青青白白，僵硬在原地，内心咆哮。

主要是因为这布幔后面是个浴池……

缭绕的雾气间，坐着个正在沐浴的蓝色美艳西伯利亚森林猫，不，长发美人，背部的肌肉线条流畅有力，水滴顺着藏蓝色的长发往下滴。

究竟是哪里出了问题？

妙法尊者僵硬着脸闭上眼，自虐般狠狠地在手臂上掐出了一个又一个青青紫紫的印子。

这位大光明殿的导师，在管教自己时也毫不客气。

水雾湿了眼睫，眼睫微颤间，水滴入浴池，那被雾气熏蒸的脸上泛起淡淡的红晕。

一个最难堪、最不愿承认的事实浮上他的心头——他对这个后辈生出了难以启齿的欲望。

一想到这儿，男人眼神冷峻，用尽力气强压住那蓬勃的欲望，却怎么也压不住。

刚刚他瞥了一眼的《春宫图》画面在眼前不断重复，渐渐地，画面又成了少女被抵在了墙上，脚不沾地，只能挂在男人身上，又根本夹不住男人劲瘦的腰，往下掉又被捞回来，扣着腰往下摁。

她有些喘不上气来了，铺天盖地的羞耻感叫她忍不住哭了出来，她一迭声地喊着前辈。

一向疾言厉色的大光明殿导师，其实是个外强中干的人，越是觉得羞恼，脸色就越黑，摁在浴池边的指尖都在发颤。

从十六岁离家至今，他从来没有一日放纵过自己的欲望，就连正常少年常有的梦遗现象也因功法被他强忍住了，未曾有过。这被压抑了上百年的欲望，一朝反噬，竟然这么汹涌难耐。

乔晚将目光落在妙法尊者的脊背上，怔住了。

尊者的脊背上有无数伤疤纵横交错，看上去像是用鞭子抽出来的。

妙法是大光明殿的尊者，谁有权力教训得了他？

她将脚步放得很慢，但惊讶时短暂的气息变化还是吸引了对方的注意力。

"何人在此？！"伴随着一声厉喝，眼前的浴池陡然掀起直冲屋顶的水花帘幕，乔晚往后急退，却还是避无可避地被浇了一身。

糟了。

心里"咯噔"一声，乔晚想都没想，宛如一支利箭一般一步蹿出了浴池，直奔屋外！

但妙法尊者动作比她更快一步，眨眼间就已经披上了衣服，一旋身的工夫，已经追了上去。

这感觉宛如被撞破了自己心头最私密的事，妙法尊者怒极，冷着俏脸，道道金光顺势一拍，

511

一瞬的工夫，她的脚还没踏出门槛，身后那道藏蓝色身影已经追出。
　　乔晚咬了咬牙，赶紧转身往屋里回奔，正想从窗口跳下去，却不料尊者速度更快。
　　一眨眼的工夫，她已经被他逼至墙角。
　　背靠着墙壁，乔晚心跳如擂鼓。
　　可能是为了防止她跑，妙法尊者身姿微动，柳眉倒竖，一手扼住她的手腕抵在墙上，一只膝盖顶在她的两腿间，将她牢牢卡在了墙和他之间。
　　两个人几乎脸贴着脸，呼吸交融。
　　雪色与月色交映间，清楚地映出身下少女的容颜，妙法尊者不由得瞳孔一缩。
　　"乔晚？"
　　她完了。
　　乔晚脑子里轰然响了一声。
　　偷看人洗澡被发现什么的，虽然她是无意的，还是让她死一死好了！
　　乔晚全身猛地瑟缩了一下，羞耻感如同潮水一般从脚尖一路蔓延而上。
　　只要一想到现在正在看着她的人是妙法尊者，一想到前辈正错愕于她刚刚做出的事，乔晚羞愧得恨不得当即死去，根本不敢去看面前的人脸上的神色。
　　妙法尊者没好气地松开了她，眼角眉梢都泛着点儿冷意："深夜不睡，鬼鬼祟祟地跑我屋里来做什么？"
　　乔晚自暴自弃地从墙上滑了下来，这一幕清楚地映在妙法尊者眼里，妙法心头一顿，目光微微一凝，忙冷着脸移开了视线。
　　大约觉得丢脸，妙法绷着脸，居高临下地冷冷睨了她一眼。
　　"我……我只是觉得前辈有些不对劲儿，有点儿担心，敲门没有应答声，就……就擅自闯入了前辈屋里，是晚辈不对。"
　　她目光下意识地一瞥，落在了男人散落的衣襟上，男人露出的那劲瘦紧实的胸肌……是……是粉色的，有点儿像大猫猫的那种肉垫。
　　她究竟在想些什么啊？乔晚绝望地默默捂脸。
　　"前辈既然没事，晚辈……晚辈先行告辞了。"
　　不等身后的人是什么反应，乔晚苦笑了一下，飞也似的落荒而逃。
　　晚上躺在床上，乔晚盯着床帐，默默吐槽。
　　喜欢上一个地位超然的尊者，虽然对方已经是脱离门派了的……压力未免还是太大了。
　　越想越有些烦躁，不只烦躁，浑身上下都冒出了点儿诡异的热潮，乔晚摸上了脸，皱了一下眉。
　　好烫。
　　从刚才在书房起，她就觉得有些不对劲儿，究竟是哪里不对劲儿呢？

随着夜色越来越深，那股烦躁之意无论如何都挥之不去，打坐也没用，乔晚捂住额头，心漏跳了一拍。她好像终于意识到是哪里不对劲儿了。

乔晚三两步跳下床，倒了杯冷茶，"咕嘟嘟"地灌了进去，拿起"闻斯行诸"就要往外走。

这个老宅可能是久不住人，寄住了什么邪祟，比如说……春宫精什么的？

一出屋，被冷风一吹，脸上温度这才降下来了点儿。

想了想，乔晚打算先回书房一趟，结果刚出门，又撞上了那道熟悉的身影。那人好像在看雪。

男人身形挺拔颀长，藏蓝色的发高束，肌肤如玉，姿态娴静如花照水。

"乔晚？"妙法尊者可能没想到她大晚上又跑出来一趟，可能是恼怒了，绷着俏脸冷厉地问道。

平日里听到便分外安心的男声，对此时的她而言却无异于一道催命符，看着面前这道清正的身影，乔晚整张脸因为体内汹涌的情欲烧得通红。

"前……前……前辈！"

在前辈还没有察觉前，她得赶快离开才是。

乔晚昏昏沉沉地想着。

大脑已经被情欲占据，只有一个意念在苦苦支撑：和谁都行，绝对不能是前辈。

妙法尊者兴许是察觉出了她的异常，伸出那白皙修长的手扶上了她的肩膀，制住了她想要挣脱的动作。

"前……前辈！"乔晚惊慌地叫了起来，拍了拍沉甸甸的脑袋，跳到离男人三步远的地方，"晚辈想到有东西落在了书房里，就……就先告辞了。"

一定不能让尊者察觉，尴尬倒是其次，一想到被他发现时的羞耻感觉，乔晚立时就要哭出来了。

太……太丢脸了好吗？最好是她自己解决了那春宫精再说。

最主要的是，乔晚不愿意再让对方为难了。之前被各种暗示明示拒绝过，就算……就算曾经看到过那心魔幻境，乔晚也没打算多想了。

只要他们保持眼下的关系就好了，虽说脱离门派，但妙法明显还保持着原来在大光明殿的生活习惯。只要一想到会让前辈困扰，她就觉得自尊心与羞耻心崩碎了个一干二净。

乔晚抿着唇，昏昏沉沉地想，和谁都行，绝对不能是他。

"别动。"妙法冷喝一声，握住了身前的后辈的手，想要仔细查探清楚。

"我……我没事。"乔晚舔了舔发干的唇，胡乱找着蹩脚的借口。

妙法尊者神色凌厉，犹有怀疑："你敢保证当真没事？"

"晚辈的确没事，劳烦前辈忧心了。"乔晚低眉顺眼地回答。

凭借着一个"一定要离开尊者"的信念，不顾对方蹙眉，以及犹落在她身上的视线，乔晚绷直了背，利箭般蹿出。

　　一到书房，她抬眼一看，那位卢谢豹兄弟已经离开了。

　　乔晚赶紧上前几步，去翻桌上那些《春宫图》，这一翻，不仅脸烧得慌，腿都在打战。

　　她……她快撑不住了。

　　察觉到自己很有可能要出糗，乔晚皱紧了眉，当机立断，立刻拔出"闻斯行诸"在自己的胳膊上用力划了一刀！

　　鲜血顺着伤口流下来，疼痛短暂地压过了情欲，大脑恢复了一瞬的清明，乔晚抿紧了唇，努力压下脸上的红潮，继续马不停蹄地翻柜子里的《春宫图》。

　　撑不住了，她就给自己一刀，这样下来，手臂上血痕斑驳，看起来尤为触目惊心。

　　可惜翻到最后依然一无所获，乔晚跪倒在地毯上，心跳如擂鼓，昏昏沉沉地想：完了，再找肯定来不及了。

　　她只好赶紧盘腿坐下，企图用灵力压下这股欲望。但因为欲望得不到纾解，乔晚哆哆嗦嗦地直流眼泪。

　　一方面是生理缘故，另一方面是尴尬得泪流满面，在前辈的书房里……那啥，她感觉对满柜子的书籍都是一种侮辱，羞愤得恨不得到处去找时光机。

　　书房的门突然"吱呀"一声被打开，妙法尊者走进了书房，肩膀上落了一层薄雪，烛光下眉目柔和，眉色如烟。

　　本来他是担心，在原地站了一会儿，这才皱眉跟来，没想到却撞见了脸色泛着不正常红晕，哆嗦着直流眼泪的少女。

　　妙法尊者眸色冷厉地绷紧了脸："这是怎么回事？"

　　乔晚费力地抬起眼帘，目光所至之处，只能看到一片模糊的蓝，宛如盛开的蓝牡丹，工笔描摹得妖艳。

　　她刚想开口，眼泪立时就"啪嗒啪嗒"地掉了下来，主要是羞耻的，着急地磕磕巴巴解释："前……前辈！没事……我……我运功出了点儿问题……"

　　话音刚落，面前的人好像沉默了半晌，定定地看了她一眼，突然转过身出了书房。临走前，他甚至没忘记合上门。

　　乔晚松了一口气，定了定心神，继续专心致志地对付在丹田里翻腾的情欲。

　　一出书房，妙法尊者就去打了盆水，又在盆边上搭上了一条白巾子。

　　乔晚趴在地上迷迷糊糊间，好像感觉有檀香轻轻掠过鼻尖，自己宛如被翻了个面的乌龟，接着耳畔传来了拧毛巾的水流声，随后额头上盖了个冰冰凉凉的东西。

　　好舒服，生理性的眼泪顺着脸颊不自觉地流了下来。

· 514 ·

等这白巾子的温度渐渐变热，妙法又抿紧了唇，眉眼虽然依旧冷厉，却极其耐心温和地继续将白巾子浸湿了水，替她擦身子降温，不过擦的地方仅限于脖子往上。

只是他越擦，仿佛越被少女身上的温度感染，手下是青春又饱含生机的身体，受折磨的反倒成了自己。

乔晚穿的是她那个世界的衣服，领口上别了个粉色的蝴蝶结，沾了点儿水。妙法紧绷着下颌，伸手想把这歪了的蝴蝶结别回去。

然而这一触碰，反倒让少女露出一截白皙的脖颈，脖颈肌肤泛着点儿细腻的粉，浑身上下汗水淋淋。

蝴蝶结歪得更厉害了。

男人的指尖又无所适从地僵硬在了半空中，他不知道是重新将蝴蝶结别回去好，还是让它这样歪着好。

刚刚将乔晚的不对劲儿尽收眼里，这下就算妙法尊者也察觉出不对劲儿来了。

他那股难以启齿的欲望并非因为乔晚而生，而是这宅子里有别的东西，只是不知道躲哪儿去了。

他耳畔仿佛有个细细的声音在笑。

人家后辈都能察觉出不对劲儿，他身为尊者，倘若真的清心寡欲，定当第一时间察觉到不对劲儿。而他竟然第一反应是自责自己对后辈生出了污秽的欲望，完全没料想到这中间的蹊跷，看来是一早就有了这想法，只不过今天欲念再度被勾了出来。

他枉为尊者，枉为天下弟子的导师，内心竟然如此薄弱。

妙法尊者不肯示弱，眸色像两把刀子，对着空无一人的书房刮去，捏紧了手指。好像为了证明什么，他继续去倒腾乔晚的领口的蝴蝶结，指腹被汗水濡湿，心里一跳，又往下歪了一寸。

指腹在对方细腻温热的肌肤上滑过，妙法默默阖眼，妖冶的脸上黑气升腾。

不知道他是在跟自己生气，还是在和别的什么生气。

少女的身子算不上多白皙娇软，但结实又丰满，腰肢线条流畅，如白玉般细腻动人。

就这样，他半跪在乔晚身前，眉梢挂着冷意，替她拧毛巾敷毛巾，服侍了她大半夜。

等到半夜的时候，乔晚的情况反倒恶化了，灵力非但没压制住情欲，情欲反倒在丹田里胡乱翻腾。妙法试着腾出一只手帮她梳理，可惜没成。

乔晚迷蒙中睁开了眼，隐约看到前面坐了个人。

她不知道对方是谁，只知道这个人能帮她。

他能帮她就够了，只要不是尊者就行，但谁是尊者，她想不起来。她害怕眼

前的人离开，慌乱地想要阻止他，不知揪住了他的衣摆还是袖角。

他说的什么话她都听不清，好像隔着一层薄纱，声音离她很远很远。

可是他不帮她，神色反倒愈加凌厉，看上去恨不得一巴掌将她就地拍死。

乔晚快急哭了："兄弟求你，帮我个忙，求你了。"

他半跪着，身形微僵，脸色好像也很僵。

妙法知道，乔晚这孽障根本没认出自己来。

对方宛如美人隔云端，雾里看花，乔晚心里急得就像热锅上的蚂蚁一样团团转。

对方半阖着眼，纤长的睫毛如鸦羽般微微颤动，忍了又忍，那白皙而骨节分明的手将那蝴蝶结轻轻给摘了下来，犹豫了半刻，他将少女抵在了墙上，让少女脚不沾地。

他或许，真的魔怔了。

对方挂在自己身上，果然根本夹不住他劲瘦的腰，往下掉又被捞回来。他扣着她的腰往下摁，她泪如雨下。

隔了好一会儿，乔晚才认出面前的人是谁。

对方藏蓝色的长发散落，半抿着唇，一声不吭，汗水顺着脸往下掉，落在肩窝处。美人那冷厉的眼角泛着点儿淡淡的春意，他却又好像生着闷气，垂着眼压下这股春意。

乔晚震惊地睁大了眼，瞳孔瞬间缩成了针缝大小。

尊者，眼前的人是妙法尊者！

乔晚知道，对方的心思一直都在正道上，脱离门派也不是为了自己，而是犯下杀戒之后，无颜面再身居尊者的位子。

她这微妙的少女心思和恋爱脑，更像一种任性和亵渎，喜欢是她自己的事，她会守好分寸不让对方困扰，等到有一天自己能勘破这些情情爱爱。

虽说这对自己凶狠了点儿，毕竟她还是个姑娘，不愿在敬重的尊者前辈面前展露自己的丑态，不愿让对方为难。

铺天盖地的羞耻感叫乔晚忍不住哭了出来，她抿紧了唇下意识地剧烈挣扎起来，但对方好像误会了她的意思，死死地盯紧了她，高挺的鼻梁磨蹭着她的脖颈。

对方的冷静和沉稳样子，使乔晚越发感到羞耻，眼泪止不住地往下掉，她已经分不清究竟是因为觉得耻辱，还是羞愧，抑或是别的什么了。

可是男人好似下定了决心，虽因为她的求饶缓了动作，却未曾停下。他根本不敢正眼看她，眼神冷峻，眼睫抬起，又像是被火烫着了，垂着眼抱着她坐下。

少女的手抓着他的脊背上的伤疤，她想推开他，但妙法面沉如水，固执地反制住了她的动作，将她的手摁在身侧，不让她推开。

小土狗整天围着高贵冷艳的大猫转，又怂得不敢表达自己的想法，只能每天左嗅嗅，右舔舔，摇着尾巴，笑得格外欢实。

如今小土狗却被大猫给一口叼住了，一巴掌拍翻在了地上。

不知过了多久，天好像亮了，日光照耀在少女那湿答答的短裙上，他皱起眉头，将自己身上的衣服解下，将对方裹得好好的，又站起身，去屋外打了一盆水回来，半跪在榻前，细致耐心地一点点帮她清洗。长发垂在颊侧，倒显得他温顺又贤惠，和昨天晚上的判若两人。

至此，走到这一步，他已经回不了头了。

跪坐了半晌，考虑到折腾了一晚上，兴许是饿了，他又站起来去了厨房，熬了一锅白粥，捋起半截袖子，切了盘腌菜。

卢谢豹起得早，乔晚还没醒。盯着这半盘腌菜聚精会神地看了半晌，远黛眉不甚满意地皱起，妙法又默默地拿起围裙，和面揉面。

大早上吃这些东西的确寒酸了点儿。

等蒸完了一盘子乳糕，他这才端着盘子回到了书房里。

只是一回到书房，妙法尊者登时僵立在门口，秀美的脸僵硬得像个铁疙瘩，脸上的面粉在这情况下，显得尤为滑稽。

书房里已经人去屋空，只剩下一地的狼藉景象和一条粉色的头绳。

乔晚是飞也似的逃出崔府的，往自己身上甩了个清洁咒法，一口气急急忙忙地跳下了通天门，回到了现代。

室友正坐在桌前吃着外卖，聚精会神地盯着手机屏幕追剧，瞥见她进门，抬眼："欸，乔晚你回来啦？"

乔晚故作淡定："嗯。"

"不是回家了吗？怎么这么早回来？"

"家里没事，回来和你们玩。"

张雯清本来都已经收回目光了，却好像察觉了什么，突然又探出半个身子，奇怪地大叫："你的脸怎么这么红？！"

乔晚身形一僵，迅速回到了自己的座位上，拿起镜子看了看。

镜子里这脸色红得堪比番茄，却故作面瘫的诡异少女是谁？！

乔晚"啪"的一下把镜子合上，心"扑通扑通"直跳，心乱如麻。

眼前浮现了些零碎的画面，乔晚难堪地抿紧了唇，又爬上床，翻出干净的衣服，冲去浴室。

洗干净了，乔晚提着天蓝色的小篮子回来，甩掉脚上天蓝色的拖鞋，披着半干的头发，端坐在自己的床帐子里，压抑住羞耻心，努力将昨天的事重新捋了一遍。

她和前辈滚床单了。

光是想到这一点，她就根本不可能保持冷静！

乔晚面红耳赤，心跳如擂鼓地想着。

虽然嘴上说着新时代的女大学生没有怕的，但她毕竟是个有着少女心的姑娘，一时间难堪、喜悦和羞耻以及莫名其妙的难受情绪一起涌上了心头。

她现在没办法确定，昨天和她滚床单的妙法尊者究竟是什么心理，是"喜欢"，还是"割肉喂鹰"的心态？如果是"割肉喂鹰"的心态……

想到这儿乔晚脸色微白。

想了半天，想不出个所以然，乔晚沉默地从爬梯上又爬了下来。

一大早她就回到了学校，并且决定暂时不回修真界了，至少先等这段风波过去再说。

于是，这几天乔晚又恢复了教室—食堂—寝室这种三点一线的生活，一直到晚上室友喊她一块儿去撸串。

拿了根头绳把头发扎上，乔晚立刻就去了，和室友一道叫了份小龙虾，叫了点儿烧烤，又叫了几杯扎啤，坐在一块儿喝酒聊天。

她们刚吃了几口，正好碰上妆容精致的赵柔茵携着男朋友和男朋友的室友，四五个人一道出来吃烧烤。认出赵柔茵之后，室友热情地拉着对方坐下，招呼店家拼桌。

张雯清撇了撇嘴，又不好意思表现出不乐意的样子。

或许是对上次来的甘南和孟沧浪觉得好奇，赵柔茵旁侧敲击地打探了一番两个人的身份。

乔晚举着烧烤的手顿了顿："是朋友。"

赵柔茵羡慕地笑了笑："乔晚你的男性朋友真多，好羡慕，我都不大擅长和男生打交道。你这两个朋友质量这么高，你就没想过交个男朋友？"

乔晚一本正经地说："没，没碰到合适的。"

"啊，说起来还没给你们介绍呢。"赵柔茵好像想到了什么，看向身边的四个男伴，"这是我男朋友的室友。这是乔晚，你们应该认得吧，之前在抖音上火的那个。"

"认得，认得。"其中一个戴眼镜的男生笑起来，"这不是夏夏他的女神吗？"

"就这个。"戴眼镜的男生搂过一个瘦高点儿的男生的脖子，"小姐姐我和你说啊，这位梁夏同学看到你的英姿之后，在寝室里念叨好几回了。"

瘦高的男生立刻涨红了脸，跳了起来，伸手要打室友："刘晨皓你这个叛徒！"

眼镜男嬉笑道："兄弟脸红了啊。"

赵柔茵推了一把自己的男朋友，笑道："行了，你们有完没完，把人家小姐姐吓到了。"

那瘦高的男生目光落在赵柔茵的脸上，闪烁了一下，又避开。

一帮人嘻嘻哈哈地坐下来，开始点菜，中途不知道是不是错觉，乔晚总觉得这位"绿茶"妹妹似乎有意识地要撮合她与这位梁夏同学。

但是梁夏同学明显对赵柔茵感觉不一样。

赵柔茵坐在四个男生之间，如鱼得水，笑意盈盈的。

张雯清目睹这一切，悄悄发微信给乔晚。

"我赌这位梁夏同学肯定喜欢赵柔茵，你信不信？"

"吐了，明知道人家喜欢她，她还玩这套，有意思吗？"

乔晚眼角一抽，深有同感地回复了一个熊猫头表情，继续剥她的虾。

不过她倒没有张雯清这么义愤填膺，她在修真界活了四十多年，每天忙着养家，活得宛如一个沧桑的老妈子。

把剔除了虾线的虾仁放到只顾着玩手机的张雯清的盘子里，乔晚低着头动手如飞，不主动参与这段嬉闹的对话。

饶是如此，张雯清依然不乐意，大声抗议："这样吃小龙虾没有灵魂！"

或许是声音大了点儿，梁夏抬起眼，好奇地看了面前这穿着粉衣服的少女一眼。

和视频中表现出来的样子很不一样，眼前的少女姿容沉静，坐在一边自顾自地剥着虾，就连抬手灌扎啤的模样也有点儿清清冷冷的味道。寝室里大家说什么女神那是开玩笑，他喜欢谁，兄弟们心里都清楚。当初他是和赵柔茵的男朋友一块儿追的赵柔茵，可惜赵柔茵没看上他，刘晨皓也是怕他总惦记自家兄弟的媳妇儿，这才急急忙忙地帮他张罗。

就在这时，繁忙的夜市中突然传来一阵骚动声，紧跟着又是惊呼声响起。

乔晚和梁夏齐齐扭头看去，原来是一辆电瓶车差点儿擦到了人，车上的男生赶紧转向，这一转向，电瓶车立刻冲着乔晚的方向过来了！

梁夏心头一跳，他被赵柔茵安排得离乔晚最近，就坐在乔晚的左手边，见状赶紧伸手去护乔晚，抓住乔晚的手腕就往怀里拉。

没想到乔晚更快一步，嘴里叼着烤韭菜，眉眼冷厉地伸手一挡，竟然徒手拦住了正在行驶的电瓶车！

饶是早在视频里见识过这位姑娘的英姿，如今亲眼见到，梁夏也忍不住呆了一秒。

好在这四周太乱，众人只当是电瓶车自己刹住了车，人群四散间，让出了那个差点儿被撞的倒霉蛋的身影。

乔晚目光一顿，手里的烤韭菜差点儿落在了地上。她缓缓地扭动了一下僵硬的脖子，愣愣地看了过去。

来人竟然是妙法尊者！

男人穿着一身可笑的雪白素衣，藏蓝色的长发绾在脑后，秀眉微蹙，衣服上沾了不少泥点子，神色冷冷的。

目光落在她身上，妙法尊者却没动，目光一转，落在了还拽着她的手腕的梁夏的脸上，一言不发，目不转睛，眉头已经皱起。

乔晚愣愣地咬了一口嘴里的韭菜。

和暗恋的男神见面，自己一嘴的韭菜，这是什么人间疾苦。

"前……前……"话到嘴边，察觉出不对，乔晚硬生生地刹了车。

她该喊什么来着？

脑子里一片空白，乔晚下意识地脱口而出："舅舅。"

喊完，乔晚也窘得头皮发麻。

她被那位卢谢豹少年带偏了，刚和人睡完觉就喊舅舅！

"舅舅"这两个大字当头就砸了下来，话音刚落，远远地，对方那张俏脸"唰"的一下立刻蒙上了一层寒霜，眼神极为冷厉。

或许是妙法尊者这年纪和打扮委实有点儿奇葩，再加上脸长得实在美得不像人间的人，张雯清当场愣住："这是……这是你舅舅？！"

乔晚急得冷汗都下来了，但"舅舅"两个字已经喊出来了，当着同学的面不好改口，只能自暴自弃地闭上眼，拉开五颜六色的塑料凳子："舅舅，你坐。"

妙法尊者的目光落在这夜市摊子上。

他生性喜洁，桌子上的油污积年累月不知道攒了多久，桌面发黑，脚下就是大家吐出来的骨头、虾壳什么的，一帮大学生脸红脖子粗地吆喝拼酒的动静震耳欲聋。

虽然喜洁，但他好歹做了几百年的大光明殿导师，亲自去过不知道多少比这环境更脏更乱的地方，在污淖中来往，甚至还动手帮山下的百姓掏过粪，倒没觉得不适应。

他坐了下来，目光微微一动，又落在了乔晚那蓝色的凉鞋上，白皙的脚趾上点缀着一朵黄色的塑料小花，衬得脚趾更白。

众人热切地招呼着，把龙虾、烧烤、啤酒啥的往这位"美人舅舅"面前推。

"来，来，来，舅舅喝酒！"

张雯清咋舌："乔晚，咱舅这么漂亮，你咋没告诉过我呢？这真是你舅？多大了？得三十岁左右了吧？怎么还穿汉服，挺特立独行的，挺叛逆的啊。"

不知道是不是刚刚喝了啤酒的缘故，乔晚觉得脸上热气再度升腾，沉默地往梁夏的旁边挪了挪

梁夏体贴地让开了点儿座位。

这一幕就这样完完整整地落在了妙法的眼里，妙法微微垂下眼，眉宇间黑气缭绕。

若是有大光明殿的弟子看到这情形，心里肯定打个突，这代表尊者生气了。

尊者脾气不好，生气的时候都这模样，神色冷冷的。神仙玉骨、秀色可餐的尊者一生气，就要微微阖眼，然后疾言厉色地怒喝训斥，再用金光抽人、光照无间拍人。

　　"欸。"几个男生疑惑地面面相觑，"舅舅你怎么不喝酒啊？"
　　"前……我舅舅他不喝酒。"
　　乔晚看了一眼桌上的一大杯扎啤，压力山大地正准备上手去拦，却没想到妙法尊者竟然半垂眼，快她一步，举起了面前的大玻璃杯，喝了一口啤酒。
　　喝着喝着，他皱起了眉头，好像不大适应这味道。
　　刘晨皓几个人唯恐天下不乱，振臂高呼："舅舅厉害！喝！"
　　在几个小年轻的催促之下，妙法皱紧了眉，竟然真的一口气将啤酒喝了个干干净净。
　　刘晨皓赶紧倒酒，往妙法的盘子里放了个小龙虾："舅舅来，继续喝。"
　　"不是，光喝啤酒有啥带劲儿的？整口白的！"
　　"欸，老板，有江小白吗？"
　　乔晚眉头直跳，眼睁睁地看着面前的美人儿又主动喝了一杯子江小白，喝完之后，周身的戾气好像也淡了不少。
　　妙法脸颊微红，虽然依然皱着眉，但眼睛亮得令人心惊。
　　众人一边撸着串儿，一边有一搭没一搭地问着问题。
　　"咱舅是搞艺术的？这一头蓝发，啧，真酷。舅舅，你是什么职业啊？"
　　妙法下意识地觑了她一眼，可能不知道怎么回答，眉头皱得更深了。
　　乔晚彻底窘了，局促地回答："算是吧……大学学的……呃，宗教学，研究佛学的。"
　　刘晨皓瞪圆了眼："太牛了。"
　　张雯清："舅舅大学是汉服社的？"
　　乔晚自暴自弃地回答："是。"
　　赵柔茵细声细语地说："但乔晚，你舅舅身上这汉服形制好像错了啊，是不是被骗了？"
　　虽然这么说着，但赵柔茵的视线一直没敢往妙法尊者那儿瞟，她只觉得乔晚这位舅舅好看到简直让人不敢接近了。
　　乔晚怎么会有这么好看的舅舅？
　　梁夏又看了一眼身边的姑娘。
　　经过刚刚那么一遭，乔晚一手顶住电瓶车的画面在他的脑海里久久不去，梁夏心里微微一跳，又看了一眼不远处和男朋友亲密耳语的赵柔茵，要不……自己试试看？

521

他抱了点儿这心思，就难免体现在行动上，烧烤一端上来，他首先就往乔晚的盘子里放了几串烧烤。

乔晚微微一愣，礼貌地低声回了句："谢谢。"

她正准备把烤茄子往嘴里送，却没想到手腕被人一把攥住了。

对方握得紧紧的，指尖都有些泛白，乔晚错愕地抬起眼。

妙法尊者神色不善，仿佛她手里拿了什么垃圾食品，下颌绷得紧紧的。

乔晚刚想松手，却听到那沉稳的嗓音说："给我。"

这一瞬间，乔晚差点儿以为自己听错了。

妙法尊者长眉微蹙，不高兴地说："给我。"

乔晚看了一眼男人的神情，浑身一震，试探着把手上的茄子给了妙法尊者。

妙法咬了一口茄子，又把这茄子放到了自己的盘子里，再不动一口。

梁夏似乎也有点儿蒙，但到底没说什么，又往乔晚的盘子里放了根烤鸡中翅："吃这个。"

乔晚刚拿起鸡中翅，耳畔又响起那个威严的嗓音："给我。"

乔晚头一转，不自在地避开了对方的视线："前……舅舅，我给你拿几串吧。"

妙法绷着脸，眼里寒气"嗖嗖"直冒："给我。孽障，给我。"

乔晚迟疑了半秒，默默地交出了鸡中翅。

妙法把鸡中翅放到了自己的盘子里，干脆是一口没动。

梁夏皱了皱眉，可能觉得一个大男人抢自己侄女的吃的有点儿奇葩，又抬起半个身子拿了不少牛蹄髈、烤大虾、羊肉串之类的东西，放在了乔晚的盘子里。

无一例外，那清正动听的嗓音再度响起："给我。"

这下梁夏终于忍不了了。

"这位……呃……舅舅，您对乔晚管得是不是有点儿严厉了？晚上吃点儿烧烤没什么。"

妙法尊者抬眼，面色不善，眼里流光溢彩："孽障，噤声！我允你说话了吗？！这是我的东西！"

这声音镇得梁夏彻底呆在原地。

这……这都是什么跟什么啊？

乔晚面色变了变，试探性地觑了一眼妙法的脸色，迟疑地问："舅舅，你是不是喝醉了？"

男人垂着眼，面如白玉，凤眸泛着冷光，看上去倒不像喝醉了的模样。

妙法不高兴地皱眉："醉酒？！放肆！大光明殿不准饮酒！"

乔晚：你真的醉了啊！

妙法又抬眼看向梁夏，声音森冷地怒喝："还不快将我的东西还回来，还要我亲自去搜身吗？！"

被大光明殿导师威严一震，梁夏同学看了一眼自己手里的牛蹄筋、烤大虾和羊肉串，默了，乖乖地将这几串烧烤放到了妙法的盘子里。

　　堂堂大光明殿尊者被一杯啤酒、一杯江小白放倒什么的，乔晚按捺不止内心汹涌澎湃的吐槽欲，认命地站起身："我舅舅喝醉了，我先把我舅舅送回去吧。"

　　张雯清愣愣地问："咱舅这么点儿酒量啊？"

　　赵柔茵也关切地问："舅舅没事吧？"

　　乔晚利落地收拾着东西，飞快地回答："没事。"

　　梁夏站起身："要我帮忙吗？他要是醉了，乔晚你抬不动。"

　　"哟，哟，哟，"刘晨皓好像听到了什么不得了的话，拍桌狂笑，"当着人家舅舅的面就迫不及待了啊。"

　　乔晚愣了一下。她当然能察觉到这位梁同学席间的善意，但这善意来得莫名其妙，而她理智上不太想和赵柔茵身边的人有什么牵扯，正准备礼貌地婉拒，却没想到妙法尊者已经冷冷开口："不必，烦请阁下先顾好自己。"

　　乔晚："……"

　　好不容易道了别，路上乔晚想了想，买了杯奶茶，塞到了妙法尊者手里："前辈，喝这个，醒醒酒。"

　　妙法目不转睛地看了奶茶一瞬，半阖着眼，学着乔晚的模样喝了一口奶茶。

　　喝完第一口他就皱起了眉，却没放下又喝了第二口、第三口、第四口……喝到眼角眉梢的冷意都柔软了不少。

　　本来乔晚是想着订个宾馆的，但考虑到妙法的身份证可能是个问题，只好又带着这位醉酒之后隐隐已经有点儿醉奶的尊者，连夜穿过通天门，回到了朝天岭。

　　他们一进门，躺在摇椅上看月亮的梅康平被惊了一下，诡异地看着她，挑眉："妙法尊者？"

　　察觉到男人的异样之处，梅康平皱眉："这是怎么了？"

　　乔晚进屋收拾，叹气："大概是喝醉了，我爹呢？"

　　"哼。"梅康平闷哼一声，靠回椅子里，"和那傻小子出去了。"

　　收拾出一间屋，将妙法尊者推进屋后，乔晚转过身，局促地说："前辈……前辈今晚就睡这儿吧。"

　　妙法冷着声音问："你呢？"

　　"晚辈……晚辈去别的屋睡。"

　　"被褥已经换了新的。"乔晚半只脚迈出门，礼貌地说，"前辈醉了，早点儿休息。"

　　却不料，她刚迈出门槛，一道金光掠过，门"哐当"一声关上了。

　　妙法尊者的眉眼隐在月色里，锋锐得如同绽开了旖旎血花的刀刃，眉眼又如同青色小楷勾勒而出的，美得极凛冽，美得乔晚心跳无端漏了一拍。

对方微微阖眼，好像在忍耐什么，突然快步走了上来。

他个子太高了，这莫名其妙的压迫感，让乔晚不自觉地往后退了半步，就这样被一步步逼近到了床榻边。

他目光冷冷地凝视着她："为什么跑？"

不提这个还好，一提这个乔晚脸上温度一路飞蹿，鼻子却忍不住有点儿酸。

"前辈……前辈说好的要做知己好友，"乔晚嗓音微哑，别过脸，"对不起，昨天……昨天，是晚辈让前辈破戒了。"

妙法又好像想到了什么，突然自己快步走出了屋。

压迫感烟消云散，乔晚半跪在屋里，静静地坐了一会儿，等了很久，对方才赶回来，手里竟然提着个食盒？

乔晚茫然地看着妙法尊者神色肃然地将食盒中的东西一样样拿出来，竟然全是乳糕！

"吃。"

将这十多盘乳糕一一放在乔晚面前后，妙法尊者皱眉肃然地说："吃。"

她究竟在和一个喝醉的人计较什么啊？乔晚顿时无力。

原来他不让她吃烧烤，就是为了让她吃乳糕吗？

眼见她没动，妙法好像又有些不高兴了，拿起乳糕递到了她的嘴边。

若有似无的檀香味伴随着乳糕的奶香钻入鼻间，乔晚忽然有些不自在，心跳如擂鼓地拿过乳糕，放进嘴里嚼了嚼。

妙法这才好像满意了，等到她吃完，又拿起一块乳糕往她嘴里塞。

突然间，微微濡湿的舌尖不经意地擦过了他的指腹。

妙法怔了怔，攥紧了手指，凤眸半敛，这才终于开口，说起了正事："乔晚，不是你主动引诱我，是我内心不定，被你吸引，忍不住朝你走来。我克制不住对你的欲望。"

甚至现在，看着她吃乳糕时，他甚至忍不住想要逼她吃一点儿，再吃一点儿，吃得更多，想要借此抒发自己一早没看到她的人影时心头的不快情绪。

"这一切与你无关，你无须愧疚，无须自责。"

月色落满席间。

桌上摆着十多盘可笑的空盘子和一杯奶茶。

"我曾经以为你对我的爱慕之情不过是一时意乱。"妙法语气淡淡地说，"你有大把的光阴，将来会结识大把年岁与你相同的良人，我长你数百岁，心魔横生，虚伪多疑多怒。数百年的光阴，造就了你我之间见识、经验不对等的关系，你没必要在我这儿浪费时间，我没你想象中的那么好，不值得你喜欢。"

"但后来我发现我想错了，也太过自以为是。"或许是觉得不自在，妙法又皱紧了眉头，想避开她的视线，又顿了顿，目不转睛地看去，"我无法坐视你与其他男人在一起。"

哪怕是一个眼神、一个互动,他甚至都耿耿于怀,为此辗转反侧。

"如今我已经脱离门派,你愿不愿给我这个厚颜无耻、忝居师长之位、不配为人长辈的庸人一个机会?

"我知道,我这样随意定位你我之间的关系,未免太过自大,但你能否给我个机会?"

"非风动,非幡动,"凤眸半敛间,眼尾那股冷意含着点儿进攻的侵略性,"我早已对你心动。"

乔晚如遭雷击,宛如火烧屁股一般,火急火燎地霍然站起身,脸色涨得通红。

这……这猝不及防的告白,是她在做梦吗?

乔晚抿着唇,想压下心里翻江倒海般的高兴情绪,压住这眉飞色舞的神态,那面无表情的脸却越来越红,大有冒白烟的趋势。

妙法目不转睛地看着她,突然拿起了桌上的奶茶,兜头朝她脸上浇去,眉峰微凝:"此地怎么着火了?"

脑袋上粘着珍珠,乔晚愣愣地舔了舔自己嘴角甜甜的奶茶。

妙法定定地说:"灭了。"

被他当头一浇,感觉少女心紧跟着也被浇灭了,乔晚面无表情地想:前辈果然还是醉着的吧!

似乎完全没意识到自己做了什么,满脑子只剩下这个人没有回答问题的念头,妙法凤眸半扬,不高兴地问:"你不愿意?"

乔晚面无表情地又擦了把脸上的奶茶:"舅舅你喝醉了。"

"你不愿意?还是,你不相信我的话?"妙法的脸又一下子冷了下来,薄唇绷得紧紧的,他突然伸手又去抓她的手腕,把她往门口拖。

乔晚愣了愣。

妙法沉声说道:"走,我带你去提亲。如此,你总该明白我所言非虚。"

乔晚整个人都被镇住了,全身上下如过电一般立刻被劈了个外焦里嫩,赶紧伸手去拦他:"前辈,你冷静一下,我没有不相信前辈的意思。你……你先放开我……"

然而妙法攥着她的手很紧,面沉如水,察觉到她要挣扎,不高兴地冷哼,冷艳的脸上泛着点儿厉色:"休想。"

就这样,他们正好迎面撞到了走来的谢行止。

谢行止穿着件单衣,脑后的白发扎了个马尾,算是比较居家的打扮,脚下穿着木屐,手里还提着一壶酒。

风姿绰约的青年瞥见那道藏蓝色的身影正准备行礼,目光却落在乔晚的手腕

上，迟疑了。

妙法尊者停下脚步，皱眉。

四周一片沉默。

隔了好一会儿，妙法尊者才石破天惊地开口："大哥？"

"啪——"酒坛子摔在地上，四分五裂。谢行止木着张脸："抱歉。"

一个年纪都能做自己的爹，比自己爹都大的前此门巨擘，德高望重的前辈，叫自己大哥什么的，未免太惊悚了。

乔晚："喀……大哥……前辈喝醉了，你什么都没听见。"

然后她又被妙法尊者快步拽走。

男人神情肃穆地朝着院子里在看月亮的梅康平走了过去。

梅康平头也没回："叫你带的酒呢？"

妙法："二叔。"

月色下，那道身影猛地僵住，随即缓缓转过身，目光落在美艳动人、如花照水的妙法脸上，又落在了乔晚的脸上。

"乔晚，"扇子斜斜一指，梅康平幸灾乐祸地挑眉，"傻了？"

乔晚头皮发麻，还必须故作淡定地推着妙法离开。

"醉了，我去厨房熬碗醒酒汤。二叔，你别等了，大哥把酒坛子摔了。"

梅康平躺回了摇椅上，隔了一会儿，这才琢磨出不对劲儿来，顿时一惊，手中的扇子落在了脚下。

妙法醉了也不至于叫自己二叔啊？！

梅康平愣了愣，鬼使神差地想着，难不成是功夫不负有心人，乔晚这傻孩子终于撬动了这棵高岭之花？

到了厨房，乔晚无奈地摁住妙法的肩膀，让对方坐下来："坐下，不许动。"

男人抬起头看了她一眼，缓缓地移开了视线。

乔晚不确定喝醉了的妙法会不会听自己的，但对方竟然真的没再乱动了，脊背挺得板直，宛如端坐在椅子上的姿容优美的蓝色大猫，只是冷淡的目光时不时地在她身上徘徊，不知在想什么。

努力忽视这芒刺在背的视线，乔晚刚系上围裙，准备去煮醒酒汤的空当，身后却突然响起了温和的嗓音。

"阿晚、尊者？你们怎么在厨房里？"

乔晚握着勺子怔了怔，心里立刻浮现一股不祥的预感。

妙法尊者已经看向了踏过门槛的青衣男人，一字一顿，字正腔圆地唤道："阿爹。"

孟广泽呆住了。

妙法快步走上前，皱着眉，沉吟道："晚辈知晓此举或许太过莽撞，但恳请孟

526

前辈将乔晚嫁我为妻。"

孟广泽惊得眼角细纹都险些飞到天外："尊者？"

话音未落，他突然听到"砰"一声巨响！

面前皱着眉的尊者身形微微一晃，突然倒头栽了下去，千钧一发之际，乔晚伸手捞住对方的腰肢，另一只手举起手上刚刚砸晕人的大铁勺，淡定地说："阿爹，前辈喝醉了，我送前辈回房休息。"

这醒酒汤看来前辈也不用再喝了。

只是乔晚明显有点儿低估妙法这逆天的恢复能力了，她刚将人拖回屋，抬上床，摆了个睡姿，妙法尊者霍然睁开眼，目不转睛地盯着她看了半秒，他突然翻身将她压在了身下。

乔晚脑子里"轰"的一声炸开，鼻间满是那股甜腻的奶茶味。

目光触及那冷厉的眉眼时，心跳如擂鼓，她不确定身上的男人是不是酒醒了。

"谁是你舅舅？"

乔晚刚想往旁边挪，对方凤眸半敛，提前拦住了她的动作。

"说话。谁是你舅舅？今早为何要跑？"妙法疾言厉色地问，"我便如此见不得人吗？！见不得你的同学和家人吗？"

乔晚被压得浑身僵硬，头不自觉地往后仰，想要拉开两个人之间的距离。

白皙的脖颈落了层月光，他仿佛能清楚地看见她的脖颈上流动的血管。

尊者微微阖眼，身形略显僵硬，顿了半晌，突然蹙着眉，遵从本心，一手止住乔晚的手，将脸埋入了她的脖颈间，另一只手捏了个结界罩下。

即便身居大光明殿导师的高位，他也一直算不上一个好人。

他自幼离家，教导起众修士一板一眼，疾恶如仇，实际上性烈如火，骨子里叛逆，又多疑、虚伪、多怒，圆滑世故，杀欲和嗔心并重，占有欲更超出旁人不知多少倍，硬要说有什么优点，是吃得了苦，善于隐忍，体恤百姓之苦。

他将头埋在她的脖颈间，看着身下的少女眼眶通红，眼神渐渐失去了焦距，不愿停下动作，情到浓时，又抱着她在屋里走了几圈，最后将她抵在了墙上，将她吃得一干二净。

第二天，晨光熹微。

乔晚睁开眼时，身旁正躺着个睡熟了的美人。美人长发凌乱，被她的动作以及这日光惊扰得微微皱起了眉，睁开了眼。

乔晚待在原地，默默地握紧了被子。

妙法睁开眼看着她，好像想到了昨天自己干的事，那张总是铁青着的脸"唰"的一下变得惨白。

乔晚红着脸，缓缓转动着脖颈，不自在地开口道："前……前辈早啊。"

气势这东西，都是此消彼长的，妙法气势弱了下来，乔晚心里却微妙地涌出

了不少勇气，她鼓起勇气翻身下了床。

不过与其说是她突然有了不少勇气，倒不如说因为太过羞耻干脆自暴自弃。

一夜下来，少女身上的衣物还是完好无损的，除了裙摆上沾了点儿脏东西。妙法脸上神情变化莫测，最后定格在了肃穆的神情上，凤眸映着日光，若琉璃般浅淡。

"我昨日说的，都是肺腑之言。"

乔晚刚握住梳子，脚步一个趔趄，差点儿磕在梳妆台上。她背对着身后的人，脸上温度却又忍不住再次升高了。

昨天……昨天他说的……

乔晚抿紧了唇，捂住"扑通"直跳的心口，咬紧了牙。

风吹幡动……心动……

前辈说对她心动！

对尊者这种人来说，他肯定是喜欢她才会和她上床的。

一向面瘫的少女想通了这一茬，情不自禁地露出个有些傻气的笑容，小心翼翼地捧着梳子转过身："前辈的头发乱了，让……让晚辈帮前辈梳头吧。"

妙法微微一怔，没有拒绝。

尊者的头发很长，一直垂到腰际，藏蓝色的发如同流水从指尖滑过，垂落在脸侧，柔和了尊者原本冷厉的神色，多了点儿居家的温和感，与昨晚的凌厉霸道样子相比恍若有天壤之别。

乔晚梳得很小心，这感觉不亚于小时候她爸妈给她买了个漂亮的芭比娃娃，她第一次给娃娃梳头时那般珍重。

温暖的日光晒在身上，这让她想到了曾经听到过的几句歌。

"一梳梳到头，富贵不用愁；二梳梳到头，无病又无忧；三梳梳到头，多子又多寿；四梳梳到头，举案又齐眉……"

越梳，她忍不住笑得越傻气。

妙法不自在地沉声低喝："笑什么？"

"这感觉好像费尽心思打出了乙女游戏隐藏结局。"乔晚眼睛亮亮的，腾出一只手捂住滚烫的脸，"还像RPG（角色扮演类游戏）游戏勇士打败了恶龙，终于迎娶了公主。"

不过如果真是乙女游戏，尊者肯定是那种十分难攻略，要二周目、三周目才能出现的隐藏角色吧。

她……她好喜欢前辈！

没有攻略在手的情况下，她……她能通关真的太好了。

菟丝子穆笑笑篇

立春之后，雨水渐渐丰沛。

此时，淅淅沥沥的春雨刚停，江面上泛着淡淡的薄雾，远处青山如黛，被雨水浸润过，云气似开还合，覆压天地。

江畔正站着个身穿粉衣服的姑娘，她从船上跳下来，身手利落，一点儿也不花哨，长长的马尾在微润的雨雾中扫过，又伸出手去扶船头的男人。

男人一袭藏蓝色衣衫，生得妖冶冷艳。

乔晚是和妙法一块儿来到南霍洲栖泽府岑家故地的。

修真界最近没啥大事，她忙着养家，忙着不平书院的修复工作，自然要四处奔波。这段时间，乔晚又在琢磨着让自家爸妈也修仙这事，到时候灵石花得更多，负担更重，只能铆足了劲儿宛如一头勤勤恳恳的老黄牛般使劲儿工作。

而妙法在辞去大光明殿尊者之位后，就成了个彻彻底底的孤家寡人，被无所不用其极的马怀真忽悠着一道跑腿。

前大光明殿尊者思想觉悟比较高，冷着脸微微颔首，竟然同意了！

这怪不了马怀真奸诈，主要是这段时间，他在忙着修真界改制的事，虽说有梅康平和薛云嘲帮衬着，依然忙得焦头烂额。

通天门修筑成功后，见识过先进的新世界，修真界也不好再守着自家那一亩三分地，正忙着学习先进的科技经验，发展生产力，改善修真界百姓的生活水平。

至于这邪祟作乱的事，只能交给下面的小辈去处理。

好在这一批在战场中成长打磨出来的小辈，如今都是名震一方的顶梁柱了。

方凌青回书院继续进修，齐非道和数部弟子每天忙于抓生产。

裴春争和自家舅舅苏瑞四处游历，自从和乔晚分手之后，少年似乎将注意力全放在了修炼上，与乔晚偶尔有书信来往，算是谈得来的不错的朋友。毕竟爱情从来不是第一位的，乔晚、妙法、裴春争，以及战场上成长出来的任何一个人，都是这么想的。

姜柔没有和修犬在一起的意思，似乎不欲再成亲了，在白珊湖的帮助下忙着编纂药典，学着新世界各种医学新知识。

倒是这条大黄狗厚着脸皮跟伽婴请了假，这位体恤下属的老板毫不客气地直接批了下来，从此之后，大黄狗天天跟在姜柔的屁股后面跑，震惊地看着这位柔和的女人，拿起手术刀彪悍地学解剖，狗眼瞪得溜圆。

据说最近岑夫人又对兽医知识萌生了不少兴趣，打算给养着的那些灵兽做绝育手术。

有时候，有些感情点到即止，就很好。

听说岑家故地有邪祟作乱，刚下课，乔晚立刻抄着"闻斯行诸"和妙法赶赴。

没想到他们刚到栖泽府，就听说邪祟被灭了！据说是那位岑家二少爷亲自

灭的。

这几年碧眼邪佛岑清猷渐渐地淡出了人们的视线,只不过偶尔各地有传言,说某年某月某地有邪祟作乱,一个身着梅花白衣袍的少年弟子出现,灭除了邪祟之后,又脚步不停地离开。每当有胆子大点儿的人感激地想问姓名的时候,那少年只是春风化雨般莞尔一笑。

海内存知己,天涯若比邻。

若无情,咫尺是天涯;若有情,天涯亦咫尺。

心头微暖,乔晚原地站了一会儿,发了一会儿呆,将袖子里的菩提子小心翼翼地再度收好,也不愁再也见不到自己的这个好朋友。

前几天她才收到岑清猷的回信,他答应了她会替大师兄治病!

乔晚低头拿出任务卷轴,迅速掏出玉牌将这消息传达给了昆山,一抬眼,就见江畔正好有个茶肆。

乔晚便斟酌着问:"前辈,我们去那儿歇歇脚?"

妙法尊者这才收回了视线,纡尊降贵地淡淡垂下眼,算是同意了。

面前这个情形主要是因为,乔晚和他吵架了,此刻,他们正处于单方面冷战之中。

吵架原因是,妙法不大喜欢她和男同学走太近。

要说之前他好歹还遮掩几分,现在毫不掩饰这隐藏在慈悲光下的锐利与进攻性。

他简直比她爹还像爹,乔晚无奈地扶额。

但考虑到两个世界风俗文化不同,尊者不会拦着她,就是每次她回来,他都有些不高兴,冷着张脸自己折腾自己。

吵架之后,妙法尊者制定了严格的相处方式,绝不让她靠近他一丈范围之内,超过这一丈,就会自己走开。

主要是,目光触及少女那明亮的眼睛,他就有些不自在地移开视线,内心那道线忍不住一退再退。

现在就是这么个情况,两个人隔着桌子对坐。

她问到对方要喝什么的时候,妙法冷冷地回:"都可。"

乔晚握着菜单的手微妙地顿了顿,眼角一抽,虽然知道对方不是这个意思,她还是忍不住吐槽:"这儿可没有 CoCo(都可)啊。"

话音未落,妙法顿时印堂发黑,冷艳表情立刻破功,严厉地说道:"谁要喝这个了!"

那之前眉眼柔和,醉奶的人是谁?

乔晚一本正经,神情肃穆地保证:"下次,下次一定给前辈买奶茶,奶盖、红豆、椰果、燕麦什么的都加上,喝,喝大杯的。"

没想到妙法还在固执地坚持着那道"三八线",伸手一挡:"回去。"凤眼冷冷地垂下,"越界了。"

乔晚展开菜单,垂着眼,指着几个菜,彬彬有礼地对店家说:"这个,和这个,劳烦老板。"

两个人等着上茶的工夫,坐附近桌的修士正在聊天,说的内容正好十分熟悉,说的对象,是乔晚。

时光流转,这位乔晚乔道友渐渐地也成了传奇。

"我估计玉清真人做梦也没想到,自己这三个徒弟里面,就这个最不起眼的最后竟然做出了这么大成就。"一人感叹。

"谁能想到当时乔晚被当作穆笑笑的替身,带上了昆山,最后竟然摇身一变,成了魔域帝姬呢?现在看看,那位穆笑笑穆仙子倒有些黯然失色了。"

"话也不能这么说,正所谓一报还一报,当初泥岩秘境中穆道友那么坑,还好最后昆山将留影像公开了出来,否则乔晚岂不是冤死了?我要是当初的乔晚,我也得跳崖。不过,从那时就可见乔道友心性之坚韧。"

"哈哈哈,但穆道友如今也算是沉稳了不少,知错能改善莫大焉嘛。"

"乔道友虽然是个姑娘,但有大是大非观,虽说是魔域帝姬,到头来却站在了修真界这边,也算我修真界之幸了。"

就这样,三言两语间,他们就将乔晚这前半生的经历说了个透彻。

最值得称道的那还是她和谢行止阵前相认的事了。

三言两语,兄妹相认,未及相处,便又上阵厮杀,想到其间的豪情壮志,面前的几个修士脸上忍不住露出向往之色。

"诛邪剑谱,不知什么时候能再见到一次这诛邪剑谱的威力。"

魔域那一战,是诛邪剑谱最惊天动地、最惊艳的一式,黄昏战场的血色染就,美得惊心动魄。

然后谈话的内容不免又涉及妙法尊者、谢行止、孟沧浪、白珊湖……

当初的小伙伴,在战争结束后一个个都有了自己的际遇,成了别人口中的传奇,这感觉有点儿诡异,也有点儿不自在。

乔晚微微挺直了脊背,不自在地抿了抿唇,捋了捋耳际的发丝。

这可能就是传说中的偶像包袱?

少女毕竟还是比较青涩的,这个异世界普普通通的女大学生,做梦也想不到自己有一天竟然能活成传奇。

说着说着,又有一个修士面色古怪地说:"说起来,没想到那位妙法尊者竟然和乔晚是那种关系。"

"还好他从大光明殿退了下来,否则内心不定,如何教导得了这千万弟子?"

谁能想到这位高高在上的大光明殿尊者,竟然坠入凡尘,沦为了凡夫俗子呢?

乔晚握紧了茶杯。

不是坠入了凡尘，前辈是自己走下来的。

前辈自己走下了神坛，朝她走来。

喝了几口茶也压不下去脸上那股燥热感，乔晚拿起"闻斯行诸"，又赶紧跳上了江畔的船，解开了缆绳。

小舟又开始悠悠荡荡地往前驶了。

这一路都是妙法帮着划过来的，如今乔晚手忙脚乱地弄着这船桨，小舟不给面子，愣是在江面上直打转，船桨溅起的水花"哗啦"全浇在了乔晚的衣服上。

一阵料峭的江风吹来，乔晚打了一个哆嗦。

就在这时，一只骨节分明的手冷不防地盖上了她的手背。

可能是觉得冷战够了，不好继续板着脸，妙法嘴硬心软，眉头依然皱得紧紧的，看着她湿漉漉的裙摆："我来。"

乔晚愣了一下，有些受宠若惊，抿了一下唇，坐在船头，看着这轻舟与这重重远山擦过，有点儿想说些什么，但又不知道说什么。

"前辈，入春了，天暖和了，过几天就是雨水了。"

这本来是很无趣，没什么意思的话，但正在划桨的妙法顿了顿，轻轻地回答了一声："嗯。"

眼里好像盛满了碧波春色。

然后，又没有然后了。

看着船头那道清正尊贵的身影，乔晚又有些不知所措了。她不大擅长哄人，其实也有个困扰，虽说前辈和她告白了，该做的事她都和妙法做了没错，但她总有些不真切的感觉。

自从那天之后，生活好像又回到了正轨上，妙法继续忙着翻译书籍，鲜少与她有多余接触。

这就好像……乙女梦碎。

好在她和妙法都不是以感情为重、黏糊糊的类型，前几天，乔晚忙着小组作业，将这念头甩在脑后，走出教学楼，和身旁的男同学道了别。

男同学笑道："等弄完了，请喝酒，去不去？"

乔晚似有所觉地抬起眼，目光正好撞见了树下那道熟悉的身影。

乔晚迟疑了半秒，走上前："前辈？"

没想到妙法却好像不大高兴的样子，目光在男同学的脸上淡淡地扫了扫，不想搭理她，冷着脸，眼里金光熠熠，像只被冷落之后不高兴的大猫，回答什么都带点儿愠怒之意，冷眼看着乔晚答应了下来。

从那天起，她和妙法就冷战到了现在。

自己这愠怒情绪，令妙法都有些错愕和难堪。要搁在以前，他做梦也想不到自己会因为一个后辈而如此辗转反侧。

他究竟是什么时候萌生那异样的感觉的？

在大光明殿的时候，少女，或者说少年，仗着身份是个男人，行为处事愈加莽撞，完全没了姑娘的样子。

他看到她与那些三教弟子接触的时候，看到那媚宗的姑娘倒在她怀里的时候，看到她与岑清猷交谈时，眼睛倏地亮了，小心翼翼，真诚正直。

那时，他正好站在藏经楼上，凤眸一扫，那一眼就撞入了心里，像是初春的花瓣扫在心上，柔软馨香。

没有人会不喜欢她，少女亮晶晶的眼里好像有星星，他的心魔看多了世间污浊，却在她的眼睛里捡到了一颗星子。

乔晚并不是什么出淤泥而不染的人，妙法心里很清楚，但正因为如此，那颗赤子之心、那股澎湃的真诚才如此难能可贵，如此诱人。

那一瞬间，他甚至错以为她喜欢上了自己的徒弟岑清猷。

对上她的视线，他觉得心烦意乱，火气横生，却又再难移开视线。

这些三教弟子，个个品行端正，容貌俊美，比他……比他年轻。

但偏偏乔晚未有所觉，在招惹了不少三教弟子后，依然神采飞扬地喊他前辈，态度恭敬有礼。

他觉得一瞬间不可控制地欣喜，旋即又愠怒，更觉得被一个小姑娘招惹得内心不定，十分难堪。

"滚去禁闭，滚。"妙法厉声说道，"魔气未安生前谁叫你四处乱窜的，要我亲自请你吗？！"

那一天乔晚错愕地察觉到妙法的火气好像格外大，却又弄不明白这是怎么回事。

思绪渐渐收回，到最后，他们之间是怎么和好的，怎么结束这场冷战的？

早上，他俯下身，藏蓝色的长发垂落，看着睡得香甜的少女，迟疑了一瞬，忍不住闭上眼，在她的唇瓣上亲吻。

乔晚睡得毫无所觉，做梦也想不到，这位前大光明殿尊者会如此乘人之危。

他们冷战了这么多天，他本来只想亲一下的，未料到，越亲反倒越情难自禁了。

少女眼睫微微一动，眼神茫然，一眨眼的工夫，重新有了焦距，惊讶地看着俯身亲吻自己的男人，脸色涨红了："前……前辈？！"

目光相撞的刹那，似乎没想到自己会被逮个正着，那秋水为骨玉为神的秀美容颜僵了僵，他别扭地想坐起来，又觉得这样无非是在掩耳盗铃，几番挣扎间，脸色越来越难看，眼角泛着点儿冷哼之色。

最后，他干脆一不做二不休，绷着下巴，冷冷地按住她的手腕，几道金光闪过。

"等！等等！"

乔晚吓了一跳，手立刻就被这几道金光绑在了床头，她仓皇而狼狈地扑倒在了对方胸前。

"前辈？"

"闭嘴，噤声。"

他冷着脸，干脆闭着眼，将她绑起来亲，亲得很用力，一直亲到她膝盖发软，打了一个哆嗦，再也起不了身。

窗外，一枝雨后的玉兰花沾了点儿雨露，开得热闹，花瓣如玉，雅致芬芳，微微颤动间，花瓣上的雨水滚落了一衣襟，芳香就交融在这怡人的春风中了。

裴春争篇

夜深了，穆笑笑这才从山下的练武广场上，徒步走上了玉清峰。

天空中，一轮皎皎的明月初升，如钩的月斜挂上群山之巅，初春的月色微寒，洒落在人身上，被料峭的夜风一吹，仿佛点点沁凉的雨滴入了心里。

走了两步，穆笑笑这才猛地想起，过两天好像就是雨水了吧？

腰侧的佩剑，是周衍特地用赤火金胎锻造的。

看了一眼剑上映着的人影，穆笑笑微微一怔。

少女一身短打，腰间别着把剑，脸庞如新月般柔和干净，神情却有点儿疲惫，眼下还带着点儿黑眼圈，和之前那养尊处优的样子有天壤之别。

而在月色与剑光的交映下，穆笑笑好像看到了熟悉的人。

那人一身板正的粉衣服，利落的马尾，一副有些冷淡的疲倦的神情。

这个念头刚一生出，那粉色身影就像一尾灵巧的燕子，剪刀般的尾翼勾着点儿夜色的清凉感，一眨眼就消失在夜色中了，再也抓不着。

她和乔晚长得太像了，就在刚刚穆笑笑看着自己的倒影时，也忍不住有种看到了乔晚的错觉。

或许根本不是错觉，她就是在有意模仿乔晚，宛如蹒跚学步的幼童学习模仿着乔晚，一步一步往前走着。

要知道，她最近都没穿裙子了，也没梳妆打扮了！对一个注重自己形象的姑娘来说，成天修炼得衣服灰扑扑的，身上一身汗，这是多么生不如死的一种体验。

可她必须修炼，为了修炼，她必须咬着牙，憋着眼泪，动手用剑削掉了那过长的头发。

前几年那场仗，让穆笑笑猛然惊醒了，她哆哆嗦嗦地明白了，原来靠山山会倒，靠人人会跑，从头至尾，她能依靠的就只有自己。

人生来都是柔软的，命运却把人往模子里狠狠一塞，紧跟着就开始往模子里倒烧得通红的铁汁，逼得人长成铜浇铁铸的一块钢板。

她急剧地成长了起来，学着乔晚下山除妖，去拯救那些像王二丫一样的普通人，去向为她而死的暗部弟子赎罪。

那一刻，穆笑笑终于认清了她的自大。她和王二丫，和那些死在秘境里的普普通通的暗部弟子没多大区别。

就像马怀真朝她冷笑时说的，她太拿自己当回事了。

每当练剑练得胳膊都抬不起来的时候，穆笑笑常常会想，之前她怎么就被猪油蒙了心？怎么就认为靠着周衍，靠着裴春争，她就能高枕无忧，舒舒服服地躺一辈子呢？

所谓的承诺，那都是废话。

她脸上浮现出一抹轻蔑的笑容，这笑容在她脸上显得格外怪异——那带着梨涡的、怯弱而柔软的笑靥早已成为她固化的假面。此刻这般轻蔑的神情，反倒显出几分不协调的僵硬来。

和暗部弟子待久了，穆笑笑难免也学到了点儿脏话。

暗部弟子不待见她。

尤其是她主动要求把那留影像给放出来后，不只暗部弟子不待见她，整个昆山的人都不待见她。

那个众星捧月般的昆山小师妹没了，人人看到她都宛如看到了一只臭虫，眼神轻蔑、厌恶、同情、探究。

她到食堂里打饭的时候，没人和她坐一桌。

上课的时候，没人愿意和她一块儿分组修炼。

在她经过的时候，三三两两的人小声议论，真当她没听见呢？

也就这些和平年代长大，没有被战火洗礼过，没有在战壕里打过滚的小青年才在背后你一嘴我一嘴地议论是非，和她同批成长的那些昆山弟子早就过了嘴碎的年纪。

穆笑笑迎面走了过去，甚至在目光触及那几个师弟师妹的时候，露出了轻快甜蜜的笑容。

果不其然她看到了那几个师弟师妹露出了恍若见鬼般的神情。在背后说人坏话被正主抓了个正着，他们涨红了脸，一个个如同鹌鹑般缩着脑袋往回躲。

"师……师姐……"

"穆师姐……"

她抿唇露出个羞怯的笑容："你们现在没事吧？马堂主那儿正缺人手呢，能不

能来帮师姐一个忙？"

那几个师弟师妹立刻惨白了脸，在她有些羞怯的笑容下，被她支使着忙着给灵兽铲屎，给灵植浇粪，忙了一整天。

穆笑笑本来以为自己会受不了这种生活。

她享受被别人的目光包围，享受做人群中的焦点。她小时候被她爹娘忽视得怕了，她要人人都喜欢她。

没想到，在彻底破罐子破摔之后，她适应得十分良好，甚至能抿着梨涡，脚步轻巧，笑意盈盈地走过人群。

她一点儿都不在乎那些目光。

这样的生活反倒让她轻松了。

她本来就不是多乖巧、多可人的姑娘，从一开始，她能得到周衍的宠爱，那都是她一步一步筹谋来的。

到后来，算计乔晚，她做得得心应手。

面具戴久了，已经和血肉长在了一块儿，她红着眼哭的时候，觉得自己是迫不得已的，是乔晚逼她，她迫不得已才出手对付乔晚的。

后来，她亲手把这面具给扯了下来，连着血肉，血淋淋地扯了下来，她这才看到，在那无辜天真美丽的面具下，她本来的面目竟然这么丑。

她喜欢周衍，但不妨碍她现在觉得周衍蠢。

这个愚蠢、虚伪又懦弱的剑仙，一开始是打算收她和她那鼻涕虫弟弟的。

在他眼里，她与她那个弟弟没多少区别。

是她，在周衍住在她家里的时候，总是端着一大盆脏衣服红着眼眶从他面前走过，当着他的面，哆哆嗦嗦地打起冬天冰凉的井水洗衣服；故意摔碎一个碗，被她爹娘打得遍体鳞伤；让周衍看到她弟弟是如何欺负她，如何伸手拧她，如何骂她的。

果不其然，周衍皱起了眉，对她那弟弟的态度愈加冷淡，直到她弟弟淹死了，都没给她弟弟一个眼神，直接带着她回了昆山。

到了昆山之后，穆笑笑见到了被病痛折磨得形销骨立的陆辟寒。

那时候的陆辟寒眼神冷冷的，宛如一只刺猬，不愿意接近除周衍之外的任何一个人。她小心讨好，听到他咳嗽的动静之后，慌忙赤着脚跑出偏殿，给他倒水披衣，整日整夜地伺候、照顾她，终于，陆辟寒看她的时候，比看别人的时候眼里多了几分暖意。

她在玉清峰上终于站稳了脚跟。

想到这儿，穆笑笑收了剑，伸手探入衣襟，摸出了一包微热的翠玉豆糕。

她如今在昆山难以容身，必须依附着周衍，只要她是周衍的徒弟一天，她就必须讨好周衍一天。

当她伸出满是伤痕的手，小心翼翼地将翠玉豆糕放到周衍的桌上的时候，男人微微一怔，旋即蹙起了眉，终于叹息了一声："笑笑。"
　　这是他时隔这么久第一次又喊她"笑笑"。
　　在她做的那些事曝光之后，周衍就厌恶了她，与她日益疏远。
　　但他性格天生优柔寡断，见她强颜欢笑，怯生生地讨好他时，他不免又心软了。
　　穆笑笑闻言立刻露出个惊喜的笑容，眼眶迅速红了，眼里蓄满了眼泪。
　　"笑笑……笑笑……"她伸出手，指着桌上的翠玉豆糕，语无伦次道，"笑笑见山下新卖着翠玉豆糕，软糯香甜，就想带给师父你尝尝。"
　　"师父，你慢慢吃。"穆笑笑挤出个比哭好不了多少的笑容，小心翼翼地说，"笑笑不打扰师父，就先告退啦。"
　　"坐下。"周衍皱着眉头，在她微愣的目光中又重复了一遍，"坐下，我没让你走。"
　　周衍明显想说些什么，却又不知道要如何开口，嘴唇动了动，又叹息了一声。
　　在她的注视下，他解开了油纸包，拈起一块豆糕放到嘴里，咀嚼了两下。
　　"很甜，难为你有心了。"
　　穆笑笑弯着眉眼，笑得格外欢实："嗯。"
　　"师父，笑笑……笑笑能坐这儿吗？"穆笑笑看了一眼周衍身边的座位。
　　周衍抬起脸，顿了顿，又垂下了眼，没拒绝也没同意。
　　穆笑笑立刻牵着裙摆，越过几案，在周衍身边坐了下来，也照葫芦画瓢地拈起一块豆糕放在嘴里，咀嚼了两下，神采飞扬地笑道："好甜！"
　　她并肩坐在周衍身边，一直没走，看着月亮升得越来越高，又慢慢地往西方落下。
　　穆笑笑心里清楚，周衍的日子未必比她好过多少。
　　乔晚个性坚韧，如今身边有了大哥，有了父亲，在乔晚的心目中，周衍这个前任师父的地位无异于陌路人。
　　而周衍的性格，说好听点儿那是优柔寡断，说难听点儿，那就是男人的劣根性。
　　昔日乔晚还在他座下的时候，他对她态度疏离，鲜少过问，如今乔晚不在了，他自觉有愧，心里又惦念。
　　乔晚疏淡有礼的态度，无疑比杀了他还让他难受。
　　再加上泥岩秘境的留影像传出来后，大家立刻就琢磨出不对劲儿来了。
　　就算乔晚当初想杀了穆笑笑，但人家都自废双臂了，你这个做师父的也不能这么折腾自己的徒弟啊，这心都偏到哪儿去了？
　　有人又听说不平书院的旧事，诛邪剑谱本来也不是周衍一人悟出来的。

· 537 ·

三人成虎，周衍如今名声直堕，当初那个不受他重视的小弟子的名声，已经隐隐有了盖过他的意思。

虽说他还是被高高地架在玉清真人的位子上，但说实话，这比被架在火炉上烤也没好到哪儿去。

穆笑笑想，命运有时候当真奇怪得很。

从前是乔晚心甘情愿地做她的替身，无怨无悔只是为了不叫师门失望，不辜负周衍，不辜负陆辟寒的殷勤教导。

而如今，是她活在了乔晚的阴影下，一步一步模仿着乔晚的脚步前进。

月亮渐渐落下。

穆笑笑露出个发自内心的甜蜜笑容，悄悄地握住了周衍的手。

周衍手指微微一动，没有反抗。

比起做依附周衍而生的菟丝子，她更愿做绞紧他，汲取他的养分，不叫他挣脱的藤蔓。

这样的生活很狼狈，但她总算是活出了自主的人样。

公主日记篇

裴春争察觉出不对劲儿前，惊雪剑已经先上手，脸上同时露出沉凝之色，愣愣地看着面前这一片绚烂烟火。

如果他没记错的话，他之前应该是在对付一只妖兽。

少年微抿着唇，审慎地想着。

魔域与修真界休战之后，他就一直跟着舅舅四下游历修炼，没有目的，没有方向，走到一处算一处。对他而言，这世上山川俱大同小异，没太大的区别。

前几天，他们甚至巧遇了郁行之和王如意。少年正带着王如意寻找恢复容貌的法子，两个人看起来似乎正忙着谈恋爱，被人撞见了，郁行之脸色又黑又红，却被王如意跳起来缠住脖子，在脸上亲了一脸的口水印子。

他不是一个好的魔君，梅康平曾说他优柔寡断，不像他舅舅。

离开魔域后，他反倒松了一口气。

刚刚那只妖兽有点儿棘手，刺出惊雪剑后，裴春争猛然惊觉，周围天地陡然一变，四周的环境也随之发生了变化。

他本来是在一处山坳里的，但一抬眼，四周的环境更像是一处灯会。

元宵明明早就过去了，这地方怎么会有灯会？

这是幻境吗？

少年略微犹豫，审慎地握紧了惊雪剑，向前走去。

不远处是一片绚烂热闹的灯火，长长的街道两边的桃树、杏子树、梨树上都挂着灯，银娥斗彩，星布珠悬。

雪花灯、绣球灯、芙蓉灯，点点星火在寒夜中拥挤成一团，雪花自天空中纷纷扬扬地落了下来，雪光、灯光交相辉映，恍若白昼。

到处都是笑语盈盈的游人百姓，妇女三五成群地穿着白绫衫子在走百病。

门口坐着的那吃瓜子、糖豆的妇女，瞥见个挺拔俊秀的小郎君，便嬉笑着往他怀里丢了颗糖。

糖落入怀中，不痛，裴春争摊开手，看着手心里的这颗糖，又怔了怔，只能按住疑惑，抿着唇继续往前走。

走着走着，他停住了脚步，呼吸陡然一沉，目光死死地盯着长街尽头的方向，眼里流露出难以置信之色，身子宛如风中的枯叶般猛地颤了颤。

在那烟花尽头，站着个穿着粉色衣服、手提兔子绢灯的姑娘。

那是乔晚。

刹那间，裴春争惊得浑身一颤，仿佛有只无形大手将他死死按住，令他僵立当场。

乔晚脖子上围了一圈光滑油亮的白狐裘，脸蛋红扑扑的，眼里闪动着明亮的光，神采奕奕地朝他飞奔而来，在她身后，灯火几乎将天际染得一片赤红。

她白皙的肌肤上覆着一层薄红的光。

她走上前，脸上不自觉地扯开一丝笑容，上前来牵他的手。

凛冽的夜风迎面吹来，裴春争不觉得冷，只觉得浑身上下紧张到神经都绷紧了，听到了血液在他体内汩汩流动的动静。

少年微微颤抖，又感到一阵口干舌燥的害怕，但身体的意志已经让他踏出一步，握紧了她的手。

她不好意思地笑了笑："是不是等久了？"

姿容俊秀的少年愣愣地看着她，下意识地开口："不久。"

然后，少年长久沉默。

她却好像未有所觉，眼睛亮得像星星，像长街的灯火都映在了她的眼里，她自然而然地牵着他的手，新奇地走在这长街上。

她奇怪地说："好冰。"

他想说些什么，嗓子却好像被堵住了。

他看着她，觉得一阵铺天盖地的窃喜情绪袭来，又觉得一阵畏惧，最后只能垂着眼，轻轻地"嗯"了一声。

如果，如果老天真的愿意给他一个机会，他一定要抓住她，再也不放手。

她笑了，合拢双掌，将他的手包裹在她的手心里，用力地搓了两下，淡淡的温热感顺着她的指尖一路蔓延到他的指尖上。

她说:"这样就不冷了。"

这是一场梦。

而这一刻,他愿意沉沦在这半刻的温暖梦境中,眼神近乎贪恋地追随着她的身影,乌黑的瞳仁一转不转。

他们在这一片灯光下走走停停。

街上有人群聚集,在放烟花盒子,烟花盒子就挂在大架上,每一层各不相同,第一层有"天下太平"四个字,第二层是百鸟朝凤,第三层有唱太平鼓的小人儿,唱着"太平天子朝元日,五色云中驾六龙"。那些飞不高的烟花"地老鼠"就在地上旋绕飞蹿,在她脚下炸开。

裴春争的心终于安定了点儿,眼睫颤了颤,紧紧地握住了她的手。

她凝望着烟花,神情专注,却又不时偷偷瞥向他,眼底翻涌的爱意与欢喜几欲灼伤人眼。

那张总是没什么表情的脸,嘴角不可控制地上翘,通红的耳根在烟火的映照下宛如血色琥珀。

他鬼使神差地问她:"你想不想吃糖葫芦?"

人潮太拥挤,卖糖葫芦的小贩迅速被人潮挟着往别的方向去了。

他艰难地迈开脚步,刚站定,掏出钱,熙熙攘攘的人群中突然爆发出一阵尖叫声。

灯火"噼里啪啦"地炸开。

裴春争猛地僵了僵,攥紧了手中的铜板,转过身,看到她逆流拔足狂奔,小心翼翼地护着怀里的兔子绢灯,纵高跳低,一路往城外的方向去了。

他脑子里"嗡"的一声,立刻拔腿追了上去,架起剑光。

他落地的刹那,那妖兽半死不活,她趴在地上的血泊中,气喘吁吁,鼻血直流却不敢抬起手去擦,反倒是小心翼翼地捧起怀里的兔子绢灯。

飞雪剑入鞘。

裴春争的目光停在那盏兔子绢灯上,面色遽变,变得极其难看。

那绢面上飞溅着两三个不大明显的血点子。纵使她尽量护着这盏兔子绢灯,这绢灯还是不可避免地脏了。

她微微一愣,眼里露出显而易见的忐忑之色:"裴春争?"

少年的眼眶不自觉地微红,双眼充血,他死死地盯着那盏兔子绢灯。

她似乎被他血红的双眼吓了一跳。

少年半跪下身,抿紧了唇,乌黑的长发垂在颊侧,让人看不清脸上神情,劈头盖脸地一把夺过了她手里的兔子绢灯。

兔子绢灯落在地上,灯芯摇晃了两下,明灭不定。

他将头埋在她的脖颈上,抱住了她,眼泪全都流在了她的脖颈中。

她显然没预料到他会失态,只当他是因为兔子绢灯被弄脏了才哭的,随即慌乱地说:"对不起,对不起,我不是故意的。"

仿佛有无形的小刀狠狠地扎进了他的肌肤里,他尝到了一阵前所未有的切肤之痛。

雪花纷纷,六角形的冰花仿佛伴随着她的呼吸喷在他的脖颈间,丝丝缕缕的寒意顺着肌肤缓缓深入骨髓,一点点地结了冰。

寒意顺着头顶贯穿到了脚趾。

裴春争紧紧地抱住乔晚,抬手穿过了她的长发,发丝不黑不亮,不柔软,少年却颤抖着吻上了她的发顶,眼泪拼命地往外流,好半天才挤出三个颤抖的字眼,嗓音暗哑又软弱。

"不要了。"

那盏兔子绢灯,他不要了。

等到一切平息,少年拿出梳篦,放慢了呼吸,认真地替她重新梳拢长发,牵着她的手慢慢往回走。

他又买了一盏芙蓉灯交给她,她一手提着灯,一手拿着糖葫芦,对他刚刚失态的样子似乎觉得困惑,却又不好意思多问。

他与她牵着手,仿佛能隔着掌心感受到她"扑通扑通"直响的心跳声。

他们一直逛到了半夜,看着那些线穿牡丹、金盆落月的烟花,在灯光绚烂处,冒着小雪,吃了碗热气腾腾的元宵。

乔晚吃得不多,裴春争接过她的碗平静地继续吃。

到最后,她看上了一支粉玉的蝴蝶发簪,他交了钱,轻轻将发簪插在了她的鬓角处,那蝴蝶在灯光下,翅尖仿佛是透明的,她脸上有光晕流转,眼里落了万家的灯火。

梦醒了,裴春争睁开眼,惊雪剑滴着血,对准了地上那只已经断了气的妖兽。

这种妖兽死前会释放一种雾气,名叫醉生,能将人拽入醉生梦死的幻境之中,幻境中一草一木恍若现实。

少年收拢了惊雪剑,刹那间,好像浑身上下温热的血液结了冰,那点儿暖意也渐渐被收拢,惊喜与恐惧之情一点点地回落,一同被关在了冰冷的剑鞘里。

他眼睁睁地看着,山谷里的风"哗啦"一声吹来,霎时间胸腔里好像有滔滔云海在翻滚,最后归于平静。

少年劲瘦利落的身影被斜阳拖出一道长长的影子。

前方的路还很长,舅舅在等他。

这样就够了。

裴春争攥紧了手指,又缓缓松开,闭上眼,缓慢又坚定地想:再给他一次耽

于梦境的机会，到此为止，这样就很好了，他会埋葬对她的爱恋。

他醒来之后，她不会知道他做了一个梦，那个梦里上元佳节的烟花很好看。

早上，六点四十分起床，乔晚穿着件小熊睡衣，顶着个鸡窝头，抓着头发，困倦地走出房门，目光正好对上了男人的视线。

陆辟寒咳嗽了一声，将手里的碗筷摆上桌，淡淡地说了声："早饭好了，来吃。"

乔晚一屁股坐下来，一边吃一边抬眼偷看墙上的电视："哥，你还没去医院？"

电视上正放着新闻，说是太平洋上某个小国的总理梅康平正来我国进行外交访问，这小国实行的是君主立宪制，国民大部分是华人。

至于这位骨瘦如柴的男人是她哥陆辟寒，他俩一块儿从孤儿院出来，被周衍给收留了。陆辟寒打小身子就不好，被风一吹就能跑，眼下两个眼袋，鼻梁高挺，一半是因为病的，一半嘛是在医院里熬的。

忘了说，她哥陆辟寒是医生。

七点二十分，乔晚出了门。

又有管纪律的同学站在昆山中学门口堵人。

乔晚拎着书包，灵活地踩着点儿冲进了大门，一踏进教室，教室里那"嗡嗡"的早读声突然安静了下来，所有人的目光不约而同地落到了她的身上，然后是班花穆笑笑的身上。

乔晚面无表情，尽量目不斜视地走过。

她和穆笑笑长得像，长得像不可怕，谁比较丑谁就比较尴尬了。乔晚这打扮和审美着实有点儿惨不忍睹，脑袋上挑染了粉色、蓝色、绿色的头发，好在皮肤白，看着没那么"杀马特"，头上戴了个蝴蝶结，身上挂着一堆闪闪发光的配饰，穿着没膝的粉色长袜，十分有那种花里胡哨的原宿风的意思。

校服外套她总不好好穿，围在腰上，肩膀上搭着个单肩包。和黑发及腰、鹅蛋脸、小酒窝、标准初恋脸、肤白貌美的穆笑笑一比，那简直就是一个地下一个天上。传言，她忌妒班花穆笑笑的美貌，在外面找了隔壁校的混混修犬，放学后把穆笑笑给堵在了校门口。

那位混混修犬，据说暗恋校医务室的姜老师，还跟着某个叫伽婴的黑道大哥混。

乔晚把穆笑笑堵在校门口的监控录像都被爆出来了！

班花穆笑笑哭得梨花带雨，还有几个女生围着她安慰，时不时看乔晚一眼，眼神复杂。

瞥见乔晚进门，穆笑笑笑容一僵，脸色有些苍白，不由自主地用书挡住了脸。

身边几个女生侧过半个身子安慰她。

"怕什么啊？"

"别怕,社会姐,都全校通报批评了。"

乔晚刚一落座,同桌少年便抬起了那好看的桃花眼,眼里泛着点儿冷意。

借读生裴春争,喜欢班花穆笑笑,曾经和乔晚谈过一段恋爱,最终分手了。

据说曾有人看到这位阴郁大魔王,把班花穆笑笑摁在墙上亲,亲得对方嘴都肿了!

他说她亲他一下,他把命都给她!

八点二十五分上课。

第一门课是语文,授课老师是昆山高中最受欢迎的老师——周衍,也是乔晚的养父。

周衍长得好看,容貌清俊,不苟言笑。乔晚目光瞥向穆笑笑的方向,见穆笑笑面色微红,心里有些诧异。

乔晚总觉得穆笑笑对周衍好像有点儿说不清道不明的感情,但鉴于她最近和周衍为了穆笑笑闹翻了,也没有多留意。

到了课间操时间,乔晚远远地就瞥见教导主任马怀真在那儿抓纪律。

虽说乔晚打扮鬼畜了点儿,但出乎意料的是,十分热爱学习,学习成绩很好。前段时间参加竞赛,她竟然赢了隔壁青阳中学和崇德中学那几位好学生,孟沧浪、谢行止、白珊湖、齐非道几个。

鉴于这一点,对乔晚这打扮,马怀真睁一只眼闭一只眼,权当没看见,不过这些事传到学校论坛上,又是引起一番腥风血雨。

"我听说乔晚还被人包养了,就隔壁青阳那个'富二代'呗。"

"我看她和裴春争分手了,估计就是因为傍上了那'富二代'。"

"那'富二代'成绩差得不行,听说是要去国外的,估计也就是玩玩她。"

等到了中午饭点儿,乔晚没跟着大家去食堂,而是来到了学校大门口。

靠在墙上的少年已经在等她了,少年打着把遮阳伞,饶是如此脸还是被太阳晒得绯红,晶莹剔透的脸上流着汗,瞥见这道花花绿绿的身影,琉璃似的眼猛地一亮:"乔晚!"

少年朝乔晚猛招手!

乔晚眼睛也猛地一亮,神采飞扬,开开心心地喊道:"甘南!"

两个好朋友胜利会面!一起往校外的炒面店进发!考虑到甘南有白化病,乔晚走路的时候特地帮他挡了挡太阳。

捧着杯奶茶,坐在店里,墙上挂着的电风扇"呼呼"地吹着,乔晚这才感觉好了点儿,主动开口问:"你真要去国外了?"

少年失落地垂下了眼:"我这个成绩……在国内上不了……上不了大学的。"

他要是有他这朋友的成绩一半好就行了。

"晚儿你呢?你打算考哪所大学?"

说到这儿，乔晚认真地想了想，坦然地开口："A大哲学系吧，我有个长辈在那儿，他学的宗教学。"

"？"甘南睁大了眼，狠狠地震了一下，"你要念佛学？！"

面前的少女诡异地红了脸："对。"

喀喀，她主要是为了追那位性情堪比猫一般难捉摸的长辈，她追到现在对方愣是没给个表示，但她相信革命总有一天会胜利的！

吃完饭，乔晚回到了学校。这几天因为录像的事，乔晚在班里的处境有点儿尴尬。好在乔晚脸皮厚，课上坐得板板正正，眉目冷凝，认真记着笔记。

之前她赢了奥数比赛的事传到班里，曾经惊呆了一票同学的下巴。

等到放学时间，乔晚提着个书包刚走出校门，却猛然惊觉，校门口被人流堵了个水泄不通。

这不科学！放学时分，学生们个个归心似箭，哪里有在校门口堵着的道理。

就在乔晚疑惑的时候，突然间，人群中分开一条道来，紧跟着乔晚就被一堆闪光灯闪瞎了眼。

"公主！"

"乔晚公主出来了！"

门口守着的记者，目光如炬地纷纷扛着长枪短炮冲了上来。

"是乔晚公主！"

"噼里啪啦"的一堆问题纷纷丢了上来。

正结伴而来的裴春争和穆笑笑纷纷愣了愣。

其他同学明显也蒙了。

乔晚，公主，这是什么操作？！

偏偏就在这时，又有几辆黑色的轿车停了下来，有几个军人模样的人持枪护卫着一辆黑色加长林肯。

门一开，林肯车上走下来一个身穿黑色西装、戴着手套，十分浮夸的少年，少年眉眼英俊，抿着唇，快步走上前，护住乔晚往后退。

那些记者又纷纷来问那个少年。

"听说梅康平总理这回是特地来接乔晚公主回国的……"

"能否解释一下乔晚公主为何被遗弃在我国这么多年？"

乔晚脸上的神情彻底崩裂了，她呆呆地看着眼前这一幕，脑袋上的蝴蝶结一歪，差点儿掉下来。

"太牛了。"

（全文完）

图书在版编目（CIP）数据

御剑桃花昆山晚. 完结篇 / 黍宁著. -- 武汉 : 长江出版社, 2025. 1. -- ISBN 978-7-5492-9595-1

Ⅰ. I247.5

中国国家版本馆CIP数据核字第2024RM6445号

御剑桃花昆山晚.完结篇 / 黍宁 著
YUJIAN TAOHUA KUNSHANWAN.WANJIEPIAN

出　　版	长江出版社
	（武汉市解放大道1863号）
选题策划	奔跑的小狐狸制作组
市场发行	长江出版社发行部
网　　址	http://www.cjpress.cn
责任编辑	梁　琰
特约编辑	奔跑的小狐狸制作组
封面设计	白砚川
印　　刷	大厂回族自治县德诚印务有限公司
版　　次	2025年1月第1版
印　　次	2025年5月第1次印刷
开　　本	710mm×980mm　1/16
印　　张	34.5
字　　数	680千字
书　　号	ISBN 978-7-5492-9595-1
定　　价	69.80元（全两册）

版权所有，翻版必究。如有质量问题，请联系本社退换。
电话：027-82926557（总编室）　　027-82926806（市场营销部）